Verzaubert auf Pemberley

EINE VARIATION VON „STOLZ UND VORURTEIL"

ABIGAIL REYNOLDS

ÜBERSETZT VON NICOLA GEIGER

Impressum

Inhalt

1. Kapitel 1   1

2. Kapitel 2   15

3. Kapitel 3   22

4. Kapitel 4   34

5. Kapitel 5   44

6. Kapitel 6   56

7. Kapitel 7   65

8. Kapitel 8   77

9. Kapitel 9   89

10. Kapitel 10   102

11. Kapitel 11   114

12. Kapitel 12   125

13. Kapitel 13   138

14. Kapitel 14   149

15. Kapitel 15   161

16.	Kapitel 16	175
17.	Kapitel 17	183
18.	Kapitel 18	196
19.	Kapitel 19	203
20.	Kapitel 20	215
21.	Kapitel 21	225
22.	Kapitel 22	237
23.	Kapitel 23	249
24.	Kapitel 24	259
25.	Kapitel 25	272
26.	Kapitel 26	280
27.	Kapitel 27	293
28.	Kapitel 28	306
29.	Kapitel 29	322
30.	Kapitel 30	333
31.	Kapitel 31	348
32.	Kapitel 32	358
Auszug aus Pemberleys Magie		371
Weitere Werke von Abigail Reynolds		384
Über die Autorin		386
Danksagungen		387

Kapitel 1

DARCY RIEB SICH MIT den Händen übers Gesicht, die Gedanken auf sein Inneres fokussiert, während das Feld um ihn herum allmählich verblasste. Konzentriert atmete er Kraftstränge aus der herbstlichen Luft ein. Dann bündelte er alle magischen Kräfte und machte eine schnelle Bewegung aus dem Handgelenk.

Allem Anschein nach stürmte eine Rinderherde über die Weide auf ihn zu.

Er betrachtete die Illusion kritisch, doch es gab keine verräterischen Mängel, zumindest keine, die er erkennen könnte. Als das vorderste Tier nur noch ein Dutzend Meter entfernt war, pustete er in ihre Richtung, um das Spektakel zu beenden. Die Rinder lösten sich in Luft auf.

Keine schlechte Leistung. Das war natürlich der einfache Teil.

Neben ihm wischte sich Bingley mit großen Augen über die Stirn. "Beim Jupiter, Darcy, ich war mir sicher, dass wir gleich niedergetrampelt werden würden. Ich konnte den Schaum sehen, der dem Stier aus dem Maul flog!"

Darcy verzog das Gesicht. "Aus dieser Perspektive, ja, aber sieh dir das an." Er sammelte erneut Energie, flocht sie zu einem Strang, den er dann auswarf. Diesmal rannte das Vieh jedoch neben ihnen vorbei, statt auf sie zu, was ihnen einen seitlichen Blick auf die Herde ermöglichte.

Der Atem zischte zwischen seinen Zähnen hindurch. Dasselbe Problem wie immer. Das Geräusch von hämmernden Hufen, die um sie herum aufsteigende Staubwolke, die Körper der Kühe, die wippten, während sie rannten, all das war ganz annehmbar. Aber die verdammten Beine!

Bingleys Stirn legte sich in Falten. "Oje. Ich sehe, was du meinst. Zu viele Knie oder vielleicht auch nicht genug?"

"Noch dazu bewegen sie sich nicht richtig. Die Kühe überzeugen nur von vorne. Von jeder anderen Seite würden sie nicht einmal einen ungeschulten Beobachter täuschen." Schlimmer noch, es würde Aufmerksamkeit auf die pure Existenz der Illusion lenken, wenn er doch darauf angewiesen war, sie so überzeugend wie möglich zu gestalten.

"Vielleicht wird es einfacher, wenn du zu den Pferden übergehst", wandte Bingley fröhlich ein.

Darcy schnaubte. "Da der ganze Sinn des Übens mit Rindern darin besteht, dass ihre Beine einfacher sind als die von Pferden, bezweifle ich das." Er beugte sich vor, die Hände auf den Oberschenkeln, und atmete tief durch. Er musste einen Weg finden, es zu schaffen. Sein Scheitern würde Tausende von unschuldigen Leben kosten.

"Feuer hinzuzufügen war ein ausgezeichneter Gedanke, muss ich schon sagen!", rief Bingley und zeigte auf etwas. "Die Beine fallen nun kaum noch auf."

"Wovon redest du?" Darcy richtete sich auf und starrte. Flammen flackerten in der Ferne vor den illusorischen Kühen auf. "Das ist nicht auf meinem Mist gewachsen!" Ein Pächter musste die Nachricht ignoriert haben, sich von diesen Feldern fernzuhalten. Seiner Magie würde das nicht schaden, doch könnte jemand beim Anblick einer Herde, die durchs Feuer rannte, erschrecken, daher schürzte er die Lippen, um die Illusion aufzulösen. Doch die Kühe wichen bereits aus.

Sie wichen aus. Unmöglich. Illusionen besaßen keinen Verstand, sie konnten nicht selbständig denken. Er hatte die Herde in Bewegung gesetzt, und eigentlich hätte sie geradeaus laufen sollen, es sei denn, er wies sie an, etwas anderes zu tun.

Hatte er irgendwie die Kontrolle verloren? Nein, die Verbindung zog noch immer an ihm, aber da war noch etwas anderes, etwas, das seine Kühe abdrängte.

Unerhört. So etwas hatte es noch nie gegeben. Illusionen mochte es an Stärke mangeln, aber nichts sollte in der Lage sein, in sie einzugreifen. Oder zumindest nichts, von dem er wusste.

Seine Augen verengten sich. "Bingley, ich habe die Kühe nicht angewiesen, sich abzuwenden, und ich kann da draußen etwas spüren, eine Art Präsenz. Steht in deinen Büchern irgendetwas über eine Macht, die eine Illusion verändern kann?"

"Nicht das Geringste. Illusionen sind unveränderlich, außer durch ihren Schöpfer. Bist du dir sicher? Vielleicht warst du nur abgelenkt."

Darcy funkelte ihn an. Er war in letzter Zeit abgelenkt gewesen, gar keine Frage. Abgelenkt von einer bezaubernden Kombination aus schönen Augen, sprühendem Esprit und lebhafter Intelligenz, aber das berührte ihn jetzt nicht. Illusionen zu erschaffen, verlangte ihm jede Unze seiner Konzentration ab.

Das war etwas anderes, und er musste herausfinden, was seinen Zauber durchkreuzt hatte. Selbst, wenn nichts sein eigenes Leben rettete, hingen noch so viele andere von seiner Fähigkeit, überzeugende Illusionen spinnen zu können, ab. "Bleib hier", wies er Bingley schroff an.

Er löste die Verbindung zur Illusion und die Kühe verschwanden. Dann hüllte er sich in Schatten und marschierte in Richtung Rauch.

Elizabeth Bennet nahm einen tiefen, genussvollen Atemzug, als die Regungen des Lebens unter ihren Füßen ihr Talent weckten und ein befriedigendes Kribbeln durch ihre Stiefeletten sandten. Oh, es tat so gut, die Kraft der Erde zu spüren, auch wenn sie hier in Netherfield nicht so stark war wie zu Hause!

Die Felder um sie herum waren leer, bis auf einen kleinen Jungen, der auf einer Weide spielte. Sein Grinsen brachte eine entzückende Zahnlücke zum Vorschein, während er ihr stolz einen zerrupften Wildblumenstrauß entgegenstreckte, damit sie ihn bewundern konnte, und sie winkte ihm im Gegenzug zu.

Ihre Stimmung hob sich weiter, als sie ein Feld entlangging, auf dem Winterweizen zu sprießen begann. Die Sämlinge zerrten an ihrem Talent, bettelten darum, etwas von ihrer Kraft abzubekommen, und sie ließ einen kleinen Tropfen Magie in den Boden sickern. Die helle Energie schoss durch ihre Füße und hinterließ nichts als Frieden. Ihr Vater würde ihr sagen, sie solle ihr Talent nicht außerhalb von Longbourns Ländereien verschwenden, aber er würde es nie erfahren, und diese Sämlinge würden mit der nächsten Ernte eine hungrige Familie mit Nahrung versorgen. Vielleicht sogar das Kind, das sie gesehen hatte.

Das war es, was sie brauchte, nachdem sie zwei Tage an Janes Bett gesessen hatte. Nicht, dass es ihr etwas ausmachte, sich um ihre kranke Schwester zu kümmern, aber es war beinahe schmerzhaft, sich ihr Talent zu verwehren, weil sie so lange im Haus blieb.

Während sie vorsichtig in der Mitte des Weges lief, um nicht versehentlich kleine Pflanzen zu zertrampeln, hörte sie plötzlich ein tiefes Donnergrollen in der Ferne, was sie überrascht aufblicken ließ. Nicht eine einzige Wolke war am Himmel zu entdecken.

Dann sah sie sie. Ein halbes Dutzend Kühe preschten über die Weide, an der sie gerade vorbeigekommen war, mit gesenkten Köpfen – direkt auf das Blumen pflückende Kind zu.

Zum Nachdenken blieb keine Zeit mehr. Sie rannte auf den Jungen zu, doch es war klar, dass sie es nicht rechtzeitig schaffen würde.

Der Atem blieb ihr in einem Schluchzen in der Kehle stecken, während sie halb rutschend zum Stehen kam und nach unten griff, um eine Handvoll Unkraut herauszurupfen. Wenn das nicht funktionierte, würde das Kind vor ihren Augen niedergetrampelt werden. Sie biss sich auf die Lippe, bis Blut floss, um es sogleich auf das Kraut in ihrer Hand zu spucken.

Gott sei Dank trug sie ihre speziellen Handschuhe! Sie streifte sich einen davon so hastig ab, dass er sich an ihrem Fingernagel verfing und ihn abriss, doch das kümmerte sie nicht. Indes stopfte sie das blutbefleckte Unkraut in den Handschuh und warf ihn in Richtung der herandonnernden Kühe.

"Erhebe dich!", rief sie und ließ ihr Talent in den fliegenden Handschuh fließen. "Erhebe dich und brenne!" Sie konnte fast sehen, wie er Flügel bekam und weiter flog, als ihr Wurf das Päckchen hätte tragen können, weit über das Kind hinaus.

Der Handschuh explodierte in einer Feuersbrunst, als er vor den Kühen auf den Boden prallte. "Brenne, brenne, brenne", skandierte Elizabeth. "Brenne und bring sie dazu, umzukehren!"

Und dann konnte sie durch die Flammen hindurch sehen, wie das Vieh umschwenkte, zurück ins offene Feld.

Sie sackte mit dem Rücken gegen die Steinmauer, kaum noch in der Lage, zu stehen, nun da sie all ihre Energie in die Magie hatte fließen lassen. Doch sie hievte sich über einen Zauntritt und schleppte sich schwach zu dem Kind, das vor Angst schluchzte. "Alles ist gut", beruhigte Elizabeth den Jungen. "Du bist in Sicherheit." Sie schaute über ihre Schulter, um sicherzustellen, dass die Kühe weit wegblieben, doch sie waren nirgendwo zu sehen.

Wie waren sie so plötzlich verschwunden?

Sie hielt inne. Über sie hereinbrechende Rinder, die aus dem Nichts auftauchten und dann wieder verschwanden? Irgendetwas stimmte hier ganz und gar nicht. Die von ihr geschaffenen Flammen, erstarben nun, ohne die Magie aus ihrem Blut, die sie nährte, unfähig, sich im grünen Gras zu halten.

Dahinter schritt eine schattenhafte Gestalt mit dem Hut eines Gentlemans durch den Rauchschleier auf sie zu. War er derjenige, der die Kühe aufgeschreckt hatte? Er sollte wissen, dass er in der Nähe von Vieh vorsichtiger sein sollte! Selbst aus der Entfernung konnte sie erkennen, dass er wütend war. Und dann verschwand er im Rauch.

Hatte er sie dabei beobachtet, wie sie ihr Talent einsetzte? Das könnte eine Katastrophe sein. Vielleicht machte er sich nur Sorgen wegen des Feuers, aber das würde in ein paar Minuten von alleine ausgehen. Das Kind lehnte sich wimmernd an sie.

Sie tätschelte seinen Kopf und wünschte, sie könnte mehr tun, aber wenn sie versuchte, ihn nach diesem Einsatz ihres Talents hochzuheben, würden sie ihre Beine nicht mehr tragen. Sie musste dafür sorgen, dass er an einen sicheren Ort kam. "Wo wohnst du?", fragte sie.

Der Junge hob sein Gesicht nicht aus ihrem Rock, zeigte aber mit zitterndem Finger hinter sie.

"Gut. Dann lass uns dorthin gehen." Und es würde sie weiter von dem Mann wegbringen, der sie möglicherweise gesehen hatte, wer auch immer er sein mochte. Sie nahm die Hand des Jungen, begann zu gehen, Kraft vorschützend, die sie kaum besaß. Aber sie reichte, um den Rand des Feldes zu erreichen, und irgendwie schaffte sie es, ihre Füße zu heben, um wieder über den Zaun zu klettern.

Zumindest wären sie jetzt vor den unsichtbaren Kühen sicher. Könnte all das nur ihrer Fantasie entsprungen sein? Nein, denn der Junge hatte sie ja schließlich auch gesehen.

Der Bub zog sie zu einem kleinen Cottage, vor dessen Tür eine Schüssel Milch für das Feenvolk herausgestellt worden war. Wie könnte sie seiner Mutter erklären, was vorgefallen war? Es war gut möglich, dass sie Elizabeth erkannte und unwillkommene Fragen stellen würde. Besser, den Jungen die Geschichte erzählen zu lassen, damit magische Flammen und herandonnernde Rinder, die sich in Luft auflösten, der überbordenden Phantasie eines Kindes zugeschrieben werden konnten. Ja, das war die Lösung.

Sie ließ die Hand des Jungen los. "Na siehst du. Nun bist du in Sicherheit."

Er versuchte, erneut nach ihr zu greifen, doch sie klopfte ihm ermutigend auf die Schultern und schob ihn sanft in Richtung der Hütte. "Ich werde von hier aus wachen, bis du drinnen bist." Sie musste ihr Herz vor seinem flehenden Blick verschließen, doch hier war er nicht wirklich in Gefahr. Und sie musste dem Mann entkommen, der gesehen hatte, wie sie ihr Talent einsetzte. Widerwillig schlurfte der Junge in die Hütte, wo ihn eine gedämpfte Frauenstimme begrüßte.

Dieses Problem war schon einmal gelöst. Elizabeth eilte so schnell den Weg zurück, wie ihre erschöpften Beine sie tragen konnten. Nein, es war sinnlos; sie konnte unmöglich mehr Distanz zwischen den Mann und sich bringen, wenn er ihr wirklich folgte. Sich zu verstecken war ihre einzige Option.

Das Gebüsch am Rand der Weide war das Beste, worauf sie nun setzen konnte. Der Mann war nirgendwo zu sehen, so weit sollte sie es also noch schaffen.

Sie zog ihren anderen Handschuh aus, nur für den Fall, dass ihr jemand begegnete, der sich fragen würde, was mit seinem Zwilling passiert war. Und jetzt müsste sie einen neuen machen. Jeder von ihnen kostete sie so viele Arbeitsstunden.

Eine Stimme erklang, gar nicht weit weg. Sogar in unmittelbarer Nähe. "Warten Sie, Miss Elizabeth!"

Erschrocken fuhr Elizabeth herum, konnte aber niemanden ausmachen. Hatte sie sich das eingebildet? Und jetzt verschwamm der Weg vor ihr, die Luft flirrte.

Sie musste sich deutlich mehr überanstrengt haben, als sie gedacht hatte. Normalerweise waren es nur ihre Beine, die sie nach einer magischen Leistung im Stich ließen, aber dieses Mal war selbst ihren Sinnen nicht zu trauen. Sie musste rasch zum Haus zurückkehren, und das geschwind, bevor jemand sie in diesem Zustand entdeckte. Sie sammelte ihre Kraft und schritt vorwärts.

Und rannte direkt in ein unbewegliches Objekt. Ein warmes, atmendes, unbewegliches Objekt, wo doch nichts als ein freier Weg vor ihr lag.

Starke Hände umfingen ihre Schultern. Starke unsichtbare Hände. Verzweifelt versuchte sie, sich loszueisen, doch ohne Erfolg. "Wer sind Sie?", rief sie.

"Pardon?", die Stimme klang auf vertraute Weise verdrossen. "Oh. Vergeben Sie mir." Plötzlich verschmolz die schimmernde Luft zu einer festen Form, in einen schwarzen Mantel gekleidet.

Es war dieser abscheuliche Mr. Darcy. Und sie war fest gegen seine Brust gedrückt.

Elizabeth schluckte, plötzlich wurde die Stelle, an der ihr Körper seinen berührte, ganz heiß. "Wie haben Sie das gemacht?"

"Wie haben Sie auf meine Kühe eingewirkt? Ich muss es wissen!"

"*Ihre* Kühe?", rief sie empört und trat einen entschiedenen Schritt zurück. "Sie haben diesen Ansturm ausgelöst? Ihre Kühe hätten beinahe einen kleinen Jungen niedergetrampelt."

Er winkte ab, als wolle er ihren Einwand fortwischen. "Ihm wäre nichts geschehen."

Ein Bild des tränenüberströmten, verängstigten Gesichts des Jungen blitzte vor ihrem geistigen Auge auf. "Nichts geschehen? Glauben Sie, ein aufgeschrecktes Rind besitzt den Verstand, ein Kind zu meiden?"

"Es war eine Illusion", schnauzte er. "Wie haben Sie sie blockiert?"

Eine Illusion? Von solchen Dingen hatte sie gehört, doch sie waren Sache der Magier. Die wenigen von ihnen, die existierten, waren im königlichen Dienst und ließen keine illusorischen Kühe über ein Feld stürmen! Aber es ergab in gewisser Weise Sinn, wie das Vieh aus dem Nichts aufgetaucht und ebenso schnell verschwunden sein konnte und wie er es geschafft hatte, nur wenige Meter von ihr entfernt, verborgen zu bleiben.

Könnte Mr. Darcy tatsächlich ein Magier sein? Was für ein erschreckender Gedanke.

Eine akzeptable Antwort, die sie ihm gegenüber hätte vorbringen können, gab es nicht und so servierte sie ihm das winzige bisschen Wahrheit, das ihr möglich war. "Ich habe etwas Gras in meinen Handschuh gestopft, um daraus einen Ball zu formen. Den konnte ich nach ihnen werfen, in der Hoffnung, es würde sie erschrecken."

Seine Augen verengten sich. "Das Feld brannte durch Ihrem mit Gras gefüllten Handschuh. Sie haben Magie angewandt."

"Meine Magie, wie Sie sie nennen mögen, ist nur ein Hauch von Talent, das bei jedem in einer Familie von Land- und Grundbesitzern zum Vorschein kommen kann." Wenn sie es mit genug Überzeugung sagte, würde er ihr vielleicht glauben.

Er schüttelte den Kopf. "Nein, Sie müssen das Landtalent sein, und ein starkes noch dazu, wenn ich mich nicht irre. Das erklärt, weshalb ich die Anwesenheit Ihrer Schwester so gut ertragen kann. Und Sie..." Seine Augen leuchteten auf, als ob direkt vor seinen Augen ein Wunder stattfände. "Sie stoßen mich nicht ab."

Ihr blieb der Mund offenstehen, und dann lachte sie in schockierter Ungläubigkeit. "Mr. Darcy, Sie versetzen mich in Erstaunen! Zunächst erklären Sie, ich wäre annehmbar, und nun, dass ich Sie nicht abstoße! Sie sollten vorsichtig sein, wenn Sie einer Dame solch feine Komplimente machen. Sie könnte einen falschen Eindruck von Ihnen erlangen – jedoch wäre es unwahrscheinlich, dass sie Sie für einen Gentleman hielte!"

Er schien sie nicht einmal zu hören. "Wie kann das möglich sein? Mit dem Talent, über das Sie verfügen, sollte ich nicht in der Lage sein, so nahe bei Ihnen zu stehen, geschweige denn, Sie zu berühren." Er zog seinen Handschuh aus und strich nach einem Moment des Zögerns, als erwarte er Schmerzen, mit der Rückseite seiner Finger leicht über ihre Wange. "Verblüffend!"

Sie machte einen weiteren Schritt zurück und ignorierte die Welle der Empfindung, die seine kurze Berührung hervorgerufen hatte. "Sie mögen über die körperliche Fähigkeit verfügen, mich zu berühren, diese ist aber ganz sicher nicht gleichbedeutend mit meiner Erlaubnis, dies auch zu tun!"

"Was? Oh, natürlich", sagte er abwesend, als ob seine Gedanken sich irgendwo in der Ferne überschlügen. "Doch das spielt keine Rolle. Wenn sich Ihr Talent mit meinem vereinen kann und Sie mich nicht abstoßen, dann muss ich alles noch einmal neu überdenken."

Sie nahm einen tiefen Atemzug und versuchte, ihre aufgebrachten Nerven zu beruhigen. Was er sagte, ergab keinen Sinn, und sein Verhalten war unverschämt. Offensichtlich stimmte etwas mit Mr. Darcy ganz gewaltig nicht, zusätzlich zu der Katastrophe, dass ihr Talent entdeckt wurde. "Sie mögen mich vielleicht nicht abstoßend finden, aber ich bin mit diesem Gespräch fertig, Sir. Bitte entschuldigen Sie mich."

"Nein! Gehen Sie nicht. Ich muss mehr darüber wissen. Wie kommt es, dass Sie das Talent in Ihrer Familie innehaben? Warum nicht Ihre ältere Schwester?"

Ihr blieb keine andere Wahl, als ihm zu antworten. "Ich habe Ihnen bereits gesagt, dass ich lediglich über eine Spur von Talent verfüge. Jane ist die Erbin des Familientalents."

"Wie konnten Sie meine Illusion verändern? Das sollte jedem Talent unmöglich sein, dennoch haben Sie es fertiggebracht."

"Ich fürchte, da irren Sie. Ich habe nichts weiter getan, als meinen Handschuh nach den Kühen zu werfen." Es klang so schwach, aber etwas Besseres fiel ihr nicht ein. Oh, warum hatte sie nicht sorgfältiger darauf geachtet, ihre Magie zu verschleiern? Nicht, dass ihr viel Gelegenheit dazu geblieben wäre, wenn sie den Jungen vor den herandonnernden Kühen retten wollte. Vor den Kühen, die es gar nicht gab.

"Ich weiß nicht, warum Sie es leugnen, aber ich habe mich nicht geirrt." Er näherte sich ihr und starrte ihr aufmerksam ins Gesicht. "Elizabeth, das ändert alles."

Hitze durchflutete sie unter der Intensität seines Gesichtsausdruckes. Oder kam das daher, dass er sie beim Vornamen genannt hatte, ohne das formelle 'Miss'? Die Intimität stand im Widerspruch zu allem, was sie über ihn wusste, und ihre eigene Reaktion beunruhigte sie. "Mr. Darcy –"

Erneut streckte er die Hand aus und umfing diesmal ihre Wange mit seiner bloßen Hand.

Sie sollte sich ihm entziehen. Er benahm sich wie ein Verrückter, und sie mochte ihn nicht einmal. Warum ließ sie das zu?

Das rauschende Geräusch von Flügeln, die durch die Luft schnitten, war ihre einzige Warnung, ehe ein Falke die Luft zwischen ihnen teilte. Federn nahmen kurz den Raum vor ihrem Gesicht ein, und ein starker, muskulöser Flügel stieß sie einen Schritt zurück.

Mr. Darcy stieß einen Schmerzensschrei aus.

Der Vogel flog an ihnen vorbei und gab den Blick auf Blut frei, das Mr. Darcy aus drei parallelen Kratzern von der Wange tropfte. Er drückte seine Hand darauf, nahm sie dann wieder weg und starrte auf seine rot befleckten Finger. "Was in Gottes Namen war das?", verlangte er, zog ein Taschentuch hervor und tupfte über das zerrissene Fleisch.

Elizabeth zuckte zusammen. Oje! Wie konnte sie das erklären? Der Vogel kreiste immer noch über ihnen und bereitete sich darauf vor, wieder auf Darcy hinabzustechen. "Nein, Cerridwen!", rief sie. "Ich bin nicht in Gefahr."

Wenn ein Falke im Flug verärgert aussehen konnte, tat dieser es gerade, doch er zog weiter seine Kreise.

Darcy starrte sie an. "Das ist *Ihr* Vogel? Er ist eine Bedrohung!"

"Sie ist vollkommen zahm." Das stimmte so nicht ganz, Cerridwen tat stets, was sie wollte, aber sie würde niemandem ohne Grund schaden. "Sie hat lediglich versucht, mich zu beschützen. Bitte gestatten Sie mir, Ihre Wunde anzusehen." Sie trat vor und zog ihr Taschentuch heraus, in der Hoffnung, ihn von dem Vogel abzulenken.

Die Kratzer waren zerklüftet, aber zum Glück nicht tief. Den längsten betupfte sie mit ihrem Taschentuch und zog die Kraft der Erde durch ihre Füße hinauf. Sie kam nicht so unmittelbar wie sie es auf Longbourns Land getan hätte, vielleicht lag es aber auch daran, dass sie ihre Kräfte zuvor erschöpft hatte, doch klitzekleine Kraftblitze durchströmten sie und sie leitete sie zu ihren Händen, um den Blutfluss zu stoppen. Die Ränder des Schnittes näherten sich einander an, doch sie hörte auf, ehe sie vollkommen verheilt waren. Sie wollte, dass es weniger ernst aussah, anstatt sie auf eine Weise verschwinden zu lassen, die sie nicht erklären konnte.

Er griff nach ihrem Handgelenk und starrte sie ungläubig an. "Setzen Sie Talent an mir ein?"

Woher hatte er das gewusst? Niemand hatte es jemals zuvor erkannt, wenn sie einer Heilung auf die Sprünge half, wobei sie es auch noch nie zuvor an jemandem ausprobiert hatte, der selbst über Magie verfügte. Oh, welch ein dummer, dummer Fehler! Sie biss sich auf die Lippe. "Wie ich schon sagte, verfüge ich über eine Spur von Talent, und es war das Mindeste, was ich tun konnte, da mein Falke Sie verletzt hat."

Er befühlte vorsichtig die Kratzer, und unter seiner Berührung wuchs die Haut glatt zusammen. Er konnte also auch heilen. "Ich verstehe immer noch nicht, wie Sie das fertiggebracht haben, aber ich danke Ihnen."

Zumindest war er einmal gnädig! "Sehr gern geschehen. Ich muss Sie um einen Gefallen bitten. Es ist nicht allgemein bekannt, dass ich über diese Spur von Talent verfüge, und ich würde es vorziehen, wenn dem so bliebe."

Mit einem leichten Stirnrunzeln, als ob er dies unverständlich fände, sagte er langsam: "Das ist sicherlich nichts, wofür man sich schämen müsste, aber wenn Sie es wünschen, werde ich nichts sagen."

Erleichtert atmete sie auf. "Ich danke Ihnen."

"Wenn ich ein ähnliches Anliegen äußern dürfte, würde ich Sie bitten, niemandem zu erzählen, dass ich im Stande bin, Illusionen zu erschaffen. Niemand darf wissen, dass ich etwas anderes als ein Landtalent bin."

"Ich werde es keinem sagen." Sie würde beinahe allem zustimmen, um diesem seltsamen Gespräch ein Ende zu setzen. Sicher konnte sie jetzt entkommen.

Oder vielleicht auch nicht. Der Falke kreiste träge zu ihr herab. Mit einem Seufzer streckte Elizabeth ihren Arm aus. Wenn sie sich etwas in den Kopf gesetzt hatte, ließ Cerridwen sich von nichts mehr abbringen.

"Halt!", rief Darcy. "Sie haben keinen Falknerhandschuh."

"Sie ist besonders ausgebildet und wird mir nicht wehtun." Und tatsächlich, Cerridwens Landung ging mit nicht mehr als einem leichten Druck ihres Handgelenks einher.

Darcy beäugte den Vogel mit Argwohn, was kaum überraschte, da er ihm das Gesicht zerkratzt hatte. "Von so etwas habe ich noch nie gehört. Falken benutzen immer ihre Krallen."

"Dieser nicht", sagte sie leichtfertig. "Aber meine Schwester ist vermutlich bereits aufgewacht, daher sollte ich nun zu ihr zurückkehren."

Er zögerte, schien sich dann aber seiner Manieren zu besinnen und verbeugte sich. "Ich hoffe, ihr Zustand hat sich gebessert."

Cerridwen neigte den Kopf und studierte Darcy. Dann, als wäre sie zufrieden, hob sie den Fuß zu ihrem Schnabel und begann, ihre Krallen zu reinigen.

Darcy überquerte langsam die Felder, zurück zu der Stelle, an der er Bingley zurückgelassen hatte. Es gab Einiges, worüber er nachdenken musste, und nichts davon ergab Sinn.

"Und?", rief ihm Bingley entgegen. "Was hast du gefunden?"

"Miss Elizabeth Bennet, falls du das glauben kannst." Er konnte es selbst kaum glauben. "Sie hatte Angst vor den heranpreschenden Kühen und hat es irgendwie geschafft, sie abzudrängen. Meine Illusion zu verändern."

"Aber, das sollte unmöglich sein! Sie hat vielleicht eine Spur von Landtalent, nehme ich an, aber das taugt nur für Feldfrüchte."

"Nach dem zu urteilen, was ich gesehen habe, hat sie weit mehr als nur eine Spur davon und das an sich ist schon seltsam genug. Noch dazu kann ich nicht erklären, wie sie es fertiggebracht hat, in meine Illusionen einzugreifen. Selbst, wenn sie über die Fähigkeiten eines Magiers verfügen würde, hätte sie nicht diese Macht." Die einzige andere Möglichkeit war so peinlich weit hergeholt, dass er sie erst gar nicht erwähnte. "Darüber hinaus habe ich trotz ihres Landtalents keinerlei Abstoßungskraft gespürt. Ich kann ihre Wange mit meiner bloßen Hand berühren, ohne dass es im Geringsten unangenehm wäre." Es war ganz und gar nicht abstoßend gewesen, im Gegenteil. Eine Welle der Begierde erfüllte ihn, seine Finger prickelten, wenn er an ihre seidige Haut dachte.

"Das ist mehr als seltsam", sagte Bingley gedehnt. "Bist du sicher, dass sie über Talent verfügt?"

"Zweifelsohne. Ich habe gespürt, wie sie es an mir angewandt hat. Und ich denke, dieser Falke muss ihr Vertrauter sein."

Bingley runzelte die Stirn. "Nun, vereinzelt werden in den alten Büchern Talente erwähnt, die keine Abstoßungsreaktionen verspürt haben, doch das kommt äußerst selten vor. Und es erklärt immer noch nicht, was mit deinen Kühen passiert ist."

"Nein. Ich beabsichtige, sie morgen weiter dazu zu befragen."

"Gut. Denn wenn etwas deine Fähigkeiten durchkreuzen kann, müssen wir es jetzt wissen, bevor es zu spät ist." Augenblicklich ernüchterte sich seine Miene. "Gütiger Gott, was hasse ich diesen Schlamassel!"

Darcy ebenfalls, aber er konnte es sich nicht leisten, darüber nachzudenken. Zuerst musste er das Geheimnis lösen, das Miss Elizabeth Bennet darstellte.

Kapitel 2

AM NÄCHSTEN MORGEN SCHLICH sich Elizabeth auf Zehenspitzen aus Janes Krankenzimmer zum großen Treppenhaus. Als sie die unterste Stufe erreichte, erklang eine Stimme.

"Guten Morgen, Miss Elizabeth. Ich hatte gehofft, Sie zu sehen." Mr. Darcy erhob sich von einem der Hochlehnerstühle, die die Eingangshalle säumten, und steckte ein kleines Buch in seine Tasche.

"Guten Morgen, Sir." Sie bemühte sich, ihre Überraschung zu verbergen. Hatte er ihretwegen tatsächlich in einem unbequemen Stuhl im kältesten Raum des gesamten Herrenhauses gesessen?

"Darf ich fragen, ob sich der Zustand Ihrer Schwester bessert?" Er klang steif, als ob ihm höfliche Nettigkeiten nicht leichtfielen.

"Langsam, aber dennoch. Sie hat eine Kleinigkeit gefrühstückt und ruht sich nun aus. Ich dachte, ich könnte in der Bibliothek nach einem Buch zum Lesen suchen."

Ein zaghaftes Lächeln huschte über sein Gesicht. "Ich würde Sie gerne dorthin begleiten, wenn Sie das möchten, aber ich hatte gehofft, Sie von einem Spaziergang überzeugen zu können. Es gibt da etwas, das ich Ihnen zeigen möchte."

Sie blinzelte. Er wollte Zeit mit ihr verbringen? Nun, sie mochte seine Gesellschaft vielleicht nicht genießen, doch sie war darauf angewiesen, dass er ihr Geheimnis wahrte. Wenn er also spazieren wollte, würden sie spazieren gehen. "Das wäre schön. Wohin gehen wir?"

Er zögerte und sah sich um, als wolle er sicherstellen, dass sich niemand in der Nähe aufhielt. "Wären Sie daran interessiert, zu sehen, wie ich die Illusion der Kühe geschaffen habe?"

Interessiert? Für eine solche Gelegenheit würde sie einiges geben! Magier waren notorisch geheimnisvoll, was ihre Künste anbelangte. "Sehr sogar.", rief sie.

Sein Lächeln wurde breiter. "Ausgezeichnet."

Sobald Elizabeth Hut und Mantel entgegengenommen hatte, machten sie sich auf den Weg. Heute war die Herbstluft schon frischer, doch selbst der Teppich aus bunten Blättern konnte mit ihrer überschäumenden Aufregung nicht mithalten. Sie würde einem Magier bei der Arbeit zusehen!

Doch warum unternahm Mr. Darcy plötzlich diese Anstrengung? Sie blieb wohl besser vorsichtig, bis sie eine Antwort darauf gefunden hatte.

Mr. Darcy sagte wenig, als sie den Kiesweg am See entlang gingen, an dem Gartenhäuschen in Form eines griechischen Tempels vorbei und auf einen Fußweg, der ins Ackerland hinausführte. Er blieb stehen, als sie eine Weide erreichten, dieselbe, auf der sie am Vortag die Kühe gesehen hatte, nur von der gegenüberliegenden Seite. Heute war sie verlassen, ohne Hinweise auf Menschen in der Nähe. Würde der kleine Junge sie nach seinem Schrecken dort meiden?

Er öffnete ihr das Tor. "Was soll ich Ihnen erschaffen? Wieder Kühe oder ein anderes Tier?"

Sie wusste nicht, was sie von diesem urplötzlich liebenswürdigen, zuvorkommenden Mr. Darcy halten sollte, aber sie würde die Gelegenheit nutzen. "Ist irgendetwas unmöglich?"

"Ein gewöhnliches Tier, das ich gut kenne, wäre mir am liebsten. Wenn ich Ihnen die Illusion eines Löwen oder Elefanten erschüfe, würde sie sich nicht überzeugend bewegen, da ich diese Tiere nie in Bewegung gesehen habe."

"Dann vielleicht ein Schaf?" Das war doch gewöhnlich genug.

Er studierte die Weide, und sein Körper bewegte sich nicht mehr. Sie hätte nicht sagen können, was anders war, aber die Luft um ihn herum hatte sich irgendwie verändert, eine Stille, als wäre man an einem Sommertag mitten in einem Eichenhain. Dann machte er eine schnelle Bewegung mit den Händen.

Ein schwarzgesichtiges Mutterschaf erschien nicht zehn Fuß von ihnen entfernt und weidete friedlich.

Elizabeth hatte die Illusion der Rinder nur aus der Ferne gesehen, aber dieses Schaf überzeugte in jedem Detail. Jeder Wollkringel, jeder Huf, der sich über den Boden bewegte, sogar ihr Kiefer bewegte sich, während es Gras kaute. "Erstaunlich", murmelte sie.

"Sie können näherkommen", ermutigte er sie.

Das musste er ihr nicht zweimal sagen. Das Schaf hob den Kopf und sah sie an, als hätte es Elizabeths Annäherung gehört.

Erst als Elizabeth neben dem Mutterschaf stand, konnte sie einen Unterschied sehen, und selbst der betraf nicht die Illusion selbst. Das Gras bewegte sich nicht, wenn das Schaf weidete, sondern blieb aufrecht und unbeschädigt. Ansonsten war es perfekt. "Darf ich es anfassen?"

"Wenn Sie wünschen, aber Sie werden nichts spüren."

Sie streckte die Hand nach dem Schaf aus, aber statt der erwarteten kratzigen Fasern unter ihren Fingern, tauchte ihre Hand direkt in das Schaf ein und versank bis zum Handgelenk darin. Ein höchst beunruhigender Anblick. Sie zog ihre Hand wieder heraus – aber wie konnte sie sie herausziehen, wenn da gar nichts war? – und schaute der Illusion direkt in ihre starrenden Augen.

"Nun, wenn Sie so freundlich wären, Miss Elizabeth, könnten Sie versuchen, mit ihr zu interagieren? Sie dazu bringen, sich zu bewegen oder etwas zu tun?"

Sie bezweifelte es. Als sie die Kühe verjagte, hatte sie geglaubt, dass sie echt waren.

Elizabeth griff nach unten, zupfte etwas Gras heraus und hielt es dem Schaf vor die Schnauze. "Schau mal, ein kleiner Leckerbissen", lockte sie.

Das Schaf reagierte natürlich nicht.

Voller Entschlossenheit ließ sie ihr Talent aus der Erde in sich fließen. "Friss", sagte sie und stellte sich vor, wie das Schaf einen Happen nahm, ebenso wie sie sich die Flucht der Kühe vor dem Feuer vorgestellt hatte.

Das Schaf schnupperte am Gras und nahm es dann zwischen die Zähne. Es zerrte daran und begann zu kauen.

Aber das Gras befand sich noch immer in Elizabeths Hand, und sie hatte nichts gefühlt, als das Schaf es augenscheinlich genommen hatte. Ihre Haut kribbelte. Das war Magie, die über alles hinausging, was sich je in ihrer Vorstellung abgespielt hatte.

Mr. Darcy sprach hinter ihr. "Verblüffend. Sie haben meine Illusion tatsächlich verändert. Von dergleichen habe ich noch nie zuvor gehört."

"Was bedeutet das?"

"Ich weiß es nicht." Er drehte sich um, und das Schaf verschwand flimmernd, als wäre es nie gewesen. "Ist das Ihr Falke?" Er klang leicht verhalten.

Elizabeth schaute über ihre Schulter. Cerridwen saß auf dem Zaunpfosten neben dem Tor. "Ja. Sie brauchen sich jedoch nicht zu sorgen. Sie hat gestern nur angegriffen, weil sie dachte, Sie würden mir wehtun."

Er studierte den Vogel. "Von einem Vogel als Vertrautem habe ich auch noch nie gehört. Dies ist ein Tag voller Überraschungen."

Elizabeths Mund öffnete sich und wollte unwillkürlich antworten, dass sie weder über Magie noch über einen Vertrauten verfüge, doch wie konnte sie das leugnen, wenn er mitbekommen hatte, wie sie ihr Talent einsetzte? "Sie ist nicht wirklich eine Vertraute, aber sie hängt an mir."

"Inwiefern macht das einen Unterschied?"

Sie hegte nicht die Absicht, mit ihm über Cerridwen zu sprechen, und dies könnte ihre einzige Gelegenheit sein, ihn zu Illusionen zu befragen. Morgen könnte Mr. Darcy schon wieder zu stolz sein, um noch einmal mit ihr zu sprechen. "Das ist eine lange Geschichte. Sagen Sie, wenn ich Ihre Illusionen beeinflussen kann, bedeutet das dann auch, dass ich in der Lage bin, selbst welche zu erschaffen?"

"Höchst unwahrscheinlich. Selbst die mächtigsten Landtalente können keine Illusionen erschaffen", erwiderte er abweisend. "Jede Familie, die seit vielen Generationen auf demselben Land lebt und die Rituale durchführt, um ihren Erben mit dem Anwesen zu verbinden, wird schlussendlich irgendwann ein Landtalent hervorbringen, dem es möglich ist, Pflanzen und Tiere in ihrem Wachstum zu unterstützen. Die Fertigkeit, die Kraft der Luft zu nutzen, um eine Illusion zu erzeugen, ist viel seltener und eine Fähigkeit, mit der man geboren werden muss."

"Dennoch gelten Sie als Landtalent, und können ebenfalls Illusionen schaffen."

"Ich bin der Erbe von Grundbesitz und eines Landgutes, aber ich stamme auch von Magiern ab. Deshalb kann ich Illusionen erschaffen. Das zu lernen ist nichts, was man einfach so beschließen kann, ganz gleich, wie stark Ihr Landtalent ausgeprägt sein mag."

So leicht würde sie nicht aufgeben. "Und doch haben Sie ebenfalls gesagt, eine Illusion zu verändern, wäre noch nie vorgekommen. Vielleicht bin ich auch in der Lage, dieses unmögliche Unterfangen zu beherrschen."

"Vermutlich würde es nicht schaden, es zu versuchen", sagte er einen Hauch herablassend. "Allein schon, um das als mögliche Ursache auszuschließen."

Euphorie erfüllte sie. Selbst wenn sie sich als unfähig erweisen würde, wäre dies eine Erfahrung, die in keinem ihrer Bücher beschrieben wurde. "Wie soll ich beginnen? Mit welchem Tier sollte ich es zuerst versuchen?"

Er lachte. "Tierillusionen sind fortgeschritten. Beginnen wir mit etwas Einfacherem. Kommen Sie."

Sie folgte ihm zu einer Ecke der Weide, die im Schatten einer großen Eiche lag. "Das sollte genügen", sagte er. "Wir werden Sie nun versuchen lassen, ein wenig Nebel zu erzeugen, genau hier in der Ecke der Steinmauer."

"Nebel?", fragte sie zweifelnd.

"Es ist die einfachste Illusion, und jene, mit der wir alle beginnen."

"Wie stelle ich das an?" Sie hielt den Atem an und hoffte, er möge sich nun nicht plötzlich daran erinnern, dass dies ein streng gehütetes Geheimnis war.

"Zuerst stellen Sie sich den Nebel im Kopf vor. Nur eine kleine Nebelschwade, nichts Aufwendiges. Dieses Bild fixieren Sie in Ihrem Geist."

Elizabeth fixierte es so fest in ihrem Geist, dass sie es womöglich nie wieder vergessen würde. Eine weitere Gelegenheit dazu würde sich ihr nie wieder bieten. "Gut."

"Nun müssen Sie Energie sammeln. Können Sie sich die Sonnenstrahlen, die bis zur Erde hinunter reichen, wie sehr lange, sehr feine, unsichtbare Fäden vorstellen?"

Könnte das eine Art ausgeklügelter Trick sein? "Fäden aus Sonnenlicht. Ja."

"Das ist die Energie. Nun müssen Sie einige der Fäden sammeln und bündeln." Er demonstrierte es ihr, indem er seine Hände zu einer Schale formte und anschließend die Konturen eines großen Balls von unten bis oben nachfuhr. "Dann verflechten Sie die Fäden miteinander. Denken Sie an Ihren Nebel und werfen Sie die gebündelte Energie wie ein Fischernetz darauf." Eine rasche Bewegung mit seinem Handgelenk, und eine dicke Nebelwolke bildete sich vor der Wand.

Verblüffend!

Mr. Darcy ließ die Hände sinken, schürzte die Lippen und blies darauf. Der Nebel verschwand, als hätte es ihn nie gegeben. "Nun versuchen Sie es." Er lehnte sich gegen die Wand zurück und rechnete eindeutig damit, dass nichts geschehen würde.

Oh, wie sehr sie ihm das Gegenteil beweisen wollte! Sie stellte sich vor, die unsichtbaren Fäden zu sammeln, zu flechten und in Nebel zu verwandeln. Nichts. Sie versuchte es erneut und legte all ihre Willenskraft hinein, zog Energie aus der Erde. Ohne Erfolg.

Als Tränen der Frustration ihre Augen füllten, sprang ihr ein Bild in den Kopf, seltsam verzerrt, als ob es durch Cerridwens Augen zu sehen wäre. Es war ihr Spinnrad.

Cerridwen sandte ihr nie ohne Grund etwas, aber warum ihr Spinnrad?

Oh.

Mit neuer Entschlossenheit sammelte sie die unsichtbaren Fäden, aber dieses Mal spürte sie ein Gefühl von Energie zwischen ihren Händen, als sie sich das Ganze als Stränge aus gekämmtem Flachs vorstellte. Anstatt sie zu flechten, ließ sie die Stränge zwischen ihrem angewinkelten Daumen und Zeigefinger hindurchgleiten, als wolle sie sie spinnen, ihr Fuß tappte im Rhythmus des imaginären Spinnrades. Mit dem Bild des Nebels vor ihrem geistigen Auge, warf sie die gesponnenen Fäden in die Ecke hinaus.

Nebel wallte auf.

Sie hatte es geschafft! Mit einem triumphierenden Lächeln blickte sie zu Mr. Darcy hinüber, doch dessen Blick war in die Ferne gerichtet.

"Schauen Sie!", rief sie.

Sein Kopf wandte sich ihr zu und ihm fiel die Kinnlade herunter. "Gütiger Gott."

Triumphierend spann sie weiter und ließ ihren Nebel wachsen und sich ausbreiten. Es war herrlich. Es war schwindelerregend. Es war...

"Stopp! Lass los, Elizabeth. Schneid die Fäden durch!" Mr. Darcys Stimme schien aus großer Entfernung zu kommen.

Gehorsam hörte sie auf zu spinnen. Was gut war, denn nun drehte sich die Weide um sie.

Als ihre Beine unter ihr nachgaben, fühlte sie, wie sich starke Arme um sie schlossen. Es fühlte sich warm und sicher an. Und dann fühlte sie nichts mehr.

Kapitel 3

Darcys Arme schmerzten, als er endlich den Tempel erreichte, doch das war seine geringste Sorge. Er wollte, dass sie weh taten. Er hatte den Schmerz verdient. Wie konnte er nur so ein Narr sein?

So sanft wie möglich legte er Elizabeths bewusstlosen Körper auf der Marmorbank ab. Mein Gott, sie war beinahe so weiß wie der Marmor! Er legte seine Finger auf ihren Hals, um ihren Puls zu fühlen, keine leichte Aufgabe, wenn sein eigenes Herz unkontrolliert und heftig klopfte.

Da war er, langsam, aber stetig. Gott sei Dank!

Das war alles seine Schuld. Er hatte nicht das Recht, sie überhaupt das Illusionen werfen ausprobieren zu lassen, und es war mehr als leichtsinnig gewesen, sie nicht vor den Gefahren zu warnen, bevor sie es versuchte. Aber er war sich so sicher gewesen, dass sie nicht die Voraussetzungen dazu erfüllte, daher hatte er kaum darauf geachtet. Seine Mutter würde ihm das Fell über die Ohren ziehen, wenn sie es jemals herausfände.

Ja, er war ein Narr, und er hatte Elizabeths Leben aufs Spiel gesetzt. Falls sie sich nicht davon erholte, würde er es sich nie verzeihen.

Und noch immer lag sie regungslos da.

Verzweifelt sank er neben ihr auf die Knie, nahm ihre Hand zwischen seine und rieb sie sanft, als könne er seine Kraft in sie fließen lassen. "Elizabeth, ich bitte dich. Öffne deine Augen. Gib nicht auf. Bleib bei mir." Die letzten Worte hallten in seinem Kopf wider.

Was, wenn er sie verlieren würde, so kurz nachdem er sie gefunden hatte? Die Folgen, sowohl für ihn als auch für England, wären –

Ein Aufblitzen von Federn unterbrach seine Gedanken. Über sein Gesicht strich ein Luftstoß, als Elizabeths Falke in den Tempel glitt, sich oberhalb von Elizabeths Füßen niederließ und sie leise rief.

Hoffnung keimte in Darcys Brust auf, als er die goldumrandeten Augen des Vogels sah, unter denen der schwarze Strich fast wie Tränenstreifen aussah. Konnte dieser nicht-ganz-Vertraute Energie auf Elizabeth übertragen, wie es einem richtigen Vertrauten möglich wäre?

Der Turmfalke breitete seine Flügel aus und rief noch einmal, diesmal mit einem gebieterischen "Kiee-kiee-kiee!"

Dann rührte sich Elizabeth, ihre Hand griff nach oben, um sich über die Augen zu reiben. "Was?", fragte sie schwach.

Erleichterung durchströmte ihn.

Elizabeth stützte sich auf einen Ellbogen und in ihrem Kopf war noch immer alles durcheinander. "Wie bin ich hierhergekommen?" Und warum hielt Mr. Darcy ihre Hand? Sie konnte sich an nichts mehr erinnern, nachdem sie den Nebel erzeugt hatte, und dann hatte Cerridwen in ihrem Kopf geschrien.

Darcys Gesicht war aschfahl. "Ich habe Sie hergetragen, nachdem Sie ohnmächtig wurden. Das hier lag am nächsten."

"Das kann ich nicht glauben. Ich falle nie in Ohnmacht." Dessen war sie sich sicher.

"Das würde jedem unter diesen Umständen geschehen." Er ließ den Kopf hängen, eine unerwartete Geste von einem so stolzen Mann. "Es war meine Schuld. Ich hätte Sie warnen sollen, dass das Wirken von Magie gefährlich ist und dass Sie schnell damit aufhören müssen. Magier sind gestorben, weil sie ihre Lebenskraft erschöpft haben, um Illusionen zu erschaffen. Es ist nicht dasselbe, als würden Sie Ihr Landtalent überstra-pazieren, was Sie lediglich ermüdet. Es tut mir so leid."

Es beunruhigte sie, ihn gedemütigt zu sehen. "Allem Anschein nach hat es nicht geschadet." Die Bank war unangenehm kalt und sie fühlte sich hilflos, wie sie so dalag, daher brachte sie eine scheinbar unverhält-nismäßig große Menge Energie auf, um sich aufzusetzen.

"Sie müssen mir versprechen, es nie wieder zu versuchen", beharrte Darcy. "Es ist viel zu riskant, das ohne Aufsicht zu tun. Das nächste Mal haben Sie vielleicht nicht so viel Glück."

Keinesfalls hegte sie die Absicht, dieses fabelhafte neu entdeckte Talent wieder aufzugeben. "Wenn Sie mir einfach gesagt hätten, ich solle mich nicht übernehmen, hätte ich aufgehört, und nichts wäre geschehen."

"Ich weiß! Denken Sie, ich habe mir deshalb noch keine Vorwürfe gemacht?", ging es mit ihm durch. "Hätte ich auch nur im Geringsten geglaubt, Sie wären –", er hielt inne und fuhr dann fort, "in der Lage, Illusionen zu erschaffen, wäre ich vorsichtiger gewesen."

"Aber Sie konnten sich nicht vorstellen, dass die Tochter eines ein-fachen Gentlemans vom Lande eine solche Fähigkeit in sich tragen würde, nicht wahr?"

"Das letzte Mal, dass ein Magier außerhalb der Drei Blutsfamilien auftauchte, war in der Regierungszeit von Heinrich VIII., und selbst damals dachte man, dass er höchstwahrscheinlich ein unehelicher Percy war. Warum sollte ich erwarten, dass sich das jetzt ändert?", presste er hervor.

"Keiner außerhalb der Drei Familien? Und was ist mit Ihnen? Sie heißen weder Percy, noch Fitzwilliam oder Mortimer."

Das schien ihn zu amüsieren. "Meine Mutter ist eine Fitzwilliam und die Mutter meines Vaters war eine Percy. Und tatsächlich ist mein Vor-name Fitzwilliam. Fitzwilliam Darcy, zu Ihren Diensten." Er neigte den Kopf, als würden sie sich zum ersten Mal begegnen.

Plötzlich ergaben all die seltsamen Dinge an ihm Sinn. Er war wirklich ein Magier. "Was tun Sie dann hier? Warum sind Sie nicht im Dienst der Krone?"

"Vielleicht wollte die Krone, dass ich diese liebenswert-hinterwäld-lerische Ecke von Hertfordshire aufsuche, und das Erschaffen von Illusio-nen einer heranpreschenden Rinderherde übe." Zwischen seinen Worten lugte der Schalk heraus.

Das brachte sie nur noch mehr auf. "An Meryton ist nichts hinterwäld-lerisch."

"Mag sein, aber es ist weit von der nächsten magischen Kraftfeldlinie entfernt."

Genoss er es, den Mysteriösen zu spielen? Missgelaunt wackelte sie mit dem Fuß, bis Cerridwen mit einem beleidigten Kreischen davonflog und sich stattdessen auf dem Marmorkopf eines griechischen Gottes nieder-ließ. Elizabeth stemmte sich auf ihre Füße.

Nur, dass ihre Beine ihr nicht gehorchten. Bevor sie zu Boden fiel, waren Darcys Hände unter ihren Ellbogen und stützten ihr Gewicht, seine Brust nur wenige Zentimeter von ihr entfernt, als er ihr zurück auf die Bank half.

Cerridwen keckerte.

"Meine Güte", sagte Elizabeth.

"Sie dürfen nicht versuchen, zu stehen. Nicht, bis Sie etwas gegessen, Tee mit viel Zucker getrunken und sich ausgeruht haben", erklärte Darcy.

Nun, da er es erwähnte, fühlte sie sich ganz ausgehungert, trotz des re-ichhaltigen Frühstücks, das sie erst vor einer Stunde gegessen hatte. "Wenn Sie mir nach draußen helfen würden, wo ich auf dem Boden sitzen kann, wird mir das Land zur Hilfe kommen." Es wäre unschicklich, ihm so nahe zu sein, doch hier sah sie niemand.

"Eine gute Idee." Anstatt ihr jedoch seinen Arm als Stütze anzubieten, hob er sie hoch und trug sie nach draußen.

Sie erstarrte vor Schreck über seinen ungezwungenen Umgang mit ph-ysischer Nähe. Es war doch sicherlich falsch, so fest an seinen Körper gedrückt zu werden! Sie spürte die Härte seiner Brust und nahm seinen Geruch von Seife und Gewürzen wahr – und einen Hauch des Geruchs, der nach einem vorbeigezogenen Gewitter aufkam. Und ganz sicherlich sollte sie nicht den warmen Druck seines Armes in ihren Kniekehlen ge-nießen, der die seltsamste Empfindung durch sie hindurchjagte.

Darcy stellte sie vorsichtig auf die Füße, ließ sie aber nicht los, bis sie auf einem Stück Gras saß.

Als er seine Hände wegnahm, hätte sie erleichtert sein sollen. Warum fühlte sie stattdessen diese leere Enttäuschung?

Wahrscheinlich lag das nur an ihrer Erschöpfung. Sie schloss die Augen und suchte nach ihrer Verbindung zum Land, schlang ihre Finger in das Gras und ließ sich vom stetigen Pochen und der Kraft der Erde nähren. Im Vergleich dazu, was sie auf Longbourn fühlte, war dies hier nur ein klitzekleines Rinnsal an Energie, doch es genügte, um ihr das Atmen zu erleichtern. Cerridwens beruhigende Präsenz spürte sie auf einem Ast über sich.

Sie öffnete die Augen, um zu sehen, wie Darcy sie mit einem seltsam verletzlichen Blick beobachtete. "Ich danke Ihnen. Jetzt ist es besser."

"Sie werden dennoch Nahrung brauchen, ehe Sie versuchen zu gehen." Er runzelte die Stirn. "Ich wage es noch nicht, Sie allein zu lassen, aber in Kürze werde ich etwas zu essen aus dem Haus holen."

"Das ist kaum notwendig. Ich bin mir sicher, dass es mir nach einer kleinen Ruhepause wieder gut gehen wird."

"Miss Elizabeth, Sie verstehen nicht. Dies ist ein sehr gefährlicher Zustand, und Nahrung ist für die Genesung unverzichtbar. Der Versuch, ohne Nahrungszufuhr etwas zu tun, sei es auch nur ein paar Schritte zu laufen, könnte Sie umbringen."

Überrascht angesichts seiner Vehemenz, sagte sie: "Ich verstehe. Dann werde ich mich hier so lange wie nötig ausruhen." Konnte es tatsächlich so riskant sein?

"Ich danke Ihnen. Und noch einmal muss ich um Entschuldigung bitten, dass ich diese Situation überhaupt zugelassen habe."

Ein Lächeln breitete sich ganz von selbst auf ihrem Gesicht aus. "Mir tut es nicht leid. Das war es wert."

Dann fiel ihr eine Bewegung zwischen den Bäumen auf. Es war der Kopf einer großen Kreatur, von deren spitzen Ohren Fellbüschel senkrecht nach oben standen. Sie bewegte sich ins Freie und enthüllte einen katzenartigen

Körper mit wippendem Schwanz, gut und gerne drei Fuß hoch, mit dem Gesicht einer Wildkatze.

Elizabeth erstarrte. Mit leiser Stimme sagte sie zu Darcy: "Ich bitte Sie, bewegen Sie keinen Muskel."

Er gehorchte und antwortete leise: "Warum? Was ist los?"

"Da ist ein wildes Tier am Waldrand." Ihre Stimme zitterte. "Irgendeine Art überdimensionierte Katze. Wie ein Tiger, nur gepunktet."

Er schien sich zu entspannen und sagte mit normaler Stimme: "In diesem Fall brauchen Sie keine Angst zu haben. Er wird Ihnen nichts tun."

Selbstverständlich. Er amüsierte sich, indem er sie erschreckte, und gerade als sich ihre Meinung von ihm gebessert hatte. "Was, noch eine weitere Illusion? Das finde ich nicht besonders amüsant."

Er schüttelte den Kopf. "Wohl kaum. Er ist mein Vertrauter."

Dieses wilde Biest, ein Vertrauter? "Sie hätten mich vorwarnen können."

"Ich hatte nicht erwartet, ihn zu sehen. Er bevorzugt es, sich zurückzuziehen und zeigt sich meist nur, wenn ich in Gefahr bin. Es besteht jedoch kein Grund zur Sorge."

"Welche Art Tier ist er?"

"Ein Luchs."

"Aber die sind hier ausgestorben! Niemand hat seit dem Mittelalter welche in England gesehen! Haben Sie ihn im Ausland gefunden?"

"Nein. Er kam eines Tages aus dem Wald bei Pemberley. Offensichtlich sind sie nicht ganz so ausgestorben, wie wir geglaubt haben."

"Gibt es dann noch mehr von ihnen?" Welch ein erschreckender Gedanke. Nur ungern würde sie einem von ihnen bei einem Spaziergang im Wald begegnen, ohne dass ein Talent in der Nähe war, um ihn zu kontrollieren.

"Davon muss ich ausgehen, wenngleich ich noch nie einen weiteren gesehen habe."

"Weshalb ist er jetzt hier? Haben Sie ihn gerufen?" Es wirkte, als wäre es kein reiner Zufall, dass der Luchs ausgerechnet dann auftauchte, wenn sie so hilflos war – die perfekte Beute.

"Nein. Ich bin mir nicht sicher, weshalb er gekommen ist." Darcys Augenlider sanken kurz nach unten, als wäre er plötzlich schläfrig, und sein Blick verlor den Fokus. Dann schossen seine Augenbrauen in die Höhe. "Er ist hier, weil er Sie kennenlernen möchte."

"Mich? Was kümmere ich ihn?" Sie hätte an ihm gezweifelt, hätte er nicht so schockiert ausgesehen.

Wieder dieser unfokussierte Blick. "Er denkt, es ist notwendig." Auf seine Züge legte sich ein entschuldigender Ausdruck. "Er ist eine wilde Kreatur und denkt nicht über ‚weshalb' oder ‚wieso' nach. Er folgt einfach seinen Instinkten."

"Nun, er hat mich gesehen. Können Sie ihn jetzt wieder fortschicken?" Das hoffte sie auf jeden Fall.

"Er möchte sich Ihnen nähern, um Ihren Geruch aufzunehmen. Allerdings nur, sofern Sie dazu bereit sind. Er wird Abstand halten, wenn ich es ihm sage. Aber ich verspreche, dass er Ihnen nicht schaden wird."

Der Luchs neigte den Kopf und beobachtete sie neugierig.

Er schien sie nicht als eine mögliche Mahlzeit zu betrachten, und sie wollte nicht als Feigling oder, schlimmer noch, als zitterndes Mädchen vom Lande dastehen. Und sie musste zugeben, dass er ein prächtiges Tier war. "Also schön." Befriedigt stellte sie fest, dass ihre Stimme nicht zitterte. "Aber wenn er mir die Kehle herausreißt, werde ich Ihnen das niemals verzeihen."

Darcy besaß die Frechheit, zu lächeln. "Das wird er nicht tun, wenngleich ich darauf hinweisen muss, dass Sie nicht in der Lage wären, irgendjemandem zu vergeben, falls er es täte."

"Ich würde Sie noch als Geist heimsuchen." Sodann tapste der Luchs auf sie zu, jeder kraftvolle Schritt eine Symphonie der Bewegung. Der Instinkt ließ Elizabeth erstarren und sie musste sich zwingen, zu atmen.

Die große Katze blieb ein paar Meter entfernt stehen und studierte sie. Vorsichtig streckte Elizabeth ihre Hand aus, wie sie es bei einem fremden Hund tun würde. Der warme Atem des Luchses kitzelte ihre Haut, als er daran schnupperte.

Dann stieß er an ihre Hand, als er seinen Kopf drehte und ihre Finger in das krause Fell an seinen Wangen drückte. Es war rau und seidig zugleich, und ihr stieg ein schwach moschusartiger Geruch in die Nase, als er sich an ihrer Hand rieb.

Könnte er möglicherweise wollen, dass sie ihn unterm Ohr kraulte, als wäre er eine Schoßkatze?

Nun, wenn schon, denn schon. Wagemutig bewegte sie ihre Finger und kraulte, zuerst leicht, dann fester, während er seinen Kopf in ihre Hand drückte. Ein tiefes Brummen entfuhr seiner Kehle.

Angst hatte sie immer noch, aber, oh, wie aufregend es war, einer so mächtigen Kreatur so nahe zu sein. Noch dazu genoss die Wildkatze ihre Berührung!

Der Luchs versteifte sich und setzte sich auf seine Hinterläufe, sein Kopf wandte sich dem Tempel zu, wo Cerridwen auf dem Giebel saß und mit einem hochmütigen Ausdruck auf ihn herabblickte. Ein mächtiges Fauchen entwich seinem Mund und offenbarte messerscharfe Zähne.

Dumme Katze. Sprach der Falke in ihrem Kopf.

Nicht so klug wie du, Liebes, beeilte sich Elizabeth, sie zu beruhigen. *Aber er wird mir nicht wehtun.*

Sie versuchte erneut, den Luchs zu streicheln, um ihn von Cerridwen abzulenken, doch er wurde ihrer Aufmerksamkeit schnell überdrüssig und dankte Elizabeth mit einem äußerst erschreckenden Lecken über ihre Wange. Scharf sog sie die Luft ein. "Und ich dachte, die Zunge eines Kätzchens sei rau. Ich glaube, Ihr Luchs hat die Hälfte meiner Haut dabei abgeschabt."

Und sie schaute auf, um zu sehen, wie Darcy sie erstaunt anstarrte.

"Ist etwas geschehen?", fragte sie, als ob es nicht seltsam genug wäre, dass diese wilde Kreatur des Waldes, dieses Raubtier, sie abgeleckt hatte und sich nun neben ihr zusammenrollte.

"Ich verstehe nicht, was er tut." Darcy klang halb erstickt.

Es war seltsam befriedigend zu sehen, wie er von seinem "ich-bin-allwissend"-Sockel gestoßen wurde. Sollte ruhig er einmal derjenige sein, der von etwas Seltsamem vollkommen überwältigt wurde. Mit neuem Selbstvertrauen streckte Elizabeth die Hand aus und fuhr damit über den Rücken des Luchses, streichelte ihn, als wäre er eine riesige Hauskatze und kein wildes Tier, das sie zum Frühstück verspeisen könnte.

Das grollende Schnurren begann wieder, und sie lachte freudig. "Ich muss gestehen, dass ich mir manchmal einen traditionellen Vertrauten gewünscht habe, eine Katze, die sich auf meinem Schoß zusammenrollt und schnurrt. Das hatte ich mir nicht darunter vorgestellt!"

"Er ist keine Hauskatze."

"Wie heißt er?"

Darcy schien die Frage zu überraschen. "Ich nenne ihn Luchs. Er ist schließlich der einzige, den ich je zu Gesicht bekommen habe."

"Wie verblüffend originell." Sie studierte den Luchs, der seinen Kopf hob, um sie zu beobachten, und sah etwas Wildes, das hinter seinen dunklen Augen brannte. "Ich glaube, ich werde dich Feuerauge nennen."

Der Luchs betrachtete sie ohne eine Reaktion, die über ein langsames Blinzeln hinausgegangen wäre. Natürlich war das alles. Echte Vertraute konnten das gesprochene Wort nicht verstehen. Ihre Erfahrung mit Cerridwen hatte sie verwöhnt.

Aber wie hatte Darcy den Luchs überhaupt damals dazu gebracht, sich mit ihm zu verbinden? "Haben Sie sich von ihm beißen lassen?", fragte sie ungläubig. Es war eine Sache, einer kleinen Katze oder einem kleinen Hund einen kurzen Biss zu gestatten, bis es blutete, um die Bindung herzustellen, aber wissentlich den Arm in Richtung dieser scharfen, gefährlichen Zähne zu recken!

Darcy zuckte mit den Achseln. "Er war sehr vorsichtig."

"Das kann ich nicht glauben!"

Er lächelte. "Nun gut, ich werde gestehen, dass ich beim ersten Mal, als er kam und sich mir anbot, Angst hatte. Ich war mir sicher, dass ich meine Hand nie wiedersehen würde."

"Dennoch haben Sie es getan." Das beeindruckte sie tatsächlich. Als ob seine Fähigkeiten nicht schon bemerkenswert genug wären. Jetzt musste sie Mut der Liste seiner herausragenden Qualitäten hinzufügen. Langsam wurde es sehr schwierig, ihre Abneigung gegen ihn aufrechtzuerhalten.

"Es war mir seit meiner Kindheit eingebläut worden, dass ich mich niemals weigern sollte, wenn sich mir ein Vertrauter anbieten würde. Ich erwartete etwas Kleineres und Zahmeres. Und nicht scheinbar ausgestorben. Ich musste die Bibliothek durchsuchen, um ein Buch mit Illustrationen zu finden, ehe ich überhaupt wusste, was für ein Tier er war."

"Wie alt waren Sie zu dem Zeitpunkt?"

"Ich war zwölf."

Sie konnte sich den Jungen vorstellen, der er gewesen war, wie er verzweifelt Bücher nach Informationen über das wilde Tier, mit dem er sich verbunden hatte, durchsuchte. Dem stolzen Mr. Darcy von heute sah das gar nicht ähnlich.

Plötzlich schwang sich der Luchs geschmeidig auf die Füße und rannte in den Wald.

Sie starrte ihm seltsam enttäuscht hinterher. "Habe ich etwas falsch gemacht?"

Wieder dieser unfokussierte Blick. "Nein. Da kommt jemand."

Und dann hörte Elizabeth ebenfalls Schritte, die sich vom Haupthaus her auf dem Schotterweg näherten. Sie versuchte, ihren zerstreuten Verstand zu sammeln, um gelassen zu wirken, als ob es nichts Ungewöhnliches oder nicht undamenhaft wäre, auf dem Gras zu sitzen. Als ob ihr nicht vor ein paar Augenblicken ein ausgestorbenes wildes Tier übers Gesicht geleckt hätte.

Zwei Diener, jeder mit einem Tablett, kamen um die Wegbiegung. Der erste ging auf Darcy zu und fragte: "Wo sollen wir das hinstellen, Sir?"

Darcy schaute fassungslos drein. "Neben Miss Elizabeth Bennet, bitte."

Als die Diener die Tabletts abstellten, fragte Elizabeth: "Was haben wir hier?" Auf dem einen Tablett befanden sich eine Teekanne und Tassen, auf dem anderen eine Vielzahl von Lebensmitteln.

Der erste Diener verbeugte sich. "Kamillentee, Honig, frisches Brot mit Butter und Pflaumenkuchen, wie Mr. Darcy uns aufgetragen hat."

Sie konnte ihre Belustigung nicht ganz verbergen. "Sehr gut. Wie schlau von ihm, genau das zu bestellen, was ich wollte." Es wäre interessant zu sehen, wie er versuchen würde, dies zu erklären. Konnte er sich denken, was geschehen war? "Möchten Sie sich mir anschließen, Mr. Darcy?"

"Nein, bitte beginnen Sie ohne mich." Er nickte den Dienern zu, die aussahen, als wollten sie warten. "Das wäre im Moment alles."

Sobald sie außer Sichtweite waren, marschierte Darcy auf und ab, hin und her, hin und her, als könne er nicht stillhalten. Dass sie auch da war, schien er vergessen zu haben.

Ihn zu beobachten, erinnerte sie nur daran, wie gut er aussah, und ihr wurde zunehmend heißer. Sie schluckte schwer. Es hatte keinen Sinn, sich zu einem Mann hingezogen zu fühlen, der für sie völlig unerreichbar gewesen war, noch bevor sie herausfand, dass er ein Magier war. Um sich abzulenken, goss Elizabeth ihren Tee ein und fügte einen großzügigen Klecks Honig hinzu. Nachdem sie ein paar Schlucke genommen hatte, sagte sie: "Sie wirken, als wären Sie mit den Gedanken ganz woanders."

Er hielt inne. "Ich muss eine Sendung ausgesandt haben, die den Dienern befahl, Ihnen Essen zu bringen. Aus einer solchen Distanz habe ich noch nie eine Sendung fertiggebracht, noch dazu nicht an jemanden, der nicht über Landtalent verfügt. Vielleicht war es meine Verzweiflung, oder vielleicht hat mich Ihre Gegenwart dazu befähigt, da sich unsere Talente verbinden können. Ich muss versuchen, mich exakt daran zu erinnern, was ich zu der Zeit gedacht habe."

"Mmm, eine gute Idee." Sie versuchte, ihre Belustigung zu verbergen, da sie sich sicher war, dass tatsächlich eine Sendung stattgefunden hatte, und ebenso sicher, dass Darcy nichts damit zu tun hatte. Sie warf einen Blick nach oben zu dem Falken, der über ihr kreiste. Cerridwen kannte ihren Geschmack.

Aber es wäre nicht gut, wenn Darcy den Verdacht hegte, dass ihr Falke ungewöhnliche Kräfte besaß, daher würde sie ihn die Lorbeeren einheimsen lassen. Trotzdem musste Cerridwen belohnt werden. Elizabeth zerbröselte etwas von dem Kuchen ins Gras, und der Falke stürzte sich hinunter, um ihn aufzupicken.

Darcy runzelte die Stirn. "Sie sollen essen, um gesund zu werden."

"Das werde ich auch, aber Cerridwen liebt Pflaumenkuchen außerordentlich. Wie lange wird es dauern, bis ich laufen kann?"

"Sobald Sie gegessen haben, vielleicht eine Stunde oder etwas weniger."

Noch eine Stunde in seiner Gesellschaft? Dieses Schicksal kam ihr nun nicht mehr ganz so schlimm vor wie es heute Morgen noch gewirkt haben mochte, und vielleicht konnte sie ihn dazu bringen, ein wenig mehr über Illusionen zu sprechen. Sie strich Butter aufs Brot. "Und wie lange dauert es, bis ich mich vollständig erholt habe?"

"Nach einer geruhsamen Nacht. Aber ich kann nicht genug betonen, wie gefährlich es für Sie wäre, dies noch einmal zu versuchen."

Ihre Schwäche wäre also morgen verschwunden, und dann konnte sie Mr. Darcy um eine weitere Lektion in Illusionszaubern bitten, ganz gleich, was er sagte. Sicherlich konnte sie argumentieren, dass es besser wäre, es unter seiner Aufsicht zu versuchen. Auf jeden Fall wäre es anständig, nun freundlich zu ihm zu sein. "So rasch? Gut. Ich lerne heute sehr viel dazu, was Illusionen und Luchse anbelangt."

Sein Gesichtsausdruck wurde ernst. "Miss Elizabeth, ich muss Sie um etwas bitten. Ich könnte in ziemlich ernste Schwierigkeiten geraten, wenn gewisse Leute herausfänden, dass ich Sie gelehrt habe, eine Illusion zu erzeugen. Umso mehr, wenn sie wüssten, wie schlecht ich Sie darauf vorbereitet hatte. Ich stünde in Ihrer Schuld, wenn Sie sich bereit erklärten, dies für uns zu behalten."

"Wenn Sie wünschen." Obwohl es frustrierend wäre, ihre neue Errungenschaft für sich zu behalten, wenn sie sich danach sehnte, ihre Fähigkeiten in die Welt hinauszuschreien. Aber es war nur ausgleichende Gerechtigkeit. Immerhin hatte er sich bereit erklärt, auch ihr Geheimnis zu wahren.

Kapitel 4

"Ich weiss nicht, warum ich dem zugestimmt habe", grummelte Darcy am nächsten Tag leise vor sich hin. Eigentlich hatte er anderes zu tun, wie etwa herauszufinden, weshalb es ihm gestern möglich gewesen war, eine Nachricht an den Bediensteten den ganzen Weg bis nach Netherfield zu senden und er es jetzt nicht mehr über den Raum, in dem er sich gerade befand, hinaus zu Stande brachte. Vermutlich hatte seine Verzweiflung ungeahnte Kräfte freigesetzt, aber es wäre durchaus nützlich zu lernen, sie auch ohne eine Krise einsetzen zu können. Dennoch war diese Frage weit weniger faszinierend, als Zeit mit Elizabeth zu verbringen.

Elizabeth lächelte so strahlend, er hätte schwören können, dass die Wolken der Sonne gewichen waren. "Weil ich so lieb gefragt habe und weil es Ihnen lieber ist, wenn ich es unter Ihrer Aufsicht ausprobiere, anstatt alleine zu üben."

"So könnte man es nennen", gab er zu. "Meine Sünden kehren zurück, um mich zu verfolgen."

"Also, woran erkenne ich, wenn ich zu viel gemacht habe?"

"Vorerst sollten Sie aufhören, sobald Sie einen kleinen Nebel erzeugt haben. Mit der Zeit lernt man die Anzeichen besser kennen, die darauf hindeuten, dass einem die Kraft schwindet. Man ist seltsam aufgekratzt, fühlt sich mächtig, ist beinahe trunken davon. Nicht, dass ich Ihnen vorhalten möchte, jemals zu viel getrunken zu haben, Miss Elizabeth, aber das Gefühl ist dasselbe."

Sie erwiderte spitzbübisch: "Ich mag noch nie exzessiv getrunken haben, aber Ratafia ist stärker als die meisten Herren glauben. Er steigt mir ein wenig zu Kopf. Und gestern habe ich mich so gefühlt. Ich werde vorsichtig sein."

Allmächtiger, sie zog ihn wie ein Magnet an, wenn sie in dieser neckischen Stimmung war!

"Wann immer Sie bereit sind." Er deutete auf die Ecke der Steinmauer.

Sie schloss für einen Moment die Augen, was ihm die Möglichkeit verschaffte, sie unverfroren zu beobachten. Nicht nur ihr Antlitz verlieh ihr Schönheit, sondern auch ihr intelligenter Ausdruck und ihre lebhaften Bewegungen.

Dann tat sie etwas Eigenartiges mit den Armen vor ihrem Körper. Mit einer subtilen rhythmischen Bewegung strich sie immer wieder Zeigefinger und Daumen aneinander und ihre Hände bewegten sich aufeinander zu, auseinander, wieder aufeinander zu und wieder auseinander. Obwohl sie keine rasche Bewegung mit dem Handgelenk machte, wuchs Nebel in der Ecke an.

Er betrachtete ihn kritisch. Die Illusion war keineswegs stark, aber sie fabrizierte sie gleichmäßig und effizient.

Ihre Hände fielen zu ihren Seiten, und sie drehte sich um, um ihn anzusehen. "Na also. Habe ich schnell genug aufgehört?"

"Die Tatsache, dass Sie immer noch stehen, deutet darauf hin."

Sie verlagerte ihr Gewicht nach hinten auf einen Fuß, um ihren Nebel zu bewundern, und schien mit ihrer Hände Arbeit zufrieden zu sein. "Wie lange wird er dort bleiben?"

"Bis Sie ihn auflösen oder bis die Sonne untergeht."

"Wie löse ich ihn auf?"

"Der einfachste Weg ist, darauf zu pusten, wie man es mit einer Kerze tun würde, während man daran denkt, die Energie zu zerstreuen. Möchten Sie es versuchen?"

Wieder strahlte ihr Lächeln. "Noch nicht. Ich möchte ihn noch ein wenig genießen."

"Was haben Sie mit den Händen gemacht, als Sie Magie wirkten?"

Sie warf ihm einen kleinlauten Blick zu. "Ein Trick, den ich gestern entdeckt habe. Es funktionierte nicht, als ich versuchte, die Sonnenstrahlen zu flechten, also stellte ich mir stattdessen vor, sie zu einem Faden zu spinnen, so wie ich es mit einem Spinnrad tun würde. Damit ging es. Vielleicht, weil ich im Spinnen geübter bin als im Flechten."

Er sah sie ungläubig an. "Sie wissen, wie man spinnt?" Er hatte gewusst, dass Hertfordshire primitiv war, aber das überstieg seine kühnsten Vorstellungen.

Ihr helles Lachen erklang leise. "Ich habe Sie entsetzt. Spinnen ist kein angemessener Zeitvertreib für die Tochter eines Gentlemans, nicht wahr? Keine Sorge, auch ich besuche den Kurzwarenladen, um mich für die meisten Projekte mit Garn einzudecken. Aber meine Großmutter hat mir das Spinnen beigebracht, als ich ein Mädchen war. Sie sagte, es würde sich eines Tages als nützlich erweisen, und das hat es auch."

Er hielt es dennoch für deutlich unter ihrer Würde. Spinnen war etwas für ungebildete Bauern. "Wenn Sie das Erschaffen von Illusionen für nützlich halten."

"Oh, nicht nur dafür! Haben Sie meine Handschuhe gesehen? Ich fertige sie aus Flachs, der auf Longbourns Ländereien angebaut wird. Den spinne ich zu einem Faden, ziehe die Kraft des Bodens in mein Spinnwerk, und dann fertige ich daraus Handschuhe, die mit meinem Talent angereichert sind. Wenn meine Schwestern sie tragen, können sie bis zu einem gewissen Grad Verbindung mit dem Land aufnehmen, und meine Fähigkeiten stärken sie ebenfalls. Deshalb konnte ich meinen Handschuh benutzen, um die Flamme zu erzeugen, die Ihre Kühe erschreckt hat."

Von einer solchen Art, Energie zu speichern, hatte er noch nie gehört. "Darf ich einen sehen?"

Sie zog sich einen von ihren eleganten Fingern und hielt ihn ihm entgegen. "Das sind die, die ich für Jane gemacht habe, da ich mein eigenes Paar zerstört habe."

Er legte den Spitzenhandschuh auf seine Handfläche. Er war noch warm von ihrer Hand und wog fast nichts. Die leichte Ungleichmäßigkeit im Faden war deutlich zu sehen, aber er steckte voller Kraft. Faszinierend! "Was hat Sie auf die Idee gebracht, das auszuprobieren?"

"Das habe ich in einem Buch gelesen. Nicht, den Faden für Handschuhe zu verwenden, aber dass daraus Stoff gewebt wird, der auf der Haut getragen werden soll. Genug Faden zu spinnen, um Tuch daraus herzustellen, würde allerdings sehr lange dauern. Handschuhe sind einfacher."

"Welches Buch ist das? Ich würde es gerne sehen." Und warum hatte er noch nie von dieser Technik gehört?

Ihre Lippen verzogen sich. "Es heißt *Über die Bindung an das Land*. Ich kann es Ihnen zeigen, aber es wird Ihnen vermutlich nichts nützen, da es auf Arabisch geschrieben wurde."

Nun ging ihm ein Licht auf. "Deshalb haben Sie Arabisch gelernt", sagte er. Sie hatte es am Vorabend erwähnt, als Bingleys Schwester sie nach ihren Fähigkeiten gefragt und offensichtlich erwartet hatte, dass Elizabeth über keinerlei Fremdsprachenkenntnisse verfügen würde. "Ich dachte, Sie hätten das lediglich gesagt, um uns zu schockieren."

Sie lachte. "Dies mag der Hauptgrund gewesen sein, weshalb ich es ihr gesagt habe, das möchte ich gar nicht leugnen. Oh, was für ein Gesicht sie gemacht hat! Ich hätte auch erwähnen können, dass ich ebenfalls Französisch spreche, aber das wäre nicht so amüsant gewesen."

Jetzt war er dankbar, dass er ihre Entscheidung verteidigt hatte, als Miss Bingley es eine barbarische Sprache genannt hatte. "Ich weiß, dass es im alten arabischen Weltreich große Gelehrte gab, die bei uns im dunklen Mittelalter für Erleuchtung gesorgt haben."

"Sie sind umfassender gebildet als die meisten, wenn Sie überhaupt von der Gelehrsamkeit der Araber wissen!"

Es war ein berauschendes Gefühl, wenn Elizabeth ihn mit Bewunderung ansah. "Ich interessiere mich für Geschichte, aber dass sie Texte über den Einsatz von Talent verfasst hatten, wusste ich bisher nicht."

Sie nickte. "Anscheinend war das Thema für arabische Philosophen von besonderem Interesse, nachdem die Mauren Spanien verlassen hatten und sich an ihr neues Land in Afrika binden mussten. Daher entwickelten sie Techniken, um den Prozess zu beschleunigen. Sie behaupten, in nur drei Generationen eine vollständige Bindung erreicht zu haben." Sie strahlte vor Stolz, was nach einer solchen Entdeckung auch ihr volles Recht war.

Falls es wahr wäre, dann wäre das erstaunlich. Nach der normannischen Eroberung hatte es fast zwei Jahrhunderte gedauert, bis die Invasoren eine Beziehung zu ihren Ländereien aufgebaut hatten. Die neureichen Kaufleute von heute würden viel für dieses Wissen geben, wenn dies bedeutete, dass ihre Familien zu Landtalenten werden könnten, wie die alteingesessenen Familien.

"Was empfiehlt Ihr Buch sonst noch?"

Sie zuckte mit den Schultern, ohne ihm in die Augen zu sehen. "Verschiedenes. So viel Zeit als möglich auf dem eigenen Land zu verbringen. Nur Lebensmittel zu essen, die dort oder in der Nähe produziert wurden, zum Beispiel."

Das beantwortete eine weitere Frage. "Mir ist aufgefallen, dass Sie Desserts stets ablehnten. Daher habe ich mich gefragt, ob Sie Süßes nicht mögen oder ob Sie möglicherweise eine Abolitionistin sind, die sich weigert, Zucker zu essen, der von versklaven Menschen produziert wurde. Aber es ist doch etwas anderes, nicht wahr?"

"Ich glaube an die Abschaffung der Sklaverei und würde deswegen keinen westindischen Zucker essen, aber Sie haben recht. Ich meide alle Speisen, die nicht im näheren Umkreis angebaut werden, und Zucker kommt aus der ganzen Welt." Sie warf ihm einen kläglichen Blick zu. "Das ist bedauerlich für mich, da ich Süßes leidenschaftlich gerne esse. Wenigstens gibt es noch Honig."

Nur lokale Lebensmittel zu verzehren, klang wie Aberglaube, aber etwas Wahres könnte dran sein. Talente, die ihre Zeit ausschließlich in London verbrachten, mussten oft feststellen, dass ihre Fähigkeiten nachließen. "Und sonst noch?"

Sie sah ihn mit einem Anflug von Trotz an und reckte das Kinn vor. "Verschiedene Techniken, um dem Land Blut zu geben, damit es seine Bewohner kennenlernt und wiedererkennt."

Er sog scharf die Luft ein, obwohl ihn das nicht überraschen sollte. Die Araber waren schließlich keine gläubigen Christen. "Die Kirche hat Blutmagie verboten." Und er wusste besser als jeder andere, weshalb.

"Hat das je eine Landbesitzerfamilie davon abgehalten, die Nachgeburt des Erben zu vergraben, damit das Land ihn kennt? Was ist das, wenn nicht sein Fleisch und Blut dem Land zu geben?"

Er stutzte. "Ich glaube, so habe ich das noch nie gesehen."

"Und musste Ihr Luchs nicht Ihr Blut kosten, um zu Ihrem Vertrauten zu werden?"

"Das stimmt ebenfalls." Er war es nicht gewohnt, eine Debatte zu verlieren. Ein unangenehmes Gefühl.

Sie schien sein Unbehagen zu spüren, denn sie schob sanfter nach: "Ich glaube, es ist wie mit jeder anderen Kirchendoktrin. Wir alle entscheiden selbst, welchen wir folgen und in welchem Ausmaß."

Er beschloss, dass er lieber nicht wissen wollte, ob sie dem Land ihr Blut gab. "Diese Dinge, die Sie getan haben – die Handschuhe, das Essen von lokalen Speisen – glauben Sie, dass sie Ihr Talent gestärkt haben?" Ihr Talent war ungewöhnlich stark für jemanden, der so weit von der nächsten Kraftfeldlinie entfernt lebte, das konnte er nicht leugnen.

"In der Tat. Und ich setze mein Talent häufig ein, anstatt sparsam damit umzugehen, wie es uns hier gelehrt wird. Das Buch sagt, das Talent sei wie jeder andere Muskel im Körper: je mehr wir ihn benutzen, desto stärker wird er."

Wenn irgendetwas davon wahr wäre, könnte dies sehr wichtig sein. Er musste herausfinden, was in diesem Buch stand.

Wieder einmal hatte er Elizabeth unterschätzt.

Elizabeth schlang ihre Arme um sich, als sie die Treppe hinaufging. Nicht nur hatte sie erneut eine Illusion zu Stande gebracht, sondern dem allwissenden Darcy auch noch gezeigt, dass es ein paar Dinge gab, die er in seiner herrschaftlichen Weisheit im Gegensatz zu ihr nicht wusste. Es war mehr als befriedigend gewesen, den Ausdruck in seinem Gesicht zu sehen, als sich seine Schülerin plötzlich in die Lehrende verwandelte.

Sie hoffte jedoch, dass er es rasch wieder vergessen würde. Möglicherweise wäre es klüger gewesen, nichts zu sagen, denn wenn er zu sehr darüber nachdächte, warum sie sich so viel Mühe gegeben hatte, zu lernen, wie man seinen Bund mit dem Land stärkte, könnte er auf die richtige Antwort stoßen. Er hatte bereits zu viel erraten, mit seinem Verdacht, dass eher sie denn Jane das Familientalent innehatte.

Doch daran konnte sie nun auch nichts mehr ändern, also betrat sie stattdessen Janes Zimmer, wo ihre Schwester aufrecht im Bett saß und mit Mr. Hadid sprach. Lächelnd ging Elizabeth auf den alten Apotheker zu und küsste ihn zur Begrüßung auf die Wange. Obwohl sie ihn dieser Tage nicht oft sah, war er in ihrer Kindheit fast wie ein zweiter Vater für sie gewesen, und sie verband viele glückliche Erinnerungen mit ihrer Zeit in seinem Haus. "Schön, dich zu sehen", sagte sie auf Arabisch.

Sein ganzes Gesicht lächelte. "Dich ebenso, meine kleine Lizzy! Bist du wieder stundenlang spazieren gegangen?"

Sie wollte nicht zugeben, dass sie eine Lektion in Magie erhalten hatte, wenngleich Mr. Hadid zu den wenigen Menschen gehörte, die von ihrem Talent wussten. "Nicht gar so lange." Für Jane wechselte sie wieder ins Englische. "Was hältst du von den Fortschritten unserer Patientin?"

"Ich sehe eine deutliche Verbesserung", antwortete er. "Ich denke, es wäre nun sicher, sie wieder nach Longbourn zu bringen, solange sie dafür eine Kutsche nutzt."

"Das sind ausgezeichnete Nachrichten", antwortete sie entschlossen, um ihre Enttäuschung zu überspielen. So etwas hatte sie bereits erwartet und war froh, dass es Jane besser ging. Doch Netherfield zu verlassen, bedeutete auch das Ende ihrer Illusionslehrstunden. Deshalb hatte sie Darcy keinen Ausweg gelassen und um eine weitere gebettelt. Wenn sie daran dachte, dass sie noch vor zwei Tagen begeistert gewesen wäre, seiner Gesellschaft zu entkommen!

Jane nickte. "Ich bin froh, wieder nach Hause zu können. Mir missfällt es, den Bingleys zur Last zu fallen."

Elizabeth lachte. "Selbst wenn du es wolltest, könntest du Mr. Bingley gar nicht zur Last fallen. Er war entzückt, dich hier zu haben. Er wird häufig auf Longbourn zu Besuch sein, du wirst schon sehen!"

"Und du, meine Lizzy, musst mich wieder besuchen", sagte Mr. Hadid. "Ich habe ein neues Märchenbuch gefunden, das du dir ansehen musst. Es erwähnt die Drachen Arabiens."

Sie lachte. "Du weißt, was mir gefällt! Ich komme, sobald es mir möglich ist."

Es war eine Kleinigkeit, auf die sie sich freuen konnte. Aber nicht die Einzige. Selbst wenn sie Darcy nie wieder sah, konnte Elizabeth immer noch weiter üben, Illusionen zu erschaffen, solange sie sehr vorsichtig war und sowohl Tee als auch Essen zur Hand hatte. Es war mehr, als sie jemals erwartet hatte, und sie sollte sich nicht auf ihre Enttäuschung konzentrieren, dass sie niemals mehr lernen konnte. Sie sollte dankbar für das sein, was sie hatte.

Die Kutsche mit den Bennet-Schwestern verschwand die Auffahrt hinunter und trug das herzerfrischende Funkeln und die Aufregung mit sich fort, die Darcys Stimmung gehoben hatten. Es war jedoch sinnlos, so zu denken. Innerhalb weniger Tage würde Elizabeth wieder an seiner Seite sein, diesmal für immer.

In seinem Fall war dieses "für immer" jedoch keine lange Zeit.

Er klopfte Bingley auf die Schulter. Komm, ich muss unter vier Augen mit dir sprechen."

Bingley seufzte theatralisch. "Kannst du mir nicht einmal ein paar Minuten gönnen, um die Abreise meiner Angebeteten zu betrauern?"

"Nicht einmal eine Sekunde", erwiderte er lachend. "Es gibt da etwas, das ich dir schon seit zwei Tagen offenbaren möchte."

Als sie es sich in der Privatsphäre von Bingleys Arbeitszimmer gemütlich gemacht hatten, erzählte Darcy die Ergebnisse seiner Tests mit Elizabeth. "Sie hat zweifelsohne Magierblut. Aber selbst das sollte ihr nicht die Möglichkeit geben, meine Illusionen zu verändern." Er hielt inne. "Es gibt nur eine Erklärung. Ihr Talent kann sich mit meinem verflechten."

"Unmöglich." Bingley schnaubte. "Weißt du, wie selten das ist?"

Nichts anderes hatte er erwartet. "Ein Fall pro Jahrhundert, wenn überhaupt."

"Komm schon, Darcy", spottete Bingley. "Du musst träumen. Glaubst du, du und Miss Elizabeth seid ein weiteres Paar wie König Artus und Guinevere, die gemeinsam Magie praktizieren, wenn es sonst niemand kann?"

Darcy ignorierte ihn. "Das ist wichtig, Bingley. Bedenk doch, welche Auswirkungen das auf meine Mission hätte. Wenn sie und ich durch Blutsbande miteinander vereint sind, und sich unsere Talente verflechten können, dann kann ich auf ihre Magie zurückgreifen, wenn ich in Frankreich bin. Und wenn sie auf Pemberley ist...Komm schon, Bingley, denk nach!"

Langsam sah man Bingley an, dass ihm ein Licht aufging. "Dann könntest du durch sie auf dein Landtalent zurückgreifen, anstatt dich nur auf Magie zu verlassen! Gütiger Gott, Darcy, das ist brillant! Das könnte alles verändern!"

"Ich kann mein Glück kaum fassen. Unser aller Glück." Dass es Elizabeth war, die ihn so leicht verzaubert hatte, machte es nur perfekt.

Bingley tippte sich gegen das Kinn. "Jetzt musst du sie wirklich heiraten. Und wenn möglich ein Kind zeugen."

"Das sollte kein Problem sein." Die Ehe zu vollziehen wäre auch keine lästige Pflicht, wie er es immer erwartet hatte. Es kam ihm wie ein Märchen vor, dass er eine attraktive Frau heiraten und Liebe mit ihr machen konnte, ohne dass einer von ihnen den grausamen Abstoßungsschmerz aushalten musste. Es war mehr, als er sich je erträumt hatte.

Wie schade, dass ihre Ehe nicht lange andauern würde.

Bingley nickte. "Und zwar schnell, noch dazu. Uns läuft die Zeit davon."

"Niemand ist sich dessen bewusster als ich." Als ob er auch nur für einen Moment vergessen könnte, dass sein verbleibendes Leben in Monaten und nicht in Jahren gezählt sein könnte. "Nun, da sie und ihre Schwester nach Longbourn zurückgekehrt sind, plane ich, Mr. Bennet morgen um Erlaubnis zu bitten." Bei der Aussicht darauf verzog sich sein Gesicht. "Wirst du als mein Mittelsmann fungieren?"

Bingley richtete sich abrupt auf. "Ich? Ich helfe dir immer gerne, alter Freund, aber ich bin nicht dafür ausgebildet."

"Das sollte nicht wirklich schwierig werden. Du wirst ihm eine Nachricht schicken müssen, in der du um dieses Gespräch bittest, alles andere sollte nur eine Formalität sein."

"Wahrlich. Du bist eine Partie, von der jeder Vater für seine Tochter träumt."

Darcy hielt ihm das Bündel Papiere entgegen, das er vorbereitet hatte. "Ich habe einen groben Entwurf des Wittumsvertrages aufgesetzt. Sollte ich Schwierigkeiten beim Sprechen haben, musst du ihn Mr. Bennet darlegen."

Mit einem langmütigen Ausdruck nahm Bingley ihn und las die erste Seite. Seine Lippen spitzten sich in einem lautlosen Pfeifen. "Das ist sehr großzügig."

"Es gibt keinen Grund, es nicht zu sein, und jeden Grund, ihm keine Ausrede zu liefern, um diese Eheschließung hinauszuzögern. Wir haben keine Zeit zu verlieren. Ich muss sie so schnell wie möglich als meine Ehefrau auf Pemberley haben." Das war der eine Aspekt seiner Zukunft, der ihm Freude bereitete. Ihm mochte nicht viel Zeit mit Elizabeth vergönnt sein, doch davon wollte er jede Minute genießen. Zumindest das hatte er doch sicherlich verdient.

"Ich werde mein Bestes geben, um für dich zu sprechen." Bingley klang nicht überzeugt. "Das heißt, wenn du das überhaupt brauchst."

"Höchstwahrscheinlich nicht. Ich kann mir nicht vorstellen, dass sein Talent besonders stark ist."

Kapitel 5

DARCY SAH SICH GEZWUNGEN, diese Meinung zu revidieren, als sie sich Longbourn näherten. Er war noch nie dort gewesen. Es wäre der Gipfel der Unhöflichkeit, die Ländereien eines anderen Landtalents mit Grundbesitz ohne ernsten Grund zu betreten. Das war nie leicht.

Obwohl er auf dem Rücken seines Pferds saß und dies nicht sein Land war, konnte er die Kraft spüren, die aus dem Boden strömte. Was das bedeutete, konnte er rings um sich herum sehen: Felder, reich an Heuballen, üppig wachsender Winterweizen, gut genährte Rinder und Schafe in dickem Pelz. All das ging weit über alles hinaus, was er bisher in Meryton mitbekommen hatte. Mr. Bennet verfügte offenbar über mehr Talent, als Darcy erwartet hatte.

Er warf einen Blick auf Bingley. Möglicherweise braucht er doch einen Mittelsmann. Je stärker das Talent, desto heftiger die Abstoßung.

Das Kribbeln auf seiner Haut begann, als sie sich dem Herrenhaus näherten, und er wappnete sich für Schlimmeres. Sobald der Butler sie eingelassen hatte, begann das Brennen.

Es verstärkte sich, als sie an dem Salon vorbeigeführt wurden, in dem Elizabeth mit ihren Schwestern saß, ihre Präsenz erhellte den Raum wie ein Stern. Aber Moment – irgendwie hatte er gewusst, dass sie da drin war, noch bevor er durch den Türrahmen spähen konnte. Wie war das möglich?

Noch nie war ihm das gelungen, nicht einmal mit Anne. Das würde er seine Mutter fragen müssen.

Doch all diese Überlegungen waren wie weggewischt, als sie zu ihnen hinüberblickte und sich die Überraschung auf ihren Gesichtszügen abzeichnete. Würde sie diesen charmant überraschten Gesichtsausdruck auch zeigen, nachdem er mit ihrem Vater gesprochen hatte und wieder auftauchte, um sie zu fragen, ob sie seine Frau sein wollte? Eine Welle des Verlangens durchströmte ihn, trotz seines zunehmenden Unbehagens.

Dann kündigte der Butler sie Mr. Bennet an. Darcy betrat einen dunklen Raum, der von überfüllten Bücherregalen gesäumt war. Bücherstapel lagen auf dunklen Holztischen neben Ledersesseln. An einem Ort wie diesem würde Darcy sich unter anderem Umständen augenblicklich wie zu Hause fühlen, wenn da nicht das Gefühl von heißen Kohlen wäre, die sich am ganzen Körper gegen seine Haut drückten.

Ein typisches Treffen mit einem mächtigen Talent also. Darcy verbeugte sich in Mr. Bennets Richtung. Er wusste, dass es besser war, ihn nicht direkt anzusehen. Einem anderen Talent in die Augen zu sehen, insbesondere auf seinem eigenen Land, könnte einen Krampfanfall oder Schlimmeres auslösen. Nur zu atmen, war bereits eine Qual.

Während er noch versuchte, seine Gedanken zu ordnen, sagte Bingley: "Mr. Bennet, darf ich Ihnen Mr. Darcy von Pemberley vorstellen? Wie ich Ihnen in meiner Nachricht mitgeteilt habe, hat er mich gebeten, in einer wichtigen Angelegenheit als sein Mittelsmann zu fungieren."

"Bitte setzen Sie sich, Gentlemen. Darf ich Ihnen einen Portwein anbieten?", sagte Mr. Bennet mit rauer Stimme.

Der Mann hatte entweder wenig Erfahrung mit Zusammenkünften mit einem anderen Talent oder eine Tendenz zur Grausamkeit. Darcy hatte keine Lust zu ersticken, falls er versuchte, in seiner Gegenwart zu trinken.

"Danke, nein", brachte Darcy heraus, obwohl sich seine Lippen anfühlten, als würden sie zu Asche verbrennen. "Ich hege nicht den Wunsch, Ihnen eine Bürde zu sein, daher werde ich direkt auf den Punkt kommen. Ich möchte Sie um Erlaubnis bitten, Ihre Tochter, Miss Elizabeth, zu heiraten."

Mr. Bennet starrte ihn an. "Ist das ein Scherz?"

Darcy versteifte sich, was den Schmerz nur verschlimmerte. "Nichts dergleichen. Ich wünsche mir aufrichtig, Miss Elizabeth zu heiraten."

"Die ganze Stadt redet davon, dass Sie geäußert haben, sie wäre nicht hübsch genug, um Sie in Versuchung zu führen. Sie mögen mir also verzeihen, wenn ich Ihre Aussage in Zweifel gezogen habe." Der ältere Mann verschränkte langsam die Arme, als wäre jede Bewegung qualvoll.

Als Darcy versuchte, sich zu sammeln, sprang Bingley rasch in die Bresche. "Ich habe Darcy letzte Woche mit Ihrer Tochter in Netherfield beobachtet und ich kann Ihnen versichern, dass er sie leidenschaftlich bewundert. Er ist ein guter Mann, der Beste, den ich kenne. Außerdem ist er in der Lage, für ihren Unterhalt zu sorgen, da er über ein großes Anwesen in Derbyshire und ein Einkommen von mehr als zehntausend Pfund im Jahr verfügt. Er hat mich ermächtigt, Ihnen die Details des Wittumsvertrages darzulegen, den er Miss Elizabeth angedeihen lassen möchte, und dieser ist überaus großzügig." Bingley hielt ihm die Papiere hin. "Wenn Sie so freundlich wären –"

Mr. Bennet hielt eine Hand hoch, um ihn aufzuhalten, und zuckte bei der Bewegung zusammen. "Das ist nicht vonnöten. Hätte ich vom Zweck Ihres Besuches gewusst, hätte ich Ihnen den Weg erspart. Mr. Darcy, wenn Sie wirklich Zuneigung zu meiner Tochter verspüren, dann tut es mir leid. Elizabeths Verbindung zu diesem Anwesen ist stark, und ich werde ihr niemals erlauben, einen Mann zu heiraten, der Longbourn nicht zu seinem Zuhause machen kann. Es tut mir leid, Sie enttäuschen zu müssen, aber dies ist mein letztes Wort in dieser Angelegenheit."

Was? Konnte der Mann tatsächlich seine Brautwerbung zurückweisen? Er wies den Herrn von Pemberley ab, den Mann, von dem Englands Hoffnungen abhingen? Unmöglich!

Aber augenscheinlich wahr. Darcy konnte kaum denken, so sehr vereinnahmte ihn der Schmerz. Verzweifelt saugte er Luft ein und zog jedes bisschen Kraft aus ihr, das er konnte, bis der Raum sich zu stabilisieren schien. Er musste ihn überzeugen. Alles hing davon ab. Wenn nur das Brennen aufhören würde! "Mr. Bennet, hierbei handelt es sich nicht um eine vorübergehende Laune. Es ist unerklärlich, aber das Talent Ihrer Tochter passt haargenau zu meinem, sogar so weit, dass unsere Talente zusammenarbeiten und interagieren können. Sie müssen wissen, wie selten das ist."

Der ältere Mann erbleichte. "Was wissen Sie über ihr Talent?" Es war mehr Anschuldigung denn Frage, und zu spät erinnerte sich Darcy, wie Elizabeth ihn gebeten hatte, ihrem Vater nicht zu sagen, dass er sie dabei erwischt hatte, wie sie ihre Kunst einsetzte.

Er hob sein Kinn. "Vielleicht wäre es für jene ohne eigenes Talent nicht wahrnehmbar, aber für mich war es offensichtlich." Er kämpfte darum, nicht aus dem Raum zu fliehen, weg von dieser Folter.

Mr. Bennets Lippen pressten sich aufeinander. "Sie haben sie gespürt? Die Abstoßung? Und Sie möchten sie dennoch *heiraten*?"

"Es gibt keine Abstoßung, nicht die geringste. Deshalb habe ich gesagt, wir passen zusammen. Sie müssen sehen, weshalb das eine Gelegenheit ist, die ich nicht verstreichen lassen kann."

Bingley wand sich.

Der ältere Mann trommelte mit den Fingern auf seinem Schreibtisch und ein schmerzhaftes Keuchen entfuhr seinen Lippen. "Ich kann verstehen, inwiefern diese Verbindung Ihnen dienlich wäre, doch meiner Familie würde sie nur schaden. Es tut mir leid, aber meine Antwort ist nein." Steif erhob er sich auf die Füße. "Guten Tag, Gentlemen."

"Warten Sie!", rief Bingley. "Es steckt mehr dahinter als Darcys Begehr. Er muss Miss Elizabeth heiraten, um uns alle zu schützen!"

"Bingley!", fuhr Darcy dazwischen. "Das steht unter Geheimhaltung!"

"Aber du brauchst das!"

"Ich weiß", sagte Darcy hart und schluckte die Galle herunter, die sich ihren Weg durch seine erstickende Kehle bahnte. "Mr. Bennet, Bingley hat auf eine Angelegenheit verwiesen, die privat hätte bleiben sollen. Ich muss Sie bitten, zu vergessen, dass Sie es jemals gehört haben." Wenn Bennet nur halb so viel Schmerz verspürte wie er selbst, würde er vermutlich versprechen, seinen eigenen Namen zu vergessen, wenn das Darcy nur aus dem Raum brächte.

"Natürlich."

Als sie die Pferde erreichten, waren die unsichtbaren Feuer, die Darcys Haut verbrannten, zu einer unangenehmen Hitze abgeklungen. Dies war immer der beunruhigende Punkt, an dem sein Verstand darauf bestand, dass seine Haut mit feuerroten, schmerzenden Blasen bedeckt sein musste, wenn nicht gar vollständig verkohlt, aber er wusste, dass seine Hand wie immer aussehen würde, wenn er seine Handschuhe abstreifte. Es würde länger dauern, bis sein Herz aufhörte, aus der Erinnerung an den Schmerz heftig zu schlagen.

Er tat, als überprüfe er seinen Sattel, um die Tatsache zu verschleiern, dass er sich zur Unterstützung auf das Pferd stützte, während er Kraft sammelte, um aufzusteigen. Ganz zu schweigen davon, dass er mit der Frage umzugehen hatte, was als nächstes zu tun war.

Wie hatte Mr. Bennet die beste Partie abweisen können, auf die sich seine Tochter jemals Hoffnungen machen konnte?

Darcy bat die Luft, die erhitzte Haut seines Gesichts zu kühlen. Übereinstimmend rumpelte in der Ferne ein Donner, der die Luft erschütterte.

Er biss die Zähne zusammen, bestieg Herkules und drängte ihn in Bewegung. Deshalb brauchte er ein ausgezeichnet ausgebildetes Pferd – für die Zeiten, in denen sein Körper seinen Befehlen nicht vollständig gehorchen würde. Vermutlich hätte er die Kutsche nehmen sollen.

Mit Anne zusammen zu sein, hatte ihn verwöhnt. Sich in ihrer Gegenwart aufzuhalten, war schmerzhaft gewesen, aber nicht qualvoll. Aber sie war seine Cousine gewesen, was die Dinge leichter gemacht hatte, und ihr Talent war nur schwach ausgeprägt. Deshalb war er nun zu zuversichtlich in seiner Fähigkeit gewesen, sich mit Bennet zu unterhalten.

Bingley holte ihn ein. "Na, das war abrupt", sagte er zögerlich.

Für einen Moment verstand Darcy nicht, was er meinte. "Das Gespräch? Das ist immer so. Keine Zeit für höfliche Nettigkeiten, wenn deine Haut in Flammen steht."

Bingley verzog das Gesicht. "Manchmal bin ich froh, kein Talent zu haben. Aber es tut mir leid, dass ich dir nicht mehr helfen konnte. Ich hatte nicht erwartet, dass er ablehnen würde."

"Ich ebenso wenig." Als er auf die Straße abbog, ließ der letzte Rest Druck endlich von ihm ab. "Wir müssen einen Weg finden, ihn zu umgehen, wenngleich ich mir nicht vorstellen kann, wie der aussehen könnte."

"Die Mission soll geheim bleiben, aber ich denke, wir müssen es ihm sagen", sagte Bingley langsam. "Das wäre der einfachste Weg, seine Meinung zu ändern. Kein anständiger Engländer könnte sich weigern, dir zu helfen."

"Es ist aus guten Gründen geheim!", blaffte Darcy.

"Ich weiß, aber diese Ehe ist wichtig."

Darcys Kopf schmerzte. "Darüber muss ich mir noch Gedanken machen. Im Moment kann ich mir nicht vorstellen, erneut in seiner Gegenwart zu sein."

"Diesen Part könnte ich übernehmen. Ich kann es ebenso gut erklären wie du."

Er hasste es zuzugeben, welch große Erleichterung das wäre. "Das wäre möglicherweise das Beste. Und dann wird Bennet verstehen, warum ihm in dieser Angelegenheit nicht mehr Wahlfreiheit bleibt als mir."

"Guter Gott, Darcy. Ich dachte, du möchtest sie heiraten."

"Es ist pures Glück, dass ich sie attraktiv finde und ihre Gesellschaft genieße, daher heirate ich sie auch gern. Aber wenn sie ein hässliches, geschwätziges Weib wäre, würde ich sie trotzdem heiraten. Denn die Mission ist das Einzige, was zählt." Die bitteren Worte, die er so oft gehört hatte, strömten aus ihm heraus, aber nun hatte seine Bitterkeit einen neuen Grund. Er wollte Elizabeth heiraten, weil sie bewunderte, nicht aus Pflichtgefühl seinem Land gegenüber. Er wollte mit ihr an seiner Seite alt werden. Aber die Mission würde das unmöglich machen.

Das war nicht gerecht. Normalerweise konnte er diese Gefühle beiseiteschieben, aber nachdem er von Schmerzen geplagt wurde, war seine Widerstandskraft geschwächt. War eine lange, liebevolle Ehe zu viel verlangt? Er drängte sein Pferd in einen Trab.

Bingley zog an ihm vorbei. "Ich muss sagen, Darcy, du siehst überhaupt nicht gut aus. Ich denke, wir sollten es besser beim Schritt belassen."

Er wollte Bingley rüffeln und sagen, er habe sein Pferd sehr wohl im Griff, doch beschwören konnte er das gerade nicht. Und er konnte es sich nicht leisten, ein Risiko einzugehen. Nicht jetzt. Auch das war ihm eingetrichtert worden.

Weil die Mission an erster Stelle stand.

Das Hausmädchen steckte den Kopf zur Tür herein. "Miss Lizzy, Ihr Vater möchte Sie in seiner Bibliothek sehen."

"Oh, Lizzy bekommt Ärger!", skandierte Lydia mit hoher Stimme.

"Wie immer." Elizabeth machte einen übertriebenen Knicks in Richtung ihrer enervierenden jüngeren Schwester. "Wenn du mich brauchst, wirst du mich zweifellos in den Verliesen schmachtend vorfinden."

Mary runzelte die Stirn. "Wir haben hier keine Verliese. Nur einen Weinkeller."

Elizabeth lachte. "Papa wird mich als Teil der Strafe dazu verdonnern, mein eigenes Verlies zu graben." Und mit diesen erhebenden Worten verließ sie den Raum.

Aber sie fühlte sich weit weniger fröhlich, als sie klang. Sie wusste genau, warum Mr. Darcy ihren Vater aufgesucht hatte. Der einzige Grund, weshalb ein so mächtiger Mann ein solches Treffen tolerieren würde, war eine Warnung bezüglich Elizabeths Einsatz ihres Talents auszusprechen. Sie hätte wissen sollen, dass er ihr Geheimnis nicht wahren würde. Wenn sie nur daran dachte, dass sie angefangen hatte, ihn zu mögen!

Dieses Gespräch würde nicht angenehm werden. Dennoch war es nicht so, als hätte ihr Vater sie jemals wirklich für irgendetwas bestraft. Nein, er würde einfach seine Missbilligung ausdrücken, und ihn zu enttäuschen, fühlte sich schlimmer an als jede Strafe.

Und wenn eine leise Stimme in ihr sagte, dass es nicht gerecht sei, nach allem, was sie getan hatte, um Longbourn zu retten, brachte sie sie entschieden zum Schweigen. Ihr Vater hasste es, daran erinnert zu werden, dass es ihre Arbeit, ihr Blut und ihr Talent waren, die Longbourn aufblühen ließen.

Die Bibliothekstür war geschlossen, und sie klopfte nur ganz kurz, ehe sie eintrat.

Ihr Vater saß in seinem liebsten ledernen Ohrensessel, die Füße auf der Ottomane, den Kopf mit geschlossenen Augen zurückgelehnt. Er balancierte ein fast leeres Brandyglas zwischen seinen Fingern.

"Ah, Lizzy", sagte er, ohne die Augen zu öffnen. "Das war sehr unangenehm. Dein Freund Darcy muss ein mächtiges Talent sein. Es ist Jahrzehnte her, dass ich in Gegenwart eines anderen Talents so viel Schmerz empfunden habe. Beinahe bin ich überzeugt, dass meine ganze Haut sich in Asche verwandelt hat."

"Du lieber Himmel! Ist es nun, da er gegangen ist, besser?"

"Jetzt bleibt nur die Erinnerung daran zurück. Die und die ach so angenehme Erinnerung daran, dass ein anderes Talent meinen Tag ruinieren kann, schlichtweg, indem es meine Türschwelle überschreitet." Er öffnete die Augen, leerte den Rest seines Glases und stellte es nicht allzu sanft ab. "Aber woher sollte ich wissen, dass du eine so erstaunliche Eroberung gemacht hast? Wer wird der nächste sein, der dir zu Füßen liegt?" Seine Stimme klang spöttisch.

"Was meinst du damit?", fragte sie vorsichtig. Wo war seine Wut über ihren Einsatz von Magie?

"Na, Mr. Darcy, natürlich. Du weißt nicht, warum er sich der Qual ausgesetzt hat, mich zu besuchen?"

"Nicht einmal annähernd." Sie versuchte, ebenso amüsiert wie er zu klingen und ihre Befürchtungen zu überspielen.

"Er hielt um deine Hand an! Dem armen Kerl scheint nicht klar zu sein, dass du ihn nicht magst. Oder vielleicht war ihm das einfach gleichgültig. Habe ich dich damit nun überrascht?"

Darcy wollte sie heiraten? Unmöglich!

Abgesehen davon, dass er ihre Wange so zärtlich mit seiner Hand umfangen hatte und davon sprach, wie wunderbar ihre Magie war. Etwas schien in ihrer Brust zu schmelzen. "Wie... wie hast du reagiert?"

Er schnaubte. "Natürlich habe ich nein gesagt. Unter normalen Umständen wäre er nicht die Art von Mann, dem ich leicht etwas abschlagen könnte, aber wir brauchen dich hier. Und ich werde nicht zulassen, dass du als magische Zuchtstute missbraucht wirst."

"Papa!" Sie war fast ebenso schockiert von seinem unerwartet vulgären Wortschatz wie von den völlig erstaunlichen Nachrichten.

Er hievte sich auf die Füße. "Das ist es, was er will, das solltest du wissen. Glaubst du wirklich, dass er sich innerhalb von ein paar Wochen so wahnsinnig in dich verliebt hat, dass er gar nicht anders kann, als dich zu seiner Braut zu machen?"

"Bis zu diesem Moment wusste ich nicht, dass er überhaupt an mich dachte, geschweige denn als potentielle Gattin. Er könnte mühelos eine Frau mit deutlich mehr Mitgift und besseren Verbindungen finden." Elizabeth Wangen brannten. Darcys Meinung über sie schien sich seit der initialen Verachtung verbessert zu haben, aber dass er sie gleich heiraten wollte? Oder vielleicht hatte ihr Vater recht, und er hatte nicht wirklich etwas für sie übrig, und ihn interessierte nur ihre Fähigkeit, Magierkinder zu gebären. Schließlich hatte sich sein Verhalten ihr gegenüber nicht verändert, bis er ihr Talent entdeckte.

Ihr Hals schnürte sich zu. Das musste der einzige Grund gewesen sein, weshalb er freundlich zu ihr gewesen war. Warum wollte sie so sehr glauben, dass mehr dahintersteckte?

Er bewegte den ausgestreckten Zeigefinger hin und her. "Aber keine mit deinem Talent. Du bist genau die Art von Frau, die sie wollen, um neue Talente zu züchten, ganz gleich, was das für dich bedeuten würde." Dann hielt er abrupt inne und betrachtete sie. "Ich stand zu sehr neben mir, um aufmerksam zu sein, aber er sagte, dein Talent habe ihn nicht abgestoßen. Ist das wahr? Du kannst seine Anwesenheit ohne Schmerzen tolerieren?"

Jetzt war es soweit, sie kamen zu dem Teil über die Zurschaustellung ihres Talents. "Ich empfinde nichts außer eines leichten Verdrusses über sein stolzes Verhalten", sagte sie leichtfertig. "Allerdings hatte ich auch nie eine Reaktion auf Sir Edmund Langdon oder andere Grundbesitzer. Sogar

Jane empfindet mehr Abstoßung als ich. Darcys Anwesenheit hat mich überhaupt nicht berührt."

"Kein Wunder, dass er so begierig darauf war, dich für sich zu haben." Ihr Vater rieb sich die Stirn. "Nun, mit der Enttäuschung wird er leben müssen. Aber das bleibt unter uns, andernfalls wird deine Mutter darauf bestehen, dass du ihn um seines Vermögens willen nehmen musst."

"Das würde ich nicht wollen." Aber ihr Herz flatterte immer noch, wenn sie daran dachte, dass er sie heiraten wollte.

Elizabeths Aufregung und Zerstreutheit hatten sie bis zum Dinner nicht verlassen, und das Essen war eindeutig nicht dazu bestimmt, in Frieden abzulaufen. Ihre Mutter segelte mit einem Blatt Papier in den Händen in den Raum. "Oh, er ist fort, er ist fort! Und das ist alles deine Schuld, Mr. Bennet!"

Mr. Bennet machte sich nicht einmal die Mühe, sie anzusehen, als er seine Serviette entfaltete. "Habe ich jemanden umgebracht, meine Liebe? Das hatte ich gar nicht bemerkt." Seine Miene wirkte jedoch besorgter als sonst üblich. Fragte er sich, ob seine Angetraute sich vielleicht auf Darcy bezog?

Das war zumindest das Erste, was Elizabeth in den Sinn kam.

"Oh, mach dich nicht lächerlich! Es ist Mr. Bingley!", klagte seine Frau. "Mrs. Long schreibt, dass er nach London fortgegangen ist. Er hat dich erst heute morgen noch besucht, Mr. Bennet. Du hättest ihn zwingen sollen, um unsere Jane anzuhalten!"

Die Schultern ihres Vaters entspannten sich deutlich. "Sein Freund Darcy war ebenfalls da, und dieser stolze Kerl hätte es nie zugelassen. Jane wird einfach ohne ihn auskommen müssen." Seine gute Laune schien wiederhergestellt zu sein.

"Aber er ist der erste Gentleman, den Jane jemals in Betracht gezogen hat! Was sollen wir nur tun, wenn sie niemals heiraten möchte?"

Jane schob ihren Stuhl zurück. "Wenn ich nie heirate, dann wird Longbourn Lizzys ältestem Kind zufallen, so wie es auch sein sollte!" Sie rannte aus dem Raum.

Verblüfft sah Elizabeth ihren Vater an, doch der mied ihren Blick. "Entschuldigt mich bitte", sagte sie. "Ich glaube, ich schließe mich Jane an."

Sie hob ihre Röcke an und eilte zur Treppe. Die Tür zu ihrem Schlafzimmer war geschlossen, was Jane sonst selten tat. Ihre arme Schwester! Das sah ihr so gar nicht ähnlich. Sie musste mehr als enttäuscht sein.

Elizabeth trat leise ein.

Jane hatte sich auf dem Fensterplatz zusammengerollt, die Arme um ihre Knie geschlungen und starrte auf die Eiche, in ihrem herbstlich, rostroten Blätterkleid. "Es tut mir leid, dass ich eine Szene gemacht habe", sagte sie tonlos, ohne sich umzudrehen. "Bitte sag Mama, ich werde bald herunterkommen, um mich zu entschuldigen."

Elizabeth zog einen kleinen Stuhl heran. "Das mit Mr. Bingley ist sehr beunruhigend, aber ich würde nicht alles für bare Münze nehmen, was Mrs. Long von sich gibt. Ich gehe davon aus, dass wir ihn sehr bald wiedersehen werden." Es sei denn, die Weigerung ihres Vaters, Mr. Darcys Brautwerbung anzunehmen, stand dem im Weg.

"Oh, mach mir keine falsche Hoffnung! Nachdem ich James verloren hatte, habe ich mich damit abgefunden, nie zu heiraten. Ich wünschte, ich wäre Mr. Bingley nie begegnet. Es tut so weh, wenn die Hoffnung stirbt."

Elizabeth starrte sie fassungslos an. "Niemals heiraten? Aber warum denn das? Du hast eine ganze Auswahl von Gentlemen, die begierig darauf sind, dich zu umwerben." Männer, die ihr Glück kaum fassen konnten, wenn sie feststellten, dass die süßeste, lieblichste Dame ihrer Bekanntschaft noch dazu die Erbin eines Landgutes war.

"Longbourn heiraten, meinst du." Jane grub ihre Fingernägel in ihren Handballen. "Du solltest die Erbin sein, nicht ich, und deine Kinder nach dir."

Elizabeth streichelte den Arm ihrer Schwester. "Du bist die Älteste. Es ist nur recht und billig, dass es dein ist."

"Es ist der Mühlstein um meinen Hals", rief sie. "Deshalb kann ich niemals einem Mann trauen, dass er mich um meinetwillen mag. Deshalb fühle ich mich jeden Tag meines Lebens wie eine Hochstaplerin. Oh, wie sehr wünschte ich, Papa hätte von Anfang an gesagt, dass ich kein Talent geerbt habe!"

"Wir können die Vergangenheit nicht ändern. Und dir mangelt es nicht an Talent, du bist nur nicht gut an das Land gebunden. Dein erstgeborenes Kind wird vollständig an Longbourn gebunden sein, und dann wird es keine Rolle mehr spielen."

Jane wischte sich die Augen mit einem Taschentuch ab, das Elizabeth für sie in mühseliger, monatelanger Arbeit angefertigt hatte. Sie hatte Flachs gepflanzt, verarbeitet, gesponnen und gewebt, damit Jane einen kleinen Teil von Elizabeths Talent mit sich tragen konnte. Aber es war nicht genug.

"Aber konnte Mama nicht wenigstens eine Stunde warten, nachdem Mr. Bingley gegangen war, ehe sie anfing, sich zu beschweren, dass ich einen anderen Mann heiraten muss? Er war perfekt – ein Fremder hier und reich genug, um kein Glücksritter zu sein. Und ich habe gespürt, dass er mich wirklich mochte. Er war alles, was ich mir je gewünscht habe."

"Ich denke noch immer, dass er zurückkehren wird. Ich habe gesehen, wie er dich angesehen hat." Und es war so erfrischend gewesen, nicht Janes übliche Leier über ihre Verehrer zu hören – dass sie aus Zuneigung heiraten wolle, aber wie könne sie einen Mann wählen, den sie mochte, in dem Wissen, dass sie ihn jahrelang über ihr Talent belügen müsste?

Aber zumindest bedeutete es, dass Mr. Darcy auch nicht mehr da war. Jetzt würde Papa vielleicht wieder zu seiner üblichen, trägen Amüsiertheit zurückkehren.

Und auch wenn sie bedauerte, dass sie nie wieder Lektionen im Illusionensweben erhalten würde, und nie wieder seine dunklen Augen auf sie gerichtet sehen würde, schob sie diese Gefühle beiseite.

Kapitel 6

ZWEI TAGE SPÄTER WACHTE Elizabeth auf und fühlte sich unruhig, wie sie es schon die ganze Zeit war, seit sie von Darcys Heiratsersuchen an ihren Vater erfahren hatte. Das andauernde Geschwätz ihrer Mutter über den Verlust von Mr. Bingley war zu viel für sie, und so brach sie zu einem Spaziergang auf. Ihre Füße führten sie zurück nach Netherfield, zu der vertrauten Weide, auf der sie Darcys Illusionen zum ersten Mal gesehen hatte.

Und wo er sie gelehrt hatte, ihre eigenen zu kreieren.

Sie überquerte die Steinmauer und ging zu jener Ecke, wo sie den Nebel erzeugt hatte. Darcy hatte sich an diesem Tag ganz anders verhalten. Er hatte ihre Fragen beantwortet, sich die Zeit genommen, es ihr beizubringen, und ihr seinen Luchs vorgestellt. Er schien ihre Gesellschaft zu genießen – oder war das nur ein Trick gewesen, um sie dazu zu bringen, ihm gegenüber nicht mehr so zurückhaltend zu sein? Während ihres Unterrichts hatte es Momente gegeben, in denen sie sich ihm nahe gefühlt hatte.

Wäre diese unglückselige Heiratsgeschichte nicht gewesen, hätte sie ihn gern wiedergesehen. Nicht nur, weil er ihre einzige Hoffnung war, mehr über Illusionen zu erfahren, sondern auch, weil sie begonnen hatte, Gefallen an seiner Gesellschaft zu finden. Nun war er für immer verschwunden, und ihr würde sich niemals mehr die Gelegenheit bieten, ihr Wissen über Magie zu erweitern.

Entmutigt überquerte sie die Wiese. Ein Fleckchen schwarzes Gras zupfte an ihrem Talent. Wie hatte sie das vergessen können? Hier hatte sie die Flammen entfacht, um die anstürmenden Kühe zu erschrecken. Oder das, was sie für Kühe gehalten hatte. Das hätte sie schon längst in Ordnung bringen sollen.

Sie zog ihren Handschuh aus, hockte sich hin und legte ihre Handfläche auf die Mitte des abgestorbenen Bereichs. Ihr Talent floss in den Boden, ein fließendes Kribbeln lief ihren Arm hinunter und sandte Wachstum und Kraft zu den Wurzeln des verbrannten Grases hinab. Sie konnte spüren, wie sie praller wurden, Wasser aus dem Boden zogen und Energie sammelten, um neu zu wachsen. Ein paar neue Triebe begannen, sich zu bilden, bereit, in die Luft zu sprießen.

"Beeil dich nicht", sagte sie zum Gras. "Es ist beinahe Winter. Schlaf nun und wachse im Frühling."

Eine subtile Entspannung breitete sich in ihren Gliedmaßen aus. Wie anders sich Landmagie anfühlte, als Illusionen zu erschaffen! Das Land mit ihrem Talent zu nähren, hinterließ bei ihr immer ein Gefühl der Erfüllung, und wenn sie sich zu sehr verausgabte, führte das nur zu Schwäche, nicht zum Tod. Es ließ die Dinge wachsen, half, die Menschen zu ernähren und zu kleiden, und verbesserte ihr Leben. Im Gegensatz dazu erreichten Illusionen nichts anderes, als das Auge zu täuschen, und selbst das nur vorübergehend.

Aber, oh, wie wünschte sie sich, sie könnte sie anwenden!

Wenn doch nur Zeit für mehr Unterricht bei Mr. Darcy geblieben wäre. Es war unwahrscheinlich, dass sie jemals einem anderen Magier begegnen würde, daher würde sie nie über das hinausgehen können, was sie bereits erreicht hatte.

Sie stand auf, wischte sich die Hände ab und streifte sich die Handschuhe wieder über. Besser, sie konzentrierte sich auf das, was sie hatte, als darauf, was sie verloren hatte. Auf Longbourn gab es Schafe, die von ihrem Talent profitieren könnten, um mehr Winterspeck anzulegen, und im Gegensatz zu Mr. Darcys illusorischen Schafen, konnte sie deren Wolle spüren, wie sie unter ihrer Hand nachgab und sich wieder aufrichtete und das Lanolin in ihre Haut einzog. Ihr Talent konnte ihnen Gesundheit schenken, und das war weit mehr wert als eine Illusion, die sie nicht fühlen konnte.

Sie machte sich auf in Richtung Longbourns Schafgeheges. Als sie es erreichte, drängten die Schafe bereits auf sie zu. Ihre Vliese hatten längst ein gutes Volumen erreicht, das sie gegen die kommende Kälte schützen würde, dennoch ließ sie ihr Talent in sie fließen. Die Freude, die sie bei ihrer Berührung ausstrahlten, war ihr Belohnung genug.

Nach Hause kehrte sie mit einem schlammigen Saum, aber ruhigeren Herzens zurück. Sie trat durch die Küche ein, in der Hoffnung, ihren jüngeren Schwestern und der Mutter aus dem Weg zu gehen. Sich in ihr Zimmer zurückzuziehen, um dort die Ruhe zu genießen, klang himmlisch.

Doch das sollte nicht sein. Jenny, das Hausmädchen, wischte sich die Tränen aus den Augen, während die Köchin beruhigend auf sie einredete: "Na, na. Ich bin sicher, er hat es nicht so gemeint."

"Was ist mit dir?", hakte Elizabeth nach. Normalerweise war es ihre Mutter, die die Dienstboten verunsicherte.

Die Köchin schaute finster drein. "Ihr Vater ist gereizt, Miss Lizzy. Dieser Mr. Bingley ist vorbeigekommen und Ihr Vater hat seitdem keinen Fuß vor die Bibliothek gesetzt. Jenny hat angeklopft, um zu fragen, ob er etwas Tee möchte, und er warf etwas gegen die Tür und sagte ihr, sie solle weggehen. In einer etwas deftigeren Sprache, wenn ich das sagen darf, Miss."

Das klang überhaupt nicht nach ihrem Vater, aber dass Bingley zurück war, waren wundervolle Neuigkeiten. Sie war sich dessen so sicher gewesen! Doch was konnte ihren Vater so verärgert haben? Bingley war stets so liebenswürdig. "Wie seltsam. Ich hoffe, er wird sich später entschuldigen", sagte sie rasch, ehe sie ins Wohnzimmer eilte. Das Ausruhen musste warten, bis sie herausgefunden hatte, was geschehen war.

Ihre Mutter und alle ihre Schwestern waren da. Janes Miene wirkte verkrampft, verschlossen und nicht wirklich deutbar. Mary, die der Tür am nächsten war, schaute von ihrem Buch auf. "Papa ist verärgert."

"Habe ich gehört." Sie versuchte, ruhig zu klingen, als sie ihre Stickarbeit aufnahm.

"Und er hat Mr. Bingley schon wieder entkommen lassen", beschwerte sich Mrs. Bennet. "Jetzt wird Jane niemals heiraten!"

Jane presste die Lippen aufeinander, sagte jedoch nichts. Wenn sie mitten in einer ihrer Schimpftiraden war, hielt nichts ihre Mutter auf.

Wie immer machte sie sich weiter und weiter Luft, bis sie schließlich durch das Erscheinen ihres Vaters unterbrochen wurde, sein Gesicht gezeichnet. Gegen den Türrahmen gelehnt, sagte er schwer: "Also, Lizzy, wie es scheint, wirst du Mr. Darcy doch heiraten."

"Mr. Darcy?", rief Mrs. Bennet verblüfft. "Aber es ist doch Mr. Bingley, der Jane heiraten soll!"

Das Taschentuch, das sie bestickte, fiel aus Elizabeths Händen. "Was?", rief sie. "Papa, nein!"

"Daran lässt sich nichts machen." Und ohne ein weiteres Wort schlurfte er zurück in seine Bibliothek. Das Geräusch der sich schließenden Tür hallte laut in der plötzlichen Stille.

Sie konnte es nicht glauben. Was hatte sich verändert? Wie hatte ihr Vater dem zustimmen können, und ohne sie überhaupt zu fragen?

Sie erhob sich von ihrem Stuhl, um ihm zu folgen, aber Jane stand ihr im Weg und bot eine Umarmung an, die die Kälte in ihr nicht erwärmen konnte.

"Lizzy, ich weiß, das trifft dich schwer, und dass Mr. Darcy einen schlechten ersten Eindruck auf dich gemacht hat, aber es könnte sich auch als etwas Gutes erweisen. Mr. Bingley sagt, er sei ein feiner Mann, und offensichtlich liebt er dich sehr. Ich dachte mir schon, er muss dich mögen, als er dich so oft bat, mit ihm spazieren zu gehen." Jane versuchte stets, das Beste in allem zu sehen, aber diesmal war es Salz in einer offenen Wunde.

"Aber ich werde Longbourn verlassen müssen!", rief Elizabeth. Es war eine Katastrophe, das Ende von allem.

Jane gab nicht vor, sie zu missverstehen. "Wir werden es schaffen, da bin ich mir sicher, wenngleich ich dich schrecklich vermissen werde. Du musst mir oft schreiben."

Lydia schmollte. "Warum beklagst du dich? Du wirst als erste von uns heiraten dürfen und wenn es nach mir ginge, wäre ich froh, von hier wegzukommen."

Mrs. Bennet, deren Verblüffung sie zum Schweigen gebracht hatte, fand schließlich ihre Stimme wieder. "Oh, Lizzy, mein liebstes Mädchen! Mr. Darcy! Oh, wie herrschaftlich du sein wirst. Denk nur, ein Stadthaus in London und zehntausend im Jahr! Wieviel Nadelgeld dir zur Verfügung stehen wird! Was für schöne Kutschen!"

Elizabeth hielt es nicht aus. "Verzeihung, aber ich muss mit meinem Vater sprechen", erwiderte sie und eilte aus dem Raum.

Sie machte nicht den gleichen Fehler wie das arme Dienstmädchen; sie verzichtete ganz aufs Anklopfen und marschierte in die Bibliothek. "Warum?", verlangte sie.

Offene Zeitungen waren über jede verfügbare Fläche verteilt. Ihr Vater richtete sich von der Zeitung auf, über die er sich gebeugt hatte. "Das ist das Beste daran", sagte er und seine Worte trieften vor Wut. "Ich kann dir nicht einmal antworten, weil ich Verschwiegenheit geschworen habe. Aber soviel kann ich dir sagen: Es bleibt keine andere Wahl. Das ist größer als wir alle."

"Was ist 'das'?", fragte sie ungeduldig.

Mit zitternder Hand schenkte er sich ein Glas Brandy ein. "Genau das kann ich dir nicht sagen. Das Vergnügen, dir all deine Fragen zu beantworten, gebührt deinem zukünftigen Ehemann, und ich wünsche ihm viel Freude dabei."

"Das ist nicht zu fassen! Du würdest mich zwingen, gegen meinen Willen zu heiraten?"

Er zuckte zusammen. "Ich hatte nie erwartet, in diese Lage zu gelangen, aber alle anderen Möglichkeiten sind sogar noch schlimmer."

"Und du wirst mir nicht einmal sagen, warum?" Ihr Temperament begann, sich zu melden. Wie konnte er das nur tun? Longbourn brauchte sie, war abhängig von ihr und er entledigte sich ihrer, als wäre sie ein kostbares Stück Vieh.

"Das ist die unangenehme Wahrheit."

In ihrem Kopf wirbelte alles durcheinander. "Gibt es keine andere Option?"

"Keine. Zumindest der Trost bleibt uns, dass eure Talente miteinander verflochten sind. Wer hätte das gedacht? Dass wir in der heutigen Zeit eine weitere der seltenen Ausnahmen vom Gesetz der Abstoßung finden würden. Königin Elizabeth und Sir Walter Raleigh. Harry Percy und Heinrich V., König Arthur und Guinevere, wenn man den Barden glauben darf. Darcy muss gedacht haben, dass er auf Gold gestoßen ist, als er dich gefunden hat." Der Widerwille schwang schwer in seiner Stimme mit.

War es das, was Darcy gemeint hatte, an dem Tag, als die Kühe anstürmten, als er so schockiert war, ihre Wange berühren zu können, und sagte, dass es alles verändert hätte? Danach hatte sich sein Verhalten ihr gegenüber vollkommen gewandelt. Hatte er in diesem ersten Augenblick schon beschlossen, sie zu heiraten?

Seine Entscheidung. Und ihr blieb keine Wahl. "Du willst mich wirklich zwingen, diese Eheschließung zu vollziehen? Longbourn zu verlassen?"

Seine Lippen verzogen sich zu einer dünnen Linie. "Mir bleibt keine andere Wahl. Und das ist mein letztes Wort."

Sie starrte auf ihren Vater, ihren trägen, nachgiebigen Vater, der sich nie dazu aufraffen konnte, seine Töchter zu disziplinieren, der über Lydias unangemessenes Verhalten lachte und sie nicht einmal zurechtwies. Was war vorgefallen, dass er dieses eine Mal nicht von seiner Position abwich?

"Aber ich kann das Land nicht verlassen! Das wäre so, als würde ich mir die Hand abhacken!"

Er rieb sich die Stirn. "Das tut mir leid, und Gott weiß, dass wir es uns kaum leisten können, dich zu verlieren. Aber wir werden uns irgendwie durchschlagen, so wie ich es getan habe, bevor sich dein Talent gezeigt hat."

"Als Longbourn kurz vor dem Bankrott stand! Du brauchst mich hier."

"Wir werden unsere Kosten reduzieren. Weniger Dienerschaft, und deine Schwestern werden lernen müssen, ohne die vielen Bänder und Borten auszukommen. Das werden wir schon schaffen."

Er dachte nicht einmal mehr an sie.

Ohne ein weiteres Wort, drehte sie sich auf dem Absatz um und ging hinaus. Vorbei am Wohnzimmer, in dem ihre Mutter noch immer über Mr. Darcys Reichtum plapperte, und zur Haustür hinaus, wo sie nur kurz stehen blieb, um nach ihrem Hut und dem Mantel zu greifen, die sie vorhin bereits getragen hatte.

Es fuhr durch sie hindurch wie ein Blitz. Wie konnte ihr Vater dem zustimmen? Wie konnte Mr. Darcy das tun, ohne auch nur ein Wort mit ihr darüber gesprochen zu haben? Offensichtlich zählte ihre Zustimmung weniger als seine selbstsüchtigen Wünsche. Und sie hatte begonnen, ihn ein wenig gernzuhaben! Ihr erster Eindruck von ihm war schließlich doch richtig gewesen – ein stolzer, gefühlloser und abweisender Mann. Und das sollte ihr zukünftiger Ehemann werden! Ein Mann, den ihre Meinung oder Wünsche nicht kümmerten.

Wie hatte er ihren Vater dazu gezwungen? Irgendwie musste er ihm gedroht haben, aber welche Art von Macht hatte Mr. Darcy nur über ihren Vater? Der Schmerz des Verrats wühlte sich durch ihren Magen. Sie hatte schon immer gewusst, dass ihr Vater nicht für sich selbst eintreten würde, und doch hatte sie sich niemals vorgestellt, dass sie einen solchen Preis dafür zahlen würde.

Ohne bewusst darüber nachzudenken, wanderte sie durch die Dämmerung zu ihrem Flachsbeet, das nun den Winter über brachlag. Wie viele Stunden Arbeit sie hier investiert hatte – sie hatte die Anweisungen aus ihrem Buch befolgt, das Land selbst bestellt, die Samen gepflanzt, den Flachs gepflegt und geerntet, das alles, um sicherzustellen, dass ihre sorgfältig gefertigten Handschuhe so viel Magie wie möglich enthielten. Nicht nur für sich selbst, sondern auch, damit Jane Longbourns Kraft nutzen konnte, die Kraft, die ihr von Rechts wegen zustehen sollte. Nun wäre Jane auf sich allein gestellt.

Sie ging in die Hocke, um ein Unkraut herauszuzupfen, das sich in das Land geschlichen hatte, für das sie so hart gearbeitet hatte, um es fruchtbar zu machen. Sie ließ die Erde durch ihre Hand rieseln, Erde, die sich wie ein Teil ihres eigenen Körpers anfühlte. Und nun würde sie sie zurücklassen müssen. Jemand anderes würde dieses Fleckchen Erde im nächsten Frühjahr bepflanzen. Sie würde weit weg sein, verheiratet mit einem Mann, den sie verachtete.

Es war ungerecht. Frauen sollten das Recht haben, diese Dinge selbst zu entscheiden. Stattdessen hatte ihr Vater jedes Recht, sie zur Heirat zu zwingen, und wenn es ihr nicht gefiel, blieb ihr nichts anderes übrig, als zu fliehen und ihre Familie für immer zu verlassen. Genau wie ihre Großmutter es getan hatte.

Stocksteif blieb sie stehen. War das die Lösung? Granny würde sie bei sich aufnehmen. Sie wusste, wie es sich anfühlte, vor einer ungewollten Ehe davonzulaufen. Sie hatte ihre eigene Familie zurückgelassen, hatte nicht gewusst, wo sie hinsollte und sich trotzdem irgendwie ein neues Leben in Wales aufgebaut, einem Ort, an dem sie niemanden kannte. Granny würde niemals zulassen, dass Mr. Bennet Elizabeth dazu zwang.

Ihre Gedanken begannen zu rasen. Sie konnte ein paar Kleinigkeiten zusammenpacken und die Postkutsche nehmen. Sie konnte etwas Geld aus der verschlossenen Truhe in der Bibliothek für ihre Fahrkarte nehmen. Es wäre nicht einmal Diebstahl. Das war Geld, das sie verdient hatte, indem sie ihr Talent einsetzte, um Longbourn wieder zu einem profitablen Anwesen zu machen. Es stand ihr zu.

Doch dann sank ihr das Herz. Selbst wenn sie in Wales Zuflucht suchte, würde sie ihre Bindung zu diesem Land verlieren, ganz genauso, wie es durch die Heirat mit Darcy geschehen würde. Es würde ihr den Schmerz ersparen, einen Mann zu heiraten, den sie niemals respektieren könnte, aber sie würde immer noch den Preis dafür zahlen, dass sie sein Interesse geweckt hatte.

Ganz gleich, was sie tat, Longbourn war für sie so oder so verloren. Wenn sie Darcy heiratete, konnte sie zumindest zu Besuch nach Hause kommen.

Vielleicht sollte sie Mr. Darcy wenigstens anhören. Sie konnte sich nicht vorstellen, was er sagen könnte, um sein Handeln zu rechtfertigen, aber einen Versuch war es wert. Vielleicht könnte sie sogar versuchen, ihn zur Vernunft zu bringen. Wenn seine Antwort so unbefriedigend war, wie sie erwartete, würde sie sich auf den Weg nach Wales machen.

Sie wischte sich eine Träne aus dem Auge. Noch vor einer Woche war sie begeistert gewesen, zu lernen, wie man Illusionen erschuf und hätte sich niemals vorstellen können, dass es sie Longbourn kosten würde. Jetzt waren alle ihre Optionen unerträglich, und es war Mr. Darcys Schuld.

Kapitel 7

AM NÄCHSTEN TAG SORGTE Mr. Bennet, zweifellos angetrieben von Schuldgefühlen, dafür, dass Elizabeth die Kutsche nach Netherfield nehmen konnte, sodass sie zumindest nicht mit einer handbreit Matsch auf ihren Unterröcken dort aufschlagen würde. Nicht, dass es eine Rolle spielte. Offensichtlich hegte Darcy die Absicht, sie zu heiraten, selbst wenn sie den Tag damit verbrächte, sich im Schweinestall zu wälzen.

Aber Elizabeths Stolz verlangte, dass sie sich von ihrer besten Seite zeigte, also hatte sie sich besonders viel Zeit genommen, um ihre Haare zu richten und ihr bestes Tageskleid angezogen. Verglichen mit den Damen, denen er täglich in London begegnete, war das vermutlich gar nichts, doch ihr gab es ein wenig mehr Selbstvertrauen.

In Netherfield erwartete Darcy sie bereits vor der Tür. Für diese Höflichkeit zollte Elizabeth ihm widerwillig Anerkennung. Sie atmete tief durch und rief sich in Erinnerung, wie gefährlich es war, ihren Zorn an dem Mann auszulassen, der ihr zukünftiger Ehemann sein könnte.

Als Elizabeth aus der Kutsche stieg, erblühte ein Lächeln auf Darcys Gesicht. Es besänftigte sie ein wenig, dass er sich aufrichtig zu freuen schien, sie zu sehen, aber warum auch nicht? Er bekam, was er wollte.

Sie gestattete ihm, ihre Hand zu nehmen und sie zu küssen, und ein unerwarteter Schauer lief ihren Arm hinauf. Sie hatte vergessen, wie stark sie auf ihn reagierte.

"Miss Elizabeth, es ist mir eine große Freude, Sie wiederzusehen." Seine tiefe Stimme schien in ihr nachzuklingen. "Möchten Sie hereinkommen und sich am Feuer wärmen?"

"Ich danke Ihnen, aber ich würde es vorziehen, draußen spazieren zu gehen, wenn Ihnen das recht ist." Würde er verstehen, dass sie allein mit ihm sprechen musste?

Er schien über den Vorschlag erfreut zu sein und bot ihr seinen Arm an. Nach kurzem Zögern nahm sie ihn, und sie begannen, auf dem Weg zu den Gärten zu schlendern.

Sie hatte sich schon viele Male bei einem Mann untergehakt, doch noch nie hatte es sich so intim angefühlt. Plötzlich kam ihr wieder in den Sinn, wie er sie in denselben Armen zum Tempel getragen hatte, und ihr wurde am ganzen Leib heiß.

Sie nahm ihren Mut zusammen. "Mr. Darcy, ich muss Ihre Hilfe bei einigen Fragen, die aufgekommen sind, erbitten."

"Bezogen auf die Hochzeit oder das Erschaffen von Illusionen?" Er klang amüsiert.

Wie konnte er sich erdreisten, so zu tun, als wäre das ein Scherz? Aber sie schluckte die unwillkürlich in ihr aufsteigende Wut herunter. "Ich habe Fragen zu Illusionen, aber im Moment möchte ich wissen, was Mr. Bingley meinem Vater gesagt hat, das ihn dazu brachte, seine Meinung zu ändern. Er sagt, er sei zur Verschwiegenheit verpflichtet, und ich müsse Sie fragen, weshalb weder ihm noch mir in dieser Angelegenheit eine Wahl bleibt." Ruhig zu klingen, war nicht leicht.

Sein Lächeln erstarb. "Das ist in der Tat etwas, das streng geheim gehalten wurde. Um es kurz zu machen: Mir wurde eine Mission zugeteilt, eine entscheidende, die unseren Krieg mit Frankreich beenden könnte, und wenn Sie meine Frau sind, werden meine Erfolgsaussichten bedeutend höher sein."

Allein der Gedanke daran war lächerlich, und wie konnte er es wagen, sich heroisch darzustellen, indem er sich mit den Soldaten verglich, die im Krieg so schrecklich gelitten hatten? Empört entzog sie ihm ihren Arm und rieb ihre Hände aneinander, als wolle sie die Berührung abwaschen.

"Sie würden niemals einen Gentleman mit Grundbesitz bitten, eine militärische Mission zu übernehmen."

Er schaute nach unten, wo ihre behandschuhte Hand auf seinem Unterarm gelegen hatte und runzelte die Stirn. "Unter normalen Umständen nicht, nein, aber sie brauchen jemanden, der Illusionen erschaffen kann. Angesichts meiner begrenzten Fähigkeiten bin ich kein idealer Kandidat, aber etwas Besseres steht ihnen gerade nicht zur Verfügung."

Sie hasste falsche Bescheidenheit. "Gibt es ein Problem mit Ihren Illusionen?"

Er rieb sich die Stirn. "Meine Fähigkeit, Energie aus der Luft zu ziehen, ist schwach. Das erfordert jahrelanges Studium, und ich wurde stattdessen darin ausgebildet, mein Landtalent zu nutzen. Mir fällt es schwer, Illusionen zu erschaffen, wenn ich fern von meinem Zuhause bin. Deshalb wurde ich hierher geschickt, weit weg von Pemberley, um die Kunst des Illusionwerfens ohne den Einsatz meiner Erdmagie zu üben. In Frankreich werde ich noch schwächer sein, und meine Fähigkeiten könnten sich als unzureichend für unsere Bedürfnisse erweisen."

Sie schabte mit den Füßen über den Schotterweg, weil kindisches Verhalten sicherer war, als ihn anzublaffen. "Das ist interessant, doch mir erschließt sich nicht, was das mit mir zu tun hat oder weshalb Ihr Familienstand dabei eine Rolle spielt."

"Kennen Sie die Geschichte von Lord Howard of Effingham und der spanischen Armada, wie er sein Talent einsetzte, um den Wind zu ändern, was zur Folge hatte, dass die Spanier in Richtung Ufer getrieben wurden, wo Drake sie vernichten konnte?"

"Jedes Schulkind kennt die", schnaubte Elizabeth.

"Lord Howard war ein Landtalent, kein Magier. Seine Fähigkeiten hätten an Bord eines Schiffes im Ärmelkanal nutzlos sein sollen, und er war nie in der Lage gewesen, den Wind zu kontrollieren. Aber sein Talent konnte sich mit dem seiner Frau, einer Magica, verflechten, die sich auf seinem Anwesen in Sicherheit befand. Das bedeutete, dass er durch sie auf die Kraft seines Landes sowie ihre Fähigkeit, den Wind zu kontrollieren, zugreifen konnte. Ihre Ehe rettete England an diesem Tag." Er sah sie erwartungsvoll an.

"Sie glauben, Sie könnten durch mich auf Ihre Landmagie zurückgreifen?" Es klang lächerlich weit hergeholt.

"Im Laufe der Geschichte gab es mehrere Fälle, bei denen dies zutraf, wenn ein verheiratetes Paar seine Kräfte verflechten konnte."

Sie kaute auf ihrer Lippe. Jener Teil von ihr, der begierig Magie lernen wollte, war von der Idee fasziniert, aber ihn heiraten zu müssen? Vielleicht gab es einen Ausweg. "Aber weshalb heiraten? Könnte ich nicht einfach nach Pemberley reisen und Sie könnten auch ohne eine Ehe durch mich auf Ihre Landmagie zugreifen? Ich kann mir nicht vorstellen, dass ein paar Zeilen, die in der Kirche gesagt werden, einen Unterschied in der Funktionsweise Ihres Talents machen."

Sein Blick wanderte in die Ferne. "Wenn Sie möchten, dass ich das beantworte, müssen Sie mir verzeihen, wenn ich ein unschickliches Thema anspreche."

"Also schön."

"Es erfordert eine Blutverbindung. Wenn eine Frau mit Talent ein Kind empfängt, entsteht eine Verbindung, die es dem Vater ermöglicht, durch das Baby auf die magischen Fähigkeiten seiner Frau zuzugreifen. Dies wird selten praktiziert, da es normalerweise die Abstoßung zwischen den beiden Talenten aktivieren würde. Doch Sie sind da eine Ausnahme. Sie sind jene Frau, deren Magie sich mit meiner verbinden kann, anstatt sie abzuwehren. Falls Sie auf Pemberley wären und mein Kind in sich trügen, könnte ich sowohl auf Ihre Magie sowie auf meine Verbindung zu Pemberley zurückgreifen, selbst wenn ich in Frankreich wäre. Und das könnte den Unterschied zwischen Erfolg und Misserfolg ausmachen."

Beim Gedanken, sein Kind in sich zu tragen, wurde ihr ganz heiß und ihre Wangen röteten sich. "Zumindest glauben Sie das und sind bereit, mein ganzes Leben auf den Kopf zu stellen und ein neues Leben in die Welt zu setzen, rein auf Basis dessen, was vor hunderten von Jahren womöglich einmal geschehen sein mag."

Sein Gesichtsausdruck wurde düster. "Es ist beinahe unsere einzige Hoffnung."

Für großes Drama hatte sie gerade keine Geduld. "Unsere einzige Hoffnung? Diese eine Mission? Sagen Sie mir, warum das so wichtig ist und weshalb mein Vater zutiefst bestürzt über das war, was Mr. Bingley ihm erzählte."

Er zuckte zusammen. "Ihnen entgeht nichts. Ich kann mir vorstellen, was gesagt wurde, aber ich muss Sie warnen, es ist in höchstem Maße beunruhigend und Sie könnten bereuen, davon erfahren zu haben."

"Ich mag es nicht, in Unwissenheit gelassen zu werden." Und es war an der Zeit, dass *ihm* das klar wurde.

Er holte tief Luft und stieß sie langsam wieder aus. "Vielleicht möchten Sie sich auf die Bank setzen, während ich es Ihnen erkläre."

"Ich neige nicht zu Ohnmachtsanfällen, ungeachtet dessen, was Sie kürzlich erlebt haben."

Ein Schatten huschte über sein Gesicht. "Das würde es mir leichter machen, weil ich dann auf und ab laufen und mir die Haare raufen könnte." Seine Worte waren leicht, sein Tonfall jedoch schwer, und Furchen der Anspannung durchzogen sein Gesicht. War es möglich, dass den großen Mr. Darcy tatsächlich etwas aus der Ruhe brachte?

Sie spürte einen seltsamen Hauch von Mitgefühl. "Das können wir nicht zulassen", sagte sie mit theatralischer Strenge. "Ich werde mir Ihren Kammerdiener nicht zum Feind machen, indem ich zulasse, dass Sie Ihre Frisur durcheinanderbringen."

Er wirkte erleichtert über ihre Neckerei. "Ich beuge mich Ihrer Weisheit und verspreche, mein Bestes zu tun, um mir nicht die Haare auszureißen."

"Ich danke Ihnen." Sie ließ sich auf der Bank nieder und blickte ihn erwartungsvoll an.

"Nur sehr wenige Leute wissen von dem, was ich Ihnen gleich eröffnen werde." Er atmete tief durch. "Der Krieg verläuft schlecht. Desaströs, um genau zu sein. Haben Sie von den Schiffen gehört, die nie in ihre Häfen zurückgekehrt sind?"

"Ja, die Zeitungen sagten, sie seien in einem heftigen Sturm gesunken."

"Die Wahrheit ist, dass sie von Seeschlangen angegriffen wurden und viel mehr Schiffe verschwunden sind, als der Öffentlichkeit gewahr ist. Marine- und Handelsschiffe gleichermaßen."

"Seeschlangen greifen keine Schiffe oder irgendetwas anderes an! Sie sind friedliche Kreaturen, die Seeleuten in Not helfen."

"Bis jetzt war dem so. Jetzt greifen sie an, allerdings nur britische Schiffe. Alle anderen verschonen sie. Aber das war noch nicht das Schlimmste daran. Sie haben vom Massaker in Salamanca gehört?"

"Bei dem die französischen Truppen wie verrückte Berserker nach gewonnenem Kampf über die englischen Truppen hergefallen sind und sie abgeschlachtet haben, nachdem sie sich bereits ergeben hatten? Es ist schockierend, entsetzlich und abstoßend."

Er nahm einen tiefen Atemzug. "Die Franzosen sind nicht verrückt geworden. Tatsächlich waren sie im Begriff, den Kampf haushoch zu verlieren, bis sie sich zurückzogen und drei Drachen ausgesandt haben, die jede Menschenseele auf dem Schlachtfeld töteten."

Wie konnte er so etwas über diese große Tragödie sagen? "Das ist lächerlich!", rief sie. "Drachen sind ausgestorben." Als Kind hatte es sie betrübt, dass sie niemals auf einen der Drachen aus ihren geliebten Märchenbüchern treffen würde. Drachen, die mit ihren Gefährten zu Missionen aufbrachen, und nach Gerechtigkeit strebten, und nicht danach, Soldaten im Kampf zu ermorden.

"In Großbritannien, doch das sind Luchse ebenfalls." Er hielt inne, um Luft zu holen. "Wir haben lange vermutet, dass sich in den Alpen und in den Karpaten immer noch Drachenkolonien verstecken. Im Laufe der Jahrhunderte gab es einige Sichtungen, wenn auch keine Beweise. Aber sie ließen die Menschen in Ruhe, daher bereitete das keinem Sorgen. Und jetzt kämpfen sie offenbar für Napoleon und massakrieren Engländer. Sie sind unempfindlich gegen all unsere Waffen, und unsere Armeen sind hilflos gegen das Feuer und die Krallen der Drachen."

Echte Drachen, immer noch am Leben? Doch dann traf sie der Schrecken des Ganzen plötzlich. All diese Soldaten, für immer verloren. "Wie konnte dies geschehen?"

"Das weiß keiner. Unsere Spione am französischen Hof sagen, dass die Bestien unter Napoleons persönlicher Kontrolle stehen und dass sie von keinem anderen Befehle entgegennehmen. Wie Napoleon das fertiggebracht hat, entzieht sich unserem Wissen."

"Das ist...ich weiß nicht, was ich sagen soll." Kein Wunder, dass ihr Vater so am Boden zerstört ausgesehen hatte.

"Wir haben keine Chance mehr, diesen Krieg zu gewinnen oder gar zu einer Pattsituation zu gelangen. Wegen der Seeschlangen ist unsere Flotte nutzlos, und unsere Soldaten können aus Angst vor Drachen nicht aufs Schlachtfeld gehen. Sobald Napoleon mit seinem Feldzug in Österreich fertig ist, werden wir, wie der Rest Europas, unter sein Joch fallen." Er nahm einen tiefen Atemzug. "Erobert zu werden, wäre schon schlimm genug, doch im Vergleich zu dem Gedanken, dass man Drachen auf unser Land loslässt, damit sie hier wüten können, ist das noch gar nichts."

Sie presste ihre Hand an ihren Mund und ihr wurde übel. "Es gibt also keinerlei Hoffnung?"

"Nicht, solange Napoleon lebt, da er die Bestien kontrolliert. Und hier kommt meine Mission ins Spiel."

Könnte er tatsächlich meinen, was sie dachte? "Sie sollen... Napoleon töten?"

Sein Mund verzog sich. "Nicht ich. Ich soll Illusionen erschaffen, die es den Attentätern ermöglichen, nahe genug an ihn heranzukommen, um ihren Auftrag ausführen zu können. Er wird sehr gut bewacht, und keiner der anderen schaffte es, sich ihm zu nähern. Das ist unsere vielversprechendste Aussicht – doch zu viel hängt von meiner relativ schwachen Fähigkeit, Illusionen erschaffen zu können, ab. Ich brauche alle Hilfe, die ich kriegen kann."

Darauf konnte sie nichts mehr sagen. Selbst ohne Drachenangriffe hatten Napoleons Verwüstungen so viele Leben zerstört. Sie war noch ein Kind gewesen, als die Kriege begonnen hatten, und seitdem hatten sie wie eine tiefdunkle Wolke über Großbritannien gehangen. Das Gesicht von James Lucas blitzte vor ihr auf, dem Spielkameradn aus Kindertagen, der für ihre Schwester Jane so viel mehr geworden war, kurz bevor er sein lang ersehntes Offizierspatent erhielt. Er war die einzige Person außerhalb der Bennet-Familie, die die Wahrheit über ihr Talent kannte. Nur wenige Monate später war er getötet worden, und Jane hatte sich nie vollständig davon erholt.

Jetzt konnte sie helfen, den Krieg zu stoppen, um Leben in ganz England und auf dem Festland zu retten. Und um sicherzustellen, dass keine andere Familie den gleichen Verlust erleiden würde, den Jane und die Lucas-Familie erlitten hatten. Wie konnte sie ihre Liebe zu Longbourn über Englands Sicherheit stellen? "Dann muss ich Sie wohl heiraten, nehme ich an", sagte sie und ihr Mund schmeckte nach Asche.

"Das macht mich sehr froh", sagte er ernst.

Irgendwie musste sie dem Moment die Schwere nehmen, ehe sie in Tränen ausbrach. "Zumindest erspart es mir die Mühe, wegzulaufen."

Mit schockiertem Blick erwiderte Darcy: "Sagen Sie mir, dass Sie das nicht in Betracht gezogen haben."

"Mr. Darcy, wenn wir heiraten wollen, dann ist es an der Zeit für Sie zu lernen, dass ich es nicht schätze, wenn mir gesagt wird, was ich tun soll, oder wenn mir meine Entscheidungsfreiheit genommen wird." In ihrer Stimme lag eine gewisse Schärfe.

"Denken Sie nur an die Gefahr, in die Sie sich begeben würden!"

Sie zuckte mit den Schultern. "Weniger, als Sie möglicherweise erwarten. Meine Urgroßmutter würde mich aufnehmen. Sie ist vor einer Zwangsheirat geflohen und hat ihren eigenen Tod vorgetäuscht, um nicht weiter verfolgt zu werden."

Er hielt inne, eindeutig in dem Versuch, ein gewisses Maß an Ruhe zu bewahren. "Ihre Urgroßmutter lebt noch?"

"Sie ist rüstige Dreiundneunzig, und soweit ich das beurteilen kann, wird sie uns noch alle überleben."

"Bemerkenswert. Ich kannte nur eine meiner Großmütter und sie starb, als ich noch ein Kind war."

Und anscheinend war das alles, was er zu dem Thema, dass sie in Erwägung gezogen hatte, lieber wegzulaufen, als ihn zu heiraten, zu sagen hatte. Nun, da er seine Wünsche durchgesetzt hatte, warum sollte es ihn interessieren, was es sie kosten würde?

So viel zu Darcys Hoffnungen, dass Elizabeth etwas Freude über eine Hochzeit mit ihm verspüren könnte.

Ihre rot geränderten Augen waren ihm nicht direkt bei ihrer Ankunft aufgefallen, doch ihre düstere Miene, als sie ihn nach seiner Mission fragte, konnte ihm wohl kaum entgangen sein. Die schlechten Nachrichten über den Krieg hatte sie gut aufgenommen, weder hatte sie mit dem Schicksal gehadert, noch war sie in Tränen ausgebrochen.

Doch ihr leises "Dann muss ich Sie wohl heiraten", konnte man nicht anders denn als Resignation bewerten.

Seine Enttäuschung schmerzte tief. Am Ende würde es zwar keinen Unterschied machen, aber er wollte, dass es sie glücklich machte. Er hatte gedacht, sie mochte ihn, zumindest ein wenig.

Er hätte wissen müssen, dass es zu schön war, um wahr zu sein. "Ich werde mein Bestes tun, um dir ein guter Ehemann zu sein", sagte er und hoffte, damit einen zugewandten Blick erhaschen zu können.

Überrascht sah sie zu ihm auf, als hätte sie vergessen, dass er da war. "Vielen Dank." Etwas musste sie in seinem Gesicht gesehen haben, denn sie fügte hinzu: "Es liegt nicht an dir. Es ist einfach so, dass ich Longbourn nicht verlassen möchte, und es mir nicht gefällt, dazu gezwungen zu werden."

Das kannte er nur zu gut. "Das kann ich dir nicht verübeln. Bei meiner ersten Ehe blieb mir auch keine Wahl, und ich habe es gehasst."

Ihr Kopf schoss hoch. "Du warst zuvor schon einmal verheiratet?"

"Als ich achtzehn war. Es war eine typische Magier-Ehe. Wegen der Abstoßung kannte ich sie kaum, und wir konnten nicht zusammenleben. Sie starb zwei Jahre später, als sie ein Kind zur Welt brachte, das nur ein paar Tage lebte."

"Es tut mir leid, das zu hören." Und sie klang, als würde sie es ernst meinen.

Er wollte nicht darüber nachdenken. Er hatte nicht wirklich um Anne getrauert. Wie auch, wenn sie ihm im Grunde genommen so fremd war? Aber der Verlust seines Sohnes, den er in seinen Armen gehalten hatte, versetzte ihm immer noch einen schmerzhaften Stich. Und jetzt, wenn er noch ein Kind mit Elizabeth hätte, würde er es nie kennenlernen.

"Und dass du in eine solche Ehe gezwungen wurdest", fügte sie hinzu.

Er zuckte mit den Schultern. "Es wurde angenommen, dass wir Kinder mit Talent hervorbringen würden, und daran gab es großen Bedarf."

"Wenn ich daran denke, dass ich einmal geglaubt habe, Magier wären ein paar wenige Glückliche", sagte sie trocken.

"In gewisser Weise sind wir das." Das brachte ihn auf eine Idee. "Möchtest du noch eine Lektion im Erschaffen von Illusionen?"

Sie hielt inne. "Warum? Wird es dir bei deiner Mission helfen?"

Dachte sie, das sei alles, woran er denken konnte? "Nein, aber du scheinst sie zu genießen, und das ist etwas, das ich für dich tun kann."

Sie sah überrascht, aber nicht unzufrieden aus. "In diesem Fall akzeptiere ich. Noch mehr Nebel?"

"Ich dachte, wir könnten heute etwas Neues ausprobieren. Vielleicht einen Stein. Einfach, aber solide."

"Wie überaus aufregend", sagte sie ironisch, aber er wusste, dass es sie amüsierte.

Welch eine Erleichterung, sie in besserer Stimmung zu sehen, nachdem sie erfolgreich eine glaubwürdige Illusion eines Flusskiesels erzeugt hatte. Er brachte sie sogar kurz zum Lächeln, indem er die Illusion eines schlafenden Igels in ihren Händen erzeugte, was ihm beim Abschied Hoffnung gab, dass sie nun besser zueinander stünden.

Als sie im Begriff war, in die Kutsche zu steigen, sagte sie: "Mein Vater hat mir mitgeteilt, dass du alle Vorbereitungen für die Hochzeit übernimmst."

"Ich hoffte, es würde die Dinge vereinfachen."

Mit einem trockenen Lächeln sagte sie: "Meine Planungen würde es erleichtern, wenn ich wüsste, wann die Hochzeit stattfinden wird."

"Dein Vater hat es dir nicht gesagt?" Im Kopf fügte er ein "Feigling" zu seiner Liste von Beschreibungen für Mr. Bennet hinzu.

"Nein, er behauptete, es nicht zu wissen." Ihrem ironischen Ton nach zu urteilen war ihr klar, dass dem nicht der Fall war.

Innerlich rüstete er sich. "Die Hochzeit soll am Freitag stattfinden, und danach werden wir unverzüglich nach Pemberley aufbrechen."

"Diesen Freitag?" Sie klang ungläubig.

"Ja."

"In drei Tagen." Ihre Stimme ließ nichts Gutes erahnen, wie ein Vulkan, kurz vor dem Ausbruch.

"Als das Kriegsministerium davon erfuhr, wollten sie, dass die Hochzeit augenblicklich, noch am selben Tag, stattfindet." Er erwähnte nicht, dass der Express, den sie geschickt hatten, ihn angewiesen hatte, sie, falls nötig, zum Altar zu schleifen. Es gab Befehle, denen er nicht Folge leisten würde.

"Es ist mir gleich - selbst wenn der Hochkönig der Feen es verfügt hätte! Ich brauche mehr Zeit."

Darcy zuckte zusammen. "Bingley stellte sich bereits gegen sie und sagte, keine Dame könne weniger als eine Woche akzeptieren, um sich auf ihre Hochzeit vorzubereiten, und sie ließen sich auf einen Kompromiss von vier Tagen ein. Da dein Vater es dir nicht gesagt hat, ist einer davon bereits verstrichen." Er fühlte sich wie ein Kind, das Ausreden vorbringt.

"Drei Tage. Drei Tage, um allen und allem, was ich mein ganzes Leben lang gekannt habe, Lebewohl zu sagen." Ihre Stimme zitterte, Wut triefte geradezu aus jedem Wort.

"Ich wünschte, es könnte anders sein, aber Zeit ist von entscheidender Bedeutung. Meine Mission beginnt, sobald Napoleon aus dem Krieg in Österreich nach Paris zurückkehrt, und wir wissen nicht, ob das in zwei Monaten oder in einem Jahr sein wird."

Sie funkelte ihn an, ihre zarten Hände zu Fäusten geballt. "Und ich bin nichts weiter als eine Waffe in deiner Hand, die nach Belieben benutzt und weggeworfen werden kann." Damit drehte sie auf dem Absatz um und stürmte die Straße Richtung Longbourn hinunter, ohne die wartende Kutsche eines Blickes zu würdigen.

Ihre Worte schmerzten. Bitter.

Er eilte ihr nach. "Elizabeth, es tut mir sehr leid. Ich wünschte, du hättest mehr Zeit."

Sie ignorierte ihn, ihre Schuhe stoben bei jedem empörten Schritt wütende Staubwolken auf.

Er versuchte es erneut. "Gibt es etwas, was ich tun kann, um es dir leichter zu machen?"

Dann sah sie ihn mit vor Wut funkelnden Augen an. "Du kannst mich in Ruhe lassen." Sie spie jedes Wort geradezu aus. "Wenn mir nur noch drei Tage Freiheit von dir bleiben, dann werde ich das Beste daraus machen."

Er blieb abrupt stehen und sah zu, wie sie davoneilte. Wie er es hasste, sie in diesem Zustand gehen zu lassen! Aber er konnte ihr seine Gesellschaft nicht gegen ihren Willen aufzwingen.

Selbst, wenn es weh tat.

Offenbar sollte auch das wieder eine lieblose Ehe werden.

Es hatte keinen Sinn, mitten auf der Straße stehen zu bleiben, mit dem Kutscher im Rücken, der sich sicherlich gerade angesichts seiner Demütigung ins Fäustchen lachte. Darcy hob den Fuß, um sich umzudrehen, musste allerdings überrascht feststellen, dass er auf Widerstand stieß.

Er sah nach unten und entdeckte, dass er drei Zoll tief im Schlamm auf der ansonsten vollkommen staubtrockenen Straße stand.

Seine Lippen verzogen sich zu einem widerwilligen Lächeln. Er konnte nicht anders, als Elizabeths Temperament zu bewundern, mit dem sie auf diese symbolische Weise zurückschlug und ihr Landtalent nutzte, um Wasser an die Oberfläche zu ziehen und Schlamm zu produzieren. Das erforderte eine feinere Kontrolle, als er erwartet hätte.

Sie hätte versuchen können, ihn zu verletzen oder Flammen auf ihn zu werfen, wie sie es bei den Kühen getan hatte. Stattdessen hatte sie lediglich seine Stiefel schmutzig gemacht. Vielleicht war das ein Zeichen, dass sie ihm eines Tages verzeihen könnte.

Aber Vergebung brauchte Zeit, und das war die eine Sache, die er nicht hatte.

Kapitel 8

E LIZABETH WISCHTE SICH BRENNENDE Tränen aus den Augen, als sie den Weg hinunterstürzte. Drei Tage! Drei Tage, bis sie dem Land, ihrer Familie und ihrem Zuhause entrissen wurde. Wie sollte sie das ertragen?

Die Kraft der Erde stieg auf, um sich ihr entgegenzurecken, als sie sich Longbourn näherte. Würde sie diesen Rausch der Verbindung, bei dem das pure Glück durch sie hindurchströmte, nie wieder erleben?

So konnte sie sich ihrer Familie nicht stellen, also machte sie einen Umweg zu ihrem liebsten Eichenhain. Sie warf sich auf den grasbewachsenen Hang, die Flecken, die ihr Kleid dabei ruinieren könnten, waren ihr einerlei, und grub ihre Fingerspitzen in den Dreck.

Die Kraft des Landes pulsierte durch sie hindurch, von den tiefen, festen Wurzeln der Bäume um sie herum und dem flachen Grasteppich, bis hin zum Reichtum der Erde und dem darin enthaltenen Lebenspotential. Sie spürte, wie ein Eichhörnchen einen Eichenzweig hinauf huschte und die Mäuse in den Büschen in der Nähe nisteten, um ihr Zuhause für den kommenden Winter vorzubereiten.

Alles war, wie es auf Erden sein sollte. Nur in Elizabeth war alles falsch. Sie schluchzte, ließ ihre Tränen in die Erde eindringen und gab ihr damit Leben und Vitalität, solange sie noch konnte.

Dann wisperte ihr die Erde von einer sich nähernden Präsenz, und sie erstarrte. Wenn Darcy ihr hierher gefolgt wäre, würde sie ihn erwürgen, selbst wenn es bedeutete, dass ganz England von Drachen verwüstet würde. Aber das Land beruhigte sie und sagte ihr, dass diese Kreatur auf vier Füßen ging, nicht auf zwei, und sie entspannte sich.

Dennoch erkannte das Land das Tier nicht, daher hob Elizabeth den Kopf, um nachzusehen. Dort, zwischen zwei uralten Eichen, saß Darcys Luchs. Zumindest nahm sie an, dass es sein Luchs war und kein anderer, da er geduldig darauf wartete, von ihr wahrgenommen zu werden, statt anzugreifen.

Sie sagte zu ihm: "Wenn dein Herr hinter dir ist, sag ihm, er soll weggehen."

Die einzige Reaktion der Großkatze war ein langsames Blinzeln ihrer tiefen Augen. Der Luchs verstand ihre Worte nicht.

Doch das war nicht wichtig. Nichts war wichtig. Sie ließ ihren Kopf wieder auf den Boden sinken und schloss die Augen. Die Tränen begannen wieder zu fließen, doch nun langsam, anstatt in großen Schluchzern und Sturzbächen.

Das Gras raschelte unter weichen Pfoten, als der Luchs sich näherte. Nun, falls er vorhatte, sie zu fressen, fühlte sich ihr Leben gerade nicht wie ein großer Verlust an.

Dann spürte sie, wie etwas gegen ihre Seite drückte. Nicht der Druck von scharfen Zähnen, sondern ein warmer Körper, der sich an sie lehnte, dessen Fell schlanke, kräftige Muskeln bedeckte. Und dann fing er an zu vibrieren, und ein Grollen erfüllte die Luft.

War es möglich, dass der Luchs tatsächlich schnurrte?

Sie hob wieder den Kopf und blickte dem Luchs direkt in die Augen, die nur wenige Zentimeter entfernt waren. Langsam senkte die Wildkatze ihren massiven Kopf auf Elizabeths Arm hinab, und die Vibrationen ihres Schnurrens wanderten Elizabeths Knochen hinauf bis zu ihrer Schulter.

Der Luchs versuchte, sie zu trösten. Irgendwo, in den dunklen Winkeln seines tierischen Gehirns, hatte er ihre Not erkannt und versuchte, zu helfen. Warum er das tat, war eine Frage, die sie nicht beantworten konnte.

Nicht auf Darcys Befehl, soviel war sicher; Vertraute nahmen keine detaillierten Anweisungen an, manchmal nicht einmal die allgemeinsten. Dieses erstaunliche Verhalten musste eine Entscheidung des Luchses selbst sein.

"Gutes Kätzchen", sagte sie tonlos. "Es ist nicht deine Schuld, dass dein schrecklicher Herr mir keine Wahl lässt." Es war eine Erleichterung, diese Worte auszusprechen und die Wärme des Wildtieres in ihren Körper sinken zu lassen.

Eine kleine, nagende Stimme in ihrem Kopf erinnerte sie daran, dass die Schuld ebenfalls nicht allein bei Darcy lag. Er trieb ebenso in diesem Sturm dahin, wie ein Boot auf stürmischer See, den Bedürfnissen von König und Vaterland unterworfen. Aber er hatte die Entscheidung selbst getroffen, seine Rolle anzunehmen, und sie war in die Ihrige gezwungen worden.

Wenn er von Anfang an zu ihr gekommen wäre, und ihr die Lage, in der er sich befand, erklärt und sie um Hilfe gebeten hätte, hätte sie dann eingewilligt? Wäre sie bereit gewesen, ihre Verbindung zu Longbourn zu opfern, um England vor dem Feuer der Drachen zu retten? Sie hoffte es.

Nein, so sehr sie ihm auch die Schuld für alles geben wollte, Darcys Fehler lagen in seinen Manieren und seiner Herangehensweise und nicht in einem wesentlichen Makel seines Charakters. Es bereitete ihm keine Freude, ihr Schmerzen zuzufügen. Sie konnte es ihm nicht verdenken, dass er Englands Sicherheit über ihr Glück stellte.

Trotzdem musste er auf jeden Fall lernen, sie in Entscheidungen einzubeziehen.

Sie setzte sich auf und ließ ihre Hände in das Fell des Luchses gleiten. Irgendwie war all ihre Angst vor der Bestie verschwunden. "Danke", flüsterte sie und kraulte ihn unter dem büscheligen Ohr.

Er war wirklich eine großartige Kreatur. Und zumindest würde sie einen Freund, oder etwas in der Art, in ihrem neuen Zuhause haben.

Sie schaute an sich herunter und kicherte. Ihr bestes Kleid war grasbefleckt und zerknittert. Schmutzspuren hatten sich in ihre Handschuhe gegraben. Ihr tränenüberströmtes Gesicht musste ebenfalls schmutzig sein. Wenn sie mit dem Luchs an ihrer Seite in Longbourn ankäme, würden sie sie vielleicht ebenfalls für ein wildes Tier halten.

"Rrawrr", fauchte sie, und der neugierige Blick des Luchses brachte sie zum Lachen.

Darcy konnte es nicht ertragen, die Dinge so stehenzulassen, wie sie waren. Elizabeth mochte ihm vielleicht nie verzeihen, aber er musste es zumindest versuchen.

Es wäre viel einfacher, wenn er ihr auf Longbourn einen Besuch abstatten könnte. Aber wenn er dies täte, würde ihn Mr. Bennets Nähe so sehr schmerzen, was seinen Kopf so umnebeln würde, dass er ganz bestimmt das Falsche sagen würde. Ganz zu schweigen davon, dass Mr. Bennet jedes Recht hätte, ihn wegen seines Eindringens von seinem Land zu werfen.

Was dazu führte, dass er ihr einen Brief schrieb. Er tat sein Bestes und demütigte sich sogar, indem er Bingley seinen letzten Entwurf zeigte und ihn um Rat fragte. Bingley wusste immer, was er Frauen zu sagen hatte.

Bingley pfiff durch die Zähne, als er es las. "Das wird dem Kriegsministerium gar nicht gefallen, alter Junge."

"Zum Teufel mit dem Kriegsministerium. Sie können mich nicht zum Altar schleifen. Und wage es nicht, mir zu sagen, dass wir keine Zeit haben oder dass die Mission an erster Stelle stehen muss."

"Nicht einmal im Traum würde ich daran denken. Soll ich das für dich übergeben?"

"Danke. Dann zerreißt sie es vielleicht nicht schon vor dem Lesen. Dich mag sie zumindest." Den Neid, den er darüber empfand, genoss er überhaupt nicht.

"Ich mache es gerne. Ich würde alles tun, für einen Vorwand, um meine eigene Miss Bennet zu sehen!"

Darcy sagte langsam: "Bingley, es geht mich nichts an, aber wenn du ernsthafte Absichten bezüglich Miss Bennet hegst, solltest du vielleicht nicht allzu viel Zeit verstreichen lassen. Sobald die Kunde von Elizabeths Fähigkeit, Illusionen zu erschaffen, London erreicht, wird die Magierin des Königs darauf bestehen, ihre Schwestern mit anderen Talenten zu verheiraten, einschließlich Miss Bennet. Dann wäre es zu spät für dich."

Bingleys Augen weiteten sich. "Das hatte ich nicht bedacht. Danke für die Warnung, alter Freund."

"Du und Miss Bennet verdient es, glücklich zu sein." Zumindest irgendjemand sollte eine liebevolle Ehe führen, auch wenn er nicht derjenige wäre.

Nun blieb Darcy nichts anderes, als abzuwarten.

Über eine Stunde war vergangen, als Elizabeth ihr Gesicht gewaschen, ihr Kleid gewechselt, all die Stöcke und Blätter aus ihrem Haar gekämmt hatte, die sich darin verirrt hatten, und Jane gebeten hatte, ihr zu helfen, es wieder in eine Form aufzustecken, die etwas zivilisierter aussah.

"Es wäre einfacher, wenn ich ein Luchs wäre", sagte sie zu Jane. "Ein paar Zungenstriche, um mein Fell in Ordnung zu halten und niemand würde sich beschweren, wenn mein Gesicht schmutzig wäre." Und obendrein keine Zwangsehen.

"Luchse sind ausgestorben, und ich bevorzuge dich lebend", sagte Jane. "Außerdem würdest du dein Fleisch nicht gerne ungekocht zu dir nehmen."

"Weniger ausgestorben, als du vielleicht denkst, aber ich gebe dir Recht, was die noch laufenden Mahlzeiten anbelangt", antwortete Elizabeth. Ein paar Menschen gab es jedoch, bei denen es ihr nichts ausmachen würde, sie mit ihren Krallen in Stücke zu reißen.

Als sie die Treppe hinunterging, stand ihre Mutter schon bereit, sich auf sie zu stürzen. "Was hat Mr. Darcy über eure Hochzeit gesagt?", forderte Mrs. Bennet zu wissen. "Wir müssen planen."

Elizabeth knirschte mit den Zähnen. "Alles liegt in seiner Hand. Die Hochzeit soll Freitag stattfinden."

"Nächsten Freitag?", kreischte Mrs. Bennet. "Das ist viel zu früh! So schnell können wir unmöglich bereit sein!"

"Diesen Freitag, genau genommen. In drei Tagen. Und wir werden noch am selben Tag nach Derbyshire aufbrechen." Ihrer Mutter die Nachricht zu überbringen, war deutlich amüsanter, als sie selbst zu hören.

"Unmöglich! Das ist vollkommen unmöglich – nicht machbar. Oh, du hast kein Mitleid mit meinen armen Nerven. Das ist nicht einmal genug Zeit, um ein Kleid für dich vorzubereiten. Wir werden gedemütigt, gedemütigt, wenn du in einem alten Kleid auftauchst. Was, wenn Mr. Darcy sich weigert, dich zu heiraten?" Mrs. Bennet fächelte sich hektisch Luft zu.

"Mr. Darcy würde mich heiraten, wenn ich in meinem ältesten Untergewand mit verstrubbelten und verfilzten Haaren auftauchen würde", sagte Elizabeth. Normalerweise würde sie mehr Feingefühl in Bezug auf ihre Mutter walten lassen, aber heute konnte sie sich nicht dazu durchringen, sich um irgendjemandes Nerven zu kümmern.

Der Fächer wippte sogar noch schneller hin und her. "Nun, für ihn ist es eine feine Sache, dich so verzweifelt zu lieben, aber was ist mit dem Rest von uns? Wir werden schäbig aussehen. Und wie soll Mr. Bingley Zeit haben, sich in Jane zu verlieben, wenn Mr. Darcy so schnell wieder abreist?"

Jane zuckte zusammen und schaute weg.

Es hatte keinen Sinn, ihre Mutter zu unterbrechen, wenn sie sich in einen ausgewachsenen nervlichen Anfall hineinsteigerte, insbesondere, wenn Elizabeth ihn selbst provoziert hatte, aber für ihre Schwester tat es ihr leid. Und doch blieb ihr nichts anderes übrig, als sich hinzusetzen und an neuen Handschuhen für Jane zu arbeiten. Wenn ihr nur drei Tage Zeit blieben, um sie fertigzustellen, musste sie sich ranhalten.

Schließlich kündigte Mrs. Bennet an, wie es typisch für sie war, dass sie sich zu Bett begeben würde. Jane folgte, um ihr beruhigende Kompressen aufzulegen, was Elizabeth der Stille ihrer eigenen Gedanken überließ.

Nach einer Weile kam Jane wieder nach unten. "Sie schläft endlich."

"Wie viel Laudanum hat es diesmal gebraucht?", fragte Elizabeth.

"Lizzy, ich verstehe nicht, was heute über dich gekommen ist. Es ist, als ob du es darauf anlegst, schockierende Dinge zu sagen." Das kam einem Vorwurf so nahe, wie Jane es nur fertigbrachte, und es tat weh.

So zu tun, als wäre sie ein Luchs, wäre vielleicht nicht die beste Strategie. "Verzeih mir, Jane. Es war ein Schock zu erfahren, wie schnell ich euch alle verlassen muss, aber das ist keine Entschuldigung."

Jane streckte die Hand aus und legte ihren Arm um Elizabeths Schulter. "Oh, liebste Lizzy, ich werde dich so sehr vermissen. Du wirst mir hoffentlich oft schreiben."

"Ich verlasse mich darauf, dass du das ebenfalls tust, und du musst mich besuchen, wenn du kannst."

Und so kam es, dass beide Schwestern Tränen in den Augen hatten, als Mr. Bingley eintraf.

Freundlicherweise gab er vor, nicht zu bemerken, dass irgendetwas nicht stimmte. Elizabeth war sich sicher, dass ihr Gesicht fleckig und ihre Augen rot sein mussten. Jane sah natürlich nur schöner aus, wenn sie weinte und Tränen ihre Augen zum Glänzen brachten. Gewöhnlichen Frauen gegenüber war das nicht gerecht, wie Elizabeth gerne betonte.

Nachdem sie die üblichen Höflichkeiten ausgetauscht hatten, sagte Bingley: "Miss Elizabeth, Darcy hat mir einen Brief anvertraut, den ich Ihnen persönlich übergeben soll. Ich hoffe sehr, dass Sie ihn lesen werden, anstatt ihn in Stücke zu reißen oder ungelesen zu verbrennen. Er hat hart daran gearbeitet." Sein Blick war so drollig charmant, dass es unmöglich war, ihm zu widerstehen.

Janes Brauen zogen sich zusammen. "Oh, Lizzy, du hast dich doch nicht mit Mr. Darcy gezankt, oder?"

"Ich fürchte, das habe ich getan, aber ich werde seinen Brief lesen." Das gebot schließlich die Höflichkeit.

Mit einem Ausdruck tiefer Erleichterung überreichte Bingley ihr den Brief.

Elizabeth betrachtete den Umschlag, auf dem ihr Name ordentlich geschrieben stand. Enthielt er eine Entschuldigung oder eine Ermahnung? "Entschuldigt mich bitte", sagte sie.

Es war unschicklich, Bingley und Jane allein zu lassen, doch sie konnte sich nicht dazu durchringen, dass sie das kümmerte. In drei Tagen wäre sie ohnehin weg. Sie ließ die Wohnzimmertür offen und ging hinaus in ihre Lieblingsnische im Garten, wo sie ihre Füße auf ihrer geliebten Erde abstellen konnte.

Sie nahm all ihren Mut zusammen und öffnete den Umschlag. Mehr von derselben ordentlichen, gleichmäßigen Handschrift füllte den Bogen Briefpapier. Sich darauf zu konzentrieren, fiel ihr leichter, als auf die eigentlichen Worte, doch sie zwang sich zum Lesen.

Er begann mit einer Entschuldigung dafür, dass er ihr Schmerz zugefügt und es nicht zustande gebracht hatte, die Nachricht sanfter zu überbringen, und fuhr damit fort, dass ihre Gefühle vollkommen natürlich und verständlich seien.

Ein Seufzer der Erleichterung durchfuhr sie. Sie hatte befürchtet, seine gute Meinung zu verlieren, aber sein Brief war die Großzügigkeit selbst. Vielleicht mehr, als sie verdient hatte. Die zweite Hälfte des Briefes enthielt eine größere Überraschung.

Ich habe über deine Worte nachgedacht und über alles, was du für unsere Bemühungen zu opfern gebeten wurdest, und bin zu dem Schluss gekommen, dass ich in Ehren auf deine Bedürfnisse eingehen muss. Ich beabsichtige, das Kriegsministerium davon in Kenntnis zu setzen, dass unsere Hochzeit um eine Woche verschoben wird. Sie werden nicht erfreut sein, aber sie können mich nicht zum Altar zwingen, und du verdienst diese Rücksicht.

Ich verbleibe dein aufrichtiger Diener, Fitzwilliam Darcy.

Nachtrag – Bitte richte Cerridwen aus, dass die Köchin auf Pemberley köstlichen Pflaumenkuchen zubereitet. FD

Sie blinzelte die Tränen zurück angesichts des unerwartet unbeschwerten Schlusses. Hatte sie heute nicht schon genug davon vergossen? So langsam verwandelte sie sich wirklich in eine Gießkanne.

Noch eine weitere Woche. Das war ein enormes Zugeständnis, dessen war sie sich bewusst. Und es klang wunderbar und schrecklich zugleich. Eine weitere Woche auf dem Land, das sie liebte, und eine weitere Woche, in der sie von Wut und Trauer zerrissen war, weil sie ihre Verbindung zu diesem Land verlieren würde. Eine weitere Woche voller Tränen über alles, was sie verlieren würde, und des Streits mit denen, die sie liebte, weil sie so verzweifelt war, dass sie sie verlassen würde.

Vielleicht war ein sauberer Schnitt besser. Wenn Darcys Mission scheitern würde und England darunter zu leiden hätte, würde sie sich stets fragen, ob diese eine Woche den Unterschied gemacht hätte.

Mit neuer Entschlossenheit faltete sie den Brief zusammen und erhob sich. Am besten wäre es, wenn sie Bingley mündlich antworten würde. Worte zu Papier zu bringen, traute sie sich in dieser Situation nicht.

Zurück im Haus blieb sie wie angewurzelt vor der Wohnzimmertür stehen, als sie Bingley sah, der vor Jane auf ein Knie gesunken war.

Endlich brachte dieser schreckliche Tag auch etwas Gutes hervor. Mit neuer Leichtigkeit im Herzen schlich sie auf Zehenspitzen in den Speisesaal. Dort sah sie den Zeigern der Uhr auf dem Kaminsims zehn Minuten dabei zu, wie sie sich bewegten, ehe sie so laut als möglich zurückkehrte.

Ihre Schwester und Bingley standen jetzt zusammen neben dem Kamin und sahen aus, als wären sie in eine ernsthafte Unterhaltung vertieft, doch als sie sich hastig umdrehten, sah man ihren Gesichtern alles an.

"Oh, Lizzy, wir sind verlobt! Es ist zu viel, viel zu viel! Das verdiene ich nicht", rief Jane.

"Liebste Jane, ich weiß niemanden, der sein Glück mehr verdient hat, als du und ich wage zu behaupten, dass Mr. Bingley mir da zustimmt."

"In der Tat", bestärkte sie der Gentleman mit einem albernen Grinsen.

"Oh, ich muss sofort zu meiner Mutter!", rief Jane. "Ich möchte unter keinen Umständen, dass sie es von jemand anderem als mir erfährt. Wie soll ich ein solches Glück nur aushalten?" Sie eilte davon und überließ es Elizabeth, sich um Mr. Bingley zu kümmern.

Elizabeth hoffte, dass die Wirkung des Laudanums, das ihre Mutter genommen hatte, rasch nachlassen würde. In der Zwischenzeit versicherte sie Mr. Bingley ihrer Freude über ihre Verlobung.

Bingley sagte hastig: "Ich bin froh, dass Sie sich so sehr für Jane und mich freuen. Ich hatte vorgehabt zu warten, um ihr mehr Zeit zu geben, mich kennenzulernen, aber dann dachte ich, für Sie wäre es vielleicht einfacher, zu gehen, wenn Sie wüssten, dass ihre Zukunft gesichert ist."

"Sie sind sehr großzügig. Und tatsächlich fühle ich mich besser, weil ich weiß, dass Jane glücklich sein wird", sagte sie aufrichtig.

"Gut", sagte er mit einem spitzbübischen Lächeln.

Ihr Vorhaben konnte sie jedoch nicht ewig hinausschieben, auch nicht angesichts dieser guten Nachricht. "Mr. Bingley, darf ich Sie bitten, Mr. Darcy eine Nachricht zu überbringen?"

"Es wäre mir eine Ehre." Er sah so hoffnungsvoll aus wie ein Welpe.

"Bitte, richten Sie ihm aus, dass ich es vorziehe, beim ursprünglichen Datum für die Hochzeit zu bleiben."

"Oh, Gott sei Dank! Andernfalls hätte das Kriegsministerium mich umgebracht."

Verwirrt fragte sie: "Warum sollten sie *Sie* töten?"

Er grinste. "Weil sie es sich nicht leisten können, Darcy zu töten, und ich dem am nächsten komme."

"Nun, es wäre äußerst ungünstig, wenn Sie nun, da Sie mit Jane verlobt sind, sterben würden. Das wäre also noch ein Grund mehr, das Datum nicht zu ändern", neckte sie ihn.

"Wahrlich!" Dann wurde sein entzückter Gesichtsausdruck plötzlich nüchtern. "Ich hoffe, Sie werden ebenfalls zumindest ein wenig glücklich mit Darcy. Seit dem Massaker von Salamanca war er überhaupt nicht mehr er selbst, aber er ist wirklich ein guter Mensch." Er zögerte. "Erst in den letzten Tagen habe ich wieder etwas von dem alten Darcy gesehen, und ich weiß, dass wir das Ihnen zu verdanken haben."

Der letzte Rest ihrer Freude war dahin. Zweifellos hatte Darcy gute Eigenschaften, aber sie war diejenige, der die Verbindung zu ihrem Land und ihrer Familie entrissen wurde und sie hatte wenig Mitleid mit ihm. Aber Bingley würde ihr Schwager werden, also sagte sie nur: "Ich kann mir vorstellen, dass wir lernen werden, gut genug miteinander auszukommen. Sie und Jane werden in der Zwischenzeit das glücklichste Paar der Welt sein. Daran hege ich keinerlei Zweifel."

"Ich bin gewiss der glücklichste Mensch!" Er errötete ein wenig und fragte dann: "Soll ich Darcy noch etwas anderes ausrichten?"

Einen Moment sann sie nach. Eine Art Anerkennung könnte diese Spannung abbauen. "Ich danke ihm für seinen Brief. Und bitte sagen Sie ihm, dass sein Luchs vorbeikam und sehr freundlich war. Sie wissen doch von seinem Luchs, nicht wahr?"

"Ja. Es ist nicht verwunderlich, dass er zu Ihnen gekommen ist. Darcy hat mir erzählt, dass er Sie abgeleckt hat."

Verwirrt fragte sie: "Was hat das damit zu tun?"

"Auf diese Art und Weise zeigen Vertraute an, dass sie ein Familienmitglied unter ihren Schutz genommen haben. Früher, als Vertraute noch üblicher waren, war es das Äquivalent zu einer Hochzeitszeremonie."

"Wo haben Sie das gelernt?" Vielleicht gab es noch ein anderes Buch, das sie lesen sollte.

"Oh, mein Kopf ist voll von solch einem Unsinn. Bevor mein Vater starb und ich erbte, arbeitete ich zwei Jahre lang in der Bibliothek der Magierin des Königs, wo ich Aufzeichnungen über die Geschichte der Magie katalogisierte und zusammenstellte. Dort habe ich Darcy kennengelernt."

Elizabeth blieb der Mund offenstehen. "Sie haben für die Magierin des Königs gearbeitet?" Kannte Bingley tatsächlich das geheimnisvolle, mächtige Talent, das König und Land beschützte?

"Nicht direkt für sie. Die Bibliothek gehört der Krone. Eigentlich habe ich sie so gut wie nie gesehen. Aber das ist der Grund, warum sie mich mit Darcy hierhergeschickt haben, damit ich alle aufkommenden Fragen beantworten könnte. Ich verfüge über das ganze Wissen aus Büchern über Illusionen, und er hat die Fähigkeit dazu."

"Das ergibt Sinn." Sie hielt inne. "Werden Sie ebenfalls mit ihm nach Frankreich gehen?" Sie hoffte es nicht, um Janes willen.

Er lachte. "Ich nicht. Dann ist es zu spät für Fragen."

Ihr kam ein Gedanke. "Sagen Sie, gibt es in dieser Bibliothek Bücher auf Arabisch?"

"Nicht, dass ich wüsste. Französisch, Deutsch, Italienisch, Spanisch, Griechisch, Latein, vereinzelt auch Portugiesisch, aber kein Arabisch. Ich hatte vergessen, dass Sie die Sprache beherrschen."

"Ich war nur neugierig." Und anscheinend hatte Darcy Bingley gegenüber ihre Bücher nicht erwähnt. "Was den Luchs anbelangt: Wusste Mr. Darcy, was es bedeutete, als dieser mich ableckte?" Sie erinnerte sich an seinen schockierten Blick, als es passierte.

"Ja, das hat er."

"Ich frage mich, ob das der Grund war, weshalb er sich entschieden hat, mich zu heiraten."

Bingley schüttelte den Kopf. "Nein, diese Entscheidung fiel, als er Ihr Talent zum ersten Mal gesehen hatte. Ihn überraschte jedoch, dass sein Vertrauter es bereits wusste."

Hitze stieg in Elizabeth auf. Darcy hatte schon am ersten Tag vorgehabt, sie zu heiraten, als er ihre Wange berührte und sagte, es sei nicht von Bedeutung, ob es unschicklich sei. Das wäre nicht der Fall gewesen, wenn sie verlobt gewesen wären, was sie in seinem Kopf anscheinend schon längst waren.

Kapitel 9

ALS ELIZABETH DIESMAL IN Netherfield eintraf, wartete Darcy nicht an der Treppe davor, stattdessen konnte sie ihn mit zwei Damen durch den Rosengarten spazieren sehen. Er schien jedoch nach ihr Ausschau zu halten, da er sich sofort nach ihrer Kutsche umdrehte, als sie die Auffahrt heraufkam.

Sie hatte nicht erwartet, ihn heute zu sehen. Wahrlich nicht, doch als sie eine Nachricht erreichte, dass seine Mutter extra nach Netherfield gekommen sei, um sie kennenzulernen, hatte sie das Gefühl, keine andere Wahl zu haben. Zumindest könnte sie diesen Besuch kurz halten, damit ihr noch Zeit blieb, auf dem Heimweg bei den Hadids vorbeizuschauen und sich von ihnen zu verabschieden. Der Gedanke hinterließ einen Kloß in ihrer Kehle.

Aber zuerst musste sie ihre künftige Schwiegermutter treffen.

Darcy näherte sich ihr langsamer als sonst, nicht mit so forschem Schritt, da er sein Tempo den beiden Damen angepasst hatte. Eine war eine elegante, zierliche Dame, die höchstens Mitte Dreißig sein konnte, sicherlich zu jung, um einen Sohn in Darcys Alter zu haben. Die zweite Frau war verschleiert, in indischer Manier gekleidet und schwer in burgunderfarbene Stofffalten gehüllt, die mit Gold und Silber bestickt waren. Ohne einen klaren Blick auf ihr Gesicht konnte Elizabeth ihr Alter schlecht einschätzen, doch ihre Bewegungen deuteten darauf hin, dass sie älter war. Ihr folgte ein dunkelhäutiger Mann in einer bestickten Tunika.

Sicherlich hätte Darcy es erwähnt, wenn seine Mutter aus Indien stammte. Aber nein, das konnte nicht sein; sie war eine geborene Fitzwilliam. Vielleicht handelte es sich hierbei um andere Bekannte, und Lady Anne Darcy war im Haus geblieben.

Elizabeth revidierte ihre Meinung über dieses Zusammentreffen – nun freute sie sich doch ein wenig mehr darauf. Sie hatte Menschen aus Indien auf Londons Straßen gesehen und sogar in den Geschäften von Cheapside mit ihnen gesprochen, aber eine feine indische Dame kennenzulernen, wäre eine neue Erfahrung. Es könnte sogar das Treffen mit Darcys Mutter wettmachen.

Darcy schien sie nur knapp und oberflächlich mit leicht zusammengekniffenen Augen zur Begrüßung anzulächeln, doch seine Worte waren die Höflichkeit selbst. War es möglich, dass ihn die Ankunft seiner Mutter nicht wirklich glücklich stimmte?

"Danke, dass du die Kutsche geschickt hast. Es war äußerst komfortabel", sagte sie.

"Es war das Mindeste, was ich tun konnte, da es uns nicht möglich war, dich in Longbourn zu besuchen." Ja, er war definitiv nicht glücklich. "Mutter, darf ich dir meine Verlobte vorstellen, Miss Elizabeth Bennet? Elizabeth, das ist Lady Anne Darcy."

Diese jung aussehende Engländerin war seine Mutter? Bei seiner Geburt musste sie praktisch noch ein Kind gewesen sein. Sie könnte problemlos als seine ältere Schwester durchgehen.

Lady Anne trat vor. "Es ist mir eine große Freude, meine künftige Tochter kennenzulernen. Danke, dass Sie sich uns angeschlossen haben."

"Es ist mir eine Ehre, Lady Anne."

Lady Anne deutete auf die indische Frau. "Das ist Rana Akshaya, die den ganzen Weg aus Indien gekommen ist, um etwas über die Talente Englands zu erfahren."

Rana Akshaya murmelte ihrem Diener etwas zu, das Elizabeth nicht ausmachen konnte, der wiederum mit leicht akzentuierter Stimme sagte:

"Die Große Rana bittet mich, ihre Freude darüber auszudrücken, Ihre Bekanntschaft zu machen, und entschuldigt sich dafür, dass sie dieses Familientreffen stört. Lady Anne war so freundlich, sie einzuladen, auf dieser Reise mehr von der englischen Landschaft zu sehen. Die große Rana ist es nicht gewohnt, in einer so großen Stadt wie London zu sein, und hat sich nach frischer Luft gesehnt."

Ein Schatten fiel auf ihr Gesicht. Elizabeth hatte nur einen Moment Zeit, um sich darauf vorzubereiten, ehe Cerridwen herunterglitt und auf ihrer Schulter landete. Oh je, das würde einen interessanten Eindruck auf ihre zukünftige Schwiegermutter machen! Doch Cerridwen ließ nicht mit sich verhandeln.

Warum war der Falke gekommen? Vielleicht hatte die glänzende Metallstickerei auf Rana Akshayas Kleidung sie angezogen.

Lady Anne runzelte die Stirn. "Einen Vogel als Vertrauten? Wie.. . ungewöhnlich."

Woran hatte sie erkannt, dass Cerridwen mit Elizabeth verbunden war?

"Sie ist keine Vertraute, Mylady, lediglich ein Falke, der großen Gefallen an mir gefunden hat."

Rana Akshaya presste die Hände wie zum Gebet zusammen und verbeugte sich – nicht vor Elizabeth, sondern vor Cerridwen. Dann schien ihr aufzufallen, dass die anderen sie anstarrten. Wieder flüsterte sie ihrem Übersetzer zu, der für sie sprach: "Die große Rana sagt, dass in unserem Land Falken verehrt werden. Sie sind sehr gesegnet, Miss Bennet, dass einer Sie zu ihrem besonderen Freund erwählt hat."

"Ich schätze mich tatsächlich glücklich. Ich habe Cerridwen sehr gern", erwiderte Elizabeth verlegen.

Wieder sprach die Inderin durch ihren Übersetzer. "Cerridwen. Das hört sich nicht nach einem englischen Namen an."

"Es ist walisisch, der Name der alten walisischen Göttin der Magie und Poesie. Ich bin Cerridwen zum ersten Mal in Wales begegnet, daher dachte ich, dass es zu ihr passt."

Darcy räusperte sich. "Möchtest du mit hereinkommen, Elizabeth?"

"Danke dir." Zumindest würde sie das vom Thema Cerridwen befreien.

Rana Akshayas Übersetzer sagte: "Sofern es keine Umstände bereitet, möchte die Große Rana die Gärten weiter erkunden und Sie Ihrem
Wiedersehen überlassen."

"Wie Ihr wünscht, Mylady", sagte Darcy.

Cerridwen schlug mit einer Miene des Missfallens abrupt mit den
Flügeln und erhob sich in die Lüfte.

Elizabeth sah bedauernd der sich zurückziehenden Rana Akshaya
nach, folgte jedoch Lady Anne ins Haus und betrat Netherfields in-
zwischen vertrauten Salon. Es schien so viel Zeit vergangen zu sein,
seit Mr. Bingley und seine Schwestern sie dort begrüßt hatten, als sie
ankam, um sich um Jane zu kümmern, und doch war es noch nicht
einmal vierzehn Tage her. Heute war der Raum leer. Seltsam, wenn
man bedachte, dass sie einen adeligen Gast hatten.

"Ist Miss Bingley da?", erkundigte sie sich leise bei Darcy. "Da ich es
das letzte Mal, als ich hier war, versäumt habe, hereinzukommen, sollte
ich ihr heute meine Aufwartung machen."

Darcy warf ihr einen trockenen Blick zu. "Meine Mutter bat die
Bingleys, für eine Weile abwesend zu sein."

Elizabeth biss sich auf die Zunge, ehe ihr irgendetwas über dieses
skandalöse Verhalten herausplatzen konnte. Welche Art von Gast bat
seine Gastgeber, zu gehen?

Lady Anne, die von diesem Gespräch anscheinend nichts mitbekam,
nahm den Platz ein, der dem Teetablett am nächsten war. "Wie trinken
Sie Ihren Tee, Miss Bennet?"

"Mit Milch, ohne Zucker, vielen Dank."

Darcy wandte sich ihr zu. "Der Kuchen ist mit Honig und Korinthen
gesüßt."

"Wunderbar." Elizabeth versuchte, ihre Überraschung zu verbergen.
Er musste die Köchin gebeten haben, ihn extra für sie zu machen, eine
solche Rücksichtnahme hatte sie von ihm nicht erwartet.

Nicht, dass es jetzt noch eine Rolle spielte, was sie aß. Sie würde Longbourn für immer verlassen, und ihre Verbindung zu dem Land würde

der Vergangenheit angehören. Und das alles nur, weil Darcy in ihr Leben getreten war.

Sie nahm die Tasse entgegen, die Lady Anne ihr anbot, aber ihre Kehle war plötzlich zu eng, um einen Schluck zu trinken.

Darcy sagte mit übertrieben ruhiger Stimme: "Ich hatte angenommen, meine Mutter wäre hierher gereist, um dich in der Familie willkommen zu heißen, aber wie es scheint, ist sie in ihrer offiziellen Funktion hier. Lady Anne ist auch die Magierin des Königs."

Die Magierin des Königs? Das Talent, dessen Identität keiner kannte und das existierte, um dem König zu dienen und ihn zu beschützen, war *Darcys Mutter*? "Oh. Ich verstehe." Was eher als Quietschen denn als richtige Äußerung herauskam.

Zumindest erklärte es, weshalb Lady Anne Miss Bingley auffordern konnte, ihr eigenes Haus zu verlassen.

"Fitzwilliam", sagte seine Mutter vorwurfsvoll.

"Es tut mir leid, Mutter, aber ich werde meine zukünftige Frau deswegen nicht belügen." Er klang überhaupt nicht, als täte es ihm leid.

Lady Anne seufzte. "Nun, die Katze ist aus dem Sack, und es ist wahr, dass ich der Angelegenheit Ihrer Fähigkeiten betreffend, auf den Grund gehen muss. Wie ich verstanden habe, können Sie die Illusionen meines Sohnes verändern?"

"Ja, Eure Ladyschaft." Zumindest was dieses Thema anbelangte, bewegte sie sich auf sicherem Boden. Die Magierin des Königs stand direkt vor ihr! Und würde ihre Schwiegermutter werden!

"Können Sie selbst Illusionen erschaffen?"

Sie wagte es nicht, die Königsmagica direkt anzulügen, und doch hatte sie Darcy versprochen, niemandem von seinen Lektionen zu erzählen. "Ich habe erst begonnen, nachdem ich Mr. Darcy dabei beobachtet hatte. Zuvor war es mir noch nie in den Sinn gekommen, es zu versuchen."

Darcy warf ihr einen dankbaren Blick zu.

"Was ist mit Sendungen? Haben Sie jemals eine Sendung bewerkstelligt?"

"Nein, Mylady." Sie glaubte nicht, dass ihre mentalen Gespräche mit Cerridwen zählten.

"Oder das Wetter beeinflusst? Haben Sie eine Brise erzeugt oder es regnen lassen?"

Erstaunt über den bloßen Gedanken, antwortete sie: "Nein, Euer Ladyschaft."

Lady Anne hob ihren Arm und warf ohne Vorwarnung einen funkensprühenden Energieball direkt auf Elizabeth.

"Mutter", schnauzte Darcy.

Doch Elizabeth hatte den Ball bereits gefangen und zu Lady Anne zurückgeworfen. "Das habe ich als Kind mit meiner Granny gespielt, aber das ist Landmagie."

Lady Anne runzelte die Stirn, als sie die Energie auflöste. "Ich weiß nicht, wer Ihnen das gesagt hat, aber es ist pure Magie."

"Tatsächlich? Erstaunlich", sagte Elizabeth leichthin. Wie konnte sich Lady Anne erdreisten, sie so zu behandeln?

"Ihr Vater ist ein Landtalent, und sie hat in dieser Hinsicht einige Fähigkeiten, wenngleich ihre älteste Schwester die Erbin ist", sagte Darcy.

Lady Anne ließ sich nicht ablenken. "Entstammt Ihre Mutter einer Familie von Talenten?"

"Davon habe ich bisher noch nicht gehört." Das war definitiv mehr Verhör denn Gespräch.

"Dann also die Familie Ihres Vaters. Wer sind seine Vorfahren? Woher stammen sie? Hat jemand Talente, die über die des Landes hinausgehen?"

Elizabeth blinzelte. "Nicht, das ich wüsste. In der Familie Bennet gibt es seit vielen Generationen Landtalente, und auch meine Großmutter stammte aus einer Familie mit einem gewissen Grad an Landtalent." Und anscheinend besaß ihre Urgroßmutter mehr als das, wenn das Werfen von Lichtbällen Magie war, wenngleich sie nicht geneigt war, diese Information freiwillig preiszugeben.

"Hat Ihr Vater Schwestern und Brüder?"

Trotz der Unverfrorenheit dieser direkten Fragen versuchte Elizabeth, ihre Antworten gefasst vorzubringen. "Er ist ein Einzelkind."

Darcy sagte mit fester Stimme: "Genug der Fragen, Mutter. Elizabeth ist ein Gast in diesem Haus."

Lady Annes Miene verwandelte sich in höfliche Unberührtheit. Sie griff nach ihrer Teetasse und nahm in aller Ruhe einen Schluck. "Verzeihen Sie mir, Miss Bennet, ich habe zugelassen, dass meine Aufregung über diese Entdeckung meine Manieren überwältigt. Magier in einer bislang unbekannten Familie zu finden, ist ein Grund zum Feiern."

Magie? Lady Anne dachte, sie könnte eine echte Magica sein und nicht nur jemand mit einer seltsamen Fähigkeit, Illusionen zu wirken? Ein Schauder lief ihren Rücken hinunter. Sie wollte, sie musste mehr wissen, aber Darcys Lippen waren zu einer Linie zusammengepresst. Vielleicht hatte er einen Grund, nicht darüber sprechen zu wollen.

Sie schwankte. Lady Anne wollte offenbar, dass sie Fragen stellte. Darcy, so schien es, nicht. Er mochte sie in diese Heirat gezwungen haben, aber zumindest behandelte er sie mit Respekt und sie hatte keinen Grund, Lady Anne zu trauen. Vor allem nicht nach diesem Verhör.

Sie fasste einen Entschluss. "Davon weiß ich nur wenig. Falls Ihr mehr über meine Familiengeschichte erfahren möchtet, empfehle ich Euch, meinen Vater zu fragen." Und da ihr Vater ihre Immunität gegen die Abstoßung zwischen Magiern nicht teilte, würde Lady Anne es als zu schmerzhaft empfinden, ausführlich mit ihm zu sprechen.

"Ich möchte ihn und den Rest Ihrer Familie gerne kennenlernen. Doch zunächst erzählen Sie mir doch bitte ein bisschen etwas über sich selbst. Welche Aktivitäten machen Ihnen Freude? Haben Sie besondere Interessen?"

Weiterhin das ungebildete Mädchen vom Lande zu spielen, schien ihr die sicherste Strategie. Bei Bedarf könnte sie später immer noch mehr preisgeben. "Ich spiele das Pianoforte und singe, obgleich ich nicht so viel übe, wie ich sollte. Ich handarbeite und lese gerne. Ich fürchte, ich bin ziemlich langweilig!" Vor allem, wenn sie die magische Komponente ihrer Handarbeit außen vor ließ.

Darcy sagte: "Mich erfreut dein Gesang sehr."

"Wie gütig Sie sind, Sir!", erwiderte sie und klimperte mit den Wimpern, als ob sie sich über seine Schmeicheleien freute.

Lady Anne runzelte die Stirn. "Haben Ihre Eltern Ihnen die Möglichkeit gegeben, zu studieren? Hatten Sie eine Gouvernante?"

"Wir hatten keine Gouvernante, aber denjenigen von uns, die lernen wollten, hat es nie an Mitteln dazu gefehlt. Wir wurden immer zum Lesen ermutigt und hatten alle Meister, die nötig waren."

"Sprechen Sie irgendwelche Fremdsprachen?"

"Ein wenig Französisch", erwiderte Elizabeth. Was Darcy wohl davon hielt, dass sie Arabisch nicht erwähnte, ganz zu schweigen von diesem absichtlichen Versuch, nicht besonders gebildet zu erscheinen?

An dieser Stelle übernahm Darcy das Gespräch und erzählte davon, wie er zum ersten Mal ihrer Fähigkeit gewahr wurde, als sie seine Kühe ablenkte, eine Geschichte, die überraschend frei von Feuer und mit Gras ausgestopften Handschuhen war. Seinen Test, ob dieses Eingreifen an einer Schafillusion wiederholt werden könnte, schilderte er äußerst detailliert, unterbrochen von vielen Fragen seiner Mutter, doch die Lektionen im Erschaffen von Illusionen ließ er aus.

Ja, es war klar, dass Darcy seiner Mutter nicht traute. Oder war es die Magierin des Königs, der er nicht traute?

Der Rest des Besuchs verlief auf die gleiche Weise, wobei Darcy die meisten Fragen an ihrer statt beantwortete, während sie das einfache Mädchen vom Land spielte. Auch wenn nicht wieder eine solche Spannung aufkam, war Elizabeth dankbar, als die vorgeschriebene halbe Stunde vorüber war und sie aufbrechen konnte.

Ihre Erleichterung über den Abschied endete, als Lady Anne sagte: "Wenn Sie nichts dagegen haben, möchte ich mit Ihnen zurückfahren, um die Bekanntschaft Ihres Vaters zu machen."

Elizabeth atmete scharf ein. Das war höchst ungewöhnlich, aber sie nahm an, dass die Magierin des Königs die Regeln der Höflichkeit brechen konnte, wenn ihr danach war. Dennoch wäre es ihr lieber, ihren Vater aus der Sache herauszuhalten. "Mylady, wenn auch mein schwaches Talent nicht ausreicht, um Abstoßung hervorzurufen, ist mein Vater ein Landtalent, und ich glaube, Mr. Darcy fand es beinahe unangenehm, sich mit ihm zu treffen."

"Das macht nichts", sagte Lady Anne freundlich. "Einer der Vorteile, des Königs Magica zu sein, ist, dass ich keine Abstoßungsreaktionen mehr verspüre und auch keine Abstoßung mehr verursache."

Wie sollte sie darauf reagieren, ohne ihren eigenen allgemeinen Mangel an Abstoßung zu offenbaren? "Wie ist das möglich?", fragte Elizabeth.

Lady Anne drehte einen ihrer Ringe. "Es gibt ein magisches Artefakt, das dem Hofmagier überlassen wird und die Abstoßung blockiert. Andernfalls wäre es mir unmöglich, andere Magier zu unserer Verteidigung zu koordinieren oder meine Nachfolgerin auszubilden."

"Ich verstehe, warum das nützlich wäre." Doch Elizabeth besaß kein Artefakt und fühlte dennoch keinerlei Abstoßung.

Lady Anne fuhr fort: "...was mich wieder daran erinnert: Bevor wir gehen, würde ich gerne sehen, ob Sie mit einer meiner Illusionen interagieren können."

"Wenn Ihr wünscht." Diese Möglichkeit hatte Elizabeth nie in Betracht gezogen. Was würde es bedeuten, falls ihr das mit jedem Magier gelänge? Darcy schien sich so sicher zu sein, dass es nur auf ihn zutraf.

Eine schwarze Katze tauchte in der Mitte des Raumes auf, obwohl Elizabeth nicht gesehen hatte, dass Lady Anne sich bewegt hätte, und auch nicht die Erstarrung, die Darcy beim Illusionen erschaffen an den Tag legte.

"Können Sie sie beeinflussen, Miss Bennet?", fragte Lady Anne.

"Ich werde es versuchen." Elizabeth bückte sich und rieb ihre Finger aneinander. "Hier, Kätzchen, Kätzchen!"

Die Katze leckte sich die Pfoten und ignorierte sie.

Elizabeth zog an der Kraft des Landes, wenngleich dies durch Wände und Türen hindurch schwieriger war – immer noch ohne Erfolg. Sie ging auf die Katze zu, doch diese schien sie nicht zu bemerken, selbst als sie direkt vor ihr stand. Sie legte all ihre Kraft hinein, fuchtelte mit den Händen und rief: "Kusch!"

Nichts geschah. "Mylady, wie es scheint, bin ich nicht imstande dazu."

Lady Anne nickte, und die schwarze Katze verschwand. "Fitzwilliam, lass mich sehen, wie sie es mit einer von deinen versucht."

Er zog eine Augenbraue hoch, hielt jedoch inne, seine Augen unfokussiert. In der Tür stand ein flauschiger, cremefarbener Tigerkater mit weißer Halskrause, der sie an seinen Luchs erinnerte.

Sie rieb erneut die Finger aneinander und stellte sich vor, wie er auf sie zukam. "Hier, Kätzchen." Die Katze drehte den Kopf, hob den Schwanz in die Luft und schlenderte herüber, um an ihrer Hand zu schnuppern.

Es machte sie seltsam glücklich. "Gutes Kätzchen", sagte sie, obwohl sie wusste, dass es sie nicht hören konnte. Die Katze rieb sich schnurrend an ihrer Hand. Sie fühlte nichts, war aber trotzdem sehr zufrieden.

"Interessant", sagte Lady Anne.

Darcy hustete. "Elizabeth, ich fürchte, ich muss dich bitten, meine Illusion zu verwerfen. Ich kann es nicht."

Sie lächelte die Katze freundlich an, die sich um ihre Beine schlängelte. "Mir gefällt sie. Vielleicht sollte ich sie behalten."

Seine Augen weiteten sich. "Elizabeth! Verwirf sie sofort! Augenblicklich!"

Verblüfft und etwas verärgert über ihn, blies sie darauf, wie er es ihr beigebracht hatte. Dann durchfuhr die Erkenntnis sie wie ein Blitz. Sie hatte sich beschwingt gefühlt.

Darcy eilte zu ihr und packte ihren Ellbogen, führte sie zurück zum Stuhl, stützte sie und war offensichtlich bereit, sie aufzufangen, wenn sie fiel.

Dankbar setzte sie sich.

Lady Anne goss bereits Tee ein und ließ routiniert mehrere Zuckerstücke hineinfallen, im Gegensatz zu ihren langsamen und anmutigen Gesten zuvor.

Darcy winkte ab und klingelte nach einem Diener. "Elizabeth nimmt keinen Zucker zu sich, nur Honig."

Der Lakai öffnete die Tür und verbeugte sich.

"Honig, augenblicklich, ohne Verzögerung", befahl Darcy. Der Diener verschwand. Darcy brachte ihr ein weiteres Stück Kuchen. "Damit kannst du beginnen, während wir warten."

Sie sah ihn an. "Danke, dass du daran gedacht hast. An den Honig." Sie fand nicht die richtigen Worte für ihre Dankbarkeit, dass er ihre Präferenzen so ernst nahm.

"Selbstverständlich. Jetzt iss." Seine dunklen Augen beobachteten sie genau.

"Ist das schon einmal passiert?", wollte Lady Anne wissen.

"Das erste Mal, als Elizabeth mir zeigte, wie sie interagiert. Ich glaube, sie hatte gehofft, mich beeindrucken zu können." Darcy schaffte es erneut, die Wahrheit zu sagen, während er den wichtigen Teil ausließ.

Elizabeth versuchte zu helfen. "Mr. Darcy hat mich deshalb ernsthaft gerügt und mir Vorträge gehalten. Mir war nicht einmal bewusst, dass ich heute mein Talent einsetzte."

"Dies ist das erste Mal, dass du meine Illusion vollständig übernommen hast", sagte Darcy. "Wir wissen nichts darüber, wie das funktioniert."

Lady Anne studierte ihn. "Wie hast du es erlebt, Fitzwilliam? Wir müssen das verstehen."

"Die ersten beiden Male habe ich der Illusion immer noch Energie gespeist, auch als Elizabeth sie dazu brachte, sich anders zu verhalten. Diesmal stoppte der Energiefluss vollständig, als wären die Stränge abgerissen worden."

Seine Mutter runzelte die Stirn. "Interessant. Ich frage mich, was anders war."

Der Honig kam und Lady Anne fügte einer Tasse Tee mehrere Löffel hinzu. "Mindestens zwei Tassen, um Sie wieder zu Kräften zu bringen", wies sie Elizabeth an.

Elizabeth nippte gehorsam an der beruhigenden, süße Wärme.

Ein Flimmern von Burgunder und Gold in der Tür materialisierte sich in Rana Akshaya, die in Elizabeths Richtung in den Raum glitt. Ihr Übersetzer stand hinter ihr.

"Vergeben Sie uns die Unordnung. Miss Bennet hat sich mit einer Illusion überanstrengt", sagte Lady Anne.

"Das sehe ich." Rana Akshaya, die offensichtlich doch Englisch sprechen konnte, trat näher und legte ihre Hand auf Elizabeths Wange. "Sieh mich an".

Elizabeth kam gar nicht in den Sinn, ungehorsam zu sein. Als sie durch den Schleier, durch den sie sie nicht ganz klar sehen konnte, in die dunklen Augen der indischen Frau blickte, ging plötzlich Hitze von der Stelle aus, die sie berührte und durch Elizabeth hindurch, als ob sie sie von innen reinigte. Danach schien sie ein schwindelerregendes Licht wahrzunehmen; Licht, gefolgt von einem großen Gefühl des Wohlbefindens.

Rana Akshaya entfernte ihre Hand und nickte.

Elizabeth kniff die Augen zusammen und öffnete sie dann wieder. Alles sah anders aus. Die Farben waren heller, die Kanten schärfer und seltsam verzerrt, ähnlich wie sie es erlebte, wenn sie durch Cerridwens Augen sah. Dann verblasste das Gefühl und alles schien wieder normal zu sein. Nur dass Elizabeth sich jetzt mächtig genug fühlte, um einen Berg zu bezwingen.

"Ich danke Euch", sagte sie, und auch ihre Stimme war stark und lebendig. "Ich weiß nicht, was Ihr getan habt, aber ich bin dankbar."

Rana Akshaya neigte den Kopf. "Dein Falke hat sich Sorgen um dich gemacht." In perfektem Englisch, ohne eine Spur von Akzent.

Weder Darcy noch Lady Anne reagierten auf diese seltsame Bemerkung, und Elizabeth erkannte, dass die indische Frau eher in ihrem Kopf als laut gesprochen haben musste. Und woher hatte sie gewusst, dass Cerridwen besorgt war?

Sie setzte es auf die immer länger werdende Liste von Dingen, über die sie zu einem späteren Zeitpunkt nachdenken sollte, nachdem sie sich mit Lady Anne befasst hatte.

"Ich fühle mich jetzt ganz gut", sagte Elizabeth, mehr um Darcys willen als um alles andere.

Lady Anne betrachtete sie abschätzend. "Die Magier Indiens sind in den Heilkünsten weiter fortgeschritten als wir. Ich hoffe, mehr darüber zu erfahren."

Rana Akshaya deutete auf ihren Übersetzer, der sagte: "Es ist eine lange Ausbildung, die in der Kindheit beginnt. Ein Erwachsener könnte es nicht mehr bewerkstelligen." Offensichtlich war Darcy nicht der Einzige, der Lady Annes Fragen nicht beantworten wollte.

Elizabeth stand zaghaft auf, aber ihre Beine hielten ihrem Gewicht problemlos stand. "Ich bin sehr dankbar, die Nutznießerin Eures langjährigen Studiums zu sein, Rana Akshaya." Sie wandte sich an Lady Anne. "Ich fühle mich nun in der Lage, die Fahrt nach Longbourn zu unternehmen, wenn Sie sich mir anschließen möchten."

Lady Anne schlüpfte wieder in ihre distanzierte Haltung zurück. "Das wäre zufriedenstellend. Fahren wir dann?"

Die Kutsche wartete vor der Tür, mit Cerridwen, die in der Luft darüber Kreise zog. Zu Elizabeths Überraschung beugte sich Darcy vor, um ihre Wange zu küssen. Die Berührung seiner Lippen war ein Schock, wie ein Funke, der direkt in ihren innersten Kern vordrang und sie so sehr überraschte, dass sie beinahe seine geflüsterten Worte nicht wahrgenommen hätte. "Sei vorsichtig."

Selbstverständlich. Er konnte sie wegen seiner Abstoßung gegen ihren Vater nicht begleiten, musste aber unglücklich darüber sein, dass sie mit seiner Mutter allein war. Sie nickte kaum merklich. Seine Bemühungen, sie zu beschützen, lösten ein warmes Gefühl in ihr aus. Dann wandte sie sich noch einmal um, um sich bei Rana Akshaya für ihre Hilfe zu bedanken und verabschiedete sich.

Rana Akshaya wiederholte die Geste, die sie zuvor gegenüber Cerridwen gemacht hatte, die betenden Hände mit einer leichten Verbeugung. "Wir werden uns wiedersehen, Elizabeth Bennet", sagte sie, ohne ihren Übersetzer zu bemühen.

Kalte Gänsehaut kroch über Elizabeths Arme. Aber sie zweifelte nicht eine Sekunde daran, dass die ältere Frau die Wahrheit sagte. "Ich freue mich darauf."

Kapitel 10

DIE KUTSCHFAHRT NACH LONGBOURN war nicht schlecht verlaufen. Als Lady Anne wieder dazu übergegangen war, Fragen über
Elizabeths Familie zu stellen, diesmal jedoch etwas subtiler, hatte Elizabeth
den Stier bei den Hörnern gepackt und ihr alles über ihre Schwestern
erzählt. Im Detail. Einschließlich der peinlichen Geschichten über Lydias
und Kittys Verhalten. Schließlich konnte Lady Anne die gleichen Informationen aus jedem, der sie kannte, herausbekommen.

Es lag eine gewisse Ironie darin, Lady Anne nach Longbourn zu bringen. Unter normalen Umständen wäre Elizabeth nervös, wenn sie ihrer
Mutter und ihren jüngeren Schwestern, deren Manieren sehr zu wünschen
übrigließen, eine aristokratische Dame vorstellen würde. Heute käme es
ihr gerade recht, wenn ihre Familie ihr schlechtestes Benehmen zeigte.
Wenn sie wollte, dass Lady Anne ihre Klugheit und ihre Findigkeit un-
terschätzte, wären ihre törichte Mutter und ihre Schwestern ihre besten
Verbündeten.

Elizabeth setzte große Hoffnungen in ihre Absurditäten, als sie ihre
Mutter vorstellte, doch obwohl Mrs. Bennet ein wenig plapperte, schien
sie doch zu sehr von Ehrfurcht vor dem Titel ihres Besuches ergriffen zu
sein, um allzu lange zu reden.

"Ich bitte Sie, Mrs. Bennet, mich diesen reizenden jungen Damen
vorzustellen, die Ihre Töchter sein müssen", sagte Lady Anne huldvoll.

"Ja, Eure Ladyschaft. Dies ist meine Älteste, Jane, und Mary und Kitty sind da drüben. Meine jüngste, Lydia, ist in Meryton und besucht ihre Tante."

"Fünf Töchter! Was für eine ausgezeichnete Familie Sie haben!"

Mrs. Bennet strahlte. "Eure Ladyschaft ist zu freundlich."

"Wie alt bist du?" Lady Annes Stimme hallte seltsam.

Es dauerte einen Moment, bis Elizabeth erkannte, dass Lady Anne nicht laut sprach, so dass ihre Mutter die direkte Frage nicht hören konnte. Elizabeth hatte nicht die Absicht, diese Unverschämtheit zu beantworten.

Mary blickte auf. "Ich bin neunzehn, Eure Ladyschaft." Sie musste es also auch gehört haben.

Kitty sagte: "Ich bin siebzehn, und Lydia ist erst fünfzehn."

Jane blickte ihre Schwestern mit gerunzelter Stirn an, schürzte jedoch nur die Lippen und sagte nichts.

"Ausgezeichnet", sagte Lady Anne, und es klang, als ob sie es wirklich so meinte. "Ich bin so froh, dass Sie Teil meiner Familie sein werden, sobald Miss Elizabeth meinen Sohn heiratet. Ich freue mich darauf, Sie alle viel besser kennenzulernen."

Mrs. Bennet fächelte sich hektisch Luft zu. "Ihr ehrt uns, Euer Ladyschaft!"

Plötzlich war nur allzu klar, was Lady Anne getan hatte. Sie hatte Elizabeths Schwestern auf latentes Talent getestet, indem sie irgendeine Art von Sendung eingesetzt hatte, und Kitty und Mary hatten ihren Test bestanden. Jetzt wären auch sie in ihrem Fadenkreuz.

"Lady Anne bat insbesondere darum, meinem Vater vorgestellt zu werden", kündigte Elizabeth an. "Bitte entschuldigt uns, damit ich sie zu ihm bringen kann."

Lady Anne warf ihr einen scharfen Blick zu, sagte jedoch nur: "Ich hoffe, wir sehen uns auf der Hochzeit wieder."

Mrs. Bennet knickste so tief, dass sie beinahe stolperte. "Eure Ladyschaft ist sehr freundlich, wahrlich sehr freundlich!"

Elizabeth wies zur Tür. "Hier entlang, Lady Anne." Wäre ihr Vater in seiner üblichen humorvollen Stimmung oder immer noch verärgert? Sie war sich nicht wirklich sicher, was besser wäre. Falls Lady Anne Sinn für Humor besaß, musste sie dies noch beweisen.

Sie klopfte, ehe sie die Bibliothek betrat. Ihr Vater stand auf und blickte über seine Brille auf die Dame neben ihr. "Lizzy, wie komme ich zu dem Vergnügen?"

Sie atmete durch. "Euer Ladyschaft, darf ich Euch meinen Vater vorstellen? Papa, uns wird die Ehre zuteil, uns in Gegenwart von Lady Anne Darcy zu befinden, die ebenfalls die Magierin des Königs sowie Mr. Darcys Mutter ist."

Die Augenbrauen ihres Vaters hoben sich, und dann fielen seine Mundwinkel nach unten. "Nun, das erklärt einiges. Willkommen in Longbourn, Euer Ladyschaft." Aber seine Stimme war kalt.

Lady Anne neigte den Kopf. "Ich danke Ihnen. Meine Pflichten erfordern, dass ich heute Abend nach London zurückkehre, daher hoffe ich, dass Sie mir verzeihen, wenn ich direkt zur Sache komme."

Mr. Bennets Fingerspitzen pressten sich gegen seinen Schreibtisch. "Selbstredend, aber ich habe zuerst eine eigene Frage. Ich dachte, dass die Magierin des Königs bisher immer eine Fitzwilliam war."

"Ich wurde als Lady Anne Fitzwilliam geboren. Mein Bruder ist der Earl of Matlock", sagte sie kühl, als ginge es ihn nichts an.

Ihr Vater richtete sich in eine untypisch steife Haltung auf. "Dann ist dies in der Tat ein sehr interessantes Treffen, Mylady", entgegnete er. "Oder sollte ich Cousine sagen?"

"Pardon?", protestierte Lady Anne.

Elizabeth blieb schockiert der Mund offenstehen.

Mr. Bennet fuhr fort: "Wir sind Cousin und Cousine, zumindest in gewisser Weise. Oder besser gesagt, waren Euer Vater und meine Mutter Cousin und Cousine."

Lady Annes Ausdruck der Verwirrung klärte sich. "Oh, dann also auf der Carlisle-Seite der Familie?"

Mr. Bennets Lippen verzogen sich. "Nein, auf der Fitzwilliam-Seite."

"Das kann nicht sein. Ich kenne jeden Nachkommen der Fitzwilliams in den letzten vier Generationen."

Er zuckte mit den Schultern. "Offensichtlich habt Ihr einen Zweig der Familie übersehen. Meine Großmutter war Amelia Fitzwilliam. Lady Amelia, wenngleich sie den Titel nie nutzte, nachdem sie die Familie verlassen hat."

Elizabeths Augen wurden groß. Konnte das wahr sein? Warum hatte er es geheim gehalten?

Lady Annes Brauen zogen sich zusammen, "Amelia? Nein, jetzt erinnere ich mich daran! Sie ist jung gestorben."

Ihr Vater schien sich nun beinahe zu amüsieren. "Das ist es, was sie Euch gesagt haben? Tatsächlich riss sie aus, um der Zukunft zu entgehen, die sie für sie geplant hatten, und hat sie alle an der Nase herumgeführt. Sie täuschte ihren eigenen Tod vor, indem sie es so aussehen ließ, als sei sie von einer Klippe gesprungen." Er verschränkte die Arme.

"Das kann nicht sein. Sie würden nie glauben, dass sie tot ist, sofern sie ihre Leiche nicht gesehen hätten." Ihre Stimme verstummte und sie sank uneingeladen in einen Sessel, als würden ihre Beine sie nicht mehr tragen. "Doch vermutlich würde das die Fähigkeiten Ihrer Tochter erklären."

"Die Fähigkeiten, von denen wir gehofft hatten, dass Ihr sie nie entdecken würdet. Ich hätte niemals unsere Herkunft enthüllt, wenn Ihr Sohn nicht dahergekommen wäre und diese unglückliche Entdeckung gemacht hätte."

Elizabeths Herz pochte. Warum hatte er ihr nie etwas davon erzählt? Aber die Nachricht war kein Grund, ihre Manieren zu vergessen, und so sagte sie: "Mylady, das war ein Schock für Euch. Darf ich Euch etwas zu Eurer Erleichterung anbieten? Ein Glas Wein vielleicht?"

"Ich danke Ihnen. Sehr gern." Sie war immer noch bleich, und ihr Atem ging zu schnell.

Elizabeth lief zu dem Regal, in dem ihr Vater seinen Wein aufbewahrte, und schenkte ein Glas ein. Sie reichte es der Hofmagierin und fühlte sich, als wäre sie in eine fremde, unbekannte Welt eingetreten. Unmöglichkeit über Unmöglichkeit – dass sie mit dem stolzen Mr. Darcy verlobt war, dass er der Sohn der geheimnisumwitterten Magierin des Königs war, der sich nun als entfernter Verwandter von ihr herausgestellt hatte? Dass Papa das gewusst und nie ein Wort gesagt hatte? Oh, es war zu viel, einfach viel zu viel!

Möglicherweise konnte auch sie selbst ein Glas Wein gut gebrauchen, doch sie wagte es nicht. Falls es ihre Zunge lockerte, könnte sie zu viel preisgeben.

"Vielen Dank, meine Liebe." Farbe begann in Lady Annes Gesicht zurückzukehren, als sie am Wein nippte. "Das ist in der Tat eine Überraschung, aber keineswegs eine unwillkommene. Ein neuer Familienzweig ist ein Grund zum Feiern."

"Ich bin froh, dass *Sie* so denken", erwiderte Mr. Bennet ohne Begeisterung.

"Ich würde sehr gern wissen, was aus Lady Amelia nach ihrem Verschwinden geworden ist", sagte sie herzlich.

Mr. Bennet schien das nicht zu überraschen. "Sie hat sich in Wales ein Leben aufgebaut, wo sie geheiratet und ihre Tochter großgezogen hat. Und sie verbrachte viel Zeit damit, sich auf die Verteidigung vorzubereiten, für den Fall, dass ihre Familie ihr jemals auf die Spur kommen sollte."

Lady Anne ignorierte seinen letzten Punkt mutig und fragte: "Wie viele Kinder hatte sie außer Ihrer Mutter?"

"Keine." Er schien nicht mehr sagen zu wollen, als er musste.

Elizabeth starrte ihn an. Warum log ihr Vater geradeheraus? Sie hatte über ein Dutzend Cousins und Cousinen in Wales, von Grannys drei anderen Kindern. Und er ließ es so klingen, als sei sie bereits gestorben.

"Wie schade." Lady Anne klang wahrhaft enttäuscht. "Ich hätte mich außerordentlich gefreut, sogar noch mehr Verwandte kennenzulernen. Ich freue mich ebenfalls auf eine engere Bekanntschaft mit Ihren anderen Töchtern. Wir können sehen, welche Möglichkeiten sich ihnen in der Gesellschaft bieten, sobald ihre Verbindung zu den Fitzwilliams bekannt ist."

Mr. Bennet faltete seine Hände. "Meine Töchter brauchen weder Verbindungen, noch die feine Gesellschaft."

Sie sah ihn neugierig an. "Ich kann ihnen viel bieten, nicht zuletzt eine Saison in London. Sicherlich möchten Sie ihnen eine solche Gelegenheit nicht vorenthalten?"

"Euer Ladyschaft, das ist ein großzügiges Angebot, aber meine Großmutter hat ihren Wunsch deutlich gemacht, dass wir uns von den Fitzwilliams fernhalten. Da mir keine andere Wahl bleibt, als Elizabeth die Eheschließung mit Eurem Sohn zu gestatten, kann ich diesem Wunsch nicht mehr vollständig nachkommen. Aber das bedeutet nicht, dass ich irgendeine andere Verbindung fördern oder befürworten werde."

Lady Annes wohlerzogene Überraschung zeugte von ihrer guten Erziehung. "Schade, dass Sie so denken, Mr. Bennet, und ich kann nur hoffen, dass eine nähere Bekanntschaft Ihre Meinung über mich verbessert. Die Geschichten über meinen Urgroßvater, Lady Amelias Vater, sind zwar ziemlich beängstigend, aber er starb lange vor meiner Geburt. Ich bin nicht verantwortlich für das, was zwischen ihm und Ihrer Großmutter vorgefallen ist, der ich ebenfalls niemals begegnet bin. Vielleicht können wir beide einen anderen Weg einschlagen."

Ihr Vater legte die Fingerspitzen aneinander. "Schön vorgetragen, Mylady, aber ruft Euch vor Augen, dass meine erste Begegnung mit Eurer Familie darin bestand, eine Forderung zu erhalten, dass meine Tochter Euren Sohn heiratet, ob es mir gefällt oder nicht. Und es gefällt mir nicht."

"Damit hatte ich nichts zu tun. Die Schuld dafür müssen Sie meinem Sohn geben."

Darauf stürzte sich Mr. Bennet. "Werdet Ihr ihn dazu auffordern, sie aus der Verlobung zu entlassen? Da wir eine Familie sind?"

Elizabeth hielt den Atem an, ihr Herz klopfte.

Lady Anne schüttelte langsam den Kopf, als ob sie es bedauere. "Dies sind Angelegenheiten, die außerhalb unser aller Reichweite liegen. Ich bedauere, dass es Ihnen unangenehm ist, aber ich bin in dieser Angelegenheit ebenso machtlos wie Sie."

Mr. Bennets Kiefer mahlte, als ihn eine neue Erkenntnis traf. "Gütiger Gott. Soll er Euch als Magier des Königs nachfolgen?" Das war mehr Vorwurf denn Frage.

Über Lady Annes Gesicht huschte ein Schatten. Wenn sie es nicht besser wüsste, hätte Elizabeth es möglicherweise für Trauer gehalten.

"Nein", sagte Lady Anne mit hohler Stimme. "Seine Mission unterscheidet sich von meiner. Ich bilde meine Nichte aus, mir nachzufolgen."

"Also noch eine Fitzwilliam?"

"Ich wünschte, ich hätte eine andere Wahl. Die Percy-Familie hat in dieser Generation keine Mädchen mit Talent hervorgebracht, und die Mortimer-Linie ist ausgestorben. Fitzwilliams sind alles, was uns bleibt. Es tut mir leid, dass Miss Elizabeth zu einer Ehe gezwungen wird, die sie sich selbst so nicht ausgesucht hätte. Ich kann Ihnen jedoch sagen, dass mein Sohn ein guter Ehemann sein wird. Er ist nicht immer die taktvollste Seele, aber sein Herz ist rein und er ist ein großzügiger Mann. Ich habe noch nie gesehen, wie er jemanden schlecht behandelt hat, nicht den niedrigsten Diener oder Bettler, auch wenn er es in den letzten Jahren nicht leicht hatte."

Nicht leicht gehabt? Diesen Informationsfetzen packte Elizabeth zur späteren genaueren Betrachtung weg. In der Zwischenzeit wäre es kaum diplomatisch, ihrer zukünftigen Schwiegermutter zu sagen, wie wütend ihr Sohn sie bisweilen machte. "Ich bin mir sicher, dass er ein guter Mann ist, aber ich habe mir immer gewünscht, in Longbourn zu bleiben. Dieser Ort ist mein Leben, so wie Pemberley seins ist, und ich finde es nicht gerecht, dass ich ohne meine Zustimmung davon weggezerrt werde."

Für einen Moment schien Lady Annes Gesicht ihre wahren Jahre zu zeigen, Linien der Müdigkeit gruben sich um ihre Augen. "Nicht gerecht? Ja, das ist es nicht, aber wann war das Leben jemals gerecht zu Frauen, besonders zu denjenigen mit Talent? Es ist der Lauf der Welt, wenngleich ich Ihren Verlust bedauere." Und sie klang, als meinte sie es ernst. "Ich muss mir etwas Zeit nehmen, um über diese Angelegenheit unserer familiären Verbindung nachzudenken. Darf ich Ihnen morgen einen erneuten Besuch abstatten, Mr. Bennet?"

Er schob seine Brille hoch. "Ich dachte, Ihr würdet heute Abend nach London zurückkehren."

"Das hatte ich auch vor, doch dies hat Vorrang. Meine Nichte kann meine Aufgaben für ein oder zwei Tage übernehmen."

Der Mund ihres Vaters verzog sich. "Wir werden uns wiedersehen."

Es war keine direkte Absage, aber auch kaum eine Einladung. Aber Lady Anne schien es als solche zu nehmen und erhob sich. "Mr. Bennet, ich sehe dem freudig entgegen. Miss Elizabeth, wären Sie so freundlich, mich zur Tür zu begleiten?"

Zumindest versuchte Lady Anne nicht, ein Gespräch zu führen, und verabschiedete sich von ihr, als sie in ihre Kutsche stieg.

Elizabeth blieb nicht, um ihr nachzuwinken, sondern eilte hinein, um sich wieder ihrem Vater anzuschließen, wobei sie die Rufe ihrer Mutter ignorierte. Sobald sie die Bibliothekstür schloss, platzte es aus ihr heraus: "Warum hast du es uns nie gesagt, Papa? Sicherlich war es unser Recht zu wissen, dass wir Magica sein könnten."

Er rieb sich die Nasenwurzel. "Wenn wir in der Wildnis der walisischen Berge gelebt hätten, wo du dein Talent ohne Angst vor Entdeckung hättest entwickeln können, dann hätte ich es getan. Das Unglück meiner Mutter bestand darin, sich in meinen Vater zu verlieben, der nur zwanzig Meilen von London entfernt lebte. Granny warnte sie, dass sie ihr Talent verstecken müsse, aber sie war verliebt und es kümmerte sie nicht. Dann wurde ich geboren, und meine Gaben waren beinahe ausschließlich magischer Natur. Einen kleinen Hauch von Landtalent hatte ich auch, aber kaum genug, als dass es einen Unterschied gemacht hätte."

"*Du* bist ein Magier?"

Er hob einen Finger, und plötzlich schien ein Wasserfall von der Spitze der Bücherregale zu entspringen, der über eine Felswand hinabfiel. Das Wasser tanzte und sprühte im künstlichen Sonnenlicht. Farne wuchsen aus dem steinigen Boden und wiegten sich in einem unsichtbaren Wind.

Sie schnappte nach Luft. Jetzt konnte sie mit eigenen Augen sehen, weshalb Darcy behauptete, seine Illusionen seien schwach. Gegen diese Welt, die ihr Vater so mühelos erschaffen hatte, sahen Darcys Kühe wie das Werk eines Kindes aus.

Die Illusion verschwand und eine eisige Brise fegte über Elizabeths Kleid. Schneeflocken begannen zu fallen, just hier in der Bibliothek. Obwohl sie wusste, dass sie nicht echt, sondern eine Illusion waren, konnte sie nicht anders, als nach einer zu greifen.

Sie war kalt und schmolz zu einem Wassertropfen. Nasses Wasser. Also keine Illusion. Echte Wettermagie.

Der Wind und der Schnee hörten auf, wenngleich immer noch ein paar verirrte Flocken den Teppich und Mr. Bennets Schreibtisch schmückten.

"Das ist wirklich erstaunlich." Ihre Stimme zitterte. Wie konnte ihr Vater, ihr zurückgezogener Vater, der sich zur Ruhe gesetzt hatte und sich so selten für etwas außerhalb seiner Bibliothek interessierte, solche wunderbaren Fähigkeiten besitzen? "Ich verstehe nicht, weshalb du das für dich behalten hast."

"Weil ich an Longbourn gebunden bin und mich weigere, zum Dienst beim Hofmagier eingezogen zu werden." Er schnaubte. "Und genau darin liegt die Ironie des Ganzen. Ich stimmte deiner Heirat mit Darcy erst zu, als Bingley sagte, dass er sich darum kümmern würde, dass die Hofmagierin des Königs mir erklärte, weshalb diese Eheschließung unbedingt vonnöten sei. Und ich versuchte so verzweifelt, ihrer Aufmerksamkeit zu entgehen, dass ich dich geopfert habe, anstatt sie uns alle entdecken zu lassen. Und nun stellt sich heraus, dass sie Darcys Mutter ist."

Elizabeths Kehle verengte sich. "Ich dachte, es sei wegen der Bedrohung durch die Drachen."

"Nun, das auch, wenngleich mir die Seeschlangen mehr Sorgen bereiten. Mir fällt es schwer, zu glauben, dass Drachen Menschen angreifen, doch die Seeschlangen versenken all unsere Schiffe und das läuft auf dasselbe hinaus. Dennoch habe ich gehofft, kein Aufsehen bei ihr zu erregen."

"Damit du nicht in den Dienst der Magier der Regierung treten musst." Es schmeckte bitter, wenn es sie auch kaum überraschte, dass er sein eigenes Wohl über ihres stellte.

"Nicht nur das. Da ist die Sache mit deinen Schwestern. Ich wusste, wenn sie meine Fähigkeiten entdeckt hätte, würde sie euch ganz nach ihrem Gutdünken einsetzen. Ich habe dieses Geheimnis gehütet, damit ihr ein normales Leben führen könnt." Traurig schüttelte er den Kopf. "Beinahe hätte es funktioniert. Wenn nur dieser verdammte Darcy nicht dahergekommen wäre."

Darcys Ankunft hatte diese Situation verursacht. Sie wollte weder Longbourn verlassen müssen, noch ihre Schwestern in Ehen gezwungen sehen. Aber sie konnte es nicht bereuen, Illusionen erschaffen gelernt zu haben, und sie war fest entschlossen, eine Rolle in Napoleons Niedergang zu spielen.

Was wäre wohl gewesen, wenn ihr Vater ihr diese Dinge schon vor Jahren beigebracht hätte, so wie er sie unterwiesen hatte, ihr Landtalent einzusetzen? Würde sie dann jetzt wunderbare Illusionen wie seine erschaffen, anstelle von kleinen Nebelschwaden und Flusskieseln? Vielleicht hätte sie dann auch gewusst, dass sie sich von Mr. Darcy fernhalten müsste. Stattdessen hatte ihr Vater sie im Unwissen gelassen.

"Wer hat dich dazu ausgebildet?", fragte sie.

"Hauptsächlich meine Mutter und Granny. Viele Familienmitglieder in Wales sind Magier."

Sie war seit ihrem achten Lebensjahr nicht mehr im Haus ihrer Urgroßmutter in Wales gewesen. Aus ihren Kindheitserinnerungen wusste sie noch, dass es ein zauberhafter Ort mit hoch aufragenden Bergen, wilden Flüssen und seltsamen Ereignissen war. Jedes Jahr hatte Granny sie daran erinnert, niemals mit jemandem außerhalb der Familie über die ungewöhnlichen Dinge zu sprechen, die sie dort sah. Ihre Geheimnisse vor dem Rest der Welt zu bewahren.

Und Granny hatte ihr das Spinnen beigebracht, weil es eines Tages nützlich sein könnte. "Wollte Granny mich ausbilden?"

"Wenn sie es getan hätte, wärst du niemals mit deinem Leben hier zufrieden gewesen. Ich habe gesehen, wie hungrig du nach Magie bist. Du hättest in Wales leben müssen und ich hätte dich furchtbar vermisst."

Er hatte ihre Frage nicht beantwortet. Vielleicht war das an sich schon eine Antwort. "Warum hast du Lady Anne gesagt, dass Granny keine weiteren Kinder hatte?"

Er seufzte und setzte seine Brille ab. "Weil sie, wenn sie über die Familie in Wales Bescheid wüsste, alle weggeschafft und in die Dienste der Regierung gestellt hätte, genauso, wie sie jetzt auch bereits versucht, mich zu bestechen, was deine Schwestern anbelangt. Sie würde das Tal von all seiner Magie befreien und sie für ihre eigenen Zwecke einsetzen. Sie darf niemals Verdacht schöpfen, dass sie überhaupt existieren."

Elizabeth würde niemals zulassen, dass jemand ihrem geliebten walisischen Dorf etwas antat. "Aber was ist, wenn Mr. Darcy die Briefe sieht, die ich von Granny oder meinen Cousins und Cousinen bekomme?"

"Sag ihm, dass sie deine Freunde sind. Ihre Nachnamen werden ihm jedenfalls nichts sagen. Oder noch besser, schreib ihnen nicht und halte dich fern von Wales."

Ihre Beziehung zu Granny aufgeben, nachdem sie bereits Longbourn verloren hatte? Niemals. "Ich werde vorsichtig sein. Aber ich möchte mehr über ihre Magie erfahren."

Er rieb sich die Nasenwurzel. "Du willst stets mehr wissen." Es war kein Kompliment.

"Ich verdiene es, das zu wissen, wenn schon mein ganzes Leben auf den Kopf gestellt werden soll!"

"Ich wünschte, ich könnte es dir sagen, aber..." Er hielt inne und nahm einen tiefen Atemzug. "Ich kann meine Versprechen nicht brechen. Es gibt Geheimnisse, die die Welt nicht wissen soll. Das möchten sie nicht. Halte auch Cerridwen von Darcy fern und lass ihn niemals vermuten, dass etwas an ihr ungewöhnlich ist." In seiner Stimme lag ein ungewöhnlich flehentlicher Unterton.

Oh nein. Sie hatte Darcy bereits gesagt, dass Cerridwen keine typische Vertraute war. Da er jedoch nicht besonders interessiert daran gewesen war, schien das keine Rolle zu spielen. "Ich werde tun, was ich kann. Aber was ist mit meinen Schwestern? Wir müssen sie warnen, dass sie Magierblut haben."

Er seufzte. "Was würde das bringen?"

"Wenn wir es ihnen nicht sagen, wird Lady Anne es tun. Sie hat sie bereits getestet, um zu sehen, ob sie ihre Sendungen hören können."

Er verzog sein Gesicht zu einer Grimasse. "Dann müssen wir das vermutlich tun. Aber nur Jane und Mary. Lydia würde es in die ganze Welt hinausposaunen, und Kitty kann kein Geheimnis vor Lydia bewahren."

Da hatte er recht und es Jane und Mary zu sagen, war besser als nichts. "Dann nur den beiden."

"Diese Ehre fällt dir zu, da es dein Wunsch ist." Ihr Vater nahm sein Buch in die Hand und schlug es auf, damit war sie klar entlassen.

Natürlich würde er ihr die Last aufbürden. Er hasste schwierige Gespräche.

Kapitel 11

ELIZABETH LIESS SICH AUF Janes Bett fallen. "Ich habe es Mary gesagt." Jane über ihr magisches Erbe zu informieren, war nicht schwierig gewesen, da ihre ältere Schwester an den Gedanken gewöhnt war, Talent zu haben, so schwach es auch sein mochte. Mary zu überzeugen, war eine Herausforderung gewesen.

"Wie ist es gelaufen?", fragte Jane.

"Ganz gut. Zuerst dachte sie, ich würde sie aufziehen, aber als sie mich ernst nahm, fragte sie, ob es Bücher gäbe, die sie lesen könne, aus denen sie lernen könnte, wie sie ihre Magie einsetzen kann."

Jane lächelte, als sie sich mit der Bürste durch ihr goldenes Haar fuhr. "Alles andere hat sie sich ebenfalls selbst beigebracht. Warum nicht auch das?"

"Weil es sich vom Landtalent unterscheidet. Magie ist gefährlich und kann tödlich enden. Das ist nichts, mit dem man experimentieren kann. Mr. Darcy musste mich bereits zweimal retten", sagte sie bedauernd.

"Dass dir das gar nicht gefallen hat, kann ich mir vorstellen!"

"Nein, ganz gewiss nicht! Das war es jedoch wert." Es war so aufregend gewesen, ihre neue Fähigkeit zu entdecken. "Es ist mein einziger Trost an dieser verfluchten Ehe, dass ich in der Lage sein werde, neue Magie zu lernen. Das hätte ich niemals für möglich gehalten."

Janes Hand hielt mitten in einem Bürstenstrich inne und sie wandte sich bestürzt an Elizabeth. "Bitte sag das nicht! Es liegt viel Gutes darin, Mr. Darcy zu heiraten."

Elizabeth verzog das Gesicht. Darauf, dass Jane immer das Beste in allem sah, konnte man sich verlassen. "Geld, nehme ich an. Aber meine Verbindung zum Land aufzugeben – das kann ich nicht ertragen. Hier habe ich eine Aufgabe. Ich bin in der Lage, unserer Familie und unseren Pächtern auf eine Weise zu helfen, wie es sonst niemand kann. Sobald ich fortgehe, werde ich nutzlos sein."

Jane lachte leise. "Nur du könntest es nutzlos nennen! Mr. Bingley sagt, dass du in der einzigartigen Position sein wirst, den Krieg zu beenden, und dass es schrecklich dringend ist. All die Hunderttausende, die gestorben sind und all die Menschen, denen sie wichtig waren." Ihre Augen füllten sich mit Tränen, und Elizabeth wusste, dass sie an den armen James Lucas dachte, ihre erste Liebe, doch Jane fuhr tapfer fort. "Oder Mr. Robinson, der nun keine Beine mehr hat, obwohl er ein so guter Reiter war und gerne tanzte? Dieses Blutvergießen zu beenden ist viel wichtiger, als die Ernten eines einzelnen Anwesens aufzubessern."

Ihre Wangen brannten. "Vermutlich hast du recht, doch es fühlt sich nicht so an, als täte ich irgendetwas von Belang, sondern ich bin einfach nur da, damit Mr. Darcy auf mich zurückgreifen kann. Vielleicht ist das törichter Stolz, aber ich möchte selbst etwas erreichen."

Jane nahm ihre Hände. "Und das wirst du auch. Dessen bin ich mir sicher. Du wirst neue Wege finden, dein Talent zu nutzen, um zu helfen, wie du es hier auch schon getan hast. Und dir bietet sich die Möglichkeit, zu reisen. Tante Gardiner erzählt immer wieder von den Schönheiten des Peak Districts, und denk dir nur, du wirst dort leben! Ich kann es kaum erwarten, dich zu besuchen."

"Ich hoffe, das wirst du, und zwar häufig", sagte Elizabeth fest. Wie konnte Jane, die noch nie eine tiefe Verbindung zum Land erlebt hatte, verstehen, was sie aufgab? Aber diesen trüben Gedanken um den Verlust nachzuhängen, würde auch nichts daran ändern. Janes glückliche Zufriedenheit lag nicht in ihrer Natur und würde es auch nie tun, doch sie konnte versuchen, das Augenmerk mehr auf die positiven Seiten ihrer Situation zu lenken.

Und sie konnte daran arbeiten, Napoleon zu besiegen.

Sogleich platzte Mary in den Raum herein, sie hatte sich nicht die Mühe gemacht, anzuklopfen, und sah aufgeregter aus als Elizabeth sie jemals gesehen hatte. "Lizzy, wenn ich Magierblut habe, bedeutet das dann, dass ich einen Vertrauten bekommen kann?"

Elizabeth lachte. Mary hatte schon ihr ganzes Leben lang um eine Hauskatze gebettelt, und ein paar der Stallkatzen hatten sogar besonderes Interesse an ihr gezeigt. "Vielleicht, wenn sich dir einer anbietet. Ich kann mir vorstellen, dass Mr. Darcy dir mehr dazu erzählen könnte."

Endlich war auch der letzte aus einem langen Strom an Besuchern wieder aufgebrochen und hatte Elizabeth erschöpft zurückgelassen. Es war anstrengend, ein Lächeln auf dem Gesicht zu behalten, während sie die Glückwünsche zu ihrer brillanten Partie von einem Nachbarn nach dem anderen entgegennahm. Doch als sie aufstand, sich streckte und dachte, sie sei endlich frei, kam Hill mit gerunzelter Stirn herein.

"Da ist noch jemand, Miss Lizzy." Ihre Brauen zogen sich zusammen. "Zumindest denke ich, dass sie eine Besucherin ist."

Nicht noch mehr! Die Besuchsstunden waren doch schon verstrichen. "Na, sicherlich ist sie entweder das eine oder das andere."

"Sie sagt, sie sei eine Dienerin, aber ich habe noch nie eine solche Dienerin gesehen. Zieht sich komisch an, redet komisch. Und sie kam zur Vordertür herein, nicht durch den Dienstboteneingang hinten."

Elizabeths Schultern sackten herab. "Ich nehme an, der schnellste Weg, sie loszuwerden, ist, wenn ich sie empfange."

Ein paar Augenblicke später führte Hill eine junge Frau, die nach indischer Mode in drapierten Stoffen gekleidet war, herein. Keine solch prächtigen, wie sie Rana Akshaya getragen hatte, aber dennoch wunderschön gemustert. Vielleicht eine Botin der indischen Magica? Schließlich hatte sie versprochen, dass sie sich wiedersehen würden.

"Guten Tag", sagte Elizabeth vorsichtig. "Wie kann ich Ihnen behilflich sein?"

Die Frau knickste. "Die große Rana Akshaya hat mich angewiesen, mich in Ihren Dienst zu stellen."

"Pardon?", hakte Elizabeth verblüfft nach.

"Die große Rana hat erfahren, dass sich Ihr Haushalt in Eile auf Ihre Hochzeit vorbereiten muss, und sie wollte mich als zusätzliches Paar Hände anbieten, um die Last zu erleichtern. Ich bin in allen Aufgaben des Haushaltes geschult, von der Reinigung bis hin zum Dienst als Kammerfrau."

War das in Indien Brauch? "Das ist sehr freundlich, aber ich glaube, unsere Dienstboten haben alles unter Kontrolle." Ihre Mutter würde dem nicht zustimmen, aber es wäre insgesamt zu seltsam, sich eine Dienerin von einer hochgeborenen indischen Magica zu leihen. Vor allem von einer, die mit Darcys Mutter befreundet war.

Ein Schatten zog über das Gesicht des Neuankömmlings. "Ich bin bereit, zu helfen, auf welche Weise auch immer. Sicherlich muss es eine Aufgabe geben, bei der ich mich nützlich machen könnte. Ich kann Böden schrubben oder Wäsche waschen."

Für jede dieser Aufgaben war sie zu gut gekleidet, doch Lizzy nahm eine gewisse Verzweiflung an ihr wahr. Würde Rana Akshaya sie bestrafen, wenn Elizabeth sie zurückschickte? Sie wollte ihr keine Schwierigkeiten bereiten.

Oder handelte sie sich damit womöglich eine andere Art von Ärger ein? Würde sie Rana Akshaya brüskieren, wenn Elizabeth ihr Geschenk ablehnte?

Oh, welch eine verzwickte Lage – und Elizabeth war zu müde, um sich damit zu beschäftigen, aber die arme Frau sah so besorgt aus. "Ist das etwas, dass Rana Akshaya schon einmal getan hat, Sie zu schicken, um jemandem zu helfen, den sie gerade erst kennengelernt hat?"

"Nein. Noch nie zuvor. Aber Sie sind die auserwählte Gefährtin eines Falken, daher möchte sie Ihnen jede Ehre zuteilwerden lassen."

Das war so klar wie Schlamm. Ganz zu schweigen von beunruhigend. Darcy und Lady Anne fanden es seltsam, einen Vogel als Vertrauten zu haben, und Rana Akshaya glaubte, es sei eine ganz besonders große Ehre.

Nun, sie fühlte sich geehrt, dass Cerridwen sich mit ihr verbunden hatte, also sollte sie sich vielleicht auch so verhalten. "Dann danke ich Ihnen und Rana Akshaya für Ihr großzügiges Angebot. Können Sie nähen?"

"Ja, durchaus."

"Das ist eine Aufgabe, bei der ich mich über Hilfe freuen würde. Es wäre schön, an dem Kleid, das ich bei der Hochzeit tragen werde, eine Borte anzubringen, da ich keine Zeit habe, ein ganz neues zu schneidern."

"Ich würde mich freuen, Ihnen dabei zu helfen."

Nun, das war dann geklärt. Sie konnte ihr das Kleid und die Borte geben, und dann hätte sie endlich ein wenig Zeit für sich.

Noch eine Stunde bis zum Abendessen an ihrem letzten Tag als alleinstehende Frau, und Elizabeth war noch immer dabei, die letzten Sachen zu packen. Sie hatte den Tag damit verbracht, über die Felder von Longbourn zu wandern und ihre Energie ein letztes Mal in die Ernte der Pächter fließen zu lassen, bevor sie ging. Darcy würde es nicht gefallen, wenn sie morgen müde wäre, daher wäre es vielleicht besser, es ihm gegenüber nicht zu erwähnen. Ganz sicher würde sie ihm nicht erzählen, dass sie die örtlichen Bauern vor langer Zeit angewiesen hatte, ihren Parzellen jeden Frühling ein paar Tropfen Blut zu geben.

Das Schlafzimmer, das sie sich mit Jane teilte, war bereits ihrer Identität beraubt worden, nur noch die paar Dinge, die sie am Morgen brauchen würde, lagen noch offen da. Bald würde es auf Longbourn keine Spur mehr von ihr geben.

Jane erschien in der Tür und sah besorgt aus. "Lizzy, Lady Anne ist gerade eingetroffen. Kommst du herunter?"

"Jetzt?", Elizabeth verzog das Gesicht. "Nur sie würde denken, es wäre in Ordnung, um diese Tageszeit und am Vorabend der Hochzeit vorbeizuschneien."

Jane zuckte hilflos mit den Schultern. "Sie hat Mama gesagt, sie habe etwas Wichtiges zu besprechen."

"In diesem Fall komme ich auf jeden Fall runter." Sie eilte ins Wohnzimmer, wo ihre anderen Schwestern mit ihrem Gast versammelt waren.

Ihre Mutter sprach, als Elizabeth hereinkam und vor Lady Anne knickste. Mrs. Bennet hielt mitten im Satz inne und verkündete: "Und hier ist unsere Lizzy!"

"Miss Elizabeth, ich freue mich sehr, dass Sie sich uns anschließen können", sagte Lady Anne. "Ich befürchtete, Sie könnten zu sehr mit Ihren Vorbereitungen beschäftigt sein." Hatte die ältere Frau gar darauf gehofft?

"Ich würde keine Gelegenheit versäumen, Euer Gnaden zu sehen", sagte sie bescheiden. Wenigstens war sie ihren jüngeren Schwestern ein gutes Beispiel.

"Wie charmant Sie sind!" Sie wandte sich an Elizabeths Mutter. "Mrs. Bennet, ich muss gestehen, dass dies nicht nur ein reiner Gesellschaftsbesuch ist. Ich möchte mit Ihnen über die Zukunft Ihrer jüngeren Töchter sprechen, wenn Sie gestatten."

Mrs. Bennet fingerte an ihrem Taschentuch herum. "Es wäre mir eine Ehre, alles zu hören, was Euer Ladyschaft zu sagen sich herablassen."

Lady Anne lächelte gnädig. "Ich danke Ihnen. Ihnen ist möglicherweise bewusst, dass Ihre Töchter ein latentes Talent für Magie besitzen. Ich möchte ihnen die Möglichkeit bieten, diese Talente zu entwickeln. Wenn Sie dazu bereit sind, möchte ich insbesondere Miss Mary und Miss Kitty für die gesamte Saison zur Ausbildung mit nach London nehmen."

Elizabeth blieb der Mund offenstehen. War das nicht dasselbe Angebot, das ihr Vater bereits abgelehnt hatte? Wie konnte sie es wagen?

"Eine Saison in London?" Mrs. Bennets Gesicht nahm Farbe an. "Euer Ladyschaft sind sehr großmütig, äußerst großmütig. Mir wird ganz blümerant!"

"Es wäre mir ein Vergnügen. Ich habe viel über Miss Marys lerneifrige Natur gehört. Sollte sie sich mit der gleichen Hingabe der Entwicklung ihres Talents widmen, glaube ich, dass sie das Zeug zu einer guten Magica hat. Miss Kitty hat ebenfalls Potenzial, und falls ihr das Studium nicht gefällt, kann sie wenigstens die Freuden der Saison genießen, ehe sie nach Hause zurückkehrt." Sie wandte sich den Mädchen zu. "Würde Ihnen das gefallen?"

Kitty rief mit weit aufgerissenen Augen: "Oh ja, Mylady! Ich würde es lieben, eine Saison zu haben." Doch dann sah sie traurig aus. "Aber ich habe kein Talent, fürchte ich."

"Dann gestatten Sie mir, die Erste zu sein, die Ihnen sagt, dass Sie in der Tat über Talent verfügen." Lady Anne schien sich nicht zu wundern, dass Kitty dies nicht wusste, oder wenigstens verbarg sie es gut.

Mary sah aus, als wäre Lady Anne ein Engel, der vom Himmel herabgestiegen war, um mit ihr persönlich zu sprechen. "Es wäre mir eine Ehre. Die Ballsaison kümmert mich nicht, aber ich werde sehr, sehr hart studieren und Euch niemals enttäuschen, Euer Ladyschaft."

"Vortrefflich", sagte Lady Anne. "Wie entzückend es sein wird, zwei junge Damen in London in die Gesellschaft einzuführen."

"Was ist mit mir?", platzte Lydia heraus. "Es würde mir nichts ausmachen, Magica zu sein, wenn das bedeutet, dass ich eine Saison bekommen würde!"

Kitty versuchte, ihre Schwester zum Schweigen zu bringen, vielleicht aus Angst, diese unglaubliche Großzügigkeit könnte sich angesichts von Lydias Eskapaden in Luft auflösen.

Lady Anne richtete ihren kühlen Blick auf Lydia. "Sie verfügen über ein gewisses Maß an Talent, das stimmt, aber Selbstdisziplin ist eine notwendige Voraussetzung, um Magie zu studieren. Basierend auf allem, was ich gehört habe, fehlt Ihnen die. Möglicherweise entwickeln Sie sie mit der

Zeit noch." Ihr kühler Ton machte wenig Hoffnung auf ein solches Ergebnis.

Lydias Hände ballten sich zu Fäusten. "Ich möchte trotzdem eine Saison. Es ist ungerecht, dass Kitty eine bekommt und ich nicht!"

Lady Annes Ausdruck wurde hart. "Das ist ein hervorragendes Beispiel dafür, weshalb Sie dafür ungeeignet sind. Eine Saison steht außer Frage. Sie sind zu jung, um sich bereits hinaus in die Gesellschaft zu begeben."

"Ich bin schon ein ganzes Jahr in der Gesellschaft unterwegs!", stieß Lydia hervor.

"Ich kann nicht verstehen, warum. Keine Fünfzehnjährige sollte bereits auf dem Heiratsmarkt sein." Sie sprach mit absoluter Bestimmtheit, ehe sie sich wieder Mrs. Bennet zuwandte. "Ich werde zwei Wochen brauchen, um Vorkehrungen in London zu treffen, und dann werde ich nach Miss Mary und Miss Kitty schicken. Sofern Ihnen das gelegen kommt, Mrs. Bennet."

Mrs. Bennet warf einen besorgten Blick auf Lydia und entschied dann anscheinend, dass zwei Töchter, denen eine Saison zukam, es wert waren, dass eine schmollend zu Hause saß. "Oh, das ist perfekt! Denkt euch! Eine Saison in der Stadt! Mädchen, ihr müsst Ihrer Ladyschaft euer bestes Benehmen zeigen und alles tun, was sie euch sagt."

Lydia lief schluchzend davon. Kitty starrte Lady Anne einfach nur in ehrfürchtiger Stille an.

Elizabeth fand, dass diese Lächerlichkeit nun lange genug andauerte. "Sollten wir nicht die Zustimmung meines Vaters für diese Vereinbarung einholen?" Es war einfacher, als zu sagen, dass er den Plan bereits abgelehnt hatte.

"Oh!", rief Mrs. Bennet. "Hill! Holen Sie sofort Mr. Bennet! Nun, Mädchen, müsst ihr euch bei Lady Anne bedanken."

Mr. Bennet erschien prompt. Seine Augen verengten sich beim Anblick von Lady Anne. "Wie kann ich behilflich sein?"

Mrs. Bennet sprang auf und legte ihre Hand auf seinen Arm. "Oh, Mr. Bennet, denk dir nur, wie wundervoll! Ihre Ladyschaft bringt Mary und Kitty für die Saison nach London!"

"Um Magie zu studieren", fügte Mary hinzu.

"Oh, Papa, dürfen wir gehen? Dürfen wir?", bettelte Kitty.

Mr. Bennets Lippen pressten sich aufeinander. "Wenn die Mädchen gehen wollen, werde ich ihnen nicht im Weg stehen." Er verließ den Raum ohne die Höflichkeit eines Abschieds und hinterließ eine Wolke wütender Missbilligung.

Nachdem Lady Anne gegangen war, suchte Elizabeth ihren Vater auf. "Warum hast du dem zugestimmt, obwohl du vor nicht einmal zwei Tagen dasselbe Angebot abgelehnt hast?"

Er wandte ihr müde die Augen zu. "Weil ich nie auch nur einen Moment Ruhe haben werde, bis sie gehen dürfen. Und wenn ich mich geweigert hätte, würde Lady Anne einfach einen Weg finden, mich zu umgehen, genau wie sie es mit dir getan hat. Ich werde meine Energie nicht so sinnlos verschwenden."

"Oh, Papa!"

"Zumindest hat sie so viel Verstand, Lydia nicht mitzunehmen. Kannst du dir Lydia mit magischen Fähigkeiten vorstellen? Mich schaudert es beim Gedanken daran."

Sie runzelte die Stirn. "Wirst du Granny erzählen, was geschehen ist?"

Er rieb sich mit der Hand über die Stirn. "Ich muss ihr schreiben, nehme ich an. Diese dummen Mädchen werden dieser Frau alles über sie erzählen, also müssen wir sie vorwarnen."

Er war eindeutig entschlossen, sie gehen zu lassen, und sie konnte nichts dagegen tun. Sie sagte: "Wir können nur auf das Beste hoffen." Und sie betete, dass Darcys Mutter mehr Freundlichkeit und Güte in ihrem Herzen besaß, als sie bisher gezeigt hatte. "Wir sehen uns beim Abendessen."

"Warte, Lizzy. Ich habe ein Geschenk für dich."

Er ging zum Bücherregal hinter seinem Schreibtisch und hob eine Holzkiste aus dem unteren Fach. Diese schloss er mit einem Schlüssel aus seinem Schreibtisch auf und hob vorsichtig ein mit Tüchern umwickeltes Bündel heraus.

Neugierig beugte sich Elizabeth vor, als er das Tuch zurückklappte, um drei kleine Bände zu enthüllen. Sie schnappte nach Luft. Die ihr wohlbekannten, aufwendig verzierten Umschläge passten zu ihren beiden arabischen Zauberbüchern.

"Ich habe diese vor dir geheim gehalten, damit sie dich nicht dazu verleiten, mit Magie zu experimentieren", sagte er bedauernd. "Nun, da du es selbst herausgefunden hast, kannst du sie ebenso gut haben. Zumal mir keine Zeit bleibt, um dir beizubringen, was ich weiß."

Ehrfürchtig hob Elizabeth das oberste Buch hoch und öffnete es vorsichtig, um die innenliegende Titelseite zu lesen. *Die Kunst der Lüfte beherrschen.* Sie sog scharf die Luft ein. Welche Schätze würde sie darin finden? Noch mehr Geheimnisse, die für Generationen verloren gegangen waren? Sie griff nach dem zweiten Buch. *Über die Künste des Scheins und der Wahrnehmung.* Vielleicht Illusionen? Und das dritte trug den Titel *Über die Geschicke der Drachen.*

Sie sah zu ihrem Vater auf. "Mr. Hadid hat nie erwähnt, dass es noch mehr Bücher gibt."

"Ich habe ihn gebeten, es nicht zu tun. Ich hatte gehofft, du würdest diesen Teil deines Talents nie entdecken. Wie du bemerkt hast, ist es nicht sicher."

Diesen Punkt würde sie nicht bestreiten. "Ich danke dir für die Bücher."

"Versprich mir, dass du nicht die ganze Nacht aufbleiben und sie lesen wirst. Wir können dich morgen nicht am Altar einschlafen lassen."

Sie lächelte. "Ich werde sie bis nach meiner Abreise aufbewahren. Und ich sollte Granny heute Abend schreiben." Ihr Vater war immer langsam beim Verfassen von Briefen, und dieser war wichtig.

"Gut. Das verschafft ihr Zeit, Schutzmaßnahmen vorzubereiten, falls Lady Anne beschließt, nachzuforschen. Sie hat mir vielleicht nicht geglaubt, dass es dort keine weiteren Fitzwilliam-Nachkommen gibt."

Elizabeth nickte. Dann ging sie nach oben, um ihre letzte Nacht in Longbourn zu verbringen und ein Schreiben mit all den jüngsten Ereignissen sowie einer großen Anzahl von Fragen zu verfassen. Ein oder zwei Tränen kullerten, als sie die letzten Worte schrieb: "Bitte sende deine Antwort nach Pemberley."

Sie legte den Brief in den Stapel der ausgehenden Post und schlief zum letzten Mal in ihrem eigenen Bett ein.

Kapitel 12

AM NÄCHSTEN MORGEN LUGTE Janes Kopf um die Tür. "Oh, da bist du ja! Ich habe mich gefragt, ob dir etwas geschehen ist." Dann, als Elizabeth sich ihr zuwandte, keuchte sie auf. "Gütiger Himmel! Wie hast du das gemacht? Du siehst so schön aus!"

Elizabeth streckte die Arme aus und drehte sich langsam im Kreis. "Erstaunlich, nicht wahr? Diese indische Dienerin hat das vollbracht. Sie hat mein Kleid gestern nach Netherfield mitgenommen, um die neuen Borten fertig anzunähen, und heute Morgen hat sie es so zurückgebracht!"

Es war kaum mehr als ihr schlichtes Tageskleid zu erkennen. Jetzt wurde es von einem breiten Band mit Stickerei am Saum und einem neuen Überrock aus Gaze geschmückt, dessen metallische Fäden funkelten. Auch die Ärmel hatten einen passenden Überfang bekommen. Das gesamte Oberteil war mit feiner Spitze gesäumt.

"Und schau dir diesen Schal an! Ich fühle mich wie Kaiserin Josephine!" Ein solch prächtiges Kleidungsstück hatte sie noch nie besessen.

"Wie um alles in der Welt hat sie das so schnell fertiggebracht? Und woher hat sie den Stoff? Der ist nicht aus dem Kurzwarenladen in Meryton."

"Zweifellos ist sie die ganze Nacht wach geblieben. Sofern Rana Akshaya nicht gewohnheitsmäßig mit allen möglichen Besätzen und Stoffen reist, muss sie dafür ein anderes Kleid aufgetrennt haben. Weshalb sie etwas so

Radikales tun würde, ist mir schleierhaft, aber es schien ungehobelt, es abzulehnen."

"In der Tat konntest du das nicht tun! Und ich bin sicher, Rana... Rana..."

"Rana Akshaya", half ihr Elizabeth.

"Zweifellos hofft sie, Lady Anne mit diesem Geschenk zu erfreuen."

Lady Anne Darcy. Ihre Hochzeit. Longbourn verlassen. Das gesamte Gewicht fiel wieder auf ihre Schultern zurück, nachdem sie sich kurz mit dem neu gestalteten Kleid abgelenkt hatte. "Zumindest werde ich ein Kleid haben, für das ich mich nicht schämen muss, wenn ich Pemberley erreiche", sagte sie, um Leichtigkeit bemüht. "Wenn auch nur die Hälfte dessen, was Miss Bingley sagt, wahr ist, werden meine Kleider nicht annähernd fein genug sein."

"Unsinn", sagte Jane bestimmt. "Und es wäre nicht einmal von Belang, wenn du Lumpen trügst. Mr. Darcy muss dich heftig lieben, um auf eine so schnelle Hochzeit zu bestehen."

Wie ähnlich es Jane doch sah, aus dieser seltsam arrangierten Ehe eine Liebesheirat zu machen. Aber wenn sie sich damit besser fühlte, würde Elizabeth ihr nicht widersprechen. Ihre Zukunft mochte wenig Freude bereithalten, aber sie wollte nicht, dass ihre Schwester ihretwegen traurig war.

Und selbst wollte sie auch nicht zu genau darüber nachdenken, nicht, wenn ihr nur noch eine Stunde als Elizabeth Bennet von Longbourn blieb.

"Nun, Lizzy, ich bezweifle, dass ich gleich noch in der Lage sein werde, zusammenhängende Sätze zu formen, daher werde ich mich jetzt verabschieden", sagte Mr. Bennet, als sie die Kirchentür erreichten. "Ich hoffe, Darcy entpuppt sich als anständiger Kerl. Ich mag ihn lieber, seit ich weiß, dass er seiner Mutter misstraut."

Elizabeth wollte sich nicht streiten, nicht heute. Ihr Ziel war es, diese Zeremonie zu überstehen, ohne zu weinen. "Ich glaube, unter all diesem Stolz steckt ein guter Mann. Vielleicht werden ein paar Neckereien seinen Schild der Überlegenheit durchdringen", sagte sie leichthin.

"Wenn jemand das fertigbringt, dann du." Es war ein ungewöhnlicher Vertrauensbeweis, und sie wusste ihn zu schätzen. Er hielt ihr die Kirchentür auf. "Nun denn, gehen wir es an."

Ihr kam es so unwirklich vor, als sie am Arm ihres Vaters den Gang hinunterging. Sicherlich spielten sie nur Theater.

Ihr Vater versteifte sich, als sie sich dem Altar näherten, an dem Darcy stand, der ebenfalls erstarrte. Armer Mann, sich bei seiner eigenen Hochzeit der Qual der Abstoßung stellen zu müssen!

Der Pfarrer begann den vertrauten Gottesdienst, aber anstatt sich von den Worten berieseln zu lassen, drängte Elizabeth ihn im Geiste, sich zu beeilen, schneller zu sprechen, damit ihr Vater seinen einen Satz sagen und sich in die Bank zurückziehen konnte, ein paar Meter weiter von Darcy entfernt. Aber ihr entging nicht, wie ihr Bräutigam, der sich sichtlich bemühte, die Fäuste nicht zu ballen, es dennoch schaffte, ihr zu versprechen, sie zu lieben, zu trösten und zu ehren.

Nun war sie an der Reihe, "ich will" zu sagen und sie tat es mit fester Stimme, da sie sich mehr um die beiden gequälten Männer neben ihr sorgte, als um sich selbst.

Schließlich fragte der Priester: "Wer übergibt diese Frau in die Ehe mit diesem Mann?" Ihr Vater trat vor, unfähig, ein sanftes Stöhnen des Schmerzes zu unterdrücken, ehe er mit erstickter Stimme "Ich" herauspresste.

Gott sei Dank hatten sie diesen Teil beinahe geschafft!

Mr. Bennet übergab ihre Hand dem Pfarrer und trat zurück. Das war es nun also wirklich. Nun war sie an Darcy gebunden, nicht mehr an ihren Vater.

Dann, sobald sie die Wärme von Darcys Hand spürte, als der Priester sie in seine übergab, keuchten zwei Leute auf, einer hinter ihr und der andere an ihrer Seite. Darcy taumelte leicht, und dann verzog sich sein Gesicht zu einem breiten Grinsen, als er sein Ehegelübde mit festerer Stimme wiederholte. Wenn sie es nicht besser wüsste, dächte sie, er wolle sie wirklich bis in den Tod lieben und ehren.

Sie zog ihre Hand aus Darcys, als der Priester sie anwies, dies zu tun. Augenblicklich wurde er weiß und griff sofort mit seiner Hand nach ihrer linken.

Was um alles in der Welt tat er? Es musste sehr seltsam aussehen! Aber sie nahm seine rechte Hand in ihre, verschlang ihre Finger mit seinen und wiederholte ihre Gelübde.

Irgendwie gelang es Darcy, ihre Hand nicht loszulassen, selbst als er den Ring zuerst auf die Bibel legte und ihr dann an den Finger steckte, obwohl der Pfarrer ihm tadelnde Blicke zuwarf.

Dann knieten sie zum Segen nieder, Darcy umklammerte noch immer fest ihre Hand, und sie hatte endlich einen Moment Zeit zum Nachdenken.

Irgendwie musste sich ihre Immunität gegen Abstoßung auf ihn übertragen. Das war nicht geschehen, als sie ihren Vater berührt hatte. War dies ein weiteres Beispiel dafür, dass ihre Magie sich miteinander verbinden konnte?

Vielleicht war tatsächlich etwas daran, wenn er darauf beharrte, dass sie zusammenarbeiten mussten.

Sie erhoben sich wieder, um zu Mann und Frau erklärt zu werden. Darcys Lippen drückten sich sanft, zärtlich gegen ihre, und etwas schien in ihr zu schmelzen. Es war wieder vorbei, bevor es richtig begonnen hatte, und viel zu früh.

Sie war mit ihm verheiratet.

Darcy hielt Elizabeths Hand fest, bis die Kutsche das Dorf schon halb durchquert hatte. Das sollte eine sichere Entfernung sein. In der Tat fühlte er keinen Schmerz, als er sie losließ. "Ich danke dir", sagte er.

Sie hielt ihre Hand vor sich und betrachtete sie. "Dann hat es mit der Abstoßung geholfen?"

"Sie verschwand auf wundersame Weise vollkommen, sobald du mich berührtest. Ich hatte unterschätzt, wie schwierig es sein würde, so nahe bei deinem Vater zu stehen." Er war kurz davor gewesen, schreiend aus der Kirche zu rennen.

"Aber du hattest zuvor schon einmal mit ihm gesprochen." Zumindest klang sie nur neugierig, anstatt verärgert.

"Da lag der ganze Raum zwischen uns, nicht nur ein paar Meter. Die Abstoßung wird stärker, je näher er mir kommt."

"Bei deiner ersten Hochzeit musst du noch näher bei deiner Frau gestanden haben."

Daran wollte er heute nicht denken, aber Elizabeth verdiente eine Antwort. "Sie war meine Cousine, was die Abstoßung bis zu einem gewissen Grad reduziert hat, und wir wurden beide mit Laudanum und Calendula behandelt, was es erträglicher machte."

Sie runzelte die Stirn. "Calendula? Was bewirkt das?"

"Es blockiert vorübergehend die Fähigkeit, sein Talent einzusetzen, was die Abstoßung vermindert. Leider blockiert es auch die Fähigkeit, klar zu denken. Der Pfarrer musste uns unsere Gelübde Wort für Wort nachsprechen lassen, da wir uns nicht einmal lang genug konzentrieren konnten, um uns einen ganzen Satz zu merken."

Ihre Lippen zuckten. "Das klingt beschwerlich, jedoch amüsant, es sich vorzustellen."

Und plötzlich konnte auch er die humorvolle Seite daran sehen; wie er und Anne durch ihr Gelübde gestolpert waren, das sie kaum verstehen konnten, während die Zeugen sie an den Armen festhielten, um sie am Umherwandern zu hindern. "Deine Hand zu halten ist viel besser als Calendula zu nehmen. Meine Mutter wird dieser Effekt interessieren."

Der ganze Humor verließ ihr Gesicht. "Ja, deine Mutter", sagte sie kalt. "Sie muss ihre Finger bei allem im Spiel haben. Hat sie dir gesagt, dass sie zwei meiner Schwestern mitnimmt?"

Verwirrt sagte er: "Ja. Freust du dich nicht, dass sie ausgebildet werden und eine Saison bekommen? Sie sagte, sie seien sehr aufgeregt über diese Zukunftsaussichten."

"Ausbildung, eine Saison und die Aussicht darauf, unter Drogen gesetzt zu werden, um die Anwesenheit des Mannes auszuhalten, den sie heiraten müssen. Wie charmant." Ihre Worte waren kalt wie Eis.

"Niemand wird zu einer solchen Ehe gezwungen", sagte er unbehaglich. Er wollte nicht daran denken, wie oft ihm gesagt worden war, dass die Zukunft Großbritanniens von seiner Heirat mit Anne abhing.

"Ist unsere Ehe nicht genau so zustande gekommen? Und ich glaube nicht, dass meine Urgroßmutter von zu Hause weggelaufen ist und ihren eigenen Tod vorgetäuscht hat, um einer Verheiratung zu entgehen, wenn sie einfach nein hätte sagen können."

"Viele von uns sehen es als unsere Pflicht an -"

"Hat deine Mutter erwähnt, dass mein Vater sich ausdrücklich geweigert hat, dass sie meinen Schwestern eine Saison anbietet, und dass sie hinter seinem Rücken gehandelt hat, um sie mit ihren Versprechen so zu begeistern, dass ihm keine andere Wahl blieb, als zuzustimmen?" Ihre Augen funkelten vor Wut.

Ein schweres Gewicht schien sich auf ihn zu legen. "Nein. Das war mir nicht bewusst."

"Glaubst du, es war akzeptabel, dass sie die Einwände meines Vaters ignoriert hat, nur damit sie ihren Willen durchsetzen konnte?" Sie spie ihm die Herausforderung ins Gesicht.

Getroffen, sagte er: "Natürlich nicht. Sie muss es als ihre Pflicht angesehen haben, potenzielle Magier zu rekrutieren, aber sie hätte die Wünsche deines Vaters nicht ignorieren sollen."

"Du hast dasselbe gemacht."

Das war genug. Seine Fingernägel bohrten sich in seine Hose. "Ich ließ Bingley deinem Vater erklären, weshalb es notwendig war. Ich habe nie hinter seinem Rücken gehandelt und habe auch nicht versucht, dich zu überzeugen, als er seine Erlaubnis verweigert hatte."

Das nahm ihr den Wind aus den Segeln, sie sank auf den Sitz zurück und verschränkte die Arme. "So viel muss ich dir zugestehen", sagte sie widerwillig.

"Danke dir dafür." So wenig ihm das auch bringen würde.

"Zum Teil aber auch, weil es klar ist, dass du deiner Mutter ebenfalls nicht traust."

Er wollte diesen Streit beenden, sagen, dass es Unsinn sei, oder sie einfach ignorieren, wie er es mit jedem anderen getan hätte, der eine so unverschämte Aussage machte. Aber er hatte gerade erst versprochen, sie zu lieben, zu trösten und zu ehren. Und aus welchem Grund auch immer, lag ihm immer noch viel an ihrer guten Meinung von ihm.

Er rieb sich die Stirn. "Meine Mutter war lieb zu mir, als ich ein Kind war. Später änderte sie sich. Jetzt steht ihre Pflicht über allem, und manchmal ist sie übermäßig zielstrebig, was ihre Aufgaben anbelangt."

Sie nickte, als beschwichtige sie diese Antwort ein wenig. "Hat sie dich dazu gedrängt, deine Cousine zu heiraten?"

Zumindest darauf war die Antwort einfach. "Nicht im Geringsten. Damals glaubten wir, dass meine Mutter schon lange tot sei, daher kann sie von jeglicher Verantwortung dafür freigesprochen werden." Er fühlte sich verpflichtet hinzuzufügen: "Das heißt nicht, dass mich niemand zu der Ehe ermutigt hat. Es gab definitiv Druck, aber nicht von meiner Mutter."

Sie starrte ihn an. "Du dachtest, sie wäre tot?"

"Ja. Sie verschwand, als ich zwölf war." Selbst jetzt schmerzte seine Kehle bei der Erinnerung an ihren Verlust, an die Monate, die er benommen vor Trauer verbracht hatte.

"Sie verschwand?"

"Ohne ein Wort. Zuerst hofften wir alle, dass sie zurückkehren würde. Wir haben gesucht und auf sie gewartet. Schließlich haben wir akzeptiert, dass sie tot sein musste. Da sie weg war, gab es keine gute Kandidatin für den Posten der Hofmagica. Meine Cousine, Anne de Bourgh, wurde für ihre Nachfolge ausgewählt, obwohl sie krank und für diese Aufgabe ungeeignet war. Ich habe getan, was ich konnte, um zu helfen." Einschließlich, sie zu heiraten.

Daran dachte er jetzt besser nicht und auch nicht an Annes verrückte, gefährliche Mutter. Er fuhr fort: "Als sie starb, hofften wir, abwarten zu können, bis meine Schwester in ihre Fähigkeiten hineingewachsen wäre und die Position übernehmen könnte. Georgiana war die Tochter von zwei der stärksten Talente des Königreichs, die eben aus diesem Grund – um sie zu zeugen – zusammengeführt wurden. Aber zum Entsetzen aller hat sie keine Spur von Talent."

Sie biss sich auf die Lippe. "Ich wusste gar nicht, dass du eine Schwester hast. Wir hatten wenig Zeit, uns kennenzulernen, nicht wahr?"

"Nein." Und je weniger sie zu diesem Zeitpunkt über Georgiana wusste, desto besser.

Sie schien darauf zu warten, dass er mehr sagte, aber als er schwieg, fragte sie: "Was hast du getan?"

"Ich habe versucht, über die Runden zu kommen. Der Druck war furchtbar, denn die Magierin des Königs ist unsere letzte Verteidigung, und Napoleons Macht wuchs." Und tat es immer noch.

"Aber deine Mutter lebt offenbar."

Er zwang sich, in die Gegenwart zurückzukehren. "Ja. Zwölf Jahre nach ihrem Verschwinden kehrte sie zurück, sah keinen Tag älter aus und trug dieselben Kleider."

Elizabeths Augen weiteten sich. "Sie war in Faerie, dem Reich der Feen?", wisperte sie.

"Ja. Nach ihrer Rückkehr wurde sie wieder zur Magierin des Königs. Aber was für sie ein Tag war, waren für mich zwölf lange, schwere Jahre gewesen, und wir waren einander fremd geworden. Ich habe nie wieder dasselbe für sie empfunden."

Elizabeth runzelte die Stirn. "Aber wenn man sie in Faerie festhielt, war das kaum ihre Schuld."

"Sie wurde nicht festgehalten. Sie reiste absichtlich dorthin, weil sie glaubte, dass ihr Talent es ihr ermöglichen würde, zu ihren eigenen Bedingungen zurückzukehren." Seine Stimme klang rau.

Sie wurde blass. "Ich verstehe. Ist das der Grund, weshalb du ihr nicht vertraust?"

"Einer der Gründe. Ich sehe sie nur noch selten, weil sie darauf besteht, dass ich wieder heirate und mehr Magier hervorbringe, was ich abgelehnt habe. Zumindest bis ich dich kennengelernt habe. Sie war mehr als überglücklich über die Nachricht von unserer Verlobung." Ironie lastete auf seinen Worten.

Elizabeth verzog das Gesicht. "Das überrascht mich nicht."

Etwas, das sie zuvor über ihre Urgroßmutter gesagt hatte, hatte ihn nicht losgelassen, und schließlich fügten sich die Teile zusammen. "An dem Tag, an dem du zugestimmt hast, mich zu heiraten, hast du mir gesagt, dass deine Urgroßmutter dich aufnehmen würde. Meintest du damit Lady Amelia Fitzwilliam?"

Sie schaute weg. "Ich hatte vergessen, dass ich das gesagt hatte. Ja, ich glaube schon, wenngleich ich nie wusste, aus welcher Familie sie ursprünglich stammte."

"Dann ist sie noch am Leben?"

Die Farbe wich aus Elizabeths Wangen. "Wir hatten gehofft, das verschleiern zu können. Wahrlich, es wäre deutlich besser, wenn deine Mutter nie erfährt, dass sie noch lebt. Meine Urgroßmutter verachtete ihre Familie. Es gäbe kein glückliches Ende, wenn deine Mutter sie aufsuchen würde."

"Aber das ist doch alles sicherlich in der Vergangenheit. Sie ist meiner Mutter noch nie begegnet und es ist ja nicht so, als könnte man sie jetzt noch verheiraten." Die Fitzwilliams mochten autokratisch sein, aber böswillig waren sie nicht.

Sie zuckte mit den Schultern. "Ich habe keine Ahnung. Als ich sie das letzte Mal sah, war ich noch ein Kind. Aber ich bitte dich, sag deiner Mutter nicht, dass sie noch lebt."

"Wenn das dein Wunsch ist." Es war ja nicht so, als ob irgendjemand aus einer Frau in diesem Alter viel Sinnvolles herausbrächte, und seine Mutter hatte Elizabeth ohnehin bereits zu viel Ärger bereitet.

Es war kaum Mittag, und Elizabeth war schon erschöpft. Vielleicht würden Bräute, die sich über ihre Ehe freuten, ihren Hochzeitstag nicht als so anstrengend empfinden, aber jedes Mal, wenn sie versuchte, nicht zu verzweifeln, erinnerte sie etwas an all das, was sie zurückgelassen hatte. Selbst der Schock, Lady Annes Geschichte zu hören, konnte sie nur kurz von ihren Sorgen ablenken. Außerdem gefiel es ihr gar nicht, ihren Mann anflehen zu müssen, Grannys Existenz geheim zu halten. Hätte sie doch nur nie erwähnt, nach Wales zu fliehen!

Und die heutige Nacht wäre ihre Hochzeitsnacht, mit einem Mann, den sie kaum kannte, auf dem Weg zu einem Ort, der ihr vollkommen fremd war.

Als sie Hatfield erreichten, bogen sie auf die große Landstraße gen Norden ab. In den seltenen Fällen, in denen sie hier unterwegs gewesen war, war ihre Familie immer in den Süden nach London oder nach Westen in Richtung Wales abgebogen. Jetzt betrat sie tatsächlich Neuland. Als die Kutsche Fahrt aufnahm, fragte sie: "Wie lange dauert es, bis wir Pemberley erreichen?"

"Wir werden zwei Nächte unterwegs sein. Im Sommer, wenn die Tage länger sind, kann man das in zwei Tagen schaffen, aber jetzt geht das nicht."

Drei Tage würde sie mit ihm in dieser Kutsche feststecken! An die Nächte wollte sie nicht einmal denken.

Es ließ sich jedoch nicht ewig vermeiden, also nahm sie ihren Mut zusammen. "Was glaubst du, wo wir heute Abend Rast machen werden?"

"Stilton, wenn wir gut Strecke machen, oder Alconbury, sollten wir das nicht schaffen. Beide haben ausgezeichnete Rasthöfe." Er hielt inne und schien etwas abzuwägen. "Du wirst dein eigenes Zimmer im Gasthaus haben. Es ist von entscheidender Bedeutung, dass unser Kind in Pemberley gezeugt wird. Bitte verzeih die Unschicklichkeit, das zur Sprache zu bringen. Ich dachte, das wüsstest du vielleicht gerne."

"Danke, dass du mich über deine Pläne informiert hast", murmelte sie. Eine Atempause, wenn auch nur sehr kurz. Ein eigenes Zimmer, in dem sie allein sein konnte und diese Fassade nicht weiter aufrechterhalten musste.

Danach sagte er nur noch wenig. Sie beobachtete, wie die Landschaft vor dem Fenster vorbeizog, aber ihr Geist reiste immer wieder zu ihrer letzten Verbindung mit dem Land in Longbourn zurück: Als ihr Talent in den Boden geflossen war und die Wurzeln der Apfelbäume im Obstgarten an der Kirche genährt und die schlummernden Knospen unterstützt hatte, die im Frühling zu Blüten aufbrechen würden, die sie nie zu Gesicht bekommen würde. So wie sie nie wieder diese tiefe Verbindung zu dem Land haben würde. All das hatte sie geopfert, zusammen mit ihrem Leben mit ihrer Familie und all den Pächtern auf Longbourn, denen sie geholfen hatte, den Freunden, von denen sie sich verabschiedet hatte, und all jenen, für die keine Zeit geblieben war, um sie noch einmal zu sehen.

Darüber nachzugrübeln, half jedoch auch nicht weiter, also nahm sie das Buch heraus, das sie mitgebracht hatte, um sich abzulenken. Ein geliebter, alter Band mit Drachengeschichten, den ihr Granny vor vielen Jahren geschenkt hatte. Nur waren es Geschichten von Unschuld, aus einer alten Zeit, bevor Napoleons Drachen Soldaten abschlachteten. Dennoch beruhigte es sie, die bekannten Legenden von Drachen zu lesen, die Menschen vor Überschwemmungen und Erdrutschen retteten, die zusammen mit ihren menschlichen Begleitern reisten, um Entdeckungen zu machen und das Unbekannte zu erkunden, die dafür bekannt waren, anständig und gerecht zu sein. Die Abwesenheit von Drachen in dieser modernen Welt hatte sie stets bedauert. Sie hätte sich nie vorstellen können, was ihre Rückkehr sie kosten würde.

Vorerst würde sie sich mit den heroischen Drachen in die Vergangenheit begeben, denn das war besser, als diese lange Reise weinend zu verbringen und all das zu betrauern, was sie verloren hatte.

Sie hielt ihre Nase im Buch vergraben, bis sie anhielten, um die Pferde zu wechseln. Obschon selbst die Abenteuer von Ethelreda der Weisen und ihrem Drachen Blackthorn sie nicht vergessen lassen konnten, was sie zurückgelassen hatte, geschweige denn, dass sie jetzt mit dem beinahe Fremden verheiratet war, der ihr gegenüber saß.

Es wäre nur ein kurzer Zwischenstopp, aber es gab da etwas, was sie tun wollte, ein wunder Punkt, an dem herumzustochern sie nicht widerstehen konnte. Sie stieg aus der Kutsche und ging zur Seite des Stallhofs, wo sich ein Grasbüschel zwischen den Pflastersteinen hindurchgedrängt hatte, das sich nun ob der Winterkälte braun verfärbte. Sie zog ihren Handschuh aus und streckte die Hand nach unten, um es zu berühren, aber alles, was sie fühlen konnte, waren die einzelnen Halme, die gegen ihre Finger streiften. Kein Kribbeln, das anzeigte, dass es lebendig war, kein Gefühl der Wurzeln, die sich unter den Steinen hindurchbohrten. Nichts.

Es war weg. Sie war zu weit von Longbourn und dem Boden entfernt, der sie genährt hatte. Erwartet hatte sie es, aber es tat dennoch weh, wie ein Sinn, der ihr genommen worden war und sie nur halb präsent in der Welt zurückließ.

Du hast immer noch mich. Es war Cerridwen, die weit über ihrem Kopf schwebte.

Immerhin etwas. *Ja, mein Liebes, dich habe ich noch, und dafür bin ich dankbar.* Sonst wäre sie wirklich verzweifelt gewesen.

Aber was den Verlust ihres Landsinns anbelangte, konnte sie nichts ausrichten. Langsam machte sie sich auf den Weg zurück zur Kutsche, die Leere hallte in ihr wider.

Darcy beobachtete mit einem besorgten Stirnrunzeln, wie seine neue Ehefrau den Hof überquerte. Trotz der kalten Luft hatte sie nicht hineingehen wollen, sondern sich stattdessen entschieden, auf diesem nichtssagenden Stücken Erde umherzuwandern.

Er hatte gehofft, dass diese Reise ihr Zeit verschaffen würde, ihn besser kennenzulernen, aber anscheinend hatte sie kein Interesse daran, besonders, nachdem sich seine Mutter bei ihren Schwestern eingemischt hatte.

Überrascht hatte es ihn nicht, dass seine Mutter solche Ränke schmiedete, aber Elizabeth gab ihm eindeutig auch die Schuld daran. Als hätte er in irgendeiner Weise Kontrolle über das, was seine Mutter tat.

Sein Kiefer mahlte. Es war nicht das erste Mal, dass er mit den Folgen der Entscheidungen seiner Mutter konfrontiert wurde, aber dies war eine persönliche Angelegenheit. Er wollte, dass Elizabeth ihn gern hatte. Oder ihn zumindest für interessanter als dieses alte, abgegriffene Buch hielt.

Aber die letzten paar Tage mussten schwierig für sie gewesen sein, und vielleicht brauchte sie einfach Zeit, um sich an die Ehe zu gewöhnen. Er würde tun, was er konnte, damit sie sich auf dieser langen Reise wohlfühlte.

Schließlich kehrte sie zum Wagen zurück, und er folgte ihr. Draußen wartete ein Diener des Wirtshauses mit einem großen, dampfenden Becher in der Hand. Gut. Der Wirt hatte seinem Ruf, zügig und zuvorkommend zu bedienen, alle Ehre gemacht.

"Ich habe sie gebeten, dir Tee zu bringen", sagte Darcy zu Elizabeth. "Und sie haben dir neue heiße Ziegelsteine für die Füße ausgelegt."

"Ich danke dir", murmelte sie, sah ihm aber nicht in die Augen und auch den Tee nahm sie nicht, bis er ihn ihr direkt reichte. Immerhin trank sie dann einen Schluck davon.

Nein, sie würde sich nicht für ihn erweichen. Er konnte genauso gut akzeptieren, dass er für sie nichts weiter als ein Fremder sein würde.

Kapitel 13

ELIZABETH WÜRGTE DEN TEE hinunter, den Darcy ihr besorgt hatte. Wenigstens wärmte das ihren Körper ein wenig, auch wenn nichts ihre Stimmung heben konnte. Ihr einziges Ziel war es, die Fassung zu bewahren oder zumindest nicht in Tränen auszubrechen. Das wäre nicht hilfreich.

Aber er stellte ihr immer wieder Fragen, zog die Decken über ihrem Rock zurecht, um sie warmzuhalten, als ob das einen Unterschied machen könnte. Sie antwortete mit so wenigen Worten wie möglich und versuchte, das Schluchzen zu unterdrücken, das sich jedes Mal einen Weg nach oben suchen wollte, wenn sie sprach.

Schließlich fragte er mit einer gewissen Verzweiflung in der Stimme: "Was kann ich tun, um es dir leichter zu machen?"

Sie schluckte schwer. "Es ist lieb, dass du dich sorgst. Ich kann nicht anders, ..." Nein, *mir bricht das Herz* zu sagen, wäre nicht gut. "...ich bin einfach traurig über das, was ich zurückgelassen habe." Konnte er nicht sehen, dass sie allein sein musste?

Aber anscheinend hielt sich sein Mitgefühl in Grenzen, wie die Wut in seiner Stimme zeigte. "Elizabeth, es tut mir leid, dass du mich gegen deinen Willen heiraten musstest. Es tut mir leid, dass du Longbourn vermissen wirst. Aber mir erschließt sich nicht, warum dies ein so tragisches Schicksal für dich ist. Du wirst eine sehr wohlhabende Frau mit einem schönen Heim sein."

Wut stieg in ihrer Brust auf. Wie konnte er sich erdreisten? "Reichtum ist mir gleichgültig! Longbourn ist ein Teil von mir, und es zu verlassen, fühlt sich an, als wäre mir das Herz herausgerissen worden. Auf Pemberley werde ich ein Nichts sein, unfähig, mein Talent zu gebrauchen, unter völlig Fremden leben. Und du bietest mir Reichtum an." Sie schleuderte ihm das Wort förmlich entgegen.

"Dann kehre nach Longbourn zurück, wenn es dir so wichtig ist! Alles, was ich von dir möchte, ist dass du auf Pemberley bleibst, bis unser Kind geboren wurde – falls wir eines bekommen sollten – und dann wärst du frei, zu tun, was immer du möchtest, einschließlich nach Longbourn zurückzukehren", blaffte er.

Sie hielt den Atem an. "Das würdest du zulassen?"

Er stieß ein raues Lachen aus. "Wie sollte ich dich aufhalten?"

"Ganz einfach! Alles, was du sagen musst, ist: 'Frau, du darfst nicht gehen.'" Was stimmte nicht mit ihm?

Er betrachtete sie so lange, dass sie nervös wurde. Schließlich sprach er in einem veränderten, distanzierten Ton. "Elizabeth, verstehst du, was meine Mission ist?"

Sie betrachtete ihre behandschuhten Hände, denn das war sicherer, als ihm zu sagen, dass sein Angebot keinen Sinn ergab. "Du sollst Attentäter begleiten, die Napoleon töten werden."

"Was glaubst du, wird mit mir geschehen, wenn wir Erfolg haben? Glaubst du, Napoleons Offiziere werden sagen: 'Gut, jetzt geh nach Hause?' Nein. Sie werden uns töten." Immer noch in demselben, distanzierten Ton.

Ihr Mund wurde trocken.

"Und wenn wir scheitern? Dann wird Napoleon nicht 'Beim nächsten Mal habt ihr mehr Glück' sagen. Nein, er wird uns hinrichten lassen, wenn er uns nicht direkt auf der Stelle abschlachtet."

Ihr blieb der Atem in der Kehle stecken. Das konnte nicht wahr sein. "Aber du wärst ein Kriegsgefangener. Werden sie keinen Austausch mit dir vornehmen?"

Seine Lippen verzogen sich. "Das gilt nur für Offiziere, nicht für Spione und Mörder. Keiner von uns wird von dieser Mission zurückkehren. Diesen Preis haben wir akzeptiert. Du hingegen wirst eine reiche Witwe sein, die überall hingehen kann, wo sie sein möchte. Du kannst auf Longbourn wohnen. Du kannst erneut heiraten und eine Familie gründen. Ich werde nicht da sein, um Einwände zu erheben." Mit diesen letzten, schweren Worten wandte er sich von ihr ab.

Nein. Das war unmöglich. "Aber du kannst dich unsichtbar machen! Alles, was du tun musst, ist weglaufen!"

"Für ein paar Minuten bringe ich es fertig, unsichtbar zu sein, nicht lange genug, um aus einem Palast voller Soldaten zu entkommen. Und auch nur dann, wenn ich über eine ausreichende Energiereserve verfüge, die ich nicht haben werde, nachdem ich eine Illusion geschaffen habe, die mächtig genug ist, um Hunderte von Menschen zu täuschen. Dafür werde ich alles geben müssen, was ich habe."

Alles, was ich habe. Die Worte schienen durch die Kutsche zu hallen. Was hatte er ihr an jenem Tag in dem Tempel gesagt, dass Magier gestorben waren, weil sie ihre Kräfte überstrapazierten, während sie Illusionen erschufen?

Ihre Augen weiteten sich. "Du hast vor, dich aufzehren zu lassen, nicht wahr? Du planst, deine Lebenskraft absichtlich zu erschöpfen, wenn du die Illusion erschaffst", warf sie ihm vor.

Er runzelte die Stirn. "Wenn ich da schon nicht lebend rauskomme, dann ist es mir lieber, zu sterben, indem ich alles gebe, um der Mission zum Erfolg zu verhelfen, statt mich einer Exekution durch Napoleons Männer zu stellen, die keine Gnade mit mir haben werden. Ersteres wäre zumindest schmerzfrei."

"Dich selbst sterben zu lassen? Aber warum hast du dieser Mission zugestimmt? Du hast eine Pflicht deinem Land gegenüber, sicherlich, alles zu tun, um ihm Einhalt zu gebieten, aber bedeutet das auch, dafür zu sterben? Was ist mit deiner Pflicht gegenüber deinem Anwesen und deiner Familie?" Sie wünschte sich verzweifelt, dass Napoleon verschwand, war bereit, ihre Freiheit dafür aufzugeben, aber nicht das!

Seine Lippen zogen sich zusammen. "Ich erfülle meine Pflicht für meine Besitztümer nicht, wenn ich Napoleon gestatte, England mit Drachen anzugreifen."

"Das sind grauenvolle Zukunftsaussichten, aber gibt es Beweise dafür, dass Napoleon sie gegen irgendjemanden außer Soldaten einsetzt?"

Er sah sie mit schmerzerfülltem Blick an. "Soldaten sind auch Menschen."

"Das sind sie natürlich, aber –"

"Mein Bruder wurde in Salamanca getötet." Er hatte sie noch nie zuvor unterbrochen, und sein seltsam flacher Tonfall stoppte ihren Zorn, noch bevor seine Worte zu ihr durchdrangen.

"Dein Bruder? Oh nein. Das tut mir leid." Wie wenig sie über den Mann wusste, den sie geheiratet hatte!

Sein Mund verzog sich vor Bitterkeit. "Dieser korsische Bastard ließ ihn ermorden, wie ein Tier abschlachten, unfähig, sich zu verteidigen. Ja, ich werde mein Leben geben, um ihn aufzuhalten, bevor ich ihn das Gleiche mit jemand anderem tun lasse." Ein bitterer, wilder Zorn erfüllte seine Stimme.

Er hatte seinen Bruder erst vor wenigen Monaten verloren. Das erklärte, weshalb er so grimmig und humorlos gewirkt hatte, als sie ihm zum ersten Mal begegnet war. Wenn sie ihm nur etwas Trost spenden könnte, aber was könnte helfen, wenn man mit einem solchen Verlust konfrontiert wird? "Wie war sein Name?"

"Spielt das eine Rolle?", blaffte er, und dann sackten seine Schultern zusammen und sein Blick senkte sich. "Entschuldige bitte. Es fällt mir schwer, von ihm zu sprechen. Sein Name ist... war John. Wir nannten ihn Jack." Er zog seine Uhr heraus, öffnete sie jedoch nicht, sondern rieb die Kette zwischen seinen Fingern.

"Ich bin diejenige, die sich entschuldigen sollte. Ich hatte nicht die leiseste Ahnung." Ihre Stimme zitterte. Der arme Mann! Bingley hatte ihr erzählt, dass Darcy sich nach Salamanca verändert hatte.

Das schien er zu hören, denn nun sah er sie wieder direkt an. "Ich habe ihm sein Offizierspatent gekauft. Er wollte schon immer zur Armee und versprach, vorsichtig zu sein."

Doch alle Vorsicht half nichts bei einem Drachenangriff. "Ich bin mir sicher, dass er es versucht hat."

Er hob die Hand und zeigte auf einen deformierten Siegelring, der an seiner Uhrenkette hing. "Der gehörte Jack. Eine Seite davon wurde durch Drachenfeuer geschmolzen."

Das machte alles so lebendig, diesen Metallklumpen zu sehen, dass jemand, den Darcy liebte, in den Flammen gestorben war. Und jetzt hatte er die Chance, ihn zu rächen.

Kein Wunder, dass er bereit war, für die Sache zu sterben. Dafür zu sterben und sie als Witwe zurückzulassen.

Tränen füllten ihre Augen, aber sie wandte ihr Gesicht ab und blinzelte sie zurück. Er würde es wirklich tun, sie in zwei Monaten oder auch einem Jahr verlassen und direkt in seinen eigenen Tod gehen. Sie würde ihn nie wiedersehen, genauso wie er seinen Bruder nie wiedersehen würde. Ihr Kind, wenn sie eines hätten, würde vaterlos aufwachsen.

Es war unerträglich. Möglicherweise hatte sie ihn nicht heiraten wollen, aber sie wollte auch nicht, dass er starb.

Auch wenn sie mehr als einmal daran gedacht hatte, ihn zu erwürgen.

"Nein!", platzte sie heraus. "Das lasse ich nicht zu!"

Ein Blick der Überraschung breitete sich über sein Gesicht aus, der rasch durch Verwirrung ersetzt wurde. "Die Mission ist bereits arrangiert. Ich kann mich nicht mehr herausnehmen."

"Ich weiß, aber es muss einen Weg geben, dich lebend rauszuholen!" Selbst es auszusprechen, zerriss sie beinahe, während ein Bild seines leblosen Körpers vor ihrem inneren Auge erschien.

"Die besten Militärstrategen des Landes haben jede mögliche Option geprüft."

Konnte ihm sein eigener Tod tatsächlich so gleichgültig sein? "Ihr habt *mich* nicht in die Gleichung mit einbezogen", sagte sie heftig. "Ich habe Dinge getan, die jeder für unmöglich hielt, und ich kann es wieder tun. Ich werde einen Weg finden, dich nach Hause zu bringen."

Er atmete schwer, als ob er sich angestrengt hätte, aber er sprach mit Sanftmut. "Elizabeth, siehst du es nicht? Das wird dich frei machen. Du kannst nach Longbourn zurückkehren. Es gibt keine Notwendigkeit, dagegen zu wettern, wenn es dir all das gibt, was du willst."

"Ich habe jeden Grund! Ich mag wütend auf dich sein, aber ich will nicht, dass du stirbst!" Und dann brach sie in Tränen aus.

Sie vergrub das Gesicht in ihren Händen. Es war sinnlos, das Schluchzen einzudämmen, das tief aus ihr herauswollte, oder es gar zu verstehen. Hatte sie ihn nicht gehasst?

Außer, wenn er ihr geduldig beigebracht hatte, Illusionen zu weben, obwohl er zugab, dass es nur zu ihrem Vergnügen war. Außer, als er versucht hatte, sie vor seiner eigenen Mutter zu schützen. Außer, als er zu verstehen schien, wie schmerzhaft es war, zu einer Ehe gezwungen zu werden.

Außer, wenn sie sich erinnerte, dass er ein Junge gewesen war, der Todesangst vor einem wilden Wesen ausgestanden hatte und dennoch zuließ, dass es sich an ihn band, weil es seine Pflicht war. Außer, als er ihre Hand gehalten hatte, als wäre sie das Einzige, was zwischen ihm und dem Wahnsinn stand.

Außer, wenn sie bedachte, dass er, obwohl er jeden Vorteil der Welt genoss, sein Leben aufgab, um andere zu retten.

Ein Arm umschloss ihre Schultern, warm und beschützend. Er war von der gegenüberliegenden Bank zu ihr herübergekommen, um sich zu ihr zu setzen, sein Körper an ihre Seite gedrückt. "Elizabeth. Bitte, weine nicht." Er klang gequält.

Das ließ sie nur noch heftiger schluchzen. Sie drehte ihr Gesicht an seine Schulter.

Er streichelte über ihr Haar. "Schhh, Elizabeth. Ich bin doch hier. Neben dir. Mir ist nichts geschehen."

"Noch nicht", schluchzte sie.

"Noch nicht", stimmte er zu und klang amüsiert. "Und ich bin immer noch der Mann, den du verabscheust."

"Oh, hör auf damit!" Aber seine Neckereien halfen ihr, die Kontrolle wiederzuerlangen, genug, für eine instinktive Reaktion, dass sie sich nicht von einem Gentleman auf diese Weise berühren lassen sollte. Und doch war es nicht unschicklich, sich von seinem Ehemann in einer geschlossenen Kutsche halten zu lassen. Das war so lächerlich, dass ein Lachen aus ihr heraussprudelte, auch wenn ihr noch immer die Tränen übers Gesicht liefen.

Sie ließ die Hände sinken und hob den Kopf. "Verzeih bitte. Normalerweise bin ich kein solcher Springbrunnen." Wenngleich man ihr das nach ihrem Verhalten in dieser Woche nicht anmerken würde.

"Ich bin derjenige, der sich entschuldigen sollte. Ich dachte, du hättest die Konsequenzen meiner Mission verstanden. Andernfalls hätte ich es dir nicht so gesagt. Auf jeden Fall war es falsch, dies im Zorn zu tun." Er zog ein Taschentuch heraus und tupfte ihr sanft über die Augen.

Sie konnte sich nicht erinnern, dass jemals jemand ihre Tränen für sie getrocknet hatte.

"Ich hätte mitdenken sollen", murmelte sie, mit noch immer zitternder Stimme. Aber sie war zu sehr damit beschäftigt gewesen, was es sie kosten würde und dass sie Longbourn verlassen musste, um sich Gedanken darüber zu machen, was auf ihn zukommen könnte.

"Ich vergesse, wie neu das alles für dich ist." Er umfasste ihre Wange mit seiner Hand. "Was du verloren hast, kann ich nicht ausgleichen, aber gibt es denn gar nichts, was ich tun kann, um es dir erträglicher zu machen? Ich habe dich immer bewundert, und das Letzte, was ich will, ist, dich unglücklich zu machen."

Er konnte sie doch nicht für eine solche Närrin halten, das zu glauben! "Du hast mich bei unserer ersten Begegnung so sehr bewundert, dass du sagtest, ich sei annehmbar, aber nicht hübsch genug, um dich zu reizen!" Ihre Stimme überschlug sich.

Er zuckte zusammen. "In dieser Nacht war ich schlechter Stimmung und meine Haut schmerzte von der Anwesenheit zu vieler Grundbesitzer.

Und du schienst glücklich zu sein, während ich dachte, ich würde nie wieder lachen können. Ohne guten Grund hat mich das geärgert. Aber bald schon wollte ich mehr von deinem Lächeln."

"Du sagst das nur, damit ich mich besser fühle."

Er verschränkte seine Hand mit ihrer, was sich allzu intim anfühlte, wenn seine Finger auf das zarte Gewebe zwischen ihren drückten, während ihr gleichzeitig heiß und kalt wurde. "Du hast mich verzaubert. Genug, dass ich versuchte, mich von dir fernzuhalten, weil ich wusste, dass ich dir nichts als Kummer bringen konnte."

Jetzt glaubte sie ihm. Warum tat es weh, zu wissen, dass er sie attraktiv gefunden hatte? "Das wusste ich nicht."

"Ich dachte, es wäre so offensichtlich! Ich hab dich immerzu beobachtet und versucht, deine Aufmerksamkeit zu erregen."

"Ich dachte, du hättest mich nur beobachtet, um mich zu kritisieren." Es war beinahe amüsant, wie falsch sie ihn eingeschätzt hatte.

"Beileibe nicht. Doch was ich eigentlich sagen wollte: Ich freue mich, diese Zeit mit dir zu haben. Es ist selbstsüchtig, wenn ich weiß, dass du lieber in Longbourn wärst, aber ich bin ein selbstsüchtiges Geschöpf." Sein Gesicht war nur Zentimeter von ihrem entfernt.

Er begehrte sie. Von einer Liebesbekundung war das noch weit entfernt, nicht, dass sie ihm das geglaubt hätte, nachdem sie sich gerade einmal einen Monat kannten, aber er war gutaussehend, das hatte sie schon immer gedacht, und sich schon während dieser Tage auf Netherfield zu ihm hingezogen gefühlt. Und sie waren verheiratet, ob sie das nun wollte oder nicht. Was war falsch daran, ihrer Anziehungskraft nachzugeben und in der kurzen Zeit, die ihnen blieb, etwas Trost aneinander zu finden?

Und dann hörte sie gänzlich auf zu denken, denn seine weichen, warmen Lippen streichelten ihre eigenen, verführten und reizten sie. Es war nur ein leichter, sanfter Druck, und doch durchströmte sie eine Hitze und die Empfindung schlug sie ganz in ihren Bann. Ihr Mund kribbelte, wollte mehr, und als ob er ihre Reaktion spüren könnte, knabberten seine Zähne an ihrer Unterlippe, und plötzlich füllten sich ihre Beine und ihr Bauch mit einer schweren Sehnsucht.

O Himmel, der flatternde Hunger, den sie fühlte, das Verlangen, sich an ihn zu drängen, seinen Körper an ihrem zu spüren, die Essenz von ihm zu umarmen! Wie konnte ein bloßer Kuss einen so brennenden Schmerz hervorrufen, eine Sehnsucht, die so tief saß, dass sie vielleicht nie gestillt werden konnte?

Und dass es Darcy sein sollte, der ihr dieses herrliche Vergnügen bereitete! Er roch würzig und nach Seife, und die Luft um ihn herum verströmte jene Ruhe, die sich direkt nach einem Gewittersturm ausbreitete. Aber der Sturm war in ihr, und sie würde nie wieder dieselbe sein.

Dann strich er noch einmal mit seinem Mund über ihren und zog sich zurück, seine Augen dunkler denn je. "Ja", flüsterte er.

Atmen. Sie musste daran denken, zu atmen. Sicherlich konnte sie ihre Fassung wahren, ganz gleich, wie sehr sie sich nach mehr sehnte.

Sie musste sich konzentrieren. Worüber hatten sie gesprochen? Oh ja, seine Mission – und das reichte aus, um sie aus dem sinnlichen Dunst zu rütteln, den sein Kuss hervorgerufen hatte. "Das ist alles schön und gut, aber ich akzeptiere dein Schicksal nicht. Ich werde eine andere Antwort finden", sagte sie grimmig. "Wir werden Napoleon besiegen *und* dich sicher nach Hause bringen."

"Es gibt keinen Grund, warum wir es nicht versuchen sollten, wenn du das möchtest, aber alle Ressourcen der Königsmagica und des Kriegsministeriums haben nichts gefunden, was uns von Nutzen wäre."

Sie kniff die Augen zusammen. "Ich habe zuvor schon einmal geschafft, was niemand für möglich gehalten hat, und du hast selbst gesagt, dass ich über Techniken der Landmagie verfüge, von denen noch niemand gehört hatte."

"Falls du etwas in deinen arabischen Büchern finden könntest, wäre ich dir sehr dankbar." Aber er war einfach nur höflich. Der aristokratische Sohn der Hofmagica erwartete ganz offensichtlich nicht, etwas Neues zu lernen.

"Du weißt nicht, wie wunderbar starrsinnig ich sein kann." Und sie würde Granny konsultieren, deren Fähigkeiten weit über die Norm hinausgingen.

Doch sein aufmerksamer Blick heftete sich wieder auf ihre Lippen und ihr Puls begann zu rasen.

Es dauerte nicht lange, bis ihre Gedanken von der Frage, wie sie Darcy lebend aus Frankreich herausholen konnte, dazu übergingen, weshalb er überhaupt dorthin ging. Sie drehte sich zu ihm um und fragte: "Wie kam es dazu, dass du für diese Mission ausgewählt wurdest?"

Er zuckte mit den Schultern. "Uns blieb keine andere Wahl. Napoleons Spione behalten alle unsere Magier im Auge, insbesondere jene, von denen sie fürchten, dass sie Illusionisten sein könnten. Keiner von ihnen könnte sich ihm nähern. Meine Fähigkeit, Illusionen zu weben, war schon immer ein Geheimnis, daher hält mich Napoleon, ebenso wie der Rest der Welt, für nichts weiter als ein Landtalent und daher keine Bedrohung für ihn."

"Warum ist das ein Geheimnis? Sicherlich hast du nicht vorausgesehen, dass das eines Tages notwendig sein könnte?"

"Nein, wir wollten einfach die landläufige Annahme vermeiden, dass jeder, der sowohl als Landtalent als auch in Magie ausgebildet ist, in beiden Bereichen schwächer ist. Ich genoss als Junge nur ein Jahr Magierausbildung, gegen den Willen meines Vaters, möchte ich hinzufügen. Es war zwischen der Zeit, als meine Mutter beschloss, dass sie vielleicht nie die Tochter bekommen würde, die sie sich erhofft hatte, und der Geburt von Georgiana, meiner jüngeren Schwester. Danach sah sie keinen Sinn mehr darin, mich weiter zu unterrichten. Ich hatte viel anderes zu studieren, das meine Zeit in Anspruch nahm, daher übte ich nur noch selten. Ich habe erst vor einigen Monaten wieder angefangen, als diese Mission anstand. Deshalb sind meine Fähigkeiten schwach. Illusionen zu erschaffen, erfordert jahrelange Übung."

"Du hast es einfach aufgegeben?", fragte sie ungläubig. Für diese Lektionen hätte sie alles getan!

"Abgesehen vom Unsichtbarmachen, ja. Es war eine nützliche Fähigkeit für einen elfjährigen Jungen, daher übte ich mich darin. Was den Rest anbelangt –", er gestikulierte hilflos, "schien es mir nicht wichtig zu sein. Jede Frau in meiner Familie konnte Illusionen erschaffen. Warum sollte ich mir die Mühe machen?"

"Und du hast es als Frauenarbeit betrachtet", vermutete sie.

Er grinste. "Ich war ein Junge. Was sollte ich sonst denken? Die meisten der großen Magier waren Frauen."

"Vielleicht liegt das nur daran, dass Männer sich auf ihre Landtalente konzentrieren, die direkt praktischeren Nutzen zeigen. Wer geht sonst noch auf diese Mission?"

Er zögerte. "Wenn ich dir das sage, muss es vollkommen geheim bleiben. Ihr Leben hängt davon ab."

"Darauf gebe ich dir mein Wort", sagte sie.

Er spähte aus den Fenstern, zuerst links, dann aus dem rechten, als fände er dort französische Spione, die neben ihnen die Landstraße herunter-preschten. Dann sagte er mit leiser Stimme: "Zwei französische Adlige, die von seiner Herrschaft enttäuscht sind. Es muss jemand sein, den Napoleon kennt, weißt du. Niemand sonst dürfte sich ihm nähern."

Ihre Brust zog sich zusammen. "Franzosen? Wer sind sie? Woher weißt du, dass es sich nicht um eine Falle handelt, die dazu bestimmt ist, einen englischen Magier zu fangen?"

"Aus Sicherheitsgründen kenne ich ihre Namen nicht, aber ich kann dir versichern, dass das Kriegsministerium sie gründlich unter die Lupe genommen hat. Sie haben guten Grund, den Kaiser zu verachten."

Sie erschauderte. Irgendwie machte dieses Detail alles realer. Sie ließ ihren Kopf gegen seine Schulter sinken. Es war so viel wärmer, sich an ihn zu kuscheln, mit seinem Arm um sie. Beinahe konnte sie sich vorstellen, sie wolle tatsächlich hier sein.

Kapitel 14

DAS GASTHAUS, IN DEM sie für die Nacht anhielten, war größer als jene, an die sich Elizabeth vage von den Reisen in ihrer Kindheit nach Wales erinnerte, als sie sich mit all ihren Schwestern und ihrem Kindermädchen ein Zimmer geteilt hatte. Es richtete sich ganz eindeutig an feinere Gäste. Sie aßen ein herzhaftes Abendessen an einem langen Tisch, den sie sich mit anderen Reisenden teilten. Unter normalen Umständen hätte sie es spannend gefunden, so viele neue Leute kennenzulernen, doch all die belastenden Ereignisse dieses Tages legten sich in einer bleiernen Müdigkeit über sie, die ihr bis in die Knochen ging. Wie gut, dass dies nicht ihre Hochzeitsnacht sein würde.

Darcy bemühte sich, es ihr so angenehm wie möglich zu machen, doch auch er wirkte müde und wenig gesprächig, wenngleich er einem älteren Schotten, der nach London reiste und sich nach dem bevorstehenden Weg erkundigte, äußerst zuvorkommend Auskunft gab. Er erhob keinerlei Einwände, als sie ihr Bedürfnis, sich direkt nach dem Essen zurückzuziehen, vorbrachte und begleitete sie nach oben bis zu ihrer Zimmertür.

Als sie sich umdrehte, um ihm gute Nacht zu sagen, machte er sich den leeren Korridor für einen leichten Kuss zunutze, nur eine ganz kurze Berührung, gerade lange genug, dass seine Zunge rasch die Linie zwischen ihren Lippen nachfahren konnte. Sie keuchte, als die Hitze durch sie hindurch schmolz.

Darcy richtete sich auf, ein leichtes Lächeln deutete auf seine Zufriedenheit hin. "Schlaf gut, Elizabeth." Seine Stimme war heiser, ihr Name eine Liebkosung in seinem Mund. "Ich sehe dich dann morgen früh." Dann drehte er sich um und verschwand den Gang hinunter.

Elizabeth sackte gegen die Wand, sobald Darcy um die Ecke bog. Wer hätte gedacht, dass ein solch flüchtiger Kuss sie mit einer heißen Flamme in sich und schwachen Knien zurücklassen könnte? Offensichtlich sprach einiges für diese Ehe, das sie bisher nicht in Betracht gezogen hatte.

Ihnen standen noch zwei weitere Reisetage bevor, ehe sie Pemberley erreichten, und sie hatte ein Rätsel zu lösen. In der Zwischenzeit wollte sie so viel wie möglich aus ihren neuen arabischen Büchern lernen, ganz gleich, wie müde sie auch sein mochte. Entschlossen öffnete sie die Tür zu ihrem Zimmer.

Und erstarrte beim Anblick der indischen Dienerin, die ihr Hochzeitskleid geändert hatte und nun ihr Nachthemd auf dem Bett auslegte. In diesem Gasthaus, meilenweit von Meryton entfernt.

"Guten Abend, Mrs. Darcy." Sie war nicht mehr im indischen Stil gekleidet, sondern eher in der typischen Kluft einer Kammerzofe.

Elizabeth fand ihre Stimme wieder. "Darf ich fragen, wie es kommt, dass Sie hier sind?"

"Ich bin mit Mr. Darcys Diener in der Gepäckkutsche gefahren. Hat er Ihnen nicht gesagt, dass er Ihnen ein Dienstmädchen mitgenommen hat?"

"Nein, das hat er nicht erwähnt." Vielleicht war es für ihn einfach ganz selbstverständlich, dass er ihr eine Dienerin zur Verfügung stellen musste. "Ich dachte, Sie würden Rana Akshaya dienen."

"Das tue ich, aber als keines der Dienstmädchen in Netherfield zustimmte, die Reise anzutreten, sagte die große Rana, ich könnte meine Dienste anbieten, sofern es mir beliebt."

Es ergab keinen Sinn. "Sie wollten eine lange, kalte, unbequeme Reise auf sich nehmen, nur um als Dienstmädchen zu dienen, was Sie ebenfalls zu Hause tun könnten?"

Die Frau lächelte freundlich. "Ich bin um die halbe Welt gereist, um London zu erreichen. Es ist eine schöne Stadt, aber wenn Sie nach Indien reisen würden, wären Sie zufrieden, Ihre ganze Zeit an einem einzigen Ort zu verbringen, oder würden Sie die Gelegenheit nutzen, mehr von dem Land zu sehen?" Sie deutete im Raum herum. "Ich war noch nie in einem englischen Gasthaus oder einer Stadt wie dieser. Für mich ist hier alles neu."

Das vertraute *Kiee-Kiee-Kiee* unterbrach sie, und Elizabeth wandte sich abrupt zum Kamin um, wo Cerridwen auf einer improvisierten Sitzstange aus einem mit Handtüchern bedeckten Stuhl saß. "Wie bist du denn hier reingekommen?", fragte sie den Vogel.

Ich habe hier kein Nest, und es ist kalt, antwortete der Vogel in ihrem Kopf.

Die Inderin sagte: "Ich hoffe, ich bin nicht zu weit gegangen, indem ich Ihren Falken hereinließ, als er ans Fenster klopfte." Sie klang jedoch nicht überrascht, als wäre es völlig normal, dass ein Vogel in ein Gasthaus kommt, ganz zu schweigen davon, dass er an ein bestimmtes Fenster klopft.

Amüsiert sagte Elizabeth: "Nein, das haben Sie gut gemacht. Als meine Großmutter noch am Leben war, schlief Cerridwen im Winter immer in ihrem Zimmer." Nach ihrem Tod wollte Elizabeths Mutter den Falken jedoch niemals ins Haus lassen und sagte, er müsse mit all den anderen Tieren in den Ställen leben. Aber der Stallmeister hatte darauf bestanden, den Turmfalken mit einem Falkenschuh anzubinden, was Cerridwen jedoch zuwider war. Die elfjährige Elizabeth hatte mehrere lange Tage damit verbracht, den alten zerstörten Taubenschlag im Alleingang für Cerridwen auszuräumen. Es dauerte Wochen, bis der Geruch wieder aus ihrer Kleidung entfernt war.

Vielleicht könnte sich das als kleiner Vorteil dieser Ehe herausstellen. In Pemberley würde sie die Hausherrin sein, und niemand konnte sie davon abhalten, Cerridwen drinnen eine Sitzstange zu bauen.

"Ich hoffe, Sie weisen mich an, wie ich Ihnen am besten dienen kann", sagte die Frau.

"Ich denke, Sie werden feststellen, dass Sie es leicht mit mir haben", sagte Elizabeth. "Ich bin es gewohnt, ein Dienstmädchen mit meinen vier

Schwestern zu teilen, und für diese Reise habe ich nur Kleider eingepackt, die ich selbst anziehen kann." Aber wenn sie schon eine Leibdienerin haben musste, war diese zumindest interessant und nicht durch Cerridwens Anwesenheit in ihrem Leben abgeschreckt. Das war immerhin etwas. "Wie heißen Sie?"

"Sie können mich Chandrika nennen", sagte sie ernst, und dann lächelte sie.

Am nächsten Morgen zögerte Darcy, ehe er an Elizabeths Zimmertür im Gasthaus klopfte. Es fühlte sich unschicklich an, wenngleich nichts Falsches daran war, wenn ein Mann das Schlafgemach seiner Frau betrat. Und doch fühlte es sich noch nicht wirklich an, als wäre sie wahrlich seine Frau, und wenn er zu sehr darüber nachdächte, könnte er sowohl den Gedanken an das Frühstück, als auch daran, mit dem Vollzug der Ehe zu warten, bis sie auf Pemberley wären, aufgeben.

Nein. Denke nicht daran, irgendetwas zu vollziehen, ermahnte er sich. Denk an irgendetwas anderes. Denk an die Tür.

Wogegen er auch sogleich fest klopfte.

"Herein." Elizabeths tiefe, wohlklingende Stimme erweckte all seine Sinne zum Leben.

Er öffnete die Tür, trat ein und wies seine ungehorsame Hand an, sie nicht wieder zu schließen. Sie hörte auf ihn, wenn auch widerwillig. "Guten Morgen, Elizabeth."

Sie saß an dem kleinen Waschtisch und steckte eine letzte Haarnadel in ihr Haar, ein betörender Ausdruck der Konzentration auf ihrem Gesicht. "Oh! Du bist es." Röte stieg in ihren Wangen auf. "Guten Morgen. Ich bin fast fertig."

Ihr indisches Dienstmädchen legte die Kleidung, die sie faltete, beiseite, knickste schweigend vor Darcy und verließ das Zimmer, wobei sie jene Tür schloss, bei der es ihm zuvor so schwergefallen war, sie offen zu halten. Und ließ ihn mit Elizabeth allein.

Nein, denk nicht an die geschlossene Tür! Und schon gar nicht denkst du daran, alle ihre Haarnadeln zu entfernen und die dunklen Locken locker über ihre Schultern fallen zu lassen. "Ich hoffe, du hast gut geschlafen?" Und schau unter keinen Umständen auf das Bett, in dem sie geschlafen hat. Nein, nein, nein.

Die Decken waren noch immer zurückgeschlagen. Er stöhnte innerlich und riss seinen Blick davon los. Unglücklicherweise landete der auf ihrem freiliegenden Nacken, wo ein paar vereinzelte Locken sich ihren Restriktionen widersetzten. Der Anblick zog ihn wie ein Magnet an.

"Ganz gut, als ich erst einmal geschlafen habe", sagte sie heiter. "Ich bin zu lange wach geblieben, um zu lesen. Das ist eine meiner schlechten Angewohnheiten."

Er konnte sich nicht helfen. Er beugte sich herunter und strich mit seinen Lippen über die zarte Haut ihres Nackens, ihr Lavendelduft driftete über ihn hinweg.

Sie erschauderte, als sie mit großen Augen zu ihm aufblickte. "Oh je", hauchte sie.

Denk an irgendetwas, alles, nur nicht an ihre Lippen. "Ich habe dafür gesorgt, dass unser Frühstück im Privatsalon serviert wird."

Sie schob ihren Stuhl zurück und stand nur einen Fuß von ihm entfernt, nahe genug, dass er sie in seine Arme hätte nehmen können, wäre das keine so schlechte, schlechte Idee. "Ich danke dir. Sollen wir dann hinuntergehen, Mr. Darcy?"

Beinahe konnte er es ertragen, sie nicht zu küssen, aber diese Förmlichkeit nicht. "Nenn mich William, ich bitte dich."

Ihre Wangen wurden rosig. "Ich dachte, dein Name wäre Fitzwilliam."

"Meine Schwester nennt mich William, und es würde mich glücklich machen, wenn du das ebenfalls tätest." Es war eine Ausrede; Georgiana hatte ihn als Kind so genannt, weil sie Schwierigkeiten gehabt hatte, Fitzwilliam auszusprechen, aber er war sich fast sicher, dass sein vollständiger Name schlechte Gefühle bei Elizabeth auslösen würde. Es war besser, die kürzere Version zu verwenden, die sie nicht an jene Familie erinnerte, die ihre Urgroßmutter hasste.

"Nun gut, dann William." hauchte sie. "Ich kann mir vorstellen, dass du es kaum erwarten kannst, weiterzufahren."

Sie konnte nicht wissen, wie begierig er darauf war, Pemberley zu erreichen, wo er sie wahrhaftig zu seiner Frau machen konnte. Er hatte geglaubt, getrennte Gemächer auf der Reise würden ausreichen, um sich von ihr fernzuhalten. Vielleicht wären getrennte Gasthäuser eine bessere Idee gewesen.

Beim Frühstück war es einfacher, da ständig Diener ein- und ausgingen, aber er kämpfte immer noch um ein sicheres Gesprächsthema, eines, das weder zu unangemessenen Gedanken führen noch ihren früheren Streit zurückbringen würde. Er wollte diese kostbare neue Verbindung mit ihr nicht verlieren. "War es ein gutes Buch, das dich so lange wachgehalten hat?"

"Eher ein herausforderndes", sagte sie reumütig. "Es ist auf Arabisch, aber es geht darum, Illusionen zu erzeugen. Ich hatte nicht geplant, daran zu arbeiten, bis wir Pemberley erreichen, aber angesichts der Dringlichkeit der Situation möchte ich keine Zeit verlieren."

Er bezweifelte, dass sie etwas Nützliches finden würde, aber ihr Eifer, ihm zu helfen, wärmte ihm das Herz. "Hast du es zuvor schon einmal gelesen?"

"Nein. Mein Vater gab es mir erst kurz bevor wir aufgebrochen sind. Er hatte es versteckt, damit ich meine eigenen Fähigkeiten nicht entdecke, und ich bin deshalb immer noch wütend auf ihn."

"Das kann ich dir nicht verübeln." Aber er wollte nicht, dass sie wütend war, nicht jetzt, daher fragte er: "Wo hat dein Vater diese Bücher gefunden?"

"In einer alten Buchhandlung in Cambridge. Sie waren nicht teuer, weil niemand sie lesen konnte, aber er vermochte die Magie in ihnen zu spüren. Er dachte, Mr. Hadid, der Apotheker in Meryton, könne sie für ihn übersetzen. Als er ihre wahre Natur entdeckte, beschloss er, dass ich Arabisch lernen musste, um sie zu lesen."

"Ihre wahre Natur?"

"Niemand ohne Talent kann sie lesen. Die Worte ergeben für alle anderen überhaupt keinen Sinn."

Jetzt hatte sie seine volle Aufmerksamkeit. "Bist du dir da sicher?"

"Ja, wir haben es mit mehreren Leuten überprüft. Das betrifft auch Kopien. Wenn ich ein oder zwei Wörter abschreibe, kann Mr. Hadid sie ohne Schwierigkeiten lesen, wird daraus aber ein ganzer Satz oder mehr, kann er es nicht verstehen. Und wenn ich versuche, eine Übersetzung auf Englisch zu schreiben, verblasst die Tinte, bevor ich das Ende der Seite erreiche. Es ist äußerst seltsam."

"Ein Artefakt", hauchte er. "Weißt du, wie selten das ist?" Vielleicht waren da wirklich einige nützliche Informationen in ihren Büchern.

Sie lächelte verschmitzt. "Selten genug, dass mein Vater mich dazu gebracht hat, Arabisch zu lernen, was komplizierter ist, als es klingt."

Dieses Lächeln sandte eine Welles des Verlangens durch ihn hindurch. "Weil es eine schwierige Sprache ist?"

"An sich nicht. Ich habe sie gelernt, wie es ein Kind tut, indem ich wochenlang bei den Hadids lebte, mit ihren Kindern spielte und immerzu Arabisch gesprochen habe, oder zumindest die in Tunesien gesprochene Version davon. Aber die Bücher sind in klassischem Arabisch verfasst und da besteht durchaus ein Unterschied. Hast du jemals die *Canterbury Tales* gelesen, wie Chaucer sie geschrieben hat?"

"In Mittelenglisch? Ja."

"Klassisches Arabisch unterscheidet sich mindestens ebenso sehr von gesprochenem Arabisch. Mr. Hadid konnte mir die Grundlagen beibringen, aber er kannte die Terminologie von allem, was mit Talent zu tun hat, nicht, also muss ich das entweder aus dem Kontext herausfinden oder es ist schlichtweg Rätselraten. Es wäre falsch, zu sagen, dass ich diese Bücher gelesen habe; vielmehr entziffere ich sie mit großem Aufwand."

"Bücher? Es gibt mehr als eines?"

"Insgesamt fünf. Wenngleich sie nicht alle von derselben Person verfasst wurden. Die Handschrift unterscheidet sich in zweien davon."

Fünf Artefakte? Er kannte nur ein halbes Dutzend Objekte in ganz England, die ihre eigene Magie in sich trugen. Und diese hatten ein Dasein als Staubfänger in Mr. Bennets Bibliothek gefristet? "Ich würde diese Bücher gerne sehen."

"Ich hatte vor, dieses hier mitzunehmen, um es unterwegs zu lesen. Die anderen sind in meiner Truhe. Ist irgendetwas?"

Dass sie beiläufig ein Vermögen auf der Rückseite des Gepäckwagens verzurrt hatte? Vielleicht sollte er mehr berittene Eskorten als Schutz vor Straßenräubern einstellen. "Überhaupt nichts. Deine Bemühungen sind beeindruckend, und ich bin gespannt darauf zu erfahren, was in den Büchern steht." Er hatte Glück, dass sie es mit ihm teilen würde.

Ein Lächeln erhellte ihr Gesicht. "Tatsächlich? Ich dachte, du findest meine Bücher töricht."

"Nicht im Geringsten. Ich bin fasziniert."

"Ich habe mir Gedanken gemacht, ob wir auch damit experimentieren könnten, wie unsere Talente miteinander verflochten sind. Da wir nichts anderes tun, während wir reisen. Vielleicht können wir dabei etwas lernen."

"Eine ausgezeichnete Idee." Und vielleicht würde es seinen Geist von all den anderen Möglichkeiten ablenken, wie er sich mit Elizabeth verflechten wollte.

Sie überquerten den Stallhof zur Kutsche, Elizabeth trug ganz selbstverständlich eine Netztasche mit etwas in der Form eines Buches darin, und Darcy kämpfte mit sich, nicht zu verlangen, dass sie vorsichtiger damit umginge, oder besser noch, es seinem Schutz zu überlassen. Die Landstraße galt als sicher, aber die Straßen waren zu dieser Jahreszeit ziemlich leer, und es könnte sie in Gefahr bringen, ausgeraubt zu werden, wenn jemand merkte, dass sie etwas Wertvolles mit sich führten.

Sie schenkte ihm ein warmes Lächeln, als er ihr in die Kutsche half. Etwas, von dem er noch vor einem Tag gedacht hatte, dass es ihm niemals zuteilwerden würde.

Als sie aufbrachen, nahm Elizabeth das Buch aus ihrer Tasche und hielt es ihm hin. "Das ist dasjenige, das ich gerade lese oder, besser gesagt, versuche zu lesen."

Vorsichtig nahm er es entgegen. Es war nicht besonders groß, nicht übermäßig dick, in geprägtes Leder gebunden, das ein vergoldetes maurisches Muster zierte. Nicht besonders prätentiös im Aussehen, wenn auch eindeutig antik. Als er es öffnete, enthüllte sich ihm eine unverständliche, fließende Schrift. Es schien in einem für sein Alter ausgezeichneten Zustand zu sein, hatte aber nichts, was es als un-bezahlbares Artefakt kennzeichnen könnte.

Er legte es auf seinem Schoß ab, zog seine Handschuhe aus und nahm es mit bloßen Händen auf. Gütiger Gott, das Ding wog schwerer als gedacht – es war voller Magie! Seine Fingerspitzen prickelten, wo immer er es berührte.

"Es fühlt sich seltsam an, nicht wahr?", fragte Elizabeth. "Ich achte immer darauf, mein Talent nicht zu benutzen, wenn ich es lese, da es mir sonst die Hände verbrennt. Keine echten Verbrennungen, obgleich es sich so anfühlt."

"Also wie Abstoßung. Ich habe noch nie von so etwas in einem magischen Gegenstand gehört." Aber warum sollte das Buch wollen, dass sie ihr Talent nicht einsetzte? Und wie konnte ein Buch überhaupt etwas wollen?

"Vielleicht kannst du mir mit einer Frage aus meiner Lektüre gestern Abend helfen", sagte Elizabeth. "Das Buch sagt, dass es zwei Arten von Illusionen gibt, eine, die gesehen und gehört, aber nicht gefühlt werden kann, und eine, die gefühlt, aber nicht gesehen oder gehört werden kann. Erstere muss wie deine Tierillusionen sein, aber kannst du mir etwas über die andere erzählen?"

"Ich habe noch nie von einer Illusion gehört, die man fühlen kann." Wenn es so etwas überhaupt gab, was er bezweifelte.

"Es heißt, sie werden selten angewandt." Sie nahm das Buch, öffnete es von hinten und blätterte ein paar Seiten durch. "Hier ist es: *'Berührungsillusionen sind oft der Mühe nicht wert, außer für jene von... ungewöhnlichen Fähigkeiten, obschon einfache im Kampf hilfreich sein können, wenn man wünscht, dass ein Gegner über – etwas, etwas – stolpert oder sein Schwert fallen lässt oder – etwas, vielleicht ein Dolch? – weil es brennend heiß zu sein scheint.'* Ich fragte mich, ob das auch für Pistolen funktionieren würde."

Eine Illusion, die jemanden dazu bringen würde, eine Pistole fallen zu lassen, wäre in der Tat nützlich. "Gibt es Instruktionen?"

"Nicht auf den wenigen Seiten, die ich gelesen habe. Es erwähnt auch eine Illusion von Kälte an einem heißen Sommertag. Ich habe mich gefragt, ob deine Mutter vielleicht etwas darüber weiß."

"Wenn, dann hätte sie mich darin ausgebildet."

Sie blickte zu ihm hoch. "Vielleicht lohnt es sich, damit zu experimentieren. Nicht alles in den Büchern funktioniert, oder vielleicht sollte ich sagen, dass mir nicht alles daraus möglich war, aber wir könnten es versuchen."

"Ich bitte dich, das nicht zu tun. Dein Durchhaltevermögen, was Magie anbelangt, ist immer noch gering, und ich fürchte mich davor, was passieren könnte, wenn du dich an ungetesteter Magie versuchst. Vor allem, wenn Hilfe weit entfernt ist."

Ein Schatten huschte über ihr Gesicht. "Dann versuchst du es", schlug sie vor.

Es war besser, als es sie versuchen zu lassen, selbst wenn er bezweifelte, dass es funktionieren würde. "Gute Idee. Wenn wir nur ein Schwert zum Üben hätten."

Sie zog ein Futteral aus ihrer Tasche und entfernte ein winziges Messer daraus. "Wie wäre es hiermit? Betrachte es als ein sehr kleines Schwert." Sie machte eine neckische Bewegung, als wolle sie ihn damit erstechen.

Er lachte. "Zweifellos hattest du Momente, in denen du dir gewünscht hast, das an mir anzuwenden. Möglicherweise sollte ich lernen, mich zu verteidigen." Er sammelte Energie und das Messer begann, orange-rot zu leuchten.

Sie sah es zweifelnd an. "Es sieht heiß aus, aber es fühlt sich nicht so an."

Er versuchte es erneut, und diesmal tanzten Flammen über die Klinge zwischen ihren Fingern.

"Vielleicht wäre Kälte einfacher", schlug sie vor.

Er versuchte, sich vorzustellen, dass es eiskalt war, und eine Frostschicht erschien darauf.

"Es scheint, als würdest du es heiß oder kalt *aussehen* lassen, was Sinn ergibt, da du es gewohnt bist, ein visuelles Bild zu erzeugen. Vielleicht verwenden taktile Illusionen eine andere Methode."

Oder sie existierten nicht. Aber sie wollte, dass er es versuchte. Wie könnte er es ohne ein Bild tun? Vielleicht sollte er seine Energie in das Messer fließen lassen und sich vorstellen, wie es heißer wird. Und sich vorstellen, wie ihre Finger brannten, wo sie es berührte —

"Aua!" Elizabeth ließ das Messer fallen, das über den Boden der Kutsche schlitterte. "Du meine Güte! Das hat sich echt angefühlt."

Er hob das Messer auf und seine Finger brannten. Eine Minute lang zwang er sich, es festzuhalten, ehe er es losließ. Seine Fingerspitzen waren nicht einmal rot, wenngleich sie sich anfühlten, als wären sie von Blasen überzogen. Er blies auf das Messer, um die Illusion zu zerstreuen, und augenblicklich war es wieder kühl. Aber der Schmerz in seinen Fingern hielt noch eine Minute an, ehe er wieder nachließ.

"Es hat funktioniert!", rief Elizabeth freudig. "Oh, gut gemacht!"

Er freute sich mehr über ihr Lob und ihre Begeisterung als über die Entdeckung einer neuen Form der Illusion, die offensichtlich seit Hunderten von Jahren verloren gewesen war und eines Tages sein Leben retten könnte. Aber das konnte warten, und in diesem Moment wollte er das Funkeln in Elizabeths Augen genießen, das sein Herz effektiver erwärmte, als sein Talent das Messer erhitzt hatte. "Danke, dass du mir das beigebracht hast. Es könnte sich als sehr nützlich erweisen."

"Glaubst du wirklich?"

"In der Tat. Magier haben so wenige Möglichkeiten, sich zu verteidigen. Eine solche Technik wäre sehr wertvoll."

Ihr Lächeln verblasste ein wenig. "Wirst du deiner Mutter davon erzählen?"

Es gab nur eine mögliche Antwort. "Das muss ich. Ihre Sicherheit könnte eines Tages davon abhängen."

"Vermutlich, ja." Sie biss sich auf die Lippe. "Könntest du jedoch den Teil über das Buch weglassen? Ich würde nicht wollen, dass sie es mir wegnimmt, und ohne ein arabischsprachiges Talent würde es ihr ohnehin nichts nützen."

Wenn seine Mutter wüsste, dass das Buch ein Artefakt war, würde das allein schon ihr Interesse wecken. "Vielleicht könnte ich ihr sagen, dass du das entdeckt hast, als du mit deinen neuen Fähigkeiten experimentiert hast."

Ihre Miene erhellte sich. "Gegen dein Anraten. Ganz sicher wird sie glauben, dass ich es versuchen würde, selbst wenn du mir gesagt hättest, dass es unmöglich ist." Sie schien von der Idee begeistert zu sein.

Weil er ihrem schelmischen Ausdruck nicht widerstehen konnte, nahm er ihre Hand und hob sie an seine Lippen. Dann drehte er sie um und hauchte einen Kuss auf die zarte Haut ihres Handgelenkes.

Sie keuchte, also verdoppelte er seine Bemühungen, verfolgte mit der Spitze seiner Zunge ihre blauen Adern und sog ihren schneller werdenden Atem in sich auf. Guter Gott, war sie verlockend! Begehren durchfuhr ihn.

Genug war genug. Er nahm sie in seine Arme, und diesmal rutschte sie absichtlich näher und ließ zu, dass er sie auf seinen Schoß zog. Er küsste ihre verführerischen Lippen, weil dies weit verlockender war, als sein Talent noch einmal einzusetzen.

Kapitel 15

DAS UNSCHEINBARE GASTHAUS, IN dem sie diese Nacht verbracht hatten, lag außerhalb von Retford, eingebettet zwischen Wald und einem rauschenden Bach. Am nächsten Morgen wurde der Himmel vor Darcys Zimmer schon heller, als sein Kammerdiener sagte: "Sir, wie es scheint, ist Mrs. Darcy bereits draußen."

"Was?" Darcy ließ die Enden seiner nur halb gebundenen Krawatte fallen und eilte zum Fenster. Ja, da stand sie im ersten Morgenlicht im Gras, den Kopf geneigt, als lausche sie etwas. Aber abgesehen von ihrer Zofe, die in einiger Entfernung stand, war niemand bei ihr. Auch der Himmel war leer – nicht einmal eine Spur von ihrem verdammten Vogel.

"Binden Sie das rasch", sagte er zu seinem Diener. "Jeder Knoten, den Sie wollen, solange es schnell geht."

Normalerweise zog er es vor, sich die Krawatte selbst zu richten, aber wenn die Zeit drängte, schaffte Wilkins das doppelt so schnell. Er reckte sein Kinn nach hinten, um den Mann arbeiten zu lassen.

"Bitte sehr, Sir. Hut und Handschuhe?"

Er schnappte sie sich und eilte hinaus, ohne auch nur für seinen Mantel anzuhalten. Was tat Elizabeth?

Sie hatte sich nicht bewegt, als er sie erreichte, und schien gar nicht zu bemerken, dass er sich ihr näherte. Wenigstens das Dienstmädchen machte einen Knicks, was zeigte, dass sie ihn gesehen hatte, aber Elizabeth schien in einer anderen Welt verloren zu sein. Sah sie ihn nicht einmal?

"Guten Morgen, Elizabeth", sagte er.

Sie zuckte zusammen. "Oh! Guten Morgen."

"Ich hatte dich nicht hier draußen erwartet. Warst du mit dem Gasthaus unzufrieden?"

"Nicht im Geringsten. Ich wollte einfach nur..." Sie deutete um sich herum auf das Grün. "...dem Land zuhören."

Er hob eine Augenbraue. "Dem Land zuhören?"

"Ich habe es gestern Abend bemerkt, als wir ankamen. Ich kann es ein wenig hören. Mit ihm interagieren kann ich nicht, es ist eher, als belauschte ich ein entferntes Gespräch. Gestern, als wir für die Nacht anhielten, war da überhaupt nichts, nur Stille." Ein Schatten huschte über ihr Gesicht. "Ich hatte erwartet, dass es hier genauso sein würde, da wir sogar noch weiter von Longbourn entfernt sind. Ich verstehe es nicht."

Er ebenso wenig. "Überraschend, aber nicht unmöglich. Die Kraft des Landes wird stärker, je näher wir dem Peak kommen. Naturphilosophen behaupten, dass die Kraftfeldlinien dort es einfacher machen, auf seine Kräfte zuzugreifen. In Südengland ist es eine viel größere Herausforderung."

Sie neigte den Kopf. "Hast du deshalb dort geübt?"

"Ja, um die Verhältnisse in Frankreich nachzuahmen. In Hertfordshire konnte ich das Land nicht fühlen." Hier zerrte es bereits an ihm, sogar eine halbe Tagesreise von Pemberley entfernt. Aber das erklärte nicht, weshalb sie es fühlte, es sei denn, über sein Talent.

Sie kaute auf ihrer Lippe. "Wie willst du dann in Pemberley üben? Wirst du nicht am Ende dein Landtalent einsetzen, wenn du dort Illusionen erschaffst?"

Das beunruhigte ihn ebenfalls, die verschwindend langsame Verbesserung seit er zu üben begonnen hatte, gegen die Möglichkeit eines Blutsbands mit Pemberley einzutauschen. "Ich werde weniger Fortschritte machen, aber die Vorteile unserer Ehe werden überwiegen." Dennoch war es ein Glücksspiel.

"Ich weiß!", rief sie. "Du könntest beim Üben auf Eisen stehen!" Ihre Aufregung ließ ihr Gesicht aufleuchten, obwohl ihre Worte keinen Sinn ergaben.

"Pardon?",

"Mein Buch rät Landtalenten, Schuhe ohne Nägel zu tragen, da Eisen den Energiefluss aus dem Land stört. Es ist wahr – ich habe es selbst ausprobiert. Mein Talent ist stärker, wenn ich Stiefel trage, die lediglich aus Leder bestehen. Meine Schuhe halten nicht so lange, aber es hilft. Wenn du auf einem Stück Eisen stündest, könnte es dich daran hindern, dein Landtalent zu nutzen, während du deine Illusionen übst!" Sie sah so zufrieden mit sich selbst aus, dass auch er lächelte.

"Einen Versuch ist es wert", sagte er. Schließlich hätte er nichts verloren, wenn es nicht funktionierte. "Aber komm, sollten wir nicht frühstücken und uns auf den Weg machen?"

Bedauernd legte Elizabeth ihr Buch beiseite, als sie von der Hauptstraße auf einen schmaleren Weg abbogen, der neben einem breiten Wasserlauf verlief. Bewaldete Hügel stiegen auf beiden Seiten steil an, und die häufigen Kurven und Unebenheiten waren dem Lesen nicht förderlich. Es wäre nicht gut, mit flauem Magen in Pemberley anzukommen, weil sie versucht hatte, in der schaukelnden Kutsche zu lesen.

Zumindest die Landschaft war beeindruckend, so anders als die weiten Felder und sanften Hügel von Hertfordshire. Würde sie dieses Land auch fühlen können? Als sie zuletzt Halt gemacht hatten, um die Pferde zu wechseln, hatte sie nichts wahrnehmen können, aber auf dem Stallhof hatte es auch keinerlei Pflanzen gegeben, und Darcy – William – hatte sie nicht fragen wollen, ob sie kurz zu einem Feld gehen könnte. Er hatte es eilig, Pemberley zu erreichen, und schließlich war es nicht von Belang, ob sie die Erde bei einem kleinen Gasthaus spüren konnte.

Sie schaute zu ihm hoch. Wieder einmal hatte er sich entschieden, neben ihr und nicht auf der gegenüberliegenden Bank zu sitzen, eine Ungezwungenheit, die sie von ihm nicht erwartet hätte. Er war wirklich gutaussehend, das konnte sie nicht leugnen, mit diesen wohlgeformten Gesichtszügen, wie man sie von Skulpturen kannte, und starken Schultern. Und seine Küsse! Sie waren eine Offenbarung.

Hitze erfüllte ihren Bauch, als sie sich an die berauschende Hitze seiner Zunge auf ihren Lippen erinnerte. Sie hatte nie wirklich nachvollziehen können, warum Frauen töricht genug sein konnten, ihre Leidenschaften über ihre Vernunft triumphieren zu lassen. Gesunder Menschenverstand und Praktikabilität mussten an erster Stelle stehen, und sie hatten nicht zugelassen, dass ihr Verlangen außer Kontrolle geriet, so verlockend es auch gewesen war. Doch nun verstand sie besser, wie das Verlangen jemanden auf einen falschen Pfad führen konnte.

Ja, auch sie konnte es kaum erwarten, Pemberley zu erreichen. Wenn das Ehebett auch nur halb so angenehm war, wie ihn zu küssen, war sie gespannt darauf, es zu erleben. Ein seltsamer, angenehmer Schmerz wuchs tief in ihr an und ihre Wangen wurden heiß. Oh je, am besten dachte sie nun an etwas anderes!

Wie ihre unerwartete Fähigkeit, das Land außerhalb des Gasthauses heute Morgen zu spüren und was das für ihre Pläne bedeutete.

Ursprünglich hatte sie gedacht, das Beste aus einer ungünstigen Situation zu machen und ihr Bestes zu geben, um sich mit Pemberley zu verbinden, auch wenn ihr bewusst war, dass ihre Verbindung zu ihrem neuen Zuhause niemals so tief wie zu Longbourn sein könnte. Das Land, auf dem sie geboren wurde, wo ihre Nachgeburt begraben worden war, wo sie von Kindheit an aufgewachsen war, in der Fülle des Bodens. Dann, als ihr frisch angetrauter Ehemann gestanden hatte, dass er vielleicht nicht aus Frankreich zurückkehren würde, flammte in ihr die Hoffnung auf eine Rückkehr nach Longbourn auf. Sie würde es vorziehen, wenn er an seinem Überleben arbeitete, doch wenn dies scheitern sollte, wäre es dann nicht besser, wenn sie ihre Verbindung zu Longbourn erhielt und mit ihr auch die Möglichkeit, zurückzukehren?

Es sei denn, es gäbe ein Kind, das in Pemberley großgezogen werden müsste, um seine Bindung an das Land zu behalten, das es erben würde. Wie könnte sie in die Heimat zurückkehren, wenn dies bedeutete, ihr Baby zurückzulassen? Vielleicht hatte Williams Mutter diese Idee für vernünftig gehalten, aber sie tat es nicht.

Und würde Longbourns Land ihr immer noch antworten, wenn sie zurückkehrte? Höchstwahrscheinlich, aber ihre Verbindung wäre schwächer, sobald Jane ein eigenes Kind hätte, das sich daran binden würde. Dann könnte Elizabeths Anwesenheit sogar das Talent des Kindes beeinträchtigen.

Nein, es gab kein Zurück mehr. Ein Seufzer entfuhr ihr, als sie diesen kurzen Traum losließ und sich vorstellte, wie ihm Flügel wuchsen und er aus der Kutsche flog. Pemberley war ihre Zukunft, ob es ihr gefiel oder nicht, und sie sollte dankbar sein, dass sie das Land in seiner Nähe überhaupt spüren konnte.

Darcy studierte Elizabeths Gesichtsausdruck. Sie war still gewesen, seit sie die Hauptstraße verlassen hatten und hatte mit sorgenvoller Miene auf ihrer Lippe herumgekaut. Machte sie sich Sorgen über das, was vor ihr lag?

So oft schon hatte er ihr Verhalten falsch interpretiert. Vielleicht wäre es klüger, einfach zu fragen. "Ist irgendetwas los?"

Sie richtete sich auf und sagte: "Überhaupt nichts. Ich habe nur den Fluss bewundert. Er ist wunderschön."

"Er fließt am Pemberley House vorbei, wo er sich zu einem kleinen See erweitert. Dahinter läuft er in einem ausgezeichneten Forellenbach weiter."

Sie starrte aus dem Fenster, scheinbar fasziniert von der Aussicht, sah aber nicht glücklicher aus. "Könnten wir für ein paar Minuten anhalten? Ich würde gerne zum Wasser hinuntergehen."

"Könnte das warten? Wir sind nur ein oder zwei Meilen von Pemberley entfernt."

Sie drehte sich zu ihm um, vermied es jedoch, ihm in die Augen zu sehen. "Ich würde es lieber jetzt tun." Es war, als ob die Worte widerwillig herauskämen.

Er begann, diesen ausweichenden Blick zu erkennen. "Tust du etwas aus deinen arabischen Büchern?"

"Es wird Pemberley helfen, mich zu erkennen, wenn ich meine Hände in seinem Wasser wasche, ehe ich ankomme."

Für ihn klang das nach Aberglauben, aber es wäre harmlos genug und bedeutete Elizabeth eindeutig etwas. "Also schön." Er klopfte mit seinem Spazierstock gegen das Dach des Wagens, um dem Kutscher ein Zeichen zu geben.

"Ich danke dir." Sie sah jedoch nicht erfreut aus, als sie ihre Handschuhe auszog und sie neben sich auf der Bank ablegte.

Es wäre nur höflich, ihrer Informalität zu entsprechen, also zog er seine eigenen ebenfalls aus. Außerdem lieferte ihm das eine gute Ausrede, ihre Berührung zu spüren, als er ihr aus der Kutsche half, ein angenehmer Bonus. Sehr angenehm.

Als er auf den Straßenrand hinaustrat, ihre Hand immer noch in seiner, bestürmte ihn sein Landtalent und er taumelte angesichts seiner Intensität. Die Flut einladender Wärme, die kraftvoll durch seine Adern strömte, das plötzliche, überwältigende Wissen über die komplexe Welt unter der Oberfläche und die Ruhe, am richtigen Ort zu sein, wo er so fest verwurzelt war wie riesige Ulmen am Flussufer.

"Du meine Güte", Elizabeth klang ehrfürchtig.

Er schüttelte sich vom Sog des Landes frei. "Was ist denn?"

"Dieses Land." Sie hob ihre verschränkten Hände. "Ich kann fühlen, wie froh es ist, dich zu sehen." Ihre Stimme war wehmütig.

Wie konnte sie sich nun schon mit seiner Landmagie verflechten, bevor sie überhaupt sein Kind in sich trug? "Ich war selten so lange von Pemberley weg."

"Mir war nicht klar, dass dein Talent so stark ist."

Ihr Lob brachte ihn in Verlegenheit. "Wir stehen hier praktisch auf einer Kraftfeldlinie. Sie verläuft entlang dieses Bergrückens im Dark Peak, sagen zumindest die Philosophen. Sie macht es viel einfacher, auf sein Talent zuzugreifen."

Sie stieg den letzten Schritt aus der Kutsche und ihr Gesichtsausdruck wurde nachdenklich. "Ich kann das Land hier ein wenig spüren, auch ohne Verbindung dazu zu haben. Oder vielleicht liegt es daran, dass ich dich berühre."

"Vielleicht, aber die meisten Talente spüren das Land besser in der Nähe einer Kraftfeldlinie." Dennoch ließ er zu, dass sie seine Hand losließ, obschon er die Wärme und Verbundenheit vermisste.

Er blieb ein paar Schritte hinter ihr, als sie sich den Weg ans Ufer zum Wasser bahnte und auf einem Felsen neben dem Bach niederkniete.

Sein Talent schwelgte in dem riesigen unterirdischen Netz aus Baumwurzeln, den sich verflechtenden Fasern, die die Pilze verbanden, den toten Blättern auf der Oberfläche, die zu zerfallen begannen und in die Erde sanken, was ihn von Elizabeth ablenkte. Dann, gerade als sein Bewusstsein wie die Blätter in den Boden zu sinken begann, spürte er eine Störung im Land, eine kleine Verwerfung direkt vor ihm. Genau dort, wo Elizabeth kniete.

Er zog seine Aufmerksamkeit zurück in die menschliche Welt. Elizabeths linker Arm war über das Wasser ausgestreckt. Blutstropfen fielen davon hinab und kräuselten sich im klaren Wasser.

Ein Teil von ihm schrie, dass dies gefährliche Blutmagie sei, aber ein anderer, stärkerer Teil beruhigte ihn, dies war seine Frau, die seine Unterstützung verdiente. Ein Instinkt, der sich direkt aus dem Boden unter ihm zu erheben schien, ließ ihn handeln und so trat er vor und legte seine Hand auf ihre Schulter.

Sie versteifte sich, hielt aber den Arm ausgestreckt. Jetzt konnte er sehen, wie sich ihre Lippen bewegten, als sie etwas so leise murmelte, dass ihre Worte vom Strom des Wassers übertönt wurden.

Und plötzlich war er all das – das Wasser, das vorbeifloss, das tropfende Blut, die Bäume und die Wurzeln und die Blätter. Er konnte spüren, wie sich die Steine in seine Knie bohrten, obwohl er auf beiden Beinen stand. Es waren Elizabeths Knie, die er spürte, als die Kraft des Landes ihre Kreise durch ihn hindurch zog, durch Elizabeth, durch die Bäume und das Wasser und den Himmel.

Elizabeth neigte den Kopf, zog den Arm ein und drehte ihn um, als sie aufstand. Mit der anderen Hand fuhr sie mit einem Finger über den Schnitt, doch er blutete weiter.

"Oh, wie ärgerlich!", rief sie. "Das hatte ich ganz vergessen."

Selbstverständlich. Sie konnte den Schnitt nicht heilen, ohne ein Landtalent, auf das sie hier zurückgreifen konnte.

Er tat es für sie, schob seinen Finger über die weiche Haut ihres Innenarms und spürte das Kribbeln, als sich ihr Gewebe unter seiner Berührung schloss.

Das Fleisch seiner Frau. Und heute Nacht wären sie ein Fleisch.

Ein Schauder durchfuhr sie. Dann hielt sie inne und sagte: "Ich danke dir. Vor allem, weil ich weiß, dass du Blutmagie missbilligst." Sie bückte sich, um ihr kleines Messer aufzuheben, dasselbe, mit dem er auch die Hitzeillusion geübt hatte. War das der Grund, weshalb sie es bei sich trug?

Nach der Intimität der geteilten Kräfte, war es beunruhigend, wieder eine Distanz zwischen ihnen zu spüren. Er wählte seine Worte mit Bedacht und sagte: "Das wurde mir so beigebracht, aber ich kann nicht leugnen, dass es eine Wirkung zu haben schien."

"Wie soll dein Land mich erkennen, wenn ich ihm nicht etwas von mir selbst gebe?" Es war offensichtlich eine rhetorische Frage. "Die Lage dieses Baches ist ein Glücksfall. Er wird dieses Wissen weit verbreiten." Aber ihre Stimme war brüchig, als könnte sie jeden Moment brechen.

"Tut es noch weh?" Er deutete dorthin, wo der Schnitt gewesen war. Er hätte geschworen, dass die Heilung abgeschlossen sei.

"Nein." Vorsichtig stieg sie das Ufer hinauf zur Kutsche, aber ihre Augen glänzten und sie blinzelte schnell.

Er hasste es, sie schmerzerfüllt zu sehen. "Elizabeth, was ist mit dir los?"

Ihre Schultern sackten nach unten und sie drehte sich zu ihm um. "Ein Talent kann nur einem Land gehören."

"Na und?"

"Ich habe Pemberley mein Blut gegeben." Sie sagte es, als würde sie mit einem besonders begriffsstutzigen Kind sprechen. "Meine Verbindung zu Longbourn ist gebrochen. Es war meine eigene Wahl, und ich habe es bewusst getan, aber das bedeutet nicht, dass ich es nicht fühle."

Es ergab keinen Sinn. "Aber deine Schwester ist es, die an Longbourn gebunden ist, nicht du. Du hast es mir gesagt."

Sie schien in sich zusammenzufallen, schlang ihre Arme um ihren Körper und schloss die Augen. "Ich dachte, du wüsstest die Wahrheit", flüsterte sie. "Du hast gesagt, du könntest sehen, dass ich ein Landtalent bin. Was ich bis eben auch war."

Er starrte sie entsetzt an. "Das dachte ich zuerst, aber ich konnte mir nicht vorstellen, weshalb du bei einem solchen Thema lügen solltest, daher hatte ich angenommen, dass das, was ich gesehen hatte, die Tricks aus deinen Büchern waren." Aber er hätte wissen müssen, dass dem nicht so war. "Und es ist nicht ungewöhnlich, dass ein zweitgeborenes Kind eine gewisse Sensibilität für das Land teilt."

Kein Wunder, dass sie verzweifelt auf Longbourn bleiben wollte und wütend auf ihn war, weil er sie weggeschleppt hatte. Er konnte sich ebenso wenig vorstellen, seine Bindung zu Pemberley aufzugeben, wie das Atmen einzustellen.

Nun bebten ihre Schultern und Tränen rannen aus ihren geschlossenen Augen. Das Einzige, was er tun konnte, war sie in die Arme zu nehmen und sie an seiner Schulter weinen zu lassen während er ihr über den Rücken strich, unfähig, den Schmerz zu lindern, den er verursacht hatte. "Es tut mir so leid, meine Liebste." Die Worte entschlüpften ihm, bevor er sie aufhalten konnte.

Sie wurde still, zog sich allerdings nicht zurück. "Wie gesagt, es war meine Entscheidung." Ihre Worte klangen gedämpft.

"Vielleicht ist es nicht so endgültig. Wenn ein paar Tropfen Blut auf einem anderen Anwesen die Landbindung brechen könnten, na, dann würde jedes Talent in London in Angst und Schrecken leben, sich in den Finger zu schneiden."

Sie schniefte und hob den Kopf. "Es ist nicht nur das Blut, sondern die Absicht dahinter. Ich sagte dem Land, dass ich es mit meinem Blut nähren würde und hoffe, dass es mich ernähren würde. Dass es mein Zuhause und ein Teil von mir sein würde. Und dann ist etwas geschehen. Ich weiß nicht was, aber das Land war meinem Angebot gegenüber nicht gleichgültig."

"Ja, es ist etwas geschehen. Ich habe es auch gefühlt." Er hielt inne, um dem Land zuzuhören. Es schien zufrieden zu sein. "Und es reagiert auf uns beide zusammen."

Sie trat zurück und seine Arme blieben leer zurück. War es das Land, das enttäuscht war, oder nur er?

"Gut. Wenn ich mich an das Land binden kann, wenn auch nur geringfügig, dann werde ich in der Lage sein, dir so viel mehr Kraft zu geben, wenn du sie brauchst."

Dann traf es ihn, wie ein Blitz aus heiterem Himmel. Sie hatte dies für ihn getan, hatte ihre Bindung zu Longbourn gebrochen, in dem närrischen Versuch, ihm eine winzige Überlebenschance zu ermöglichen. Es gab keine Worte, um den in ihm aufkeimenden Emotionen gerecht zu werden. "Ich verneige mich in Demut vor deiner Großzügigkeit."

"Lass uns hoffen, dass es auch funktioniert." Sie ging auf die Kutsche zu.

Er folgte ihr und wollte ihr eben beim Einsteigen helfen, als der Boden an ihm zerrte, als ob seine Stiefel kleben blieben. Er schickte eine Frage aus, aber es gab keine klare Antwort, nur noch mehr Zerren an seinen Stiefeln.

Er konnte nur ahnen, was das bedeutete. "Elizabeth, sind deine Schuhe zum Laufen geeignet?"

Sie warf einen Blick auf ihre Schuhe und blickte ihn dann verwirrt an. "Zumindest robust genug sind sie."

"Ich denke, das Land möchte, dass wir den Rest des Weges laufen, oder zumindest, bis wir das Anwesen erreicht haben. Es möchte nicht, dass wir wieder in den Wagen steigen." Er musste wie ein Idiot klingen, wenn er behauptete, dass das Land Meinungen habe. So hatte er noch nie zuvor gedacht.

Aber sie nickte, als ob es für sie vollkommen Sinn ergebe. Vielleicht tat es das auch; vielleicht hatte sie immer mit dem Land auf Longbourn gesprochen, oder es war etwas, das sie in ihren Büchern gelesen hatte. "Dann lass uns gehen." Und sie streckte ihm die Hand entgegen.

Er instruierte den Kutscher, vorauszufahren, und sie machten sich auf den Weg, sobald sich der Staub wieder gelegt hatte. Das Ziehen ließ nach, der Boden unter ihnen schien zufrieden zu sein. Darcy versuchte, nicht darüber nachzudenken, was das Personal denken würde, wenn er und Elizabeth zu Fuß und ohne Handschuhe ankamen, und entschied, dass es den Preis wert war, Elizabeths Hand halten zu können.

Als sie um die Kurve bogen, hielt Elizabeth den Atem an, da eine Lichtung einen atemberaubenden Blick auf das entfernte Herrenhaus freigab. Ihre Füße blieben beim Anblick des eleganten, modernen Gebäudes stehen, perfekt an einem See gelegen, dessen Linien sich harmonisch in die umgebende Landschaft einfügen. Hinter dem großen, schönen Steingebäude erhob sich eine Reihe von Hügeln.

"Meine Güte", hauchte sie. Jetzt verstand sie, weshalb ihr neuer Ehemann von den meisten Frauen erwartete, dass sie ohne zu zögern die Chance ergreifen würden, dort zu leben. "Es ist wunderschön. Ich nahm an, Miss Bingley habe mit ihrem Lob für Pemberley übertrieben, aber wie ich sehe, war es nichts als die Wahrheit."

"Warum sollte sie übertrieben haben?" Er klang brüskiert.

Sie legte den Kopf schief, um ihn anzusehen. "Weil Frauen den Herren, für die sie sich interessieren, oftmals schmeicheln, in der Hoffnung, ihre Aufmerksamkeit zu erregen. Männer tun dasselbe, nehme ich an."

Seine Mundwinkel zuckten. "Ich wage zu behaupten, dass du noch nie einem Gentleman geschmeichelt hast."

Sie lachte. "Ich dachte immer, dass das unweigerlich Ärger nach sich ziehen würde. Wenn ich einem Mann schmeichle, damit er mich heiratet, würde ich das entweder mein Leben lang fortsetzen oder mit seiner Enttäuschung umgehen müssen, wenn er bemerkt, dass ich mich verändert habe. Es ist viel einfacher, gar nicht erst damit anzufangen! Aber ich gebe zu, dass Pemberley in die schönste Kulisse eingebettet ist, die ich je gesehen habe, und das ist keine Schmeichelei."

Sein Blick schweifte über die Aussicht hinweg, sein Gesichtsausdruck plötzlich ernst. "Ich dachte, ich würde es vielleicht nie wiedersehen. Nach Hause zu kommen ist ein weiterer Punkt, für den ich dir danken muss."

Ein Kloß bildete sich in ihrem Hals und sie schluckte schwer. "Im Gegenzug werde ich dich zwingen, mir jedes Steinchen und jeden Winkel zu zeigen."

"Das würde ich mit Freuden tun."

"Dein Personal hingegen wird von mir nicht gerade begeistert sein, fürchte ich. Sie müssen eine feine Dame mit ausgezeichneten Verbindungen erwarten, keine Tochter eines Gentlemans vom Lande, die nicht einmal eine Aussteuer mitbringt. Sie könnten mich mit der Gouvernante verwechseln", neckte sie. Aber ganz wohl fühlte sie sich mit ihrem Scherz nicht, sie wollte nicht über die seltsamen Blicke nachdenken, die ihr zuteilwerden würden, wenn die Einheimischen erführen, wie eilig sie geheiratet hatten. Sie würden entweder annehmen, dass sie ihn in eine Falle gelockt hatte oder so stark kompromittiert worden war, dass keine andere Wahl blieb.

"Meine Dienstboten sind zu gut ausgebildet, um Überraschung zu zeigen, und sie werden begeistert sein, dass ich endlich geheiratet habe."

Für ihn war das leicht zu sagen. "Sag mir, was würdest du denken, wenn ein reicher Mann in einer überstürzten Zeremonie ein Mädchen heiratet, das er gerade erst kennengelernt hat?"

Seine Wangen nahmen Farbe an. "Dies ist anders, und jeder in Pemberley wird das verstehen. Aber ich werde mir überlegen müssen, wie ich es Außenstehenden gegenüber darstellen kann."

Sie blickte auf das schöne Haus hinab, das dem umliegenden Land entwachsen zu sein schien. "Das spielt keine Rolle. Selbst wenn dein Personal es nicht versteht, ist es nun bereits geschehen, und sie werden lernen, damit zu leben." Aber für sie würde es nicht angenehm werden. Sie war an Diener gewöhnt, die ihre harte Arbeit auf dem Anwesen respektierten, aber das würde ihr hier und jetzt nicht helfen, da sie nur noch den Hauch einer Verbindung zum Land hatte.

Er blickte verwundert drein. "Elizabeth, ich glaube nicht, dass du es verstehst. Seit George I. der erste König ohne eigenes Talent wurde, hat im letzten Jahrhundert jeder Erbe von Pemberley eine Frau mit starkem Talent geheiratet, um die Krone zu sichern. Die Dienstboten haben gesehen, welches Opfer das bedeutete, da jede Mrs. Darcy von ihrem Mann getrennt leben musste und die Kinder zwischen Mutter und Vater hin- und hergeschickt wurden. Sie haben den Schmerz der Abstoßung zwischen Mann und Frau gesehen. Sobald sie erkennen, dass du Talent hast, jedoch keine Abstoßung gegen mich besteht, werden sie es verstehen. Du bist ein großer Gewinn, auch wenn dir selbst das gar nicht klar zu sein scheint. Und dabei habe ich die Fähigkeit, unsere Magie miteinander zu verflechten, noch gar nicht mit eingerechnet."

Sie blinzelte ihn an, da sie sich nicht vorstellen konnte, dass so viele Generationen in diesen seltsamen Nicht-Ehen lebten. "Sind alle Darcys, derart pflichtbewusst, dass sie bereit sind, so viel dafür aufzugeben?" Kein Wunder, dass er einer hoffnungslosen Mission bereitwillig zugestimmt hatte.

Sein Mund verzog sich. "Gar so selbstlos sind wir nicht. Die Krone, die sich ihres Bedarfs an Magiern bewusst ist, stellt in diesen Fällen eine äußerst großzügige Mitgift zur Verfügung, außerdem wird der Rest der Familie bevorzugt behandelt. Dieses Haus wurde mithilfe der ersten königlichen Mitgift erbaut. Mein Ururgroßvater war sehr zufrieden mit dem Geschäft, das er gemacht hat."

Wusste ihr Vater davon? "Meine Schwestern haben dann..."

"Sie werden ebenfalls reich bedacht werden, wenn sie einen Mann von Talent heiraten."

Ein unangenehmer Verdacht drängte sich in ihr Bewusstsein. "Und du? Wirst du die Mitgift dafür bekommen, dass du mich geheiratet hast?"

Er schüttelte lächelnd den Kopf. "Das hätte ich, aber ich habe sie bereits deinem Vater überschrieben. Es erschien mir nicht richtig, von einer Ehe zu profitieren, die du nicht wolltest."

Es gab also keinen Grund, sich Sorgen zu machen, dass Longbourn bankrottgehen könnte. Das war eine Erleichterung, und es sprach für William. "Was ist mit meiner ältesten Schwester, wenn sie Mr. Bingley heiratet?"

"Das gilt nur, wenn man ein anderes Talent heiratet. Ich glaube, Bingley hat das deiner Schwester bereits erklärt." Er räusperte sich. "Ich habe ihm auch geraten, so schnell als möglich zu heiraten, bevor jemand auf die Idee kommt, sich einzumischen."

Zweifellos war in diesem Fall mit 'jemand' seine Mutter gemeint, aber Elizabeth wollte keinen Streit vom Zaun brechen, nicht jetzt, da sie Pemberley so nah waren. Schließlich trug er nicht die Schuld für das Verhalten seiner Mutter.

Kapitel 16

PEMBERLEYS HERRENHAUS WAR UNVORSTELLBAR schön, aber Elizabeth fand es auch überwältigend, von der erstaunlich langen Doppelreihe von Bediensteten, die in der Tür warteten, um sie zu begrüßen, bis hin zu den geräumigen Zimmern, eines eleganter als das andere. In den Speisesaal passte halb Longbourn hinein. Im Salon könnte man Könige empfangen. Selbst die große Treppe, die sich auf halber Höhe in zwei Teile aufspaltete, wäre in einem Palast nicht fehl am Platz gewesen. Es war die Art von Ort, den Reisende aufsuchten, um ihn zu bestaunen.

Und sie lebte nun hier.

Darcys Stolz auf sein Zuhause schien von ihm auszustrahlen, und um seinetwillen drückte Elizabeth bereitwillig ihre Bewunderung aus. Was ihr auch nicht schwer fiel, denn es gab wenig, was nicht bewundernswert war.

Vor allem die Bibliothek. Nach Miss Bingleys Beschreibungen hatte sie bereits eine schöne Bibliothek erwartet, aber einen so großen, hohen Raum hatte sie sich nicht vorgestellt, in dem einem der Geruch von feinen Ledereinbänden und der vanilleartige Duft alten Papiers in die Nase stieg. Eine eiserne Wendeltreppe führte zu einer Galerie, die den Raum umfing und von noch mehr Bücherregalen gesäumt war. Die Bibliothek ihres Vaters galt als die beste in Meryton, aber gegen diese wirkte sie geradezu wie ein Zwerg. "Ich sollte das alles am besten nur von der Tür aus bewundern", sagte sie. "Wenn ich reingehe und mich umsehe, würde ich vielleicht erst nächste Woche wieder auftauchen."

Seine Miene wurde weich. "Ich hoffte, sie würde dir gefallen."

"Wie könnte sie jemandem nicht gefallen?"

Er führte sie durch die öffentlichen Räume, einschließlich eines kurzen Spaziergangs durch die Porträtgalerie. "Von meinen Vorfahren erzähle ich dir gerne, wenn du nicht mehr müde von der Reise bist", sagte er, während er seine Augen von einem Gemälde abgewandt hielt, das jünger als die anderen war und zwei Jungen von vielleicht sechs und acht Jahren zeigte. Selbst als Kind war Darcys Gesichtsausdruck bereits ernst gewesen.

Dann führte er sie nach oben. "Das hier ist dein Schlafzimmer", sagte er und klang entschuldigend. "Ich bat die Dienstboten, es vorzubereiten, aber ihnen blieb nur wenig Zeit. Es wurde noch nie wirklich von der Dame des Hauses benutzt, da die Abstoßung meine Mutter und Großmutter davon abhielt, hier zu leben. Ich hoffe, du wirst es nach deinem Geschmack umgestalten." Er öffnete die Tür zu einem luftigen Raum, der durch drei große Fenster mit Sonnenlicht erfüllt wurde.

Die Einrichtung war exquisit, vom Himmelbett mit einem kunstvoll geschnitzten Kopfteil bis hin zum Schrank mit Einlegearbeiten und Waschtisch, der auf zarten, geschwungenen Beinen balancierte. Die Wände waren es allerdings, die den Raum dominierten, tapeziert mit Chinoiserie, die zarte Gemälde von blühenden Bäumen zeigte, auf denen bunte, exotische Vögeln saßen. Ein Reiher stand in einer Ecke, und ein kunstvoll detailliert dargestellter Drache mit Tigern zu seinen Füßen bedeckte einen Großteil der gegenüberliegenden Seite. Gütiger Gott, sie könnte Stunden damit verbringen, ihre Wände zu erkunden!

"Es ist wunderschön", flüsterte sie.

Er strahlte. "Zu deinem Ankleidezimmer geht es hier entlang." Er öffnete eine weitere Tür.

Im Raum dahinter packte Chandrika bereits ihre Koffer aus. Die indische Frau knickste stumm, ehe sie sich wieder ihrer Arbeit widmete.

Darcy fuhr fort: "Und diese Tür führt zu meinem Schlafzimmer." Er deutete auf den gemalten Drachen.

Tür? Welche Tür? Aber dann legte er seine Hand auf eine winzige Klinke, die im Schwanz des Drachen versteckt lag. Jetzt konnte sie die Umrisse des Rahmens sehen, der von einem erfahrenen Handwerker in den Zweigen eines Baumes verborgen worden war.

"Verblüffend!" Doch die Schönheit der Einrichtung war vergessen, als Hitze in ihr aufstieg. Das war die Tür, durch die er heute Abend kommen würde, um ihr Bett zu teilen, um sie wirklich zu seiner Frau zu machen. Sie wagte einen Blick hindurch, bekam den Eindruck von wuchtigen, aus dunklem Holz geschnitzten Möbeln und schweren Vorhängen, dann zog sie sich, in einem Anflug von Schüchternheit, zurück. So nah war sie dem Schlafzimmer eines Mannes nie gekommen, wenn man von dem ihres Vaters absah.

"Soll ich dich hierlassen, damit du dich nach unserer Reise erfrischen kannst?", fragte er und sah besorgt aus. Was hatte er in ihrem Gesicht gelesen?

"Das wäre mir recht", antwortete sie. Ein paar Minuten, in denen niemand ihre Reaktionen beobachtete, wären eine Erleichterung. Nichts davon schien real zu sein – außer dem grüblerisch attraktiven Mann, dessen Blicke liebevoll über ihre Gestalt wanderten.

Es gab keinen Grund, warum sie ihr erstes Bad in Pemberley anders nehmen sollte als zu Hause. Die mit Reliefen verzierte Badewanne, die die Diener hineingetragen hatten, war etwas größer, und heißes Wasser zum Befüllen kam schneller, da mehr Personal zur Verfügung stand, um es aus der Küche heraufzutragen, aber ein Bad war ein Bad, nicht wahr?

Nur dass dies jetzt, als Chandrika ihr half, sich auszuziehen und in die Wanne zu steigen, ihr letztes Bad wäre, bevor ihre Ehe vollzogen werden würde. Und sie stand völlig unbedeckt vor der Verbindungstür zu Williams Schlafzimmer, der Tür, durch die er theoretisch jeden Moment gehen konnte, wenngleich er gesagt hatte, er würde sie allein lassen, damit sie sich waschen könnte. Als sie in das selig heiße Wasser sank, erfüllte das Bild von ihm, der in dieser Tür stand, ihre Gedanken – und ihren Körper. Es war nicht das Bad, das tief in ihrem Inneren eine Flamme entzündete und ihre Haut vor Vorfreude auf seine Berührung brennen ließ. Das Schlucken fiel ihr nicht leicht, als sie sich seinen Gesichtsausdruck vorstellte, wenn er hereinkäme und sie sehen würde, wie sie absolut nichts trug.

Lieber Himmel, was für ein Einfaltspinsel sie doch war! Dies war eine arrangierte Ehe, die heute Abend als Teil einer Entscheidung der Regierung zur Förderung ihrer Ziele vollzogen werden würde, und nicht aus Liebe. Zudem war es nicht so, dass sie nicht wusste, was in einer Hochzeitsnacht geschah. Man konnte unmöglich an Land gebunden sein, ohne genau zu wissen, wie Lämmer und Kälber entstanden. Ganz zu schweigen davon, dass sie der Hebamme oft bei der Geburt von Babys geholfen hatte und viele Geheimnisse gehört hatte, die in der Intimität eines Geburtszimmers geteilt wurden.

Und doch sehnte sich ihr Körper schmerzlich nach etwas, das sie nicht identifizieren konnte, und Darcys Küsse brannten in ihrer Erinnerung.

Sonst hätte sie wohl noch ein wenig in der Wanne verweilt, um die letzten Verspannungen von der Reise vom warmen Wasser auflösen zu lassen, doch den Gedanken an ihren Ehemann, der mit sengendem Blick durch die hinter dem Drachen verborgene Tür hereinkommen würde, konnte sie einfach nicht abschütteln. Stattdessen beeilte sie sich mit ihrem Reinigungsritual und kletterte hinaus, solange das Wasser noch warm war.

Chandrika hatte bereits eines ihrer Lieblingskleider gebügelt, und Elizabeth ließ sich von ihr frisieren. Kosmetika benötigte sie jedoch nicht. Ihr Spiegel offenbarte die Farbe in ihren Wangen und ihre geröteten Lippen. Hatte der bloße Gedanke daran, geküsst zu werden, eine solche Veränderung hervorgerufen?

Als es schließlich klopfte, sprang sie auf die Füße. Doch es kam von der Tür, die zum Flur hinaus ging, und nicht aus Richtung der Verbindungstür. Höchstwahrscheinlich eine Dienerin, aber ihre Stimme zitterte immer noch ein wenig, als sie sie hereinbat.

Sie war wirklich ein Einfaltspinsel, sich so dumm zu benehmen!

Doch es war Darcy. Er hatte sich zum Abendessen umgezogen und sah verboten attraktiv aus. "Ich hoffe, du findest alles zu deiner Zufriedenheit", sagte er.

Sie hob ihr Kinn und beschloss, sich nicht anmerken zu lassen, wie sehr er sie um die Fassung gebracht hatte. "Sehr sogar. Es ist ein ansprechender Raum."

Sein Gesicht leuchtete förmlich auf, als er zu lächeln begann. "Ich habe mir die Freiheit genommen, das Abendessen in unserem privaten Wohnzimmer servieren zu lassen. Nach unseren Reisetagen dachte ich, dass dir möglicherweise ein weniger formelles Mahl lieber wäre, doch wenn du das Esszimmer bevorzugst, wäre es kein Problem, das zu ändern."

"Ein ruhiges Abendessen klingt perfekt." Es wäre sicherlich einfacher, wenn sie nicht das Gefühl hätte, als ob alle Dienstboten sie heute Abend beobachten würden. Ein Dinner, das sich über mehrere Gänge hinzog, umgeben von Lakaien, die bereitstanden, um Anweisungen entgegenzunehmen, wirkte wenig anziehend auf sie. Und sie wusste es zu schätzen, dass er das bedacht hatte.

Darcy hatte dieses Abendessen sorgfältig geplant. Ganz gleich, wie ungeduldig er sein mochte, Elizabeth ins Bett zu bringen, war es noch wichtiger, dass sie sich wohlfühlte. Ihre Reaktion auf seine Küsse hatte ihm die Leidenschaft aufgezeigt, die unter der Oberfläche brodelte, und er war entschlossen, dass heute Abend nichts geschehen sollte, was sie verschrecken könnte. Sollte es in seinem Leben schon einmal einen schöneren Moment gegeben haben, als zu sehen, wie sich Elizabeths Augen vor Verlangen nach ihm verdunkelten, dann konnte er sich zumindest nicht daran erinnern.

"Ich hoffe, es macht dir nichts aus, heute Abend nur etwas Einfaches zu essen", sagte er zu ihr. "Mein französischer Koch wollte ein Festmahl veranstalten, um dich zu beeindrucken, aber ich habe ihm mitgeteilt, dass das bis morgen warten sollte."

Sie schaute auf den Tisch, der mit aufwändigen Gerichten beladen war. "Das ist seine Vorstellung von einer einfachen Mahlzeit? Es ist weit mehr, als wir bei einem Familienessen in Longbourn haben, und das für unsere ganze Familie, nicht nur für zwei. Habe ich dich nun schockiert?" neckte sie ihn.

"Ich konnte ihn nicht davon abhalten, sein Können zur Schau zu stellen", gab Darcy zu. Aber ich hoffe, du wirst es genießen."

"Da bin ich mir ganz sicher! Wenngleich es neu für mich ist, mit dir allein zu speisen, da ich an ein viel volleres Haus gewöhnt bin."

"Während ich an ruhige Mahlzeiten gewöhnt bin. Für mich wird es eine angenehme Abwechslung sein, jeden Tag mit dir zu essen, da ich es oft alleine tat, wenn keine Gäste da waren."

"Dann lebt deine Schwester nicht hier?" Sie schien ihn zu studieren.

Nicht sein Lieblingsthema, aber er konnte die Angelegenheit rund um Georgiana nicht für immer umgehen. "Sie hat ihren eigenen Haushalt in London."

"Dann ist sie also lieber in der Stadt?"

Definitiv keine Frage, die er besprechen wollte, besonders nicht in seiner Hochzeitsnacht. "Ja, aber ich habe sie gebeten, sich uns anzuschließen, damit sie dich kennenlernen kann."

"Ich hoffe, diese Reise macht ihr nichts aus", sagte sie, mit einem leichten Stirnrunzeln. "Ich möchte nicht der Grund für Schwierigkeiten sein."

"Sie besucht Pemberley immer gerne." Das war eine einfachere Antwort.

"Weißt du, wann sie ankommen wird?"

"Dazu hat sie sich noch nicht geäußert, aber ich dachte, wir sollten zuerst ein wenig Zeit für uns haben." Und hoffentlich würden sie viel davon in ihrem Schlafzimmer verbringen. "Oder überwiegend für uns selbst. Meine Französischlehrer werden in zwei Tagen hier sein. Dieser Pflicht kann ich mich nicht entziehen, da es für meine Mission von entscheidender Bedeutung ist, französische Konversationen zu verstehen. Meine Fähigkeiten auf dem Gebiet sind leider durchaus mangelhaft. Die Grundlagen habe ich vor langer Zeit gelernt, doch habe ich mir niemals besondere Mühe damit gegeben, da ich davon ausgegangen bin, mein Leben auf Pemberley zu verbringen." Aber er wollte nicht an seine Mission denken, nicht heute Abend, wenn er endlich mit Elizabeth allein sein würde. Er wollte sich auf sie konzentrieren. "Du sprichst etwas Französisch, nicht wahr?"

"Ja, obwohl mir gesagt wurde, mein Akzent sei grauenvoll. Ich habe es zusammen mit Arabisch von den Hadids gelernt. Sie lebten vor der Revolution in Frankreich, daher ist mein Französisch das eines Marseiller Kaufmanns mit arabischem Akzent", sagte sie lachend. "Aber es reicht aus."

Was war das an ihrem Lachen, dass er sich beinahe schmerzlich danach sehnte, sie zu küssen? Nun würde es nicht mehr lange dauern, nur noch ein ruhiges Abendessen, um ihr die Befangenheit zu nehmen und dann wären sie endlich Mann und Frau. "Ich beginne zu denken, dass du in deiner Bekanntschaft mit den Hadids großes Glück hattest. Oder vielleicht bin ich der Glückliche, denn ich profitiere von deinen Jahren bei ihnen und allem, was du dort gelernt hast, wie auch von so Vielem mehr."

Eine bezaubernde Röte stieg in ihren Wangen auf. Dachte auch sie an die Hochzeitsnacht, die vor ihnen lag?

Das hoffte er sehr.

Das Bild ihrer dunklen Locken, die sich über sein Kissen ergossen, ihrer von seinen Küssen geschwollenen Lippen, fühlte sich vor seinem geistigen Auge so lebendig an, dass er sich zur Ordnung rufen und sich daran erinnern musste, geduldig zu sein. Anstatt von all seinen Hoffnungen für heute Abend zu erzählen, bot er ihr ein feines Ragout an. "Falls es noch etwas geben sollte, das du möchtest, zögere bitte nicht, zu fragen. Sei es zum Abendessen oder wenn es etwas an deinen Räumlichkeiten gibt, das es dir komfortabler machen würde."

Sie senkte den Blick. "Es ist alles köstlich, und ich habe keine Beschwerden. Ich bin ziemlich verliebt in die Tapete in meinem Zimmer. Ist sie schon lange dort?"

Endlich ein sicheres Gesprächsthema, das sein Verlangen nicht noch weiter entflammen würde. Über Pemberley könnte er Stunden sprechen. Und dann wäre es endlich, endlich Zeit.

Kapitel 17

WOHLIGE WONNE DURCHSTRÖMTE DARCY, als das Dienstmädchen am nächsten Morgen eine rosawangige Elizabeth in den Frühstückssalon führte. Weniger als eine Stunde war es her, dass er ihr Bett verlassen hatte, und schon vermisste er sie.

Ihre Augen huschten durch den Raum, ehe sie sich ihm schließlich mit noch röteren Wangen und einem kleinlauten Lächeln zuwandte.

So oft war Darcy seine Fähigkeit, zu erraten, was Elizabeth dachte, nicht dienlich gewesen. Doch diesmal bedurfte es keiner großen Einsicht, um zu erraten, dass es einer wohlerzogenen jungen Dame peinlich wäre, ihren Gatten das erste Mal nach ihrer Hochzeitsnacht zu sehen. Und was für eine Hochzeitsnacht! Sie hatte jedes Versprechen der Leidenschaft eingelöst, das er in ihr wahrgenommen hatte, und noch mehr. Aber wenn er zu sehr darüber nachdachte, würde er am Ende versuchen, sie zurück ins Bett zu locken, anstatt zu frühstücken.

Und auf das Frühstück war er stolz. Er wollte, dass sie es schätzte. Dennoch war er kein Heiliger, also nahm er ihre Hand und drückte einen langen Kuss darauf. "Meine liebste Elizabeth, ich hoffe, du weißt, dass du mich wirklich zum glücklichsten aller Menschen gemacht hast."

Ihre Wangen waren fast scharlachrot. "Das ist schön zu hören", sagte sie mit erstickter Stimme.

Falls es ihn enttäuschte, keinen ähnlichen Ausdruck der Freude zu hören, so überraschte es ihn zumindest nicht. Wie sie die letzte Nacht genossen hatte, war Beweis genug.

"Darf ich einen Teller für dich zusammenstellen? Ich kann sowohl den Schinken als auch den Speck empfehlen, die hier vom Anwesen stammen, ebenso wie die Eier. Das Brot wurde mit Mehl hergestellt, das keine zehn Meilen von hier entfernt gemahlen wurde. Es gibt Honig von unserem eigenen Imker. Die Marmelade aus wilden Pflaumen und das Brombeerkompott stammen ebenfalls aus lokalen Heckenfrüchten, wenngleich sie Zucker enthalten, fürchte ich. Wir haben Kaffee und Tee, aber auch die besondere Mischung der Haushälterin aus Kamille und Hagebutten." Er musterte sie hoffnungsvoll.

Diesmal folgte keine Enttäuschung. "Wie lieb von dir!", rief sie. "Das begrüße ich sehr. Ich hatte Angst davor, deiner Haushälterin meine Essensvorlieben zu erklären, daher danke ich dir, dass du das übernommen hast. Ich würde gerne etwas von allem haben, wenn ich darf."

Und zu seiner Freude drückte sie ihm einen Kuss auf die Wange.

"Das ist zu viel der Anerkennung", sagte er, als er ihren Teller mit Essen belud. "Ich habe nur um heimisches Essen für heute gebeten und ihr gesagt, dass du ihr weitere Anweisungen geben würdest."

"Trotzdem hast du das Eis gebrochen. Wird sie es verstehen, wenn ich ihr die Auswirkungen auf mein Talent erkläre?"

"Mrs. Reynolds? Ohne Frage. Sie war schon bei der Familie, ehe ich geboren wurde, und ich vertraue ihr bedingungslos. Sie wird dafür sorgen, dass unsere Mahlzeiten deinen Anforderungen entsprechen."

Ihre Augen leuchteten. "Das wäre wundervoll. Zu Hause konnte ich nicht viel von dem essen, was serviert wurde, und fand mich später oft in der Küche wieder, weil ich immer noch hungrig war. Es gibt keinen Grund, weshalb sie keine anderen Gerichte servieren können, die du magst, aber es wird mir ein Vergnügen sein, uneingeschränkt essen zu können."

Wie hatte Mrs. Bennet es zulassen können, dass ihre Tochter Hunger litt? "Es tut mir leid, dass deine Mutter dich nicht berücksichtigt hat.

Hier bist du die Hausherrin, und alles wird deinen Wünschen gemäß verlaufen."

Elizabeth nahm eifrig ihren Teller entgegen. "Das war nicht ihre Schuld. Ich habe es ihr nie erklärt, da sie nichts von meinem Talent weiß."

Hatte er richtig gehört? "Deine eigene Mutter?"

"Sie kann nicht anders als zu klatschen, daher war es besser, wenn sie glaubte, dass Jane das Talent hätte, nicht ich."

"Daraus entnehme ich, dass deine älteste Schwester kein Talent hat?" Es war ungewöhnlich, er hatte jedoch schon von solchen Fällen gehört.

"Ein wenig, aber es ist nicht stark. Sie wurde zu früh geboren, bei einem Besuch in London, und meine Mutter wusste nicht, dass sie die Nachgeburt aufbewahren sollte, um sie in Longbourn zu vergraben. Als ich also geboren wurde, traf mein Vater alle Vorkehrungen, um sicherzustellen, dass ich eine Verbindung mit dem Land eingehen konnte, falls Jane es nicht tat."

"Aber warum sollte man das geheim halten?"

Ihre Wangen erröteten. "Jane wurde nur wenige Monate nach der Heirat meiner Eltern geboren. Mein Vater hatte Angst davor, was die Leute denken würden, wenn sie auch kein Talent hätte."

"Dennoch – wie konntest du es verbergen, als du zu deinen Kräften kamst? Sicherlich muss es offensichtlich gewesen sein, dass etwas Seltsames geschah."

"Es war purer Zufall, dass ich mich zu der Zeit, als es passierte, in Wales aufhielt. Ohne meine Mutter."

"Ich dachte, du wärst nicht mehr dort gewesen, seit du ein Kind warst."

"Ja, da war ich acht Jahre alt."

Sein Schluck Kaffee rutschte in den falschen Hals und er musste husten. "Deine Kräfte kamen, als du acht warst?" Seiner Mutter war es – zu einem gewissen Grad – gelungen, seine Magierfähigkeiten aus ihm herauszukitzeln, als er zehn gewesen war. Doch vollen Zugang zu diesen hatte er erst mehrere Jahre später erlangt, als die übliche Krankheit ihn befallen hatte, die einem Zugriff auf seine Landkräfte vorausging.

"Ein paar davon", sagte sie leichtfertig, als läge darin nichts Bemerkenswertes. "Meine Fähigkeit, mich mit dem Land zu verbinden, wurde stärker, als ich dreizehn war."

Als sie acht war. Da hatte noch etwas anderes Bedeutendes stattgefunden. "Bist du nicht zur selben Zeit deine Verbindung mit Cerridwen eingegangen?"

Sie hielt inne, um nachzudenken. "Das war im selben Sommer, denke ich." Doch dann schaute sie weg, als ob sie sich mit dem Thema unwohl fühlte.

Aber er wollte, dass sie seine Gesellschaft genießen konnte und sich nicht unbehaglich fühlte, daher wechselte er das Thema. "Hast du irgendwelche Pläne für den Tag?", fragte er.

Ihr Gesichtsausdruck ließ auf eine gewisse Vorsicht schließen. "Ich dachte, ich würde mich mit der Haushälterin treffen, und ich muss entscheiden, was ich mit Chandrika, dem Dienstmädchen, tun soll. Sie hat angeboten, eine Zeitlang hier zu bleiben, bis ich mir eine Zofe nach meinem Geschmack aussuchen konnte, aber ich weiß nicht, ob Mrs. Reynolds bereits jemanden im Sinn hat."

"Könnte das noch warten? Ich würde mich über die Gelegenheit freuen, dir Pemberley zu zeigen. Die Ländereien sind ganz besonders schön." War das taktvoll genug, oder hatte sie das Gefühl, dass er ihr Befehle erteilte?

Ihr Gesichtsausdruck erhellte sich. "Das würde mir gefallen. Du kennst sicherlich die schönsten Plätze, die ich unbedingt sehen muss."

Er sollte nicht so erfreut sein, dass sie bereit war, seine Gesellschaft anzunehmen. "Wenn du möchtest, könnten wir mit dem attraktiven Rundweg um den See beginnen. Dort gibt es viele schöne Aussichten. Oder wir könnten das ganze Anwesen umrunden, aber das sind etwa zehn Meilen, was man am besten von einem Zweispänner aus unternehmen sollte."

Sie neigte den Kopf. "Vielleicht könnten wir mit dem Spaziergang um den See beginnen."

Das Wetter hatte sich geändert und brachte einen lebhaft-kühlen Wind vom Dark Peak herunter, daher vergrub Elizabeth sich in ihrem Mantel, ehe sie mit Darcy aufbrach. Mit ihrem Mann, dem sie letzte Nacht beigelegen hatte. Beim bloßen Gedanken daran stieg Hitze in ihr auf, trotz der Kälte.

Die Sonne schien und verlieh der natürlichen Schönheit von Pemberley einen goldenen Glanz. Es war leicht, mit Freude die Ausblicke zu genießen, die sie passierten, die vielen bezaubernden Aspekte des Tals, der gegenüberliegenden Hügel und Teile des Baches.

"Ich bin froh, dass du mit Pemberley zufrieden bist", sagte Darcy mit einem Hauch von Stolz in seiner Stimme.

"Ich habe noch nie schönere Ländereien gesehen." Und sie meinte es ernst.

Aber obwohl ihre Augen von Pemberley entzückt waren, lastete eine quälende Trauer über die Abwesenheit ihres Landtalents schwer auf ihr. Ja, sie konnte ein sehr schwaches Gefühl der Erde unter sich wahrnehmen, jedoch nicht das reiche Leben unter der Oberfläche und die Kraft ihres Talents hineinfließen zu lassen, stand völlig außer Frage. Das war ihr am allerliebsten auf dieser Welt gewesen, ihre Kraft mit all den Organismen zu verbinden, aus denen Longbourn bestand.

Jetzt war es, als würde man ein paar Geräusche aus einem entfernten Gespräch wahrnehmen. Alle Sätze waren zusammengewürfelt, ohne Sinn zu ergeben, wo sie einst jedes einzelne Wort und alle Gespräche herausgehört hätte.

Wie sie sich danach sehnte, nach diesem Gefühl, Teil des Landes zu sein, ihr Talent fließen zu fühlen! Fühlte es sich etwa so an, wenn man plötzlich das Augenlicht und sein Gehör verlor, dieses Gefühl, von der Welt abgeschnitten zu sein? Es war quälend, diese herzerfüllende, herrliche Verbindung mit dem Land gekannt zu haben und sie dann zu verlieren.

Sie schloss die Augen, nahm einen tiefen Atemzug und schob den Schmerz beiseite. Darcy hatte keine Mühe gescheut, um freundlich zu ihr zu sein, auch wenn es ihm nichts einbrachte. Letzte Nacht war er sowohl sanft, als auch auf ihr Vergnügen bedacht gewesen. Mehr hätte sie sich in dieser Hinsicht nicht wünschen können.

Und vielleicht war nicht ihr ganzes Talent verloren. "Glaubst du, ich könnte hier immer noch Magie lernen, auch ohne eine echte Bindung an das Land?"

"Es gibt keinen Grund, warum du es nicht könntest. Die meisten Magier entwickeln ihr Landtalent nie." Er schien sie einen Moment lang zu studieren. "Ich würde dir gerne beibringen, was ich weiß, wenn du das möchtest."

Sie würde alles tun, um ihr Talent wieder einsetzen zu können! "Das würde mir sehr gefallen, wenn du die Zeit erübrigen kannst."

Kannst du mich hören? Darcys Stimme in ihrem Kopf ließ sie nach Luft schnappen.

Ja, das kann ich. Sie sprach innerlich zu ihm, wie sie es mit Cerridwen tun würde. Könnte das funktionieren?

Er blieb abrupt stehen und starrte sie an. "Du lernst sehr schnell, aber versuch nicht, zu viel zu senden. Ich habe keinen Tee mit Honig für dich hier."

Wieder einmal hatte sie ihn überrascht! "Das ist einfach. Das mache ich die ganze Zeit, und es hat mich nie geschwächt."

Er runzelte die Stirn. "Du hast gesendet? An wen denn?"

"Cerridwen, natürlich."

Er schüttelte den Kopf und sagte: "Den Geist deiner Vertrauten zu berühren, ist nicht dasselbe wie wahres Senden."

Ihre Muskeln verkrampften sich, als der alte Darcy wieder durchzukommen schien, der sich so sicher war, dass er alles wusste. "Vielleicht nicht für dich, aber ich spreche mit Cerridwen auf die gleiche Weise, wie ich gerade dir gesendet habe."

"In Worten?" Seine Stimme erhob sich ungläubig.

"Oft, ja. Manchmal auch in Bildern."

"Was soll das bringen? Sie kann deine Worte nicht verstehen."

"Sicherlich kann sie –" Und dann schloss sich ihre Kehle, als sie von einem Bild aus der fernen Vergangenheit bombardiert wurde. In ihrer Erinnerung ragte Granny über ihr auf, größer als das Kind Elizabeth, und sagte: "Erzähle niemandem davon. Nicht deinen Eltern, nicht deinen Schwestern, auch deinen Freunden nicht. Niemand darf es wissen."

Was stimmte nicht mit ihr? Beinahe hatte sie ihm Grannys Geheimnisse erzählt, und das war gefährlich. Ihre Urgroßmutter und die Familie in Wales waren auf ihren Schutz angewiesen. Plötzlich konnte sie wieder atmen. "Manchmal fühlt es sich so an, als könnte sie es, aber das mag auch meiner Phantasie entspringen", sagte sie, um ihn zu beruhigen.

Sein Lächeln war nachsichtig. "Es ist leicht zu glauben, dass unsere Vertrauten uns besser verstehen als sie es tatsächlich tun. Aber in diesem Fall hat es dir zumindest Übung im Senden verschafft. Ich bin beeindruckt, wie schnell dir das gelungen ist. Du steckst voller reizvoller Überraschungen, meine liebste Elizabeth." Er streckte die Hand aus, um ihre Wange zu berühren.

Die sanfte Liebkosung sandte einen Schauer des Verlangens durch sie. Ihre Lippen begannen zu kribbeln und sehnten sich nach dem Druck der Seinen, um all diese Verwirrung in der Freude seiner Berührung zu vergessen.

Aber sie konnte es sich nicht leisten, ihn zu nahe an sich heranzulassen. Er war ihre einzige Verbindung zu dieser neuen Welt von Pemberley, und sein Liebesspiel hatte etwas tief in ihr verändert. Und doch war er immer noch ein Fremder und eine Gefahr für ihre Familie in Wales. Beinahe hätte sie sie entlarvt, und das nur, weil er die Romantikkarte ausspielte.

Alles, was Darcy von ihr wollte, war ihr Talent und ein Baby. Sie mochten Verbündete im Krieg gegen Napoleon sein, aber er war nicht in sie verliebt, nicht einmal ein enger Freund. Er hielt sie für unzureichend ausgebildet und blickte auf ihre Blutmagie herab. Dieses Verführungsspiel würde ihn nichts kosten, da er davon ausging, dass er in ein paar Monaten sterben würde. Sie wäre diejenige, die beraubt und untröstlich zurückgelassen würde.

Seine Stirn runzelte sich. "Was ist los? Bitte sag mir, was ich getan habe, um dich zu verstimmen."

Sie wagte nicht, ihn anzusehen, weil sie fürchtete, weich zu werden. "Ich habe zugestimmt, dir bei deiner Mission zu helfen. Ich werde nachts dein Bett teilen. Ich hoffe, wir können eine Art Freunde sein, aber bitte, hülle das nicht in Romantik und süße Worte."

Sein Gesicht erstarrte. "Das verstehe ich nicht."

Ihre Brust schmerzte. Es widersprach ihrer Natur, unfreundlich zu sein, aber sie hatte keine andere Wahl, nicht wenn die Sicherheit ihrer walisischen Verwandten auf dem Spiel stand. "Du hast mich nur wegen meines Talents geheiratet. Ich muss nicht mit romantischen Phrasen gekauft werden, die du gar nicht so meinst."

"Ich bedauere die Umstände unserer Ehe, aber meine Gefühle sind aufrichtig. Ich bin dankbar, mit dir verheiratet zu sein, und wäre es auch dann noch, wenn dein Talent morgen verschwinden würde." Seine Stimme war jedoch kühl. Offensichtlich mochte er ihre Ehrlichkeit nicht.

"Sag mir, hättest du mich geheiratet, wenn du nicht entdeckt hättest, dass mein Talent mit deinem interagieren kann?"

Seine Antwort kam langsam. "Ich glaube nicht."

"Auch wenn es zu deinem Vorteil gewesen wäre, eine Frau zu heiraten, um einen Erben zu zeugen, bevor du verschwindest?"

"Was mir meine Mutter wieder und wieder gepredigt hat, aber ich hielt das für grausam."

"Grausam?" Ihre Stimme erhob sich. Wie kann er es wagen, das zu ihr zu sagen, nachdem er sie gezwungen hatte, Longbourn zu verlassen?

"Ich verbringe fast meine ganze Zeit damit, zu üben. Eine solche Frau hätte mich nur selten zu sehen bekommen, um dann als Witwe mit einem vaterlosen Kind alleingelassen zu werden. Und da keine Frau einer solchen Ehe aus anderen als geldgierigen Gründen zustimmen würde, überließe ich mein ungeborenes Kind einer Mutter, die sich nur um Geld schert. Nein, danke."

"Und dennoch hast du mich geheiratet", sagte sie bitter. "War das nicht grausam?"

Er schaute weg. "Ich dachte, es wäre vielleicht ein bisschen besser, weil ich mehr Zeit mit dir verbringen könnte, und ich könnte dir mein Kind anvertrauen. Dennoch kann ich nicht leugnen, dass dein Nutzen für die Mission der entscheidende Faktor war."

Warum tat es weh, wenn sie es doch schon gewusst hatte? Sie straffte die Schultern. "Nun, da wir uns darüber im Klaren sind, ist das ein Wasserfall, den ich da höre?"

Es entstand eine kurze Pause, dann antwortete er in einem ruhigeren Ton: "Ja, und du wirst ihn gleich hinter der nächsten Kurve zu sehen bekommen."

Die Schönheiten Pemberleys zu bewundern war viel sicherer, als sich die Gefühle einzugestehen, die sie mit sich hinabzuziehen drohten.

Als sie das Haus erreichten, bat Elizabeth die Haushälterin, sich ihr anzuschließen, denn das war besser, als mit ihren Gedanken allein zu sein.

Die ältere Frau erschien prompt, ihre Miene unlesbar. Sie musste wegen dieses ersten Treffens nervös sein. "Wie kann ich Ihnen behilflich sein, Mrs. Darcy?"

"Danke, dass Sie gekommen sind, Mrs. Reynolds. Bitte schließen Sie die Tür und setzen Sie sich zu mir. Nein, ich bestehe darauf. Ich habe viel mit Ihnen zu besprechen, und da können wir es uns ebenso gut angenehm gestalten."

"Soll ich zuerst die Haushaltsbücher holen, oder möchten Sie lieber die allgemeine Haushaltsführung besprechen?"

Definitiv nervös. "Weder noch. Bitte, setzen Sie sich."

"Wie Sie wünschen, Madam." Die Haushälterin setzte sich auf die Kante des Stuhls und berührte ihre Haube, als wollte sie sich vergewissern, dass sie noch gerade saß.

Elizabeth atmete tief durch. "Sie haben zweifellos erraten, dass hinter meiner plötzlichen Heirat mehr steckt, auf den ersten Blick ersichtlich ist."

Die ältere Frau hob ihr Kinn. "Ich beteilige mich nicht an Klatsch, Madam. Mr. Darcy hielt es für richtig, Sie zu heiraten, und das ist das Einzige, was zählt."

"Das freut mich zu hören. Mein Mann sagte mir, man könne Ihnen bedingungslos vertrauen. Ich erwähne das Thema nur, damit Sie Kenntnis davon erlangen, dass es Dinge gibt, die ich nicht erklären kann, die sich darauf auswirken, wie ich mit dem Haushalt interagiere, und ich werde Ihre Hilfe benötigen."

"Ich werde mein Bestes geben, Madam."

"Erlauben Sie mir zunächst, Ihnen dafür zu danken, dass Sie das Frühstück mit lokalen Speisen arrangiert haben. Es war perfekt für meine Bedürfnisse, die darin bestehen, eine Verbindung zu dem Land hier aufzubauen. Mr. Darcy hat mich wegen meines Talents geheiratet, und für ihn ist es wichtig, dass ich so schnell als möglich eine Affinität zu Pemberley entwickle. Unter normalen Umständen würde dies über viele Jahre hinweg auf natürliche Weise geschehen. Doch diese Jahre habe ich nicht. Glücklicherweise gibt es Techniken, die diesen Prozess beschleunigen können, und eine davon ist der Verzehr von Lebensmitteln, die auf diesem Land produziert werden."

Die Lippen der Haushälterin pressten sich aufeinander. "Wir können es sicherlich versuchen, aber die lokalen Produkte sind meist nicht von der Qualität, die man in einem guten Haushalt erwarten würde."

Elizabeth versuchte, sich selbst mit den Augen der Haushälterin zu sehen, ein unbekanntes Mädchen vom Lande ohne Verbindungen, eilig verheiratet, ohne angemessene Kleidung, das zu Fuß und staubig vor der Tür dieses eleganten Herrenhauses erschienen war. Und sie konnte schlecht erklären, dass das Schicksal Englands von ihren Fähigkeiten abhängen könnte! "Lassen Sie mich deutlicher werden. Meine Verbindung zum Land hier zu stärken ist von entscheidender Bedeutung, und deshalb würde ich lieber grobes Brot aus lokalem Weizen serviert bekommen als feinstes Weißmehl von anderswo. Honig von Pemberleys Bienen, kein Zucker aus Indien. Forellen aus dem Bach, keine Hummer aus dem Meer. Schwachbier, das in Pemberley gebraut wird, ist besser als Wein aus Spanien. Es gibt kein Essen, das ich für unter meiner Würde erachte oder nicht bereit wäre zu essen, wenn es aus Pemberley kommt."

Sie schürzte die Lippen. "Madam, wir haben einen ausgezeichneten französischen Koch, der stolz auf die Qualität dessen ist, was hier serviert wird."

"Vielleicht könnten Sie es ihm als Herausforderung präsentieren", schlug Elizabeth vor. Das lief nicht gut, aber sie konnte es sich nicht leisten, einen Rückzieher zu machen, nicht, wenn Darcys Leben von ihrer Verbindung zu Pemberley abhängen könnte. "Dies ist nichts, was ich zu meinem Vergnügen anstrebe. Ich vermisse es häufig, meine Lieblingsspeisen zu essen. Manchmal träume ich sogar von Marzipan! Aber ich muss tun, was mein Talent stärkt, damit ich meinem Mann am besten dienlich sein kann." Dieses letzte Argument brachte sie gezielt an, um jegliches Zögern im Keim zu ersticken.

Offensichtlich war es nicht genug. "Lady Anne Darcy hat diese Herangehensweise nie erwähnt."

Dies war einer Insubordination gefährlich nahe. Sie sagte fest: "Lady Anne hegte keinerlei Verlangen, sich mit dem Land zu verbinden, doch ich tue das. Das ist es, was ich von den Mahlzeiten erwarte."

Mrs. Reynolds versteifte sich. "Ja, Madam."

Innerlich seufzte Elizabeth. Vielleicht würde der Haushälterin dieser Teil besser gefallen. "Das Nächste, was ich mit Ihnen besprechen möchte, betrifft den Haushalt. Ich muss Ihnen zu Ihrer Führung dessen gratulieren. Vorerst, zumindest für die ersten Monate, möchte ich Sie bitten, sich weiterhin darum zu kümmern. Mein Studium wird mir nicht die Zeit lassen, dies angemessen zu tun."

"Wie Sie wünschen." Lag da ein Hauch von Zufriedenheit in ihrer Stimme? Da Lady Anne nie in Pemberley gelebt hatte, dürfte Mrs. Reynolds nie eine Hausherrin gehabt haben, die ihre Arbeit beaufsichtigte. "Um sicherzustellen, dass ich über ausreichend Personal verfüge, darf ich mich nach Ihren Plänen, was Besuche anbelangt, erkundigen?"

Das war ganz einfach. "Wir werden überhaupt keinen Besuch empfangen. Mein Fokus wird darauf liegen, mich mit dem Land zu verbinden." Und dann wäre Darcy weg, und dann gäbe es ganz sicher keine Feste mehr.

"Soll ich die Nachricht an benachbarte Herrenhäuser weitergeben, dass Sie frisch verheiratet sind und sich vorerst zurückziehen wollen? Andernfalls werden sie wahrscheinlich zu Höflichkeitsbesuchen vorbeikommen."

"Das wäre perfekt. Ich schätze Ihre Bereitschaft, sich diesen Herausforderungen zu stellen. Ich weiß, dass Sie derartiges nicht von der neuen Dame des Hauses erwartet hatten."

Anscheinend hatte sie diesmal das Richtige gesagt, denn die Haushälterin erwiderte: "Ich werde mein Bestes geben. Ich werde mit dem Koch über Ihre Vorlieben sprechen, aber ich kann nicht versprechen, dass er es gut aufnehmen wird. Es wäre einfacher, wenn ich ihm einen Grund nennen könnte. Wäre es angemessen, ihm zu sagen, dass es um des Kindes willen ist, das Sie vielleicht bald haben werden, um seine Bindung zu Pemberley zu stärken?"

Elizabeth nickte. "Das hat sogar den Vorteil, wahr zu sein. Haben Sie sich jemals gefragt, warum Talente in alten Zeiten viel stärker waren, als selbst wohlhabende Landbesitzer noch die Erzeugnisse ihres Landes aßen? Jetzt speisen wir all die importierten Delikatessen statt der Früchte unserer eigenen Anwesen und schwächen unsere Talente, während wir unsere Zunge erfreuen."

"Das wusste ich bisher nicht", sagte die Haushälterin. Elizabeth konnte praktisch sehen, wie sie diese neuen Erkenntnisse in ihrem Kopf drehte und wendete. Vielleicht taute ihre Missbilligung dadurch ein wenig auf.

"Bitte, teilen Sie dem Koch mit, dass ich keine Menüanfragen stellen werde. Was auch immer er meint, mit dem, was ihm zur Verfügung steht, machen zu können, wird perfekt sein."

"Das macht die Sache leichter. Zumindest wird Fleisch kein Problem sein. Wir haben hier jede Menge Moorhühner und Rebhühner und alle Arten von Vieh und Wild."

"Perfekt." Sie konnte mit der kaum verborgenen Missbilligung der Haushälterin leben, solange sie ihren Wünschen nachkam. Aber ihr Magen fühlte sich vor Enttäuschung schwer an. Sie hätte sich eine Verbündete gewünscht.

Kapitel 18

E LIZABETH BLICKTE VON IHREM Buch auf, als ein Lakai mit einem Silbertablett das Zimmer betrat.

"Ihre Post, Mrs. Darcy", verkündete er.

Endlich! Ihre beginnenden Kopfschmerzen vom Blinzeln auf den verblichenen arabischen Text waren vergessen, als sie eifrig nach den Briefen griff. Den einen zierte Janes Handschrift, Tante Gardiners den anderen. Enttäuschung stach ihr ins Fleisch.

Nicht, dass sie unglücklich gewesen wäre, von einer ihrer Lieben zu hören. Briefe von zu Hause waren ein seltenes Vergnügen, aber sie wartete verzweifelt auf Antworten von Granny und ihrem Vater. Sie hatte Seiten um Seiten gefüllt, in denen sie um Rat über Illusionen bettelte. Sie konnte natürlich nichts über Darcys Mission schreiben, aber sie hatte angedeutet, dass seine Sicherheit von ihren Antworten abhing.

Vielleicht hätte ihr Vater Janes Brief etwas hinzufügen können. Elizabeth brach das Siegel und begann, ihn zu überfliegen, sprang zum Ende und sparte sich die Worte ihrer Schwester auf, um sie später zu lesen und zu genießen. Am Ende fand sie eine andere Handschrift, aber es war Marys Gekrakel, dass ihr davon erzählte, dass sie für London packe und wie aufgeregt sie sich schon darauf freue, ihr neu entdecktes Talent anzuwenden.

Selbst diese kleine Nachricht weckte schmerzliche Erinnerungen an Longbourn. Oh, wie vermisste sie ihre Familie, ganz zu schweigen von der nützlichen Beschäftigung, die ihre Stunden dort ausgefüllt hatte!

Sie schüttelte forsch den Kopf. Schweren Gedanken würde sie sich nicht hingeben. Hunderttausende von Männern hatten ihr Leben gegeben, um Napoleon zu besiegen. Wenn der Verlust ihres Zuhauses und ihres Landtalents der Preis war, den sie zahlen musste, dann war das so. Sie würde einen Weg finden, das Beste aus ihrem neuen Leben zu machen.

"Macht es dir etwas aus, wenn ich mich dir anschließe?" Es war Darcys Stimme, die von der Tür her zu ihr herüberdrang.

Sie wandte sich ihm in freudiger Überraschung zu. "Ich würde mich freuen. Ich dachte, du würdest immer noch deine Illusionen üben." So verbrachte er seine Tage – auf einer Lichtung auf halber Höhe den Berg hinauf, wo niemand seine Bemühungen sehen und sich fragen konnte, weshalb ein Landtalent Magie praktizierte.

"Ich habe einen Brief zu schreiben", sagte er. "Nach London."

Ans Kriegsministerium also. Darcy war immer vorsichtig mit seinen Worten, wenn die Dienerschaft ihn womöglich hören könnte. Angst schnürte sich um ihrem Magen. "Ich hoffe, du hast keine schlechten Nachrichten erhalten."

Er musterte sie mit gerunzelter Stirn, aber dann entspannte sich sein Gesicht. "Nichts, was einen unmittelbaren Einfluss auf mich hat, aber die Nachrichten sind heutzutage selten gut."

Der Knoten in ihrem Inneren löste sich. Er war also noch nicht zu seiner Mission berufen worden. Und sie konnte ihm an diesem Abend noch mehr Fragen stellen, wenn er in ihr Schlafzimmer kam. Die einzige Zeit, in der sie wirklich allein waren.

Ihre Wangen wurden warm. Er mochte nicht mehr als ein Freund sein, der ihr Bett teilte, und einer, mit dem sie vorsichtig sein musste, aber diese Momente waren der Höhepunkt ihrer Tage. Nicht nur wegen des exquisiten Liebesspiels, sondern auch wegen der Gespräche, die sie danach führten, wenn sie gemeinsam im Bett lagen, über seine Übungseinheiten und das, was sie aus ihren Büchern lernte, sprachen.

Er musste ihr etwas vom Gesicht abgelesen haben, denn er kam näher und beugte sich zu ihr hinunter, um ihr einen langen Kuss auf die Lippen zu drücken, wobei er mit seiner Zunge die Linie zwischen ihren nachzeichnete, bis sie ihren Mund für seine Erkundungen öffnete. Tief in ihrem Inneren loderte Hitze auf, und ihre Hände bewegten sich von selbst, um sein Gesicht zu umschließen.

Allzu schnell war es vorbei, und doch befriedigend zu sehen, wie sich seine Augen vor Verlangen verdunkelten und mit welchem Widerwillen er sich wieder zurückzog.

"Später", murmelte er.

Sie bedachte ihn mit einem ihrer neckischen Blicke. "Ich freue mich schon darauf."

Darcys Französischlehrer schlossen sich ihnen zum Dinner an. Es war das übliche Muster, die Essenszeit zu nutzen, um Darcys Verständnis der französischen Konversation zu verbessern, um jede Minute seiner Vorbereitung optimal zu nutzen. Elizabeth hätte es vielleicht zu schätzen gewusst, selbst mitzuüben, um die Sprache flüssiger sprechen zu können, aber die Themen waren langweilig und konzentrierten sich immer darauf, Darcy etwas über die Honoratioren an Napoleons Hof beizubringen.

Und sie wäre lieber mit Darcy allein gewesen.

Kurz nachdem der erste Gang abgetragen war, eilte der Butler herein. "Sir, wenn Sie mir die Unterbrechung verzeihen mögen, im Dorf wird ein Kind vermisst."

Darcy erhob sich augenblicklich. "Bitte entschuldigen Sie mich. Ich muss gehen, für den Fall, dass mein Talent helfen kann."

"Darf ich dich begleiten?" Sie hatte noch nie von einem solchen Einsatz von Talent gehört, und sie wollte nicht, dass er in der Nacht verschwand. Und Monsieur und Madame de Cardevac noch eine Stunde lang bei ihrem Akzent zusammenzucken zu sehen, hatte wenig Reiz.

Er wirkte überrascht. "Wenn dir die kalte, dunkle Nacht nichts ausmacht. Das kann ein wenig dauern."

Ein paar Minuten später machten sie sich auf den Weg die Gasse hinunter, warm gegen den Winterwind eingepackt, mit zwei Dienern, die Laternen trugen, um ihren Weg zu beleuchten.

Ein Dutzend Dorfbewohner erwarteten sie bereits. Eine Frau mit geröteten Augen rannte auf Darcy zu. "Gott sei Dank sind Sie hier! Unsere Mary ist schon den ganzen Tag verschwunden. Wir dachten, bis zur Dämmerung wird sie wieder zu Hause sein, aber wir können sie nirgends finden, Sir."

Darcy nickte. "Haben Sie etwas von ihr? Kleidung, die sie getragen hat, oder ein Spielzeug, das sie liebt?"

"Hier bitte sehr, Sir." Sie wandte sich an den Mann hinter sich, der ihr eine Puppe und ein Kindernachthemd entgegenhielt. Offenbar hatten sie gewusst, was er brauchen würde.

"Wie sieht sie aus? Was ist an ihr besonders?"

Der Mann hielt seine Hand etwa auf Hüfthöhe vor sich. "Ungefähr so groß. Hellbraune Haare, blaue Augen, liebt es zu singen und zu tanzen. Sie singt Schlaflieder für ihre Puppe."

Aus dem Dunkeln erschien der Luchs und tappste an Darcys Seite. Niemanden schien dieses Ereignis zu überraschen, wenngleich einige einen Schritt zurück machten.

Darcy drehte das Nachthemd und die Puppe in seinen Händen um und inspizierte sie im Laternenlicht. Er hielt sie ihm hin, während der Luchs an ihnen schnüffelte. Dann stand er vollkommen still, die Augen geschlossen.

Selbst mit ihrer begrenzten Verbindung zur Erde überflutete Elizabeth das Gefühl seiner Präsenz, die sich durch das Land bewegte und ihr Gänsehaut verursachte. Wie konnte er das tun, so aus seinem Körper herausgreifen? Auf Longbourn konnte sie normalerweise Tiere und Menschen in der Nähe spüren, wenn sie sich Mühe gab, aber sie hatte nie versucht, über das hinauszugehen, was sie sehen konnte.

Er blieb lange Minuten dort, die Familie des Mädchens beobachtete schweigend ihren magischen Gutsherren bei der Arbeit, die Mutter rang sich die Hände, der Luchs stand aufrecht, sein Schwanz peitschte hin und her.

Könnte es funktionieren? Die Pächter wirkten, als würden sie an ihn glauben.

Darcys Schultern sanken plötzlich zusammen, als ob man ihnen ein enormes Gewicht abgenommen hätte. Seine Stimme schien aus großer Entfernung zu kommen. "Sie lebt, ist in einem Karstloch nördlich des alten Tores." Er zeigte den Hügel hinauf. "Seid vorsichtig – der Boden ist dort nicht stabil. Der Luchs wird euch führen."

Ihre Mutter fiel auf die Knie, Tränen flossen über ihre Wangen. "Gott segne Sie, Mr. Darcy! Vielen Dank!"

Er schien sie nicht zu sehen. "Bringt Bandagen mit. Ihr Bein blutet."

Elizabeth starrte ihn ehrfürchtig an. Dies war Talent jenseits ihres Vorstellungsvermögens. Hätte sie das ebenfalls erreichen können, wenn sie von einem Experten ausgebildet worden wäre, anstatt sich mit Müh und Not durch ihre arabischen Bücher selbst zu unterrichten?

Nun hatte sie nur noch den Hauch einer Verbindung zu Pemberley und ein paar Lektionen in einfachster Magie, aber die Rolle seiner Frau und der Hausherrin von Pemberley konnte sie immer noch einnehmen. Sie half der Mutter des Mädchens auf die Beine. "Alles ist gut. Ehe Sie sich umsehen, wird sie zurück sein."

"Dank Mr. Darcy." Die Frau wischte sich die Tränen fort. "Verbände – ich muss Verbände finden! Oh, mein armes Lämmchen." Sie eilte zurück in ihr Cottage.

Die Männer hatten sich versammelt und schauten nervös auf den Luchs. Elizabeth konnte es ihnen kaum verdenken. Sie machten das viel besser als sie selbst, als sie das erste Mal auf die Kreatur getroffen war, und sie hatte der großen Katze nicht des Nachts in einen dunklen Wald folgen müssen.

Sie streckte ihre Hand nach dem Luchs aus. "Hallo, Feuerauge", sagte sie. Er drehte sein Gesicht in ihre Handfläche und sie kratzte ihn unterhalb der Ohren. Hoffentlich konnte diese Zurschaustellung von Zahmheit die Männer beruhigen.

Darcy hatte sich, seit er damit begonnen hatte, nicht mehr bewegt.

Als die Mutter des Mädchens mit den Verbänden wieder auftauchte, stupste Elizabeth Darcy an. "Ich glaube, es ist Zeit, den Luchs loszuschicken, damit er sie führen kann."

Er sah sie an, als wäre sie eine Fremde, und nickte dann. Sein Blick wurde wieder unfokussiert. Einen Moment später trottete der Luchs auf einen Fußweg zu, und die Rettungsmannschaft folgte ihm.

Sobald das Knistern der Zweige und Knirschen der Blätter unter ihren Füßen verklungen war, zog sich Elizabeth die Handschuhe von den Fingern und berührte das Gesicht ihres Mannes, die einzig unbedeckte Hautstelle an seinem Körper. "William, bist du da?"

Plötzlich zog etwas an ihrem Talent, wie ein junges Pflänzchen, das Nahrung suchte, doch diesmal war es stärker, ein tiefer Durst nach Magie, wie ein leerer Brunnen. Besorgt ließ sie ihr Talent in ihn fließen. Es war seltsam intim, als wäre sie in seinem Kopf, so anders als ihre übliche Interaktion. Aber diesmal fühlte sie nur das Land.

Ein Seufzen entwich ihm. "Es ist schwer", sagte er zögernd, "zurückzukehren, wenn ich so tief hineingetaucht bin."

"Komm zurück", drängte sie. "Komm zurück zu mir."

Aber sein Gesicht blieb wie versteinert. "Ich versuche es."

Sollte sie sich Sorgen machen? Offensichtlich hatte er dies früher auch schon getan, wahrscheinlich viele Male, ohne ihre Anwesenheit. Aber es beunruhigte sie, diese Leere zu spüren und nicht in der Lage zu sein, ihm zu helfen.

Was könnte ihn zu sich selbst zurückbringen? Es gab eine Sache, die immer funktionierte, wenn sie seine Aufmerksamkeit wollte. Und so stellte sie sich, ungeachtet der Lakaien und Dorfbewohner in ihrer Nähe, auf die Zehenspitzen und küsste ihn.

Zuerst antwortete er nicht. Seine Lippen waren immer noch weich und warm, aber so unbeweglich wie eine Statue. Und er roch noch immer nach Seife und Gewürzen, aber jetzt war dieser Geruch eines gerade vorübergegangenen Gewitters stärker als je zuvor.

Sie knabberte an seiner Unterlippe, zuerst sanft und dann aggressiver, bis ihn ein Schauder durchfuhr. Dem Himmel sei Dank! Sie verfolgte die

Linie zwischen seinen Lippen mit der Zungenspitze, so wie er es oft bei ihr tat. Für einen Moment schien es nicht zu funktionieren, doch dann entfuhr ihm ein Stöhnen.

Er zog sie fest an sich und vertiefte den Kuss mit plötzlicher Dringlichkeit, als wäre die Verbindung zwischen ihren Mündern das Einzige, was ihn am Leben hielt. Heißes Verlangen erwachte in ihr ob der rohen Intimität seines harten Körpers, der sich gegen ihren drückte.

Aber alles in allem war es zu schockierend, um an einem öffentlichen Ort stattzufinden und er musste gespürt haben, wie sie sich zurückzog, da er den Kuss beendete und sein Gesicht an ihrem Hals vergrub. "Ah", sagte er, und es klang wieder wie seine Stimme. "Das ist eine Möglichkeit, mich zu mir selbst zurückzubringen."

Kapitel 19

DARCY ÄCHZTE FRUSTRIERT, ALS er die Illusion losließ. Sein heranpreschendes Milchvieh war jetzt ziemlich überzeugend, selbst aus der Nähe, aber die Illusion eines galoppierenden Pferdes erschöpfte noch immer seine Kräfte – und würde nicht einmal ein Kind täuschen. Bei Pferden in Bewegung mussten so viele Details berücksichtigt werden. Er konnte entweder die Mähne oder den Schweif realistisch flattern lassen, aber nicht beides, und dann waren da noch die verdammten Beine. Wie sollte er jemals eine Herde von ihnen hinbekommen?

Und das, obwohl er sogar auf Pemberleys Kraft zurückgreifen konnte, da die Eisenplatte, auf der er für gewöhnlich stand und die seine Landmagie blockierte, mit Eis überzogen war.

Als er seine Hände in der Hoffnung auf ein bisschen Wärme aneinander rieb, sah er Elizabeth am Rand der Lichtung warten, eingewickelt in einen Mantel und Muff. Eine schöne Ablenkung, gerade, als er sie brauchte. Er eilte an ihre Seite. "Das ist eine angenehme Überraschung."

"Besser, als die gleiche Illusion an einem eisigen Tag immer und immer wieder zu erschaffen? Ich fühle mich geehrt", neckte sie.

"Ich verliere die Hoffnung, dass ich jemals in der Lage sein werde, Pferde zu erschaffen." Vor ein paar Monaten hätte er solche Zweifel niemals zugegeben.

"Du hast dich merklich verbessert", sagte sie. "Und in der Zwischenzeit bin ich sehr beeindruckt von deinen Kühen, da ich nicht einmal einen schlafenden Igel zustande bringe."

"Das wirst du noch." Und weil er ihr ein Lächeln entlocken wollte, nutzte er die Reserven seiner Energie, um einen Igel über das Gras wackeln und an ihren Stiefeln schnüffeln zu lassen.

Sie hob ihn in ihre Hände auf und lachte entzückt, ein kleiner Sieg. "Nun, das ist eine viel erfreulichere Illusion! Vielleicht lerne ich es eines Tages. Was mich zum Zweck dieses Besuchs bringt. Ich habe einen Brief von deiner Mutter erhalten."

Das war kein allzu vielversprechendes Zeichen. "Darf ich fragen, was sie zu sagen hatte?"

"Sie war sehr herzlich und brachte ihre Hoffnung zum Ausdruck, dass ich mit Pemberley zufrieden bin. Und sie schickt jemanden hierher, um mich in Magie zu unterweisen, mit der Bitte, dass ich das Wittumshaus zu deren Nutzung vorbereiten lasse." Sie hielt ihm ein gefaltetes Papier hin. "Du kannst ihn lesen, wenn du möchtest."

Er nahm ihn entgegen. "Ich nehme nicht an, dass sie sich die Mühe gemacht hat, dich um deine Meinung zu diesem Plan zu bitten."

"Selbstverständlich nicht", sagte sie lachend. "Offensichtlich glaubt sie, dass die Magierin des Königs ein Recht hat, diese Dinge zu entscheiden."

"Was das Wittumshaus anbelangt, kann sie Befehle geben, nehme ich an. Sie hat ein lebenslanges Wohn- und Nutzungsrecht darauf, auch wenn sie seit ihrem Ausflug nach Faerie nicht mehr dort war. Sie hat sogar dort gewohnt, als mein Vater noch am Leben war, da beide nicht im selben Haus sein konnten."

Ein Ausdruck des Unbehagens flackerte über ihr Gesicht. "Zumindest darauf müssen wir nicht zurückgreifen."

Und er war froh darum. "Wenn du nicht mit dieser Magica studieren möchtest, die sie schickt, werde ich dich unterstützen. Das entscheidest du, nicht sie." Zumindest so viel hatte er in den Wochen seit seiner Heirat gelernt. Elizabeth mochte es nicht, wenn man ihr sagte, was sie tun sollte.

"Ich muss eingestehen, dass ich ihr diese Selbstherrlichkeit beim ersten Durchlesen übelnahm, aber ich bin begierig darauf, mehr über Magie zu lernen. Ich werde versuchen, mit ihrer Magica zu lernen, und wenn ich es nicht für nützlich erachte, werde ich wieder damit aufhören."

"Das scheint mehr als fair zu sein." Er überflog den kurzen Brief, der in der klaren, fließenden Handschrift seiner Mutter verfasst war, und seine Augenbrauen schossen in die Höhe. "Warum schickt sie ausgerechnet Frederica?"

"Ja, wer ist diese Lady Frederica Fitzwilliam?"

"Meine Cousine – und der Lehrling meiner Mutter." Er runzelte die Stirn über den Brief.

Elizabeths Augen weiteten sich. "Dann kann ich fest davon ausgehen, dass sie eine Spionin ist, nehme ich an."

"Höchstwahrscheinlich, wenngleich ich sie sehr gern gehabt habe, als wir Kinder waren, ehe sie mit der Ausbildung begann und es mit der Abstoßung losging."

"Weißt du irgendetwas darüber, wie sie heute ist?"

"Nur, dass meine Mutter nicht gänzlich erfreut war, sie als Auszubildende aufzunehmen. 'Die Einäugige unter den Blinden', wie sie es ausdrückte."

"Interessant." Ihre Stimme wurde vorsichtig. "Ich glaube nicht, dass ich ihrem Günstling etwas über meine Bücher erzählen werde."

"Das ist klug, wenn du nicht riskieren möchtest, mehr Fragen darüber gestellt zu bekommen."

"Und ich bin dankbar, dass sie im Wittumshaus wohnen wird und nicht hier."

Darcy ebenfalls. Er musste seine kurze Zeit mit Elizabeth bereits mit zu vielen Menschen teilen.

Das Wittumshaus war ein rotes Backsteingebäude im jakobinischen Stil, umgeben von einem Obstgarten, dessen Bäume nun keine Blätter mehr trugen. Elizabeth verdrängte den Gedanken, dass dies, wenn Darcy nicht zurückkehren würde und es kein Kind gäbe, ihr Zuhause werden würde. Trotz all ihrer Übung in den letzten Wochen, solche Gedanken zu vermeiden, brachen sie immer wieder durch.

Entschlossen nahm sie die Stufen in Angriff. Sie würde sich selbst vorstellen müssen, auch wenn das unangemessen wäre, und das gab ihr das Gefühl, im Nachteil zu sein. Als ob völlig unausgebildet zu sein kein großes Defizit wäre, verglichen mit jemandem, der seit seiner Kindheit auf seine Position vorbereitet worden war.

Der Butler kündigte sie an der Tür zum Salon an. Er war kleiner als der Pemberleys, aber ansprechend eingerichtet. Die junge Frau auf dem Sofa, vielleicht ein paar Jahre älter als Elizabeth, war die personifizierte Eleganz, mit ihren auf dem Kopf aufgetürmten flachsfarbenen Haaren.

Ihr kürzlich eingetroffener Gast erhob sich und lächelte freundlich. "Ich hoffe, du verzeihst mir, dass ich mich selbst vorstelle. Ich bin Frederica Fitzwilliam, und du musst Darcys neue Frau sein."

Interessant, dass sie ihren Titel fallen gelassen hatte. "Ich bin in der Tat Elizabeth Darcy, deine neue Schülerin." Sie konnte die Karten ebenso gut gleich auf den Tisch legen.

Lady Frederica winkte ab. "Wenn du das wünschst. Ich bringe dir sehr gerne bei, was ich kann, aber fühle dich nicht verpflichtet, dich von mir instruieren zu lassen, nur weil Lady Anne das angeordnet hat. Ich glaube, sie hat mich mehr aus dem Wunsch heraus, mich loszuwerden, hierhergeschickt als aus Sorge um deine Ausbildung. Bitte, setz dich doch und ich werde uns einen Tee bringen lassen, damit du dich aufwärmen kannst. Ich hatte vergessen, wie viel kälter es im Norden ist als in London."

"Das Wetter war bis auf die letzten zwei Tage gut", sagte Elizabeth, erstaunt über diese unerwartete Flut von Worten.

"Ich werde mich bald daran gewöhnen. Ich bin in Matlock aufgewachsen, nicht weit von hier. Es ist gut, wieder zurück zu sein, zwischen den Hügeln und Mooren. Für dich muss diese Landschaft jedoch eine Veränderung sein."

"Ja, aber ich mag es." Und, zu ihrer eigenen Überraschung stimmte das auch. Sie hatte erwartet, keinen Ort zu mögen, der nicht Longbourn war, aber die wilde Landschaft hier sprach sie irgendwie an. "Ich bin ziemlich fasziniert vom Dark Peak. Ich sehne mich danach, eines Tages dort auf Entdeckungsreise zu gehen."

"Oh, ja! Ich bin daran vorbeigekommen, aber nie hindurch. Mein Vater sagte, es sei kein Ort für eine Dame." Die letzten Worte ahmte sie nach, um sich darüber lustig zu machen. "Vielleicht könnten wir beide dorthin fahren, wenn der Sommer kommt."

Der vertraute Schmerz verkrampfte ihren Magen. Wenn der Sommer käme, wäre Darcy bereits weg. Sie konnte es sich nicht leisten, jetzt daran zu denken, und so platzte ihr der erste Gedanke heraus, der ihr in den Kopf kam. "Warum sollte Lady Anne dich wegschicken wollen?" Gütiger Gott, jetzt war sie unglaublich unhöflich gewesen.

Lady Frederica schien weder in der unverblümten Frage noch in dem abrupten Themenwechsel etwas Falsches zu sehen. "Oh, ich bin ein sehr unbefriedigender Lehrling, und ich wage zu behaupten, sie hofft, dass eine deiner Schwestern sich als besser erweisen wird. Sie kann sie nicht ausbilden, während ich dort bin, da mein Talent sie abstoßen würde, also musste ich für eine Weile gehen. Aber nach dem, was ich von deiner Schwester Mary gesehen habe, bezweifle ich, dass Lady Anne mich zurückhaben möchte." Diese Möglichkeit schien sie nicht im Geringsten zu beunruhigen.

"Du glaubst, Marys Talent ist derart stark?" Das hätte sie nie gedacht.

"Stark genug, aber noch wichtiger ist, dass sie das richtige Temperament mitbringt. Ein guter Lehrling muss sowohl talentiert als auch gefügig sein. Ich erfülle das erste Kriterium, aber jeder kann dir sagen, dass ich nicht im

Geringsten gefügig bin." Sie hielt inne und tippte sich nachdenklich mit dem Finger ans Kinn. "Nein, das stimmt so auch nicht. Ich bin bereit, zu gehorchen, wenn es einen guten Grund gibt, aber ich habe meinen eigenen Kopf."

Das war es also, was Lady Anne gemeint hatte, als sie ihren Lehrling als 'die Einäugige unter den Blinden' bezeichnet hatte. "Dann werden wir uns vermutlich gut verstehen. Ich bin auch nicht gefügig."

Lady Fredericas Augen weiteten sich. "Sag nicht, dass du Darcy nicht gehorchst! Sein Wort scheint für jeden stets Gesetz zu sein. Nun, außer Lady Anne, aber sie ist ja quasi das Gesetz."

Elizabeth lächelte. "Darcy lernt, unsere Meinungsverschiedenheiten zu akzeptieren. Ich werde nicht behaupten, dass es leicht ist, ihn zu überzeugen, aber ich konnte mich schon mehrmals durchsetzen. Es gefällt ihm nicht immer, einem unwissenden Mädchen vom Lande nachzugeben, aber er wird besser darin."

Lady Fredericas Lachen war angenehm glockenhell. "Wie herrlich! Ich kann mir vorstellen, dass es gut für ihn ist. Ach, sieh mal, hier ist der Tee!"

Ein Dienstmädchen trug ein Tablett, das mit Keksen und Kuchen beladen war. "Mrs. Darcy, ich soll Ihnen ausrichten, dass Mrs. Reynolds das Essen aus Pemberley geschickt hat."

"Perfekt", sagte Elizabeth. "Ich werde mich bei ihr dafür bedanken." Die Haushälterin mochte sie nicht gutheißen, aber sie befolgte ihre Anweisungen wortgetreu.

"Ist die Köchin hier derart schlecht?" Lady Frederica sah besorgt aus.

"Nicht, dass ich wüsste. Mrs. Reynolds weiß einfach nur, dass ich eine ganz bestimmte Diät einhalte."

Lady Fredericas Brauen zogen sich zusammen. Sie fragte sich zweifellos, welche seltsame Art von Diät Butterkuchen und Kekse beinhaltete. "Das ist nett von ihr. Nimmst du Milch und Zucker?"

"Milch und Honig, bitte." Sie würde den Honig nicht ablehnen, wenn solche Mühen unternommen wurden, um ihn bereitzustellen. "Ich esse lieber Lebensmittel, die hier angebaut werden, verstehst du. Ich glaube, es stärkt die Bindung zum Land."

"Interessant. Das habe ich zuvor noch nie gehört." Aber sie sagte es, als wäre es eine Idee, die es wert wäre, in Betracht gezogen zu werden. "Ein Stück Kuchen? Pflaumenkuchen, wenn ich mich nicht irre."

Elizabeth lachte. "Da bin ich mir sicher, dass du dich nicht irrst. Mrs. Reynolds hat bemerkt, dass ich stets Pflaumenkuchen nehme. Sie hat aber, glaube ich, noch nicht herausgefunden, dass er für meine Vertraute ist, die ihn leidenschaftlich liebt."

Lady Fredericas Augen leuchteten auf. "Oh ja, ich war so neidisch, als Lady Anne sagte, du hättest einen Vogel zur Vertrauten! Ich wollte schon immer einen. Manchmal denke ich, dass das der Grund ist, warum kein Vertrauter jemals auf mich zukam, weil sie irgendwie wussten, dass mich alles andere als ein Vogel enttäuschen würde. Früher war ich fasziniert von Großtante Amelias Porträt. Nicht wirklich von ihr, aber vom Vogel auf ihrer Schulter. Seine Augen schienen so weise und vertrauenswürdig zu sein. Diesem Federvieh erzählte ich früher meine Geheimnisse. Welche Art Vogel hast du als Gefährtin?"

Elizabeth kam nicht umhin, über ihre Begeisterung zu lächeln. "Einen Turmfalken, obwohl ich glaube, sie würde sagen, dass sie mich hat, nicht umgekehrt."

"Nicht der da, oder?" Lady Frederica deutete auf das hohe Fenster hinter Elizabeth.

Elizabeth drehte sich in ihrem Stuhl um. Cerridwen saß auf einem Ast vor dem Fenster und beobachtete sie. "Doch", sagte sie. "Irgendwie muss sie gewusst haben, dass Pflaumenkuchen serviert wird."

Da Lady Frederica eindeutig keine strikte Verfechterin von Anstandsregeln war, tat Elizabeth, was sie zu Hause tun würde. Sie stieß das Fenster auf und krümelte ein Stück Pflaumenkuchen auf die Fensterbank. Cerridwen glitt sofort hinunter und pickte daran herum.

Mit fast unhörbarer Stimme fragte Lady Frederica: "Würde es sie erschrecken, wenn ich näherkäme?"

"Das hängt davon ab, ob du noch mehr Pflaumenkuchen mitbringst, nehme ich an."

Lady Frederica schlich sich hinter ihr heran, ein ganzes Stück Kuchen in den Händen. "Was soll ich damit machen?"

"Gib ihr zuerst nur ein paar Krümel, damit sie sich nicht überfrisst. Sie wird dir gestatten, sie auf die Fensterbank zu legen."

Cerridwen trällerte klagend: "Kiyu-kiyu-kiyu."

Elizabeth lachte. "Und beeil dich. So sagt ein Turmfalke: 'Ich bin schon ganz schwach vor Hunger', aber das ist sie nicht. Sie will einfach nur deinen Pflaumenkuchen."

Behutsam legte Lady Frederica eine großzügige Menge Krümel auf die Fensterbank. Überraschenderweise stürzte sich Cerridwen nicht sofort darauf, sondern legte stattdessen den Kopf schief und schien Lady Frederica zu studieren.

"Was für eine Schönheit du bist!", lobte Lady Frederica. "Diese gelben Ringe um deine Augen sind so vornehm. Und schau sich einer diese Federn an! Mein Vater hielt eine Zeit lang Falken, aber ich kam nie in ihre Nähe, weil ich es nicht ertragen konnte, sie angeleint zu sehen. Einmal habe ich sogar versucht, mich in die Stallungen zu schleichen, um sie zu befreien, aber sie haben mich erwischt."

Der Turmfalke schien zu einem bestimmten Schluss zu kommen und pickte an dem Pflaumenkuchen. Als der letzte Krümel in seinem Schnabel verschwunden war, breitete er seine Flügel aus und kehrte zum Baum zurück.

"Ich hoffe, du kommst zurück, um mich wieder zu besuchen", rief Lady Frederica ihm nach. "Ich werde nach mehr Pflaumenkuchen verlangen." Dann schien sie sich wieder auf sich selbst zu besinnen und sagte: "Wie töricht muss ich klingen, wenn ich mit einem Vogel spreche! Aber es fühlte sich fast so an, als ob sie es verstanden hätte. Du hast so viel Glück in deiner Gefährtin!"

"Das habe ich, aber sie wird schrecklich eitel und verwöhnt werden zwischen deiner Bewunderung und Chandrika, die stets vor ihr knickst, als wäre sie die Herrin von Pemberley."

"Wer ist Chandrika?"

"Im Moment scheint sie zu denken, dass sie meine Kammerzofe ist, aber sie ist eine Dienerin von Rana Akshaya – du kennst sie doch, oder? – die mit mir mitgekommen ist. Offenbar aus Respekt vor Cerridwen."

"Sag mir nicht, dass sie eine ihrer stillen Dienerinnen ist, die niemals mit jemandem sprechen, außer um ‚ja‘ oder ‚nein‘ zu sagen, oder ‚ich muss die große Rana fragen‘?"

"Mir gegenüber ist sie sicherlich nicht schweigsam, wobei ich gestehe, dass sie kaum ein Wort zu jemand anderem sagt. Sie sagt, dass Rana Akshaya ihr Erlaubnis erteilt hat, mit mir zu sprechen, weil ich vertrauenswürdig sei. Warum sie das dachte, obwohl sie kaum mehr als ein halbes Dutzend Sätze mit mir ausgetauscht hatte, kann ich dir nicht sagen."

"Verblüffend. Ich habe wochenlang versucht, einen von ihnen dazu zu bringen, sich mit mir zu unterhalten. Ich scheine nicht vertrauenswürdig zu sein", sagte sie mit einem amüsierten Lächeln.

"Und noch dazu nicht gefügsam?", lachte Elizabeth.

"Da siehst du, weshalb ich ein völlig ungeeigneter Lehrling bin!"

Elizabeth zögerte, ehe sie das Risiko einging, ihre Meinung frei auszusprechen. "Dir scheint die Aussicht darauf, dass meine Schwester dich als Lady Annes Zögling ersetzt, nichts auszumachen."

"Oh, ganz bestimmt nicht! Ich habe mich nie sehr für die Position interessiert und hatte keine Lust, mein Leben für Prinny oder den verrückten König zu riskieren. Sie darf sie gerne übernehmen."

"Ich hoffe, dass du meine Neugier verzeihst, aber warum hast du dann überhaupt die Ausbildung angenommen?"

Sie runzelte die Nase, als röche sie etwas Unangenehmes. "Es schien ein einfacher Weg zu sein, den ständigen Heiratsdruck zu vermeiden. Es bedeutete, dass ich mich jedes Mal auf meine Pflichten berufen konnte, wenn mein Vater sich mit einem neuen Verehrer einfand, sofern man sie überhaupt so nennen kann, wenn sie sich für nichts weiter als die Zucht neuer Talente interessieren."

"Das scheint einer der unangenehmsten Aspekte am Dasein einer Magica zu sein. Ich hoffe, die Angebote beginnen nun nicht wieder einzutrudeln."

Lady Frederica winkte sorglos ab. "Das werden sie, aber ich bin jetzt älter und in gefestigterer Position, sie ablehnen zu können. Außerdem wird es den Druck etwas verringern, vier neue heiratsfähige Damen mit Talent in der Familie zu haben."

"Drei heiratsfähige Damen", sagte Elizabeth scharf. "Meine älteste Schwester wird morgen heiraten." Und Elizabeth würde die Zeremonie verpassen, anstatt an Janes Seite zu stehen, wie sie es sich immer vorgestellt hatte.

Röte stieg im Gesicht der anderen Frau auf. "Verzeih, da habe ich mich verzählt. Denk dir nichts dabei." Aber sie sagte es zu schnell.

Elizabeths Augen verengten sich. Da stimmte etwas nicht. Was versteckte diese ansonsten erstaunlich offene Frau vor ihr? Plante Lady Anne, Janes Hochzeit zu stören? Konnte sie das noch, wenn das Aufgebot bereits bestellt war?

Dann traf es sie wie ein Schlag. Lady Anne blickte in die Zukunft.

Sie sollte nichts sagen, aber sie konnte es nicht loslassen, nicht, wenn ihre Angst so nah an der Oberfläche brodelte. "Nein, das ist es, was Lady Anne sagt, nicht wahr? Sie sieht mich jetzt schon als baldige Witwe, die daher verfügbar ist?"

Fredericas geschlagener Blick war ihr Antwort genug.

Aber Elizabeth war noch nicht fertig. "Ich weigere mich zu akzeptieren, dass mein Mann zum Sterben verurteilt ist. Aber selbst wenn dem so ist, werde ich niemals heiraten, um der Frau zu gefallen, die ihren eigenen Sohn geopfert hat!"

Lady Fredericas Gesicht erbleichte. "Hat Darcy das gesagt?"

"Das brauchte er gar nicht. Seine Mutter war die Einzige, die von seiner Ausbildung in Illusionen wusste. Wer sonst hätte der Regierung sagen können, dass er ein unbekannter Magier ist?" Elizabeths Hände ballten sich zu Fäusten.

Die flachshaarige Frau schüttelte langsam den Kopf. "Nein. Oder doch, sie hat es ihnen gesagt, aber damals wusste sie noch nicht, was seine Mission sein würde. Sie war am Boden zerstört, als sie es herausfand, nachdem er bereits zugestimmt hatte, es zu tun. Sie kann es auch nicht ertragen, ihn zu verlieren."

Diese Möglichkeit hatte Elizabeth nicht in Betracht gezogen. "Warum übt sie dann nicht selbst mit ihm, um ihm die bestmögliche Überlebenschance zu geben?"

"Sie hält es nicht für möglich. Sie meldete sich sogar freiwillig, um selbst zu gehen, aber Napoleon weiß von ihren Kräften, und das Kriegsministerium weigerte sich, auch nur in Erwägung zu ziehen, die Magierin des Königs einem Risiko auszusetzen."

Ein Teil von Elizabeths Wut löste sich auf und hinterließ einen bitteren Beigeschmack. "Nun, ich habe nicht akzeptiert, dass es hoffnungslos ist. Wenn du bereit bist, mich zu unterrichten, würde ich gerne alles erfahren, was du über Illusionen weißt, und auch über jede andere Magie, die ich anwenden kann, um meinem Mann zu helfen."

"Bravo, Mrs. Darcy! Ich bin froh, dass du ihn nicht aufgibst. Ich werde dir gerne beibringen, was ich kann, obwohl Illusionen leider nicht zu meinen Stärken gehören. Lady Anne würde dir sagen, dass ich nur sehr wenige Stärken habe." Sie zog eine Grimasse.

"Ich bin mir nicht sicher, ob das stimmt, da sie zugestimmt hat, dich überhaupt als Lehrling aufzunehmen."

Sie zog die Nase kraus. "Mein Talent ist ungleichmäßig. Ich habe nicht einmal einen Vertrauten, der meine Kraft verankert und zu meiner Stärke beiträgt. Die eine Sache, in der ich tatsächlich gut bin, ist Wind zu erzeugen, und das ist nur nützlich für Seeschlachten und um Schiffe wieder in den Hafen zurückzubringen, was mir beides niemals gestattet sein wird. Es war jedoch hilfreich, um meine lästigen Brüder davon abzuhalten, ihre einzige Schwester zu piesacken. Es gibt nichts Schöneres, als sie mit einem Windstoß wegzufegen!" Sie sah so begeistert von der Erinnerung aus, dass der letzte Zorn von Elizabeth abfiel.

"Dann macht Übung eindeutig den Meister. Die einzige Illusion, die Darcy leichtfällt, ist, sich unsichtbar zu machen, und das nur, weil es ihm als Junge mit Flausen im Kopf nützlich war." Und für sie war es das Wichtigste, zu lernen, wie sie Janes Bindung an das Land stärken konnte, daher hatte sie ihre eigene intensiviert. Jetzt fühlte sie mit Jane und ihrer Frustration. Es war jämmerlich frustrierend, wenn man versuchte, quälend langsam eine Verbindung mit dem Land aufzubauen, einen Tropfen Blut nach dem anderen.

Aber sie war entschlossen, es zu tun, ganz gleich, wie schwierig es sein mochte. So wie sie jede Hilfe in Anspruch nehmen würde, die sie durch Fredericas Unterricht bekommen könnte.

Die andere Frau verzog das Gesicht. "Vielleicht ist das mein Problem. Ich habe nicht die Geduld, um viel zu üben."

"Glücklicherweise habe ich sie und ich freue mich darauf, alles zu lernen, was du mir beibringen kannst."

Kapitel 20

ALS ELIZABETH AM NÄCHSTEN Tag den Salon im Wittumshaus betrat und Darcys bloße Hand in ihrer eigenen hielt, hoben sich Lady Fredericas Augenbrauen. "Dann ist es also wahr! Das ist erstaunlich. Kein bisschen Abstoßung! Nun, hallo, Darcy. Wie viele Jahre ist das nun schon her?"

"Mehr als ein Jahrzehnt. Seit du angefangen hast, dein Talent einzusetzen, nehme ich an."

"Ich erinnere mich, dass ich sauer war, als mir klar wurde, dass es mich von den Sommern auf Pemberley ausschließen würde. Nicht, dass du damals Zeit für mich gehabt hättest, aber ich habe meine Brüder vermisst, als sie fortgingen, um dich ohne mich zu besuchen."

"Sie haben kein Talent?", erkundigte sich Elizabeth.

"Sie haben das Potenzial, aber keinerlei Verlangen, es zu nutzen. Richard war immer für die Armee bestimmt, und das Risiko einer Abstoßung wäre dort zu hoch. Er hätte sein Talent ohnehin nicht einsetzen wollen. Nicht, wenn das bedeutete, all die gesellschaftlichen Ereignisse auslassen zu müssen, die er so sehr liebt. In der Lage zu sein, eine Illusion zu erschaffen, ist nicht genug Ausgleich dafür, die Gesellschaft aufgeben zu müssen."

Es war Elizabeth nie in den Sinn gekommen, dass irgendjemand sein Talent nicht einsetzen wollen könnte. "Es hat seinen Preis, nehme ich an."

"Mein ältester Bruder kann seinem Landtalent nicht entkommen, aber er weigert sich, es zu entwickeln, bis er erbt, und vielleicht nicht einmal dann. Er sagt, dass die verbesserte Ernte nicht alles aufwiegt, was er aufgeben müsste, und er wird niemals einer dieser altmodischen Grundbesitzer sein, die alles für ihr Anwesen opfern."

Darcy meldete sich zur Wort: "In der Vergangenheit, als es nur wenig andere soziale Interaktionen zwischen Landbesitzern außer am Hofe des Königs gab, ergab das mehr Sinn. Damals war eine schlechte Ernte auf dem Anwesen gleichbedeutend mit Hunger. Oder als Landtalente Invasoren wie Barone abstoßen konnten. In dieser modernen Zeit, in der wir uns nicht gegenseitig angreifen und Lebensmittel aus einer anderen Gegend oder sogar aus einem anderen Land kaufen können, erscheint es uns weniger wichtig."

Lady Frederica sagte: "Deshalb entscheiden sich so viele lebenshungrige junge Leute eher für die Feste als für ihre Talente."

"Und doch habt ihr beide euch entschieden, eure Talente zu entwickeln", sagte Elizabeth.

"Bei mir begann es, als ich sehr jung war. Es war eine Möglichkeit, um die Oberhand über meine Brüder zu gewinnen, die jedes andere Privileg zu haben schienen. Als mir klar wurde, dass es die Anzahl der Bälle, an denen ich teilnehmen konnte, einschränken würde, war es bereits zu spät."

Elizabeth wandte sich an Darcy. "Was ist mit dir?"

Er zuckte mit den Schultern. "Ich bin nie davon ausgegangen, eine Wahl zu haben. Meine beiden Eltern waren mächtige Talente, und mir wurde oft genug gesagt, dass dies der Grund für meine Existenz sei. Aber es hat mich nicht besonders gestört, da ich Bälle oder große Partys nicht mag. Manchmal erscheine ich dennoch, aber die Gastgeberinnen wissen, dass sie mich nicht einladen sollen, wenn andere Talente anwesend sind."

Lady Frederica neckte: "Und du bist exaltiert genug, dass sie ihre Gästeliste für dich anpassen, in der Hoffnung, eine ihrer Töchter würde dein Interesse wecken! Wie enttäuscht sie jetzt alle sein müssen."

Elizabeth fühlte sich sehr provinziell. Wie wenig sie davon gewusst hatte! "Kein Wunder, dass du so überrascht warst, als ich dich nicht heiraten wollte. Sie haben dich wirklich gelehrt, eine sehr hohe Meinung von dir selbst zu haben!" Aber sie drückte seine Hand, um ihren Worten die Schärfe zu nehmen.

Lady Frederica schlug sich die Hand vor den Mund. "Du hast ihn zurückgewiesen? Das muss ein Schock gewesen sein."

"Das war es", sagte Darcy bedauernd. "Nach all den Jahren, in denen ich versucht hatte, in keine Falle zu tappen, hatte ich nicht darüber nachgedacht, ob ich versuchen sollte, ihr zu gefallen."

Elizabeth lächelte ihn an. "Und du wusstest nicht, wie wütend ich darüber sein würde, als mir gesagt wurde, ich hätte keine andere Wahl. Aber all das haben wir hinter uns gelassen."

"Wofür ich ewig dankbar bin", sagte er leise, und sie konnte die Hitze seines Blicks auf sich spüren.

Elizabeth warf einen Blick über ihre Schulter, um sicherzustellen, dass sie allein auf dem Waldweg war. Niemand zu sehen. Darcy übte das Illusionswerfen auf seiner Lichtung auf der gegenüberliegenden Seite des Anwesens und sie war gerade von einer Lektion bei Frederica aufgebrochen.

Sie kniete nieder und grub ein kleines Loch in den Boden unter einem Holunderstrauch. Mit ihrem kleinen Messer stach sie sich in den Finger und ließ ein paar Tropfen Blut in das Loch fallen. Dann bedeckte sie sie wieder mit Erde, ging ein kleines Stück weiter und hockte sich nieder, um es erneut zu tun, während sie den Gedanken daran verdrängte, dass Darcy das missfallen würde.

Aber es musste getan werden, ganz gleich, wie sehr ihrem Mann Blutmagie widerstreben mochte. Gestern hatte er einen Brief voller schlechter Nachrichten vom Kriegsministerium erhalten. Die Seeschlangen intensivierten ihre Attacken auf See so sehr, dass Händler mittlerweile zögerten, ihre Schiffe auszusenden und Kriegsschiffe im Hafen bleiben mussten. Obwohl es keine weiteren Drachenangriffe mehr gegeben hatte, wagte die

Armee nicht, Soldaten in die Schlacht zu schicken, und hatte viel von dem zuvor gutgemachten Boden verloren. Wenn Napoleon nicht mit seinem Wunsch, Österreich zu erobern, beschäftigt wäre, würden sie tatsächlich tief in der Tinte stecken. Und der Österreichfeldzug würde nicht ewig dauern.

Darcy hatte eindeutig versucht, seine Sorge vor ihr zu verbergen, aber sein grimmiges Gesicht hatte sie nicht verbergen können.

Eine Verbindung zu diesem Land aufzubauen, war das einzige Werkzeug in ihrem Arsenal, ihre einzige Möglichkeit, Napoleon zu bekämpfen und zu versuchen, ihren Mann zu retten. Sie hielt sich schon fast zwei Monate in Pemberley auf, und trotz all ihrer anderen Bemühungen konnte sie noch immer nur den geringsten Druck von der Erde spüren. In zehn Jahren könnte er zu einem guten, soliden Ziehen herangewachsen sein.

Sie hatte keine zehn Jahre. Oder gar zehn Monate.

Es war viel zu früh, um auch nur ein Anzeichen für ein Kind zu haben, doch daran konnte sie nun nicht denken, da sie sonst in Verzweiflung verfallen würde. Wenn sie eine stärkere Bindung mit dem Land zustande bringen könnte, könnte sie ihm immer noch etwas Kraft durch ihr miteinander verwobenes Talent senden.

Sie wischte eine verirrte Träne weg und bereute es augenblicklich. Diese Träne hätte sie der Erde geben sollen, um bei ihrer Verbindung zu helfen. Was für eine törichte Verschwendung.

Nein. Diese Art des Denkens würde sie nicht weiterbringen. Es war nicht ihre Schuld, dass die Bindung an das Land ein so langsamer Prozess war.

Aber die Vorstellung, nächstes Jahr um diese Zeit Witwe zu sein und Darcy nie wiederzusehen, war unerträglich.

Sie sank auf die Knie, grub ihre Fingerspitzen in den kalten Schmutz und bat ihn, darauf zu reagieren. Um Darcys willen, nicht um ihretwillen. Um den Mann zu schützen, der in dieses felsige Stück Land hineingeboren worden war, der ein integraler Bestandteil davon war. Aber das Land schwieg weiter.

Cerridwen glitt hinunter, um auf einem Ast vor ihr zu landen. *Brauchst du Hilfe? Um dich mit dem Land zu verbinden?*

War es möglich? Wie könnte der Falke ihr helfen? Aber sie durfte keine Chance verstreichen lassen. *Ja. Ganz gleich, wie.*

Der Turmfalke neigte den Kopf zur Seite. *Es wird wehtun.*

Das kümmert mich nicht.

Du könntest ein oder zwei Tage krank sein.

Elizabeth zögerte. *Hält es mich davon ab, ein Kind zu bekommen?* Das war noch wichtiger.

Der Vogel schien nachzudenken. *Nein.*

Dann ja. Hilf mir, ich flehe dich an.

Der Turmfalke schickte ihr ein Bild von sich selbst, wie sie ihren Arm mit der Handfläche nach oben ausstreckte, wobei die Haut ihres Unterarms unbedeckt war.

Eilig zog sich Elizabeth ihren Mantel aus, warf ihn über einen großen, bemoosten Stein und rollte den Ärmel ihres Winterkleides bis zum Ellbogen hoch. Könnte das wirklich helfen? Cerridwens Verstand funktionierte nicht auf die gleiche Weise wie der eines Menschen, aber der Falke hatte Elizabeth noch nie in die Irre geführt. Sie war verzweifelt.

Cerridwens Gewicht landete auf ihrem Handgelenk, ihre Krallen sorgfältig eingezogen. Der Turmfalke neigte den Kopf, als ob er Elizabeths Arm studierte. Dann senkte Cerridwen mit großer Sorgfalt ihren rasiermesserscharfen Schnabel und brach vorsichtig die Haut auf, so wie sie es vor all den Jahren getan hatte, als sie ihre Bindung eingegangen waren.

Es brannte, mehr jedoch nicht. Blut strömte zur Oberfläche ihres Arms. Elizabeth schickte eine wortlose Frage an den Vogel.

In einer blitzschnellen Bewegung hob Cerridwen ihr eigenes Bein und biss es, dann hielt sie es über Elizabeths Arm, bis drei Tropfen purpurrotes Blut gefallen waren, die sich mit Elizabeths verbanden.

Gütiger Himmel. Das würde wirklich wehtun. Sie hatte immer noch Albträume von dem einzigen anderen Mal, als sich ihr Blut vereinigt hatte.

Und da waren sie, die Blitze, die an der Wunde begannen und ihren Arm hinauf wanderten. Beinahe konnte sie Grannys Stimme hören, die ihr sagte, sie solle sich nicht bewegen, ganz gleich, wie schlimm der Schmerz werden würde.

Aber dieses Mal war es anders. Cerridwen hüpfte von ihrer Hand, und ein Bild erfüllte ihren Geist, ihren Arm zu drehen, damit ihr vermischtes Blut zu Boden fallen würde.

Irgendwie brachte Elizabeth das fertig und ließ dabei auch noch ihre Absichten für das Land mit einfließen, obwohl die Blitze bereits ihre Schulter erreicht hatten. Sie schluckte einen Schrei der Qual hinunter.

Cerridwen hüpfte um das vergossene Blut herum und grub es mit ihren Krallen in den Dreck, aber Elizabeth konnte nicht mehr denken. Der Blitz umfuhr ihren Körper und reinigte sie, bis jeder Zentimeter von ihr eine Quelle des Schmerzes war.

Ihr einziger verbliebener Gedanke war ein stilles Gebet, dass dies funktionieren würde. Granny sagte stets, dass die mächtigste Magie den höchsten Preis habe.

Und dann konnte sie nichts anderes tun, als vor und zurück zu schaukeln, sich zu einem Ball zusammenzurollen und zu wimmern.

Endlich war es vorbei. Ob Minuten oder eine Stunde vergangen waren, konnte sie nicht sagen. Aber der Schmerz war verschwunden und hinterließ nur bleierne Schwäche, als wäre sie fünfzig Meilen gelaufen.

Vorsichtig, fast zögerlich, streckte sie die Hand aus, legte ihre Handfläche auf ein Stück Moos und schickte ihr Talent aus.

Und fand Wurzeln und Rhizome, Regenwürmer und Mäuse, die in ihren Nestern schliefen. Sie fühlte es nicht stark, aber es war da. Es war, als könne sie nach Monaten völliger Stille wieder hören. Als wäre sie wieder am Leben. Dankbarkeit und Erleichterung durchfluteten sie.

"Cerridwen?", fragte sie schwach.

"Kee-kee-kee." Der Turmfalke flatterte auf einen nahe gelegenen Ast.

Elizabeth brachte nicht die Kraft auf, um zu senden, also sagte sie: "Du bist großartig. Vielen Dank."

Sie konnte die Zufriedenheit des Vogels spüren.

Sie wollte dortbleiben und für immer in der Macht der Erde schwelgen, aber sie wusste, dass ihre Kraft rasch schwinden würde. Schon jetzt musste sie ihre Hände benutzen, um sich auf die Füße zu stemmen. Zumindest dachte sie daran, ihren Ärmel über die Wunde zu rollen, die Cerridwen verursacht hatte. Darcy wäre unglücklich, wenn er es sehen würde, aber sie hätte gute Nachrichten, um das auszugleichen.

Ihre Füße waren bleischwer, als sie ging. Der Turmfalke kreiste über ihr, eindeutig, um über sie zu wachen. Zumindest war es nicht weit bis zum Haus. Auch wenn es sich anfühlte, als würde sie es niemals erreichen.

Nach ein paar Minuten erschien Darcy und rannte auf sie zu. Er sah verzweifelt und besorgt aus.

"Was ist los? Geht es dir nicht gut?", drängte er, als er sich näherte.

Überrascht von seiner Ernsthaftigkeit sagte sie: "Es ist nichts. Ich bin nur ein bisschen müde."

Er runzelte die Stirn. "Aber deine Sendung – du hast gesagt, dass du mich brauchst. Und ich habe gespürt, wie sich etwas im Land verändert hat. Was hast du gemacht?"

Sie wandte ihren Blick nach oben zu dem Falken, der über ihnen kreiste. Ihr Verstand nahm alles nur noch langsam auf. Wie könnte sie den unnatürlichen Riss in ihrer Haut erklären, ohne Cerridwen ihm gegenüber zu verraten? "Cerridwen hat mich versehentlich verletzt und ich habe das Blut genutzt, um eine Bindung zu versuchen. Ich glaube, es hat funktioniert. Ich kann das Land jetzt fühlen." Sie musste ihn glauben lassen, dass sie selbst die Sendung ausgesandt hatte, obwohl es der Falke gewesen sein musste.

Er sah schockiert aus, wenngleich unklar war, ob angesichts ihres Erfolges oder weil sie ein Blutbindungsritual praktiziert hatte. "Ich bitte dich, vorsichtiger zu sein", sagte er. "Bist du schlimm verletzt? Soll ich dich tragen?"

"Keine Sorge, ich kann gehen." Glaubte er ihr das mit der neuen Bindung überhaupt?

"Wenn du dir sicher bist. Wo ist dein Mantel? Du musst ja am Erfrieren sein."

Oje. Sie musste ihn auf dem Felsbrocken liegen gelassen haben, aber Kälte war das Letzte, was sie spürte. "Ich glaube, ich habe ihn vergessen, aber mir ist wirklich ziemlich warm." Tatsächlich zu warm. "Aber um Unterstützung durch deinen Arm wäre ich froh."

Die bot er ihr sofort an und sie begannen wieder zu laufen. Es war ein Trost, ihn an ihrer Seite zu haben, mehr als sie zugeben wollte.

Darcy entging weder Elizabeths kurzes Zögern, als sie die Stufen des Portikus erreichten, noch, wie langsam sie diese erklomm. Sobald sie drinnen waren, machte er dem Unsinn ein Ende, hob sie in seine Arme und trug sie nach oben.

Sie protestierte schwach, doch vermutlich auch erleichtert, daher sagte er nur: "Möglicherweise ist es unnötig, aber ich würde dir lieber zu viel als zu wenig helfen."

Sie ließ ihren Kopf einfach nur gegen seine Schulter sinken. Liebste Elizabeth! Was hatte sie getan, um sich in diesen Zustand zu versetzen, und was noch wichtiger war, war es gefährlich? Dies sah nicht so aus wie sonst, wenn man seine Kräfte erschöpft hatte, wenngleich er beabsichtigte, sie so schnell als möglich Tee mit Honig trinken zu lassen, und wenn er ihn ihre Kehle hinunterschütten musste.

In ihrem Zimmer deckte das Dienstmädchen Chandrika bereits das Bett auf, und auch Handtücher lagen schon auf dem Nachttisch bereit. Wie hatte sie gewusst, dass sie vorbereitet sein sollte? Höchstwahrscheinlich wieder dieser verdammte Vogel.

Er legte Elizabeth sanft auf dem Bett ab und küsste sie sachte. Gütiger Gott, sie glühte förmlich! Und ihre Augen waren unnatürlich dunkel bevor sie zufielen, die Pupillen so weit, dass er den tiefbraunen Kreis darum kaum mehr sehen konnte.

Auf der anderen Seite des Bettes tauchte Chandrika ein Handtuch in ein Wasserbecken. "Mrs. Darcy, ich werde ein kühles Tuch auf Ihre Stirn legen, um Ihr Fieber zu senken. Tee ist auch unterwegs, und Sie müssen wach bleiben, um ihn zu trinken."

Die indische Frau krempelte Elizabeths linken Ärmel hoch, um einen gezackten Schnitt zu enthüllen, der mehrere Zentimeter lang war. Darcy sog scharf den Atem ein. Ihre verdammte Blutmagie! Hatte sie diese Krankheit verursacht?

Chandrika legte zwei Finger über den Schnitt. "Sie sind sehr gesegnet", sagte sie ehrfürchtig.

Elizabeth öffnete die Augen. "Ja, das bin ich, wenngleich mir dieser Teil davon weniger gefällt."

Das Dienstmädchen lächelte. "Das gefällt niemandem, obschon es der Preis für große Magie ist. Ich werde um die Wunde herum reinigen, aber Sie müssen sie offenlassen, damit sie heilen kann."

Dann kam der Tee, und Darcy half Elizabeth, sich aufzusetzen, um ihn zu trinken. "Ich werde einen Arzt rufen lassen."

Elizabeth sah aus, als wolle sie widersprechen, aber sie schüttelte nur den Kopf, während sie ihren Tee trank, eindeutig zu müde, um sich zu streiten.

"Ich habe das schon einmal gesehen, und ein Arzt kann nichts tun, denn es ist magischer Natur", sagte Chandrika. "Es passiert, wenn ein Mensch zusammen mit einem mächtigen Vertrauten Magie praktiziert. Sie ist zu stark für unsere schwachen Körper."

Das waren mehr Worte, als die indische Frau während ihrer gesamten bisherigen Bekanntschaft mit ihm gesprochen hatte, und sie sagte sie mit einer solch ruhigen Gewissheit, dass er nicht anders konnte, als ihr zu glauben. Und er wollte ihr glauben.

"Sind Sie sich sicher? Haben Sie so etwas schon einmal behandelt?"

"Ein paar Mal. In meiner Heimat ist das nicht ungewöhnlich. Wir nennen es Nagapani." Plötzlich lächelte sie. "Da ich ihre Situation kenne, hätte ich das wahrscheinlich erkannt, aber da ihr Falke mir gesagt hat, dass sie zusammen Magie gewirkt haben und es ihr Nagapani verursachen würde, bin ich mir absolut sicher. Kommen Sie, Mrs. Darcy, Sie müssen den Rest dieses Tees trinken, ehe Sie einschlafen." Sie hielt Elizabeth die Tasse an die Lippen.

Der Rausch der Erleichterung war so groß, es kümmerte ihn nicht einmal, dass das von einem Vogel und einer Dienerin kam. Wenn es bedeutete, dass Elizabeth sich erholen würde, demütigte er sich mit Freuden. "Spricht Cerridwen oft mit Ihnen?" Er hatte es zuvor nicht geglaubt, als Elizabeth sagte, dass Cerridwen in ihren Sendungen Worte nutzte. Noch ein weiterer Fehler, den er gemacht hatte.

Zum ersten Mal sah das Dienstmädchen überrascht aus. "Noch nie zuvor. Ich fühle mich zutiefst geehrt."

Keine Einschätzung, die Darcy teilte. Er wollte dem Vogel den Hals umdrehen, weil er Elizabeth verletzt hatte. Er nahm ihre Hand zwischen seine, schockiert angesichts deren Hitze. "Das ist es nicht wert, dass du dich in Gefahr bringst. Ich könnte es nicht ertragen, wenn dir etwas zustoßen würde."

Ein wehmütiges Lächeln huschte über ihr Gesicht. "Du bist kaum in einer Position, mich zu kritisieren, weil ich Risiken eingehe. Und ich wusste, dass es nicht gefährlich war, nur unangenehm. Das Gleiche passierte, als wir damals unser Band geknüpft haben."

Chandrika sagte scharf: "Unangenehm? Alle sagen, der Schmerz sei unerträglich."

Elizabeth winkte ab. "Das ist vorbei! Ich kann das Land spüren, und das war es wert. Aber nun möchte ich eine Weile schlafen."

Die Zofe antwortete: "Ja, Mrs. Darcy." Sie begann, die Vorhänge zu schließen, um die schwache Wintersonne auszusperren.

"Du kannst wieder zurück zum Üben gehen", sagte Elizabeth schläfrig.

Als würde er sie aus den Augen lassen, solange Blutmagie sie krank machte! Nicht, wenn er nur zu gut wusste, wie gefährlich das war. Er beugte sich vor und küsste ihre Wange. "Hier will ich sein."

Kapitel 21

Am Abend wütete Elizabeths Fieber und Darcy verfluchte sich selbst, dass er sich nicht mehr bemüht hatte, sie von den Gefahren der Blutmagie zu überzeugen. Wenn er nur nicht zu stolz gewesen wäre, ihr von seiner eigenen katastrophalen Erfahrung damit zu erzählen! Jetzt konnte er sich nur noch Sorgen machen, während sie zitterte und nach mehr Decken verlangte. Ihre Zofe ersetzte stumm die kühlen Tücher auf ihrer Stirn und wischte ihr Gesicht ab, während andere Diener einen konstanten Strom von Eisstücken aus dem Eishaus holten.

Hätte er doch darauf bestehen sollen, einen Arzt zu rufen? Seine Eltern hatten ihm immer eingebläut, dass Aderlass für Magier gefährlich war, und es war höchst unwahrscheinlich, dass ein Arzt außerhalb Londons etwas über eine magische Krankheit wissen würde.

Chandrika bat um einen Umschlag mit Ingwer und Kurkuma aus der Küche und behauptete, dass er in solchen Fällen in ihrem Heimatland verwendet werde. Ob es nun half oder nicht, Elizabeth hatte nach dem Auflegen tiefer durchgeatmet, anscheinend beruhigte sie der stechende Geruch. Danach war sie in einen festeren Schlaf gefallen, und am nächsten Morgen schien sie sich ein wenig zu erholen.

Von Dauer war es allerdings nicht. Am Nachmittag kehrte ihr Fieber zurück, und ihre Gedanken begannen abzuschweifen. Sie rief ängstlich nach ihrer Großmutter und ihrer Schwester Jane und stellte dann Fragen in einer seltsamen Sprache, die wie Walisisch klang. Was, wenn ihre Worte von Bedeutung wären, etwas, das ihr helfen könnte, und er es nicht verstand? Verzweifelt schickte Darcy einen Diener los, um jemanden zu finden, der walisisch sprechen konnte. Es erwies sich als fruchtloses Unterfangen; niemand in der Nähe kannte jemanden aus Wales.

Irgendwann erzählte sie ihm schläfrig, dass ein Drache sie in der Nacht besucht hatte, seinen Kopf auf ihren Arm legte und ihr Kraft gegeben hatte. Angst schnürte Darcy die Kehle zu. Verlor sie jeglichen Bezug zur Realität?

Aber Chandrika hatte ihr den Arm getätschelt und den Kopf geschüttelt, als sie zu Darcy hinüberschaute. "Fieberträume sind oft seltsam. Der Drache auf der Tapete könnte diesen inspiriert haben."

Am Abend erkannte Elizabeth ihn nicht, obwohl es ihr nichts auszumachen schien, wenn er ihre Hand hielt. Aber niemand konnte leugnen, dass es ihr immer schlechter ging oder dass ihr Leben in Gefahr sein könnte.

Es war seine Schuld. Wenn er sie nicht behelligt hätte, sie in Hertfordshire gelassen hätte, hätte sie niemals versucht, diese gefährliche Verbindung einzugehen. Aber nein, seine Mission und seine Wünsche hatten Vorrang, und jetzt könnte er alles verlieren. Warum hatte er seine Geheimnisse vor ihr verborgen? Wenn sie nur gewusst hätte, dass er einmal fast an Blutmagie gestorben wäre, hätte sie vielleicht besser auf sich Acht gegeben. Törichter, törichter Fehler, und jetzt bezahlte er teuer dafür.

Er hätte ihr Leid ohne zu zögern auf sich genommen, alles, um sie zu sich selbst zurückzubringen. Die Gefahr, der sie ausgesetzt war, führte ihm präzise vor Augen, was er sich eigentlich wünschte und wie wenig alles andere ihm bedeutete, abgesehen davon, sein Leben mit ihr zu teilen. Nun, da all diese Hoffnungen vergeblich sein mussten, würde er seine Mission sofort gegen die Chance eintauschen, sie wieder gesund zu sehen, ihn auf ihre bezaubernde Weise zu necken und ihn mit ihrer Zuneigung und ihrem Licht zu berühren.

Er neigte den Kopf, bis seine Stirn ihren Handrücken berührte. *Elizabeth.*

"Geht es dir nicht gut? Vielleicht würde etwas Tee mit Honig helfen." Ihre Stimme war brüchig und trocken, aber voller Besorgnis.

Zum ersten Mal seit Jahren musste er kämpfen, um die Tränen zurückzuhalten. "Danke. Das werde ich versuchen", flüsterte er.

"Gut." Und sie schloss die Augen.

Auf keinen Fall konnte er sie verlassen, sein Magen versank in einer Angst, die nichts beruhigen konnte. Zum Teufel mit seinem eigenen Bett. Er musste jedoch auf dem Stuhl an ihrem Bett eingenickt sein, denn als er die Augen öffnete, fiel das erste Licht der Morgendämmerung durch die Vorhänge. War sie noch am Leben?

Er fiel neben ihrem Nachtlager auf die Knie und nahm ihre Hand in seine, sein Herz klopfte, bis sie ihre Augen öffnete und ihn anstarrte. Krümmten sich ihre Lippen ein winziges kleines bisschen? Sogleich fielen ihre Augenlider wieder nach unten.

Er sah zu Chandrika auf, die so müde aussah, wie er sich fühlte. Schweigend schüttelte sie den Kopf.

Danach lag Elizabeth einfach still da und reagierte auf nichts, kein kühles Tuch auf ihrer Stirn, keine Berührung ihrer Hand, nicht einmal Chandrikas Versuch, sie aufzusetzen, damit sie einen Schluck Tee trinken konnte. Sie war wie eine leblose Puppe, abgesehen von ihrer Atmung und der Hitze, die immer noch von ihrer Haut aufstieg.

Sie war am Sterben. Selbst ihm war das offensichtlich, und er konnte es nicht ertragen. Er blieb auf den Knien, der wachsende Schmerz des harten Bodens unter ihnen eine Strafe, die er begrüßte. Er würde alles tun, wenn sie nur leben würde. Er würde jeden Anspruch auf sie aufgeben, sie nach Longbourn zurückbringen, damit sie wieder bei ihrer Familie leben konnte, ihr alles geben, was er besaß, wenn sie nur leben würde.

Alles, was er wollte, war, ihr in die Augen zu schauen, dass sie weiterhin Teil dieser Welt sein konnte, auch wenn er sie nie wieder sah. Eine Welt ohne Elizabeth war undenkbar.

Warum hatte er so lange gebraucht, um zu erkennen, dass er sie liebte? Dass es mehr war als bloßes Verlangen und Zuneigung, mehr als eine romantische Anziehungskraft. Sie war ein Teil von ihm. Er liebte sie, und jetzt war sie seinetwegen dem Tod nahe.

Er drückte ihre schlaffe Hand gegen seine Wange, als könne er sie mit seiner bloßen Willenskraft am Leben halten, und ignorierte die Dienstboten, die frische Waschlappen und Eis brachten. Das Frühstück, das ihm gebracht wurde, blieb unberührt stehen.

Aber es half alles nichts, ganz gleich, wie sehr er Gott anflehte. Er verlor sie.

"Mr. Darcy, ich muss mit Ihnen sprechen." Es war Mrs. Reynolds. Wie kam es, dass sie an seiner Seite stand?

"Nicht jetzt", wies Darcy sie ab. Vielleicht niemals. Wie konnte er weiterleben, wenn Elizabeth starb?

"Ich muss darauf bestehen, Sir", sagte die Haushälterin fest. "Oder besser gesagt, besteht Ihr Luchs darauf."

Langsam drangen ihre Worte zu ihm vor. "Mein Luchs?"

"Er hat eine Frau hierher gebracht, eine Hebamme aus dem Ort, und er knurrt jeden an, der im Weg steht und ihn daran hindert, sie zu Ihnen zu lassen." Nervös blickte sie über die Schulter zurück.

Eine Hebamme. Eine bittere Mahnung, was er alles verlor. "Wir brauchen keine Hebamme."

Mrs. Reynolds zögerte. "Mrs. Sanford hat ebenfalls ein Talent zum Heilen. Und wenn Sie sie nicht hereinlassen, muss ich Sie bitten, es Ihrem Luchs zu erklären, bevor jemand verletzt wird."

"Sie kennen diese Frau?"

"Ja. Viele Einheimische suchen sie auf."

Ein beunruhigendes Aufheulen hallte durch die Gänge und ließ sein Haar zu Berge stehen. "Er ist *im* Haus?" Das war noch niemals geschehen.

"Er hat sich hereingedrängt, und wir sind nicht in der Lage, ihn aufzuhalten."

Darcy blickte auf Elizabeths stille, regungslose Gestalt zurück. Ihre Brust hob und senkte sich immer noch leicht. Sie lag im Sterben, und es war seine Schuld.

Diese Heilerin, die sein Luchs aufgetrieben hatte, konnte es auch nicht mehr schlimmer machen. "Lassen Sie sie kommen", sagte er heiser.

Mrs. Reynolds' Röcke raschelten, als sie ging, und eine Minute später wurden sie durch andere Schritte ersetzt. Darcy hievte sich auf die Füße und wandte sich dem Neuankömmling zu.

Es war kein altes Weib, wie er erwartet hatte, sondern eine Frau in seinem Alter, dunkeläugig und dunkelhaarig, mit einem vage vertrauten Gesicht. Vielleicht hatte er sie schon einmal unter den Pächtern gesehen. Sein Luchs wand sich um ihre Beine, um sie so in den Raum zu treiben, als erwarte er nicht, dass sie von allein einträte.

Darcy sandte einen fragenden Gedanken an seinen Luchs.

Kann helfen. Das Bild von Elizabeth begleitete die Sendung.

Das Haar in seinem Nacken stand zu Berge. *Wann hast du gelernt, Worte zu benutzen?* Es war sein Luchs in seinem Kopf, keine Frage; er kannte diese Präsenz genauso gut wie seine eigene, aber die Gedanken der Großkatze waren immer nonverbal und vage gewesen.

Ein Bild von Cerridwen aus der Perspektive des Luchses erfüllte seinen Geist. *Sie zeigt mir wie.*

Wut stieg in ihm auf. *Dieser verdammte Vogel ist der Grund, weshalb Elizabeth verletzt ist!*

Hilfe. Ein Bild der Hebamme.

Mrs. Sanford sagte mit sanfter Stimme: "Verzeihen Sie, dass ich Sie störe. Ihr Luchs hat mir keine andere Wahl gelassen."

Ihre Anwesenheit brachte seine Haut zum Kribbeln, aber er war bereit, nach Strohhalmen zu greifen. Er deutete auf Elizabeth und sagte: "Können Sie ihr helfen?"

Sie trat an Elizabeths Bett. "Ich kann es versuchen. Was ist ihr geschehen?"

Früher hätte er gezögert, es irgendjemandem gegenüber zuzugeben. "Sie führte Blutmagie mit ihrer Vertrauten durch, in dem Versuch, eine Bindung mit Pemberley einzugehen. Unmittelbar danach war sie schwach und darauf folgten schon bald Fieber und Verwirrung. Jetzt können wir sie nicht wecken."

Sie schlang ihre Hand um Elizabeths Handgelenk und wurde still, ihr Blick auf Elizabeths Gesicht gerichtet. War dies nur eine Darbietung oder tat sie tatsächlich etwas? Vielleicht sprach nur seine Verzweiflung aus ihm, aber Mrs. Reynolds hatte gesagt, die Frau verfüge über Talent und ihre Anwesenheit juckte auf seiner Haut. Nicht das volle Brennen der Abstoßung, nur ein unangenehmes Kribbeln. Und Talent zeigte sich unter einfachen Leuten an den seltsamsten Stellen.

Sie stand so lange schweigend da, dass er zu seiner früheren Beschäftigung zurückkehrte, Elizabeth beim Atmen zuzusehen. Schließlich sagte sie mit gedämpfter Stimme: "Ihr Lebensfaden ist sehr dünn. Es ist nur die Verbindung zu ihrer Vertrauten, die sie noch am Leben erhält."

Als ob er nicht vorher schon gewusst hätte, dass sie im Sterben lag! "Können wir irgendetwas tun?"

Die Stirn der Frau runzelte sich. "Sie sagten, dass sie eine Bindung mit dem Land eingegangen sei. Ist es ihr gelungen?"

"Ja, das behauptete sie jedenfalls. Sie dachte, es könnte mir möglicherweise helfen." Verzweiflung erfüllte ihn. Wenn er die Zeit nur zurückdrehen und sie aufhalten könnte!

Sie warf ihm einen nervösen Blick zu, ehe sie wegschaute. "Dann sollten wir sie zum Land bringen und sehen, ob es sie nähren kann."

Er packte den Faden der Hoffnung, so schwach er auch sein mochte. Schließlich hatte es ihr auf Netherfield geholfen, das Land zu berühren, als sie ausgelaugt gewesen war. Aber war es sicher, sie zu bewegen?

Der Luchs stieß nicht allzu sanft gegen sein Bein. *Geh. Tu es.*

Chandrika schlug bereits die Bettdecke zurück und wickelte eine Wolldecke um Elizabeths regungslosen Körper. "Gibt es eine Trage, die wir verwenden können?", fragte sie.

"Ich werde sie tragen." Darcy trat vor und hob sie in seine Arme, wie er es an jenem Tag in Netherfield getan hatte, als sie ihre erste Illusion erschaffen hatte. Diesmal war sie heiß in seinen Armen, das Fieber wütete noch immer in ihr. Ihm wurde ganz schwer ums Herz, als er ihren kostbaren Körper gegen seinen drückte.

Die Treppe hinunter und zur Haustür hinaus, den Diener ignorierend, der ihm seinen Hut hinhielt. Er hielt kurz auf dem Portikus inne, ehe er zum See ging und sie sanft auf dem grasbewachsenen Ufer ablegte. Irgendwie schien das der richtige Ort zu sein.

Sie sah so verloren aus, wie sie da bewusstlos auf dem Boden lag. Zärtlich steckte er die Decke um ihre fiebrige Gestalt herum fest. War ihr überhaupt bewusst, dass er da war?

Die Hebamme kniete auf Elizabeths anderer Seite. Sie nahm ihre Hand, spreizte Elizabeths Finger und legte sie ins Gras, ließ die einzelnen Halme zwischen ihnen hindurchfahren und drückte ihre Fingerspitzen in die Erde.

Ungeschickt tat er es ihr auf seiner Seite gleich. Selbst Elizabeths zarte Hand zu berühren, ließ sein Herz in seiner Brust verkrampfen. Die feinen Konturen ihrer Finger, die eleganten Kurven und blassen Halbmonde ihrer Fingernägel. Mit größter Sorgfalt drückte er jeden liebgewonnenen Finger ins Gras. *Elizabeth. Lebe, ich flehe dich an.*

Sie seufzte – nur ein winziger Seufzer – und ihr Kopf drehte sich ihm zu, als wollte sie ihn ansehen. Ihre Augen blieben geschlossen. Bewegten sich die Muskeln ihres Gesichts nun mehr, als ob sie träumte, statt dieser schrecklichen, übernatürlichen Reglosigkeit? Ja, da war er sich sicher!

Der Luchs tapste auf ihn zu, blieb an seiner Seite stehen, ehe er sich an Elizabeths Beinen zusammenrollte und heftig schnurrte.

"Mr. Darcy", sagte die Heilerin und klang widerstrebend. "Ihr Talent stärkt die Schafe und das Vieh. Das ist eine Art von Heilung. Könnten Sie das jetzt auch einsetzen?"

Er würde alles versuchen. Er legte seine Hand auf ihre und zog die Energie des Bodens nach oben, bis sie durch ihn hindurch bebte, ehe er sie in Elizabeth fließen ließ. Er schüttete und schüttete sie förmlich in sie hinein, gestattete der Erde, sie direkt zu nähren, während der leichte Druck einer anderen Präsenz Kraft durch den Boden in sie hineinschob. Die Hebamme? Es war ihm egal, solange es Elizabeth half.

Elizabeths Augenbrauen zuckten und ihre Fingerspitzen drückten sich aus eigener Kraft in den Boden. Es half! Er verdoppelte seine Bemühungen.

Aber es war nicht genug. Ihr Körper bewegte sich wieder, wenn auch nur leicht, aber ihre Augen öffneten sich nicht. Darcy schmeckte Verzweiflung.

Dann flog Cerridwen von den Bäumen herunter und landete auf Elizabeths Brust, ihre Flügelspitzen strichen gegen seine Brust. Der Luchs hob seinen Kopf, um den Turmfalken zu studieren, und senkte ihn dann wieder in einer gar nicht katzenhaften Art.

Darcy brachte nicht einmal die Energie für seine übliche Wut auf den Falken auf, der dies verursacht hatte. Er musste seinen Fokus tief in der Erde halten.

Seine Hand fing das Echo einer pulsierenden Kraft in Elizabeths Hand auf. Nicht ihr eigenes Talent; er wusste, wie sich das anfühlte, und auch nicht die Energie der Hebamme, die er im Land wahrnehmen konnte. Das war etwas anderes, als ihm zuvor schon untergekommen war, kraftvoll und fremd, mehr wie sein Luchs als alles andere, mit dem Geschmack von Feuer und Metall. Dieser verdammte Vogel.

Cerridwen krächzte: "Kiee-kiee-kiee."

Diesmal öffneten sich Elizabeths Augen. Sie sah sich verwundert um. "Was...wo bin ich?" Ihre Stimme, ihre geliebte Stimme, klang eingerostet, aber er hatte noch nie etwas so Süßes gehört.

Erleichterung, fast schmerzhaft in ihrer Intensität, durchfuhr ihn. "Gott sei Dank", flüsterte er.

Die Hebamme sagte scharf: "Hören Sie nicht auf, Mr. Darcy. Sie ist noch immer sehr ausgelaugt."

Zunächst konnte er ihre Worte kaum verstehen. Oh, ja, in seiner Überraschung hatte er aufgehört, Elizabeth Kraft zu spenden. Er musste es besser machen. Ganz gleich, wie sehr er mit Elizabeth sprechen wollte, er hatte eine andere Aufgabe.

Er sandte seinen Fokus wieder in das Land und Chandrika trat aus einem Kreis von Dienstboten vor, der sich irgendwie um sie geformt hatte. "Sie waren sehr krank, Mrs. Darcy. Sie füllen Ihre Kräfte wieder aus dem Land heraus auf."

"Das Land", sagte Elizabeth schwach. "Ja, ich kann es fühlen. Cerridwen, ich brauche keine Federn in meinem Gesicht, vielen Dank auch." Sie hob den Kopf, um den Luchs anzusehen. "Oh, hallo, Feuerauge."

"Bitte, ruhen Sie, Mrs. Darcy", sagte Chandrika fest. "Lassen Sie zu, dass sie ihre Arbeit machen."

Der Hauch eines Lächelns krümmte Elizabeths bezaubernde Lippen. "Oh, na schön. Aber ich hätte nichts gegen ein Kissen. Der Boden ist hart."

Chandrika machte eine knappe Handbewegung und ein Diener rannte zum Haus.

Aber Darcy konzentrierte sich nur auf die beständige Kraft des Landes, die durch seine Hände in Elizabeth floss, in seltsamer Harmonie mit der von Cerridwen, der Hebamme und der des Luchses. Sie brauchte ihn, und er würde ihr all seine Kraft geben.

Elizabeth schob die Tasse Honigtee weg, die Chandrika ihr hinhielt. "Ich hatte schon drei Tassen draußen", stieß sie hervor.

Chandrika wich ihrem Blick nicht aus. "Und nun werden Sie eine vierte zu sich nehmen. Vor ein paar Stunden standen Sie an der Schwelle zum Tod, Mrs. Darcy. Ihr Falke war das Einzige, was Sie am Leben hielt."

Das war ein beängstigender Gedanke, daher nippte sie an dem süßlichen Tee. "Wo ist Cerridwen überhaupt?" Nicht, dass ihre Zofe eine Ahnung hätte, aber Darcy war so entschlossen gewesen, dass Elizabeth ihr Talent jetzt überhaupt nicht einsetzen sollte, nicht einmal für die kleinste Sendung.

Vor einer Woche hätte sie ihn ignoriert, aber nun war sie beinahe gestorben, als sie genau die Art von Blutmagie durchführte, vor der er sie immer wieder gewarnt hatte. Nicht, dass sie es bereute, da es ihr eine Verbindung mit Pemberley eingebracht hatte, aber die Risiken hatte sie nicht wirklich in Betracht gezogen. Sie war es zu sehr gewöhnt, mit ihrem Talent zu experimentieren. Vielleicht war es an der Zeit, auch auf studierte Weisheit zu hören.

Ein Gedanke, der ihr gar nicht gefiel.

Chandrika schien ihre Worte mit Bedacht zu wählen: "Während Sie krank waren, befahl Ihr Mann dem Falken, zu gehen. Er gab ihm die Schuld an Ihrer Krankheit."

Der Tee rutschte ihr in den falschen Hals, und Elizabeth hustete. "Das ist irrwitzig! Ich habe sie darum gebeten. Wenn Sie das Fenster öffnen wird sie vielleicht wissen, dass es sicher ist, zurückzukehren." Das würde schwierig werden. Darcy hatte Cerridwen nie gemocht.

"Ja." Chandrika drehte den Riegel und schob den Fensterflügel nach oben.

Ungeduldig widmete sich Darcy den verschiedenen Sorgen des Personals, und dann konnte er schließlich zu Elizabeth gehen. Er hastete immer zwei Stufen auf einmal nehmend hinauf und ignorierte das kaum unterdrückte Lächeln des Lakaien. Das kümmerte ihn nicht. Die gesamte Dienerschaft konnte über ihn lachen, wenn sie wollten, solange es Elizabeth gut ging.

Mit erhobener Hand, die bereit war, an ihre Schlafzimmertür zu klopfen, hielt er inne. Was, wenn sie schlief? Er wollte sie nicht stören, daher nahm er den Weg durch sein eigenes Zimmer und öffnete die Verbindungstür einen Spalt, um hindurchzublicken.

Und da saß sie im Bett, während ihr Dienstmädchen ihr üppiges Haar kämmte. Wach. Am Leben. Seine Elizabeth.

Ihr Antlitz leuchtete auf, als sie ihn entdeckte, was ihn mit Wärme und Freude durchflutete. Ihr Gesicht wirkte etwas dünner, nach ihrer Krankheit kaum überraschend, aber die Farbe war besser, nicht mehr so gerötet vom Fieber. Gott sei Dank!

Wie anders es sich jetzt anfühlte, an ihr Bett zu kommen, ohne Angst zu haben, sie zu verlieren! Er hob ihre Hand an seine Lippen und liebkoste sie sanft. "Ich bin froh, dass es dir so viel besser geht."

"Wahrscheinlich, weil Chandrika mich gezwungen hat, Tee zu trinken! Aber ich hatte nicht damit gerechnet, dich heute wiederzusehen. Ich dachte, du wärst beim Üben fort."

Beim Üben? Nichts läge ihm ferner. "Ich habe heute schon genug von meinem Talent eingesetzt, und außerdem möchte ich bei dir sein."

Ihre Lippen kräuselten sich zu einem schelmischen Lächeln. "Mir wurde gesagt, dass du mein Leben gerettet hast."

"Das ist Lob, das ich nicht verdiene. Es war die Idee der Hebamme, und mein Luchs war derjenige, der sie hergebracht hat. Ich habe nur einen Teil der Kraft zur Verfügung gestellt, ebenso wie Cerridwen." Sich selbst überlassen, würde sie immer noch bewegungslos im Bett liegen. Diese Schuld war etwas, das er nie vergessen würde.

Sie biss sich auf die Lippe. "Die Hebamme. Ich wollte ihr danken, aber sie brach so abrupt auf, ohne ein Wort."

"Wahrscheinlich hatte sie auch noch andere Verpflichtungen." Er versuchte zu klingen, als hätte ihn das nicht beunruhigt. Niemand wollte seine Fragen über sie beantworten, weder Mrs. Reynolds noch sein Verwalter. Sie sagten lediglich, sie lege Wert auf ihre Privatsphäre. Das erklärte weder ihre Abneigung, mit ihm zu sprechen, noch warum er eine Pächterin hatte, von der er irgendwie noch nie gehört hatte. Besonders eine mit Talent.

Nicht, dass es für eine Pächterfamilie, die seit Generationen auf dem Land gelebt hatte, ungewöhnlich war, eine Spur von Talent zu entwickeln, genug, um ihre Landparzellen produktiver zu machen, aber sie war in der Lage gewesen, das Land zu rufen und es zu nutzen. Doch er hatte nur den leisesten Hauch von Abstoßung gespürt. Alles summierte sich zu einer Antwort, die er nicht in Betracht ziehen wollte. Sie hatte Elizabeth jedoch das Leben gerettet, und das konnte er ihr nie vergelten.

Er hielt Elizabeth wohl besser davon ab, zu sehr darüber nachzudenken, und so wechselte er bewusst das Thema. "Wusstest du, dass dein Vogel meinem Luchs beibringt, Worte in seinen Sendungen zu verwenden?"

Elizabeth hob den Kopf. "Nein, wirklich? Vertraute können miteinander sprechen?"

"Offensichtlich, wenngleich ich noch nie von so etwas gehört habe. Oder dass Vertraute überhaupt Worte verstehen können. Er hat mir vorher immer nur Gefühle und Bilder gesendet." Auch hatte der Luchs in der Vergangenheit noch nie so sehr die Initiative ergriffen. Woher wusste die Wildkatze von der Hebamme oder dass sie Elizabeth helfen konnte? Was hatte ihn dazu inspiriert, sie aufzusuchen?

Wie es schien, hatte er immer noch etwas zu lernen über seinen Vertrauten.

Kapitel 22

Zu Darcys grosser Erleichterung verbesserte sich Elizabeths Gesundheitszustand in den nächsten zwei Tagen stetig, bis sie schließlich verkündete, dass sie nun bereit sei, ihre üblichen Aktivitäten wieder aufzunehmen. Oder vielmehr überzeugte sie Darcy schließlich, dies tun zu können, obwohl er es vorgezogen hätte, dass sie sich ein wenig länger ausruhte, nur, um auf der sicheren Seite zu sein. Doch sie verkündete, sie habe am Vortag auf ihn gehört, als er dasselbe gesagt hatte, und das wäre nun genug. Und so hatte er mit aller Huld, die er aufbringen konnte, nachgegeben.

Doch, als das Dienstmädchen Darcy erzählte, dass Elizabeth nun fast angezogen war, kehrte er in ihr Zimmer zurück, um sie zum Frühstück zu begleiten.

"Ich bin durchaus in der Lage, mich nach unten zu begeben", neckte sie ihn.

"Würdest du mir das Vergnügen von ein paar zusätzlichen Minuten in deiner Gesellschaft versagen?"

"Ich wäre geschmeichelt, wenn ich glauben würde, dass dies dein einziger Beweggrund wäre. Ich versichere dir, mir geht es wieder gut. Tatsächlich habe ich vor, nach dem Frühstück spazieren zu gehen. Ein kurzer Spaziergang, das verspreche ich dir." Sie warf ihm einen verspielten Blick zu.

"Darf ich dich begleiten?"

Sie studierte ihn. "Deine Zurückhaltung beeindruckt mich! Ich bin mir sicher, dein erster Instinkt war, mir das zu verbieten, aber das ist nicht nötig. Ich kann einen Diener mitnehmen, wenn dich das beruhigt."

Einst hätte er vielleicht zugestimmt, aber das war, bevor ihre Krankheit ihm gezeigt hatte, wie lieb er sie gewonnen hatte. "Ich will wirklich mit dir gehen."

"Musst du nicht üben?", fragte sie.

"Ein oder zwei Stunden werden keinen Unterschied in meinen Fähigkeiten machen. Darf ein Mann nicht ein wenig Zeit mit seiner Frau verbringen wollen?"

"Dann würde ich mich über deine Gesellschaft freuen", sagte sie.

Eine Stunde später standen sie auf dem Portikus vor der Haustür. "Wohin würdest du gerne gehen?", erkundigte sich Darcy.

Sie neigte den Kopf. "An einen Ort, der eine besondere Bedeutung für dich hat."

"Für mich?"

"Ja. Ich habe bereits das gesamte Anwesen erkundet, weiß aber nicht, welche Orte für dich mit besonderen Erinnerungen verbunden sind. Bitte, zeig mir einen davon."

Er überlegte. "Viele meiner Lieblingsplätze befinden sich auf unseren hohen Hügeln, wo man kilometerweit sehen kann, aber das ist zu viel für heute. Würdest du gerne sehen, wo ich die meiste Zeit meiner Jugend verbracht habe? Das ist nicht weit."

"Perfekt", sagte sie und hakte sich bei ihm unter, als sie die Stufen hinuntergingen.

Die Sonne war herausgekommen, nur ein paar Wolken schwebten auf einem blauen Himmel. Es herrschte eine leichte Brise, und zwei Falken kreisten über ihnen.

Ihre Reaktion, als sie den ersten Fuß auf das Land setzte, war sichtbar, ein tiefer Atemzug und sie richtete sich gerader auf, was genau seinen eigenen Empfindungen entsprach, wenn die Kraft von Pemberley in ihn hineinfloss. Ihr ganzes Gesicht erstrahlte und nahm neue Lebendigkeit an.

"Du fühlst es?", fragte er.

"Ja. Es unterscheidet sich von Longbourn, und mein Gespür dafür ist nicht so tief. Dennoch ist es herrlich, etwas zu fühlen. Es ist, als wäre man wieder zum Leben erwacht."

"Gut." Er wollte, dass sie hier glücklich war. "Obwohl ich so etwas nie wieder durchmachen möchte. Gestattest du mir, dir einen Falknerhandschuh zu ordern, damit Cerridwen dich nicht verletzen kann?"

Sie senkte den Kopf und ging etwas schneller. Schließlich sagte sie: "Wenn ich dir etwas sage, wirst du es streng vertraulich behandeln, vor allem deiner Mutter gegenüber?" Sie klang besorgt.

"Selbstverständlich. Ich habe niemandem von deinen arabischen Büchern erzählt."

"Ich weiß." Sie hielt inne und streifte mit ihren Halbstiefeln durch den Kies. "Es war kein Unfall. Cerridwen hat absichtlich versucht, mir zu helfen, mich mit dem Land zu verbinden."

"Was? Unmöglich!"

"Sie ist nicht nur eine Vertraute. Du hast bereits entdeckt, dass sie Worte nutzen kann, aber es ist mehr als das. Sie hat ihr eigenes Talent, und sie hat es genutzt, um die Verbindung herzustellen."

"Und dich fast getötet!" Er versuchte, seine Wut herunterzuschlucken. Elizabeth vertraute sich ihm endlich an, und er wollte nicht, dass sie aufhörte.

Ein Lächeln huschte über ihr Gesicht. "Ich glaube nicht, dass sie diesen Teil beabsichtigt hat, und sie ist darüber ebenso beunruhigt wie du."

Das bezweifelte er. "Hast du sie gebeten, es zu tun?"

"Nicht im Geringsten. Ich wusste nicht, dass sie diese Fähigkeit besitzt, andernfalls hätte ich sie schon viel früher darum gebeten." Sie drehte ihr Gesicht zur Sonne. "Sie sah, dass ich verzweifelt war und bot mir an, zu helfen."

Er nahm einen tiefen Atemzug. Elizabeth war am Leben und wohlauf und ging neben ihm. "Warum hast du das so lange geheim gehalten?"

Sie zog die Nase kraus. "Mehr als einmal hätte ich es dir fast gesagt. Aber ich hatte Angst, dass deine Mutter etwas über Cerridwens Fähigkeiten herausfindet."

"Was könnte sie denn schon tun? Vertraute wählen sich ihren Magicus, nicht umgekehrt."

"Würde das deine Mutter davon abhalten, mehr herausfinden zu wollen? Die indische Magica Rana Akshaya erkannte, was Cerridwen ist, und sie hielt es vor Lady Anne geheim. Cerridwen ist meine geliebte Freundin, und ich werde sie nicht in Gefahr bringen."

Er sah immer noch nicht, warum es einen Unterschied machen würde, aber er würde ihr Geheimnis wahren. "Danke, dass du es mir gesagt hast." Später würde er sie weiter nach den Fähigkeiten des Turmfalken fragen, aber dies war nicht die rechte Zeit, um Druck auf sie auszuüben.

Ein Lächeln breitete sich auf ihrem Gesicht aus. "Ich fühle mich besser dadurch. Nun, da ich das Land spüren kann, fühle ich, wie sehr es dir vertraut, und ich dachte, es wäre an der Zeit, dass ich dasselbe tue." Ihr Schritt wurde leichter, als wäre sie von einer schweren Last befreit worden.

Sie erreichten den Rand des Gartens und betraten einen Waldweg. Er war immer noch breit genug, um nebeneinander zu gehen, aber schmal genug, um ihm eine Ausrede zu bescheren, so nahe bei ihr zu laufen, dass ihre Seite bei jedem Schritt gegen seine streifte. Wie konnte ihre bloße Nähe ihm solch ein intensives Vergnügen bereiten, und wie hatte er sein ganzes Leben ohne sie gelebt?

Dem Himmel sei Dank für ihre neue Verbindung zum Land! Selbst dieser kurze Spaziergang war ermüdend, aber jedes Mal, wenn sie ihren Fuß aufsetzte, floss Kraft aus dem Boden in Elizabeth. Sogar die Brise, die ihre Wangen streichelte, fühlte sich voller Energie an. Irgendetwas daran, wie Pemberley sie beeinflusste, war anders, als ob seine Magie tiefer gehen könnte als die Longbourns. Sie würde sich näher damit befassen, wenn sie sich stärker fühlte.

Und sie hatte Darcy an ihrer Seite, was ihr mehr Glück bescherte, als sie zugeben wollte. Vor allem jetzt, da es ein Geheimnis weniger zwischen ihnen gab.

Der Fußweg gabelte sich und Darcy deutete nach links. "Hier entlang. Es ist jetzt nicht mehr weit."

Elizabeth spähte den Weg hinunter. "Ist das nicht der Pfad zu jemandes Zuhause? Hier war ich schon einmal, aber ich wollte nicht stören."

"Zu jemandes Zuhause?" Langsam breitete sich ein Lächeln auf seinem Gesicht aus. "Meines, um genau zu sein. Für mich ist dies das Herz von Pemberley."

"Ich nehme an, alle Häuser in Pemberley gehören dir", sagte sie, als sie die kleine Lichtung betraten, die von hoch aufragenden Eichen umgeben war, ein winziges Häuschen in der Mitte, gerade groß genug, um ein einzelnes Zimmer zu beherbergen.

"Dieses mehr als die anderen. Hier stand einst der ursprüngliche Bergfried, der von Guillaume D'Arcy errichtet wurde. Er kam mit William dem Eroberer herüber. Er wurde im vierzehnten Jahrhundert zugunsten des neuen Herrenhauses aufgegeben, das heute das Wittumshaus ist. Diese Hütte wurde aus den Steinen des alten Bergfrieds gebaut."

Elizabeth konnte die jahrhundertealte Geschichte im Land unter ihren Füßen spüren. Die Kraft von Pemberley war hier sogar noch stärker als im Haupthaus und prickelte durch ihren Körper. Sie nahm einen tiefen Atemzug stiller Winterluft, und eine Erinnerung traf sie unvermittelt. "Dieser Ort. Wenn du Magie wirkst, erinnert mich das an die Stille in der Mitte eines Eichenhains, und ich rieche Moos und getrocknete Blätter. Genauso wie hier."

Er sah zu ihr hinunter. "Tatsächlich? Das wusste ich nicht. Hier habe ich zum ersten Mal gelernt, mein Talent einzusetzen."

Überrascht fragte sie: "Warum hier?"

Sein Gesicht erstarrte. "Es ist eine lange Geschichte, aber als mein Talent durchbrach, wohnte ich in diesem Haus."

"Ich mag lange Geschichten", entgegnete sie hartnäckig. Schließlich könnte es ihre einzige Chance sein, sie zu hören.

Sein Fuß wippte, als wolle er sich weigern, aber dann wurde sein Gesicht weicher. "Wenn du willst, aber lass uns zuerst hineingehen und uns aufwärmen."

Hineingehen? Sicherlich konnten sie nicht einfach in diese Hütte gehen. "Meinst du, wir sollten zurück zum Haus gehen?"

Er trat an die Haustür und fischte mit geübter Hand nach der Schnur des Zugmechanismus, die den Riegel auf der Innenseite der Türe anhob. "Nein. Hier rein." Die Tür schwang problemlos auf, ohne dass rostige Scharniere verräterisch quietschten, und er hielt sie ihr auf.

Neugierig betrat sie den Raum mit seinen rustikalen, weiß getünchten Wänden und dem mit Steinplatten ausgelegten Boden. Die Einrichtung war zwar einfach, aber von höherer Qualität, als sie erwartet hätte, und der abgenutzte Teppich auf dem Boden ließ noch immer ein detailreiches Muster erkennen. Ein verblasster Quilt bedeckte das schmale Bett, und Holz war ordentlich vor dem Kamin aufgestapelt. Und kein Staub war zu sehen, wie sie es eigentlich erwartet hätte. "Jemand hat sich um diesen Ort gekümmert."

"Ich kann mir vorstellen, dass Mrs. Reynolds das sicherstellt, zumindest wenn ich zu Hause bin." Er kniete sich vor den Kamin und schichtete den Zunder und die Holzscheite darin, wobei er viel effizienter vorging, als man es von einem Mann der höheren Gesellschaft erwartete, wenn er solch eine niedere Aufgabe erledigte. Irgendetwas daran sprach sie an, und eine Welle der Zuneigung erfüllte sie. Wie wenig sie die Komplexität seines Charakters verstanden hatte, als sie sich kennengelernt hatten!

Er lehnte sich auf seinen Fersen zurück, schien seiner Hände Arbeit zu studieren und hielt inne. Einen Moment später erhoben sich Flammen aus dem Zunder und leckten an dem Holz darüber.

Elizabeth trat vor und streckte ihre Hände aus, um sie an der willkommenen Hitze zu wärmen. "Was für ein Glück, dass dein Talent auch praktischen Nutzen hat."

"Das habe ich früh gelernt, da ich nie besonders gut mit Feuerstein und Stahl umgehen konnte."

Das Feuer loderte auf, vielleicht als Reaktion auf sein Talent. Sie setzte sich auf den kleinen Stuhl neben dem Kamin, während Darcy sich einen Hocker heranzog.

"Ich sehe schon, das wird sehr gemütlich", sagte sie munter. "Wie hast du diesen Ort gefunden?" Vielleicht würde es ihm nun leichterfallen, die Geschichte zu beginnen, die zu erzählen er noch zögerte.

Er nahm auf dem Hocker Platz. "Als Junge liebte ich es, die Ruinen des alten Bergfrieds zu erkunden und gab vor, Guillaume D'Arcy oder einer seiner furchtlosen Ritter zu sein. Dieses Ortes war ich mir stets bewusst. Es lag schon jahrzehntelang verlassen da, und die anderen Kinder sagten, dort würde es spuken. Einmal wagte ich mich bei einer Mutprobe hinein. Ich fand viele Spinnweben, Hinterlassenschaften von Mäusen und eine unglaubliche, friedliche Stille." Er lächelte leicht bei der Erinnerung.

"Stille?", hakte sie nach.

"Pemberley war immer voller Geräusche, dem Lärm von Dienern, die kamen und gingen, Gesprächen und Aktivitäten. Auch im Freien war es nicht still, zwischen Vogelgesang, Tieren, Pächtern und allem. Außer hier. Durch diese dicken Wände drang kein Lärm."

"Dir hat die Ruhe gefallen?"

"Als Kind war ich ein wenig eigen. Alles schien mich unruhig zu machen – kratzige Strümpfe, enge Schuhe, unerwartete Geräusche, sogar etwas so Einfaches wie zwei Gespräche gleichzeitig zu hören. Ich habe die Hälfte meiner Kindheit mit den Händen über den Ohren verbracht."

Das hätte sie von diesem selbstbeherrschten Mann niemals gedacht. "Kein Wunder, dass du Bälle und Gesellschaften nicht magst."

"Ganz genau. Jetzt ist es viel besser, wobei Lärm immer noch sehr an meinen Nerven zerrt. Deshalb liebte ich einfach diesen Ort. Kein Lärm, nichts wuselt herum. Ich bat die Haushälterin um einen Besen, um hier zu fegen, was ein wesentlich größeres Unterfangen war, als sich mein sechsjähriges Ich vorstellen konnte. Als ich das nächste Mal zurückkam, war zum Glück alles sauber. Ich nahm das als Zeichen dafür, dass dies ein Ort der Wunder war, da mir die Vorgänge in der Dienerschaft nicht klar waren. Später erschienen der Schreibtisch und der Stuhl und nach und nach die anderen Dinge, die ich mir wünschen könnte. Es wurde mein Zufluchtsort. Meine Kinderfrau bemerkte, dass ich ruhiger war, nachdem ich hier Zeit verbracht hatte und so ermutigte sie mich."

"Das war also dein Spielhaus?"

Seine Augen schienen auf das Feuer gerichtet zu sein. "Bis mein Landtalent durchbrach. Dann wurde es mehr. Dir ist das Unbehagen der Abstoßung erspart geblieben. Während es im Allgemeinen keine nennenswerte Abstoßung zwischen Eltern und Kind oder Schwestern und Brüdern gibt, kann eine Spur davon durchaus vorhanden sein. In meinem Fall fing meine Haut an zu jucken. Die meisten Menschen können darüber hinwegsehen, aber ich war ein Kind, das nicht einmal das Gefühl von Wolle auf der Haut ertragen konnte und der Juckreiz hielt mich vom Schlafen ab und ließ keinen klaren Gedanken mehr zu."

Es war nicht schwer, zu erkennen, wohin das führte. "Also bist du hiergeblieben."

Er lächelte sie betrübt an. "Mein Hauslehrer schlug vor, dass ich im Wittumshaus wohnen sollte, aber das wollte mein Vater nicht. Er war entsetzt, dass sein Erbe ein geringfügiges Unbehagen nicht aushalten konnte und wollte nicht, dass es jemand erfuhr. Irgendwie wurde zwischen meinem Hauslehrer und der Haushälterin ein Plan ausgeheckt, der mir gestattete, die meisten Nächte hier zu verbringen, was ich mehrere Jahre lang tat. Sobald ich zuverlässig auf mein Landtalent zurückgreifen konnte, war ich auch in der Lage, meine Reaktion besser zu kontrollieren und begann wieder im Pemberley House zu schlafen. Ich bin aber trotzdem weiterhin hierhergekommen, wenn ich mich nach Ruhe gesehnt habe." Er sah zu ihr hinüber. "Du musst mich für einen ziemlich armseligen Kerl halten."

"Nicht im Geringsten. Meine Schwester Mary sieht sich mit ähnlichen Herausforderungen konfrontiert. Deshalb habe ich mir ein Schlafzimmer mit Jane geteilt, damit Mary eines für sich allein haben konnte. Und nicht ohne Grund verschanzt sich mein Vater stets in seiner Bibliothek. Er hasst Lärm ebenfalls." Aber sie konnte sich vorstellen, dass es für Darcy noch schwieriger gewesen sein musste, da die Erwartungen an ihn so hoch gewesen waren.

Er sah sie an, als hätte sie etwas Wunderbares gesagt, dann streckte er seine Hand aus und fuhr mit dem Finger über ihr Bein. "Habe ich dir jemals gesagt, welch unglaubliches Glück ich hatte, dich gefunden zu haben?"

Ihr Hals schnürte sich zu. Wie konnte sie das ertragen? Worte, nach denen sie sich sehnte, die zu hören sie sich allerdings nicht gestatten konnte. Sie wandte den Kopf ab, allein bei seinem Anblick schmerzte ihr Herz.

Sie sollte etwas Höfliches sagen, etwas, das ihn von dieser quälenden Nähe ablenkte. Es wäre sicherer, aber der Kloß in ihrem Hals ließ keine Worte zu.

"Entschuldige bitte", sagte er steif. "Ich sollte dich nicht mit Gefühlen belästigen, von denen ich weiß, dass du sie nicht teilst. Vielleicht sollten wir zum Haus zurückkehren."

Irgendwie hatten sich ihre Hände zu Fäusten geballt, ihre Fingernägel schnitten in ihre Handflächen, und sie schlug auf ihren Schoß. "Hör auf damit! Es ist nicht so, dass ich sie nicht teile, aber ich kann es mir nicht leisten! Wenn dies eine echte Ehe wäre, eine mit Zukunft, könnte ich mich glücklich schätzen, aber wie kann ich das, wenn ich im Begriff bin, dich zu verlieren und den Rest meiner Tage ohne dich leben muss?"

Er sah bestürzt aus. "Ich wollte nicht –"

"Du wolltest nicht, dass mir etwas an dir liegt? Wie würdest du dich fühlen, wenn ich diejenige wäre, die sich auf eine Mission in den Tod begibt, wohl wissend, dass du nur diese kurze Zeit mit mir hast, um dann jahrzehntelang zu wissen, was du verloren hast? Du kannst es dir leisten, dich zu verlieben, weil du nicht damit rechnen musst, mich zu verlieren. Aber ich muss weiterleben, wenn du es dir leicht gemacht hast und gestorben bist!"

Er schüttelte einmal, zweimal und dann noch einmal den Kopf. "Ich habe keine Wahl. Das weißt du."

"Du musst auf deine Mission gehen, ja, aber du gibst dir nicht einmal Mühe, sie zu überleben! Du hast huldvoll zugelassen, dass ich versuche, einen Weg zu finden, dich da rauszubekommen, aber das ist auch schon alles. Es ist so viel einfacher, seine Lebenskraft erschöpfen zu lassen. Ich bin diejenige, die allein zurückbleibt. Wenn dir wirklich etwas an mir läge, dann würdest du darum kämpfen, einen Weg zurück zu finden!" Sie funkelte ihn an und atmete schwer. "Weißt du, wie es für mich ist, zu wissen, dass du sterben wirst?" Ein Schluchzen schnürte ihr die Kehle zu.

Er vergrub sein Gesicht in den Händen. Nach einem langen Moment sagte er mit gedämpfter Stimme: "Vor drei Tagen hatte ich furchtbare Angst, dass du sterben würdest."

"Weil das deine Mission ruiniert hätte", sagte sie bitter.

Seine Hände fielen nach unten und enthüllten einen gequälten Gesichtsausdruck. "Nein, weil ich Angst hatte, dich zu verlieren!" Er atmete zornig ein und versuchte offensichtlich, sich zu beruhigen. Als er wieder sprach, war seine Stimme distanziert. "Was, wie ich annehme, nur deinen Standpunkt beweist. Ich würde niemals wünschen, dass du wegen meines Todes den gleichen Schmerz erleidest. Ich war egoistisch in meinem Wunsch, dir nahe zu sein. Ich werde in Zukunft mehr Abstand halten, wenn du das wünschst."

Elizabeth legte frustriert ihre Fäuste auf ihre Oberschenkel. "Nein, das ist es *nicht*, was ich mir wünsche. Ich möchte, dass du versuchst zu überleben. Ja, du bist England verpflichtet, aber mir ebenfalls!"

Langsam schüttelte er den Kopf. "Wenn es nur so einfach wäre."

"Warum musst du das so schwarz-weiß sehen? Vielleicht dringst du bis zu Napoleon vor und stellst fest, dass deine Aufgabe unmöglich ist. Wirst du es dennoch versuchen und dabei sterben oder wirst du weggehen und zu mir zurückkommen? Angenommen, du erschaffst deine Illusion und sie scheint erfolgreich zu sein – könntest du nicht aufhören, solange du noch genug Energie hast, um dich unsichtbar zu machen und zusehen, dass du davonkommst? Wenn es dir um deiner selbst willen gleichgültig ist, ob du überlebst oder stirbst, kannst du es dann nicht um meinetwillen tun?"

Er schluckte sichtlich, und dann kniete er plötzlich vor ihr, seine Hände mit ihren verschlungen. "Ich will leben. Mehr noch, ich möchte *mit dir* leben, so sehr, dass ich es kaum ertrage, drüber nachzudenken. Es könnte möglich sein, das gebe ich zu, aber ich kann mir nicht erlauben, zu hoffen, aus Angst, dass mich mein Mut verlässt. Aber ich flehe dich an, mir zu glauben. Ich möchte zu dir zurückkehren."

Tränen füllten ihre Augen. "Törichter, törichter Mann, dir überhaupt Sorgen darüber zu machen, dass du deine Pflicht nicht erfüllen könntest! Ich habe gesehen, wie du dich für ein vermisstes Pächtermädchen in Gefahr gebracht hast. Ich weiß, dass du dein Bestes für deine Mission geben wirst – aber es ist möglich, eine Flucht zu planen. Und wenn du deine Optionen nicht in Betracht ziehst, wirst du nicht in der Lage sein, eine Gelegenheit zu ergreifen, wenn sie sich dir bietet."

Er legte seinen Kopf in ihren Schoß, als wäre das Gewicht zu viel für ihn. "Liebste Elizabeth, ich will es versuchen. Das verspreche ich dir. Und das nicht nur um deinetwillen, sondern weil ich so sehr zu dir zurückkommen möchte. Während du krank warst, wurde mir klar, wie sehr. Die letzten Wochen mit dir waren die besten meines Lebens."

Sie beugte sich herunter und presste ihre Lippen auf seine Stirn. "Das ist alles, worum ich bitte. Ich kann dir helfen, einen Weg zu finden. Nun, da ich mich mit dem Land verbunden habe, kann ich Pemberleys Kraft in ein Stück Stoff spinnen, das du mitnehmen kannst. Du könntest üben, für längere Zeit unsichtbar zu bleiben. Es gibt Dinge, die wir tun können – gemeinsam."

Hoffnung und Trauer vermischten sich in seiner Miene. "Aber ich bitte dich, kein Risiko einzugehen. Als ich dachte, ich hätte dich verloren..."

Sie umfasste sein Gesicht mit ihren Händen. "Ich werde vorsichtig sein. Für dich."

Dann zog er sie auf die Füße, in seine Arme und presste seinen Mund auf ihren, seine Küsse wild und fordernd. Und etwas in ihr reagierte mit der gleichen Hingabe, als könne sie ihn durch die Kraft ihrer Leidenschaft beschützen, als ob nur sein Kuss und seine Berührung das rohe Verlangen befriedigen könnten, das in ihr aufstieg. Ihr Körper schmerzte nach ihm, nach der Erfüllung, die er ihr bringen konnte. Und sie wollte ihn nie wieder gehen lassen.

Aber es war mehr als ihr eigenes und sein Begehren. Eine mächtige Woge von Pemberleys Magie durchfuhr sie, und sie konnte auch das Kribbeln in seinen Lippen spüren, als würde die Kraft des Landes sie zusammenbringen. Und plötzlich erfüllte sie das Bewusstsein, wie seine Leidenschaft für sie all seine Sinne überwältigte, wie jede ihrer Berührungen ihn berauschte.

Als er plötzlich scharf einatmete, wusste sie, dass er es auch spüren konnte, dass sie eins in ihrem Verlangen waren. Während seine Finger über ihre Wirbelsäule glitten und unauslöschliche Hitze tief in sie hineinsandten, manövrierte er sie sanft rückwärts in Richtung Bett. "Liebste, liebste Elizabeth, ich kann nicht warten", stöhnte er.

Sie zerrte am Knoten seiner Krawatte, begierig darauf, an seiner Haut zu knabbern. "Ich auch nicht."

Kapitel 23

IHRE ZUSAMMENKUNFT IN DER Hütte war ein Wendepunkt für Elizabeth. Da sie die intensive Kraft ihrer Verbindung nicht vergessen konnte, verdoppelte sie ihre Bemühungen mit ihren Büchern und im Unterricht bei Lady Frederica. Es musste einen Weg geben, wie sie Darcy helfen konnte, seinem Schicksal zu entkommen.

Eine Woche später erschien der Butler im Salon, wo Elizabeth mit Lady Frederica das Erschaffen von Illusionen übte. Leichter Widerwille trübte seinen gewöhnlich stoischen Ausdruck. "Madam, da ist ein... Gentleman, der darum bittet, Sie zu sehen." Seine Betonung machte deutlich, dass er den Besucher keinesfalls für einen Gentleman hielt.

"Wer ist es denn?", erkundigte sich Elizabeth.

Nach einer stattlichen Pause sagte Hobbes, als ob es ihn schmerzte: "Er verfügt nicht über Visitenkarten. Er scheint walisischer Abstammung zu sein und behauptet, im Besitz eines Briefes Ihrer Urgroßmutter zu sein."

Sie lächelte. Armer Hobbes! Zu viele Unmöglichkeiten auf einmal. "Ich danke Ihnen für Ihre Besorgnis, Hobbes. So unwahrscheinlich es auch erscheinen mag, meine Urgroßmutter lebt noch und ist wohnhaft in Wales, und ich erwarte einen Brief von ihr. Bitte führen Sie den Herrn herein." Endlich eine Antwort auf ihre Briefe, in denen sie um Rat bat!

Hobbes verbeugte sich. "Wie Madam wünschen."

Cerridwen, die in der Nähe des Feuers auf ihrer Stange gedöst hatte, hob den Kopf.

Der Butler kehrte zurück. "Mr. Ruttickry", sagte er, die Nase in der Luft.

Der dunkelhaarige Waliser war groß, dünn und ländlich gekleidet, mit einer einfach geknoteten Krawatte und einem Mantel, der, wenngleich er gut gemacht war, bereits mehrere Jahre aus der Mode gekommen war.

Würde ihm der offensichtliche Fehler unterlaufen? Lady Fredericas Aussehen entsprach eher dem, was von der Dame eines Hauses wie Pemberley erwartet wurde, während Elizabeth selbst noch ihre alten Kleider aus Longbourn trug.

Aber seine Augen wanderten sofort über die goldhaarige Frau hinweg und er verbeugte sich vor Elizabeth. "Mrs. Darcy."

"Mr. Roderick, herzlich willkommen auf Pemberley."

Sein Mund zuckte, als sie die falsche Aussprache des Butlers korrigierte. "Wie ich sehe, erinnern Sie sich an Ihre Zeit in Wales."

Sein musikalischer Akzent löste in ihr Heimweh nach ihren abenteuerlichen Tagen als Mädchen aus, als sie Granny besuchte, und eine Erinnerung überkam sie. "Oder bist du etwa Roderick ap Rhodri?", wagte sie sich vor.

Er nickte. "Du erinnerst dich also. Ich war mir nicht sicher, ob du es tun würdest. Es ist schon viele Jahre her. In England ist es einfacher, wenn ich bei Mr. Roderick bleibe."

"Wahrlich." Sie hatte den drahtigen Jungen bewundert, ein paar Jahre älter als sie, der einer Achtjährigen so erwachsen vorgekommen war. Er war ein häufiger Besucher in Grannys Haus gewesen und war immer freundlich zu ihr gewesen, wenngleich auch viel zu würdevoll, um mit den Bennet-Kindern zu spielen. "Lady Frederica, darf ich Ihnen Mr. Roderick vorstellen? Lady Frederica Fitzwilliam ist Mrs. Morgans Urgroßnichte."

"Es ist mir ein Vergnügen", sagte Lady Frederica und nahm den Waliser mit offensichtlichem Interesse in Augenschein.

Mit einem verhaltenen Blick sagte er: "Ich fühle mich geehrt, Eure Ladyschaft."

Elizabeth sagte: "Bitte, setzen Sie sich. Nach einer Reise in diesem Wetter müssen Sie halb erfroren sein."

Er nahm den Platz am Feuer ein, den sie angedeutet hatte, und rieb seine Hände aneinander. "Es ist wie in den Bergen zu Hause, aber ich freue mich schon darauf, den Frühling zu sehen."

"Darf ich mich nach der Gesundheit meiner Urgroßmutter erkundigen?" Er trug kein Schwarz, daher war er vermutlich nicht der Überbringer der schlimmstmöglichen Nachricht.

Er zögerte und warf Lady Frederica einen misstrauischen Blick zu. "Der Winter war schwierig für sie. Mit Freuden teile ich Ihnen weitere Einzelheiten unter vier Augen mit."

Nun, das war viel direkter als ein englischer Gentleman es sein würde! "Wenn Sie das vorziehen. Ich kann Ihnen allerdings versichern, dass Lady Frederica und Granny eine Menge finden würden, bei dem sie sich einig wären, sofern sie sich jemals träfen."

"Möglicherweise, aber Mrs. Morgan hat klar geäußert, dass ich jeglichen Umgang mit ihrer früheren Familie meiden solle."

Cerridwen sprach in Elizabeths Kopf, und sie drehte sich um, um den Vogel zweifelnd anzustarren. Nun, die Leute in Wales könnten mehr Verständnis für die Fähigkeiten ihres Falken haben, daher wäre das vielleicht nicht so schlimm wie bei anderen.

Mit einem Achselzucken sagte sie: "Mr. Roderick, mein Falke möchte, dass ich Ihnen übermittle, sie habe Lady Frederica getestet und sie für würdig befunden. Ich hoffe, Ihnen sagt das mehr als mir." Später musste sie Cerridwen fragen, was dieser Test beinhaltet hatte.

Er wandte sich an Cerridwen. "Das hast du getan?" Er klang erstaunt. Und offensichtlich erwartete er, dass der Vogel Englisch verstand, im Gegensatz zu Darcy oder Frederica.

Cerridwen schlug mit den Flügeln, ehe sie sich wieder auf der Stange niederließ.

"Sie sagt, *Das habe ich gesagt*", übersetzte Elizabeth.

Der Waliser drehte seine Handflächen nach oben. "In diesem Fall, Lady Frederica, bitte ich um Verzeihung."

Lady Fredericas Augen waren groß, und Elizabeth konnte fast sehen, wie sie sich bemühte, hundert Fragen nicht zu stellen.

Eine entschlüpfte ihr jedoch: "Sie wollten Elizabeths Urteil meines Charakters nicht akzeptieren, glauben jedoch ihrem Vogel?", fragte sie ungläubig.

Er rutschte auf dem Stuhl hin und her. "Wenn ein Fremder an meine Tür kommt, vertraue ich der Einschätzung meines Hundes. Tiere nehmen manchmal mehr wahr als Menschen."

Cerridwen stieß ein verärgertes Kreischen aus und flog durch den Raum, um sich auf Elizabeths Schulter zu setzen, wobei sich ihre Krallen tiefer als sonst bohrten. Elizabeth schaffte es, ihr Zusammenzucken zu überspielen, indem sie nach oben griff, um die buchstäblich zu Berge stehenden Federn des Vogels zu streicheln. "Ich bin froh, dass wir uns jetzt alle einig sind", sagte sie mit einem warnenden Blick auf Lady Frederica.

Der Waliser zog ein gefaltetes Papier aus seiner Tasche und überreichte es Elizabeth. "Mrs. Morgan hat mich gebeten, Ihnen diesen Brief zu überreichen. Sie hat ihn mir diktiert, daher bin ich mir seines Inhalts gewahr."

Elizabeth nahm den Brief in Augenschein, ohne ihn zu öffnen. "Wie krank ist sie? Sonst hat sie mir stets selbst geschrieben." Auch wenn ihre Nachrichten im Laufe der Jahre immer kürzer geworden waren.

"Derzeit geht es ihr gut, wenn auch das Alter sie zerbrechlich gemacht hat und wir fürchten, was geschehen wird, wenn sie das nächste Mal krank ist. Ihr Verstand ist so eindrucksvoll wie eh und je, aber ihre Finger können sich nicht mehr leicht beugen, um einen Stift zu halten, noch vermögen ihre Augen, die Worte auf einer Seite klar zu erkennen. Sie wird all das leugnen, wenn man sie fragt, da sie keine Geduld für Schwäche hat, aber es ist allen um sie herum offensichtlich."

Arme Granny! "Sie muss es hassen."

"Das tut sie. Sie besteht immer noch darauf, persönliche Briefe zu lesen, indem sie sie durch die Augen ihres Vogels sieht, anstatt einen von uns zu bitten, sie ihr vorzulesen."

"Ich kann mir vorstellen, dass sie das bevorzugen würde."

Lady Frederica platzte heraus: "Wartet! Heißt das, du kannst durch Cerridwens Augen sehen?"

Oje. "Wenn sie es mir gestattet, ja", sagte Elizabeth entschuldigend. "Was nicht oft vorkommt."

"Und sie spricht auch mit dir?" Lady Frederica warf ihre Hände in die Höhe. "Ich habe dich zuvor bereits gehasst, und jetzt verabscheue ich dich geradezu", sagte sie klagend.

Elizabeth lachte, sowohl über ihre Worte als auch über Rodericks schockierten Ausdruck. "Lady Frederica hat mir nie verziehen, dass ich einen Falken zur Vertrauten habe. Es war ihr Kindheitstraum, seit sie das Porträt von Lady Amelia Fitzwilliam mit ihrem Falken zum ersten Mal gesehen hatte, das kurz vor ihrem vermeintlichen Tod gemalt wurde. Ich hoffe, es schockiert Sie nicht."

Zu ihrem Erstaunen sagte er: "Ich würde es als vollkommen natürlich bezeichnen. Wer würde diese glücklichen Menschen, die für dieses Privileg auserwählt wurden, nicht beneiden? Ich tue es ganz sicherlich." Und er klang völlig aufrichtig.

"Danke", sagte Lady Frederica fest.

Er fügte hinzu: "Es ist gut zu wissen, dass es unter den Engländern auch jene gibt, die diese Ehre zu schätzen wissen."

Elizabeth fuhr mit dem Finger unter das Siegel des Briefes und ihr Blick huschte über die Zeilen, ohne auf die anderen beiden zu achten. Zweifelsfrei waren dies Grannys Worte, selbst in einer Männerhandschrift verfasst, ihr Scharfsinn und ihr herber Humor traten deutlich zutage. Einschließlich ihres vertrauten Beharrens, Elizabeth müsse sie so schnell als möglich in Wales besuchen. Wenn nur ihr Vater sie nicht daran gehindert hätte, Grannys früheren Bitten nachzukommen!

Beim nächsten Teil hob sie die Augenbrauen. "Mr. Roderick, hier steht, dass Sie meinem Mann helfen können, seine Illusionsfähigkeiten zu verbessern."

Er nickte. "Da sie nicht reisen kann, hat sie mich an ihrer statt geschickt."

Sie warf einen Blick auf Lady Frederica, die keine Anzeichen von Unbehagen zeigte. War er wie Mr. Bingley, kenntnisreich in der Theorie, aber ohne eigenes Talent? "Dann muss sie das Gefühl haben, dass Sie etwas zu bieten haben."

Den Zweifel in ihrer Stimme hörte er deutlich heraus, denn sein Mund verzog sich. "Sie zweifeln an mir? Vielleicht sollte ich es demonstrieren. Erinnern Sie sich an Mrs. Morgans Haus?"

Und dann kräuselte sich ein Bild eines vertrauten Steingebäudes zusammen, komplett mit dem plätschernden Bach davor, überquert von der schmalen Bogenbrücke, von der Granny behauptete, dass sie noch aus der Römerzeit stammte. Ein graues Kaninchen hüpfte über den grasbewachsenen Hang, und der Duft von Bergkiefer schien den Raum zu erfüllen.

Elizabeth stockte der Atem, als das Heimweh sie erneut überkam. Dann wurde ein Vorhang in einem illusorischen Fenster zur Seite gezogen, und ein im Schatten liegendes Gesicht spähte hervor, verzerrt durch das Glas, aber immer noch mit den vertrauten Gesichtszügen ihrer Urgroßmutter.

Tränen füllten ihre Augen, und sie keuchte vor Enttäuschung, als die Illusion ins Nichts verblasste.

Lady Frederica sagte scharf: "Nun, das nenne ich mal eine Zurschaustellung."

Er hob eine Augenbraue. "Ich danke Euch."

"Danken Sie mir nicht. Ich kann mich nicht entscheiden, ob ich Ihnen mehr gram bin, weil Sie in der Lage sind, sich bewegendes Wasser zu erschaffen oder weil Sie ebenfalls zu diesen unerfreulichen Leuten gehören, die immun gegen Abstoßung sind."

"Mrs. Morgan kann einen Wasserfall erschaffen", sagte er mit einer Spur Selbstgefälligkeit.

"Nein", erwiderte Lady Frederica ungläubig.

"Ich versichere Euch, es ist tatsächlich wahr." In seiner Stimme schwang Lachen mit.

"Na, selbst Lady – die Magierin des Königs kann kein fließendes Wasser erschaffen! Sie ist stolz auf ihre Fähigkeit, Sonnenlicht auf stillem Wasser zu produzieren."

Elizabeth starrte. Ihr Vater hatte aus dem Handgelenk einen Wasserfall entstehen lassen, und ihr war nicht bewusst gewesen, dass daran etwas ungewöhnlich war.

"Sofern es Euch hilft: Ich bin mitnichten immun gegen Abstoßung. Ich trage schlichtweg Drachensilber an mir." Er hielt seine rechte Hand hoch, um einen einfachen Ring zu zeigen, der sich um seinen Mittelfinger schlang. "Würde ich ihn entfernen, könntet Ihr Euch sicher sein, dass ich Schmerzen erlitte."

Lady Fredericas Mund blieb offenstehen. "Sie haben auch noch ein Artefakt?"

Mit einem vorsichtigen Blick sagte er: "Mrs. Morgan hat es mir geliehen, damit ich Mr. Darcy etwas beibringen kann. Wer hat noch einen?"

"Die Magierin des Königs", sagte sie sachlich. "Haben Sie irgendeine Ahnung, wie viel der wert ist?"

Seine Miene veränderte sich von vorsichtig zu völlig verschlossen. "Er ist mehr wert als mein Leben, sollte ich ihn nicht zurückgeben. Diese Ringe dürfen nur in Angelegenheiten von großer Notwendigkeit verwendet und nicht von einzelnen Personen gehortet werden."

Lady Frederica studierte ihn. "Sie heißen es nicht gut, dass die Magierin des Königs einen besitzt?"

"Es steht mir nicht an, dem zuzustimmen oder es abzulehnen. Mrs. Darcy, ist es möglich, dass ich Mr. Darcy kennenlerne? Ich werde bald zum Gasthaus aufbrechen müssen."

"Mein Mann übt seine Illusionen auf dem Bergrücken und sollte demnächst zurück sein, aber ich möchte nichts davon hören, dass Sie in ein Gasthaus gehen! Sie sind mitten im Winter durch das halbe Land gereist, um Ihre Hilfe anzubieten; Sie müssen hier bei uns bleiben", sagte Elizabeth warmherzig.

Sein Blick schweifte über den Raum, von einem exquisit dekorierten Ende zum anderen. "Sie sind überaus gütig, Mrs. Darcy, aber vielleicht passe ich doch besser in ein Gasthaus", sagte er gedehnt. "Ich bin sicher, Ihr Butler würde dem zustimmen."

"Ich entscheide, wen ich nach Pemberley einlade, nicht mein Butler. Und falsche Bescheidenheit steht Ihnen nicht, Roderick ap Rhodri. Ich erinnere mich, wer Ihre Vorfahren sind", antwortete Elizabeth.

"Und Sie müssen sich keine Sorgen machen, dass ich Ihnen im Weg wäre", Lady Frederica warf den Kopf zurück. "Ich wohne im Wittumshaus, da weder Darcy noch ich das Glück haben, Abstoßung vermeiden zu können. Es sei denn, er hält Elizabeths Hand."

"Welch ein Glück für ihn, dass ihm diese Option offensteht", sagte der Waliser und schien von diesem Konzept überhaupt nicht überrascht zu sein.

Vielleicht könnte sie ihn später fragen, was er sonst noch über Leute wusste, die keinerlei Abstoßung verspürten.

Elizabeth fiel ihm wie ein Traum in die Arme, sobald er in der folgenden Woche die angrenzende Tür zu ihrem Schlafzimmer durchschritt. Sie schien zu schmelzen, als sie sich an ihn drückte und murmelte: "Endlich."

Er beugte sich vor, um sie zu küssen, eine langsame, verweilende Liebkosung, die ein Feuer in ihm entfachte. Ihre Wangen waren gerötet und ihr Atem ging schnell, als er sich schließlich von ihr löste.

Ein weiterer langer Tag der Illusionsübung mit Roderick lag hinter ihm, und er war im Begriff, ihn noch länger zu machen, mit Neuigkeiten, die Elizabeth nicht gefallen würden. "Wir müssen das Beste aus unserer gemeinsamen Zeit machen. Morgen muss ich für ein paar Tage weg."

Sie erstarrte. "Was ist geschehen?"

"Nichts, worüber man sich Sorgen machen müsste. Das Kriegsministerium will ein Treffen, um die Pläne zu besprechen. Offensichtlich gab es einige kleinere Änderungen, aber sie können mir nur persönlich davon berichten."

"Können sie nicht hierher kommen?"

"Nicht, ohne die falsche Art von Aufmerksamkeit zu erregen. Französische Spione sind überall. So wie es aussieht, muss jeder glauben, dass ich nach Nottingham fahre, um einen kranken Freund zu besuchen, aber ich wollte, dass du die Wahrheit kennst." Oder zumindest etwas davon. Tatsächlich würde er unter falschem Namen mit der Postkutsche nach London reisen, während seine eigene Kutsche mit seinem Kammerdiener, der als Mr. Darcy in einem Gasthaus übernachten würde, nach Nottingham fuhr. Er hasste es, Elizabeth zu belügen, aber das Kriegsministerium hatte auf absoluter Geheimhaltung bestanden.

Sie trat einen Schritt zurück, um ihn anzusehen. "Wie lange wirst du fort sein?"

"Fünf Tage." Es so kurz zu halten, würde schlaflose Nächte in der Postkutsche bedeuten und dass er nur einen Tag in der Stadt verbrachte, aber das wäre es wert, um schnell zurückzukehren. "Ich möchte so schnell als möglich wieder bei dir sein. Und es wird mir eine gute Gelegenheit bieten, um herauszufinden, ob ich durch dich auch aus der Ferne auf Pemberleys Kräfte zurückgreifen kann."

Sie biss sich auf die Lippe. "Wenn du ohnehin fort sein wirst, könnte ich dann nicht die Zeit nutzen, und eine kurze Reise nach Wales machen, um meine Urgroßmutter wiederzusehen? Mir ist es gleich, ob ich sie nur sehr kurz sehen kann, aber Roderick sagt, sie sei sehr fragil und dass die nächste Krankheit sie vermutlich dahinraffen werde. Ich möchte sie noch einmal sehen, bevor sie stirbt."

Er betrachtete sie eingehend. Es war ein schrecklicher Gedanke. "Ich wünschte, es wäre möglich. Die Reise ist viel länger und geht über unwegsame Straßen. Es würde mindestens vierzehn Tage dauern, selbst wenn du nur ein paar Tage bleiben würdest, und so viel Zeit haben wir nicht." Er hasste es, sie zu enttäuschen, aber die Chancen standen gut, dass die alte Dame ihn überleben würde, und dann konnte Elizabeth sie jederzeit besuchen.

"Selbst wenn ich nur über Nacht dortbleiben und am nächsten Tag hierher zurückkehren würde, wäre es mir das wert." Tränen glänzten in ihren Augen. "Ich habe mein Zuhause und meine Familie für deine Mission verlassen. Ich habe mich nicht darüber beschwert, dass ich Janes Hochzeit verpasst habe. Aber ich möchte meine Urgroßmutter ein letztes Mal sehen." Ihre Stimme brach. "Sie fleht mich schon seit Jahren an, sie zu besuchen, aber mein Vater konnte mich nicht entbehren. Das könnte meine letzte Chance sein."

Es war eine vernünftige Bitte, und unter allen anderen Umständen hätte er nicht gezögert, zuzustimmen. Und wie ihr Vater wollte er ganz sicher nicht sein! "Ich kann im Kriegsministerium fragen, ob sie schon Näheres wissen, wann ich gebraucht werde. Wenn uns noch mehr als ein paar Monate bleiben, dann werden wir einen Weg für dich finden, nach Wales zu reisen." Und vielleicht fühlte sie sich nach seiner Rückkehr weniger verzweifelt und verstand sogar, weshalb es notwendig war, zu bleiben.

Sie schluckte sichtlich. "Ich danke dir."

Es brach ihm das Herz, zu sehen, wie sie versuchte, tapfer zu sein.

Er ergriff ihre Hände, hob sie auf die Füße und zog sie in seine Arme. "Ich wünschte, ich könnte dich noch in dieser Minute in einen Wagen packen und zu ihr bringen", flüsterte er ihr ins Ohr.

"Ich weiß." Ihre Stimme zitterte jedoch. "Es ist so ungerecht."

"Das ist es." Alles war ungerecht, jedes kleine bisschen davon – dass er einen Grund zum Leben gefunden hatte, just, als er zugestimmt hatte, für sein Land zu sterben.

Kapitel 24

DER BETAGTE ADVOKAT RIEB sich die Hände. "Nun, Mr. Darcy, es ist immer ein Vergnügen, Sie zu sehen, aber ich nehme an, dass dies eine dringliche Angelegenheit sein muss, um Sie den ganzen Weg in die Stadt zu bringen, und ich möchte Ihre Zeit nicht verschwenden."

"In der Tat. Ich möchte mein Testament ändern." Ihm blieb nur eine Stunde vor seinem Treffen mit Cattermole, aber er musste seine kurze Zeit in London nutzen, um dies zu erledigen. Das war nichts, was er in einem Brief erklären konnte.

Haskins neigte den Kopf. "Schon wieder?"

"Ja, schon wieder." Er hatte es komplett umgeschrieben, sobald er von seiner Mission erfuhr. "Sie haben Kenntnis von meiner Heirat erhalten."

Das schien den alten Herrn zu beruhigen. "Ah, ja, selbstverständlich. Sehr erfreuliche Nachricht, wahrlich! Ich habe eine Kopie des sehr großzügigen Wittumsvertrages erhalten, mit dem Sie sie bedacht haben."

"Da sich meine Situation geändert hat, möchte ich meinem Testament nun einen Nachtrag hinzufügen, sofern ich ohne Nachkömmlinge sterben sollte."

"Ja?" Haskins tauchte seine Feder ins Tintenfass und war bereit, sich Notizen zu machen.

"Sollte ich kinderlos sterben, wünsche ich, dass Pemberley für meine Frau auf Lebenszeit treuhänderisch gehalten und ihren künftigen Kindern überlassen wird. Sollte sie jedoch ohne Nachkommen sterben, wird es an die Darcy-Linie zurückfallen, wie es in meinem aktuellen Testament dargelegt ist."

Die Feder des Anwalts blieb mitten in der Luft wie eingefroren stehen. "Sie möchten Pemberley jenen Kindern überlassen, die Ihre Frau mit einem anderen Mann haben könnte?" Sein Ton war sorgfältig neutral, doch seinen Unglauben konnte er nicht verbergen. Genau, wie Darcy es erwartet hatte.

"Das hat nichts mit meinen Wünschen zu tun, sondern damit, was im besten Interesse Pemberleys liegt. Das Anwesen florierte, weit über das hinaus, was seinen Nachbarn möglich war, seit das Darcy-Talent stärker geworden ist. Unser Ackerbau, unsere Tiere – all das ist ungewöhnlich produktiv. Unsere Pächter sind gesund und es geht ihnen gut." Es war unmöglich, es wirklich zu erklären, aber er musste es versuchen. "Meine Frau verfügt über ein ungewöhnliches Talent, das es ihr ermöglichte, sich mit Pemberley zu verbinden. Jedes ihrer Kinder, ob ich nun der Vater bin oder nicht, wird diese Bindung erben. Jeder andere würde Generationen brauchen, um eine solche Verbindung zu entwickeln. Bis dahin wäre Pemberley für wenig mehr als Weideland zu gebrauchen."

Haskins setzte seine Feder ab. "Für Sie ist es also wichtiger, ein Landtalent in Pemberley zu haben als einen Darcy?"

"Ja. Zumal Francis Darcy weder einen Hauch von Talent noch Sinn fürs Finanzielle hat." Dass die Wahl auf seinen Cousin als Erben gefallen war, hatte ihm noch nie gefallen. "Würde sein älterer Bruder Henry noch leben, sähe das möglicherweise anders aus."

"In der Tat." Zumindest hütete sich Haskins, die Möglichkeit anzusprechen, Georgiana als seine Erbin zu benennen. Er war der Einzige außerhalb der Familie, der die Wahrheit über sie kannte. "Beabsichtigen Sie, Lady Anne über Ihren Plan zu informieren?"

Das war das Problem daran, so etwas einem langjährigen Vertrauten der Familie anzuvertrauen. "Ich erwarte nicht, dass sie Einwände erheben wird. Mrs. Darcy entstammt der Blutlinie der Fitzwilliams, daher gibt es diese Verbindung."

Eine Augenbraue wanderte nach oben. "Das würde ihr ungewöhnliches Talent erklären. Sie haben erwähnt, Pemberley treuhänderisch
für Ihre Frau zu halten, falls es zum Äußersten kommen sollte. Haben
Sie einen Treuhänder im Sinn?"

"Meinen Cousin, Colonel Richard Fitzwilliam." Es schmerzte ihn, es
auszusprechen. Richard war bei weitem die beste Wahl als Pemberleys
Treuhänder, aber er wäre auch ein denkbarer Kandidat als neuer Ehemann für Elizabeth. So sehr Darcys Verstand es sich wünschen mochte,
dass sie wieder heiratete und Kinder für Pemberley bekam, konnte er es
nur ertragen, sich ihren zukünftigen Ehemann als einen gesichtslosen
Fremden vorzustellen.

Er schob diese Gedanken beiseite, bevor er seine Meinung ändern
konnte. Es war seine Pflicht, das Beste für Pemberley zu tun. Und für
Elizabeth. Wie würde sie sich fühlen, mit ihrer Bindung an Pemberley, wenn sie dem talentlosen, zügellosen, liederlichen Francis Darcy
dabei zusehen müsste, wie er das Anwesen bis zum Ruin herunter-
wirtschaftete? Nein, so war es auch für sie besser.

Selbst, wenn der bloße Gedanke an ihre Wiederheirat ihm in der
Kehle schmerzte.

Eine ungute Vorahnung erfüllte Darcy, als er Cattermoles Hand schüttelte. Dieses Treffen könnte bedeuten, dass sein Idyll mit Elizabeth ein
Ende gefunden hatte. Das letzte Mal, als er seine Kontaktperson im
Kriegsministerium persönlich getroffen hatte, war Darcy immer noch
im Schockzustand über Jacks Tod gewesen und hatte das Sterben für
sein Land mit einem gewissen dumpfen Gleichmut hingenommen.
Elizabeth zu verlassen, war eine andere Sache. Er hatte jetzt so viel mehr
zu verlieren.

"Was gibt es Neues?", fragte er abrupt nach dem absoluten Mini-
mum an höflichen Nettigkeiten.

Cattermole lehnte sich in seinem Stuhl zurück. "Nichts Gutes, fürchte ich. Die Österreicher können nur mit Müh und Not standhalten, aber wenn alles andere normal wäre, würden wir davon ausgehen, dass sie Boney noch ein halbes Jahr, wenn nicht sogar ein Jahr, beschäftigen würden. Aber unsere Quelle sagt uns, dass der korsische Bastard an einem Plan arbeitet, der ihn bis zum Sommer mit einer Kapitulation in der Hand nach Paris zurückbringt."

Darcys Brust verkrampfte sich. Sobald Napoleon aus Österreich zurückkehrte, würde seine Mission beginnen. "Denken Sie, dass es einen weiteren Drachenangriff geben wird?"

Cattermoles Gesicht schien direkt vor seinen Augen um zehn Jahre zu altern. "Wir erwarten schon seit Monaten einen. Es ist uns ein Rätsel, weshalb er sich so lange zurückgehalten und das Blut seiner Armee auf dem Feld vergossen hat, anstatt die Drachen einzusetzen. Dennoch könnte es passieren, oder er zieht einen anderen verdammten Trumpf aus dem Ärmel. In jedem Fall wären wir mehr denn je auf Sie angewiesen. Sobald Österreich fällt, ist England als nächstes an der Reihe. Da die Navy handlungsunfähig ist, haben wir keine Hoffnung mehr." Er leerte seinen Portwein und goss ein weiteres Glas aus einer Karaffe ein, wobei seine Hand leicht zitterte.

Stacheln der Furcht bohrten sich in seine Haut. Wie leicht war es gewesen, zu vergessen, wie ernst die Lage war, selbst wenn er seine Tage damit verbracht hatte, sich auf die Mission vorzubereiten! "Ich werde mein Bestes geben."

"Wie laufen deine Übungen? Gibt es Anzeichen für eine Schwangerschaft, die Ihnen helfen könnte? Ich sag's Ihnen, Darcy, wenn ich auch nur die geringste Hoffnung weitergeben könnte, wäre das ein großes Geschenk. Die Stimmung hier ist sehr niedergeschlagen. Hartgesottene Soldaten, die davon sprechen, für den Fall der Fälle eine geladene Waffe griffbereit zu haben. Von einer Flucht nach Kanada war die Rede, wenn sie nur sicher sein könnten, an diesen verdammten Seeschlangen vorbeizukommen. So etwas habe ich noch nie gesehen!"

Und er hatte es sich in der Oase von Pemberley gemütlich gemacht. "Es ist noch zu früh, um etwas über ein Kind zu wissen", sagte er langsam.

"Hmm, kein Glück gehabt. Bleibt noch Zeit? Wie funktioniert das? Beginnt die Blutsverbindung, sobald der Braten in der Röhre ist, oder erst, wenn das Kind sich bewegt?"

Darcy zuckte angesichts dieser Vulgarität innerlich zusammen, aber es war eine gute Frage, eine, über die er selbst noch nicht so recht nachgedacht hatte. "Alles, was wir wissen, ist, dass Lord Howard of Effingham in der Lage war, seine Landmagie durch seine Frau zu nutzen, als seine Frau guter Hoffnung war. Wie weit sie war, weiß ich jedoch nicht. Aber wenn er sich des Kindes bereits bewusst war, musste es sich ja auch schon bewegt haben." Zwischen der Empfängnis und den ersten Kindsbewegungen lagen Monate, nicht wahr? Er würde Elizabeth fragen müssen.

"Nun, wir werden hoffen müssen, auch wenn uns das Glück bisher nicht hold war", sagte Cattermole betrübt.

Er haschte nach Hoffnungsschimmern. "Es gibt aber auch Fortschritte. Meine Frau hat ihre eigene Bindung zu Pemberley aufgebaut, und wir können uns dadurch verbinden."

Ein Funke Hoffnung erhellte das Gesicht des anderen Mannes. "Macht das einen Unterschied?"

"Es hilft, zumindest zu einem gewissen Grad. Meine Illusionen sind stabiler. Ich werde aber damit experimentieren müssen. Im Moment ist es, als würde ich versuchen, mit der linken Hand zu schreiben – möglich, aber unbeholfen und ineffizient." Aber weitere Übungen würden mehr Zeit ohne Elizabeth bedeuten, ein Preis, den er nur ungern zahlte.

"Ich bete dafür, dass es funktionieren wird. Nun haben wir unsere Pläne geändert, wie Sie zu gegebener Zeit nach Frankreich reisen werden." Cattermole zog eine Karte hervor und legte sie auf den Tisch.

Darcy beugte sich vor. Er wollte jedes Detail darüber wissen, in der Hoffnung, einen Weg zu finden, wie er auch aus Frankreich zurückkehren könnte.

Seine letzte Aufgabe in der Stadt hätte die einfachste sein sollen, aber in dem Moment, als er die Türschwelle jenes Hauses überschritt, das er für Georgiana ausgesucht hatte, war klar, dass etwas nicht stimmte. Seine Schwester stand ohne Lächeln da, und sie machte einen Knicks, anstatt ihm in die Arme zu fallen, wie sie es gewöhnlich tat.

Darcy brauchte kaum den warnenden Blick ihrer großen, dunkelhaarigen Gesellschafterin, Miss Lowrie, um zu wissen, dass etwas nicht stimmte. Miss Lowrie mochte nur ein paar Jahre älter als Georgiana sein, aber sie war eine außerordentlich vernünftige junge Frau. Und Georgiana vertraute ihr, was nicht häufig vorkam.

Er trat vor, um seine Schwester auf die Wange zu küssen. Als sie immer noch kaum darauf reagierte, setzte er sich und fragte: "Was hat sie dir dieses Mal angetan?"

Georgiana biss sich auf die Lippe. "Wen meinst du?"

"Mutter, natürlich. Du hast kaum auf meine Briefe geantwortet, seit ich nach Pemberley zurückgekehrt bin und hast meine Einladungen, dich uns dort anzuschließen, ignoriert. Offensichtlich muss sie etwas getan haben, um dich zu verunsichern."

Jetzt begegnete sie seinem Blick, aber ihre Miene war unlesbar. "Ich hatte keinen Kontakt mit Lady Anne. Ich habe sie einmal gesehen, auf der anderen Seite des Theaters bei einem Konzert, aber ich glaube nicht, dass sie mich bemerkt hat."

Verdammt. Er war sich so sicher gewesen, dass das das Problem sein musste, aber Georgiana log nie. Sie mochte Fragen ausweichen, aber was auch immer sie sagte, war die Wahrheit. "Was ist es dann?"

Sie kniff die Augen zusammen und schüttelte den Kopf.

Ratlos sah Darcy Miss Lowrie an und hob eine Augenbraue. Sie verstand Georgiana besser als er.

Die junge Frau sagte sanft: "Ihre plötzliche Heirat war ein Schock. Als Ihre frisch angetraute Frau keine Anstalten machte, Georgiana kennenzulernen, glaube ich, dass Ihre Schwester das Schlimmste befürchtet hat."

Georgiana erblasste und sagte hastig: "Ich dachte, du hättest deine Meinung über mich geändert."

Gütiger Himmel. Nicht das schon wieder. "Ich werde meine Meinung über dich niemals ändern. Wie oft muss ich dir das sagen? Elizabeth hätte dich gern kennengelernt, aber sie hatte nur drei Tage zwischen der Nachricht, dass wir heiraten würden, und der Hochzeit."

Georgianas Augenbrauen zogen sich zusammen. "So rasch? Was war es dann? Hat sie dich in eine Falle gelockt, oder war das Lady Annes Idee?"

Darcy fuhr sich mit den Händen übers Gesicht. Hatte Georgiana das wirklich die ganze Zeit gedacht? Und wie konnte er ihr antworten, ohne Geheimnisse preiszugeben? "Weder noch. Das Kriegsministerium wollte es, weil ihr Talent mir helfen kann. Zugegeben, Mutter war erfreut, aber nur, weil sie wollte, dass ich eine Frau mit Magierblut heirate. Elizabeth – nun, eigentlich hat sie verzweifelt versucht, eine Heirat mit mir zu vermeiden."

Das Kinn seiner Schwester schob sich empört vor. "Warum? Welche Frau könnte dich nicht heiraten wollen?"

Ihr plötzlicher Stimmungsumschwung brachte ihn fast zum Lachen, doch das würde Georgiana nicht so gut aufnehmen. "Sie wollte ihr Zuhause und ihre Familie nicht verlassen. Aber sie und ich sind gute Freunde geworden." Und noch viel mehr, aber das war nichts für die Ohren seiner deutlich jüngeren Schwester.

"Weiß sie über...mich Bescheid?"

Endlich eine Antwort, die ihm nicht schwerfiel. "Nur, dass du meine geliebte Schwester bist. Sie wünscht sich sehr, dich kennenzulernen, aber vorerst ist es das Beste für sie, in Pemberley zu bleiben."

Ein bisschen Farbe kehrte in Georgianas Wangen zurück. "Dann werde ich kommen, um sie kennenzulernen. Wann planst du, zurückzufahren?"

Er verzog sein Gesicht zu einer Grimasse. "Heute Abend mit der Postkutsche." Auf dem Weg nach London hatte er kaum geschlafen.

"Dann werden Belinda und ich dir in ein paar Tagen dorthin folgen."
Zumindest klang sie wieder mehr wie sie selbst.

Miss Lowrie lächelte. "Ausgezeichnet. Ich freue mich über die Gelegenheit, meine Familie zu sehen."

Georgiana stupste ihre Gesellschaftsdame mit dem Ellbogen. "Deine
Familie oder einen bestimmten jungen Mann?", neckte sie.

Miss Lowries Wangen erblühten in zartem Rosé. "Kann es nicht beides
sein?"

Es war gut, seine Schwester mit ihrer Freundin wie ein gewöhnliches
Mädchen scherzen zu sehen.

"Ich bin noch nie von einer Frau kutschiert worden, gestand Elizabeth
Frederica, während sie die hohen Hügel um sie herum betrachtete. " Schon
gar nicht in einer

offenen zweirädrigen Kutsche wie diesem Curricle. Wie hast du gelernt,
wie das geht?"

Frederica lachte. "Reine Sturheit und der Wunsch, mit meinen Brüdern
Schritt zu halten. Mein Vater bot mir als Kompromiss an, dass ich den vier-
rädrigen Phaeton fahren dürfe, aber sobald ich das beherrschte, bedrängte
ich meinen Bruder Richard, mich den Curricle fahren zu lassen. Er war
immer für einen Streich zu haben, also tat er es."

"Ich bin dankbar dafür, denn es tut gut, heute rauszukommen." Pemberley fühlte sich einfach zu leer an, wenn Darcy nicht da war. Wie
seltsam, dass es sich nach nur einem Tag Trennung schon so lang anfühlte! Und es war viel zu leicht, ängstlich darüber nachzugrübeln, was
das Kriegsministerium wohl im Sinn hatte. Gestern hatte Roderick sie
mit Drachengeschichten und Lektionen in Illusionsmagie abgelenkt, aber
heute hatte er Briefe zu schreiben, daher hatte sie Fredericas Vorschlag,
zum Dark Peak zu fahren, dankbar angenommen.

"Wir hätten jemanden finden können, der uns fährt, aber das ist besser."

"Viel besser. Ich bin froh, all den Bediensteten zu entkommen. So viele um mich herum zu haben, bin ich nicht gewohnt." Nicht, dass sie jetzt frei davon wären, drei Stallknechte folgten ihnen zu Pferde, in einem Abstand, der groß genug war, um ihr Gespräch nicht mithören zu können. "Sicher bist du es gewohnt, dass sie stets da sind, aber ich komme aus einem viel kleineren Haushalt." Ganz zu schweigen von einem, in dem die Dienerschaft sie mochte.

"Sie sind schon mein ganzes Leben lang da", sagt Frederica. "Wenigstens ist deine Haushälterin angenehm. Die in Matlock führt ein strenges Regiment. Ich hatte immer riesige Angst vor ihr."

Elizabeth sah weg. "Mrs. Reynolds gibt sich alle Mühe, mir ihre Missbilligung nicht zu zeigen." Es auszusprechen war eine Erleichterung, auch wenn sie sich nicht erklären konnte, wie die Worte ihrem Mund entschlüpfen konnten. Normalerweise mied sie es, sich über Dinge zu beschweren, die sie nicht ändern konnte.

Frederica warf ihr einen Blick zu. "Mrs. Reynolds? Warum sollte sie dich missbilligen?"

"Was gibt es da gutzuheißen?" Elizabeth zählte ihre Sünden an ihren Fingern ab. "Eine überstürzte Hochzeit, aus einer Familie, von der noch nie jemand gehört hat, unangemessenes Verhalten wie stundenlanges Umherwandern auf dem Anwesen, währenddessen sie weiß-Gott-was macht und sie verlangt nach ganz speziellen Lebensmitteln. Ich bin zu sonderbar, um die Grande Dame von Pemberley zu sein. Ich höre die Diener flüstern."

Lady Frederica richtete ihren Blick wieder auf die Straße, die Stirn gerunzelt. "Weiß die Haushälterin, weshalb du all das tust? Nicht, dass sie irgendein Recht auf diese Information hätte, nehme ich an, aber manchmal hilft es."

Elizabeth drehte die Handflächen nach oben. "Darcys Mission soll geheim gehalten werden, daher habe ich ihr gesagt, dass es darum geht, meine Bindung an das Land zu verbessern. Und sie tut, was ihre Aufgabe ist. Darüber kann ich mich nicht beschweren. Mich zu mögen, ist keine Voraussetzung für ihre Position." Aber, oh, wie viel wohler sie sich in Pemberley fühlen würde, wenn das Personal sie ein wenig herzlicher aufnähme, anstatt nur seine Pflicht zu tun!

"Ist das der Grund, weshalb du noch immer Chandrika als Zofe hast?"

Sie zuckte die Achseln, obwohl es wahr genug war. "Vermutlich, ja. Sie bot an, in der Position zu bleiben, und ich sah keinen Grund, abzulehnen. Ich gehe davon aus, dass sie Rana Akshaya und wahrscheinlich auch Lady Anne Bericht erstattet, aber da ich wenig Berichtenswertes tue, ist es mir egal. Und zumindest missbilligt Chandrika meine Kleidung nicht. Auch deshalb mögen mich die Dienstboten und die Haushälterin nicht, denn ich kleide mich wie die Tochter eines Gentlemans vom Lande aus bescheidenen Verhältnissen – was ich ja auch bin." Bitterkeit schlich sich in ihre Stimme.

Frederica zog die Augenbrauen hoch. "Ich verstehe, dass du vor der Hochzeit keine Zeit für eine neue Garderobe hattest, aber möchtest du jetzt nicht neue Kleider anfertigen lassen?"

Elizabeth schaute finster drein. "Darcy sagt, ich solle mir welche in London fertigen lassen, und wenn ich ihn darauf hinweise, dass ich Pemberley nicht verlassen kann, meint er, ich solle seiner Mutter schreiben und sie bitten, die Vorkehrungen zu treffen, damit eine Schneiderin mir hilft. Da würde ich lieber Lumpen tragen."

"So ist's recht!", rief Lady Frederica aus. "Wie auch immer, Darcy weiß nichts darüber, wie man Damenkleidung ordert. Auch außerhalb Londons gibt es durchaus brauchbare Schneiderinnen. Überlass das mir – ich weiß eine exzellente in Derby, die sich sehr freuen würde, nach Pemberley zu kommen, um dich als Kundin zu gewinnen. Ich werde ihr heute Abend schreiben."

"Das würdest du tun? Das wäre eine solche Erleichterung! Zumal die Nachbarn irgendwann darauf bestehen werden, mich aufzusuchen, und ich möchte niemanden in Verlegenheit bringen, indem ich mich unter meinem Stand kleide." Was stimmte nicht mit ihr? Es war nicht ihre Art, so verdrießlich und voller Klagen zu sein.

"Das lässt sich leicht beheben. Und schau mal – das muss der Winnat's Pass sein! Jetzt werden wir sehen, wie die Pferde den meistern."

Und tatsächlich, die Straße vor ihnen schien in der Bergwand zu verschwinden. Sicherlich konnte es keinen Weg durch sie hindurch geben?

Aber da war sie, eine schmale Straße, die sich durch eine tiefe Spalte mit steilen Hängen auf beiden Seiten schlängelte, als hätte ein Riese ein Messer genommen und sie herausgeschnitten. Die Berge überragten sie in imposanter Pracht, während sich die Straße hindurchwand, höher, immer höher. War hier einst ein Fluss durchgeflossen? Jetzt sah man nichts mehr davon.

Die Pferde wurden langsamer, als die Steigung stark zunahm. Es war atemberaubend schön. Der Druck auf Elizabeths Ohren ließ nach, und dann überkam sie ein Schauer.

Plötzlich schienen sich die Hügel auf sie zuzubewegen. Die zerklüfteten Felsvorsprünge ragten wie seltsame, vom Wind geformte Monster empor. Was, wenn die Pferde müde wurden und den Curricle nicht mehr diesen endlosen Abgrund hinaufziehen konnten? Was, wenn sie nie wieder entkommen könnte?

Ihr stockte der Atem in der Kehle und drückte auf ihr Herz. Ihre Brust zog sich schmerzhaft zusammen, ihre Haut brannte.

Sie gehörte nicht hierher, in diesen wilden, albtraumhaften Gebirgspass. Sie war ein Geschöpf der fruchtbaren grünen Felder von Hertfordshire, nicht dieser öden Moorlandschaft. Der Dark Peak, der aus der Ferne so ungezähmt und schön gewirkt hatte, fühlte sich nun geradezu bösartig an.

Was stimmte nicht mit ihr? So hatte sie noch nie reagiert. Sie klammerte sich durch das überwältigende Gefühl der Panik an diesen Gedanken, selbst, als ihr Körper so sehr schreien und davonlaufen wollte, dass es beinahe schmerzte. Aber von einer fremden Landschaft ließ sie sich nicht einschüchtern!

Sie drückte ihre Hand auf ihr klopfendes Herz, aber selbst diese kleine Bewegung brannte in ihren Gelenken und die Welt um sie herum begann, sich zu drehen. Mit einem Wimmern senkte sie ihren Kopf auf ihre Arme, bis sie fast vorne über gebeugt war.

"Elizabeth, stimmt etwas nicht?" Fredericas Stimme schien aus der Ferne zu kommen.

"Schwindelig", schaffte sie, herauszuquietschen.

"Oje. Und hier gibt es keinen Platz, um umzudrehen. Moment, ich glaube, wir sind fast an einer Lichtung angekommen. Halt durch."

Irgendwie griff Elizabeth nach der Stange vor ihr, während der Curricle schneller wurde. Die Zeit verging, gefühlte Stunden, aber vielleicht waren es auch nur ein paar quälende Minuten, dann verlangsamte sich die Kutsche und kam zum Stillstand. Ihr Bauch verkrampfte sich bei jeder Bewegung.

"Woran liegt es?", wollte Frederica wissen. "War meine Fahrweise zu grob? Richard sagt immer, ich wäre zu harsch an den Zügeln."

"Das ist es nicht. Mir ist übel. Vielleicht liegt es an der Höhe." Elizabeth nahm die Hände vom Gesicht. Das Land war wieder größtenteils flach, aber die offene Fläche drehte sich um sie herum, wie die Falken, die schwindelerregend über ihr kreisten.

Frederica runzelte die Stirn. "Ich glaube, wir haben einige Höhenmeter erklommen", sagte sie zweifelnd.

"Sind wir jetzt im Dark Peak?" Wie sie sich danach gesehnt hatte, herzukommen und nun wollte sie nichts mehr, als von hier zu flüchten! Und zwar sofort, wenn möglich.

"Ich bin mir nicht sicher, wo der Dark Peak beginnt, aber wir sind auf jeden Fall in den Bergen. Schau, da ist der Mam Tor." Sie deutete nach rechts.

Und da war sie, die vertraute Gestalt, die sich ein paar Felder entfernt hoch erhob. Seine geheimnisvolle Faszination zog sie immer noch wie ein Magnet an, auch wenn ihre Eingeweide rebellierten. "Er ist so groß."

"Geht es dir gut genug, dass wir weiterfahren können? Laut Wegbeschreibung zweigt die Straße nach Mam Tor bald ab."

Elizabeth fühlte sich nun, da sie stillstanden, ein bisschen besser, und es wäre schade, aufzugeben, wenn sie ihm doch so nahe gekommen waren. "Ja, lass uns weiterfahren."

Aber sobald sich der Curricle wieder bewegte, brannte Elizabeths Haut von neuem und ihre Brust schmerzte. Sie biss die Zähne zusammen. Was auch immer dieses seltsame Leiden war, sie konnte es lange genug ertragen, um bis nach oben zu fahren, oder wie weit sie auch mit dem kleinen Zweispänner kommen mochten. Ob ihre Füße sie weiter tragen konnten, stand auf einem anderen Blatt.

Dann lenkte Frederica die Pferde in eine Gasse ein, deren Wegweiser nach Mam Tor deutete, und plötzlich konnte sie es nicht mehr ertragen. Ein unsichtbarer Pfeil schien ihren Kopf weit zu spalten. Sie presste ihre Hände an die Schläfen, als könnten sie ihren Schädel zusammenhalten, ein Wimmern entwich ihren Lippen. Oh, es tat weh, es tat weh, es tat so weh!

"Elizabeth?" Frederica klang besorgt.

Blendende Lichtblitze erfüllten ihren Geist. Sie zwang ein "bring mich nach Hause" hervor.

Kapitel 25

FREDERICA LEGTE IHR BUCH nieder, als es an der Tür zu Elizabeths Krankenzimmer klopfte. Immerhin schlief Elizabeth endlich, auch wenn ihrem Gesicht immer noch die Schmerzen abzulesen waren.

Sie hielt den Finger an die Lippen, als Elizabeths Zofe eintrat. Nicht, dass Chandrika jemals viel Lärm gemacht hätte, aber durch die winzige Geste fühlte sich Frederica ein kleines Bisschen weniger nutzlos.

Das Dienstmädchen deutete, ihr zu folgen, was kein englischer Dienstbote getan hätte, aber Frederica erhob sich und folgte ihr aus dem Zimmer.

Nur um Mr. Roderick da stehen zu sehen, der sie wieder sichtlich missbilligte.

Er verneigte sich. "Verzeiht die Störung. Einer der Diener hat gesagt, Ihr würdet alsbald ins Wittumshaus zurückkehren und ich wollte um die Ehre bitten, Euch dorthin eskortieren zu dürfen."

Er wollte Zeit mit ihr verbringen? Vielleicht hielt er es für seine Pflicht, oder wahrscheinlicher, er hoffte, einige Informationen von ihr zu erhalten. Nun, das konnte er versuchen! "Wenn Sie wünschen. Ich kann ebenso gut jetzt gleich gehen, da Elizabeth schläft. Chandrika, wären Sie so freundlich, mir Bescheid zu geben, wenn Sie denken, Mrs. Darcy hätte gerne meine Gesellschaft?" Elizabeth würde den Wunsch niemals selbst aussprechen, aber ihr Dienstmädchen schien unabhängig genug zu sein, um auf eigene Faust zu handeln.

"Ja, Lady Frederica", murmelte Chandrika.

Frederica hasste es, so hilflos zu sein, vor allem, wenn Elizabeths Krankheit ihre Schuld sein könnte.

Als sie sich auf den Weg machten, fragte Mr. Roderick: "Wie geht es Mrs. Darcy? Irgendeine Besserung?"

"Ihr ist immer noch schwindlig und sie ist kurzatmig, aber ihr Kopf schmerzt nicht mehr so sehr." Zumindest behauptete das Elizabeth, aber Frederica war sich da weniger sicher.

"Ist der Doktor gekommen, um sie zu sehen?"

Sie schnaubte. "Was auch immer das gebracht haben mag."

"Er konnte ihr nicht helfen?"

Es wäre besser, nichts zu sagen, aber sie konnte sich nicht zurückhalten. Sie ahmte den nasalen Tonfall des Arztes nach und sagte: "Zarte junge Damen, die noch nicht lange verheiratet sind, haben oft derart Schwierigkeiten." Sie kehrte zu ihrer eigenen Stimme zurück und fügte grimmig hinzu: "Er hörte mir nicht einmal zu, als ich ihm erzählte, wie plötzlich es über sie gekommen war oder welche Schmerzen sie hat. Er hatte das bereits entschieden, bevor er sie überhaupt gesehen hatte."

"Wie frustrierend. Ich wünschte, Darcy wäre hier."

"Ich auch, obwohl es vielleicht besser ist, dass er es nicht ist. Er war außer sich, als Elizabeth vor einem Monat schwer krank war, und das hat uns allen einen Schrecken eingejagt. Sie wäre fast gestorben."

Seine Stirn runzelte sich. "Dann kam das schon einmal vor?"

"Nein. Das war eher eine Verletzung. Eine magische Verletzung. Aber sie hat sich davon erholt."

"Eine magische Verletzung?" Er schien plötzlich besonders aufmerksam zu sein, als ob ihre nächsten Worte von großer Bedeutung wären.

Sie zögerte. Gab es wirklich einen Grund, es ihm nicht zu sagen? Elizabeth schien ihm zu vertrauen, und vielleicht wusste er etwas, das ihr helfen konnte. "Sie hatte mit ihrem Vogel Blutmagie gewirkt, was ihr geholfen hat, eine Bindung zu Pemberley aufzubauen. Anscheinend macht Blutmagie mit einem Vogelvertrauten Menschen immer krank. Sie wusste, dass es passieren würde."

Ihm blieb der Mund offenstehen. "Mrs. Darcy und Cerridwen haben ein Blutsband mit dem Land geschlossen?"

Mit einem Seitenblick sagte sie: "Ja. Elizabeth sagt, dass das Land für sie jetzt lebendig ist."

Er rieb sich mit der Hand über den Mund. "Wie... einfallsreich."

"Aber diese Krankheit ist nichts dergleichen. Eigentlich sah es anfangs eher nach Abstoßung aus – ihre Haut brannte, ihr Kopf fühlte sich an, als würde er sich spalten, und es fiel ihr schwer zu atmen. Ich dachte, sie reagiert bestimmt auf mich, obwohl sie es noch nie zuvor getan hatte, und ich war traurig, weil es so schön war, eine Freundin mit Talent zu haben. Aber ich habe es ausprobiert, aus dem Wagen auszusteigen und von ihr wegzugehen, und es machte keinen Unterschied. Es war niemand außer den Stallknechten in unserer Nähe dort oben, folglich konnte es keine Abstoßung gewesen sein."

"Dort oben? Wo waren Sie?"

"Im Dark Peak. Und es ging ihr gestern Morgen vollkommen gut, als wir losgefahren sind." Sie hatte sich den Kopf zerbrochen und versucht, herauszufinden, was sie übersehen hatte, aber Elizabeth schien von der Idee des Ausflugs so erfreut zu sein.

Mitten in einem Schritt hielt er inne. "Ihr wart im Dark Peak?"

"Habe ich das nicht gerade gesagt?"

Sein besorgter Gesichtsausdruck verwandelte sich in einen unlesbaren Blick, der einen Butler stolz gemacht hätte. "Ist Mrs. Darcy auf dem Rückweg nach Pemberley krank geworden?" Er schien seine Worte mit Bedacht zu wählen.

Seine Haltung ärgerte sie. "Nein, es fing an, als wir fast im Dark Peak waren."

"Natürlich hat es das", hauchte er.

"Haben Sie eine Ahnung, wie ärgerlich es ist, sich mit Männern zu unterhalten, die einem nie sagen, was sie wirklich denken?" Die Worte entschlüpften ihr, ohne dass sie es wollte. Oh, wie beschämend! Sie bereitete sich auf den unvermeidlichen Spott vor.

Er musterte sie nachdenklich. "Entschuldigt bitte. Ihr liegt richtig, dass ich Euch nicht alles erzähle, was ich weiß, aber ich meine das nicht respektlos. Ich bin nicht Euer Feind, sondern nur jemand, der Geheimnisse hat, die gewahrt werden müssen."

Er hatte sich nicht über sie lustig gemacht.

Aber sie ließ sich nicht von einem Mann erweichen, der auf sie herabsah, und so kniff sie die Augen zusammen. "Was ist mit Mrs. Darcy? Sind Sie ihr Feind?"

Seine Mundwinkel kräuselten sich zu einem Lächeln. "Ich bin ihr Freund."

Elizabeths Freund, aber nicht ihrer. "Und Darcy?"

Er wägte kurz ab. "Weder Freund noch Feind, nehme ich an."

Welch seltsames Gespräch!

Sie erreichten den schmalen Steg, und sie ließ seinen Arm los, um den strömenden Bach zu überqueren. Wenigstens gab es ihr eine Minute der Freiheit von seiner Nähe. Von ihrem Nicht-Feind. Sie verkrampfte sich, als er sie auf der gegenüberliegenden Seite einholte.

Er bot ihr seinen Arm wieder an. "Mrs. Darcys Urgroßmutter ist auch eine Veritas. Vermutlich sollte mich das nicht weiter überraschen."

"Eine Veritas? Was ist das?"

Er hielt inne. "Sie wissen es nicht?"

"Für gewöhnlich stelle ich keine Fragen, deren Antworten ich bereits kenne", fauchte sie. "Nun sagen Sie schon."

Er schürzte die Lippen. "Veritas sind Magier, die eine Person dazu zwingen können, wahrheitsgemäß zu antworten. Sie sind Wahrheitssuchende."

"Mrs. Darcys Urgroßmutter kann jemanden zwingen, seine Geheimnisse zu verraten? Könnte sie französische Spione dazu bringen, uns Napoleons Pläne zu verraten?" Es könnte die entscheidende Wende bringen, wenn das Kriegsministerium über jemanden mit dieser Fähigkeit verfügen würde. Auch wenn es eine altersschwache alte Dame war.

Er schüttelte den Kopf. "Sie kann niemanden zum Sprechen zwingen, sondern nur dazu, die Wahrheit zu sagen, wenn er sich entscheidet, etwas zu sagen. So wie ich es gerade eben getan habe, als ich Euch sagte, dass ich Geheimnisse hätte, die ich nicht teilen könne, was die Wahrheit war. Ihr könnt mich allerdings nicht dazu zwingen, diese Geheimnisse preiszugeben."

"Nur, dass ich keine – wie nennen Sie das? – Veritas bin. Falls es so etwas überhaupt gibt", brummte sie.

Er lachte. "Ich kann nicht glauben, dass diese Fähigkeit hier in Vergessenheit geraten ist! Und ja, Ihr verfügt über diese Fertigkeit. Vielleicht kann es hier niemand erkennen, aber ich habe oft genug einer Veritas gegenübergestanden, um zu wissen, wenn ich es fühle."

Verärgert zog sie ihre Hand von der Stelle, wo sie auf seinem Arm ruhte. "Sie versuchen, mir einen Streich zu spielen."

"Als ob ich, *Euch* etwas vorlügen könnte, wenn Ihr in dieser Stimmung seid! Sagt, habt Ihr nicht bereits festgestellt, dass die Menschen erstaunlich offen mit Euch umgehen, dass sie sich Euch anvertrauen und dann über ihre eigenen Worte erschrecken – und dass das besonders dann geschieht, wenn Ihr gereizt seid, was genau der Zeitpunkt ist, wenn es einer Veritas am leichtesten fällt?"

Sie kaute auf ihrer Lippe. Ja, die Leute vertrauten sich ihr an, aber ebenso oft beleidigten sie sie. Sagten es ihr einfach ins Gesicht. Oder gehörte das auch zur Wahrheitssuche – dass sie die Fähigkeit verloren, das, was sie dachten, hinter schönen Worten zu verbergen? "Es ist nur so, dass ich selbst viel zu freimütig bin, wie Ihnen jeder in der gesamten guten Gesellschaft sagen würde. Vielleicht ermutigt das andere, die Wahrheit zu sagen."

"Ihnen mag das so erscheinen, aber das ist eine Art der Wahrheitssuche der Veritas. Ich bin mit dieser Empfindung sehr vertraut, wie alle Kinder, die in Mrs. Morgans Dorf aufgewachsen sind. Unsere Mütter schleppten uns zu ihr, wann immer sie dachten, dass wir schwindelten." Er lächelte, als ob er sich daran erinnerte. "Sie ist eine schelmische Seele, und manchmal setzte sie ihre Veritas-Fähigkeit in solchen Momenten nicht ein, um uns unsere kindischen Lügen durchgehen zu lassen. Daher haben wir schon früh gelernt, den Unterschied zu erkennen."

"Sie macht das nicht die ganze Zeit?"

"Nein." Er hielt inne. "Aber ich fürchte, ich kann Euch nicht erklären, wie oder wann es funktioniert, da ich Mrs. Morgan nie danach gefragt habe."

Sie funkelte ihn an. "Ich denke, Sie sollten mir besser alles erzählen, was Sie über die Wahrheitssuche der Veritas wissen!"

"Ich werde mein Bestes geben." Seine Lippen zuckten. "Wenigstens braucht Ihr Euch keine Sorgen zu machen, dass ich lügen werde!"

Elizabeth schloss die Augen. Frederica dabei zu beobachten, wie sie energisch auf und ab schritt, verschlimmerte ihren Schwindel, selbst wenn sie im Bett lag.

"Und du glaubst ihm?", wollte Elizabeth wissen.

"Ich habe den ganzen Abend damit zugebracht, die Diener dazu zu bringen, mir Lügen zu erzählen." Frederica grinste. "Sie dachten, ich sei verrückt. Aber sie konnten es nicht. Nicht, solange ich auf ihre Antworten achtete."

"Also musst du dich konzentrieren, damit es funktioniert?"

"Und es darf mir nicht gleichgültig sein, was sie sagen. Los, erzähl mir eine Lüge über etwas, das mir nicht wichtig ist."

Etwas Unwichtiges. Das würde schwer werden, da Frederica sich so sehr für alles zu interessieren schien. Und Elizabeths Kopf pochte bereits. "In Longbourn gibt es ein Porträt meines Bennet-Großvaters. Er trägt einen blauen Gehrock mit goldenen Knöpfen." Es war gar nicht schwer gewesen, das zu sagen.

"Und das ist eine Lüge?"

"Ja, er ist grün, mit silbernen Knöpfen."

"Jetzt etwas, das mir wichtig ist", forderte Frederica.

Elizabeth war kurz davor, sich auf ihre Unfähigkeit zu denken zu berufen, als der Schmerz in ihrem Kopf urplötzlich nachließ, ebenso wie der Druck auf ihrer Brust verschwand. Um es zu testen, nahm sie einen vorsichtigen Atemzug – ja, es war jetzt leichter. Zweifellos würde es nicht lange anhalten, aber es war eine wunderbare Erleichterung, und sie konnte versuchen, sich eine Lüge für Frederica auszudenken. "Der Falke meiner Urgroßmutter landete freiwillig auf meiner Hand." Sie blinzelte. "Ach, du liebe Güte, das war es nicht, was ich sagen wollte. Das ist tatsächlich wahr." Was für ein seltsames Gefühl! Sie hatte sich oft dabei ertappt, wie sie Frederica mehr erzählte, als sie wollte. War das der Grund?

"Siehst du? Es funktioniert! Ich muss mehr wissen. Ich bin voller Fragen an Mr. Roderick hierhergekommen, aber euer Butler sagt, er sei fort. Frustrierender Mann, mir solche Dinge zu erzählen und dann zu verschwinden! Wo ist er hingegangen?" Wenigstens rannte sie nun nicht mehr durch die Gegend.

Immer noch kein Schwindel. "Das hat er nicht gesagt. Er teilte einem der Lakaien mit, er müsse etwas für meine Urgroßmutter erledigen, was möglicherweise ein oder zwei Tage in Anspruch nehmen könne. Er brach beim ersten Morgengrauen auf."

Frederica blickte aus dem Fenster und klopfte mit den Fingern gegen ihre Hüfte. "Ich frage mich, wo er hingegangen ist."

"Ich habe keine Ahnung. Ich habe ihn nicht mehr gesehen, seit ich krank geworden bin."

"Und hier beschwatze ich dich, während du dich ausruhen solltest. Ich habe noch nicht einmal gefragt, wie es dir geht!"

"Besser." Elizabeth drückte sich in eine sitzende Position hoch. "Ich glaube sogar, dass ich aufstehen und etwas essen kann."

Lady Fredericas Augen verengten sich. "Bist du dir sicher. Das scheint sehr plötzlich zu kommen."

Sie schwang ihre Beine über die Bettkante. Immer noch kein Schwindel! "Bemerkenswert plötzlich, aber ich will mich nicht beschweren. Vielleicht hat mich die Neuigkeit von deinem erstaunlichen neuen Talent geheilt", neckte sie.

"Es ist aufregend, nicht wahr? Aber du solltest nichts überstürzen. Darcy wird mich umbringen, wenn ich zulasse, dass du rückfällig wirst."

"Unfug. Ich bin es leid, mich auszuruhen, ganz zu schweigen vom Hungern." Und es stimmte. Ihre Energie war wieder zurückgekehrt, und die Krankheit verschwand ebenso plötzlich, wie sie gekommen war.

Kapitel 26

GETRIEBEN VON IHREM HUNGER zog sich Elizabeth rasch an und eilte die Treppe hinunter in den Salon, wo bereits das Teetablett auf sie wartete. Ein Stück Kuchen und ein Brötchen reichten jedoch kaum aus, und so bat sie auch um einen Teller mit Käse und Obst.

"Ich hätte nie gedacht, dass es mir so viel Appetit machen könnte, im Bett zu liegen!", sagte sie zu Frederica, die nur ein paar Bissen gegessen hatte.

"Verblüffend, wie du dich erholt zu haben scheinst", stimmte Frederica zu.

"Es ist unerklärlich, gebe ich zu." In der Tat, nun, da ihr Hunger gestillt war, tanzte Unruhe durch ihre Beine, als ob es enorme Anstrengung erforderte, einfach stillzusitzen.

Elizabeths Haut prickelte, als der riesige Raum um sie herum zu schrumpfen schien. Plötzlich sehnte sie sich, nach draußen zu gehen, ihre Lungen mit frischer Luft zu füllen, die Kraft des Landes unter ihren Füßen und den Wind auf ihren Wangen zu spüren.

Es wäre jedoch unhöflich, Frederica alleinzulassen. Sie könnte sie zwar zu einem Spaziergang einladen, doch sie verspürte nicht nur den abrupten Drang, draußen, sondern auch alleine zu sein, sich ihre Haube und die Handschuhe vom Leib zu reißen und loszurennen.

Das würde warten müssen. Mit kaum verdeckter Resignation faltete Elizabeth ihre Hände. Sie konnte sich nicht konzentrieren, ihre Füße klopften ungeduldig wie die eines unruhigen Kindes. Die Luft im Zimmer war so dick, fast zu dick zum Atmen. Vielleicht würde es helfen, das Fenster zu öffnen.

Das tat es nicht. Und nun, da sie auf den Beinen war, konnte sie sich nicht mehr dazu überwinden, sich wieder hinzusetzen.

Die Worte platzten aus ihr heraus. "Vergib mir, Frederica. Das ist schrecklich unhöflich von mir, wo du doch so gut warst, mir Gesellschaft zu leisten, aber ich bin plötzlich von dem Bedürfnis ergriffen, spazieren zu gehen. Würde es dir viel ausmachen, wenn ich dich alleinlasse?"

Frederica neigte den Kopf. "Ganz und gar nicht, aber ich sollte mit dir gehen. Noch vor einer Stunde warst du zu krank, um dich aufzusetzen."

Sie hatte natürlich vollkommen recht, aber das würde nicht genügen. "Ich muss nur alleine sein. Wirklich, mir geht es vollkommen gut, als ob es meine Krankheit nie gegeben hätte."

"Was an sich ein wenig beunruhigend ist." Frederica erhob sich. "Ich verstehe, dass du keinen um dich haben möchtest, aber du musst mir sagen, wohin du gehen wirst, damit wir zumindest wissen, wo wir suchen müssen, falls du nicht wiederkehren solltest."

Eine vernünftige Bitte, auch wenn sie ihr nicht gefallen mochte. "Die Lichtung auf dem Bergrücken, die, auf der mein Mann seine Illusionen übt."

"Zumindest ist das nicht zu weit", sagte Frederica. "Bitte sei vorsichtig."

Nachdem sie sich kurz von ihrem Besuch verabschiedet hatte, fummelte Elizabeth an den Bändern ihrer Haube herum, als sie aus der Tür eilte. Die Schönheit der Aussicht reizte sie heute nicht, selbst wenn Schneeglöckchenfelder blühten. Sie machte sich in flottem Tempo an den Gärten vorbei auf, als ob ihre Füße sich nicht schnell genug auf den bewaldeten Kamm zubewegen könnten.

Diesen Weg nahm sie selten, da die Lichtung, abgesehen von zwei riesigen Felsblöcken, die dort wie Wächter standen, nicht besonders malerisch war. Doch heute sehnte sie sich nach genau diesem Ort. Er war sehr privat, versteckt von den umliegenden Bäumen, und niemand ging jemals dorthin, außer gelegentlich der Wildhüter.

Unerklärlich begierig, ihr Ziel zu erreichen, verlangsamte sie ihr Tempo nicht, selbst wenn ihr Atem sich beschleunigte. Schließlich, als sie an einem tiefhängenden Kiefernzweig vorbeischob, brach Licht an jener Stelle durch, wo sich die hoch aufragenden Eichen in die Lichtung öffneten. Sie betrat die offene Grasfläche.

Und erstarrte an Ort und Stelle, ihre Hand umklammerte erschrocken ihre Kehle. Es war unmöglich. Vollkommen, ganz und gar unmöglich.

Zwei Drachen versperrten ihr den Blick auf die aufragenden Felsbrocken, wie eine antike Illustration, die zu einem lebendigen und farbenfrohen Leben erweckt worden war. Beide standen sie da, beinahe doppelt so groß wie sie, jeder von ihnen größer als ein Pferd, in ihrer eleganten Form, mit ordentlich an ihren Seiten zusammengefalteten Flügeln. Ihre Brustkörbe hoben und senkten sich mit jedem furchterregenden Atemzug.

Könnte es sein, dass ihre Krankheit zurückgekehrt war und sie diesmal Visionen sehen ließ? Aber sie fühlte sich vollkommen wohl, ohne Schwindel oder Kopfschmerzen. Nichts weiter, als ihr rasendes Herz, das auf die unerwartete Begegnung mit *Drachen* zurückzuführen war, obwohl es in England seit Hunderten von Jahren keine mehr gegeben hatte.

Es musste eine Illusion sein. War Darcy irgendwie früher von seiner Reise zurückgekehrt und hatte eine Überraschung für sie vorbereitet? Aber das lag weit über seinen Möglichkeiten. Diese Drachen waren absolut perfekt, von der Sonne, die auf jeder Schuppe glänzte, bis zu den dunklen Schatten, die geworfen wurden, als der meergrüne seine riesigen, gebogenen Flügel ausstreckte.

Schatten. Illusionen erzeugten keine Schatten.

Sie holte zitternd Luft und drückte die Knie durch, um zu verhindern, dass sie nachgaben. Diese Drachen waren echt. Und sie schauten sie direkt an.

Das Haar auf ihren Armen stand zu Berge von der mächtigen Woge der Magie in der Luft. Der Drache, der ihr am nächsten stand, war mit roten Schuppen bedeckt, die sie an reife Johannisbeeren im Sonnenlicht erinnerten, mit einer schimmernden Klarheit, als wären sie gleichzeitig durchscheinend und undurchsichtig. Auf seinem Kopf hatte er einen stacheligen Kamm, der erkennen ließ, dass er männlich war, wenn man den alten Büchern Glauben schenkte. Seine massiven, golden umrandeten Augen studierten sie. Der andere Drache, ohne Kamm, glänzte in Blau- und Grüntönen, wie ein Gemälde des Ozeans.

Ihr war, als wäre sie in eine ihrer geliebten Geschichten aus der An- tike eingetreten. Blackthorn der Seegrüne war Ethelredas der Weisen Drachengefährte genannt worden. Hatte er etwa so ausgesehen? Ein er- schrockenes Lachen blieb ihr bei dem absurden Gedanken im Halse steck- en.

"Blackthorn ist einer meiner Vorfahren." Die Stimme ertönte vom zweiten Drachen, demjenigen, der dessen Farben zeigte.

Ihr fiel die Kinnlade herunter. "Du – du kannst meine Gedanken hören?"

Die Drachendame warf den Kopf nach hinten. "Nur wenn du einen mit solcher Kraft direkt in meine Richtung wirfst."

Ihr Puls dröhnte ihr in den Ohren. Selbst ihre Gedanken gehörten ihr möglicherweise nicht mehr allein.

"Sei gegrüßt, Gefährtin Elizabeth." Diese Worte kamen vom roten Drachen mit einer ruhigen, nachhallenden Stimme. Er machte einen Schritt auf sie zu, und ein seltsam vertrauter Duft von heißem Metall und Zimt erfüllte die Luft. "Wir wollen dir nichts Böses."

Der Drache kannte ihren Namen.

Dann fiel es ihr wie Schuppen von den Augen, warum sie sich plötzlich veranlasst gefühlt hatte, das Haus zu verlassen und an diesen besonderen Ort zu kommen. Ein kalter Schauer lief ihr über den Rücken. "Ihr habt mich hierher gerufen", sagte sie langsam.

"Das haben wir", erwiderte der rote Drache mit einer gewissen Entschuldigung in der Stimme. "Es gibt Fragen, die wir dir stellen müssen, und wir benötigen Privatsphäre. Tritt vor."

Ihre Haut prickelte und sie bekam Gänsehaut. Wenn sie ihr wehtun wollten, würde es nichts nützen, wegzulaufen, nicht, wenn drei spanische

Drachen mit Leichtigkeit eine ganze Armee mit all ihren Kanonen und Waffen zerstört hatten.

Ihr könnte sich hier eine einmalige Gelegenheit bieten, wenn sie nur ihren Schrecken überwinden könnte. Vielleicht könnte sie etwas erfahren, das helfen könnte, die mysteriösen Drachenangriffe in Spanien zu verstehen. Wenn das Kriegsministerium von dieser Begegnung wüsste, würden sie sie auf Knien bitten, mit diesen Drachen zu sprechen, sie zu ihren Verbündeten zu machen, um jede mögliche Einsicht zu gewinnen.

Sie würde ihre Pflicht tun und sich von diesen erstaunlichen Kreaturen nicht einschüchtern lassen. Sie ließ ihr Talent tief ins Land sinken und zog die Kraft von Pemberley wie einen Schild um sich. Gegen die Macht der Drachen mochte das wenig Verteidigung sein, aber es rief ihr vor Augen, dass sie selbst ebenfalls nicht ohne Ressourcen war.

Sie hob ihr Kinn, ging nach vorne und hielt gerade weit genug vor dem roten Drachen an, dass sie ihren Kopf nicht nach hinten recken musste, um zu dem seinen aufzuschauen. "Ihr kennt meinen Namen. Gebührt ihr mir die Ehre, euren zu erfahren?"

Irgendwie konnte sie sagen, dass ihre Frage ihn zufrieden stimmte. War dies die berühmte Drachenaura, von der die alten Geschichten erzählten, die die Menschen Drachengefühle spüren ließ?

"Ich bin Rowan vom Dark Peak", sagte er und neigte kurz den Kopf.

Der meergrüne Drache sprach. "Du kannst mich Quickthorn nennen. Wo ist dein Gefährte?" Es fühlte sich wie eine Forderung an.

Sie blinzelte. "Mein Ehemann? Er ist weg, aber wir hoffen, dass er heute Abend zurückkehrt." Was wollten sie von Darcy?

"Nicht dein Gatte, dein Gefährte." Ein Gefühl des Verdrusses driftete von Quickthorn herüber.

Sie versuchte es noch einmal. "Wenn du Lady Frederica Fitzwilliam meinst, die Schülerin der Königsmagierin, sie ist dort hinten im Haus."

"Versuche nicht, uns in die Irre zu führen! *Wo ist dein Gefährte?*" schnauzte Quickthorn, die Schuppen an ihrem Hals hoben sich und ließen sie noch größer erscheinen.

Eine menschliche Gestalt trat aus Rowans Schatten. "Sie meint Cerridwen", sagte Roderick.

Das war ein Schock zu viel. Roderick war hier? Unter den Drachen, und er hatte nie ein Wort darüber verloren?

Und warum sollten die Drachen ihren Turmfalken wollen? Sie nahm durch ihre Verbindung Kontakt mit Cerridwen auf und spürte die Freiheit des Fluges, der kalten Luft unter ihren Flügeln. *Liebes, es könnte dir schwerfallen, dies zu glauben*, sandte sie ihr zusammen mit einem Bild der Drachen vor ihr. *Sie fragen nach dir.*

Ein Gefühl der Überraschung, alsbald überlagert von Empörung und intensiver Zielstrebigkeit. Dann stoppte die Verbindung abrupt, als ob sie abgeschnitten worden wäre.

Das war noch nie zuvor passiert, und es gefiel ihr gar nicht. "Wenn du meine Vertraute meinst, sie fliegt nahe der Grenze des Anwesens."

"Du nennst sie deine Vertraute." Quickthorn klang missbilligend.

Sie zögerte. Die Geschichten erzählten von den Gefahren, Drachen anzulügen. "Sie ist keine typische Vertraute, aber ich bin mir nicht sicher, wie ich sie sonst nennen soll."

Der Drache warf den Kopf nach hinten. "Was glaubst du, was sie ist?"

"Ein Turmfalke, einer mit gewissen magischen Fähigkeiten, Genaueres weiß ich allerdings nicht darüber."

"Wie kannst du so etwas nicht wissen?" Ein Gefühl der Empörung umgab Quickthorn.

Elizabeth sammelte ihren Mut. "Weil ich sie nicht gefragt habe. Sie mag es nicht, über ihre Herkunft befragt zu werden, und das habe ich respektiert."

Quickthorn lehnte sich auf ihre Hinterläufe zurück und schwenkte ihren Kopf zu Roderick. "Du hast recht. Die hier ist unwissend."

"Wie ich dir gesagt habe", sagte Roderick.

"Ein barbarischer Brauch." Es war beinahe Hohn.

Was sollte sie von diesen phantastischen Drachen halten, die sie aus ihrem Haus geholt hatten und sie jetzt als unwissend und barbarisch bezeichneten? Aber das war eine viel zu wichtige Gelegenheit, um sie wegen ihres verletzten Stolzes verstreichen zu lassen. "Ich weiß zwar in der Tat nicht, was euch missfällt, aber ich versuche gerne, die Angelegenheit zu klären, wenn ihr es mir nur erklären würdet."

"Dann kannst du mir das beantworten: Hat dich dein Gefährte angewiesen, diesen Ort zu deinem Zuhause zu machen?"

Sie konnte ein ungläubiges Lachen nicht zurückhalten. "Cerridwen? Selbstverständlich nicht. Sie kannte nicht einmal mein Ziel, als sie mir folgte, nur dass wir auf das Land meines Mannes ziehen."

Der Drache verlagerte sein Gewicht. "Dann scheint es, dass keiner von euch schuld ist, obwohl ich nicht dasselbe über dein Nest sagen kann. Da du nicht absichtlich in unser Territorium eingedrungen bist, werden wir dir gegenüber keine Feindseligkeiten hegen, aber du darfst nicht hierbleiben. Wir können keinen Gefährten mit Blutsband eines anderen Nestes hier dulden, der so nah an unserem eigenen lebt."

Nest? Eindringen? Das musste doch sicher ein Missverständnis sein. "Du willst, dass ich Pemberley verlasse?"

"Wenn du mit deiner Gefährtin verbunden bleiben möchtest, ja. Wenn du bereit bist, die Bindung zu brechen, kannst du mit unserem Segen bleiben."

Ihre Bindung zu Cerridwen zu brechen, wäre wie sich den eigenen Arm abzuschneiden, und Pemberley zu verlassen war unmöglich. Sie verdrängte diesen Gedanken jedoch in die hinteren Gefilde ihres Kopfes, damit die Drachen keinen Blick darauf werfen konnten. Sie täte besser daran, mehr Informationen zu sammeln, als rundheraus abzulehnen. "Ich habe keine Ahnung, von welchem Nest du sprichst."

Plötzlich war ihr Kopf mit einem Bild von schneebedeckten Bergen erfüllt. Die zerklüfteten Gipfel waren vertraut, eine alte Erinnerung. Wales. Das waren die Berge in der Nähe von Grannys Haus.

"Das ist dein Nest", grollte der Drache.

"Wenn ich sprechen darf, verehrte Quickthorn?", meldete sich Roderick zu Wort.

"Es ist keine Zeit mehr", unterbrach ihn Rowan. "Ihre Gefährtin nähert sich, und wir dürfen ihr nicht begegnen. Gefährtin Elizabeth, ich habe

Verständnis für deine Situation, die nicht von dir verursacht wurde. Es steht mir nicht zu, die von einem anderen Nest gesetzten Beschränkungen zu beseitigen, aber es muss etwas getan werden. Du scheinst eine intelligente Frau zu sein, daher werde ich dir einen Hinweis geben, der dir helfen kann, es zu verstehen."

Rowan schien an den Rändern zu verschwimmen und verschwand dann plötzlich. Nein, er verschwand nicht, sondern schien in sich zusammenzufallen und einen Vogel an seiner Stelle zurückzulassen. Ein Wanderfalke, etwas größer als Cerridwen. Quickthorn tat es ihm gleich, und die frisch geformten Vögel breiteten ihre Flügel aus und flogen, umkreisten die Lichtung, ehe sie in die dunklen Wolken aufstiegen. Während sie von dannen zogen, sprach Rowans Stimme in ihrem Kopf. *Bald werden wir weiter darüber sprechen.*

Schockiert starrte sie ihnen nach. Drachen. In Form von Vögeln.

Natürlich! Die Drachen in den alten Geschichten konnten die Gestalt anderer Kreaturen annehmen, aber sie hatte es für eine Übertreibung gehalten, möglicherweise eine Art Illusion. Und ganz sicher hatte sie nie erwartet, es mit eigenen Augen zu sehen.

Das war ganz gewiss eine unmissverständliche Andeutung.

Viele Talente hatten Vertrauten, aber keiner davon wurde jemals Gefährte genannt. Dieser Begriff war für die mächtigere Bindung zwischen Menschen und Drachen reserviert. Und das Aroma von heißem Metall und Zimt? Sie kannte es. Dieser Duft hatte sich an Grannys Kleidung festgesetzt, nachdem sie den ganzen Tag unterwegs gewesen war. Granny, die in der Nähe eines Nestes lebte und ihr geholfen hatte, eine Bindung zu Cerridwen aufzubauen.

Es gab nur eine mögliche Antwort, und die war kaum zu glauben.

Ihr wurde schwindelig, in ihrem Kopf wirbelte alles durcheinander. Wie konnte das wahr sein, nach all den Jahren, in denen sie mit Cerridwen verbunden war? Warum hatte sie es geheim gehalten?

Just in dem Moment flog der Turmfalke mit einem wilden Schrei selbst auf die Lichtung. Einmal kreiste sie über Elizabeth und sandte ihr ein Bild davon, wie sie sich auf ihrem Arm niederließ.

Elizabeth streckte ihre Hand aus, wie sie es in all den Jahren so oft getan hatte, aber dieses Mal zitterte sie. Es fühlte sich unmöglich und gleichzeitig so vollkommen natürlich und wundervoll an.

Die Krallen des Vogels schlossen sich um Elizabeths Unterarm und ihr Kopf drehte sich zu ihr. *Sie sind schon weg?* Ihre Sendung klang scharf und enttäuscht. *Zeig mir, was geschehen ist. Ich muss es wissen.*

Elizabeth ging ihre Erinnerung an die kurze Interaktion mit den Drachen durch. Plötzlich, mit frischen Augen gesehen, war es so völlig klar. Wie konnte sie jemals denken, dass Cerridwen nichts weiter als ein magischer Vogel war?

Sie blickte in die goldumrandeten Augen des Turmfalken. "Cerridwen, gibt es etwas, was du mir noch nicht gesagt hast?"

Vieles. Viele, viele Dinge. Der Turmfalke hüpfte auf ihrem Handgelenk.

"Diese Drachen. Sie sagten, du wärst meine Gefährtin und hättest ein Nest. Dann verwandelten sie sich in Falken."

Ja. Cerridwen klang aufgeregt und zufrieden.

Es zu sagen, klang fast zu lächerlich, auch wenn die Wahrheit in ihrem Körper und in der Erde unter ihr widerhallte. "Ich komme mir albern vor, dich das zu fragen, aber bist du ... bist du ein Drache?"

Ja! Es war ein stummer Triumphschrei.

Cerridwen stieß sich von ihrem Handgelenk ab, breitete die Flügel aus und glitt zu Boden. Die Luft um sie herum schien sich zu verdichten, als wäre sie von Nebel umgeben.

Und dann stand dort ein Drache, wo zuvor der Turmfalke gewesen war.

Allerdings nicht so riesig wie die, die Elizabeth befragt hatten. Es war ein elegantes Geschöpf, nur wenig größer als ein Hirsch, seine gefalteten Flügel glänzten in Blau und Bronze, eine lebendige Skulptur, von den schillernden Schuppen bis zu den mehrgliedrigen Krallen.

Sie war wunderschön. Und sie hatte Cerridwens Augen.

Elizabeth sank neben dem Drachen auf die Knie. "Bist das wirklich du?", wisperte sie.

"Wer sonst?", sagte der Drache in einem hohen, melodiösen Ton.

"Ich habe deine Stimme noch nie zuvor gehört", sagte Elizabeth zitternd.

"Das kommt daher, dass ich albern klinge, wenn ich durch den Schnabel eines Vogels spreche." Cerridwen reckte sich und streckte ihre Vorderbeine aus, um mit den Krallen in den Boden zu greifen und sich nach vorne zu ziehen. "Ah, das wird so gut, öfter in meiner wahren Form zu sein!"

Wie es sich wohl anfühlte, ein Drache zu sein, der in diesem winzigen Körper gefangen war? "Warum hast du mir das nie erzählt?", platzte Elizabeth heraus.

Der Drache erhob sich, um sich wieder auf den Hinterbeinen abzusetzen. "Ich musste warten, bis du direkt gefragt hast. So ist es die Regel für Gefährten."

"Es tut mir leid, dass ich es nicht früher erraten habe." Das hätte sie tatsächlich tun sollen, vor allem, da Roderick ihr täglich Geschichten erzählte, in denen sich Drachen in andere Tiere verwandeln. Aber wer hätte die Wahrheit glauben können?

Cerridwens Augen verschwammen, als sich eine Membran über sie legte, wie bei einer schläfrigen Katze. "Hättest du lieber einen echten Turmfalken gehabt?" Die Worte hatten nichts vom sonst üblichen Selbstbewusstsein ihrer Sendungen.

"Nichts könnte besser sein als das!" Elizabeth streckte die Hand aus, um die Schulter des Drachen zu streicheln. Die Schuppen fühlten sich warm an. "Als ich jung war, wünschte sich meine Schwester Jane nichts sehnlicher, als dass alle sie mögen. Mary wollte das versierteste Mädchen in Meryton sein. Und ich wünschte, ich könnte eine Drachengefährtin sein, wenngleich ich wusste, dass es unmöglich war." Sie konnte ihre liebste Cerridwen nicht mit irgendwelchen Zweifeln leben lassen.

"Und die ganze Zeit über warst du schon eine." Cerridwen stieß ihre schuppige Schulter gegen Elizabeths Arm.

Es war unglaublich. Aber was bedeutete es, in diesem modernen Zeitalter der Fabriken und Großstädte, in denen niemand an die Existenz von Drachen glaubte, eine Drachengefährtin zu sein? In den Geschichten begleiteten menschliche Gefährten die Drachen, wenn sie Menschen in

Gefahr retteten, nach verlorenen Schätzen jagten oder versuchten, Un-
gerechtigkeiten wiedergutzumachen. Was konnte sie tun? Und warum
hatte Cerridwen sich all die Jahre darauf beschränkt, sie zu begleiten?
Sicherlich würde jeder Drache mehr wollen, als seinem Gefährten in
Falkengestalt zu folgen.

Aber für diese Fragen würde noch viel Zeit bleiben. Jetzt gab es nur noch
ihre schöne Cerridwen, deren Schuppen warm und geschmeidig unter
Elizabeths Fingern lagen. Und, oh, so voller Kraft! Sie hatte stets die kaum
zu bändigende Magie in Cerridwen gespürt, wenn der Falke auf ihrem Arm
gesessen hatte, aber jetzt strahlte sie in Wellen von ihr aus, im Einklang mit
der pulsierenden Energie des Landes unter ihr.

Und wie schön sie war! Elizabeths Augen konnten nicht aufhören,
gierig jedes Detail von ihr zu verschlingen, von den überlappenden,
glänzenden Schuppen, die ihre goldumrandeten Augen einrahmten, bis
hin zu den dunklen Krallen, die aus den Enden ihrer vielgliedrigen Füße
hervortraten. Größere Schuppen bildeten einen erhabenen Kamm entlang
ihrer Wirbelsäule, fast wie den Kiel eines Schiffes. Elizabeth hätte Cerridwen am liebsten gebeten, ihre Flügel auszubreiten, damit sie diese ebenfalls
sehen konnte, aber stattdessen sagte sie nur: "Liebste Cerridwen, ich fand
die Illustrationen von Drachen schon immer schön, aber du bist so viel
mehr. Ich weiß nicht, wie es dazu gekommen ist, dass du mich erwählt hast,
ich bin jedoch sehr froh, dass du es getan hast."

Der Drache reckte sich stolz auf. "Du warst die Interessanteste von
denen, die von Gefährtin Amelia vorgestellt wurden."

Amelia war der Name ihrer Urgroßmutter. Granny musste also ebenfalls eine Drachengefährtin sein. Und es gab noch ein weiteres Nest von
Drachen hier, irgendwo im Dark Peak.

Dann durchfuhr die Erkenntnis sie wie ein Blitz. Sie wandte ihren Blick
von Cerridwen ab und hin zu Roderick, der noch immer an den großen
Felsbrocken stand und sie schweigend beobachtete. "Du hast es gewusst",
sagte sie gedehnt, und Wut begann in ihr aufzusteigen. "Die ganze Zeit hast
du Bescheid gewusst, und hast nichts gesagt."

Er verzog das Gesicht. "Ich konnte es dir nicht sagen."

Es war zu viel. "Sicherlich hättest du das tun können. Zunächst hätte ich dir möglicherweise nicht geglaubt, aber ich bin kein Narr", schnauzte sie.

Er schüttelte den Kopf. "Du verstehst mich nicht. Ich stehe unter einem Bindebann, der mich daran hindert, irgendjemandem von den heute noch existierenden Drachen zu erzählen. Dich eingeschlossen. Ich konnte es dir buchstäblich nicht sagen, genauso wenig wie Cerridwen."

"Unsinn. Die Kunst des Bindens ist vor Jahrhunderten verloren gegangen!" Aber selbst als es ihrem Mund entglitt, wusste sie, wie seine Reaktion ausfallen würde.

"Nicht unter Drachen. So haben sie es geschafft, die ganze Zeit im Verborgenen zu bleiben." Sein Gesichtsausdruck hellte sich ein wenig auf. "Aber ich habe dir jede einzelne Geschichte erzählt, die ich über Drachen kenne, die sich in Vögel verwandelt haben und mir sogar ein oder zwei ausgedacht."

Sie funkelte ihn an. "Hätte man mir jemals die Wahrheit gesagt, wenn diese Drachen nicht gekommen wären?"

"Sobald du nach Wales zurückgekehrt wärst", sagte er prompt. "Deshalb haben wir uns so sehr bemüht, dich dorthin zu bekommen." Dann warf er einen Blick nach oben, wo dunkle Wolken über ihnen aufzogen. "Wir sollten ins Haus zurückkehren, solange wir noch können."

Er hatte recht, aber sie wollte nicht einmal so lange von Cerridwen getrennt sein, wie es dauerte, dorthin zu gelangen. Ihre eigene Drachengefährtin!

Doch in diesem Moment fiel ein großer Regentropfen auf Elizabeths Ärmel, dicht gefolgt von mehreren weiteren. Cerridwen hasste es, nass zu werden. "Vielleicht sollten wir Schutz suchen", sagte sie. Bevor sie jedoch handeln konnte, öffneten sich die Wolken vollständig und kalter Regen prasselte auf sie herab.

Cerridwen krächzte entsetzt. Die Luft um sie herum verschwamm, und dann flog ihre vertraute Falkengestalt in die Wolken hinaus.

Die Krempe von Elizabeths Haube hielt das Meiste des Wassers von ihrem Gesicht fern, doch ihre Ärmel durchdrang es rasch und ihre Arme wurden kalt. Sie erhob ihre Stimme, um über den prasselnden Regen hin-

weg gehört zu werden. "Zurück ins Haus – und dann müssen wir reden."
Es war an der Zeit und Roderick war ihr einige Antworten schuldig.

Kapitel 27

NOCH IMMER WAR ES ein kleiner Schock, einen Drachen am Kamin des Salons in Pemberley vorzufinden, aber Elizabeth hätte nicht glücklicher darüber sein können. Ihre Cerridwen, ein Drache! War das der Grund, weshalb ihr Vater sie ermahnt hatte, Cerridwens Fähigkeiten geheim zu halten?

Doch bevor sie sich überhaupt hinsetzen konnte, trat Roderick ein, seine Krawatte leicht schief. Er musste sich beeilt haben, seine nassen Kleider zu wechseln, nachdem sie so eilig zurückgekehrt waren.

Gut so, denn die erste von Elizabeths Fragen brach aus ihr heraus, ohne dass sie ihn auch nur begrüßt hätte. "Was soll dieser Unsinn, dass ich Pemberley verlassen soll?"

Roderick hob eine Augenbraue. "Drachen sind territorial. Sie werden es nicht tolerieren, dass eine Gefährtin aus einem anderen Nest auf ihrem Land lebt, geschweige denn ein unbekannter Drache."

Die Schuppen in Cerridwens Nacken stellten sich auf. "Nicht, dass sie auch nur versucht hätten, mit mir zu sprechen", sagte der Drache, und seine Wut und sein Schmerz erfüllten den Raum.

"Du weißt, dass sie das nicht können", sagte Roderick sanft. "Nicht, solange du unter Silentium stehst. Das müssen wir zuerst aufheben."

"Was ist dieses Silentium, und wie können wir es aufheben?", forderte Elizabeth.

Roderick warf ihr einen entschuldigenden Blick zu. "Als ihr nicht nach Wales zurückgekehrt seid, um eure letzten Schwüre abzulegen, befahl das Nest Cerridwen, euren Bund zu lösen und zu ihnen zurückzukehren. Sie weigerte sich, und sie stellten sie unter Silentium, was bedeutet, dass kein Drache sie zur Kenntnis nehmen oder mit ihr sprechen wird."

Elizabeth hielt den Atem an. Cerridwen war dafür bestraft worden, dass sie bei ihr geblieben war? "Wie grausam!"

"Es ist die Art und Weise, wie sie ihre Regeln durchsetzen, die aus guten Gründen existieren. Das Fehlen der Abschlussschwüre hat Cerridwens Wachstum gehemmt und würde irgendwann unweigerlich dazu führen, dass sie krank würde. Aber dem kann ganz einfach abgeholfen werden. Sobald du nach Wales gehst und deinen abschließenden Schwur leistest, werden sie das Silentium aufheben."

Arme Cerridwen! "Dann muss ich wohl." Zudem würde ihr das ermöglichen, Granny zu sehen. Darcy würde es einfach akzeptieren müssen, unabhängig von seiner Mission. Sie würde nicht zulassen, dass Cerridwen noch länger leiden musste. "Wie viel Zeit wird das in Anspruch nehmen?"

Der Waliser trommelte mit den Fingern auf der Stuhllehne. "Was den Schwur anbelangt, ist das nur eine Frage von Tagen. Aber hierher zurückzukehren wird nicht einfach sein. Es wird Verhandlungen mit dem Dark Peak Nest geben müssen, ob sie dir gestatten, in Pemberley zu leben."

Ein Anflug von Angst verwandelte sich in Wut. "Sie können mich wohl kaum aufhalten. Dieses Land ist seit Jahrhunderten im Besitz der Familie Darcy!"

Roderick zuckte zusammen. "Sie haben Methoden, es dir unmöglich zu machen, zu bleiben. Sie haben neulich deine Krankheit verursacht, um dich von ihrem Nest fernzuhalten. Sie hörten erst auf, als ich ihnen erklärte, dass du nicht die Absicht hattest, in ihr Territorium einzudringen, aber wenn du ohne ihre Erlaubnis hierbleibst, könnten sie es wieder tun."

"Diese Drachen haben mich krank gemacht? Wie können sie sich erdreisten?"

"Sie beschützten ihr Nest vor dem Eindringen eines unbekannten Gefährten eines abtrünnigen Drachen, der sich ihnen nicht auf die angemessene Weise genähert hatte. Das ist nichts, was sie gerne tun, aber manchmal ist es die sicherste Wahl, die ihnen zur Verfügung steht."

War das der Grund, weshalb ihre Symptome so abrupt begonnen und aufgehört hatten? Der Gedanke, dass die Drachen sie zwingen konnten zu gehen, war erschreckend. "Aber ich muss in Pemberley bleiben."

"Darcy kann dich nach Wales begleiten, wenn er es wünscht, und mit etwas Glück wird es nur eine Frage von Monaten oder vielleicht eines Jahres sein, bis die Nester eine Lösung aushandeln können." Er sagte das so leicht, als ob das Schicksal Europas nicht von ihrer Anwesenheit auf Pemberley abhinge. Was für ihn nicht der Fall war; er wusste, dass Darcy eine mysteriöse Mission hatte, aber nichts von Elizabeths Rolle darin. Die musste ein Geheimnis bleiben.

Sie spürte eine Enge in der Brust. "So lange kann ich nicht weg sein. Ich kann es dir nicht erklären, aber es ist unmöglich."

Er legte den Kopf schräg. "Glaubst du, Darcy wird es nicht zulassen? Er scheint mir einer von der vernünftigen Sorte zu sein."

Sie hielt die Hände hoch. "Seine Erlaubnis ist es nicht, worum es hierbei geht und das ist alles, was ich sagen kann. Das Thema ist sehr ernst."

Kummer strahlte von Cerridwen aus. "Du würdest lieber mich verlieren, als Pemberley zu verlassen?"

Eilig kniete Elizabeth auf dem Boden und schlang ihre Arme um den Hals des Drachen. Wie seltsam es sich anfühlte, diese Schuppen auf ihrer Haut zu spüren. Und gleichzeitig so richtig! "Niemals, liebste Cerridwen. Ich werde nicht zulassen, dass etwas zwischen uns kommt. Wir müssen einfach eine andere Lösung finden."

Roderick schürzte die Lippen. "Wir können es nur versuchen. Die Nester sind nicht dafür bekannt, schnelle Entscheidungen zu treffen."

Elizabeth fragte: "Könnte ich mich nochmals mit Rowan und Quickthorn treffen, nun, da ich die Situation verstehe?" Oder zumindest eine vage Ahnung davon hatte, was auf dem Spiel stand, aber sie würde diese Entscheidung nicht einfach wie eine passive Schachfigur mit sich machen lassen.

Er hielt inne, um darüber nachzudenken. "Ich kann sie fragen. Ob sie zustimmen oder nicht, kann ich nicht sagen."

Darcy zügelte sein Pferd, als es vor Pemberley zum Stehen kam. Endlich zu Hause. Bei Elizabeth. Einen ganzen Tag früher als erwartet. Würden ihre Augen aufleuchten, wenn sie ihn zu sehen bekam, nachdem er seine Erledigungen blitzschnell hinter sich gebracht hatte und nach Hause geeilt war?

Wie war sie für ihn so unverzichtbar geworden, dass jeder einzelne Tag ohne sie schmerzhaft war, wie ein Zahnschmerz, der nicht gelindert werden konnte?

Einerlei, jetzt war er hier. Er schwang sich vom Pferd, warf die Zügel einem Stallburschen zu und eilte die Portikustreppe hinauf.

Der Butler war zu gut ausgebildet, um angesichts seiner frühen Ankunft Überraschung zu zeigen. "Willkommen zurück, Sir."

"Vielen Dank." Darcy reichte ihm seinen Hut. "Wo ist Mrs. Darcy?"

"Ich glaube, sie ist mit Mr. Roderick im Salon, Sir."

Er sollte sich zuerst frische Kleidung anziehen und den Straßenstaub und den Gestank der überfüllten Postkutsche abwaschen, aber jede Verzögerung fühlte sich unerträglich an, wenn Elizabeth nur ein paar Meter entfernt war.

Die Türen zum Wohnzimmer waren geschlossen, doch das fiel ihm nicht weiter als seltsam auf, als er die letzte Barriere zwischen ihm und Elizabeth hinter sich brachte.

Roderick, der in der Nähe der zweiflügligen Tür saß, sprang auf die Füße und wandelte die Bewegung nahtlos in eine Verbeugung um. Aber wo war Elizabeth? Ah, da im Schatten am anderen Ende des Raumes, neben einer Illusion, die ihn erschrocken innehalten ließ.

Darcys Brust krampfte sich zusammen, wie immer, wenn er an Drachen erinnert wurde, aber er schob den vertrauten Albtraum von Jack, der schrie, während Drachenfeuer seine Haut verbrannte, beiseite. Es war nur eine Illusion, zweifellos von Roderick erschaffen, um Elizabeth zu unterhalten.

Sie eilte auf ihn zu, ein breites Lächeln erhellte ihr Gesicht. "William!"

Er schlang seine Arme um sie, ohne auf Rodericks Anwesenheit Rücksicht zu nehmen. Es war zu lange her, dass er ihren weichen Körper an seinen gedrückt hatte. Ihr Lavendelduft hüllte ihn ein, zusammen mit etwas anderem – könnte es Zimt sein? Er vergrub sein Gesicht in ihrem Haar, um seine überschäumende Freude zu verbergen.

Und er war nur vier Tage weg gewesen. Wie sollte er die wochenlange Trennung während seiner Mission aushalten?

Sie beugte sich zurück, um zu ihm aufzuschauen, ihre feinen Augen nun vor Sorge weit aufgerissen. "Ist deine Reise gut gelaufen? Gibt es irgendwelche Neuigkeiten? Ist etwas geschehen, was dich früher zurückgebracht hat?"

"Nichts Neues, nur Routineangelegenheiten, und ich konnte es schneller hinter mich bringen, als ich erwartet hatte", sagte er und drückte ihr einen Kuss auf die Stirn.

"Oh gut. Für einen Moment war ich in Sorge! Aber ich bin froh, dass du hier bist, denn es ist etwas ganz Erstaunliches geschehen. Du hast immer gesagt, Cerridwens Fähigkeiten seien für einen Vogel unmöglich, und du hattest recht. Sie ist überhaupt kein Vogel, sondern ein *Drache*. Ist das nicht wunderbar?"

Ihre Worte ergaben keinen Sinn, aber das spielte keine Rolle, nicht jetzt, da sie wieder in seinen Armen war. "Was meinst du damit?", fragte er.

"Sie kann gestaltwandeln, und ihre auserwählte Gestalt war ein Turmfalke, bis sie sich offenbaren konnte." Elizabeth senkte ihre Arme, trat zurück und deutete auf die Illusion. "Da ist sie, in all ihrer wahren Pracht. Und ich bin ihre Gefährtin!"

Schließlich drang es in sein Bewusstsein vor. Was für eine Narretei war das? Er warf Roderick einen finsteren Blick zu, der eine Rolle in dieser Täuschung spielen musste, ehe er sich dazu zwang, den sogenannten Drachen direkt anzusehen.

Er war klein und anmutig, gar nicht wie die riesigen Monster in Spanien, doch seine Brust schmerzte noch immer wegen Jacks qualvollem Tod. Er würde seinen Bruder nie wieder sehen, nie wieder mit ihm über die Torheiten der Gesellschaft lachen oder mit ihm über seine riskanten Entscheidungen streiten. Niemals wieder.

Diese Gestalt entsprang dem Märchenbuch eines Kindes, keinem Schlachtfeld. Und sie war natürlich nicht echt. Er zwang sich, sanft zu sprechen. "Das ist eine Illusion, Elizabeth. Eine ausgezeichnete, das räume ich ein."

Sie lachte. "Genau dasselbe habe ich auch gedacht, als..." Sie hielt abrupt inne und holte tief Luft. "Das dachte ich zuerst auch, aber sie ist echt. Komm näher und du wirst es sehen." Sie packte seine Hand und zog ihn nach vorne.

War er plötzlich in ein Irrenhaus geraten? "Es gibt keine Drachen in Großbritannien."

"Sagt man, aber genau hier, in deinem eigenen Salon, haben wir einen!", sagte sie fröhlich.

Das Ding war jetzt nur noch ein paar Meter entfernt. Es hob den Kopf, um ihn mit goldenen Augen unter einem Kamm schillernder Schuppen anzustarren. Es war unglaublich detailreich; er würde Roderick dafür Anerkennung zollen, gleich nachdem er ihn verprügelt hatte, weil er Elizabeth so grausam austrickste. Der Geruch von Zimt verstärkte sich, Zimt und etwas Scharfes.

Das Maul des Drachen öffnete sich und enthüllte scharfe Zähne. Und dann sprach er auch noch. "Siehst du, ich bin mehr als nur ein 'verdammter Vogel'."

Die letzten Worte kamen in Darcys eigener Stimmlage heraus, wie er sie so oft in seinem Kopf gedacht hatte, und auch mehr als einmal laut gemurmelt hatte.

Vielleicht war ja er derjenige, der ins Irrenhaus gehörte. Das konnte er sich doch nur einbilden.

"Du glaubst es immer noch nicht." Der Drache streckte sein Vorderbein aus, scharfe Krallen, deren Enden sich krümmten, Krallen, die in der Lage waren, Fleisch zu zerreißen. "Dann berühre mich und vergewissere dich, dass ich echt bin."

Entsetzen drehte ihm den Magen um, denn auch ohne Berührung wusste er es. Niemand konnte eine solche Stimme in einer Illusion entstehen lassen.

Und ganz gleich, wie klein er auch sein mochte, oder wie zivilisiert er sich in seinem Wohnzimmer auch geben mochte, diese Krallen waren die gleichen, die sich auch in britische Soldaten geschlagen hatten, sie ausweideten und lange, zerklüftete Wunden rissen. Wie bei dem Rekruten, den er getroffen hatte, der sein Auge und sein halbes Gesicht verloren hatte. Das verbrannte Fleisch.

Eisige Angst durchdrang ihn. "Elizabeth, ich möchte, dass du sehr langsam und vorsichtig weggehst."

Ihre Brauen zogen sich zusammen. "Du musst dich nicht fürchten. Cerridwen würde mir niemals schaden."

"Ich muss darauf bestehen!", knurrte er. "Er könnte dir wehtun, auch ohne es zu wollen."

Sie schüttelte den Kopf. "Sie hätte mich jederzeit als Turmfalke verletzen können. Hast du nicht gesehen, wie sie sogar ohne einen Falknerhandschuh auf meinem Arm landet? Schau dir ihre Augen an. Sie ist dieselbe Kreatur."

"Drachen sind gefährlich!" Seine Stimme kippte, wurde heiser. "Erinnerst du dich nicht, weshalb du zugestimmt hast, mich zu heiraten? Sie haben meinen Bruder getötet. Sie kosten mich bereits mein Leben und meine Zukunft. Ich werde nicht zulassen, dass dir auch einer etwas antut."

Sei nicht albern. Es war Cerridwen, mit einer direkten Sendung an ihn. *Ich habe noch nie einem Menschen geschadet und werde es auch nie tun. Kein zurechnungsfähiger Drache würde das tun.*

Er wich vor der Präsenz in seinem Kopf zurück. Ein Drache, der seine Gedanken berührte? "Kein Drache würde das tun? Zehntausende britische Soldaten wurden in Spanien massakriert, von Drachenkrallen zerfetzt und vom Drachenfeuer verbrannt. Darunter auch mein Bruder, der so schwer verbrannt war, dass sie seinen Körper nur an seinem Siegelring erkennen konnten." Er fischte seine Uhr heraus und hielt ihm den ruinierten Ring hin, als wäre es eine Waffe.

"Absurd!", rief Roderick. "Wer hat Ihnen diesen Bären aufgebunden? Drachen sind friedliebende Kreaturen, die niemals jemanden verletzen würden. Sie würden eher sterben, als absichtlich zu töten."

Teufel nochmal. Dieses Geheimnis hätte er nicht ausplaudern sollen, aber, verdammt, der Drache saß nur ein paar Meter von ihm entfernt! "Ich habe es von vielen Augenzeugen gehört", sagte er schroff. "Zunächst habe ich es auch nicht geglaubt, als sie im Kriegsministerium es mir zum ersten Mal sagten. Nicht, bis ich einige Überlebende traf."

"Da muss ein Irrtum vorliegen", beharrte Roderick. "Napoleons Magier müssen Drachenillusionen geworfen und Panik ausgelöst haben."

"Warum berichteten dann die Chirurgen, die nie einen Fuß auf das Schlachtfeld gesetzt hatten, dass sie Männer behandelten, die auseinandergerissen und verbrannt worden waren, ohne dass eine Kugel oder ein Granatenfragment gefunden wurde? Ich habe die Narben gesehen, wo Krallen sie zerfetzt haben. Vielleicht sind einige Drachen friedlich, aber das waren Kriegsmaschinen." Die Erinnerungen ließen ihn schwer atmen.

"Nein!" Es war ein Schrei der Verzweiflung, lang und schrill. Und er kam vom Drachen.

Roderick ging rasch zu ihm hinüber. "Cerridwen, das kann nicht wahr sein. Lass nicht zu, dass es dich quält."

Die Drachendame hob den Kopf. "Aber es ist wahr. Ich hab's gesehen."

"Wie meinst du das?", fragte der Waliser sanft. "Du warst die ganze Zeit in England."

"Ich hab's *gesehen*. Nur einmal. Drei Drachen, die ich nicht kannte, griffen eine Armee an, und einer von ihnen ging am Ende in Flammen auf. Aber ich wusste nicht, dass es bereits geschehen war." Der Drache wehklagte leise, sein Kopf senkte sich zu Boden.

"Du hast es *gesehen*?" Roderick schaute vom Drachen und dann zu Darcy, ein Ausdruck des Entsetzens, der sich auf seinem Gesicht abzeichnete. "Das ist in Spanien passiert?" Seine Stimme bebte.

"Ja. In der Nähe von Salamanca, mit einem zweiten, kleineren Drachenangriff bei Granada. Seitdem hat unsere Armee es überhaupt nicht mehr gewagt, das Schlachtfeld zu betreten." Und jetzt starrte er eines der Monster in seinem eigenen Salon an. "Ich kann Ihnen die Berichte zeigen, wenn Sie mir nicht glauben wollen."

Der Waliser wischte sich mit der Hand über den Mund. "Mein Gott. Die Stillen Nester." Verzweiflung lastete auf seinen Worten.

Der Drache wehklagte erneut. Obwohl er bereits von den Anschlägen wusste, obwohl er Elizabeth jahrelang über seine wahre Natur belogen und sie mit dieser verdammten Blutsbindung fast umgebracht hätte.

Elizabeth streichelte den Kopf des Monsters. "Stille Nester? Was ist das?"

"Vor Monaten verstummten zwei Nester in Spanien, weigerten sich, Nachrichten an sie zu übermitteln und sandten auch keine mehr aus. Wir wussten, dass etwas nicht stimmte, aber nicht, was es war. Sie müssen verrückt geworden sein." Er vergrub das Gesicht in seinen Händen.

"Oder sie haben sich einfach an Napoleon verkauft", sagte Darcy verbittert. "Anscheinend sind sie ihm direkt unterstellt."

"Kein Mensch könnte Drachen dazu bringen, sich so gegen ihre Natur zu benehmen", entgegnete Roderick. "Gelegentlich gab es schon Drachen, die den Verstand verloren haben und gewalttätig geworden sind, aber nicht auf Befehl."

Darcy schüttelte entschieden den Kopf. "Napoleon kontrolliert sie. Unsere Spione sind sich darüber einig. Und die Seeschlangen auch. Unsere Schiffe verstecken sich in den Häfen, weil die Seeschlangen so viele von ihnen versenkt haben – jedoch ausschließlich diejenigen, die unter britischer Flagge fahren. Alle anderen ignorieren sie. Irgendwie hat Napoleon auch ihre Loyalität für sich gewonnen."

Rodericks Augen waren fast wild. "Er muss sie zwingen. Sie würden lieber sterben als zu töten!"

Darcy schnaubte angesichts dieses lächerlichen Gedankens. "Wenn das wahr ist, was würde sie ausgerechnet jetzt dazu bringen, zu kämpfen?"

Roderick schluckte schwer. "Ich weiß es nicht. Ich kenne Drachen, aber allzu tief bin ich nicht in ihre Räte vorgedrungen."

"Sie kennen Drachen?" Die Worte strömten aus ihm heraus. "Hier in Großbritannien gibt es Drachen? Von diesem hier abgesehen?"

Der Drache sagte, "Antworte nicht darauf."

Er starrte die Kreatur böse an, auch wenn sie ihn ohne die geringste Anstrengung in Stücke reißen konnte. Dies war sein Zuhause. Was gab ihr das Recht, hier Befehle zu erteilen?

Drachen in England, Teufel nochmal! Und ein Spion in seinem eigenen Haus, an seine geliebte Elizabeth gebunden. Was, wenn Cerridwen den anderen Drachen seine Mission verraten würde? Er hatte nie gezögert, vor dem Turmfalken davon zu sprechen, denn was konnte ein Vogel schon anrichten? Nun stand alles auf dem Spiel – all seine Anstrengungen. Sie würden ihn augenblicklich verhaften, sobald er auch nur in Napoleons Nähe käme.

Und dann würde England fallen.

Verdammt sollen alle Drachen sein! Er drehte sich wortlos auf dem Absatz um und verließ das Zimmer.

Oje. Das war nicht gut gelaufen. Elizabeth starrte dem Rücken ihres sich entfernenden Mannes nach.

Sie hatte ihn erst morgen erwartet und war so sehr von dem Schock ergriffen gewesen, Cerridwens wahre Natur zu entdecken, dass sie nicht darüber nachgedacht hatte, wie er auf die Nachricht reagieren würde, abgesehen davon, dass sie ihm nützliche Informationen über Drachen liefern könnte.

Konnte es sein, dass ihn nur der Schock so wütend machte? Darcy mochte es nie, wenn er mit etwas Neuem konfrontiert wurde. Elizabeth rieb sich mit den Händen übers Gesicht. Nein, es war nicht nur das. Sein Bruder war von Drachen getötet worden.

Wie konnte sie ihm klarmachen, dass diese Drachen in Spanien nicht alle Drachen repräsentierten? Und schon gar nicht ihre geliebte Cerridwen, ihre engste Verbündete seit Jahren.

Aber mit Darcys Wut konnte sie sich auch später noch befassen. Cerridwen war immer noch sehr verzweifelt, und darum musste sich Elizabeth zuerst kümmern. "Wir werden einen Weg finden, das wieder in Ordnung zu bringen", sagte sie zu dem Drachen. "Wie auch immer sie gezwungen wurden, zu kämpfen, wir werden es herausfinden und dem ein Ende setzen." Sie wusste nicht wie, aber irgendwie mussten sie es schaffen.

"Du hast es mir nie gesagt", sagte Cerridwen mit ihrer hellen Stimme.

Elizabeth drehte ihre Handflächen nach oben. "Ich hätte nicht gedacht, dass es für einen Falken eine Rolle spielen würde und du hast es immer gehasst, etwas über den Krieg zu erfahren. Ich habe dir erzählt, dass etwas sehr Schlimmes passiert ist, dass Napoleon schreckliche neue Verbündete hat und dass das der Grund war, weshalb ich Mr. Darcy heiraten musste. Es tut mir so leid, mein Liebes!"

"Man kann es nicht wiedergutmachen, aber man muss dem ein Ende setzen!" Verzweiflung erfüllte die Worte des Drachen.

Elizabeth legte ihre Arme um den Hals des Drachen. Was für ein seltsames Gefühl, diese warmen, metallischen Schuppen, die vor Magie prickelten. Sie umarmte einen Drachen! *Ihren* Drachen.

Aber wenn sie die Bindung an Cerridwen aufrechterhalten wollte, hatte sie auch andere Pflichten. Sie wandte sich an Roderick und sagte: "Ich muss so schnell wie möglich mit den anderen Drachen sprechen. Morgen früh, wenn möglich."

Sein Gesicht war immer noch aschfahl. "Sehr gut, aber wir müssen vorsichtig sein. Mir war nicht in den Sinn gekommen, dass Darcy Drachen als Gefahr ansehen könnte. Die Nester müssen geschützt werden."

"Ich würde ihnen niemals etwas zuleide tun!"

"Aber kannst du das auch von ihm sagen? Ich bitte dich, ihm nichts von dem Nest zu erzählen."

Wie konnte sie etwas vor Darcy geheim halten? "Darüber muss ich nachdenken."

"Und dann ist da noch Cerridwens Vision. Eine Weitseherin – und das in meiner Zeit!" Ungläubig schüttelte er den Kopf. "Das geht weit über meinen Kompetenzbereich hinaus. Ich muss unverzüglich nach Hause zurückkehren, um mich mit Mrs. Morgan und den Drachen dort zu beraten."

Eine Welle der Panik überkam sie. Sie brauchte seine Hilfe, um zu verstehen, was mit den Drachen hier vor sich ging. Was, wenn sie wieder krank würde? "Vielleicht könntest du ihr einen Express mit der Nachricht schicken. Der würde schneller ankommen, als du reiten könntest, und es uns trotzdem ermöglichen, morgen zum Nest zu gehen, um mein Problem zu besprechen."

Er überlegte. "Ein guter Gedanke. Sie werden auch von diesem Horror in Spanien erfahren wollen. Was kannst du mir noch darüber erzählen?"

Sie erzählte ihm, was sie wusste, und fügte dann hinzu: "Wenn du die Zeitungen liest, wirst du sehen, wie wenig Schiffe ankommen und wie wenig Nachrichten aus Spanien uns erreichen. Lady Frederica weiß vielleicht mehr. Als Lehrling der Magierin des Königs ist sie in mehr Details eingeweiht worden als ich."

Er erhob sich, langsam, wie ein alter Mann. "Ich werde sie sofort aufsuchen, wenn du mich bitte entschuldigst."

"Selbstverständlich."

Sie sah ihm nicht nach, als er ging und die Tür hinter sich schloss. Zu viel geschah gleichzeitig. Cerridwen ein Drache, Darcys Zorn und Misstrauen, das Nest im Dark Peak. Die Angst, ihre Bindung zu Cerridwen zu verlieren.

Ein Klopfen ertönte. Elizabeth eilte von Cerridwen weg. Sollte sie den Drachen bitten, sich wieder in einen akzeptableren Falken zu verwandeln?

Aber die Tür öffnete sich, ehe sie es tun konnte, und gab den Blick auf Mrs. Reynolds frei. Die Haushälterin öffnete den Mund, um etwas zu sagen, und stand bei Cerridwens Anblick sprachlos da.

Elizabeth sagte mit fester Stimme: "Wir haben uns in Illusionen geübt. Nichts, worüber man sich Sorgen machen müsste."

Die Haushälterin wischte sich die Hände an der Schürze ab. "Eine Illusion. Das hätte ich wissen sollen." Ihre Stimme zitterte ein wenig.

"Kann ich Ihnen irgendwie helfen?" Es wäre am besten, sie aus dem Raum zu bringen, ehe Cerridwen etwas tat, was nicht als Illusion gerechtfertigt werden konnte.

Die Stirn der älteren Frau runzelte sich. "Nein, nur eine Frage. Mr. Darcys Kammerdiener hat mir gesagt, er habe den Befehl erhalten, seine Sachen zu packen, da eine unmittelbare Reise nach London anstünde." Sie zögerte. "Soll ich Ihren Koffer ebenfalls richten lassen?"

Elizabeths Hand legte sich wie von selbst auf ihre Brust. Könnte das der Beginn seiner Mission sein? Hatte er die Nachricht erhalten, dass es an der Zeit war, nach Frankreich zu reisen? Ihr Herz klopfte. Oh, sie konnte es nicht ertragen.

Aber dann übernahm die Vernunft wieder. Wenn das der Fall wäre, hätte er es ihr gesagt. Nein, es gab noch einen anderen Grund, weshalb er sich nur eine Stunde nach seiner Ankunft plötzlich entschließen würde, nach London zu reisen, und dieser Grund lag hinter ihr auf dem Boden. Er würde dem Kriegsministerium sofort über die Drachen Bescheid geben wollen.

Das war besser als die Abreise nach Frankreich, aber es warf eine Reihe anderer Probleme auf.

Und sie hatte einen Drachen zu beschützen.

Sie richtete sich auf. "Ich danke Ihnen, Mrs. Reynolds. Ich werde nicht reisen, aber Sie haben gut daran getan, es mir zu sagen."

Kapitel 28

D ARCY SORTIERTE DIE PAPIERE auf seinem Schreibtisch. Dieser Stapel ging zur sofortigen Erledigung an den Verwalter. Mit diesem Stapel konnte sich irgendjemand anders irgendwann auseinandersetzen. Irgendjemand, nur nicht er. Noch mehr Dinge, die unerledigt blieben.

Dann kam Elizabeth herein, mit schnellen Schritten und rotem Kopf. "Hattest du überhaupt vor, mir zu sagen, dass du gehst?"

Ihre Worte trafen ihn wie ein Schlag. "Natürlich", sagte er wie betäubt. "Wenn ich reisefertig bin. Ich wollte nicht, dass die Drachen es zuvor erfahren."

"Wie rücksichtsvoll von dir. Dies wird dann unser letzter, endgültiger Abschied sein, weißt du. Das Kriegsministerium wird dir niemals erlauben, hierher zurückzukehren, und selbst wenn sie es täten, wäre ich schon lange weg." Jeder Satz wie ein Peitschenhieb.

Er erstarrte. "Du würdest diesen Drachen mir vorziehen?" Es sollte nicht weh tun, aber das tat es.

"Wenn du vorhast, mich an das Kriegsministerium zu verraten, ja. Was bliebe mir anderes über? Wenn sie erfahren, dass ich eine Drachengefährtin bin, werden sie mich gefangen nehmen, wenn nicht gar töten. Und dann werden sie es auf meine Familie in Wales abgesehen haben. Keiner von ihnen wird sicher sein. Meine Urgroßmutter, alle meine Cousins und ihre Freunde und Nachbarn, die seit Jahrhunderten in Frieden mit Drachen leben, Roderick, der durch das Land gereist ist, um dir seine Hilfe anzubieten – alle werden gejagt werden."

Er schluckte schwer und sagte: "Meine Frau würden sie nie anrühren." Das war sicherlich wahr. Aber er hatte nicht wirklich durchdacht, wie das Kriegsministerium reagieren würde.

"Warum nicht? Sie sehnen sich verzweifelt nach einem Vorteil in diesem Krieg. Sie sind bereit, dich für ihre Sache sterben zu lassen. Und jetzt *wirst* du sterben, da ich dir keine Landmagie mehr zufließen lassen kann, sobald ich Pemberley verlassen habe. Wer, glaubst du, wird mich dann vor dem Kriegsministerium beschützen?"

"Elizabeth, du musst dich beruhigen. Sie sind nicht dein Feind. Sie werden etwas über die Drachen erfahren und mit ihnen sprechen wollen, um sie zu Verbündeten zu machen."

Ihre Oberlippe kräuselte sich. "Genau wie du." Jedes Wort war langsam und fiel wie ein Stein. "Genau wie du versucht hast, mit Cerridwen zu sprechen, etwas über sie zu erfahren, dich mit ihr zu verbünden. Nein, du hast sofort entschieden, dass sie deine Feindin ist, und hast vor, davonzulaufen, um eine Armee hinter dich zu bringen. Und du erwartest von mir, dass ich glaube, das Kriegsministerium wolle einfach nur mit ihnen reden?"

"Die Sicherheit Englands steht auf dem Spiel! Ich habe nur Rodericks Wort, dass die Drachen hier sich nicht mit Napoleon verbündet haben. Cerridwen hat ihnen vielleicht schon alles über die Angriffe und meine Mission erzählt."

Elizabeths Augen blitzten auf. "Das hat sie nicht. Cerridwen kann nicht einmal mit einem anderen Drachen sprechen."

"Wie kannst du dir da so sicher sein?"

"Zufälligerweise steht sie unter einem Bann, der sich Silentium nennt und ihr von ihrem Nest auferlegt wurde. Kein Drache wird sie anerkennen, geschweige denn ihr zuhören. Nicht einmal ein Drache, der Napoleon dient."

"Die Drachen lehnen sie ab? Was hat sie getan?" Wenn Cerridwen selbst anderen Drachen ein Gräuel war, was könnte sie Elizabeth antun?

"Tatsächlich lag die Schuld bei mir. Sie weigerte sich, mich zu verlassen, als ich nicht nach Wales zurückkehrte, und das Nest belegte sie mit einem Schweigebann, bis sie gehorchte oder ich zurückkehren würde, um meinen Eid abzulegen."

Darcy blinzelte. "Cerridwen hat dich ihrer eigenen Familie und der Gesellschaft der Drachen vorgezogen?"

"Ja! Während du das Kriegsministerium mir vorziehst", sagte sie bitter. "Glaubst du, ich *möchte* Pemberley verlassen, wenn ich mich endlich mit dem Land hier verbunden habe? Jetzt ist es nur noch eine weitere Sache, die ich verlieren werde."

Er bedeckte sein Gesicht mit seinen Händen. Wie war das so schnell aus dem Ruder gelaufen? Er musste seine eigene Panik überwinden.

Das Problem war, dass er und Elizabeth beide Recht hatten. Das Kriegsministerium musste wissen, dass es Drachen in Großbritannien gab, aber das könnte Elizabeth gefährden, ganz zu schweigen von der Möglichkeit, die derzeit friedlichen Drachen zu verärgern. "Ich werde ihnen nichts über dich oder deine Familie erzählen, aber es steht zu viel auf dem Spiel, um die Regierung in Unwissenheit zu lassen. Das ist viel größer als du und Cerridwen und das walisische Nest. Und es passt zu gut zusammen – hier Drachen zu entdecken, während sie gleichzeitig unsere Armee in Spanien angreifen. Das muss mich misstrauisch stimmen."

"Wie kannst du mich beschützen, wenn Cerridwen und ich dein einziger Beweis dafür sind, dass Drachen existieren? Sie werden dich ins Irrenhaus verfrachten, wenn du behauptest, dass es hier Drachen gibt, ohne Beweise dafür zu liefern, und dann musst du ihnen die Wahrheit sagen, ungeachtet dessen, was es für mich bedeutet." Sie schüttelte den Kopf und ihre Stimme zitterte, als sie hoffnungslos sagte: "Da gibt es keine Lösung, nicht wahr? Du hast das Gefühl, du musst es der Regierung sagen, und ich kann nicht hierbleiben, wenn du es tust."

In ihrem Kopf verließ sie ihn bereits. Er konnte es in ihrem abwesenden Blick und der Steifheit ihres Körpers sehen.

Er trat vor und umfasste ihr Handgelenk. "Elizabeth, ich bitte dich. Sicherlich können wir eine Lösung finden", sagte er eindringlich. Er konnte es nicht ertragen, sie zu verlieren.

Sie schaute auf seine Hand hinunter und wägte eindeutig ab, ob sie sich von ihm zurückziehen sollte, doch sie bewegte sich nicht. Ihre Brust bewegte sich mit jedem Atemzug auf und ab, als wäre sie gerannt. "Musst du es ihnen sofort sagen? Könntest du mir nicht zwei Wochen Zeit geben, um Granny eine Nachricht zu schicken und herauszufinden, ob das walisische Nest etwas über die spanischen Drachen weiß? Dann hättest du tatsächlich einige nützliche Informationen, die du der Regierung bieten könntest." In ihrer Stimme lag vorsichtige Vernunft, ebenso wie etwas Flehentliches.

Wenn sie es so formulierte, ergab es Sinn. Darcy sagte langsam: "Solange ich nicht zur Erfüllung meiner Pflicht gerufen werde, würde eine kurze Verzögerung wohl keinen großen Unterschied machen. Aber das kann nicht lange geheim bleiben."

Sie richtete sich auf, ihr Kinn erhob sich ebenso. "Ich nehme an, das ist das Beste, was ich mir erhoffen kann. Versprichst du mir wenigstens soviel – dass du niemandem von den Drachen erzählen wirst, ohne mich vorher zu informieren?"

Sein Mund wurde trocken. Sie wollte eine Warnung, damit sie ihn verlassen konnte. "Darauf hast du mein Wort."

Ihre Schultern sanken nach unten. "Dann sind wir uns einig." Obwohl sie darüber nicht glücklicher aussah als er. Dies war ein Waffenstillstand, kein Friedensvertrag.

Verdammte Drachen, allesamt! Gerade als Elizabeth endlich zugegeben hatte, dass sie etwas für ihn empfand, musste das passieren.

Aber er hatte zugestimmt, und er würde sein Versprechen halten und hoffen, dass er mehr über die Drachen erfuhr als sie über ihn. "Kann Cerridwen meine Gedanken lesen?"

Sie schüttelte den Kopf. "Sie kann nicht einmal meine sehen, es sei denn, ich biete an, sie mit ihr zu teilen."

Immerhin etwas – wenn es wahr war. Aber Elizabeth könnte alles, was er sagte, vor Cerridwen wiederholen. Teufel nochmal, warum konnte die

Kreatur kein Turmfalke bleiben? Jetzt müsste Darcy seine Zunge bei seiner eigenen Frau hüten. "Würdest du zustimmen, Cerridwen nichts weiter über meine Mission zu erzählen?"

"Wenn du das willst. Cerridwen hasst es, von Gewalt jeglicher Art zu hören, daher wird das nicht schwer sein." Sie zögerte. "Ich versuche, dir auf halbem Weg entgegenzukommen."

Das half Darcys Gewissen leider nicht. Er zögerte nicht um der Drachen willen, sondern weil die Reise nach London – seine Pflicht tun – ihn Elizabeth kosten würde. Für sie würde er nach Strohhalmen greifen, in der Hoffnung, dass sich etwas in den nächsten zwei Wochen auf wundersame Weise ändern könnte.

Elizabeth nahm Rodericks angebotene Hand, als sie einen mit losem Geröll bedeckten Hang hinaufkletterte. Die Drachen hatten sicherlich keinen gut zugänglichen Treffpunkt gewählt, obwohl dies vielleicht nicht die einfachste Route war. Roderick hatte sie entschuldigend gebeten, auf dem ersten Teil der Reise, dem Abschnitt, der mit der Kutsche bewältigt werden konnte, eine Augenbinde zu tragen, weil er nicht die Erlaubnis der Drachen hatte, ihren Standort preiszugeben.

All diese Geheimhaltung gefiel ihr gar nicht. Auch nicht, dass sie diesen Ausflug vor ihrem Mann geheim gehalten hatte und ihm nur eine Notiz auf seinem Schreibtisch hinterlassen hatte, wo er sie für einige Stunden nicht sehen würde, anstatt ihm direkt zu sagen, wohin sie ging. Aber welche Wahl blieb ihr? Darcy hätte sie aufgehalten, und das hier konnte nicht warten.

Und sie konnte es nicht ertragen, ihren Streit wieder aufzunehmen.

Es half auch nicht, dass Darcy seine eigenen Geheimnisse hütete. Als er letzte Nacht zu ihr gekommen war, war er anders gewesen – nicht unfreundlich, aber distanziert. Und als sie ihn nach seiner Reise gefragt hatte, hatte er gesagt, dass es besser sei, seine Vorbereitungen nicht zu besprechen.

Nach vier Tagen Trennung, der ersten seit ihrer Heirat, hatte es ihr das Herz zerrissen. Ganz offensichtlich vertraute er ihr nicht mehr.

Schlimmer noch, sie war sich auch nicht sicher, ob sie ihm vertrauen konnte. Sie war während der Nacht aufgewacht und hatte sich gefragt, was sie mitnehmen sollte, wenn sie aus Pemberley fliehen musste, sogar während Darcy neben ihr schlief, den Arm um ihren Körper geschlungen.

"Fast geschafft", sagte der Waliser. "Hinter diesem Felsvorsprung."

Zumindest der unebene Boden lenkte sie davon ab, sich auch über dieses Treffen Sorgen zu machen. Wenn Roderick doch nur bereit gewesen wäre, ihr mehr zu erzählen! Stattdessen fühlte sie sich wie eine Schauspielerin, die kurz davorstand, die Bühne zu betreten, ohne jemals das Textbuch gelesen zu haben.

Sie umrundeten den Felsvorsprung und plötzlich wich das unwegsame Gelände einem kleinen grasbewachsenen Tal, fast wie ein Amphitheater, mit einem Steinhügel in der Mitte. Der war etwa drei Fuß hoch, mit einem kleinen Feuerring auf dem Boden davor und ein paar Stöcken daneben.

Roderick schritt darauf zu. Er zog einen Kompass heraus und studierte ihn, indem er sich langsam drehte. Schließlich blieb er stehen, hob einen losen Stein auf, trug ihn ein paar Meter und legte ihn vorsichtig ab. Er wiederholte die Aktion in die entgegengesetzte Richtung und dann quer dazu, wobei er jedes Mal seinen Kompass konsultierte.

"Nord, Süd, Ost und West?", fragte sie. Ein Signal?

Er erübrigte ein Lächeln. "Dadurch werden sie wissen, dass uns Drachen nicht fremd sind. Eine Visitenkarte, wenn man so will. Hättest du das getan, als du dich nähertest, hätten sie dich nicht mit dieser Krankheit verjagt." Er hockte sich vor den Feuerring und begann, feine Zunderspäne von einem Zweig zu schaben.

"Soll ich nach mehr Holz suchen?", fragte sie. Das kahle Moor hatte jedoch keine Bäume aufzubieten, sondern nur Ginster und Heidekraut.

"Nicht nötig. Wir brauchen kein echtes Feuer, nur ein wenig Rauch, um ihre Aufmerksamkeit zu erregen." Er stapelte den Zunder und schlug auf den Feuerstein.

Elizabeth nahm sich die Zeit, die umliegenden Berge zu studieren. Gab es irgendwelche Orientierungspunkte, die ihr verraten könnten, wo sie war? Die Umrisse der Hügel sahen von hier aus anders aus, aber dieser markante Grat musste Mam Tor sein. Die Sonne und der Winkel der Schatten sagten ihr, in welcher Richtung Westen lag, und das bedeutete, dass der erste Stein, den Roderick gesetzt hatte, Norden sein musste.

Sie ließ ihr Talent in den Boden sinken und sprang fast auf, angesichts der Kraft, die ihr entgegenschlug. Sie war so weit von Pemberley entfernt, dass die Verbindung nur schwach war, aber sie hatte noch nie eine so starke Magie im Land gespürt, die wie Wellen im Ozean anstieg und wieder abebbte und vor Intensität regelrecht vibrierte. Und – oh ja! – sie konnte spüren, wie Pemberley in der Ferne an ihr zerrte und sie an seine Anwesenheit erinnerte, in Richtung Südosten.

Es war ein kleiner Erfolg. Sie mochte vielleicht Schwierigkeiten haben, dieses spezielle Tal auf einer Karte wiederzufinden, doch seine ungefähre Lage könnte sie vermutlich ganz gut treffen. Wenn sie aus Pemberley fliehen musste, könnte sie diesen Ort vielleicht wiederfinden. Sie hoffte, dass sie es nie tun musste, doch vor dem gestrigen Tag war ihr nie in den Sinn gekommen, dass sie dort in Gefahr sein könnte.

Mit einem Kloß im Hals schickte sie ein klein wenig ihres Talents in die Wurzeln von Gras und Heidekraut, die es dankbar empfingen. Vielleicht würde das auch eine Verbindung schaffen.

Roderick stand auf und klopfte den Staub von seinen Handschuhen. "Na also. Jetzt warten wir ab. Es kann jedoch einige Zeit dauern, je nachdem, ob jemand Ausschau hält."

Wer sollte nach dem Rauch Ausschau halten? Dieser Falke, der in der Ferne kreiste? Ein uralter Drache, der in einen mysteriösen magischen Spiegel spähte? Es gab so viel, was sie nicht wusste! "Das Land hier hat mächtige Magie."

"Das überrascht mich nicht. In der Nähe von Drachennestern ist sie stärker."

War das der Grund, weshalb Pemberleys Kräfte so viel tiefer gingen als die von Longbourn? Drachen nisteten in höheren Lagen, und Hertfordshire war weit von sämtlichen Bergen entfernt. Darcy hatte gesagt, es hätte mit den nahen Kraftfeldlinien zu tun, aber war das nur eine moderne wissenschaftliche Theorie, um die Stärke der Magie in der Nähe von Nestern zu erklären?

Sie biss sich auf die Lippe. "Wie geht es weiter? Oder ist das noch so etwas, das du mir nicht sagen kannst?"

"Schwer zu sagen, da ich dieses Nest nicht kenne." Er zögerte. "Ich beabsichtige, sie zu bitten, mich zu lesen – in meine Gedanken zu gehen, um zu sehen, was ich erfahren habe. Es ist nicht notwendig, aber unsere Nachrichten werden ihr Vertrauen in uns definitiv belasten. Auf diese Weise können sie sicher sein, dass ich sie nicht täusche. Du musst das aber nicht tun."

Einen fremden Drachen in ihren Kopf lassen? Es war eine Sache mit Cerridwen – geliebte, vertraute Cerridwen – aber mit einem unbekannten Drachen? Sie war sich jedenfalls sicher, was Darcy sagen würde, wenn sie zuließe, dass ein Drache ihre Gedanken durchstöberte. "Wenn du das tust, sie dich lesen lässt, können sie dann alles sehen?" Sie hatte zugestimmt, seine Mission geheim zu halten, und dabei sollte es auch bleiben.

Er grinste. "Keine Angst, deine peinlichen Geheimnisse sind sicher. Es ist, als würde man ein Buch lesen – sie sehen nur die Gedanken, die ich ihnen präsentiere. Sie können nicht sagen, was ich zum Frühstück gegessen habe, es sei denn, ich lege es ihnen bewusst vor."

"Das ist beruhigend, nehme ich an." Beängstigend war es dennoch.

"Sie verspüren kein Verlangen, dich zu verletzen", sagte er fast abwesend. "Eines muss ich dir jedoch noch sagen. Drachen verwenden keine Familiennamen bei den Menschen, mit denen sie interagieren. Es wird sie verwirren, wenn du mich Mr. Roderick nennst, und ich muss dich als Gefährtin Elizabeth bezeichnen. Ich hoffe, das wird dich nicht stören."

"Nicht im Geringsten. Wir haben diese Namen schon als Kinder ohne viel Aufhebens verwendet."

"Das haben wir", sagte er mit einem Lächeln. "Das waren gute Tage."

"Das Leben war auf jeden Fall einfacher." Aus einem Impuls heraus, den sie nicht zu genau untersuchen wollte, sagte sie: "Darf ich dich als alte Freundin etwas fragen, das nichts mit Drachen zu tun hat?"

Er wandte sich ihr zu. "Natürlich."

Sie richtete ihren Blick auf die Linie, wo Mam Tors zerklüftetes Haupt den Himmel traf. "Wenn jemals eine Zeit kommen sollte, in der ich Pemberley verlassen muss, kennst du einen sicheren Ort, an den ich gehen könnte?"

Er sog hörbar den Atem ein. "Ist etwas geschehen?", fragte er mit leiser, tiefer Stimme.

"Derzeit nicht. Aber es könnte sein." Irgendwie schaffte sie es, dass ihre Stimme nicht schwankte. "Ich hoffe, ich werde es nie brauchen, aber ich möchte eine Option für den Fall, dass etwas schief geht."

"Ich...verstehe." Er hielt inne. "Ich habe eine Cousine in Wrexham, direkt hinter der walisischen Grenze, aber nahe genug am Gwynedd Nest, dass Cerridwen mit einer Nachricht dorthin fliegen könnte. Sie würde dich aufnehmen. Ich kann dir ihre Adresse geben, wenn wir zum Haus zurückkehren."

Tränen sammelten sich hinter ihren Augenlidern an. Wie war es dazu gekommen, dass die Sehnsucht nach Darcys Rückkehr über Nacht umgeschlagen war in Erleichterung, dass sie einen Ort hatte, an den sie gehen konnte, wenn sie vor ihm fliehen musste? Sie nahm einen tiefen Atemzug um sich zu beruhigen. "Ich danke dir. Ich würde mich besser fühlen, wenn ich sie hätte." Na also, sie klang vollkommen ruhig.

Er überlegte kurz und sagte dann langsam: "Wenn ich fragen darf: Was fürchtest du? Ich kann nicht glauben, dass Darcy dir absichtlich etwas antun würde."

Sie schüttelte den Kopf. "Nein, aber er will das Kriegsministerium über Cerridwen informieren. Wenn er das tut, kann ich nicht zulassen, dass sie mich finden."

"Ah, darüber brauchst du dir allerdings keine Sorgen zu machen. Cerridwen hat ihn bereits gebunden, daher kann er es weder ihnen noch sonst jemandem sagen." Er lächelte. "Das ist zumindest eine Sorge, die ich dir nehmen kann."

Ihre Schultern sanken nach unten. Eine kurze Gnadenfrist, dass sie in Pemberley bleiben konnte, aber Darcy würde noch wütender sein, wenn er herausfände, dass Cerridwen seine Fähigkeit zu Sprechen beeinträchtigt hatte. Und dann war da noch die Frage, ob das Nest es ihr gestatten würde, zu bleiben. "Das wird helfen, aber was ist mit dir und Granny? Wenn er ihnen sagt, dass es in Gwynedd unbekannte Magier gibt, werden sie hinter euch her sein."

Die Falten seines Gesichts traten deutlicher hervor. "Wir werden nicht zulassen, dass sie uns finden. Aber das ist ein guter Punkt. Wir können Cerridwen fragen, ob sie bereit ist, ihn auch in dieser Hinsicht zu binden."

"Gut." Wie sie es hasste, Darcy zu etwas zu zwingen, aber sie konnte nicht zulassen, dass er Granny in Gefahr brachte!

"Falls noch andere Schwierigkeiten auftreten sollten, denk bitte daran, dass du dich auf mich verlassen kannst."

Eine Bewegung aus dem Augenwinkel ließ sie den Kopf in den Nacken legen. "Sieh dort! Sind das echte Falken oder Drachen, was meinst du?" Die beiden drehten träge Kreise über ihren Köpfen.

Er blickte nach oben. "Ich kann es nicht sagen. Ein Falke würde den Unterschied erkennen, aber meine Augen sind nicht gut genug – halt, warte. Wie es aussieht, haben sie uns bemerkt."

Und in der Tat stürzte der eine auf sie zu, während der andere nach Norden davonflog.

"Das ging schnell", sagte der Waliser. "Sie müssen mich bereits erwartet haben."

War das gut oder schlecht? Doch für diese Frage blieb keine Zeit mehr. Der Falke glitt bereits ins Tal. Und dann flirrte er und wuchs so schnell, dass Elizabeth gegen den Drang ankämpfen musste, sich zu ducken, als er keine zwei Meter von ihnen entfernt vor dem Steinhaufen landete.

Roderick rührte sich nicht, außer, dass er seinen Hut festhielt, damit er nicht im Wind des Flügelschlages des prächtigen Geschöpfes davonflog.

Es war Rowan, der rote Drache, den sie am Vortag bereits getroffen hatte. Wenigstens schien er ihr wohlgesonnener zu sein als die reizbare Quickthorn.

Der Drache wandte sich ihr zu. "Ihr seid schnell, Gefährtin Elizabeth, Freund Roderick."

Sie machte, mehr aus Gewohnheit denn aus irgendeinem anderen Grund, einen Knicks. "Dein Hinweis war sehr hilfreich."

"Dir gebührt Lob für deine rasche Auffassungsgabe, was das Wesen deiner Gefährtin anbelangt."

"Roderick, äh, Freund Roderick, war sehr hilfreich. Und mir war schon lange klar, dass Cerridwen weit mehr war, als sie zu sein schien, auch wenn ich mit meinen anfänglichen Vermutungen falsch lag."

"Was hattest du vermutet?" Ein Gefühl liebenswürdiger Neugierde stupste sie an.

Ihre Wangen wurden warm, aber sie hatte bereits zugegeben, dass sie sich geirrt hatte, wie viel peinlicher konnte es also sein, ihren tatsächlichen Fehler einzugestehen? "Ich dachte, sie müsste Feenblut haben."

Die freundliche Neugierde verwandelte sich in Verwirrung. "Weshalb sagst du dann, du hättest dich geirrt?"

Verdutzt warf sie einen Blick auf Roderick.

Er öffnete den Mund, hielt inne und hustete dann laut.

Der Drache schwang seinen Kopf zu ihm zurück. "Du bist hoffentlich nicht krank, Freund Roderick?"

Der Waliser lachte. "Nicht krank." Er tippte sich mit dem Zeigefinger auf die Lippen.

"Oh! Ja." Der Drache machte einen Schritt auf ihn zu, legte sein krallenbewehrtes Vorderbein auf seine Schulter und blickte ihm in die Augen. "So, jetzt bist du in der Lage zu sprechen. Allerdings nur mit Gefährtin Elizabeth."

Roderick taumelte, und der Drache beugte sich schnell herab, um ihn unter seinem Ellbogen zu stützen. In seiner anderen Klaue tauchte plötzlich eine kunstvoll gearbeitete Metallflasche auf. Wo kam die jetzt her? Er hatte nichts mitgebracht, da war sie sich sicher.

Der Waliser entkorkte sie und nahm einen vorsichtigen Schluck. Seine Augen schlossen sich, ein Schauer durchlief ihn.

Elizabeth konnte die Veränderung in der Magie spüren. Was war in dieser Flasche?

Rodericks Augen öffneten sich. "Ah, das ist besser." Seine Stimme klang stärker, voller. "Gefährtin Elizabeth, mein Bindebann, nicht von Drachen zu sprechen, wurde gelockert, daher kann ich jetzt erklären, dass alle Drachen Feenwesen sind. Deine Annahme war nicht falsch, nur unvollständig."

"Wir haben das Land der Feen abgelehnt und uns entschieden, im Exil unter den Sterblichen zu leben, aber das ändert nichts an unserer Natur", fügte der Drache hinzu.

Drachen waren Feenwesen? Dann flackerte es in ihrem Kopf auf, und etwas fiel an seinen Platz, wie ein verirrtes Holzscheit in einem Feuer, das man mit einem Schürhaken zurechtschob. "Drachen sind Feenwesen. Das wusste ich einmal", sagte sie langsam.

Die goldumrandeten Augen des Drachen sahen sie anerkennend an. "Du wirst dich jetzt wahrscheinlich an noch mehr von dem erinnern, was du früher gelernt hast."

"Das wird eine Erleichterung sein", sagte Roderick. "Gefährtin Elizabeth hat etwas, was sie euch sagen möchte."

Sie holte ihre Gedanken zurück vom Staunen über die Tiefe der Magie des Drachen. "Rowan vom Dark Peak, ich bitte um Hilfe, um die Schwierigkeiten meiner Anwesenheit in eurem Territorium zu lösen. Ich versichere dir persönlich, dass ich weder von eurem Nest gewusst habe, noch, dass es immer noch Drachen in diesem Land gibt, als ich herkam, um hier zu leben. Es war ein Fehler, der in Unwissenheit geschah, kein vorsätzliches Eindringen."

"Das hast du gut gesagt, Gefährtin Elizabeth. Es ist klar, dass du ohne die Absicht, Schaden anzurichten, gehandelt hast und wir tragen dir nichts nach. Aber wir stehen immer noch vor einem Dilemma. Wir können keinen Drachen auf unserem Land haben, der nicht zu uns gehört, besonders keinen, dessen eigenes Nest ihn zum Schweigen gebracht hat. Sie muss gehen."

Elizabeth wurde schwer ums Herz. "Das ist eine weitere Schwierigkeit. Nach menschlichen Gesetzen muss ich auf dem Land meines Mannes leben, das in eurem Gebiet liegt. Wenn ihr Cerridwen zwingt, zu gehen, würde das bedeuten, unsere Bindung zu beenden. Und sie hat so viel dafür aufgegeben, um sie aufrechtzuerhalten."

Der Drache betrachtete sie mitfühlend. "Ich bedauere deine Situation. Es wäre nicht das erste Mal, dass ein Konflikt zwischen den Gesetzen der Menschen und Drachenrecht den Bruch zwischen einem Gefährten und seinem Drachen verursacht, doch das ist stets ein Grund zum Kummer. Stünde deine Drachengefährtin nicht unter Silentium, könnten wir andere Möglichkeiten in Betracht ziehen, aber das ist nicht der Fall."

Elizabeth schluckte schwer. "Darf ich fragen, was diese Möglichkeiten sind?"

"Nun, deine Gefährtin könnte sich unserem Nest anschließen, wenn sie und unsere Älteste dazu bereit wären. Aber wir können es nicht in Betracht ziehen, während sie unter Silentium steht." Er wirkte zufrieden, als habe er gehofft, dass sie genau diese Frage stellen würde.

Es war ein Lichtblick. "Also, wenn das Schweigen aufgehoben wird, könnte sie vielleicht hierbleiben?"

Der Drache neigte den Kopf. "Es ist eine Möglichkeit."

Sie würde einen Weg finden, dies zu erreichen. "Dass ihr Cerridwen nicht gestatten könnt, auf unbestimmte Zeit hier zu bleiben, verstehe ich, aber könntest du uns etwas Zeit geben, um zu sehen, ob ich ihr Nest davon überzeugen kann, das Silentium aufzuheben? Es kann eine Weile dauern, da Briefe Wales nur langsam erreichen. Könntet ihr ihre Anwesenheit für ein halbes Jahr tolerieren?" Bis dahin könnte Darcys Mission bereits Geschichte sein, und sie könnte mit Cerridwen nach Wales reisen.

Die inneren Augenlider des Drachen senkten sich, und er hielt inne, als würde er jemandem zuhören. "Das ist eine redliche Bitte, so lange jedoch nicht möglich. Die Älteste sagt, dir könnte ein Mondzyklus gewährt werden."

Sie schluckte. Ein Monat war nicht viel Zeit, aber besser als nichts, und zumindest schien dieser Drache um eine Lösung bemüht. "Ich danke euch."

"Euren Kummer bedauere ich und wünsche dir einen glücklicheren Abschluss für dieses Problem." Der Drache verschränkte seine Vorderbeine. "Aus diesem Grund erlaubt unser Nest keine Bindungen an Kinder. Der Bund zwischen zwei Gefährten ist eine Angelegenheit von größter Ernsthaftigkeit und sollte nur unternommen werden, wenn ein Mensch alt genug ist, um die Auswirkungen zu verstehen. Außerdem verhindert man so auch Situationen wie diese, in denen Drachen samt Gefährten für das Nest verloren sind."

Sie konnte das Gewicht seiner Worte auf sich spüren, die implizite Kritik an Granny und dem walisischen Nest. War das eine Art Test? "Ich kann die praktischen Vorteile sehen, wenngleich es mir leidtäte, die frühen Jahre mit Cerridwen zu missen." Das sollte diplomatisch genug sein. "Ich habe auch noch ein anderes Anliegen. Wäre es möglich, mir zu gestatten, mit meinem Mann über die Situation mit deinem Nest zu sprechen? Momentan kann ich ihm nicht erklären, weshalb ich nach Wales reisen muss."

Rowans Brust rumpelte vor Belustigung. "Ich vergesse, wie wenig du weißt. Du bist eine Drachengefährtin. Du kannst von uns sprechen, mit wem es dir beliebt, solange du es in Gegenwart deines Drachen tust. Ihr obliegt es, dich aufzuhalten, wenn sie es für angemessen hält."

"Ich danke dir für diese Information. Das ist eine gute Lösung." Und sie müsste keine Geheimnisse vor Darcy haben. Welch eine große Erleichterung.

Dann trat Roderick vor. "Freund Rowan, ich muss dich um einen Gefallen bitten und dir dann etwas von großer Wichtigkeit mitteilen. Wärt ihr zunächst bereit, diesen Brief an Gefährtin Amelia durch das Portal zum Nest in Gwynedd zu schicken? Ich habe ihn unversiegelt gelassen, damit du sehen kannst, dass außer dem, was ich dir jetzt offenbaren werde, nichts weiter enthalten ist, und er enthält dringende Neuigkeiten." Er hielt ihm einen dicken Umschlag hin.

"Das tue ich sehr gerne." Der Drache zupfte den Brief aus seiner Hand, der sogleich verschwand.

"Das andere Problem, vor dem wir nun stehen, ist eines, das mir von Gefährtin Elizabeths Gatten offenbart und von Cerridwen bestätigt wurde, die eine Vision davon hatte. Ich fürchte, es wird dir ebenso Kummer bereiten, wie mir."

"Eine Vision? Tatsächlich? Darüber würde ich gerne mehr erfahren." Der Drache schien interessiert, aber nicht besorgt zu sein.

"Es ist komplex und schwer zu glauben. Sofern du das möchtest, biete ich mich an, es dir zu zeigen."

Die durchsichtige Membran des Drachen schob sich langsam über das Auge. "Dein Vertrauen ist mir eine Ehre. Dann komm." Er streckte die Vorderbeine aus.

Der Walise zog seine Handschuhe aus, steckte sie in seinen Gürtel und legte dann seine Handflächen auf das Vorderbein des Drachen, wo sich das Handgelenk eines Menschen befinden würde. Er legte den Kopf in den Nacken, um dem Drachen in die Augen sehen zu können.

Sie starrten sich schweigend an, und dann überrollte sie eine ungeheure Welle von Angst, bitterer Qual und bodenloser, endloser Trauer, ein Aufheulen der Seele.

Es schien unentwegt widerzuhallen. Als es schließlich verklungen war, befand sich Elizabeth auf den Knien, ihre Finger im Dreck. Das langsame Pulsieren der Erdmagie stärkte sie und brachte sie zu sich selbst zurück.

Dann wandte sich Rowans Aura abrupt in Unglauben. Schwang auch Misstrauen mit? Er stieß Roderick weg und unterbrach ihren Kontakt. "Ich kann das nicht glauben. Kein Drache könnte so etwas tun", sagte er.

"Genau das hätte ich auch gesagt, aber es würde die stillen Nester erklären", erwiderte Roderick ruhig. "Und Cerridwen sagt, sie habe es gesehen."

Elizabeth stemmte sich auf ihre Füße. "Ich wünschte, es wäre nicht wahr, aber das ist es. Mein Mann hat sich mit den Überlebenden getroffen."

Der Drache drehte sich zu ihr um, seine Aura war immer noch von Schmerz und Unsicherheit durchdrungen. "Ich muss gehen. Gefährtin Elizabeth und Freund Roderick, ich bitte um Verzeihung für meinen übereilten Aufbruch, aber dies muss ich unverzüglich der Ältesten mitteilen."

Der Drache breitete seine Flügel aus. Gerade als er sich in die Lüfte erheben wollte, hielt er inne und hielt Roderick eine goldene Kette mit einem Anhänger entgegen. Wie die Flasche zuvor, war sie aus dem Nichts aufgetaucht.

Der Waliser neigte mit fassungslosem Blick den Kopf und erlaubte dem Drachen, sie um seinen Hals zu legen.

"Bis wir uns wiedersehen, Freund Roderick, Gefährtin Elizabeth", rief er. Und mit einem kräftigen Flügelschlag stieg er in die Luft.

Kapitel 29

I HM KAM IN DEN Sinn, dass es noch nicht einmal eine Woche her war, seit Elizabeth ihn angefleht hatte, schnell von seiner Reise zurück-zukehren, und ihm ein freches Lächeln geschenkt hatte, als sie ihm ver-sprach, dass er es nicht bereuen würde. Und jetzt war nicht einmal mehr der geringste Schimmer von Wärme in ihren Augen zu sehen.

Frustriert schlug sie die Handflächen nach oben. "Begreifst du es nicht? Diese Informationen könnten einen Unterschied bei deiner Mis-sion machen, von meiner persönlichen Lage ganz zu schweigen."

"Wenn es so wichtig ist, dann sag es mir!" Wie oft musste er das noch sagen?

Der Atem zischte zwischen ihren Zähnen hindurch. "Wenn du zulässt, dass ich Cerridwen zu uns bitte, werde ich das tun. Ohne sie bin ich gebunden, nicht davon zu sprechen."

"Bindebanne sind Ammenmärchen, Elizabeth, auch wenn diese Bestie dich vom Gegenteil überzeugt hat. Cerridwen versucht verzweifelt, mir nahe genug zu kommen, dass sie meine Geheimnisse stehlen oder mein Denken verändern kann. Ich habe die alten Geschichten auch gelesen, und ich weiß, dass sie es können. Zum letzten Mal: Ich werde meine Mission nicht aufs Spiel setzen, indem ich diesen verdammten Drachen in meine Nähe lasse!" Seine Mission war wahrscheinlich bereits hoffnungslos gefährdet, aber er würde es nicht noch schlimmer machen.

Sie senkte die Hände an ihre Seiten, wo sie sich zu Fäusten ballten. "Du selbst bist dein schlimmster Feind! Also schön, wenn du darauf bestehst, mir nicht zu glauben, dann rufe einen der Dienstboten herbei und versuche, ihm zu sagen, dass im Salon ein Drache ist. Dann wirst du schon sehen, wie es ist, wenn man nicht sprechen kann!"

Er schnaubte. "Es gibt nichts, was mich davon abhält, außer dem Wunsch, eine Panik zu vermeiden."

"Und ich sage, da *ist* etwas, das dich aufhält. Oder du kannst es beweisen, indem du es jetzt vor mir tust. Ich fordere dich heraus!"

"Dieser Drache hat dir den Verstand geraubt! Das ist absurd."

Sie straffte die Schultern. "Du wirst nicht einmal diese eine Kleinigkeit für mich tun." Ihre Stimme war leise und unheilverkündend.

Er starrte sie böse an. Sie wünschte sich also, dass er Ärger mit den Dienstboten schürte? Also gut! Er riss die Tür auf und trat hinaus. Zwei Lakaien – und halt, war das nicht Mrs. Reynolds, die dort die Treppe hinunter verschwand? Sie würde weder in Panik geraten, noch es weiterverbreiten. Er rief der Haushälterin nach.

Sie drehte sich sofort um. "Ja, Sir?"

Zu wütend, um etwas Vernünftiges zu sagen, hielt er der alten Haushälterin schlichtweg die Tür auf und schloss sie dann hinter ihr.

Mrs. Reynolds machte einen Knicks. "Wie kann ich Ihnen dienen, Sir?"

Er versuchte, seine Stimme zu mäßigen. "Ich wäre Ihnen dankbar, wenn Sie über das, was ich Ihnen nun sagen werde, nicht in Panik gerieten. Mrs. Darcys Falke ist in Wirklichkeit ein Drache."

Sie neigte den Kopf zur Seite, schien aber ansonsten unbeeindruckt zu sein. "Ja, Sir."

Er wirbelte zu Elizabeth herum. "Na also. Siehst du?"

Ihr Mund stand offen. "Das verstehe ich nicht. Eigentlich sollte dich der Bindebann davon abhalten, mit anderen über Drachen zu sprechen."

"Was vollkommener Unsinn ist, wie ich dir schon sagte! Mrs. Reynolds, das wäre alles, und ich wäre Ihnen dankbar, wenn Sie zu niemandem ein Wort darüber verlieren würden."

"Oh, das könnte ich gar nicht, Sir. Ich bin ebenfalls gebunden. Zweifellos ist das der Grund, weshalb Sie mit mir über Drachen sprechen konnten. Ich kann nur mit anderen Menschen, die ebenfalls gebunden sind, über Drachen sprechen."

Unwillkürlich machte er einen Schritt zurück. "Sie? Sie wissen von den Drachen? Sie wurden von ihnen mit einem *Bindebann* belegt?" Mrs. Reynolds, die ihn praktisch großgezogen hatte?

"Ja, Sir. Viele von uns, die die Große Sturmflut von 1745 miterlebten, haben sie damals gesehen. Ihr eigener Vater auch, Sir."

Wut stieg in ihm auf. "Und das haben Sie mir nie gesagt?"

Die Haushälterin warf Elizabeth einen hilflosen Blick zu. "Ich bin gebunden, Sir. Ich konnte nicht."

Dann dämmerte es ihm. "Elizabeth, heißt das, dass dein Drache schon in meinen Kopf eingedrungen ist und mich so verändert hat, dass ich nicht mehr von ihm sprechen kann?" Jedes Wort war wie Gift in seinem Mund.

Sie nickte zögerlich. "So sorgen sie für ihre Sicherheit. Sonst hat sie nichts getan. Und wenn du kommst und mit ihr sprichst, kann ich es dir erklären."

"Um ihr die Gelegenheit zu verschaffen, sich noch mehr an mir zu schaffen zu machen? Niemals!" Er marschierte aus dem Raum und suchte den einzigen Zufluchtsort auf, den er vor diesem verdammten, bewusstseinsverändernden Drachen hatte.

Elizabeths Beine waren schwer wie Blei, als sie die Treppe hinaufstieg. Das war gehörig schiefgegangen! Anstatt Darcy davon zu überzeugen, mit den Drachen zusammenzuarbeiten, hatte sie ihn noch wütender gemacht. Sie hätte Mrs. Reynolds mehr Fragen über ihre Erfahrungen mit Drachen stellen sollen, aber nachdem Darcy aus dem Haus gestürmt war, wollte sie nichts weiter als sich in ihrem Zimmer zu verstecken und ihre Wunden zu lecken.

Der Duft von Sandelholz schlug ihr entgegen, noch ehe sie die geschlossene Tür erreichte. Nutzten die Diener es, um einen unangenehmen Geruch zu überdecken? Es war kein Duft, den sie oder Darcy benutzten. Aber sie hatte keine Kraft, über dieses Rätsel nachzugrübeln, daher schlüpfte sie durch die Tür und schloss sie hinter sich.

Hier war der Geruch sogar noch stärker, und was noch wichtiger war, sie war nicht allein. Cerridwen streckte sich in ihrer wahren Gestalt vor dem Kamin aus. Chandrika kniete neben ihr, eine kleine Scheuerbürste in der Hand, und rieb Cerridwens Flanke, als wäre nichts Ungewöhnliches daran, es mit einem Drachen zu tun zu haben.

Die Inderin erhob sich und machte einen Knicks. "Bitte, verzeihen Sie mir, Mrs. Darcy. Ich muss Ihr Kleid für das Abendessen noch vorbereiten."

Cerridwen schnurrte: "Oh, hör nicht auf! Da, unter dieser Schuppe ist immer noch etwas, und es juckt gewaltig."

"Ja, oh Weise." Chandrika ging wieder auf die Knie, ignorierte Elizabeth völlig und griff nach einem kleinen Spieß aus Metall. Sie berührte leicht die Seite des Drachen. "Unter dieser Schuppe?"

"Nein, die darunter. Ja, genau die." Cerridwen blickte über ihren Flügel zu ihr zurück.

Chandrika beugte sich vor und bewegte den kleinen Spieß vorsichtig unter die Schuppe, bis ein winziger Kieselstein herausfiel. "Ist es das?"

"Ah. Viel besser." Cerridwen streckte sich wie eine zufriedene Katze.

Erst Mrs. Reynolds und jetzt das! Elizabeth fand ihre Stimme. "Chandrika, Sie scheinen sich mit Drachen bemerkenswert wohlzufühlen", sagte sie gedehnt. "Gibt es da etwas, das Sie mir bisher nicht gesagt haben?"

Das Dienstmädchen spähte zu ihr hinauf, sagte aber nichts und schrubbte rasch weiter Cerridwens Seite.

An einem weniger anstrengenden Tag hätte Elizabeth dieser Unverschämtheit vielleicht mit mehr Geduld begegnen können, doch ihre Reserven waren erschöpft. "Nichts dazu zu sagen?", blaffte sie.

"Sie darf natürlich nicht davon sprechen, weil sie gebunden ist", flötete Cerridwen.

Noch eine, die gebunden war? Wusste die halbe Welt alles über Drachen? Es war irrwitzig! Aber das ging über das Wissen um die Existenz von Drachen hinaus– Chandrika wusste eindeutig, wie man sie pflegt und zeigte keinerlei Unbehagen.

Das konnte kein Zufall sein. Jetzt wurde ihr klar, weshalb die Inderin ihr nach Pemberley gefolgt war. "Wussten Sie die ganze Zeit schon, dass Cerridwen ein Drache ist?" fragte sie scharf.

Nach einem Moment des Schweigens sagte Chandrika: "In meiner Heimat hätte es jeder erraten."

"Wie?", forderte Elizabeth.

Die Inderin seufzte. "Vögel binden sich nie an Menschen, aber Falken und Habichte sind die bevorzugte Form der Weisen, die sich in die Welt der Menschen begeben."

"Wusste Ihre Herrin, Rana Akshaya, das auch?" War das der Grund, weshalb sie sich so sehr für Elizabeth interessiert hatte?

"Ich kann nicht für die Große Rana sprechen." Chandrika ging nun noch eifriger zu Werke, indem sie jede Schuppe mit dem Spieß nach-fuhr, gefolgt von einem Polieren mit der Scheuerbürste. Der Wider-schein des Feuers glänzte in dem Bereich, den sie bereits gereinigt hatte.

Das war keine Antwort. "Aber Sie wissen auch etwas darüber, wie man sich um Drachen kümmert."

Diesmal eine längere Pause. Versuchte sie herauszufinden, was sie trotz des Bindebannes sagen konnte? "Meine Mutter arbeitete in einem Nest. Gelegentlich gestattete sie mir, ihr zu helfen. Genug, dass ich erkennen kann, dass diese Weise schon sehr lange nicht mehr richtig gereinigt wurde."

Cerridwen senkte ihren Kopf auf die Vorderbeine und schloss die Augen. "Das ist viel schöner als in meinem Nest geputzt zu werden", sagte sie schläfrig.

Chandrika sah zufrieden aus. Der Duft von Sandelholz stieg wieder auf, als sie ein paar Tropfen Öl auf ein Tuch gab und damit über die Schuppen des Drachen rieb.

Elizabeths natürliche Neugierde übermannte ihren Ärger darüber, dass sie, Cerridwens Gefährtin, so wenig im Vergleich zu ihrer eigenen Zofe wusste. "Zeigen Sie mir, wie Sie das machen?" Und sie musste daran denken, Cerridwen zu bitten, außer Sichtweite zu sein, bevor Darcy zu seinem nächtlichen Besuch kam.

Wenn er überhaupt zurückkehrte.

Am nächsten Morgen machte sich Elizabeth auf den Weg zum Wittumshaus. Normalerweise genoss sie den Spaziergang, aber heute war ihre Stimmung gedrückt. Darcy hatte gestern Abend weder ihr Bett besucht, noch war er am Frühstückstisch gewesen, als Elizabeth eintraf. Sie musste ein gestelztes Gespräch mit Roderick führen, da sie mit den Dienern im Raum nicht in der Lage war, frei zu sprechen.

Nicht nur das – das Personal war auch beinahe feindselig gewesen. Die Zimmermädchen waren nirgends zu finden, wenn sie sie brauchte. Sie waren nie mit ihr warm geworden, aber das fühlte sich an, als stecke mehr dahinter. Sie mussten Darcys Unmut über sie gespürt haben.

Wenn es so weiterging, würde sie mit der Haushälterin sprechen müssen, aber im Moment hatte sie keine Energie für Probleme mit den Dienstboten. Nicht, wenn sie einen Weg finden musste, sowohl die Drachen als auch ihren Mann zufriedenzustellen.

Sie konnte sich nicht einmal auf ihren Unterricht bei Frederica freuen, wenn sie die ganze Zeit damit verbringen musste, die Themen zu vermeiden, die ihr am meisten auf dem Herzen lagen. Wenn sie Frederica nur von den Drachen und Cerridwen erzählen könnte! Ganz im Gegensatz zu Darcy, der nur das Schlechteste in allem sehen konnte, wäre sie ganz begeistert, dessen war Elizabeth sich sicher. Und sie könnte wertvolle Erkenntnisse zu Elizabeths Problemen bieten. Sie hasste es, ein Geheimnis vor ihrer Freundin zu haben.

Wenigstens würde sie sich für ihr plötzliches Verschwinden während Fredericas letztem Besuch auf Pemberley entschuldigen können, als die Drachen sie auf die Lichtung gerufen hatten. Frederica hatte sich damals nicht daran gestört, aber es musste bestenfalls seltsam ausgesehen haben.

Als sie im Witwenhaus ankam, schien auch Frederica gedämpfter Stimmung zu sein, oder wenigstens sprang sie nicht auf, um Elizabeth mit ihrer üblichen Begeisterung zu begrüßen. Stattdessen knickste sie kaum merklich, ehe sie mit scharfer Zunge sagte: "Also nicht unterwegs mit Roderick?" Anscheinend hatte es sie doch beleidigt, wozu sie auch jedes Recht hatte.

"Er übt mit meinem Mann. Wie üblich. Aber ich muss mich dafür entschuldigen, dass ich davongeeilt bin, als wir uns das letzte Mal sahen. Es war furchtbar unhöflich von mir." Wenn sie nur erklären könnte, warum sie es getan hatte!

Frederica wandte den Blick mit zusammengekniffenen Lippen ab. "Wenn du wirklich hättest allein sein wollen, wäre das verständlich gewesen. Aber wie ich herausgefunden habe, hast du dich tatsächlich mit Roderick getroffen."

"Was? Ich bin ihm begegnet, aber das war völlig unerwartet."

"Ich hätte nie gedacht, dass ich diejenige sein würde, die das einmal sagen würde, aber du solltest besser auf deinen Ruf achten." Ihre Worte trieften vor Missbilligung.

Ein Schauer lief Elizabeths Rücken hinunter. "Meinen Ruf? Wovon redest du?"

"Dachtest du, es würde keinem auffallen, dass du bis auf die Haut durchnässt alleine mit Roderick zurückgekehrt bist? Oder dass Darcy unerwartet nach Hause kam, euch beide zusammen fand und wütend genug war, Pemberley verlassen zu wollen?" Lady Frederica warf ihre Hände in die Luft. "Darcy liegt dir am Herzen, das weiß ich, aber du musst zugeben, dass es sehr schlimm aussieht."

Elizabeth schluckte schwer. "Wir haben uns gestritten, das ist wahr, aber dabei ging es nicht um Roderick! Lieber Himmel, du kannst doch nicht glauben, dass er romantische Gefühle für mich hegt?"

"Nicht, dass es ihm etwas bringen würde, wenn dem so wäre, da du nur Augen für Darcy hast, aber Roderick beobachtet dich unentwegt." Dann fügte sie wehmütig hinzu. "Ich wünschte, ich würde ihm nicht so sehr missfallen. Ich bin so vieles, was er hasst – eine Fitzwilliam, Engländerin und Lehrling der Hofmagierin."

Das war es, was sie glaubte? Elizabeth war sich ziemlich sicher, dass Roderick Frederica viel zu attraktiv fand. "Anfangs bestimmt, aber nun scheint er deine Gesellschaft zu genießen."

Frederica biss sich auf die Lippe, dann glättete sich ihr Gesichtsausdruck zu einer distanzierten Neutralität. "Nun, das spielt keine Rolle. Er wird in die mysteriöse Stadt in Wales zurückkehren, von der keiner von euch beiden sprechen will, und ich werde ihn nie wiedersehen."

Könnte sich die selbstbewusste, lebhafte, aristokratische Lady Frederica möglicherweise ausgeschlossen fühlen? "Es tut mir leid. Wir haben Geheimnisse, das ist wahr, aber die dienen nur der Sicherheit derer, die wir lieben. Ich wünschte wirklich, ich könnte dir alles erzählen." Und Frederica würde wissen, dass sie es ernst meinte.

Die Farbe kehrte in Fredericas Wangen zurück, und sie verlagerte das Gewicht auf ihre Fersen. "Vermutlich sagst du die Wahrheit, aber warum hast du dich dann mitten im Streit mit Darcy am nächsten Morgen allein mit Roderick davongeschlichen?"

Es musste belastend aussehen. Kein Wunder, dass sie so misstrauisch war. Vielleicht sollte sie zumindest versuchen, ihr von Cerridwen zu erzählen. Aber in dem Moment, als sie den Mund öffnete, verschloss sich ihre Kehle so fest, dass sie nicht mehr atmen konnte. Sie rang nach Luft, als hätte sich ein Stahlband um ihren Hals gelegt. Ihre Brust hob sich, und schwarze Flecken begannen vor ihren Augen zu tanzen.

Würde sie in Ohnmacht fallen? Blindlings griff sie hinter sich nach einem Stuhl und sank darauf hinunter. Plötzlich konnte sie wieder atmen. Verzweifelt sog sie Luft in ihren Mund.

Der Bindebann hatte sie noch nie so hart getroffen. Bisher hatte sie nur ein wenig Enge im Hals verspürt, die wieder nachließ, sobald sie das Thema wechselte. War es diesmal schlimmer, weil sie es Frederica unbedingt sagen wollte? Es schmerzte, dass Frederica sie für so nachlässig mit Darcys gutem Namen hielt. "Es gab einen Grund. Ich kann nicht erklären, was er war, aber es gab einen sehr wichtigen Grund. Darcy würde das Gleiche sagen."

"Was könnte denn ein so großes Geheimnis sein? Ich weiß bereits von Darcys Mission." Frederica starrte einen Augenblick in die Ferne und schnippte dann mit den Fingern. "Ich weiß. Das muss etwas mit deiner geheimnisvollen Urgroßmutter zu tun haben."

Wie konnte Frederica es wagen, sie auf diese Weise zu verhören? "Ich kann es dir nicht sagen. Und woher weißt du überhaupt so viel über mein Kommen und Gehen? Spionierst du mir nach?"

"Natürlich nicht! Die gesamte Dienerschaft redet von nichts anderem als davon, wie du Darcy gedemütigt hast, indem du direkt vor seiner Nase etwas mit einem anderen Mann hattest!"

Elizabeth vergrub ihr Gesicht in den Händen. Kein Wunder, dass sie so kalt zu ihr gewesen waren. "Diener mögen alles sehen, aber diesmal haben sie die falschen Schlüsse gezogen." Wusste Darcy vom Gerede der Dienerschaft? Dann hätte er noch einen weiteren Grund, wütend auf sie zu sein.

Frederica zögerte. "Es tut mir leid, dass ich dich fälschlicherweise beschuldigt habe. Aber du musst mehr darauf achten, wie deine Handlungen wahrgenommen werden."

Das war zu viel. Darcy und jetzt auch Frederica, die sich vorher nie darum geschert hatte, was andere dachten, waren beide wütend auf sie. Drachen verlangten, dass sie Pemberley verließ, was dem Klatsch nur noch mehr Futter liefern würde. Das Schicksal ganz Europas und Englands hing davon ab, ob sie ein Kind empfangen würde.

Sie stand da und ihre Hände zitterten vor Wut. "Genug. Ich bin nicht hierhergekommen, um mich belehren zu lassen. Ich gehe nach Hause."

"Warte!", Frederica griff nach ihrem Arm. "Es muss irgendwas mit Cerridwen zu tun haben. Roderick weiß etwas über sie. Über ihre seltsamen Fähigkeiten."

Musste Frederica ausgerechnet jetzt, zu dieser ungünstigen Zeit, eine ihrer Erkenntnisse haben? Das Stahlband war wieder da und drückte bereits auf ihre Kehle, aber sie schaffte es, hervorzupressen: "Das geht dich nichts an."

"Aber ich habe recht! Das sehe ich doch!" Frederica klang triumphierend.

Elizabeth öffnete den Mund, um zu widersprechen, brachte es aber nicht fertig. Diese verdammte Wahrheitssuche der Veritas!

"Siehst du! Es stimmt! Du kannst es nicht leugnen."

Das Stahlband zog sich erbarmungslos fest. Elizabeths Brust hob sich, während sie vergeblich nach Atem rang. Ihr wurde erneut schwarz vor Augen.

Mit ihrem letzten Quäntchen Bewusstsein sandte Elizabeth eine verzweifelte Bitte an Cerridwen. Dann verschlang sie die Dunkelheit.

Eine beringte Hand fuchtelte vor Elizabeths Gesicht, als sie blinzelte, um wieder vollkommen wach zu werden.

Es war Frederica, die versuchte, ihr Luft zuzuwedeln. "Hol das Riechsalz!", rief sie einem Dienstmädchen zu.

"Nicht nötig." Elizabeth richtete sich auf dem feinen Aubussonteppich auf, auf dem sie offenbar gelandet war. "Mir ist überhaupt nicht schwindelig." Nun, da sie wieder atmen konnte.

"Du bist einfach ohnmächtig geworden!", rief Frederica. "Wie oft habe ich dich schon davor gewarnt, wieder krank zu werden?" Ein berechnender Ausdruck schlich sich auf ihr Gesicht. "Oder bist du in anderen Umständen? Bist du deshalb in Ohnmacht gefallen?"

Das Thema, das Elizabeth am wenigsten mochte, und auch wenn es gar nichts mit Drachen zu tun hatte, schnürte ihre Kehle zu. Sie schlug sich die Hände über die Ohren. "Keine weiteren Fragen! Ich bitte dich, keine Fragen!"

Frederica hielt inne und starrte sie an, als wäre sie vollkommen verrückt. "Keine Fragen?"

"Das ist eine Frage!", blaffte sie, und ihre Stimme hallte in ihren zugehaltenen Ohren wider. Aber wenigstens konnte sie wieder atmen. Könnte das die Lösung sein – alle Fragen zu vermeiden?

"Aber... Oh, das wäre schon wieder eine Frage." Frederica sah frustriert aus. "Na gut, dann werde ich hier sitzen und mucksmäuschenstill sein, bis du dich entscheidest, etwas zu sagen." Was ihr offensichtlich schwer gegen den Strich ging.

Vorsichtig senkte Elizabeth ihre Hände. "Es tut mir leid, dass ich dir einen Schrecken eingejagt habe. Ich bin wirklich nicht krank."

Sie konnte fast sehen, wie Fredericas Neugierde darum kämpfte, die Oberhand zu gewinnen, doch bevor das geschehen konnte, hörten sie ein willkommenes Klopfen vom Fenster her.

Elizabeth beeilte sich, den Riegel zu öffnen, und schickte dem Falken draußen einen vollkommen unsortierten und unklaren Gedankenschwall hinüber. Laut fügte sie hinzu: "Ich bin froh, dass du hier bist, Cerridwen. Ich fiel in Ohnmacht, als Lady Frederica mir Fragen stellte, aber jetzt bin ich wieder ganz genesen."

Der Vogel saß auf dem Fensterbrett und betrachtete Frederica mit geneigtem Kopf. Dann versteifte er sich, die Flügel immer noch halb an den Körper gelegt und Elizabeth nahm ein Echo des Schmerzes durch ihre Verbindung wahr. Sie schickte ihr eine stumme Frage, die Cerridwen jedoch ignorierte. Stattdessen strahlte sie eine resolute Entschlossenheit aus.

Und dann verwandelte sich Cerridwen.

Kapitel 30

Selbst mit Rodericks Hilfe waren seine Übungen nicht erfolgreich gewesen. Die Erinnerungen an seinen Streit mit Elizabeth drängten sich Darcy immer wieder auf, und seine Illusionen flackerten und verblassten auf dem Feld wie die eines Anfängers. Ganz zu schweigen von den verdammten Pferdebeinen, die sich immer noch in die falsche Richtung bogen. Es war unentschuldbar, wenn so viele Menschenleben von seinen Fähigkeiten im Illusionswerfen abhingen.

Welchen Sinn hatte es, weiterzumachen, wenn er so kläglich versagte? Sogar sein Luchs, der am Rand der Lichtung umherstreifte, fand sie abstoßend. Darcy pustete, um seinen letzten hoffnungslosen Versuch aufzulösen.

Einmal würde er es noch versuchen, ehe er zum Haus zurückkehrte. Das Licht würde ohnehin bald schwinden, und er wollte noch etwas Zeit haben, um mit Elizabeth Frieden zu schließen. Oder es zumindest zu versuchen. Irgendwie mussten sie diese Kluft in Form eines Drachens zwischen ihnen überbrücken. Das Wohl Englands, von seinem Verstand ganz zu schweigen, hing davon ab.

Als hätten seine Gedanken sie heraufbeschworen, spürte er, wie sich ihre Präsenz über das Land bis zur Lichtung bewegte. War das ein gutes Zeichen, dass sie ihn aufsuchte? Oder war sie wieder wütend? Wenn ihm nur sein Talent dabei helfen könnte, sie zu verstehen!

"Versuchen Sie es noch einmal", drängte ihn Roderick, der sich seiner inneren Zerrissenheit offensichtlich nicht bewusst war. "Schließen Sie die Augen und stellen Sie sich die rennenden Pferde vor, aber konzentrieren Sie sich nur auf den Eindruck von ihnen, nicht auf die Details. Stellen Sie sich vor, wie sie den Wind spüren, der durch ihre Mähnen streift. Leeren Sie Ihren Geist und denken Sie an nichts anderes."

Darcy schüttelte den Kopf und deutete auf den Weg. "Meine Frau ist hier." Und dann erschien sie und zog seine ganze Aufmerksamkeit auf sich. Wie konnte man von ihm erwarten, dass er sich auf irgendetwas anderes konzentrierte, wenn sie hier war?

"Wie kommst du mit deinen Übungen voran?", erkundigte sie sich. Ihr Hut verbarg ihren Gesichtsausdruck, aber sie klang nicht unzufrieden.

Er stieg von der Eisenplatte hinunter, auf der er stets stand, damit er nicht auf die Kräfte des Landes zugreifen konnte. "Es war nicht mein bester Tag. Aber ich versuche es weiter."

"Er lernt, seinen Instinkten mehr zu vertrauen", sagte der Waliser diplomatisch.

Sie löste die Bänder ihrer Haube und ließ sie sich in den Nacken gleiten. "Da bin ich froh. Roderick, verzeih bitte, wenn ich so direkt bin, aber ich würde gerne mit Mr. Darcy allein sprechen."

Roderick hob eine Augenbraue. "Selbstverständlich. Ich werde ins Haus zurückkehren, bis meine Anwesenheit wieder benötigt wird."

Elizabeth warf ihm einen reumütigen Blick zu. "Vielleicht möchtest du stattdessen im Wittumshaus vorbeischauen. Cerridwen hat sich gerade Lady Frederica offenbart, die vor lauter Fragen kurz vor dem Platzen steht. Und ich kann sie ihr nicht beantworten."

Ihm fiel die Kinnlade herunter. "Cerridwen hat was getan? Auf deinen Wunsch hin?"

"Keineswegs! Ich habe keine Ahnung, weshalb sie es aus heiterem Himmel Frederica erzählt hat, nachdem sie es all die Jahre vor mir geheim gehalten hat." Elizabeth sagte es leichthin, aber in ihren Worten schwang ein leiser Anflug von Unmut mit.

Darcy verzog das Gesicht. Würde sich Frederica auch von diesem verdammten Drachen einwickeln lassen?

Roderick schnaubte, ein ungewöhnlicher Ausdruck der Irritation von
dem sonst so gelassenen Waliser. "Das Leben wäre einfacher, wenn Cerridwen gelegentlich einen Weg finden könnte, sich an die Regeln zu halten."
Er verneigte sich. "Gut, ich werde mit Lady Frederica sprechen."

"Übrigens, es hat sich herausgestellt, dass unsere Haushälterin und
meine Zofe beide in der Vergangenheit bereits Begegnungen mit Drachen
hatten."

Chandrika auch? War er der Einzige, der so lange im Dunkeln gelassen
worden war?

Der Waliser sagte: "Das wird es im Haus wohl einfacher machen." Er
verließ die Lichtung und ließ Darcy mit Elizabeth allein.

Was sollte er sagen? So oft war er mit Dingen herausgeplatzt, die sie
verletzt oder verärgert hatten, selbst wenn er es gut gemeint hatte. Das
konnte er sich jetzt nicht mehr leisten.

Wenn er doch nur seine Liebe mit Küssen und Liebkosungen zeigen
könnte! Doch so leicht konnte er die Dinge zwischen ihnen nicht wieder
in Ordnung bringen. "Sollen wir ein Stück zusammen gehen? Oder, wenn
du lieber sitzen möchtest, gibt es auf der anderen Seite der Drachensteine
eine Bank."

Sie neigte den Kopf mit plötzlichem Interesse, mehr wie ihr üblich-
es, lebendiges Selbst. "Die Drachensteine? So werden sie genannt?" Sie
deutete auf die großen Felsbrocken.

"Man sagt, dass vor langer Zeit Drachen auf diese Lichtung kamen, um
sich mit den Einheimischen zu treffen. Im Sommer werden häufig Blumen
am Fuß der Steine abgelegt. Die Leute vergessen hier nicht so schnell."
Er sagte es ruhig, als ob ihm der Gedanke an Drachen nicht den Magen
umdrehen würde.

Ganz zu schweigen von seinen Erinnerungen an Jack. Als Jungen hatten
sie zusammen auf diesen Felsen gespielt. Das war der Grund, warum er
seine Illusionen hier übte. Die Drachensteine sorgten dafür, dass er nie
vergaß, was er verloren hatte.

"Das war..." Sie hielt abrupt inne und schüttelte dann den Kopf. "Das spielt keine Rolle. Ja, setzen wir uns." Und sie streckte ihm die Hand entgegen.

Das Eis in seinem Inneren schmolz ein wenig bei ihrer Geste. Beherzt griff er nach ihren Fingern und ließ die Kraft des Landes durch sie beide hindurchströmen, was eine doppelte Verbindung schuf. Alles, um sie an ihre Verbundenheit zu erinnern.

Aber sie ließ seine Hand los, nachdem er sie zu der rustikalen Bank im Schatten der Drachensteine geführt hatte. Es war töricht, sich wegen so einer kleinen Sache beraubt zu fühlen. "Gut so?"

"Wunderbar." Ihre Augen flackerten von einer Seite zur anderen. "Als ich das letzte Mal hier war, habe ich sie nicht bemerkt, aber damals war ich auch abgelenkt."

Oh, ja. Sie war schon einmal hergekommen, um mit ihm zu sprechen, während er übte.

Als sie saß, trottete der Luchs auf sie zu und stieß seinen Kopf gegen ihr Bein. "Hallo, Feuerauge", sagte sie und versenkte ihre Finger im Fell an seinem Nacken. Dann blickte sie zu Darcy auf und klopfte auf die Bank neben sich. Es mochte eine wortlose Einladung sein, aber willkommen war sie dennoch. Er strich seine Rockschöße zurück und gesellte sich zu ihr, nur wenige Zentimeter trennte seinen Körper von ihrem.

Und dann wartete er.

Sie blickte über das Tal, wo die Sonne hinter Mam Tor zu verschwinden begann. Schließlich fragte sie fast schüchtern: "Trägst du noch immer den Ring deines Bruders bei dir?"

Ihre unerwartete Frage versetzte seiner Brust einen Stich. Jack war weg, für immer weg. Warum war seine Trauer noch immer so frisch? "Immer."

Ihre Augenbrauen zogen sich zusammen. "Darf ich ihn sehen?"

Wie benommen zog er seine Taschenuhr hervor, Jacks Siegelring baumelte an der Kette. Eines Tages würde er ihn berühren, ohne dass ihn die Erinnerungen durchbohrten, aber nicht heute.

Elizabeth betrachtete den Ring, nahm ihn zwischen die Finger und drehte ihn hin und her. Wonach suchte sie?

Er konnte die Worte nicht zurückhalten. "Ich hoffe, du stellst nicht infrage, ob Drachen ihn getötet haben."

Sie schüttelte den Kopf, den Blick gesenkt, ihre Finger fuhren den geschmolzenen Rand des Rings nach. "Ich wünschte, ich könnte es. Ich weiß, dass es wahr ist, dass diese Drachen ihn und unzählige andere getötet haben." Sie hielt inne, um einen tiefen Atemzug zu nehmen. "Wenn ich eine Schwester an sie verloren hätte, wüsste ich nicht, wie ich jemals einem Drachen vertrauen könnte."

Er hielt den Atem an. Das war nicht, was er zu hören erwartet hatte.

Dann sah sie ihm mit ihren schönen Augen direkt in seine. "Und gleichzeitig weiß ich auch, dass Cerridwen so etwas niemals tun würde. Sie ist entsetzt darüber. Das ist genauso die Wahrheit wie die Drachen, die deinen Bruder getötet haben."

Könnte das ein Friedensangebot sein? Ging es ihr ebenso nahe wie ihm, dass sie sich entzweit hatten?

Er steckte die Uhr und den Ring weg und umfing ihre Hand mit seinen beiden. "Roderick hielt mir heute einen Vortrag darüber, wie seine Vorfahren von englischen Invasoren getötet wurden, die sein Erbe stahlen, und dass sein Volk immer noch durch englische Steuern verarmt und von englischen Besatzern misshandelt wird. Er fragte mich, ob ihm das das Recht gebe, alle Engländer für mörderische, diebische Monster zu halten."

War das Hoffnung in ihren Augen? "Das ist eine berechtigte Frage. Und diese Situation ist sogar noch komplexer. Ganz gleich, wie sehr du wegen des Angriffs in Spanien gelitten hast, sind Cerridwen und die anderen englischen Drachen immer noch deine besten Verbündeten, um zu verhindern, dass es noch einmal geschieht."

Sie hatte recht. Er konnte es sich nicht leisten, jede Hilfe abzulehnen. Aber wie konnte er einem Drachen trauen, wenn sie Jack getötet hatten?

Nicht, dass Darcy an seinem Tod unschuldig gewesen wäre. Wenn er Jack das Offizierspatent, um das er gebettelt hatte, niemals gekauft hätte, wäre sein Bruder jetzt noch am Leben.

Dies war allein sein Fehler.

"Da ist noch etwas", sagte sie mit leiser Stimme. "Ich weiß nicht, ob ich in der Lage sein werde, das zu sagen, aber... Cerridwen ist das, was die Drachen einen Weitseher nennen. Das ist jemand, der bestimmte Konsequenzen vorhersehen kann. In ihrem Fall einen zukünftigen Angriff. Sie riskiert ihr eigenes Leben, um zu verhindern, dass diese Vision Wirklichkeit wird."

In seinem Magen bildete sich ein Knoten. "Ein weiterer Angriff? Wo? Wann?" Wenn es überhaupt eine Möglichkeit gäbe...

"So funktioniert es nicht. Sie bekommt nur einen flüchtigen Blick darauf, und auch nur dann, wenn sie vor einer Entscheidung steht. Das ist der Grund, weshalb sie sich weigerte, mich zu verlassen, und weshalb sie mir half, mich an Pemberley zu binden, weil die anderen Optionen schlimmer waren. Denk nur, was du tun würdest, wenn du wüsstest, welche deiner Entscheidungen ein weiteres Massaker verhindert."

Wenn er Cerridwen vertrauen könnte, dass sie sie nicht direkt in Napoleons Hände führen würde. Wenn es überhaupt wahr wäre, dass Drachen Weitseher sein konnten. Wenn, wenn, wenn.

Der Luchs verließ Elizabeths Seite, um sich zu Darcys Füßen zusammenzurollen. Versuchte er, Trost zu spenden? Oder spürte er das Zerwürfnis zwischen seinen beiden Lieblingsmenschen und versuchte, es wieder zu kitten?

Elizabeth hatte sich direkt mit seinem Luchs angefreundet, als sie sich kennenlernten, aber Darcy hatte Cerridwen nie gemocht, da sie auf ihn hinabgestürzt war und sein Gesicht mit ihren Krallen bearbeitet hatte. Er war eifersüchtig auf ihre Nähe zu Elizabeth gewesen – eifersüchtig auf einen Vogel! – und er hatte ihren unerklärlichen Kräften misstraut. Nun, jetzt kannte er die Erklärung dafür.

Und sein Luchs vertraute Elizabeth – und Cerridwen.

Elizabeth zog ihre Hand sanft aus seiner zurück. Leise, fast zärtlich, sagte sie: "Ich weiß, dass du trauerst, aber hätte dein Bruder gewollt, dass du diese Gelegenheit wegwirfst?"

Seine Finger krampften sich um Jacks Ring, dessen Rillen sich in seine Haut schnitten. Jack hatte noch nie zu den Vorsichtigen gehört. Er stürzte sich in alles und hegte nie Groll. Wenn er auch nur eine winzige Chance gesehen hätte, seine Kameraden vor einem weiteren Drachenangriff zu retten, hätte er sie ergriffen. Auch wenn es bedeutete, einem Feind zu vertrauen.

Aber Cerridwen war nicht sein Feind. Er konnte nicht zulassen, dass seine Eifersucht und seine Abneigung gegen das Unbekannte einem Bündnis im Wege standen, das Napoleon ein Ende setzen konnte.

Einmal, als sie noch jung waren, war Jack auf die Spitze des höchsten Drachensteins geklettert und hatte sich selbst zum König von Derbyshire erklärt. Bei der Aktion hatte er sich eine Schramme am Arm zugezogen, schlimm genug, dass das Blut tropfte, doch das hielt ihn nicht davon ab, waghalsig zum nächsten Felsbrocken zu springen. Darcy war nicht einmal in den Sinn gekommen, dass sein Bruder sich leicht das Genick hätte brechen können, wenn er gestürzt wäre, denn Jack war furchtlos und tat so etwas die ganze Zeit.

Nun warfen die riesigen Steine vor ihm lange Schatten in das schwindende Licht, so wie die Drachen, nach denen sie benannt waren, Schatten in sein Leben warfen. Aber dieses Mal war er derjenige, der einen Weg finden musste, über den Abgrund zu springen. Mit einem tiefen Atemzug machte er den ersten Schritt. "Ich werde es versuchen. Ich werde mit Cerridwen sprechen und versuchen, eine gemeinsame Basis zu finden." Für Jack. Für England. Für Elizabeth.

"Das würdest du tun?" rief Elizabeth aus, und ihr Gesicht leuchtete plötzlich auf. "Oh, ich weiß, du schaffst das!" Sie schlang ihre Arme um seinen Hals.

Dann pressten sich ihre warmen Lippen auf seine. Eine chaotische Mischung aus Erleichterung und Dankbarkeit überkam ihn. Als er ihren Mund schmeckte, übermannte ihn die hitzige Begierde und ließ ihn alles vergessen, außer ihrer Berührung und ihrem geliebten Körper.

Es war zu lange her, und jetzt verlor er sich in ihr. Oder vielleicht fand er sich in ihr wieder.

Als er sich schließlich daran erinnerte, wo sie waren, war der Himmel mit breiten roten und orangefarbenen Strichen bemalt worden, während die

Sonne hinter den Hügeln verschwand, als ob sie das Feuer widerspiegelten, das zwischen ihnen beiden brannte.

Elizabeth atmete erleichtert auf, als sie ihr Zimmer erreichte. Nur ein Diener hatte gesehen, wie sie sich mit Darcy durch die Tür des Wintergartens hereingeschlichen hatte.

Ihr Streit war schrecklich gewesen, doch die Versöhnung umso süßer! Nach Darcys inbrünstigen Küssen auf der Lichtung konnte keiner von ihnen es erwarten, bis sie wieder ins Haus kämen. Stattdessen waren sie zu dem Häuschen im Eichenhain geeilt, wo Darcy ihr in seinem Eifer die Kleider beinahe vom Leib gerissen hatte.

Zerknirscht blickte sie in den Spiegel. In der Hütte hatte sie ihr Bestes gegeben, um ihr Haar und ihre Kleidung wieder in Ordnung zu bringen, jedoch mit sehr begrenztem Erfolg. Sie sah aus wie eine Frau, die gerade Liebe gemacht hatte.

Geschwollene Lippen und gerötete Wangen waren Beweise genug, aber selbst das deutete nur an, was in ihrem Inneren vor sich ging. Darcys Liebesspiel war schon immer leidenschaftlich und zutiefst befriedigend, aber dieses Mal war es noch mehr gewesen. Lag es daran, dass sie getrennt gewesen waren, oder konnten sie ihre Magie nun noch besser miteinander verflechten? Irgendetwas war anders gewesen. Die Magie hatte zwischen ihnen widergehallt. Sein mächtiges Landtalent war auf ihre durch Drachen verstärkten Fähigkeiten getroffen, war immer wieder zwischen ihnen hin und her geflossen, bis sie sein Verlangen und seine Lust beinahe so lebhaft spüren konnte wie ihre eigenen Empfindungen.

Es hatte sie erschüttert, wie sehr sie sich als Teil von ihm gefühlt hatte, als sie sich vereinigten. Wenn sie nur mit Granny reden könnte, vielleicht wüsste sie, was zwischen Männern und Frauen mit Talent vor sich ging. Aber das war unmöglich, und zudem kaum etwas, was sie sie in einem Brief fragen konnte.

Ein Klopfen an der Tür kündigte die Ankunft des Teetabletts an, das die Haushälterin selbst hereintrug. Seltsam, das war normalerweise die Aufgabe der Hausmädchen im Obergeschoss.

Überdies hatte sie nicht um Tee gebeten.

Schnüffelte Mrs. Reynolds herum, in der Hoffnung, Beweise für ihre angebliche Affäre mit Roderick zu finden? Vielleicht hätte Elizabeth darauf bestehen sollen, mit Darcy in all ihrer zerzausten Pracht zur Haustür hereinzumarschieren, was durchaus deutlich gemacht hätte, dass sie und ihr Mann ein leidenschaftliches Intermezzo hinter sich hatten. Wie ermüdend war es, Dienstboten zu haben, die sie nicht mochten!

Aber ihr Magen knurrte beim Duft von frisch gebackenem Brot und Kuchen, und sie zog es vor, darüberzustehen. "Ich danke Ihnen. Heißer Tee ist sehr willkommen."

Mrs. Reynolds stellte das Teetablett ab. Anstatt jedoch zu gehen, zögerte sie, die Hände kneteten ihre Schürze, als hätte sie noch etwas zu sagen.

Elizabeths gute Laune verflog. Anscheinend gab es ein Problem, mit dem sie sich auseinandersetzen musste, auch wenn sie lieber in der Erleichterung ihrer Versöhnung mit Darcy schwelgen würde.

Erst jetzt bemerkte sie, dass die Augen der Haushälterin rot waren. "Stimmt irgendetwas nicht?"

"Nicht stimmen? O nein, Madam. Ich wollte Ihnen sagen, dass der Koch daran arbeitet, eine Süßigkeit zu kreieren, die Marzipan ähnelt, und zwar mit unseren eigenen Nüssen und Honig. Er sagt, es wird nicht ganz genauso schmecken, aber er hofft, dass Sie es mögen werden." Ihrer Stimme fehlte die gewohnte Festigkeit.

"Marzipan?" Oh ja, sie hatte der Haushälterin bei ihrem ersten Treffen gesagt, dass sie diese Süßigkeit vermisste. "Wie lieb von ihm. Sicher wird es köstlich sein."

"Wenn es noch etwas gibt, was Sie gern hätten, ganz gleich, was es auch sein mag, so hoffe ich, dass Sie mir die große Ehre erweisen werden, es mir zu sagen. Ich würde mich glücklich schätzen, sehr glücklich, Ihnen zu Diensten zu sein." Die Worte sprudelten nur so aus ihr heraus, ganz im Gegensatz zu ihrer sonst besonnenen Art. "Ich möchte Ihnen in allen Belangen helfen." Jetzt zitterte ihre Stimme definitiv.

Elizabeth betrachtete sie. Warum sollte die alte Haushälterin plötzlich Angst haben, ihr zu missfallen? Es gab nur eine Person, mit der sie jemals über ihre Probleme mit der Dienerschaft gesprochen hatte. "Oje. Hat sich Lady Frederica bei Ihnen beschwert?" Sie hatte geglaubt, Frederica wüsste, dass sie ihre Probleme nicht weitertragen sollte. Darüber würde sie noch mit ihr sprechen.

"O nein, gnädige Frau, sie hat sich nicht beklagt. Nicht im Geringsten! Sie erwähnte mir gegenüber nur, weshalb Sie so hart daran arbeiten, sich mit dem Land zu verbinden. Mir war nicht klar gewesen, dass... dass Mr. Darcys Leben davon abhängen könnte." Sie zog ein Taschentuch mit Spitzenrand hervor und tupfte sich die Augen. "Ich hatte ja keine Ahnung. Als er noch ein Junge war und seine Mutter so viel weg, war er fast wie ein Sohn für mich. Ich würde alles für ihn tun. Alles!"

Das war eine Seite der Haushälterin, die sie noch nie zuvor gesehen hatte. "Dann stehen wir in diesem Kampf also auf der selben Seite", sagte Elizabeth vorsichtig. "Es ist keine einfache Aufgabe, und ich habe das Gefühl, dass ich den Haushalt auf Pemberley vernachlässige, während ich mit dem Land arbeite, daher bin ich dankbar für Ihre Unterstützung."

"Gibt es sonst nichts, was ich tun kann, um Ihnen zu helfen?" Mrs. Reynolds' Augen flehten sie an.

Wie tief ging dieser Sinneswandel? "Es gibt eine Sache, auch wenn es Ihnen seltsam vorkommen mag", sagte sie. "Wenn ich ein Spinnrad haben könnte, vorzugsweise eines, das sich schon seit einiger Zeit auf dem Anwesen befindet, und etwas Wolle von Pemberleys Schafen, könnte ich etwas von der Kraft des Anwesens in die Wolle spinnen. Wenn Mr. Darcy einen Stoff daraus bei sich trägt, wird er in der Lage sein, auf die Magie zurückzugreifen, die ich hineinspinne."

Die Haushälterin nickte. "Das werde ich sofort veranlassen."

Elizabeth blinzelte. "Zugegeben, ich habe erwartet, dass Sie von dieser Bitte überraschter sein würden."

"Von derlei höre ich nicht zum ersten Mal", sagte die ältere Frau. "Mrs. Sanford, die kam, als Sie so krank waren, könnte Ihnen vielleicht liefern, was Sie suchen."

Die mysteriöse Hebamme, über die niemand sprechen wollte! Wie seltsam! "Bei so vielen Schafen kann ich mir vorstellen, dass viel das können", sagte Elizabeth.

"Es gibt viel Wolle in der Region, aber Mrs. Sanford nutzt ihre Spuren von Talent, um ihre eigenen Stoffe herzustellen. Viele unserer Pächter gehen nicht auf ihre Felder, ohne ein Stück von Mrs. Sanfords Stoff in der Tasche zu haben. Sie sagen, es hilft, die Ernte zu verbessern."

Aberglaube oder tatsächlich eine Fähigkeit der Hebamme? Das zu überprüfen lohnte jedenfalls. Wenn es für Darcy auch nur ein bisschen funktionierte, könnte es ein Vorteil sein. "Ich würde gern etwas von ihrer Wolle sehen, wenn das möglich ist."

"Ich werde Ihnen gleich welche besorgen, Madam." Sie hielt inne und warf einen raschen Blick über die Schulter durch die offene Tür. "Gibt es irgendetwas, das ich tun kann, um es für Ihre Gefährtin angenehmer zu machen? Gibt es bestimmte Lebensmittel, die sie mag? Oder vielleicht ein weiches Bett? Ich weiß nichts darüber, wie man sich gut um sie kümmert."

Elizabeth zögerte. Was aß Cerridwen, außer Pflaumenkuchen? Als Turmfalke hatte sie immer ihr eigenes Essen gejagt, aber reichte das einem Drachen? "Ich werde sie fragen."

Die Haushälterin beugte sich vor und sprach mit leiser Stimme. "Als ich ein Mädchen war, wurde ich von den Fluten mitgerissen. Hätte mich nicht ein Drache herausgezogen und gerettet, wäre ich gestorben. Ich werde für immer in ihrer Schuld stehen." Dann richtete sie sich auf. "Es ist eine große Ehre für Pemberley, Sie beide hier zu haben."

Ein aufrichtiges Lächeln erwärmte Elizabeths Gesicht. "Ich bin froh zu wissen, dass

Cerridwen willkommen ist."

Nach dem Abendessen blieb Elizabeth allein, während Darcy sich mit Cerridwen im Salon verschanzte. Er hatte darauf bestanden, sich allein mit dem Drachen zu treffen, da es ihm schwerer fallen würde, wenn er sich Sorgen um ihre Reaktionen machen müsste. Kurz war sie unten geblieben, gerade lange genug, um sicher zu sein, dass er nicht sofort hinausgestürmt war, was sie nicht überrascht hätte. Taktgefühl gehörte nicht zu Cerridwens Stärken.

Sie fühlte sich zu unruhig, um mit Roderick zu plaudern, und so zog sie sich in ihr privates Wohnzimmer zurück, wo sie versuchte, sich mit ihren arabischen Büchern abzulenken. Die Zeiger der Uhr bewegten sich langsam. Worüber sprachen sie nur, dass es schon eine Stunde dauerte? So lange hatte Cerridwen mit ihr noch nie gesprochen. Warum hatte sie Darcy so viel zu sagen?

Sie sprang auf, als es klopfte, aber es war nur Mrs. Reynolds, die ihr einen Korb mit Proben von kardierter Wolle, selbstgesponnenem Garn und einem kleinen Stück handgewebten Stoffes brachte. "Mrs. Sanford sagt, sie könne Ihnen mehr davon liefern, sofern Sie wünschen. Es ist von den Schafen, die sie selbst züchtet, in ihrem eigenen Cottage gesponnen und gewebt." Nach ihrem Gespräch musste sie sofort losgegangen sein, um es zu holen.

Elizabeth stellte den Korb auf ihrem Schoß ab und fuhr mit den Fingern über einen Faden der Wolle, die eng verdrillten Fasern kitzelten an ihren Fingerspitzen. Ja, da war eine gewisse Kraft enthalten. Sie fühlte nicht das gleiche Kribbeln wie bei den Fäden, die sie selbst gesponnen hatte, aber es war ähnlich. Neben dem moschusartigen Aroma von Lanolin konnte sie fast den magischen Geschmack von Pemberley, mit seinen Mooren und dem fruchtbaren Tal, schmecken. Allerdings nicht den Eichenhain im Sommer, den sie mit Darcy in Verbindung brachte. Das war anders. "Ich würde gern mit ihr sprechen, wenn sie dazu bereit ist. Ich bin neugierig, wie sie zu diesem Talent kommt."

Die Wangen der Haushälterin wurden rot. "Sie zieht es vor, nicht mit der Familie Darcy zu interagieren."

"Aber weshalb? Sicherlich hat sie niemand schlecht behandelt –" Elizabeth hielt mitten im Satz inne, als es ihr wie Schuppen von den Augen fiel. "Schon gut. Ich nehme an, dass von Zeit zu Zeit unerwartet Spuren des Darcytalents auftauchen müssen." Darcys Vater oder Großvater musste außereheliche Kontakte gehabt und dann seinen Sprösslingen gesagt haben, dass sie sich von seinen ehelichen Kindern fernhalten sollten.

"Ein Mann, der nicht mit seiner Frau zusammenleben kann, wird sehr einsam, Madam. Der alte Mr. Darcy sah Lady Anne kaum. Das ist unnatürlich."

Die mysteriöse Mrs. Sanford war also Darcys Halbschwester! "Weiß Mr. Darcy Bescheid?"

Die alte Haushälterin rang sich die Hände. "Das weiß ich nicht, aber ich glaube es nicht. Es wäre nicht seine Art, die Situation zu ignorieren, wenn er es wüsste."

"Und Sie haben es ihm nicht gesagt?"

Sie senkte den Kopf. "Der alte Mr. Darcy hat mir seine Befehle gegeben, Madam." Dennoch hatte sie die Gelegenheit genutzt, sie für Elizabeth zu umgehen.

Dass die Haushälterin ihr nun nicht mehr zu grollen schien, war eine Erleichterung. "Wäre es möglich, ein paar Nadeln zum Herstellen von Filetspitze zu finden?" Sie hatte ihre alle in Longbourn zurückgelassen.

Die Haushälterin nickte. "Ich kann in ein oder zwei Tagen neue liefern lassen, oder wenn es Ihnen nichts ausmacht, kann ich sehen, ob jemand von den Dienstboten welche hat."

"Ich wäre mit allem zufrieden, was zur Verfügung steht."

"Sehr wohl, Madam."

Als die Haushälterin ging, untersuchte Elizabeth das Garn noch einmal. Es war gut gesponnen, aber nicht fein genug, um es mit ihren Sticknadeln zu verwenden, daher konnte sie im Moment noch nichts damit anstellen. Widerwillig legte sie es beiseite und wandte sich wieder ihrem Buch zu.

Leise betrat Darcy Elizabeths Wohnzimmer. Wie konnte es schon nach Mitternacht sein? Die Zeit war im Gespräch mit dem Drachen so schnell vergangen. Mit Cerridwen. Er musste anfangen, sie beim Namen zu nennen.

Elizabeth war über ihrem Buch eingeschlafen, ihr Kopf ruhte auf ihrem den Arm. Sie trug den purpurroten Seidenmorgenrock, den er ihr geschenkt hatte, und ihre dunklen Locken hingen lose über die Tischkante. Ihre Schultern hoben und senkten sich mit jedem Atemzug, und die Spur eines Lächelns umspielte ihre Lippen. Wie sehr er es liebte, sie so zu sehen, in der Intimität ihrer Privaträume! Sie hatte sein Herz voll und ganz gefangen.

Trotz seines Eifers, ihr von seinem Treffen mit Cerridwen zu erzählen, wollte er sie nicht stören, nicht nach den letzten anstrengenden Tagen, die sie mit dunklen Ringen unter ihren schönen Augen zurückgelassen hatten. Und ihr leidenschaftliches Intermezzo im Cottage im Herzen von Pemberley – das war ein Moment, den er nie vergessen würde, nicht wenn er hundert Jahre alt würde.

Zärtlich hob er sie in seine Arme. Noch im Schlaf schmiegte sie sich an seine Schulter, und er glaubte, er würde vor Glück dahinschmelzen. Er trug sie ins Nebenzimmer und legte sie sanft auf dem Bett ab, dessen Decke bereits zurückgeschlagen war.

Ihre Augen öffneten sich, als ihr Kopf das Kissen berührte. "William?", fragte sie schläfrig.

"Ja, aber du solltest schlafen." Er drückte einen leichten Kuss auf ihre Stirn.

Sie richtete sich auf den Ellbogen auf. "Was ist geschehen?" Er setzte sich auf die Bettkante. "Es ist gut gelaufen. Wir haben über Jack gesprochen."

Sie rieb sich die Augen. "Über Jack?"

"Cerridwen sagte, da er von einem Drachen getötet wurde, müssten die Drachen sein Andenken hochhalten. Sie bat mich, ihr von ihm zu erzählen, damit sie ihn ebenfalls kennenlernen könne." Stundenlang hatte er ihr Geschichten über seinen Bruder erzählt, während sie aufschlussreiche Fragen stellte. Es hatte geholfen. Seit Jacks Tod hatte er das Thema gemieden, und es war eine Erleichterung, sich an glücklichere Zeiten mit ihm zu erinnern.

"Und die Nester? Habt ihr drüber gesprochen?" Sie blinzelte heftig, als ob sie ihre Augen zwingen wollte, offen zu bleiben.

"Das haben wir uns für morgen aufgehoben. Das will sie mit dir gemeinsam besprechen. Aber zuerst musst du dich ausruhen."

Sie hob die Hand, um sie an seine Wange zu legen, und sagte: "Nicht allein, hoffe ich."

Ein breites Lächeln breitete sich auf seinem Gesicht aus. "Niemals allein, meine Liebe."

Kapitel 31

WAS FÜR EINEN UNTERSCHIED ein Tag machen konnte! Die Sonne schien hell über die Lichtung und vergoldete die wilden Narzissen, die anfingen, ihre gelben Köpfe zu zeigen. Nach einer Nacht in Elizabeths Armen schien nun alles möglich zu sein. Als Roderick Darcy also fragte, ob er bereit wäre, etwas anderes auszuprobieren, etwas, das unlogisch erscheinen könnte, stimmte er gut gelaunt zu. Nach seiner miserablen Leistung am Vortag bezweifelte er, dass irgendetwas seine Fähigkeiten im Illusionserschaffen verschlechtern könnte.

"Dann halten Sie sich die Augen zu und stellen sich vor, dass Sie jemand anerkennend ansieht. Vielleicht Mrs. Darcy, wenn sie mit etwas, was Sie getan haben, zufrieden ist."

Er legte die Hand über seine Augen. Das war einfach, wenn auch scheinbar irrelevant. Das strahlende Leuchten in Elizabeths Augen, als er zugestimmt hatte, mit Cerridwen zu sprechen, als sie auf der Bank bei den Drachensteinen saßen. Wärme regte sich in seiner Brust. Die Vorstellung, Elizabeth glücklich zu machen, war viel angenehmer, als an seine Mission zu denken.

"Wie würde sie sich fühlen, wenn sie sehen würde, wie Sie eine großartige Illusion von rennenden Pferden erschaffen? Denken Sie nicht an die Pferde, sondern nur daran, wie sie Sie ansehen würde. Haben Sie das im Kopf?"

Elizabeth wäre begeistert, weil es die Wahrscheinlichkeit, zu überleben und zu ihr zurückzukehren, erhöhen würde. Sie hatte mehr Vertrauen in ihn, als er verdiente. Aber jetzt schweiften seine Gedanken ab, also konzentrierte er sich wieder auf ihr strahlendes Gesicht. "Ja, was auch immer das bringen mag."

"Nun halten Sie Ihre Augen geschlossen und erhalten das Bild aufrecht, ganz gleich, was auch geschehen mag. Weiter halten. Stellen Sie sich weiter Ihre Frau vor. Nun werfen Sie die Illusion der Pferde aus, ohne Ihre Gedanken von ihr abschweifen zu lassen."

Darcys Handgelenk schnellte hervor und warf sie aus wie ein Fischernetz, allerdings nur, um Roderick zu besänftigen. Und vielleicht, um herzhaft über die hoffnungslos chaotische Illusion zu lachen, die er hervorzubringen vermochte.

"Und jetzt sehen Sie sich das mal an." Rodericks Stimme hatte sich ein wenig erhoben.

Darcy senkte die Hand.

Pferde galoppierten über die Lichtung, ihre Mähnen wehten im Wind. Pferde in unterschiedlichsten Farben und Größen, deren Beine sich im Rhythmus bewegten. Und alle in die richtige Richtung abknickten. Absolut überzeugend, bis hin zum Staub, der von ihren Hufen aufstieg.

Sie sahen nicht wie seine Pferde aus. "Die haben Sie gemacht", sagte Darcy verärgert.

Roderick schüttelte den Kopf. "Dazu habe ich nichts beigetragen. Das sind Ihre. Und gut gemacht."

Lächerlich, die Vorstellung, dass er Illusionen erschaffen könnte, ohne sie sich vorher genau vorzustellen! Aber als er die Lippen schürzte und darauf blies, verschwanden die Pferde. Könnten sie wirklich sein Werk gewesen sein? "Wie?", verlangte er.

"Das weiß ich nicht. Diese Technik funktioniert bei mir nicht, aber ich habe von jemandem gehört, der sie angewandt hat."

Es fühlte sich immer noch unmöglich an. Was, wenn er es noch einmal versuchen würde, etwas anderes auszuwerfen, ohne dem Waliser zu sagen, was er vorhatte? Er schloss die Augen, stellte sich Elizabeths Wohlwollen vor, machte eine schnelle Handbewegung mit seinem Handgelenk und warf aus.

Diesmal, als er seine Augen öffnete, blickte er auf eine Lichtung voller Igel. Unter anderem auch einer auf Rodericks Kopf. Genauso, wie er es beabsichtigt hatte. Das hätte Roderick unmöglich erahnen können.

Triumph durchströmte ihn. Endlich der Durchbruch, den er so verzweifelt ersehnt hatte! "Wird das auch weiterhin funktionieren?"

"Ich bin kein Experte für diese Methode. Mrs. Morgan könnte mehr darüber wissen. Ihr erster Ehemann hat diese Methode angewandt."

Darauf schien immer alles hinauszulaufen. Die legendäre Mrs. Morgan, geborene Lady Amelia Fitzwilliam, war die Einzige, die Antworten auf viel zu viele Fragen hatte. Vielleicht wäre es das Risiko wert, Elizabeth nach Wales zu bringen. Doch jetzt konnte ihm nichts mehr seine gute Laune verderben, nicht, wenn er es endlich geschafft hatte, diese verdammte Pferdeillusion zu erschaffen!

Dann runzelte Roderick die Stirn und hob die Hand, als wollte er Darcy am Reden hindern. Seine Augen verloren ihren Fokus. Einen Augenblick später schien er wieder zu sich selbst zurückzukehren. "Interessant. Das war eine Sendung aus dem Nest. Sie haben ein Paket aus Wales und wollen, dass ich es abhole. Vielleicht liegt auch ein Brief von Mrs. Morgan bei. So rasch hatte ich noch gar nicht von ihr zu hören gehofft."

Darcy zählte in Gedanken die Tage zurück. "Er kann sie noch gar nicht erreicht haben, nicht einmal per Express."

Der Waliser grinste. "Oh, Drachen haben ihre eigenen Methoden, um schnelle Lieferungen zu bewerkstelligen. Ich sollte aber sofort gehen. Könnte ich eine Kutsche ausleihen? Rowan hat nicht klar gesagt, wie groß dieses Paket ist."

"Selbstverständlich." Nachzufragen, was es mit den mysteriösen Methoden der Drachen auf sich hatte, würde nichts bringen, zweifellos unterlagen diese Informationen einem Bindebann. Vielleicht würde Cerridwen es ihm später erzählen. "Ich werde hierbleiben und weiter üben." Er wollte diese neue Technik für Illusionen perfektionieren, um Elizabeth später seine Fortschritte zeigen zu können.

"Danke, dass du mit Mrs. Reynolds gesprochen hast, obwohl ich dir gesagt habe, es nicht zu tun", sagte Elizabeth zu Frederica. "Sie erweist sich als nützliche Verbündete."

Ihre Freundin errötete bis zu den Wurzeln ihres goldenen Haares. "Ich konnte einfach nicht zulassen, dass das Personal falsche Gerüchte über dich verbreitet. Und ich wollte etwas tun, um zu helfen, nachdem ich diese lächerlichen Anschuldigungen erhoben hatte. Ich fühle mich so dumm deswegen. Nicht, dass ich jemals hätte erraten können, was du wirklich verbirgst!"

Elizabeth nickte. "Ich bin froh, dass du es jetzt weißt. Wie ich es hasste, das vor dir geheim zu halten!" Es war eine große Erleichterung, wieder besser miteinander auszukommen. "Dann komme ich morgen für eine weitere Lektion vorbei."

"Und vielleicht werde ich dann tatsächlich versuchen, dir etwas beizubringen, anstatt dich mit Fragen über Drachen zu löchern!"

Sie bezweifelte, dass es so einfach sein würde, aber sie konnte es kaum erwarten, ins Haus zurückzukehren. Falls Darcy früher von seinen Übungen zurückkam, wollte sie da sein. Aber sie machte einen Umweg durch die Obstgärten, um die ersten Blüten zu genießen, deren schwerer Duft in der Luft hing, und ließ etwas von ihrem Talent in die Wurzeln der Bäume sickern. Wie dankbar sie war, diese Fähigkeit wiederzuhaben!

Als sie sich dem Haus von der Seite näherte, driftete von der Haustür her die Stimme einer älteren Frau mit hochwohlgeborener Ausdrucksweise, die stellenweise von walisischem Dialekt überlagert wurde, zu ihr herüber. "Sie waren noch dabei, den Vorplatz zu bauen, als ich diesen Ort zum letzten Mal sah. Dafür haben sie einen noblen Architekten aus Venedig herbeigeholt, um sicherzustellen, dass der Stil exakt passt. Ist aber gut geworden." Die Stimme klang sehr vertraut, drang bis in Elizabeths Knochen ein und hallte dort wider.

Elizabeth erstarrte. Das konnte nicht sein.

"Madam war schon einmal zu Besuch?" Der Butler klang ungewöhnlich hochmütig.

Ein scharfes, wohlbekanntes Lachen ertönte. "Bevor Sie Ihren ersten Atemzug getan haben. Ich kam mit meinem Vater Matlock. Dem zweiten Earl. Wo ist nun Mrs. Darcy?"

Es war tatsächlich wahr. Mit zitternden Händen hob Elizabeth ihre Röcke an und rannte.

Da stand sie, in der offenen Tür zur Eingangshalle, eine winzige uralte Frau, eingepackt, als ginge sie zum Nordpol. Roderick stand dicht hinter ihr und stützte ihren Arm.

"Granny!", rief Elizabeth, als sie kaum einen Meter vor ihr zum Stehen kam. Ihre Urgroßmutter war schon immer zierlich gewesen, aber immer noch größer als die achtjährige Elizabeth. Jetzt reichte sie ihr kaum noch bis zur Schulter. Elizabeth bahnte sich ihren Weg an dem Butler vorbei und streckte die Hände aus, um sie zu umarmen. "Du bist da!" Ihre Stimme zitterte.

Die knorrigen Hände der alten Frau tätschelten ihr den Rücken, der Duft von Metall und Zimt war noch stärker als in ihrer Erinnerung. Dann trat Granny einen Schritt zurück und sah sie mit einem zufriedenen Nicken an.

"Wie groß du geworden bist, Kind! Und was für ein ordentliches Durcheinander du da angerichtet hast!" Aber sie sagte es freundlich, als wäre sie stolz auf sie. "Keine Sorge. Ich bin hier, um alles wieder in Ordnung zu bringen. Oder zumindest so viel wie menschenmöglich."

Im Salon führte Elizabeth Granny zur bequemsten Sitzgelegenheit. "Wirst du es auch warm genug haben? Ich kann dir ein Schultertuch holen."

Die alte Dame ließ sich langsam in den Sessel sinken. "Nicht wirklich nötig. Ich trage schließlich die Hälfte meines Kleiderschranks." Das stimmte – Ihre Umrisse waren unter all den Schichten kaum zu erkennen. "Durch das Portal konnte ich nur das mitnehmen, was ich bei mir tragen kann, und der Himmel allein weiß, wie lange es dauern wird, bis meine Koffer mich über diese barbarischen Straßen erreichen werden. Aber ich bin hier, und das allein zählt."

Das Portal. Elizabeths Erinnerung präsentierte ihr eine vage Vorstellung davon, wie die Drachen zwischen den Nestern miteinander kommunizieren konnten.

Roderick sagte: "Mich überrascht, dass das Nest es gestattet hat."

"Sie konnten mich nicht schnell genug hindurchschieben, als sie diese Nachricht aus Spanien hörten. Ja, ich weiß, dass ich das Portal nur einmal im Leben benutzen kann, aber in meinem Alter wird es wahrscheinlich keinen dringenderen Bedarf mehr geben."

Der Waliser sagte: "Ich bin dankbar dafür. Du wirst hier dringend gebraucht. Aber ich überlasse euch jetzt eurem Wiedersehen." Er verbeugte sich, verließ das Zimmer und schloss die Tür hinter sich.

Tränen traten Elizabeth in die Augen. "Ich habe dich so sehr vermisst! Ich wünschte, du hättest die Strapazen der Reise nicht auf dich nehmen müssen, wenn du dich eigentlich an deinem eigenen Kamin ausruhen solltest."

"Was sein muss, muss sein", zuckte Granny mit den Schultern. "Die Möglichkeit, dass ich eingreifen muss, falls unsere Drachen entdeckt werden, hat immer bestanden, wobei ich keine Krise dieses Ausmaßes vorhergesehen hatte. Sobald Rodericks Brief eintraf, wusste ich, dass es an der Zeit war. Wir müssen herausfinden, wie Napoleon diese armen Drachen zum Kampf gezwungen hat."

Elizabeth biss sich auf die Lippe. "Dann glauben sie uns also? Die Drachen in Wales, meine ich. Derjenige, den ich hier getroffen habe, hatte Zweifel."

Granny verzog das Gesicht. "Sie sind sich uneins darüber, ob es wahr ist. Drachen unterscheiden sich nicht von Menschen. Sie ziehen es vor, schlechte Gedanken von sich zu schieben."

"Aber du zweifelst nicht daran?"

"Zuerst habe ich mich gewundert, aber ich habe es ernst genommen, weil du Roderick überzeugt hast, da er letzte Mensch auf Erden ist, der jemals schlecht über einen Drachen denken würde. Ich habe die ganze Familie durch die Zeitungen stöbern lassen und was sie fanden – oder besser gesagt, nicht fanden – passte zu deiner Schilderung. Außerdem mag ich mit den Entscheidungen des Kriegsministeriums nicht einverstanden sein, aber ihre Geheimdienste haben meinen vollen Respekt."

"Ich bin erleichtert, dass du unseren Briefen Glauben geschenkt hast." Elizabeth versuchte, ihre Stimme nicht zittern zu lassen.

Granny lehnte ihren Kopf zurück und schloss die Augen, eine Geste, die Elizabeth aus ihrer Kindheit bekannt war. "Drachen schenken der Außenwelt wenig Aufmerksamkeit. Ich schon", sagte sie müde.

Ein lautes Klopfen ertönte, begleitet von einer Sendung von Cerridwen, die Einlass verlangte. Elizabeth öffnete das Fenster. "Weißt du, wer hier ist?", fragte sie den Turmfalken, als er an ihr vorbeiflog.

Cerridwen flatterte zu Boden und verwandelte sich. "Selbstverständlich weiß ich das. Sei gegrüßt, Gefährtin Amelia."

Granny betrachtete den Drachen eingehend. "Großartig siehst du aus, Nestling. Es ist schon viel zu lange her."

Eine Rauchwolke stieg aus Cerridwens Nasenlöchern auf. "In der Tat, aber wessen Schuld ist das? Ich weigere mich, mich dafür zu entschuldigen, dass ich meiner Gefährtin treu geblieben bin."

"Das solltest du auch nicht. Ich habe es nie gutgeheißen, dass das Nest dich ins Exil schickte", sagte Granny. "Also, mir wurde gesagt, dass du eine Weitseherin bist. Einer in meiner Zeit zu begegnen, hatte ich nicht erwartet, aber da du vom letzten abstammst, nehme ich an, dass uns das nicht allzu sehr schockieren sollte. Trotzdem hättest du es uns sagen können."

Die Schuppen in Cerridwens Nacken stellten sich auf. "Du hättest mich ja auch warnen können, dass das im Rahmen des Möglichen ist, dann hätte ich besser verstanden, was geschah", schnauzte sie. "Woher sollte ich wissen, dass andere Drachen diese Dinge nicht sehen können?"

Granny schüttelte den Kopf. "Wir hätten niemals zulassen dürfen, dass du dich in so jungem Alter so weit vom Nest entfernst. Nun, was geschehen ist, ist geschehen. Was für eine Vision hattest du nun?"

Elizabeth hielt den Atem an. Würde der Drache diesmal tatsächlich antworten? Sie hatte sich geweigert, es Elizabeth oder Darcy zu sagen.

Cerridwen sank auf ihre Hinterbeine zurück, ihre inneren Augenlider schlossen sich. Sie drehte ihren Kopf zur Wand und schaute dann ganz kurz direkt zu Granny, ihre goldumrandeten Augen loderten.

Eine Sendung? Elizabeth konnte es spüren, aber nicht sehen.

Alle Farbe wich aus Grannys faltigem Gesicht. Ihre zitternden, knorrigen Hände umplammerten die Armlehnen. Schließlich sagte sie mit erstickter Stimme: "Das wollen wir unter allen Umständen verhindern."

"Das habe ich schon versucht!", rief Cerridwen. "Wenn die Vision kommt, tue ich alles, was davon wegführt. Ich bin bei Elizabeth geblieben, als ihr mir befohlen habt, zurückzukehren. Habe sie trotz des Risikos an Pemberley gebunden. Mich Lady Frederica offenbart. Und mehr noch, weil jeder andere Weg dorthin geführt hätte." Ihre Stimme erhob sich in ein wortloses Wehklagen.

"Den anderen Weg zu wählen, ist das, was Drachen immer getan haben", sagte Granny barsch. "Die Große Geheimhaltung, als die Nester sich verborgen haben – das alles wurde unternommen, um zu verhindern, dass die Vision deines Großvaters Wirklichkeit würde."

Cerridwens Großvater? Aber die Nester waren seit der Zeit von Richard Löwenherz nicht mehr sichtbar gewesen! Wie lange lebten Drachen?

"Nun, es ist höchste Zeit, dass die anderen Drachen von deinen Visionen erfahren", sagte Granny.

Cerridwen warf den Kopf zurück. "Du wirst es ihnen sagen müssen, da sie mit mir nicht sprechen!"

"Zumindest dagegen kann ich etwas tun. Der Älteste des Nestes hat etwas für dich geschickt." Granny fummelte an einem kleinen Beutel herum, der an ihrer Taille befestigt war. "Verfluchte Finger! Lizzy, kannst du das für mich öffnen?"

Elizabeth beugte sich vor und fischte eine mit Intarsien versehene silberne Kugel aus der kleinen Tasche. Sie war kaum zwei Zentimeter groß, aber unerwartet schwer, und ihre Finger begannen zu kribbeln.

"Jetzt gib sie schon deinem Drachen, Mädchen!"

Cerridwen streckte erwartungsvoll ihr Vorderbein aus. Verblüfft reichte Elizabeth ihr die Silberkugel.

Sobald der Drache sie berührte, breitete sich ein feiner Nebel aus der Kugel aus. Cerridwen hob sie an ihre Nüstern und atmete ein. Ihre Augen schlossen sich, ihre Brust schwoll an.

Dann verflüchtigte sich der Nebel. Cerridwen breitete ihre Flügel aus, schüttelte sie kräftig aus und stampfte auf der Stelle, wie ein übergroßer nasser Hund, der sich schüttelt. Als sie sich wieder niederließ, war etwas anders, aber Elizabeth konnte nicht sagen, was. Ein Nachlassen von Anspannung? Oder eine Veränderung ihrer Aura?

"Ah, das ist besser", sagte Cerridwen mit tiefer Befriedigung.

Granny nickte. "Das Silentium wurde aufgehoben."

Elizabeth klatschte verzückt in die Hände. Vielleicht könnte Cerridwen jetzt ein Mitglied des Dark Peak Nests werden – und ihre Bindung aufrechterhalten.

"Nun geh schon." Granny winkte mit der Hand zum Fenster. "Geh und sprich mit deinen Cousins im Nest."

Ein Gefühl der Freude breitete sich im Raum aus. "Sie werden mich nun empfangen?"

"Sie erwarten dich bereits." Granny lächelte nachsichtig.

Elizabeth wartete nicht auf Cerridwens Stichwort, um das Fenster zu öffnen. Einen Augenblick später flog ein Turmfalke in Richtung Mam Tor davon. Sie schloss den Riegel, ehe sie wieder zu Granny zurückkehrte. "Werden sie ihr gestatten, sich dem Nest anzuschließen?"

"Das hoffe ich. Auf den Drachen, mit dem ich dort gesprochen habe, schienst du einen guten Eindruck gemacht zu haben, was sicherlich dabei helfen wird."

Eine Welle der Wärme erfüllte Elizabeth. "Danke, dass du gekommen bist." Die Worte sprudelten aus ihr heraus. "Ich habe so viele Fragen an dich, aber vor allem ist es so, so schön, dich wiederzusehen."

Granny lächelte. "Du bist ein liebes Kind, und ich habe dich vermisst. Nun, was ist mit deinem Ehemann? Roderick sagt, er hasst Drachen." Es wurde deutlich, dass sie das lächerlich fand.

Elizabeths Begeisterung verblasste. "Zuerst schon, ja, aber er hat seinen Frieden mit Cerridwen gemacht. Die Drachen in Spanien haben seinen Bruder getötet." Und jetzt war da noch eine weitere Drachengefährtin in Pemberley. Das könnte Darcy gar nicht gefallen.

Granny studierte sie eingehend. "Roderick denkt, du hast dich in ihn verliebt."

Elizabeth hob das Kinn. "Er ist ein guter Mann, auch wenn er stur und stolz sein kann."

"Und du hast deine eigene Familie und dein eigenes Zuhause verloren", sagte Granny voller Mitgefühl.

Elizabeth kamen die Tränen. "Es ist nicht nur das, aber ich vermisse sie so sehr! Jane schreibt, wann immer sie kann, aber sie ist mit ihrem eigenen Leben beschäftigt, und von den anderen habe ich kaum gehört."

Knorrige Finger schlangen sich um ihre eigenen. "Nun, jetzt bin ich hier und du bist nicht mehr allein."

Kapitel 32

DARCY KEHRTE INS HAUS zurück, als die Sonne gerade unterging. Er war länger als gewöhnlich auf der Lichtung geblieben, hatte seine neue Illusionstechnik ausprobiert und verspürte, obwohl ihn immer noch verwirrte, wie das funktionieren konnte, ein Gefühl des Triumphs über seinen Erfolg. Warum funktionierte es nur dann, wenn er sich Elizabeths Freude an seinen Illusionen vorstellte? Er hatte versucht, Georgiana, alte Schulfreunde, seinen Vater und sogar seinen Luchs zu visualisieren, doch diese Illusionen endeten stets mit einem formlosen Chaos.

Der Butler erwartete ihn bereits an der Tür mit einem Brief auf einem silbernen Tablett. "Ein Eilbrief für Sie, Sir."

Sein Gefühl der Erfüllung schwand. Ein Expressbrief enthielt nie gute Nachrichten. Darcy zerrte sich die Handschuhe herunter, reichte sie dem Butler und nahm das Schreiben entgegen.

Es war die krakelige Handschrift Cattermoles aus dem Kriegsministerium. Säure stieg ihm in die Kehle, als er das schwere Siegel brach.

Er ignorierte die ersten beiden Absätze und sprang direkt zum dritten, da der Anfang immer darauf ausgelegt war, jeden in die Irre zu führen, dem der Brief zufällig in die Hände fallen sollte. Da war es.

Mein Onkel hat beschlossen, dass er sein Geschäft in Schottland innerhalb von vierzehn Tagen abschließen kann, obwohl alle anderen schwören, es wäre unmöglich, da die Arbeit noch viele Monate dauern wird. Und ich würde ihnen zustimmen, wenn Onkel nur nicht schon früher mit seinen unmöglichen Erwartungen recht behalten hätte! Manchmal frage ich mich, ob ihm der Teufel höchstpersönlich ins Ohr flüstert. Trotzdem habe ich selbst leidvoll gelernt, nicht gegen ihn zu wetten, und so plane ich, wie befohlen, ein festliches Abendessen für ihn im nächsten Monat, wenn er nach London zurückkehren will. Was man nicht alles in der Hoffnung auf ein reiches Erbe erduldet! Ich hoffe, Sie finden einen Weg, sich uns anzuschließen, damit ich das Vergnügen haben kann, zu sehen, wie Sie ihm einen Ihrer schneidenden Rüffel erteilen.

Ein bleiernes Gewicht legte sich auf Darcys Brust. Schwer schluckend las er die Worte noch einmal, in der vergeblichen Hoffnung, etwas anderes vorzufinden. Aber es war sonnenklar, denn ihr vereinbarter Code besagte, dass Cattermoles Onkel der französische Kaiser, Schottland Österreich und London Paris war. Napoleon hatte irgendein Ass im Ärmel und glaubte, den österreichischen Krieg rasch beenden zu können, auch wenn das Kriegsministerium damit gerechnet hatte, dass es länger dauern würde. Aber Cattermole hatte recht. Jedes Mal, wenn Napoleon so etwas vor seinem Stab gesagt hatte, hatte er es wahr gemacht, mit den Drachen in Spanien oder den Seeschlangen, die die halbe Flotte versenkten, oder einem mächtigen Nebel, der sich über die italienische Armee legte. Welchen Schrecken hatte Napoleon diesmal im Sinn, der die mächtige österreichische Armee beinahe über Nacht zusammenbrechen lassen konnte?

Nur noch ein Monat. Dann würde Napoleon nach Paris zurückkehren, und Darcy würde ihm dorthin folgen müssen, um seine Illusionen auszuwerfen. Sehr wahrscheinlich bezahlte er dafür mit seinem eigenen Leben.

Die Muskeln seiner Schultern verkrampften sich.

Nur noch ein Monat, bis er Elizabeth verlassen würde, möglicherweise für immer.

Sollte er es ihr sagen? Sie konnte auch nichts daran ändern. Das Wissen darum würde nur über ihren letzten gemeinsamen Wochen hängen, und Gott allein wusste, wie Cerridwen reagieren würde. Und es könnte sein, dass der Zeitpunkt sich doch noch änderte. Napoleon könnte sich ausnahmsweise einmal irren und die Mission würde sich doch noch verzögern. Darcy faltete den Brief mit tauben Fingern zusammen.

In diesem Moment kam Elizabeth aus dem Salon auf ihn zu. "Ich dachte, ich hätte deine Stimme gehört!", rief sie. Ihr fröhlicher Gesichtsausdruck, der so sehr dem glich, den er sich für seine Illusionen vorgestellt hatte, brach das Eis, das sich gerade um sein Herz gebildet hatte.

Er stopfte den Brief in seine Tasche. Vorerst musste es geheim gehalten werden, bis er Zeit hatte, die Tragweite zu durchdenken. Glücklicherweise hatte er bereits etwas, um sie abzulenken. "Ich konnte heute einen Erfolg verbuchen. Eine neue Methode für meine Illusionen, die sehr effektiv war."

Einen Augenblick lang sah sie verwirrt aus, aber dann leuchteten ihre schönen Augen auf. "Deine Pferde?"

"Ja. Diesmal vollkommen überzeugend. Roderick ließ mich eine neue Art des Illusionswebens ausprobieren. Sie ergibt keinen Sinn, aber es hat funktioniert."

Sie griff nach seinen Händen, der Hautkontakt und ihr Talent ließen prickelnde Wärme durch ihn hindurch ziehen. "Das ist ja wunderbar! Dies ist in der Tat ein Tag der Wunder. Wir haben auch ganz unerwarteten Besuch bekommen – meine Urgroßmutter, die den ganzen Weg aus Wales gekommen ist."

"Sie ist hier? Das sind wirklich gute Neuigkeiten." Vor allem da es jetzt nicht so lange dauern würde, um Antworten zu erhalten.

Sie zögerte. "Ja, ich denke, sie wird uns helfen können. Ihr Drache wird auch hier sein, in ein oder zwei Tagen, aber sie sagt, er wird nicht ins Haus kommen."

Noch ein Drache? Es war eine Sache, Cerridwen zu vertrauen, die seit Jahren Teil von Elizabeths Leben war, aber einem neuen, unbekannten Drachen? Nun, er würde einen Weg finden, auch mit diesem auszukommen. Irgendwie.

Dann hatte er plötzlich eine Eingebung. "Ich dachte, sie läge praktisch auf dem Sterbebett. Wie hat sie es geschafft, den ganzen Weg zu reisen?"

"Ihre Genesung erscheint mir ebenfalls erstaunlich, aber ich bin froh darüber. Wir können so viel von ihr lernen. Wirst du nett zu ihr sein?"

"Selbstredend werde ich nett sein! Du liebst sie, und von mir ist sie ebenfalls eine entfernte Verwandte."

Sie schien sich zu entspannen. "Sie kann auch eigensinnig und fordernd sein."

Er ließ ihre Hände los, aber nur, um ihre Wange berühren zu können. "Du hast meine Mutter und Frederica kennengelernt. Eigensinnige, fordernde Frauen sind für mich nichts Neues."

"Dann komm, ich werde euch einander vorstellen. Denk bitte daran, dass sie eine Veritas ist, wie Frederica."

"Danke, dass du mich daran erinnerst." Er würde sich also weigern müssen, die ein oder andere Frage zu beantworten. Seine Haut brannte, als sie sich dem Salon näherten. Elizabeths Urgroßmutter war also nicht immun gegen Abstoßung und besaß kein Artefakt. Das war beruhigend. Sie war wie jede andere Magica.

Zumindest wusste er jetzt, wie er das Problem lösen konnte. Er griff wieder nach Elizabeths Hand, und das Brennen verschwand.

"Ich hoffe, du hast unserer Besucherin ein Zimmer gegeben, das weit von dem unsrigen entfernt ist, da sie und ich uns anscheinend gegenseitig abstoßen", sagte er.

"Höchstwahrscheinlich reagierst du auf Frederica. Roderick hat sie gerade aus dem Wittumshaus hierhergebracht, damit sie Granny kennenlernen kann. Sie scheint keine Abstoßung bei ihr zu verspüren, daher bezweifle ich, dass es bei dir so wäre."

Verfügten alle Drachengefährten über besondere Fähigkeiten? Das war nicht gerade gerecht. Aber um Elizabeths willen schob er seinen Ärger beiseite. "Nach allem, was du mir über die Abneigung deiner Urgroßmutter gegen die Fitzwilliam-Familie erzählt hast, bin ich überrascht, dass es kein Blutvergießen gibt."

"Das stimmt! Aber Roderick hat sie davon überzeugt, dass Frederica ebenfalls eine Rebellin ist, also gibt sie ihr eine Chance. Komm." Sie zog ihn in Richtung des Salons.

Fredericas Stimme drang durch die Tür: "... töricht klingen, aber ich habe das Gefühl, als müssten Sie mich schon kennen, da ich meine ganze Kindheit damit verbracht habe, Eurem Porträt in Matlock alle meine dunklen Geheimnisse zuzuflüstern. Na ja, meistens dem Falken darauf, aber ich bin immer davon ausgegangen, dass Ihr Geist mithören muss."

Eine winzige ältere Dame hatte es sich am Feuer gemütlich gemacht. "Ich verstehe, was du meinst, Roderick." Ihre knarzende Stimme klang amüsiert. Sie schwankte ein wenig, war aber stärker, als er es von einer Frau ihres Alters erwartet hatte. "Eine typische Fitzwilliam würde niemals zugeben, dunkle Geheimnisse zu haben, geschweige denn mit einem Gemälde zu sprechen."

Dann führte Elizabeth ihn zu ihr. "Granny, darf ich dir meinen Mann vorstellen? Darcy, du hast mich schon oft Mrs. Morgan erwähnen hören."

Die alte Dame musterte ihn von oben bis unten und nickte dann scheinbar befriedigt. "Ich bin froh, dass du hier bist! Ich habe viele Fragen an dich, junger Mann."

Darcy verneigte sich. "Lady Amelia, ich stehe zu Euren Diensten."

Sie verzog das Gesicht. "Ich nehme an, ich werde mich wieder an diesen Unsinn gewöhnen müssen. Schon lange vor deiner Geburt hat mich niemand mehr so genannt, und doch haben deine Diener schon damit begonnen."

Darcy erlaubte sich ein winziges Lächeln. "Dann werdet Ihr mir meine altmodischen Gewohnheiten verzeihen müssen."

Frederica sagte leichthin: "Wenn Sie es vorziehen, Mrs. Morgan genannt zu werden, so werde *ich* Ihnen diesen Gefallen gerne tun."

Lady Amelia legte den Kopf schief. "Du könntest mich genauso gut Granny nennen, Mädchen. Alle anderen tun es auch."

"Wirklich wahr", sagte Roderick lachend. "Auch die, die nicht mit ihr verwandt sind. Für alle in Wales ist sie nur Granny Morgan."

Lady Amelia betrachtete Darcy mit zusammengekniffenen Augen. "Ich sehe, dass du zu viel halsstarrigen, blasierten Fitzwilliam-Stolz abbekommen hast, um jemals so ungezwungen zu sein." Aber ihr Ton war freundlich, und ihre Direktheit erinnerte ihn an Elizabeth. Dadurch mochte er sie ein bisschen mehr.

"Das habt Ihr wohl getroffen, Lady Amelia. Und Ihr werdet feststellen, dass meine Dienerschaft ebenso halsstarrig und blasiert ist."

Sie winkte ab. "Wir haben Dringenderes, um das wir uns kümmern müssen. Mr. Darcy, Roderick und Lizzy haben mir erzählt, was sie über diese Drachenangriffe in Spanien wissen, aber ich würde es gerne direkt von Ihnen hören. Alles, wenn ich bitten darf, von Anfang an. Mit meinem besseren Verständnis von Drachen kann ich vielleicht etwas sehen, was den anderen nicht aufgefallen ist." Dann fügte sie in sanfterem Ton hinzu: "Ich verstehe, dass es ein schmerzliches Thema für Sie ist. Ich würde es nicht verlangen, wenn es nicht von so großer Bedeutung wäre."

Ihre freundlichen Worte lösten etwas von der Anspannung in seinem Körper. Ja, er hasste es, darüber zu sprechen, aber alle Einblicke, die Lady Amelia ihnen bieten konnte, könnten von Nutzen sein. Also erzählte er ihr alles und ließ nur die militärischen Pläne zum Schutz der Armee in Spanien außen vor. Und seine Mission, aber die hatte ohnehin nichts mit Drachen zu tun.

Die alte Dame stellte scharfsinnige, aufschlussreiche Fragen. Sie schien sich nicht daran zu stören, über blutige Details von Verletzungen zu sprechen, während sie herauszufinden versuchte, wie die Drachen gekämpft hatten, und bis an die Grenzen seines Wissens über die Schlacht ging. "Wie ich gehört habe, hat dieser Angriff dazu geführt, dass Sie eine bestimmte Mission erhielten. Worum geht es dabei?"

Darcy sah ihr fest in die Augen. "Das kann ich Euch nicht sagen." Der Brief brannte in seiner Tasche.

Roderick sagte müde: "Er soll Illusionen erschaffen, um von einem Versuch, Napoleon zu ermorden, abzulenken."

Darcy schnellte zu Elizabeth herum, der Verrat brannte in seiner Kehle. "Du hast es ihm gesagt. Obwohl du weißt, wie wichtig Geheimhaltung ist."

Sie wirkte verletzt. "Ich habe nichts dergleichen getan!"

"Das brauchte sie auch nicht", sagte der Waliser gereizt. "Sie haben mich gebeten, Ihnen beim Illusionen Erzeugen zu helfen, um die Wachen in einem Palast abzulenken, und Sie verbringen jeden Tag Stunden damit, Ihr Französisch zu verbessern. Hatten Sie erwartet, ich würde denken, Sie wollten Napoleon zum Tee einladen?"

Darcy erstarrte. War es so offensichtlich? Und schlimmer noch, hatte er Elizabeth fälschlicherweise beschuldigt? Sie hatten ihre Differenzen gerade erst beigelegt, und das wäre nicht besonders hilfreich. Er drückte ihre Hände. "Entschuldigung", sagte er so leise, dass nur sie es hören konnte. "Ich hätte keine voreiligen Schlüsse ziehen sollen."

Ihre Antwort darauf war ein neckisches Lächeln, das sein Herz zum Schmelzen brachte. "Immerhin ist das eine deiner liebsten Gewohnheiten."

Wie hatte er nur jemals ohne sie gelebt? Und wie konnte er sie für seine Mission verlassen?

Lady Amelia wippte ungeduldig mit dem Fuß. "Und Sie sagen, dass Napoleon diese spanischen Drachen auf irgendeine Weise kontrolliert?"

"Das ist es, was unsere Quelle uns sagt, und in der Vergangenheit hat sie sich niemals geirrt", sagte Darcy.

Lady Amelia nickte. "Wenn das wahr ist, dann wäre es die beste Lösung, Napoleon loszuwerden. Keine menschliche Macht kann sich gegen einen Drachen behaupten, der bereit ist zu töten."

"Das kannst du nicht so meinen!", rief Roderick. "Was würden die Drachen sagen?"

"Die Drachen sind daran gewöhnt, dass wir unterschiedlicher Meinung sind. Nur weil sie der Meinung sind, dass Töten niemals akzeptabel ist, heißt das nicht, dass ich zustimmen muss. Wenn sich mir die Gelegenheit böte, würde ich Boney selbst die Kehle durchschneiden." Lady Amelia faltete die Hände im Schoß, als ob an dieser Behauptung nichts Außergewöhnliches wäre. "Ich kann mir nicht vorstellen, dass die Drachen untröstlich wären, wenn sie von seinem Tod hören würden."

Darcy beugte sich vor. "Besteht eine Chance, wenn auch nur die Geringste, dass sie mir bei meiner Mission helfen?"

"Höchst unwahrscheinlich", sagte Lady Amelia. "Drachen töten nicht, noch werden sie anderen dabei helfen. Es ist ihnen ein Gräuel. Ja, ja, ich weiß, Sie haben Beweise für das Gegenteil aus Spanien gesehen, aber daran erkennen wir, dass irgendetwas ganz schrecklich falsch läuft."

Wieder diese romantische Vorstellung von Drachen! "Die meisten Menschen hassen den Gedanken an das Töten, aber unsere Soldaten lernen, damit zu leben."

Sie drohte ihm mit dem Finger. "Es ist ein Irrtum, anzunehmen, dass Drachen wie Menschen sind. Ein Drache, der tötet, selbst aus Versehen, lebt danach selten noch lange weiter. Das Töten schwächt sie – und macht sie extrem gefährlich. Kein Drache, der noch alle Sinne bei sich hat, würde dieses Risiko eingehen."

Für Darcy klang es wie ein Märchen, und er öffnete den Mund, um dem Luft zu machen. Aber es hatte keinen Sinn. Nichts konnte die festen Überzeugungen dieser Drachenliebhaber erschüttern, nicht einmal Hunderttausende von massakrierten Soldaten. Stattdessen sagte er: "Es ist höchste Zeit, der Regierung zu sagen, dass es hier in England Drachen gibt. Sie müssen es wissen, vor allem, wenn Napoleon die Fähigkeit besitzt, Drachen gegen ihre Natur zu etwas zu zwingen." Nur dass es die verdammte Bindung nicht zulassen würde, es ihnen zu sagen.

Lady Amelia nickte. "So ungern ich es auch zugeben mag, haben Sie recht. Aber wenn wir diese Informationen preisgeben, ohne die Drachen zu konsultieren, könnten sie sich weigern, mit uns zusammenzuarbeiten. Zumindest einmal müssen wir versuchen, sie zu überzeugen. Und deshalb sollten wir jetzt Pläne schmieden, während Cerridwen weg ist und bevor Sycamore, mein Drache, eintrifft." Ihrer offensichtlichen Genugtuung über diese Ankündigung nach zu urteilen, musste dies schon die ganze Zeit ihr Plan gewesen sein.

Könnte diese alte Dame möglicherweise seine Verbündete sein? "Was schlagt Ihr vor?"

"Zunächst müssen wir sie davon überzeugen, dass der Angriff tatsächlich stattgefunden hat. Ihr Instinkt ist es, einem Menschen, der so etwas Unnatürliches berichtet, nicht zu glauben, so wie Sie sich weigern würden, zuzuhören, wenn ein Drache Ihnen erzählen würde, dass Ihr Nachbar

Säuglinge tötet und sie zum Frühstück verspeist. Sobald sie die Wahrheit akzeptieren, können wir Argumente für ein Bündnis vorlegen."

Er betrachtete sie eingehend. "Es wäre nützlich, wenn sie Informationen austauschen würden, nehme ich an, aber wenn sie nicht kämpfen oder mir bei meiner Mission helfen wollen, was wäre dann ihr Beitrag?"

Sie grinste. "Männer! Ihr geht stets davon aus, dass Kämpfen die einzige Antwort ist. Drachen sind Meister der magischen Verteidigung. Sie erschaffen mächtige Illusionen, mit denen man Soldaten austricksen kann. Verwirrungszauber, um sie vom Weg abzubringen. Felsstürze und Feuerwände können ihren Vormarsch blockieren. Sie können eine Invasion stoppen, ohne Blut zu vergießen."

Verblüfft beugte er sich vor. Eine Invasion war die schlimmste Angst aller. "Das bringen sie tatsächlich zuwege?"

"Wenn sie es wünschen. Durch ihr Bündnis mit Rodericks Familie haben sie das Gleiche für unseren Teil von Wales getan. Die Frage ist, ob wir sie davon überzeugen können, dies für England zu tun."

Solche Mächte könnten alles verändern. Plötzlich ging es nicht mehr nur darum, das Kriegsministerium zu informieren. Sein erstes Ziel musste es sein, ein Bündnis mit den Drachen anzustreben.

"Was, wenn Napoleon seine eigenen Drachen an unsere Küsten bringt? Könnten sie die Abwehrmechanismen überwinden, von denen Ihr sprecht?"

Lady Amelia schloss die Augen, ihrem lebhaften Gesicht war plötzlich jedes ihrer Jahre abzulesen. "Falls es so weit kommen sollte, werden wir uns nicht mehr um den Schutz Großbritanniens sorgen müssen, sondern wir können nur noch hoffen, dass es ein paar Überlebende geben wird. Betet, dass dies nie geschieht."

Es war wie ein Eimer eiskaltes Wasser über einen Moment der Hoffnung, aber gerade das verdoppelte seine Entschlossenheit. Noch ein Grund mehr, weshalb Napoleon sterben musste.

"Mr. Roderick", unterbrach Frederica sie mit scharfer Stimme. "Wie kam es, dass Sie Verbündeter der Drachen sind?"

"Ich?", vergewisserte sich Roderick. "Fragt lieber, wie meine Vorfahren es vor Jahrhunderten eingerichtet haben. Dieses Wissen ist im Laufe der Zeit verlorengegangen. Ich wurde in die Allianz hineingeboren und bin sowohl unter Drachen als auch unter Menschen aufgewachsen."

Fredericas Augen verengten sich. "Ich glaube nicht, dass Sie mir jemals offenbart haben, wer Ihre Familie ist."

Sein Mund verzog sich. "Das spielt keine Rolle. Ich bin niemand von Bedeutung."

Lady Amelia schnaubte. "Das ist es, was du behauptet hast? Er ist der Erbe des letzten Prinzen von Gwynedd."

Roderick warf ihr einen finsteren Blick zu. "Was mich zu einem Niemand macht, seit Edward I. diesem Titel vor über fünfhundert Jahren ein gewaltsames Ende gesetzt hat."

"Außer in den Bergen von Gwynedd, wo alle deinen Vater noch als ihren Anführer betrachten und dich als seinen Nachfolger. Mit Drachen an deiner Seite."

Fredericas Mund hatte sich wortlos geöffnet, doch dann klappte sie ihn sofort wieder zu, das Gesicht weiß wie die Wand, und der Waliser schaute verdrießlich drein. Doch Darcy kümmerten Rodericks Vorfahren nicht, wenngleich das einige seiner außergewöhnlichen Illusionszauber erklärte. Im alten walisischen Adel waren mächtige Magier gewesen.

Darcy beugte sich vor. "Zurück zu den Drachen. Wie kann ich sie davon überzeugen, uns zu helfen, unser Volk zu verteidigen?"

Lady Amelia musterte ihn scharfsinnig. "Überhaupt nicht. Sie mögen mir Gehör schenken, und Roderick auch zu einem gewissen Grad, aber wir müssen Lizzy und Cerridwen in ihre Räte bringen. Cerridwens Visionen werden sie mehr als alles andere überzeugen. Lizzy muss ihren letzten Eid ablegen, was sie auch zu einem Teil des Nestes machen wird. Erst danach können die Verhandlungen beginnen."

Er blickte auf die Stelle, an der sich seine Finger mit denen von Elizabeth verflochten hatten und ihm sowohl Liebe als auch Schutz vor Abstoßung boten. "Wie es scheint, haben wir jetzt alle eine Mission", sagte er leise.

"Meine ist es, Napoleon aufzuhalten, und eure, die Drachen zur Verteidigung Englands zusammenzuscharen."

Darcy lehnte sich im Bett zurück und fuhr mit den Fingern durch
Elizabeths seidige Locken. Wie sehr liebte er es, wenn sie sich danach an
ihn schmiegte, ihren Kopf auf seine Schulter legte, und er die Wärme
ihres Armes auf seiner Brust spürte. Obwohl sie schon immer eine
leidenschaftliche Partnerin war, ging es am heutigen Abend... darüber
hinaus. Es war herzerquickend. So sehr, dass es ihn sogar für ein paar
Augenblicke den Brief vergessen lassen konnte, den er erhalten hatte.

Sie hob den Kopf, um lächelnd zu ihm aufzublicken. "Was hältst du
von Granny?"

Er küsste sie auf die Stirn. "Ich mag sie. Sie ist eine respektein-
flößende Dame, keine Frage. Ich bin froh, dass sie auf unserer Seite ist,
denn vermutlich würde sie einen ernstzunehmenden Feind abgeben."

"Wohl wahr!" Dann wurden ihre Gesichtszüge ernster und sie biss
sich auf die Lippe.

"Beunruhigt dich etwas?"

Sie schüttelte den Kopf. "Ich denke nur an etwas, was sie mir gesagt
hat. Ich kann mir dessen aber nicht sicher sein."

Zweifellos hatte es etwas mit den Drachen zu tun, wo er doch nur
Elizabeths Gesellschaft genießen wollte. Aber er hatte schmerzlich
gelernt, zuzuhören, auch wenn er es nicht wollte, und so fragte er:
"Worum geht es?"

Sie platzte heraus: "Ich habe sie nach einigen Veränderungen gefragt,
die mir aufgefallen sind, und... Und sie glaubt, dass ich möglicherweise
guter Hoffnung bin."

Guter Hoffnung? Sie trug sein Kind unter dem Herzen?

"Elizabeth", flüsterte er, und sein Herz klopfte laut genug, um einen Kontrapunkt zu seinen Worten zu setzen, während eine Quelle der Freude in ihm durchbrach. Ein Baby. Ihr Kind!

Es war nicht so, dass er die Möglichkeit nie in Betracht gezogen hätte – er war verzweifelt davon besessen gewesen und hatte jeden einzelnen Tag darum gebetet. Aber nun war es anders. Nun war es Wirklichkeit geworden. Ein Kind, das ihnen beiden entsprang. Würde das Baby Elizabeths schöne Augen und ihren fröhlichen Gesichtsausdruck haben? Oder die Wangenknochen der Darcys? Und gleichzeitig wäre das Kind auch ganz es selbst, ein neuer Teil ihrer Familie.

Und es wuchs bereits in seiner liebsten, süßesten Elizabeth heran!

Zaghaft streckte er seine Hand nach unten aus, um sie dicht über ihren Bauch zu halten. "Würde es wehtun, wenn ich dich dort berühre?"

Ein Lachen schüttelte ihre Schultern. "Nicht im Geringsten, wenngleich es noch nichts zu fühlen gibt. Vielleicht eine winzige Schwellung."

Mit äußerster Behutsamkeit, als berühre er eine zerbrechliche heilige Reliquie, ließ er seine Hand leicht auf ihrer seidigen Haut ruhen. Auch wenn es noch keine äußere Veränderung oder Blutsbindung gab, war es berauschend.

Er zog ihre kostbare, geliebte Gestalt an sich, sog ihre Nähe in sich auf und eine Flut von Liebe für sie überkam ihn. Und auch ihr künftiges Kind war in seiner Umarmung.

Es war der schönste Moment seines Lebens. Ganz gleich, mit welchen Problemen sie konfrontiert würden, er hatte Elizabeth, und sie waren eine Familie. Zusammen könnten sie alles schaffen.

"Granny sagt, dass es vielleicht noch zu früh für dich ist, meine Kraft durch das geteilte Blut zu nutzen, aber sie kann uns Ratschläge geben, wie wir diese Verbindung formen können. Sie hat das ebenfalls erlebt, da sich ihre Magie mit der ihres ersten Ehemanns verbinden konnte. Ist es nicht wunderbar, sie hier zu haben, weil sie weiß, was uns erwartet?"

"In der Tat ein Wunder." Aber er dachte nicht an Lady Amelia, sondern an das Wunder in seinen Armen und an das Wunder, das in ihr heranwuchs.

Sie schlug ihm liebevoll auf die Schulter. "Ich meine es ernst! Ich möchte hart arbeiten, damit ich helfen kann, dich sicher nach Hause zu bringen."

Es dauerte einen Moment, bis er verstand, was sie meinte. In seiner Freude über ihre Nachricht hatte er nicht ein einziges Mal darüber nachgedacht, welche Auswirkungen ihre Schwangerschaft auf seine Mission hatte – und dass das der eigentliche Grund war, warum er sie geheiratet hatte.

Wie wenig hatte er damals gewusst, was sie alles in sein Leben bringen würde!

Das würde er sich durch nichts nehmen lassen. In Hertfordshire hatte es sich nach einem ausgezeichneten Plan angehört. Heirate Elizabeth, sorge dafür, dass sie schwanger wird und dann gehst du in den Tod. Als ob es nichts ausmachen würde, sie zurückzulassen und ihr Baby niemals kennenzulernen. Jetzt wusste er es besser. Irgendwie würde er einen Weg zu ihnen zurückfinden.

Dies war nicht das Ende, sondern ein Neuanfang für sie.

Auszug aus Pemberleys Magie

PEMBERLEYS HERRENHAUS SPIEGELTE SICH perfekt auf dem See. Es war ein beruhigender Anblick, zumindest bis ein Dutzend reiterloser Pferde um ihn herumgaloppierten und direkt auf ihre kleine Gruppe zuhielten.

Elizabeth hielt den Atem an. Wieviel besser war diese Illusion, verglichen mit den ersten Versuchen ihres Mannes, Pferde zu erschaffen! Roderick hatte recht. Irgendetwas hatte sich grundlegend in Darcys Fähigkeit, Illusionen zu erschaffen, verändert. Und das genau zur rechten Zeit, denn allzu bald würde alles von seinen Illusionen abhängen – sein Leben eingeschlossen.

Granny beäugte die Pferde kritisch. "Nicht schlecht", sagte sie. "Dennoch könnten sie besser sein. Kommen Sie her, junger Mann."

Darcy schürzte die Lippen, um die Illusion zu verwerfen, und die Pferde verschwanden. Sein angespannter Kiefer ließ auf seinen Unmut über Grannys Reaktion schließen, dennoch näherte er sich ihrem Stuhl. "Wie Ihr wünscht, Lady Amelia."

"Eines Tages werde ich Sie überzeugen, mich Granny zu nennen", brummte die alte Dame, was Darcy ein kleines Lächeln entlockte. "Aber nicht heute. Beugen Sie sich hinunter, damit ich Ihnen ins Ohr sprechen kann." Als er gehorchte, umfasste sie es mit ihrer Hand, sodass Elizabeth nicht einmal sehen konnte, wie sich ihre Lippen bewegten.

War das, was sie Darcy erzählte, denn ein so großes Geheimnis?

Darcy richtete sich abrupt auf, seine Wangen färbten sich rot. "Madam!", stieß er vorwurfsvoll hervor.

Nun raste Elizabeths Neugierde schneller als die Pferde. Ihr Mann errötete so gut wie nie.

"Ach, seien Sie still", sagte Granny gereizt. "In Europa sind eine halbe Million englischer Soldaten gestorben und Sie machen sich Gedanken über gute Manieren? Das wird Ihnen helfen, Napoleon Einhalt zu gebieten. Und aus irgendeinem Grund möchte meine Urenkelin, dass Sie danach lebend zu ihr zurückkehren, also tun Sie nun bitte, was ich sage."

Mit immer noch hochrotem Kopf warf Darcy ihr einen finsteren Blick zu, doch dann schloss er die Augen in einem offensichtlichen Versuch, seine Reaktion unter Kontrolle zu bringen. "Seid so freundlich, mir einen Augenblick zu geben", sagte er spitz.

"Nehmen Sie sich so viel Zeit, wie Sie brauchen", erwiderte Granny großmütig und ihre Lippen zuckten.

Was um alles in der Welt ging da vor sich? Doch dann drehte sich Darcy zu ihr um, sein Gesichtsausdruck war unlesbar. Nein, nicht unlesbar – sie würde ihn ganz genau zu deuten wissen, wenn sie allein in einem Schlafzimmer wären, aber was bedeutete es nun hier, wenn seine Augen verhangen wurden und sein Blick sich tief in sie grub? Nun waren es ihre Wangen, die heiß wurden.

Dann machte er eine Bewegung aus dem Handgelenk, wie er es immer tat, wenn er eine Illusion auswarf, jedoch ohne den Blick von ihr abzuwenden. Und sie war genauso gefangen wie er, das Verlangen stieg in einem heißen Strom auf und prickelte auf ihrer Haut.

"Schon viel besser", triumphierte Granny. "Schaut mal."

Ihre Worte durchbrachen die seltsame Spannung zwischen ihnen und dann keuchte Elizabeth auf. Die Pferde waren zurück, aber diesmal stoben sie unkontrolliert auf sie zu, anstatt lediglich zu galoppieren. Eines warf den Kopf zurück, als sei es verrückt geworden, und Dampf stieg aus den Nasenlöchern eines anderen auf. Allein der Anblick ließ ihr Herz pochen.

Darcys Mund hing offen, als wäre er von der Illusion, die er geschaffen hatte, selbst überwältigt. Dann bewegte er seine Hand erneut, und die tosende Herde drehte ab, um den See zu umrunden. "Roderick hat diese Technik nie erwähnt." Seine Stimme klang halb erstickt, halb anklagend.

Granny schnaubte. "Sie nützt keinem, der seine Magie nicht mit einem Drachengefährten verflechten kann, also so gut wie niemandem. Mein verstorbener Mann beschloss, dieses kleine Detail nicht mit anderen zu teilen, dass er wieder von neuem lernen musste, sein Talent einzusetzen, nachdem er mich geheiratet hatte. Zumindest wusste Roderick, wie er Ihnen die Grundlagen beibringen kann."

Das rief es Elizabeth wieder in Erinnerung: Darcy wäre diejenige, der sich den verzweifelten Gefahren in Frankreich stellen würde, aber ihre Fähigkeiten als Drachengefährtin könnten ihm zum Erfolg verhelfen. Und vielleicht sogar dazu beitragen, dass er überlebte.

Er runzelte die Stirn. "Dies ist kein guter Zeitpunkt für mich, noch einmal von vorne zu beginnen, aber ich kann nicht leugnen, dass es effektiv ist." Er sah Elizabeth an, seine Augen wanderten in einer Weise über ihren Körper, die in der Öffentlichkeit kaum angemessen schien, und dann unternahm er einen weiteren Versuch.

Diesmal erschienen keine Pferde. Er musste jedoch irgendeine Art Illusion geschaffen haben. Elizabeth ließ ihre Augen über die Szenerie schweifen. Ein Turmfalke kreiste über ihnen, doch der musste real sein, da sie Cerridwens unverwechselbare Präsenz im Hinterkopf spüren konnte. Waren diese beiden Schwäne auf dem See zuvor schon dort gewesen? Elizabeth konnte erkennen, wie sich das Wasser hinter ihnen kräuselte, doch die Illusion sich bewegenden Wassers überstieg Darcys Fähigkeiten bei Weitem – oder zumindest hatte sie das gedacht.

"Sicherlich sind diese Schwäne nicht dein Werk?", fragte sie zögernd.

Er rieb sich mit der Hand über den Mund. "Ich dachte, es würde nicht funktionieren."

Was auch immer diese neue Technik war, Elizabeth wollte sie lernen. Aber dann zog Cerridwen ihre Aufmerksamkeit auf sich, als sie im

Sturzflug auf sie herabgeschossen kam. Einen Moment später landete der Vogel vor ihr und verwandelte sich in ihren geliebten Drachen.

Für sie war es immer noch schwer zu fassen, dass sich ihr magischer Falke als Drache entpuppt hatte! Noch dazu war es schön, sie zu sehen. Da Granny das jahrelange Silentium aufgehoben hatte, das Cerridwen von der Gesellschaft anderer Drachen ausgeschlossen hatte, hatte Cerridwen nun jeden wachen Moment unter ihresgleichen im nahe gelegenen Nest verbracht.

Elizabeth legte ihre Hand auf Cerridwens Brust, ließ sich von der Hitze und der mächtigen Magie in den glänzenden blauen und bronzenen Schuppen wärmen und sprach leise zu ihr. "Ich hatte nicht erwartet, dich so früh zu sehen, Liebes."

Cerridwens Aura verströmte Griesgrämigkeit. *Alle Drachen sind über etwas verärgert, und sie wollen mir nicht sagen, was es ist. Sie sagen, dass ich noch nicht dazugehöre.*

Arme Cerridwen! Sie war so froh gewesen, endlich wieder unter Drachen zu sein, nachdem sie ihnen fern geblieben war, um bei Elizabeth zu bleiben, und nun das. Hatte sie etwas getan, um sie gegen sich aufzubringen?

Obwohl Elizabeth nicht beabsichtigt hatte, das zu senden, griff Cerridwen oft ihre unausgesprochenen Gedanken auf. *Nein, sie sagen, es habe nichts mit mir zu tun. Aber ich mag keine Geheimnisse.* Wäre Cerridwen ein Mensch, hätte sie nun schmollend die Unterlippe vorgeschoben.

Elizabeth legte liebevoll ihren Arm über die Schultern des Drachen. *Ich auch nicht, und ich bin froh, dass du stattdessen hierhergekommen bist. Ich werde dir immer antworten, wenn du mich etwas fragst.*

Darcy betrachtete erschüttert die Schwäne. Wie konnten sie nur so gut geworden sein? Es war ein mächtiges Werkzeug, das Lady Amelia ihm beigebracht hatte, so schockierend unpassend es auch sein mochte. Die Frage war, wie man es am besten einsetzte.

Seine Gedanken wurden durch das Geräusch von Hufschlägen und Rädern auf Kies unterbrochen. Diesmal echte und keine Illusionen. Er beschattete seine Augen mit der Hand, um zu sehen, dass ein Wagen die Auffahrt heraufkam, dessen Verdeck mit Truhen und Paketen beladen war, als ob der Insasse einen längeren Aufenthalt plane. Könnte es sein, dass Elizabeth jemanden eingeladen hatte, ohne ihm Bescheid zu geben? Dann traf ihn die Antwort wie ein Blitz.

Wie hatte er das nur vergessen können? Noch nicht einmal vierzehn Tage waren vergangen, seit er seine Schwester in London besucht und darauf bestanden hatte, dass sie nach Pemberley kommen sollte. Aber dann hatte er direkt nach seiner Heimkehr festgestellt, dass es in England Drachen gab. Wie die mörderischen, die seinen Bruder Jack in Spanien getötet hatten. Und einer von ihnen saß in seinem eigenen Salon, verbunden mit seiner Frau. Alles andere, einschließlich Georgianas Ankunft, war ihm völlig entfallen.

Jetzt war sie hier, und er hatte Elizabeth nicht einmal vorgewarnt, geschweige denn das Personal.

Ihr Kutscher starrte ihn voller Entsetzen an. Oder, genauer gesagt, den Drachen, der nur wenige Meter von ihnen entfernt war.

Nach einer raschen Entschuldigung bei Lady Amelia, machte er sich auf den Weg zum Wagen. Er musste dort sein, bevor Georgiana Cerridwen entdeckte.

Seine Schwester stieg bereits aus der Kutsche, als er ankam, ihr Gesicht war von einem Lächeln umspielt, als sie ihn entdeckte. Sie schlang ihre Arme um ihn und vergrub ihr Gesicht an seiner Brust, als fürchte sie immer noch, ihn nie wiederzusehen. So wie sie es nach jeder noch so kurzen Trennung tat.

Darcy umarmte sie. "Hoffentlich hattest du eine gute Reise?" Vor allem, da die Situation kurz davorstand, kompliziert zu werden. Sie würde es nicht gut auffassen, dass er ihre Ankunft vergessen hatte.

"Es gab keine Probleme", sagte sie leise. "Es ist schön, dich zu sehen."

"Ich bin froh, dass du hier bist" sagte er, auch um das eigentliche Thema zu umschiffen, dennoch kam es von Herzen. "Ich habe dir eine Menge zu erzählen."

Sie trat einen Schritt zurück und rückte ihre Haube zurecht. Ihr Blick wanderte an ihm vorbei zu den Gestalten am See. "Es tut mir leid. Es war nicht meine Absicht, dich von deiner Gesellschaft abzuhalten." Dann weiteten sich ihre Augen und ein kleiner Aufschrei entwich ihr. Sie musste den Drachen gesehen haben. Warum hatte er nicht schneller geredet? Er griff nach ihrem Arm. "Alles ist gut", sagte er beruhigend. "Mir ist bewusst, dass das ein Schock ist, aber ich kann es dir erklären."

Sie entzog sich ihm. "Ich möchte zurück nach London. Augenblicklich." Ehe er sie zurückhalten konnte, schob sie sich an ihrer Gesellschafterin vorbei und eilte zurück in die Kutsche.

Verdammt. Das war schlimmer, als er gedacht hatte. Er stieg direkt nach ihr ein. "Georgiana, hör mir zu. Du musst dich nicht fürchten. Cerridwen – dieser Drache – ist gutherzig und sanftmütig. Sie wird dich nicht verletzen."

"Aber was ist, wenn sie es mir ansieht?", wisperte seine Schwester.

Nicht das schon wieder! "Das ist bisher niemandem gelungen. Warum sollte sich das nun ändern?"

Mit weißen Knöcheln rollte sie sich auf der Bank zu einem Ball zusammen. "Weil sie...", sie atmete tief durch. "In den alten Geschichten konnten Drachen immer die Geheimnisse der Leute entlarven."

Das war schwierig. "Ich bin kein Experte für Drachen." Was noch untertrieben war. Jedoch konnte er sie auch kaum damit beruhigen, dass Cerridwen ihren Geist nicht anrühren würde, wenn er doch ganz genau wusste, dass Georgiana mit einem Bann belegt werden würde, der sie daran hindern sollte, die Existenz von Drachen preiszugeben. Und Lady Amelias Drache, der am nächsten Tag ankommen sollte, könnte sich möglicherweise nicht als genauso vertrauenswürdig wie Cerridwen erweisen. "Aber ich denke, es ist vollkommen sicher."

"Ich möchte nicht, dass der Drache mich sieht", flehte sie. "Kann ich nicht einfach in die Stadt zurückkehren?"

"Aber du bist doch eben erst angekommen. Wäre es dir nicht lieber, wenn wir zuvor ein wenig Zeit miteinander verbringen würden? Und ich würde mich sehr freuen, wenn du meine Frau kennenlernen würdest." Wie sollte er es Elizabeth erklären, wenn Georgiana wieder abreiste, ohne ein einziges Wort mit ihr zu wechseln?

"Ich wäre gar nicht erst gekommen, wenn ich es gewusst hätte!", rief sie. "Natürlich will ich dich sehen, aber nicht so. Du hast bereits andere Gäste." Sie sagte es, als hätte er grauenvolle Monster eingeladen.

"Nur Elizabeths Urgroßmutter aus Wales und ihr Freund Roderick, der mich darin schult, Illusionen zu erschaffen." Dies war nicht der rechte Moment, um zu erwähnen, dass Lady Amelia eine geborene Fitzwilliam war. "Und Cousine Frederica, die im Wittumshaus übernachtet, da ihr Talent es nicht zulässt, mir nahe zu sein. Du musst mit keinem von ihnen Zeit verbringen, wenn du das nicht wünschst." Es könnte tatsächlich sogar einfacher sein, wenn Georgiana sich abkapselte, und nichts von den Diskussionen über Drachen, Nester und ihre Verteidigung gegen Napoleon mitbekam.

"Kann ich auf meinem Zimmer bleiben? Und würdest du den Drachen bitten, sich von mir fernzuhalten?" Tränen begannen, über ihre Wangen zu rinnen.

Er ertrug es nicht, wenn Georgiana weinte. Wenn er ihr ein wenig Zeit ließe, würde sie vielleicht erkennen, dass die Drachen kein Interesse an ihr hatten. "Ich werde Cerridwen bitten, sich von dir fernzuhalten. In den letzten Tagen war sie ohnehin kaum hier."

"Danke", flüsterte sie. "Es tut mir leid, dass ich solche Umstände bereite."

Er nahm ihre Hand, hielt sie fest, und wünschte, er könnte ihr ihre Ängste nehmen. Doch das war wohl ein hoffnungsloses Unterfangen.

Elizabeth beobachtete amüsiert, wie Lady Frederica Fitzwilliam, gefolgt von Roderick, schnurstracks auf sie zusteuerte, sobald Darcy ihnen den

Rücken zugekehrt hatte. Frederica konnte der Gelegenheit nie widerstehen, Granny mit Fragen über Drachen und Magie zu bombardieren. Wie lange hatte sie wohl schon in der Nähe herumgelungert und gehofft, dass Darcy sich zurückziehen würde, damit sie näherkommen konnte, ohne die übliche Abstoßung der Magier zu erleiden?

"Was hast du Darcy gesagt?", insistierte Frederica gegenüber Granny.

Die ältere Lady schnaubte. "Nichts, was dir nützen würde, junge Dame! Diese Technik funktioniert nur für Darcy."

"Dennoch wäre es interessant zu wissen", bohrte Frederica weiter.

Granny schüttelte den Kopf. "Dies nicht, Kind. Manches sollte privat bleiben." Dann verwandelten sich die Falten ihres Gesicht in ein Lächeln, das ihren Worten die Schärfe nahm. "Diese Schwäne passen ganz gut zu dem See, nicht wahr? Als ich das letzte Mal vor fast achtzig Jahren nach Pemberley kam, war er noch ein schlammiger Bach, an dem Dutzende von Arbeitern gruben. Nun würde man niemals vermuten, dass er nicht natürlichen Ursprungs ist. Wenn ich es nicht besser wüsste, würde ich den See ebenfalls für eine Illusion halten."

"Du könntest vermutlich eine solche Illusion erzeugen, aber jeder Versuch, die Illusion von Wasser zu erschaffen, geht über meine Fähigkeiten hinaus", sagte Frederica reumütig. "Roderick hat mir erzählt, dass du es vermagst, einen Wasserfall zu wirken, was ich kaum glauben kann."

Grannys ganzes Gesicht verzog sich zu einem Lächeln. "Einer Herausforderung kann ich nicht widerstehen." Auf der anderen Seite des Sees wurde das Narzissenfeld plötzlich durch eine Felswand ersetzt, und ein schmaler Wasserfall mündete im Wasser.

Elizabeth studierte die Illusion. Jedes Detail war da, vom Sonnenlicht, das auf den herabfallenden Tropfen glitzerte, bis hin zu dem Wellenbogen, der sich kreisförmig an jener Stelle auf dem See ausbreitete, wo das Wasser in ihn hinabfiel. Alles war vollkommen glaubwürdig, außer dort, wo die Wellen direkt durch Darcys illusorische Schwäne hindurch gingen.

"Verblüffend", hauchte Frederica.

Mit einem verschmitzten Seitenblick auf sie, sagte Granny: "Du hast genug magisches Talent, kannst aber keine Illusion von Wasser erzeugen.

Liegt es an einem Mangel an Fähigkeiten oder wurdest du nicht gut genug ausgebildet?"

Elizabeth zuckte zusammen. Obwohl Granny über Frederica sprach, waren Elizabeths Fähigkeiten, was Illusionen anbelangte, enttäuschend. Sich das einzugestehen, war nicht leicht, nachdem sie jahrelang stolz darauf gewesen war, wie gut sie andere magische Fähigkeiten beherrschte. Natürlich war sie bis vor Kurzem eigentlich überhaupt nicht ausgebildet worden.

Frederica errötete. "Da musst du die Schuld bei mir suchen, denn die Magierin des Königs hat mich selbst ausgebildet."

Granny lehnte sich mit einem zufriedenen Gesichtsausdruck in ihrem Stuhl zurück. "Dieselbe, die Darcy seine ersten Lektionen erteilte, und doch erzählte mir Roderick, dass er völlig falsch an Illusionen herangegangen ist. Er hat seinen Kopf anstelle seines Herzes dabei eingesetzt."

Frederica beugte sich eifrig vor. "Das bedeutet, dass du Illusionen mit dem Herzen erschaffst? Kannst du mir zeigen, wie das geht? Oder funktioniert das ebenfalls nur für Darcy?"

Cerridwen stieß gegen Elizabeths Schulter, zweifellos gelangweilt von diesem Gespräch über menschliche Magiertalente. "Wer ist in dieser Kutsche? Ich habe die beiden Männer davor bereits mit einem Bann versehen, damit sie keinem von meiner Existenz erzählen können."

"Ich habe niemanden erwartet, ich sollte allerdings einmal hinübergehen und nachsehen, wer es ist." Elizabeth beschattete ihre Augen, um die Neuankömmlinge zu studieren, konnte allerdings keine Details erkennen. "Roderick, ich werde dich persönlich dafür verantwortlich machen, wenn Frederica Granny mit ihren Fragen erschöpft."

Der Waliser lachte. "Als ob ich sie aufhalten könnte! Glücklicherweise braucht Granny mich nicht zu ihrer Verteidigung."

Aber Granny sah Frederica anerkennend an. "Komm, Mädchen, setz dich zu mir, wir wollen sehen, was du lernen kannst."

Frederica ließ sich nicht zweimal bitten.

Elizabeth überließ sie einander, aber auf halbem Weg zu Darcy blieb sie stehen, als sie sah, wie die Frau seine Hand ergriff, um aus dem Wagen zu steigen. Was machte Lady Anne Darcy in Pemberley? Darcys Mutter, die distanzierte, mächtige Magierin des Königs, die sich augenscheinlich für nichts anderes zu interessieren schien, als neue Magier zu finden und heranzuzüchten. Und nun tauchte sie ganz plötzlich und ohne Vorwarnung auf? Glaubte sie, dass die Regeln des Anstandes nicht für sie galten?

Dann lief ihr ein Schauder über den Rücken. Könnte Lady Anne herausgefunden haben, was in Pemberley vor sich ging? Hatte es jemand geschafft, sie über Cerridwen, oder noch schlimmer, über Granny zu informieren? Frederica war mit einem Bann belegt, der sie daran hinderte, Drachen zu erwähnen. Aber sie hätte ihrer ehemaligen Lehrmeisterin einen Brief schicken können, in dem sie ihr mitteilte, dass ein Besuch hier dringend vonnöten sei. Doch Frederica hätte sie gewiss nicht so verraten! Allein beim Gedanken daran drehte sich ihr der Magen um.

Dann legte Darcy seinen Arm um Lady Anne, die sich an seine Schulter schmiegte. Nein, das konnte nicht sein. Die Frau mochte Lady Anne wie aus dem Gesicht geschnitten sein, doch die Königsmagierin würde niemals in einem einfachen Kleid und mit schief sitzender Haube, unter der goldene Haarsträhnen in alle Richtungen abstanden, in der Öffentlichkeit auftreten. Und Darcy würde seine Mutter, die niemandes Schutz brauchte, auch nicht mit diesem beschützenden Blick bedenken. Und des Königs Magica hätte niemals ein tränenüberströmtes Gesicht.

Trotzdem sah sie ihr bemerkenswert ähnlich. Nicht nur hatte sie die gleiche Haarfarbe und war genauso groß, sondern auch die gleichen Gesichtszüge, als wäre ihr Antlitz aus derselben Form gegossen worden. Aber das hier war nur ein Mädchen. Sie musste Darcys Schwester sein – und sie war sichtlich aufgewühlt.

Ein weinendes Mädchen, das unerwartet auftauchte, war etwas ganz anderes, als die Königsmagierin, die gekommen war, um ihre Geheimnisse aufzudecken. Elizabeths Angst und Wut verflogen, als sie mit einem einladenden Lächeln weiter auf sie zuging, auch wenn der Zeitpunkt für diesen Besuch ungünstig sein mochte. Sie hatte ihre neue Schwägerin kennenlernen wollen, doch jetzt würden sie ihre Abende damit verbringen müssen, über Belanglosigkeiten zu reden, anstatt über Drachen und den Krieg. Doch daran konnte sie nun auch nichts mehr ändern.

Als sie sich näherte, verzog Darcy leicht das Gesicht, und seine Stimme sprach in ihrem Kopf. *Es tut mir leid. Ich erfuhr, dass sie kommen würde, als ich weg war. Ich wollte es dir erzählen, wenn ich zurückkehre, aber mit allem, was passierte, ist es mir entfallen.*

Zweifellos meinte er mit "allem", seine Entdeckung, dass Cerridwen ein Drache war und ihren anschließenden Streit. Doch zumindest der lag nun Gott-sei-Dank hinter ihnen. Ihre Versöhnung war in der Tat süß gewesen.

Darcy sagte: "Georgiana, Liebes, darf ich dir meine Frau vorstellen?"

Das Mädchen ließ Darcy mit offensichtlichem Widerwillen los. Sie drehte sich zu Elizabeth um und machte einen Knicks, die Spuren ihrer Tränen nun noch deutlicher.

"Willkommen", sagte Elizabeth. "Ich freue mich sehr, dass du dich uns hier anschließen konntest. Dein Bruder hat mit großer Zuneigung von dir gesprochen."

Miss Darcy warf ihrem Bruder einen nervösen Blick zu. "Ich freue mich, dich kennenzulernen." Zumindest war ihre Stimme ganz anders als die ihrer Mutter, leise und zögerlich statt selbstbewusst.

Darcy räusperte sich entschuldigend. "Wir sind auf eine kleine Schwierigkeit gestoßen. Wie sich herausstellt, hat meine Schwester eine tiefsitzende Angst vor Drachen. Wäre es zu viel verlangt, Cerridwen zu bitten, während ihres Besuchs Abstand zu Georgiana zu halten?"

"Ich werde mit Cerridwen sprechen", sagte sie. Wusste das Mädchen, dass ihr anderer Bruder von einem Drachen getötet worden war? Es war ein gut gehütetes Geheimnis, dass Drachen das Massaker an den englischen Truppen in Salamanca verursacht hatten, aber sowohl Darcy als auch Lady Anne kannten die Wahrheit. Vielleicht hatte einer von ihnen es ihr gesagt, oder vielleicht hatte sie auch einfach nur Angst vor all den seltsamen Kreaturen.

"Das wäre hilfreich", sagte Darcy. Er nickte einer dunkelhaarigen jungen Frau zu, die gerade aus dem Wagen stieg. "Darf ich dir Miss Lowrie, Georgianas Gesellschafterin, vorstellen?"

Elizabeth und der Neuankömmling tauschten einen Knicks aus. Miss Lowrie schien nur ein paar Jahre älter zu sein als Miss Darcy, sicherlich jedoch jünger und attraktiver, als Elizabeth es von einer angestellten Gesellschaftsdame erwartet hätte. Sie warf Darcy einen überraschten Blick zu, dass er nicht auf die traditionell verwitwete Dame höheren Alters bestanden hatte. Es war untypisch für ihn, sich auf diese Weise über Konventionen hinwegzusetzen, vor allem, wenn es um seine jüngere Schwester ging.

"Oh ja, Bruder", sagte Miss Darcy. "Ich habe Belinda gesagt, dass sie ihre Familie besuchen kann, während ich hier bin, aber sie bestand darauf, dass sie sich zuerst mit dir austauschen muss."

"Zurecht", erwiderte Darcy. "Ich habe nichts gegen Ihre Pläne, Miss Lowrie, aber ich freue mich, dass Sie zuvor mit mir sprechen möchten."

"Ich danke Ihnen. Sofern es keine Umstände bereitet, würde ich heute Nacht hierbleiben und mich morgen auf den Weg machen." Gerötete Wangen begleiteten ihre Worte. Die Aussicht darauf schien ihr zu gefallen.

Miss Darcys Kopf wandte sich ihrer Gesellschafterin zu. "Was dir genügend Zeit verschaffen wird, um meinen Bruder über alles zu unterrichten, was ich getan habe, seit du das letzte Mal Bericht erstattet hast." Trotz ihrer Worte schien das Mädchen von der Aussicht darauf mehr amüsiert denn verstört zu sein.

Miss Lowries dunkle Augen funkelten. "Was die Aufgabe einer Gesellschafterin ist."

"Sie sehnen sich bestimmt danach, sich zu erfrischen", sagte Elizabeth. "Möchtet ihr nicht eintreten?"

Nachdem die beiden Damen nach oben geführt worden waren, fragte Elizabeth Darcy: "Wird es sie vor den Kopf stoßen, wenn sie feststellt, dass ich nur wenig Zeit habe, um ihr Gesellschaft zu leisten?"

"Georgiana? Nicht im Geringsten. Sie ist ohnehin gerne für sich. Sie verbringt die meiste Zeit des Tages damit, ihre Musik zu üben. Miss Lowrie stammt aus einer Familie in der Nachbarschaft, daher gehe ich davon aus, dass sie sich dennoch gegenseitig besuchen werden."

Elizabeth wählte ihre Worte mit Bedacht. "Miss Lowrie scheint noch sehr jung für eine Gesellschafterin zu sein."

Er zuckte mit den Schultern. "Stimmt, aber sie kennt Georgiana schon ihr ganzes Leben lang und ist einer der ganz wenigen Menschen, denen meine Schwester vertraut. Das ist mir wichtiger als ihr Alter."

Sie überlegte, ob sie ihm noch mehr Fragen stellen sollte, doch wusste sie bereits, dass er nicht gerne über seine Schwester sprach. Stattdessen sagte sie: "Was hat Granny zu dir gesagt? Das hat einen so großen Unterschied in deinen Illusionsfähigkeiten gemacht."

Wieder errötete er, was ihre Neugier nur noch mehr steigerte. "Vielleicht solltest du sie das selbst fragen." Aber er musste ihren empörten Blick gesehen haben, denn er fügte hinzu: "Frag mich heute Nacht, wenn wir allein sind." Und dieser verhangene Blick war wieder in seine Augen zurückgekehrt.

"Versprechungen, Versprechungen", neckte sie.

Er hob ihre Hand, drehte sie um und drückte einen langen Kuss auf die Innenseite ihres Handgelenks, der eine Spirale der Begierde ihren Arm hinaufschickte. "Ich halte stets, was ich verspreche."

Weitere Werke von Abigail Reynolds

Auf Deutsch

Der Preis des Stolzes

Eine Frage der Ehre

Mr. Darcys Zauber

Die Darcy Brüder

Mr. Darcys Loyalität

Mr. Darcys Reise

Mr. Darcys feine Verwandtschaft

Allein mit Mr. Darcy

Die Darcys von Derbyshire

Die Kraft des Instinkts

Es regnet seine Lauf (Kostenlose Kurzgeschichte)

Mr. Darcys zweite Chance (Kurzgeschichte)

Auf Englisch

Spellbound at Pemberley
The Magic of Pemberley
The Price of Pride
A Matter of Honor
Mr. Darcy's Enchantment
Conceit & Concealment
Mr. Darcy's Journey
Alone with Mr. Darcy
The Darcys of Derbyshire
Mr. Darcy's Noble Connections
To Conquer Mr. Darcy
What Would Mr. Darcy Do?
By Force of Instinct
Mr. Darcy's Undoing
Mr. Fitzwilliam Darcy: The Last Man in the World
The Man Who Loved Pride & Prejudice
Morning Light
Mr. Darcy's Obsession
A Pemberley Medley
Mr. Darcy's Letter
The Darcy Brothers (co-author)
Mr. Darcy and the Enchanted Library (co-author)

Über die Autorin

A BIGAIL REYNOLDS MAG ÄRZTIN und US-Bestsellerautorin sein, kann aber keine gerade Linie mit einem Lineal ziehen. Ursprünglich stammt sie aus Upstate New York, hat Russisch und Theater am Bryn Mawr College und Marinebiologie am Marinebiologischen Labor in Woods Hole studiert. Nach einem kurzen Gastspiel in der Verwaltung der Darstellenden Künste beschloss sie, Medizin zu studieren und hat das Schreiben als Hobby während ihrer Jahre in einer Privatpraxis für sich entdeckt.

Da sie ihr Leben lang die Romane von Jane Austen liebte, hat Abigail 2001 damit begonnen, Variationen von Pride and Prejudice (Stolz & Vorurteil) zu schreiben, um ihr Repertoire dann um einen Romanzirkel zu erweitern, der auf ihrem geliebten Cape Cod spielt. Ihre Bücher sind vielfach preisgekrönt und einige waren US-Bestseller. Ihre neuesten Bücher sind, neben diesem hier, Eine Frage der Ehre, Der Preis des Stolzes, Mr. Mr. Darcys Zauber, Mr. Darcys Loyalität, Allein mit Mr. Darcy, und Mr. Darcys Reise. Eine Liste ihrer Werke finden Sie auf ihrer Webseite . Bisher wurden ihre Bücher bereits in sieben Sprachen übersetzt.

Sie lebt mit ihrem Ehemann und einer Menagerie von Tieren auf Cape Cod. Zu ihren Hobbies gehören weder schlafen noch putzen.

Besuchen Sie Abigails Webseite unter: www.pemberleyvariations.com

Danksagungen

WIE IMMER BRAUCHT ES ein Dorf, um ein Buch zu schreiben, was für dieses hier noch mehr gilt als für die meisten anderen. Ich habe das Glück, zwei fantastische Kritikgruppen zu haben, die großartige Arbeit geleistet haben, um meine Szenen in Fluss zu bringen, mein Dank gilt also den Sippewissett Scribblers und den Bluestockings without Borders. Laura George, Susan Meyers, Shannon Rohane, Melissa Sawyer und Sarah Shepherd verdienen Medaillen für all ihre Bemühungen um dieses Buch.

Mein fabelhaftes Team von Beta-Lesern hat viel zu viele Tippfehler entdeckt und mir geholfen, Ungereimtheiten zu identifizieren, die ich beheben konnte, und ich möchte mich bei Al Bradley, Arlene Brown, Angela Dale, Christie Devine, Wendy Buck Erichsen, Monica Fairview, Debbie Fortin, Michela Furia, Nicola Geiger, Melanie Gylling, Wendy Luther Moreira, Susan M. Parker, Suzanne Sakaluk, David Young und Rebecca Young für ihre Bemühungen bedanken. Für alle verbleibenden Fehler trage allein ich die Schuld!

Ich hatte auf dieser Reise auch Unterstützung von meinen Autorenkollegen auf der Website, wo man viele andere Fantasy-Variationen von Stolz und Vorurteil finden kann. Vielen Dank, Monica Fairview, dass du einen Ort geschaffen hast, an dem Darcys Magie stets real ist!

Wie immer hätte ich das dies nicht ohne die Unterstützung meiner Familie geschafft. Mein Mann hielt den Haushalt am Laufen, während ich schrieb, während Pfeffernusse, Pip, Snickerdoodle und Bastet bissige Katzenkommentare und beruhigendes Schnurren beitrugen.

Danksagungen zur deutschen Ausgabe:

Ein ganz herzliches Dankeschön geht an die Probeleserinnen der deutschen Ausgabe: Christin Thoss, Rahel, Maria Blanke, Britta Brockmüller, Barbara und Constanze. Euer Lob, eure konstruktive Kritik und eure Begeisterung für dieses Projekt haben dafür gesorgt, das Buch für alle verständlicher zu machen und dank euch finden sich viel weniger Tippfehler in der druckfertigen Ausgabe wieder. Ihr seid die Besten!

www.ingramcontent.com/pod-product-compliance
Lightning Source LLC
Chambersburg PA
CBHW021129260626
47169CB00005B/1518